KB153355

중국 시인의 선시(禪詩)

이 저서는 2023년도 강릉원주대학교 학술연구조성비 지원에 의하여 수행되었음.
(This study was supported by 2023 Academic Research Support Program in Gangneung-Wonju National University.)

중국 시인의 선시(禪詩)

최일의 지음

경진
출판

중국 한시는 다양한 주제를 다루고 있다. 일상생활의 흥취에 대한 묘사도 있고, 자연 산수의 풍광에 대한 노래도 있으며 정치사회의 실상에 대한 고백도 있다. 거기에는 삶의 희로애락(喜怒哀樂)이 있고 비환이합(悲歡離合)이 있다.

그런데 한시를 읽고 나면 항상 느끼게 되는 보편적 특징이 대략 몇 가지가 있다.

첫째, 정치사회의 현실적인 이슈를 제기하기보다는 주로 자연 산수의 고요한 풍물과 경관의 주위를 맴돌며 의탁한다.

둘째, 일상생활 중에 형성되는 다양한 감정, 심지어 울적해진 마음이나 복받쳐 오르는 서러움까지도 거르고 여과하여 맑고 투명하게, 때로는 무심하게 보여준다.

셋째, 말을 직설적으로 하지 않고 참고 삼키며 때로는 침묵함으로써 넓은 여백을 남겨둔다.

한시의 이런 특징들은 다시 맑고 깨끗하다, 고요하다, 비어 있다, 적막하다, 무심하다 등의 묘사적 형용사 어휘들로 풀이할 수 있는 공적(空寂), 청정(淸淨), 무심(無心) 등의 개념으로 귀납할 수 있다. 그리고 이런 개념들은 정확히 선불교(禪佛敎)에서 말하는 선(禪)의 개념과 방법을 뚜렷하게 지향하고 추구하고 있다는 점을 동시에 발견할 수 있게 된다.

이 지점에서 필자는 중국 불교에서 큰 비중을 차지하는 선의 개념과 방법에 대한 공부를 반드시 해야만 한다는 필요성을 느꼈고 그 일환으로 한시 중에서도 선적(禪的)인 의취(意趣)를 담은 선시(禪詩)들을 집중적으로 분석하고 감상해보아야 하겠다는 다짐을 하기에 이르렀다.

정심사려(靜心思慮), 직관진리(直觀眞理). 선은 자아에 대한 집착과 시비 분별에 대한 생각으로 인하여 시시때때로 일어나는 갖가지 망상과 망념들을 내려놓고 마음을 고요히 하여 진리를 즉각적으로 파악하고자 한다.

여여(如如), 선은 있는 그대로의 참모습과 실상이 존재하는 세계이다. 그런 세계를 선은 여여하게, 있는 그대로, 즉각적으로 보고 깨닫고자 한다. 여기에는 자아의 집착에 의한 망상도 일어나지 않고, 논리적 언어에 의한 시비 분별도 없는 맑고 고요하며 텅 빈 공(空)과 적멸(寂滅), 열반(涅槃), 그리고 청정(淸淨)과 무심(無心)의 세계만이 한없이 펼쳐진다.

선은 이처럼 세상의 실상을 있는 그대로 파악하고자 하는데, 세상 사람들은 흔히 선의 경계에 들어서지 못한지라 같은 사물과 현상을 보아도 그저 자신의 입장에 서서 갖가지 생각을 일으키고 관점을 만들어내기에 이른다.

우리 주변에 가장 흔히 보이는 물을 바라보는 관점도 단순하지 않고 다양하다.

공자(孔子)는 밤낮으로 끊임없이 흘러가는 강물을 보고 서자여사(逝者如斯)라고 하면서 저 강물처럼 시간도 부단히 흘러가니 마땅히 자강불식(自强不息)해야 한다고 보았다.

노자(老子)는 아래로 부단히 흘러가되 흐름을 방해하는 것들과 다투지 않고 피해 흐르면서 만물을 이롭게 해주는 강물의 겸허(謙虛)와 부쟁(不爭)의 덕성을 보고 상선약수(上善若水)라고 하면서 최고의 진리를 물과 같은 것으로 보았다.

바다는 가장 낮은 곳에 위치하고 있기에 모든 강물을 다 받아들일 수 있다. 그런데 진(秦)나라 이사(李斯)는 낮은 위치에 존재하는 바다의 이런 지리적 특징보다는 오직 모든 강물을 다 받아들인다는 현상적 특징만을 논리의 근거로 삼아 타국 출신 인사들도 관리로 받아들여야만 진나라가 강성해질 수 있다는 주장을 펼치기도 하였다.

바닷물은 고향을 따지지 않는다면서 지연(地緣)에 얽매이는 우리나라의 정치 풍토를 개탄하는 관점도 물을 바라보는 다양한 관점 중 하나이다. 바닷물의 근원은 맑디맑은 산골짜기 계곡물일 수도, 흐리고 혼탁한 도랑물일 수도, 가느다란 실개천의 물일 수도, 드넓은 강물일 수도 있는데 바다는 그 물들의 출신지를, 고향을 묻지 않고 다 받아들인다는 논리이다.

이런 다양한 생각과 관점은 불교적 관점에서 보자면 모두 자아의식에 대한 집착으로부터 기인한다.

불교의 사대 진리인 사성제(四聖諦), 즉 고집멸도(苦集滅道)의 상호 연기(緣起) 관계를 거론할 때 집(集)으로 연기하여 고(苦)가 생기고, 도(道)에 인연하여 고를 멸(滅)하는 것으로 파악하였는데, 이때 모든 연기의 시작이 결국은 집착이었다. 집착이 결국 모든 번뇌 망상을 일으키는데 주요 역할을 한다고 볼 수 있겠다.

행운유수(行雲流水), 떠가는 구름과 흘러가는 강물은 한가롭고 무심하다. 나에 대한 집착을 여의고 일체의 번뇌를 멀리 떠나보내야 한다. 시비분별의 논리를 내려놓아야 한다.

불이무인불방(不以無人不芳), 꽃은 누가 보아주지 않아도 자신의 본성대로 분분히 피었다 지면서 향기를 발산한다. 항상 그대로이고 변하지 않는 청정(淸淨)한 참모습이자 실상으로서 본성(本性), 불성(佛性)을 여여(如如)하게 있는 그대로 파악하고 움켜쥐어야 한다. 다른 게 없다. 오직 돈오(頓悟), 찰나적인 순간에 즉각적으로 깨달아야 한다. 그래서 번뇌에서 해탈(解脫)하여 열반(涅槃)의 세계에 이르러야 한다. 이렇게 하면 비로소 대지혜(大智慧)의 광명이 온 세상을 차별 없이 환하게 비출 것이다.

월인천강(月印千江), 저 하늘에 뜬 달은 모든 강물에 고루 비친다.

이 책의 특별한 점 한 가지를 독자들에게 먼저 밝혀둘 게 있다. 이 책에서는 선의 개념과 중국 선시의 내용을 주로 얘기하였지만 한편으로 필자가 일상생활을 하면서 문득 느꼈던 감오(感悟)를 술회하고자 하였다. 평상심(平常心)이 도(道)라는 선의 명제도 있거니와 있는 그대로 여여(如如)하게 삶의 온전한 실상(實相)을 깨닫는 선의 방법을 나의 삶에서 직접 실천한 애기들일 수 있겠기 때문이었다. 그래서 독자들께서는 3장 '나의 일상생활 속의 선'에서 거론한 선과 공부, 향기와 황홀, 배려·지혜와 역설, 어머니와 나와 가족 등에 관한 얘기들을 읽어보면 최일의(崔日義)란 사람의 그간의 행적과 경험, 가치관과 지향(志向) 등을 여실하게 알 수 있을 것이라 생각되기에 3장을 먼저 한번 가볍게 읽어보실 것을 강하게 권해 드리고 싶다.

이 책을 내기까지 많은 책들을 참고하였고 기억 속에 있던 지식을 저도 모르게 꺼내 썼지만 일일이 주석을 달아 밝히지는 못했다. 이 책 전반에 걸쳐 쉬운 용어로 풀이를 해가면서 논리 맥락이 자연스럽게 이어지도록 하려다 보니 논문류처럼 주석을 하나하나 달면서 고증하는 형식으로 풀이해가면 가독성이 떨어지지 않을까 염려해서였다.

이 책은 선시 감상 부분에서 중국의 ≪선시삼백수(禪詩三百首)≫(이 강출판사, 1999)와 ≪시정화의총관선(詩情畫意總關禪)≫(제노서사, 2006) 을 많이 참고하였으며, 또한 선의 관점과 용어 및 이론 등에 대해서는 한국의 ≪무문관, 혹은 "너는 누구냐"≫(한형조, 여시아문, 1999)에 많이 의지하였으니, 이 자리를 빌어 감사를 드린다.

다시 한 번 나에게 많은 지식의 자양분을 제공한 책과 주석서, 논문 등의 저자들에게 깊은 감사를 드리며 일일이 출처를 밝히지 못한 점 널리 혜량하여 주시기 바란다.

이 조그마한 책을 내는 데도 많은 분들의 도움이 있었다. 항상 옆에 서 묵묵하게 자리를 지켜 주고 있는 아내에게 감사하고 구순(九旬)을 넘기신 사랑하는 어머니와 형제 가족들에게도 고마운 마음을 나누고 싶다. 그리고 원고를 사전에 꼼꼼하게 읽어준 양양고등학교 이수희 선생과 삼척 원덕중학교 남기찬 선생에게 깊이 감사드린다.

마지막으로 이 책의 출판을 흔쾌히 허락해준 경진출판의 양정섭 대표님에게도 깊이 감사드린다.

2024. 4. 30.
저자 최일의 삼가 씀

제2장 중국 시인의 선시 감상

제3장 나의 일상생활 속의 선

제 **1** 장

선과 한시

선(禪)의 정의, 궁극적 지향

· **정의**: 정심사려(靜心思慮), 직관진리(直觀眞理)

· **정심사려**

→무심(無心), 무아(無我), 청정심(淸淨心)

→망념(妄念)·망상(妄想)·시비분별(是非分別)의 생각을 끊어라

→자아(自我)에 대한 집착을 없애라

→삼독(三毒)의 번뇌·망상을 일으키지 마라

· **직관**

→견(見), 오(悟)[견성오도(見性悟道)]: 즉각적으로 파악하고 깨달으라

→여여(如如): 있는 그대로 보아라

· **진리**

→불법(佛法)·만법(萬法)

→공(空)=열반(涅槃)

→진아(眞我)·자성(自性)·불성(佛性)

선(禪)의 언어와 선시(禪詩)의 내용

・**선의 언어**

→역설과 상징

→긍정과 부정

→언어도단

・**선시의 내용**

→진공(眞空), 공적(空寂), 한적(閑寂), 여여(如如), 무심(無心), 자연(自然)스러움

→무아(無我)=물아일체(物我一體), 한가로움=유유자적(悠悠自適)

인생의 문제에 대한 불교의 기본 인식과
해결방안 및 궁극적 지향의 흐름도

· **집(集)**

자아(自我)→육근(六根), 육진(六塵), 삼독(三毒), 집착(執着)

· **고(苦)**

집(集)→망념(妄念), 망상(妄想), 시비분별(是非分別), 무명(無明), 번뇌
(煩惱)

· **멸(滅)**

고(苦)→해탈(解脫), 정(定)

⇐팔정도(八正道)

· **도(道)**

→공(空)=열반(涅槃)

→무아(無我)·진아(眞我)·자성(自性)

→무심(無心)·청정심(淸淨心)

→여여(如如)

→생사(生死) 윤회(輪回)의 초월, 피안(彼岸)

⇨혜(慧)[대지혜(大智慧), 광명(光明)]

→자비(慈悲)[보살행(菩薩行)]

제1장 선과 한시

1. 삶과 선

1.1. 산다는 것은?

황혼녘에 떠나가는 자의 뒷모습

어려서 TV 프로그램 중에 가장 인기 있는 프로그램이 바로 명화극장이요, 명화극장 중에서도 남자들은 흔히 〈황야의 무법자〉, 〈OK 목장의 결투〉 등 미국 할리우드에서 제작한 서부영화에 빠지곤 하였다. 주인공은 으레 은원(恩怨)에 얽혔다가 뛰어난 총 솜씨로 악당을 물리치곤 하였다. 이윽고 복수가 끝나면 주인공은 더 이상 현실에 연연해하지 않는다. 상황을 초월하여 홀홀 털어버리고 말 위에 올라타 떠나간다. 그의 뒷모습을 황혼녘 붉은 석양 노을이 환하게 비춘다. 그는 이윽고 서부 광야에 펼쳐진 지평선 너머 소실점으로 사라진다. 정처 없는 길을 향해 그는 다시 또 떠나간다.

우리나라에서 떠나가는 멋진 뒷모습을 상상할라치면 죽장에 삿갓 쓰고 흰 구름 뜬 고개를 넘어가는 조선의 시인이자 방랑객인 삿갓 김병연(金炳淵)을 들지 않을 수 없다. 어려서 자주 듣던 현대가요 〈방랑시인 김삿갓〉이란 노래 가사로 인해서이다.

그는 죽장에 삿갓 쓰고 조선 삼천 리를 방랑한다. 팔도강산 사방 곡곡을 돌며 타향살이하면서 열두 대문 문간방에 들러 걸식한다. 흰 구름 뜬 고개를 넘어가는 나그네가 되기도 하고 석양 지는 산마루에 잠을 자기도 하며, 술 한 잔에 시 한 수를 남기며 떠나기도 한다. 그에게 세상의 부귀공명은 멀다. 벼슬도 버렸다. 그는 무엇을 그토록 애타게 찾으려 뒷모습을 보이고 떠나가는 것일까?

인생은 본디 고해(苦海)다. 오욕칠정(五欲七情)이 넘치는 곳이기에, 내 생각처럼 이뤄지는 일은 하나도 없는 불여의(不如意)한 세계이기에 고해일 수밖에 없다. 그 고통의 세계를 우리는 어떻게 헤쳐 나가야 하는가? 정답이 없다. 그래서 인생길은 정처 없는 뜬구름과도 같다.

훌훌 털어버리고 떠나가는 자의 뒷모습은 마치 무심(無心)과 무욕(無欲)의 세계를 구현한 모습과도 같고, 황혼녘 고요와 적막 속에 텅 빈 미래를 향해 과감하게 떠나가는 자의 뒷모습은 마치 도와 진리, 해탈과 열반의 세계를 향한 모습과도 같기에 조선의 방랑시인 김삿갓과 미국 서부 광야의 총잡이의 뒷모습이 그렇게 강렬한 기억을 남긴 것인지도 모른다.

그런데 그들은 알고 있을까? 조선의 어느 산골과 미국 서부의 광야(廣野)라는 시공(時空)을 초월한 세계에서 그들은 모두 부단히, 그리고 용감하게 선(禪)을 향해 나아가고 있었다는 사실을!

왜 사냐건 웃지요!

산다는 것은 무엇일까? 뉘라서 삶의 진실을 매듭 풀 듯 풀 수 있으랴! 그저 자기가 본 한쪽 부분만을 말할 수 있을 뿐!

"삶은 기적이요, 신비다."

"살아간다는 것은 외로움을 견디는 일이다."

"살아간다는 것은 잊혀져 가는 것이다."

"삶이란 살아내는 것이다."

"살아간다는 것은 죽어가는 것이다(Being living is being dying)."

작가 이외수는 〈살아간다는 것은〉에서 "살아간다는 것은 저물어간다는 것이다." "살아간다는 것은 오늘도 내가 혼자임을 아는 것이다."라고 정의하기도 하였다.

나는 누구인가? 나라는 존재는 과연 무엇인가? 나는 왜 고단한 이 삶을 계속 등에 지고 살아야 하는가? 나는 과연 어떻게 살아야지? 평생을 두고 끊임없이 되묻는 물음일 것이다.

우리나라 현대 시인 김상용의 〈남(南)으로 창(窓)을 내겠소〉는 시상이 자못 선적(禪的)이다.

남으로 창을 내겠소.
밭이 한참갈이

괭이로 파고
호미론 김을 매지요.
구름이 꼬인다 갈 리 있소.
새 노래는 공으로 들으랴오.
강냉이가 익걸랑
함께 와 자셔도 좋소.

왜 사냐건

웃지요.

이백의 〈산중문답(山中問答)〉도 삶에 대한 궁극의 이치를 정면으로
논리적으로 대답하지 않고 침묵한다.

무슨 일로 푸른 산에 사시는가 나에게 묻는데,

웃으면서 대답하지 않지만 마음은 절로 한가롭다네.

복사꽃은 흐르는 물에 아득히 떠나가니

별천지가 따로 있으니 인간 세상 아니라네.

　　　問余何事棲碧山(문여하사서벽산), 笑而不答心自閑(소이부답심자한).

　　　桃花流水杳然去(도화유수묘연거), 別有天地非人間(별유천지비인간).

말 따위를 문제 삼지 않고 그냥 넘기는 것을 능친다고 한다. 도대체
무엇 때문에 아무도 없고 재미도 없는 청산에서 사시나요? 이 두 시는
모두 웃으면서 대답하지 않고 능치고 있다.

원래 언어의 속성은 논리를 수반하는데 논리적인 언어는 도리어
항상 시비 분별을 야기한다. 즉 옳고 그름을 따지면서 그것을 논리적
으로 설명하느라고 해 준 말이 오히려 더 큰 오해를 불러일으킨다.

그래서 누군가는 말했다. 말은 곧 오해라고. 말하면 할수록 오해를
일으키고 어긋난다고. 때로는 침묵이 더욱 확실하게 진상을 알려줄
때가 있다. 듣는 상대방의 언어에 현혹되지 않고 그의 마음 문을 열어
서 스스로 이해와 깨우침에 이르도록 만들어주기 때문이다. 선가에서
진리를 전달하고자 할 때 마음에서 마음으로 전달하는 이심전심(以心
傳心)의 전달 방식을 쓰지 않을 수 없는 이유가 바로 여기에 있다.

1.2. 삶의 길

도(道), 다시 말해서 진리(眞理)란 무엇인가?

도의 원래 뜻이 길이라는 사실에서 유추할 수 있듯이 진리라고 했을 때의 도는 '삶의 참된 길'이 아닐까 싶다. 사람에게 삶을 제외하고 무엇이 중요하겠으며, 유한한 삶을 지혜롭게 사는 일보다 더 가치 있는 일이 어디 있겠는가? 이러한 길을 터득한 사람이 바로 깨달은 사람이 아니겠는가?

그렇다면 길은 어디에 있는가?

유가(儒家)는 삶의 현장에서 인(仁)을 실천하면서 수기치인(修己治人)하는 것을 도라고 간주하였다.

도가(道家)는 인간이 개입하여 인위적인 조작을 가하지 않고 자연스러운 본성 그대로 내버려두는 것, 즉 무위자연(無爲自然)을 도라고 간주하였다.

기독교는 하느님 또는 예수님의 말씀 그 자체, 그리고 이웃 사랑을 도라고 간주하였다.

이들에 비해 불가(佛家)는 도를 무어라고 간주하였을까? 고저(高低)·장단(長短)·범성(凡聖)·유무(有無)를 구분하는 일체의 분별심(分別心) 내지는 차별심(差別心)을 떠난 마음자리, 생각이 끊어진 마음자리라고 할 수 있는 평상심(平常心)을 얻고, 모든 생각이 끊어지면서 안과 밖이 하나가 되며 주체와 객체가 하나가 되고 분리가 없는 자리, 생각이 일어나기 이전의 마음 상태에서 있는 그대로의 본체, 본성(本性), 참나[진아(眞我), True Self]를 파악하는 것을 도라고 간주하였다.

나 자신의 참모습인 본성을 움켜쥔 사람들은 이제 다른 중생들의 고통을 구제할 수 있는 자비행(慈悲行)과 보살행(菩薩行)을 시작할 수 있다. 그렇기에 위로는 진리를 추구하고 아래로는 중생을 자비로 교화시키는 상구보리(上求菩提), 하화중생(下化衆生)이 불교의 핵심 교리가 된다.

도(道), 곧 참된 삶의 길은 과연 어떻게 풀이할 수 있을까? 가장 위대한 삶의 길이란 아마도 가장 행복하게 사는 방법을 찾는 길이라고 할 수 있지 않을까!

1.3. 선이란?

정심사려(靜心思慮), 직관진리(直觀眞理).

한말(漢末) 위진(魏晉)대에 인도인 또는 페르시아인으로 알려진 달마(達磨)대사에 의해 중국에 전래된 불교(佛敎)는 중국의 전통 사상과 융합되면서 점차적으로 중국화하여 하나의 특이한, 인도에는 없었던 새로운 형태의 신불교를 형성하니 그것이 바로 선종(禪宗)이다.

선종(禪宗)은 좌선(坐禪), 내적 관조 등을 통해 정신을 집중하고 잡념을 버림으로써 마음의 본성(本性)을 깨달아 해탈(解脫)에 이르며 진리를 파악하고자 하는 불교사상이다. 따라서 '불심종(佛心宗)'이라고도 한다.

그렇다면 선(禪)이란 무엇인가?

선이란 정심사려(靜心思慮), 직관진리(直觀眞理)이다.

일체의 망상(妄想)과 잡념(雜念), 번뇌(煩惱)를 다스려 고요하고 안정된 마음으로 진리(眞理)를 직관(直觀)하여 깨닫는 것이다.

참선(參禪)이란 선을 참구(參究)한다는 뜻이다. 참선은 선종 불교의 중요한 수행 방법인데, 한 대상에 마음을 온전히 쏟아 부어 내심의 본성을 탐구하다가 마침내 본성을 파악해내는 깨달음에 이르는 수행 법문(法門)이다.

이처럼 정심사려, 직관진리라는 선의 개념 정의는 우리에게 선(禪)에 대한 세 가지 관점을 제시한다.

첫째, 선의 참구 대상으로서 선은 과연 무엇을 깨닫고자 하는가? "나는 대체 누구인가?", "너는 대체 누구인가?"라고 하는 자기의 본래 참모습, 본래면목(本來面目), 자기 본성(本性), 불성(佛性)이라고 이름하는 것을 깨닫는 것이며 궁극에는 변함없이 있는 그대로의 본체이자 실상인 여여(如如), 진여(眞如)를 그대로 파악하여 움켜쥐고자 한다.

모든 존재는 동일한 본질을 가지고 있다. 때문에 나라는 실체를 얻으면 결국 우주를 얻는 것이고 모든 것의 본질을 얻는 것이다. 본질이 곧 절대인 것이다.

둘째, 선의 방법으로써 선은 과연 어떤 방식으로 깨닫고자 하는가? 선은 깨달음, 곧 오(悟)와 밀접한 관련이 있는데, 중생으로 하여금 자기 본성을 파악하고 진리를 깨우치는 견성오도(見性悟道)를 이루게 하고자 한다. 부처이자 붓다(Buddha)인 불(佛)은 곧 일체 만법(萬法)의 본원(本源) 자체를 바로 깨우친 사람을 가리킨다.

선의 최초 시원(始原)은 석가모니가 영산(靈山)에 모인 2천 5백여 명의 대중을 향해 꽃을 들어 보이니 마하가섭만이 미소로 응답하였다고 하는 염화미소(拈花微笑)로부터 기원하였다고 한다. 굳이 말하지 않고 꽃을 들었을 때 마하가섭만이 이를 깨닫고 미소 짓자 석가모니는 일체의 법을 그에게 전수하였다는 일화이다. 여기서 주목할 점은 바로 논리적인 언어에 의지하지 않고 즉각적으로 파악하고 움켜쥐었다는 점이다.

선은 경전을 통해 논리적인 언어로 가르치려 들지 않는다. 깨달음을 경전의 가르침 밖에서 별도로 전하고 글로 남기지 않았다. 이것이 교외별전(敎外別傳), 불립문자(不立文字)의 가르침이다.

자신의 본성(本性)을 즉각적으로 파악하여 움켜쥠으로써 부처의 경지에 이르고자 한다. 이것이 직지인심(直指人心), 견성성불(見性成佛)의 가르침이다.

불법(佛法)의 진제(眞諦), 곧 본성의 그 오묘하고 진실한 이치는 논리적인 언어로 규정하고 설명하며 가르쳐서는 성취할 수 없고 문득 깨달음을 통해 즉각적으로 파악하고 움켜쥐는 방식을 통해야만 성취할 수 있다고 보았기 때문이다. 여기에 본성을 즉각적으로 깨달음으로써 의미의 손상 없이 전해지도록 하는 수단으로 선(禪)이 필요하였던 것이다.

이처럼 선을 깨닫는 방법이자 요체는 이분법적인 분별심을 단호히 배격하면서 모든 사물과 현상을 있는 그대로 바라보는 직관적 통찰에 있으며 예민한 감수성에 있다고 볼 수도 있을 것이다.

선 사상의 핵심은 직관적 통찰과 분별심을 떠난 무심(無心)에 있다. 이분법적인 분별심을 단호히 배격하면서 모든 사물과 현상을 있는 그대로 바라보는 직관력이 깨달음에 이르는 사로(思路)의 요체이다. 직관력을 바꾸어 말하면 예민한 감수성이다.

우리는 본성을 찾는 것이 우리 삶에서 가장 중요하다. 인간의 본성(本性)이란 마치 씨앗과도 같아서 무엇이든 해낼 수 있는 원천이기 때문이다. 그렇기에 본성을 찾는 것이 매우 시급한데 이를 위한 가장 좋은 방법이 또한 참선(參禪) 수행인 것이다.

모든 생각이 끊어지고 생각이 일어나기 이전의 상태로 돌아가서 본성을 즉각적으로 움켜쥐고자 하는 참선 수행에서 제일 빠르고 유효한 방법으로 제시되는 것이 바로 화두(話頭)로서, 화두를 배워서 부지런히 참구(參究)하는 방법이 제시되고 있다.

셋째, 선의 궁극적인 깨달음의 주요 범주이자 세계는 무엇인가? 바로 마음이다.

≪능가경(楞伽經)≫에서 "부처님의 말씀 가운데 가장 핵심은 마음이다(佛語心爲宗)."라고 하였거니와 원효대사 역시 "일체가 마음이 지어내는 것이다(一切唯心造)."라고 통찰하였다.

팔만대장경의 수많은 가르침도 결국 심(心)이라는 한 글자로 귀납될 수 있다고 한다. 자기의 본성인 자성(自性)을 파악하는 것이 곧 견성(見性)인데, 즉심시불(卽心是佛), 곧 마음의 눈을 뜨면 자기의 본성을 보게 되는 것이다. 마음이 가장 중요하지 않을 수 없다.

1.4. 생각을 끊어라, 무심과 청정심

"마음, 마음, 마음이여, 참으로 알 수가 없구나. 너그러울 때는 온 세상을 다 받아들이다가도 한 번 옹졸해지면 바늘 하나 꽂을 자리가 없으니." (달마대사)

"인간의 마음은 하느님과 악마의 전쟁터이다."(도스토예프스키)

"인간 최대의 승리는 내 자신을 이기는 것이다."(플라톤)

한의학에서는 많은 질병의 근본 원인이 인간이 수시로 일으키는 생각에서 비롯된다고 보기도 하였다. 마음의 다스림을 등한히 하고 질병을 고친다는 것은 도마뱀의 꼬리를 자르는 것과 같아 다시 돋아나게 마련이라고 본 것이다.

선가에서 깨치려 하는 본성(本性), 자성(自性), 불성(佛性), 본래 참모습, 본래면목(本來面目), 본심(本心)은 본래 외계 사물에 의해 미혹되지 아니하고, 마음과 생각을 일으키지 아니하고, 분별·차별이 없고, 집착

이 없으며, 희·노·애·락·애·오·욕의 감정 활동이 없는 청정심(淸淨心)
이다.

그래서 심청정시불(心淸淨是佛), 곧 청정한 마음이 바로 부처이고,
심광명시법(心光明是法), 곧 밝게 빛나는 마음이 불법(佛法)이자 진리이
며, 청광무애시승(淨光無礙是僧), 곧 이처럼 청정한 마음과 밝게 빛나는
마음을 성취하여 거리낌이 없고 걸림이 없는 사람이 바로 깨친 사람,
스님이다.

망상(妄想)은 맑은 거울, 즉 청정심에 내려앉은 먼지와도 같다. 모든
먼지를 닦아내듯 망상을 다 버리면 맑은 거울이 나타난다. 맑은 거울
이 곧 무심(無心)이다. 선가에서 깨달으려 하는 핵심 대상은 결국 분별
심을 배제하고 떠난 무심에 있는 것이다.

번뇌 망상에 사로잡혀 사는 일반 중생(衆生)들의 삶은 한바탕 꾸는
꿈에 불과하다. 우리가 깨쳤다고 하는 것은 곧 이러한 번뇌 망상의
꿈같은 삶에서 깨어나는 것과도 같다. 장자(莊子)도 "크게 깨치고 보니
우리 삶이 한바탕 꾼 큰 꿈에 불과하였음을 비로소 알 수 있었다(大覺
然後知大夢)"고 고백하기도 하였다.

무심은 결코 아무런 생명이 없는 목석(木石)을 의미하는 것은 아니
다. 무심은 정혜(定慧)라고도 하는데 정(定)이란 일체 망상이 없어진
것이요, 혜(慧)는 대지혜 광명이 나타나는 것이다.

정(定)을 성취하면 망상이 없어지고 나지 않으니 불생(不生)하는 것
이며, 혜(慧)를 성취하면 대지혜 광명이 항상 온 우주를 비추니 불멸(不
滅)하는 것이다.

다시 말해서 무심은 망상이 없는 정과 대지혜 광명의 혜로 이루어
지고 불생과 불멸을 주요 내용으로 삼는 것이다.

일체의 번뇌 망상을 떠나서 무심을 완전히 성취하면 본성을 파악하

는 견성(見性)을 성취하면서 부처가 되는 성불(成佛)을 이루는 동시에 열반(涅槃)을 성취하게 된다. 이렇게 깨친 사람은 일체의 속박과 구속에서 벗어나 아무런 걸림이 없는 삶을 사는 대자유인이 되는데 이것을 해탈(解脫)이라고 한다.

인생의 핵심 키워드는 고통이다.

인생은 고해, 즉 고통의 바다라는 인식은 불교 교리 중 가장 기본이 되는 명제이다. 그리고 고통은 대부분 번뇌 망상으로부터 온다고 믿고 있다. 그렇다면 번뇌 망상을 일으키는 주된 원인은 어디에 있다고 보는가?

불교의 사대 진리인 사성제(四聖諦), 즉 고집멸도(苦集滅道)의 상호 연기(緣起) 관계를 거론할 때 집(集)으로 연기하여 고(苦)가 생기고, 도(道)에 인연하여 고를 멸(滅)하는 것으로 파악하였는데, 이때 모든 연기의 시작이 결국은 집착이었다. 집착이 모든 번뇌 망상을 일으키는 데 주요 역할을 한다고 볼 수 있겠다.

그렇다면 우리는 왜 집착하게 되는가?

나(Ego)는 항상 남과 비교하는 자아의식을 구성한다. 내가 있으므로 모든 번뇌의 근본인 교활한 생각이 끊임없이 쉼 없이 움직이는 것이다. 분열적이고 차별적이며 분별적인 의식구조는 나와 남을 괴롭힌다.

분열과 차별의 모든 원인은 나의 강조에 있음을 분명히 알아야 한다. 내가 없어질 때 과연 얼마나 많은 사람의 눈에서 눈물이 닦일 것인지 생각해볼 필요가 있다.

때문에 나를 중심에 두고 나에게만 집착하지 않는 무아(無我)의 진리는 모든 선각자들의 공통된 깨달음이었다. 자아의식이 주로 밟는 길은 끊임없이 우리에게 분열적이고 차별적인 생각을 일으킨다는 것이다.

운문(雲門) 선사가 "한 생각을 일으키면 곧 죄가 된다."고 하자 한 학인(學人)이 물었다. "한 생각을 일으키기 전에는 어떠합니까?" 그러자 "수미산과 같은 죄가 된다(罪如須彌山!)"고 대답하기도 하였다.

사람들은 색깔, 모양, 시간, 공간, 이름, 원인과 결과, 삶과 죽음 등등 모든 것에 대해 자기 생각과 관점을 기준으로 설정하고 규정한 다음 서로 자기가 옳다고 싸운다.

데카르트가 "나는 생각한다. 고로 존재한다."고 했는데, 생각 자체는 좋은 것도 나쁜 것도 아니지만 문제는 자기 생각에만 집착해 자기만 맞고 다른 사람은 틀렸다고 단정하는 것이다. 이런 생각이야말로 바로 고통을 만들어내는 근원적 이유다.

우리가 정한 이름들은 본래 존재했던 것이 아니라 모두 우리의 생각에서, 머릿속 지식으로부터 나온 것이다. 지혜를 갖고 싶다면 우리는 먼저 생각이 일어나기 이전의 상태로 돌아가야 한다. 생각 이전의 상태로 돌아가는 지점은 본래 이름도 모양도 없기 때문에 그것을 무엇이라 이름 붙여 입으로 말하는 순간 이미 큰 실수를 저지르는 것이다.

불교에서는 또한 번뇌 망상을 일으키는 주된 요인으로 탐진치(貪瞋癡) 삼독(三毒)을 거론하였다. 탐욕, 성냄, 어리석음이다. 이 중에서도 탐욕이 가장 큰 비중을 차지할 것이며 탐욕 중에서도 생명에 대한 애착 내지는 집착이 또 가장 큰 자리를 차지할 것이다.

인간은 불나방이다. 태워질 줄 모르고 불 속에 뛰어든다. 마치 고소한 향기에 취해 타오르는 깻묵 불더미 속으로 뛰어드는 한 마리 양과 같다. 그렇게 향기와 탐욕에 취한다. 막혔음에도 불구하고 밝은 창문만을 고집하여 부딪치는 한 마리 벌과 같고, 또 밖이 환하다고 밝은 창문을 뚫고 나가려는 새와도 같다. 무릇 생명체들은 그렇게 밝음만 본다. 그렇게 편안하고 나태한 것만 찾는다. 별은 어둠 속에서 비로소 밝아지는 법인데도 말이다.

다리를 지나는 개가 뼈 하나를 물고 있는데, 물속에 비친 개 한 마리도 뼈 하나를 물고 가자 그의 것을 뺏기 위해 짖어대다가 결국 자기 것도 놓치게 되는 이유도 결국 탐욕스러움의 탓이다.

중국 격언에 "저산망착나산고(這山望着那山高)."가 있다. 이 산이 제일 높은데도 불구하고 이 산에서 바라다보면 저 산이 오히려 높아 보인다는 얘기다.

내가 가지고 있는 떡보다 남의 떡이 항상 더 커 보이고 좋아 보이기 마련이다. 상대적인 비교와 탐욕이 우리를 불행하게 만든다. 방글라데시나 부탄 나라 사람들은 모두 가난한데도 스스로 행복하다고 여긴다. 사촌이 땅을 사면 배가 아프다. 탐욕스러운 비교가 행복을 앗아간다.

죽게 되리란 사실을 누구나 알지만 자기가 오늘 죽을 거라고는 아무도 믿지 않는다. 우리가 언젠가는 죽으리란 걸, 아니 오늘 죽을 수도 있다는 걸 인정한다면 언제든 죽을 수 있도록 준비해 둘 수 있을 것이다. 그렇게 되면 사는 동안 자기 삶에 더 적극적으로 참여하여 살 수가 있다. 어떻게 죽어야 좋을지를 알게 되면 어떻게 살아야 할지도 비로소 알게 된다.

삶에 대한 통찰이 있는 사람들은 매일 어깨 위에 작은 새를 올려놓고 묻는다고 한다.

"오늘이 그날이니? 나는 준비가 되었니? 나는 해야 할 일들을 제대로 하고 있니? 내가 원하는 그런 사람으로 살고 있니?"

어떻게 하면 생명에 대한 애착에서 벗어나고 죽음에 대한 두려움을 발붙일 수 없게 만들 수 있을까?

즉시현금(卽是現今), 갱무시절(更無時節).

임제선사가 말한 위의 두 명제가 좋은 답이 될 것이라 확신한다.

바로 지금뿐이지 다시 다른 시절, 과거와 미래를 포함한 어떤 때가 따로 있는 것이 아니다. 과거는 강물처럼 지나갔고 미래는 아직 오지 않았다. 과거나 미래 쪽에 한눈을 팔면 현재의 삶이 소멸해 버린다. 과거도 없고 미래도 없다. 항상 현재일 뿐이다. 지금 이 자리에서 최선을 다해 살 수 있다면 여기에는 삶과 죽음의 두려움도 발붙일 수 없다. 저마다 서 있는 그 자리에서 집중하고 몰입하여 자기 자신답게 살라는 얘기다.

선은 바로 이 순간의 마음을 즉각적으로 들여다보고자 한다. 지금 찰나의 한순간 안에 모든 것, 즉 무한한 시간과 공간이 있으며, 올바른 길과 생명이 있으며 진리가 담겨 있다고 본다. 만약 내가 지금 이 찰나의 순간을 얻는다면 모든 것을 얻는 것이라 할 수 있다. 모든 생각을 끊어버리고 지금 이 순간에 집중하고 몰입하여 이 순간을 움켜쥐어야만 비로소 진리를 얻을 수 있는 것이다. 이것이 바로 선(禪)의 위대한 가르침이다.

행복은 거창하거나 특별한 데 있는 게 아니다. 내 눈앞, 내 발밑, 내 옆의 작디작은 일들, 너무 평범한 일들, 아주 일상적인 일들에 담겨 있고 바로 여기서 행복이 피어난다는 사실을 깨닫는 소중한 경험을 우리가 더욱 많이 할수록 인생의 진리를 대면하는 기회도 더욱 많아질 것이라 생각된다.

수처작주(隨處作主), 입처개진(立處皆眞).

언제 어디서나 주체적으로 주인공이 되어 살 수 있다면 그 서 있는 곳이 모두 참된 곳이며 참모습을 성취한 자리이다. 내 스스로 내 삶의 주인공이 되라는 얘기다. 이를 위해서는 더더욱 다른 시절은 없다는 생각으로 현재를 움켜쥐고 현재에 몰입하여 지금을 살아야 한다. 이 자리에는 나와 타인, 자아와 타자 간의 분별도 없고 시비도 없어진 자리이다.

죽음은 육체와 영혼으로 구성된 생명이 끝나는 것이지 인간 사이의 관계까지 끝나서 단절되는 것은 아니다. 우리가 서로 사랑하고 우리가 가졌던 사랑의 감정을 기억할 수 있는 한 우리는 진짜 우리를 기억하는 사람들의 마음속에 잊히지 않고 계속 살아 있을 수 있다. 이렇게 되면 영원히 살게 되는 것이라 할 수 있다.

2. 선과 선시

2.1. 선의 대상과 언어

2.1.1. 역설과 상징, 긍정과 부정

선의 대상은 무엇인가?

선은 진여(眞如), 곧 불법(佛法)의 본체(本體)이자 진실하고 변하지 아니하는 절대적인 만유(萬有)의 본성을 체득하고자 한다.

그렇다면 선은 이 본성을 어떻게 체득하고자 하는가?

본성은 형체나 종적이 없는 초자연·초이성적인 존재로서 정상적이고 이성적인 언어와 사유의 방법으로는 인식할 수 없다. 때문에 직관적이고 즉각적인 관조에 의한 깨달음에 의해서 체득할 수밖에 없다.

깨달음의 세계는 논리적인 언어로 전달할 수 없기에 선의 언어는 논리적인 사유를 타파하는 것을 그 특징으로 삼는다. 때문에 선의 언어는 흡사 벙어리가 꾼 꿈과도 같다. 언어의 통발에 빠지고 언어라는 장애물에 걸리면 이것은 진실하지 않은 잘못된 모습이라고 간주해도 무방하다. 그래서 구시화문(口是禍門). 즉 입으로 뱉어내는 논리적인 언어는 도리어 화(禍)를 초래하는 문이 되어 버린다.

운봉열(雲峰悅) 선사에게 한 스님이 "영산회(靈山會)에서 석가모니가 꽃을 든 뜻이 무엇입니까?" 묻자 "말 한마디가 방금 전에 막 입에서 튀어나오면 네 마리 말이 끄는 수레도 쫓아갈 수가 없이 신속하게 달아나 버린다(一言才出, 駟馬難追)."라 대답하였다. "가섭존자가 미소지은 의도는 어디에 있었습니까?"라는 물음에 "구시화문(口是禍門)"이라며 구체적이고 논리적인 언어로 대답하지 않고 침묵했다는 공안이 전해 내려오기도 한다.

선의 언어는 이처럼 논리적인 언어를 부정하고 있기에 불교의 모든 교리를 담은 경전 역시 선에 의해 부정될 수밖에 없다. 불교의 경전은 마음의 다양한 측면을 기술하였는데, 선의 입장에서 보자면 경전은 언어의 제한성과 규격성으로 인하여 무한한 마음의 실상을 온전히 드러내 줄 수 없다. 이처럼 논리적인 언어를 통한 이론적 변증의 한계와 위험을 깊이 자각한 선은 더 이상 전통적이고 논리적인 가르침에 연연하지 않겠다는 선언을 한다. 그것이 바로 "진리로 들어가는 입구에는 문이 없다(無門爲法門)."는 선언이다.

있는 그대로의 본성을 체득한 깨달음의 세계는 논리적인 언어로 표현될 수 없지만 그럼에도 불구하고 인간은 아이러니하게도 언어에 기대고 의존하지 않을 수 없다.

이처럼 딜레마에 빠지는 형국을 극복하기 위해서 선은 어떻게 하는가? 바로 상징(象徵)이나 역설(逆說), 부정(否定)이나 언어도단(言語道斷) 등 논리적인 언어를 회피하는 방향으로 언어를 전개하게 된다. 깨달음의 세계를 말로 전달할 수는 없지만 부득불 말을 하지 않을 수 없는 경우가 있으므로 상식적인 개념들을 부수고 역설(逆說)·상징(象徵)의 언어로 전달할 수밖에 없다.

역설과 상징의 언어

선사들은 절대성을 갖는 자성(自性)이 논리적 언어의 이분법적인 함정, 즉 시비(是非)·선악(善惡)·명암(明暗) 등에 빠지지 않게 하기 위해 특수한 것으로써 보편적인 것을, 상대로써 절대를, 유한한 것으로써 무한한 것을 표현하는 시적(詩的)인 비유와 암시 및 상징을 즐겨 사용한다. 때문에 듣는 사람들을 매우 당혹스럽게 하고 때로는 미혹에 빠지게도 한다. 그러나 이런 언어는 논리적인 언어가 흔히 범할 수 있는 오류나 제한성보다는 상상력을 자극하면서 우리를 훨씬 더 낫고 정확한 방향으로 인도할 가능성이 높다.

어느 스님이 조주(趙州) 선사에게 "왜 고봉(孤峰)에서 혼자 지내십니까?"라고 묻자 "대답하지 않겠다."고 하였다. "왜 대답하지 않으십니까?"라고 재차 묻자 "평지(平地)로 떨어질까 봐."라고 대답하였다고 한다.

고봉(孤峰)은 곧 진리의 본체(本體)의 세계를, 평지(平地)는 곧 현상(現象)의 세계를 상징하는 말로 짐작된다. 결국 상징(象徵)의 언어를 사용할 수밖에 없었던 것이다. 논리적인 언어를 사용한다면 도리어 그 스님을 미혹시킬 것이 분명하기에 그랬을 것으로 짐작된다.

선은 만물의 실상을 파악하고 무심을 성취하기 위해 논리적 언어에 의한 분별을 거부하였다. 시인 역시 이러한 선적인 깨달음의 실상을, 또는 일반인의 눈에 쉽게 보이지 않는 낯선 예술의 세계를 표현하기 위해 상징의 옷을 입힐 수밖에 없다.

우리나라 현대시인 유치환은 〈깃발〉에서 깃발의 상징을 애수로, 순정으로, 백로의 날개로 보았다.

이것은/ 소리 없는 아우성/ 저 푸른 해원(海原)을 향하여 흔드는/ 영원한 노스탈지아의 손수건/ 순정은 물결같이 바람에 나부끼고/ 오로지 맑고 곧은 이념의 푯대 끝에/ 애수는 백로처럼 날개를 펴다./ 아! 누구던가/ 이렇게 슬프고도 애달픈 마음을/ 맨 처음 공중에 단 그는.

세상 모든 것을 처음 본 듯 늘 낯설어하는 아이 같은 예술가가 우연히, 불현듯 삶의 진실의 순간을 포착했을 때 예술가는 어쩔 수 없이 논리적 시비분별의 언어가 아니라 오직 비유와 상징, 역설과 언어도단의 언어들을 동원해서야 비로소 낯선 예술의 세계를 지상에 현현(顯現)시킬 수 있게 된다.

긍정과 부정의 이중 언어

선은 또한 긍정과 부정의 언어를 교차 중복해서 사용하기도 한다. "달마 조사께서 서쪽에서 오신 뜻은 무엇입니까(達磨祖師西來意)?"라는 질문에 마조(馬祖) 선사는 "마음이 곧 부처니라(卽心卽佛)."고 대답했다가 다시 "마음도 부처도 아니니라(非心非佛)."고 부정함으로써 긍정과 부정의 이중적이면서 상호 모순적인 언어 표현을 하였다.

진리의 세계는 마음이 곧 부처인 세계이며, 마음이 부처가 아닌 세계이기도 하며 또 마음도 부처도 아무것도 아닌 세계이기도 하다.

긍정 또는 부정의 어떤 한 측면만을 보여주는 논리적인 언어는 제한적일 수밖에 없다. 그런데 사물을 긍정과 부정 양면에서 해석할 때 비로소 온전한 양상을 드러내기 쉽다. 소금의 맛은 짜며 담백하지 않다. 긍정은 올바른 사실을 드러내 주는 데 반해 부정은 올바르지 않은 사실을 제거해 버리게 한다.

진여(眞如), 즉 본체의 있는 그대로의 실상에 관한 의미를 설명할 때 도저히 논리적인 언어로는 표현할 길이 없으므로 부정의 방식을 추가함으로써 그 의미의 언저리를 간접적이나마 좀 더 풍부하게 드러낼 수밖에 없다.

일으키는 것도 아니고 없어지는 것도 아닌 불생불멸(不生不滅), 더해지지도 않고 줄어들지도 않는 부증불감(不增不減), 성스러운 것도 아니고 평범한 것도 아닌 비성비범(非聖非凡) 등등의 긍정과 부정을 중첩시킨 설명의 방식이 그것이다. 긍정과 부정의 양 극단을 버린 중도(中道)에 궁극적 진리가 있다고 보기 때문일 것이다.

2.1.2. 언어도단

논리적으로 타당하지 않은 언어, 쉽게 말해서 말도 되지 않는 언어가 바로 언어도단(言語道斷)인데 이것이야말로 바로 선의 언어이자 논리이다.

차를 타고 졸다가 문득 졸음에서 깨어나 창밖을 보면 가는 것은 차가 아니라 밖의 산을 포함한 물체들이다. 일순 착각(錯覺)을 하게 되는 것이다. 뒤이어 우리는 흔히 산은 움직이지 않는다는 고정 관념에 집착하여서 다시 애써 차가 앞으로 간다고 생각한다. 그렇다고 재차 의식적으로 산이 움직인다고 집착하면 또 차는 움직이지 않는 실제적 진실에 부합되지 않는 상황이 초래된다.

집착을 여의는 것이 바로 정각(正覺)으로 가는 길이건만 현실의 논리에서는 이를 착각(錯覺)이라고 한다. 그러니 일견 말도 안 되는 듯이 보이는 언어도단을 보일 수밖에 없다.

깨달음의 세계는 '우물이 나귀를 엿보는' 세계이며, '앞산이 물 위로 가는' 세계이며, '석녀가 아이를 낳는' 세계이며, '춘향이가 술을 마셨는데 이도령이 취하는' 세계이다. 또한 '물이 흐르는 것이 아니라 다리가 흐르는(橋流水不流)' 세계이며 '동산이 물위로 걸어가는(東山水上行)' 세계이다.

"너희는 어째서 우물을 판다고 하고, 우물을 메꾼다고 하지는 못하느냐? 한 삽의 흙을 떠내면 한 삽만큼 메꾸어지는 것을 이해하지 못하느냐?"고 하는 ≪능엄경(楞嚴經)≫의 얘기 역시 언어도단을 보여준다. 흙 한 삽을 떠낼 때 공기 한 삽이 들어간다. 흙이나 공기라는 질료의 이동은 있었을지라도 한 삽이라는 부피의 변화는 없다. 그렇기에 또 다른 관점에서 보자면 불생불멸(不生不滅)인 것이다.

아래 시는 언어도단의 극치를 보여준다.

손은 비었는데 호미는 잡혀 있고
걸으면서 가건만 물소를 타고 있네.
사람이 다리 위를 지나가고 있는데
다리는 흐르는데 물은 흐르지 않네.
　　空手把鋤頭(공수파서두), 步行騎水牛(보행기수우).
　　人從橋上過(인종교상과), 橋流水不流(교류수불류).

혜자는 일반적인 개념 정의를 부정하곤 하였다. 그는 "개가 양이 될 수 있다(犬可以爲羊)"고 하였다. 또 "흰 개는 검다(白狗黑)."고 말하기도 하였다. 어둠 속에서는 흰 개도 검게 보인다. 털 색깔로 보아서는 흰 개로 분류된 개도 코의 색깔로는 검은 개로 분류될 수 있다.

이러한 역설적인 논리와 화법에 의하면 "고작 한 자 되는 채찍일지라도 날마다 반절씩 취한다면 영원토록 없어지지 않고 사용할 수 있다(一尺之捶, 日取其半, 萬世不竭)."고 정의할 수도 있다.

80년대 각 학과 전공 출신별로 '코끼리를 냉장고에 집어넣을 수 있는 방법'이란 유머 개그가 유행한 적이 있다. 그런데 이 개그야말로 각 학과의 특징을 너무나 절묘하게 반영했다는 점이 아이러니이기도 하였다.

의류학과 출신은 좀 살벌하기는 하지만 "탈수기에 코끼리를 넣고 돌려서 부피를 줄인 다음 냉장고에 넣는다."고 하였고 중문과 출신은 냉장고 문 위에 "견(犬), 상야(象也)", 즉 "개는 곧 코끼리의 뜻이다."라고 붙여 놓고 개는 코끼리와 똑같다고 정의한 뒤 개를 냉장고에 집어넣는다는 얘기였다. 그중에서도 압권은 법학과 출신의 방법이었다. 당시 군부독재의 살벌한 폭압 정치를 반영하는 듯 "지나가는 개를 붙잡아다가 고문을 해서 코끼리라고 자백받고 개를 냉장고에 집어넣는다."는 내용이었는데 당시 정치 현실을 반영하였기에 웃을 수도 울 수도 없는 묘한 느낌을 갖게 하기도 하였다. 당시의 웃음 코드를 읽을 수 있다.

우리나라 가수인 김광석의 〈두 바퀴로 가는 자동차〉에서 보여주는 언어도단의 세계가 바로 위의 시를 잘 이해하게 도와줄 수도 있겠다.

두 바퀴로 가는 자동차, 네 바퀴로 가는 자전거. 물속으로 나는 비행기, 하늘로 나는 돛단배. 복잡하고 아리송한 세상 위로, 오늘도 애드벌룬 떠 있건만, 포수에게 잡혀 온 잉어만이 한숨을 내쉰다.

남자처럼 머리 깎은 여자, 여자처럼 머리 긴 남자. 가방 없이 학교 가는 아이, 비오는 날 신문 파는 애. 복잡하고 아리송한 세상 위로, 오늘도 애드벌룬 떠 있건만, 태공에게 잡혀 온 참새만이 긴 숨을 내쉰다.

한여름에 털장갑 장수, 한겨울에 수영복 장수. 번개 소리에 기절하는 남자, 천둥소리에 하품하는 여자. 복잡하고 아리송한 세상 위로, 오늘도 애드벌룬 떠 있건만 독사에게 잡혀 온 땅꾼만이 긴 혀를 내두른다. 독사에게 잡혀 온 땅꾼만이 긴 혀를 내두른다.

김광석은 과연 우리들에게 무엇을 들려주고 싶었던 것일까? 복잡하고 아리송한 세상, 이해할 수 없는 세상의 모순을 극명하게 보여줄 수 있는 것은 바로 말도 안 되는 언어도단의 일들이라는 사실, 그리고 그 사실의 내면 속에 진실도 숨겨져 있다는 것을 역설적으로 들려주려 했던 것이 아닐까 생각된다.

언어도단을 바탕으로 전개된 화두가 바로 6조 혜능의 깃발[번(幡)]과 바람[풍(風)] 관련 화두이다.

혜능은 오랜 은둔 생활을 청산하고 광주에 있는 한 절에 갔다. 때마침 바람에 깃발이 펄럭이고 있었다. 그러자 한 스님이 "깃발이 펄럭인다."고 하자 또 다른 스님이 반박하면서 "아닐세! 바람이 불어 흔든 것이야."라면서 서로 다투었다. 그러자 혜능이 "펄럭이는 것은 깃발도, 바람도 아니요, 당신들의 마음이다."고 하여 좌중을 소스라치게 했다는 화두이다.

물체 자체는 있는 것도 아니요, 없는 것도 아닌 있는 그대로의 것이다. 뭐가 흔들렸는지가 중요하지 않으니 흔들리는 행위는 흔들림으로서의 그 자체일 뿐이다. 바람이 불어 흔들린 것이냐, 아니면 깃발이 바람에 펄럭인 것인가? 하고 논리적으로 따지고 분별하는 것은 부질없이 마음을, 자아의식을 거기에 매달았기 때문에 발생한 것이다. 이렇게 되면 움직이고 흔들린 것은 바람도, 깃발도 아닌 우리의 마음인 것이다.

2.2. 선시의 내용

2.2.1. 깨달음

선(禪)과 시(詩), 시(詩)와 선(禪)의 공통점은 깨달음에 있다.

선은 있는 그대로의 본래 참모습을 즉각적으로 파악해서 움켜쥐어야 하는데 그 기본 경로는 깨달음이다. 그런데 이 깨달음을 불가피하게 언어로 표현해야 한다면 그것의 온전한 모습을 손상하지 않기 위해 역설과 상징 등의 시적(詩的)인 언어를 활용할 수밖에 없다. 여기서 선과 시의 위대한 만남이 시작된다.

시인 역시 영감, 다시 말해서 선적(禪的)인 깨달음이 오지 않는다면 시를 쓸 수 없다. 시적 사유와 구상을 진행하기 위해서는 깨달음이 없을 수 없다.

그래서 명대(明代) 호응린(胡應麟)은 ≪시수(詩藪)·내편(內篇)≫에서 시 창작 시 영감과 깨달음의 중요성을 매우 형상적으로 잘 비유하였다.

시 창작은 어떠해야 하는가? 한 번 영감이 와서 깨닫게 된 후에는 온갖 형상의 시적 이미지가 그윽하고 은밀하게 다가옴으로써 심지어 신음을 하여도, 기침하며 침을 뱉어도 언제나 모두 자연스럽고 진실됨[천진(天眞)]에 닿게 된다.

(詩則一悟之後, 萬象冥會, 呻吟咳唾, 動觸天眞.)

2.2.2. 불성(佛性), 경화수월(鏡花水月)

달은 흔히 불성(佛性)에 비유되기도 한다. 월인천강(月印千江), 천 개의 강에 비친 달은 모두 하나이다.

"만 개의 강 물결에 나뉘어 비친 그림자 실은 모두가 같은 것이고, 천 개의 문에 비치는 달빛이 어찌 다른 게 있겠는가(影分萬波曾無異, 光照千門豈有殊)?"

천 개의 강에 달이 비치듯 어디에나 불성(佛性)은 존재하며, 천 개의 강에 찍힌 달이 모두 같은 하나의 것이듯 만물의 불성은 모두 하나이며 본래 참모습은 하나인 것이다.

불성의 본바탕은 어디에 있어도 하나여서 달은 밝음의 본성으로 어디나 비춘다. 그러나 강물은 다르다. 맑은가 하면 흔들리기도 해서 달이 보였다 안 보였다 한다. 강물 스스로가 초래한 결과다. 이런 인과관계를 아래 글은 잘 보여준다.

아미타불의 광명은 청정한 보름달 달빛과 같아서 온 세계를 두루 비춘다. 강물이 맑고 고요하면 달이 온전한 본체를 드러내는데 달이 강물을 선택해서 갑자기 그렇게 나타나는 것이 아니다. 강물이 흐리고 흔들리면 달은 광채를 잃게 되는데 달이 강물을 버리고 갑자기 그렇게 사라져 버린 것은 아니다. 강물에게는 맑거나 흐리고 흔들리거나 고요한 것이 있다고 한다면, 달에게는 강물을 선택하거나 버린다든지, 스스로 사라지거나 나타난다든지 하는 일이 없이 본래 있는 그대로 존재한다.

(彌陀光明如靜滿月普遍十方. 水淸而靜則月現全體, 月非取水而遽來; 水濁而動則月無定光, 月非捨水而遽去. 在水則有淸濁動靜; 在月則無取捨去來.)
—≪수청집(水淸集)≫

불성은 강물에 찍힌 달처럼 볼 수는 있되 손으로 직접 잡을 수는 없고, 느낄 수는 있되 실체를 구체적으로 현현(顯現)시킬 수 없다.

허공에 울려 퍼지는 소리[공중지음(空中之音)], 형상 속에 깃들어 있는 미묘한 색채[상중지색(相中之色)], 물속에 찍힌 달[수중지월(水中之月)], 거울 속의 꽃[경중지화(鏡中之花)]. 모두 불가어(佛家語)로서, 감각 기관을 통해 파악할 수 있는 것들이지만 실체를 투영하는 것들일 뿐이어서 듣고 볼 수는 있어도 손에 직접 잡을 수는 없다.

기독교에서도 이와 동일한 맥락으로 하느님을 설명할 때가 있다. 성령은 바람과도 같아 볼 수는 없고 오직 느낄 수 있을 뿐이다는 말이 바로 그것이다. 직접 손으로 잡거나 감촉할 수 있는 실체적 형상으로 결코 존재하지 않는다는 얘기다.

선사의 깨달음이 그러하듯이 시인의 깨달음 또한 손에 직접 잡을 수는 없다. 그런데 시는 함축적이고 간접적인 이미지와 상징의 언어를 통해 내면에 뜻을 깊이 숨기고 함축시킬 수 있는 특징이 있다.

그렇기에 언어와 언어의 사이, 행간에 감춰진 울림, 언어의 발자취를 벗어나 허공에 매달려 있는 떨림을 통해 깨달음을 전달할 수 있게 된다. 그 세계는 투명하기만 하고 맑기만 해서 느낄 수는 있되 손으로 직접 잡을 수는 없다. 독자 또한 그 투명하고 맑은 선취(禪趣)의 세계를 행간의 울림과 떨림을 통해서 다가가야 한다.

송대(宋代) 승려 경순(景淳)은 《시평(詩評)》에서 시에 담긴 뜻은 눈으로 볼 수 없고 손으로 움켜쥘 수 없지만 느낄 수 있고 깨달을 수 있다고 함으로써 시적 언어의 특징을 매우 생동적으로 묘사한 바 있다.

시의 언어는 뜻을 속살로 담아내는 껍질의 역할을 한다. 마치 인간 세상의 과실 중에 그 형상이 온전한 것은 바같이 껍질이고 안은 속살인 것과 같다. 납 속의 금, 돌 속의 옥, 바닷물 속의 소금, 칠 색깔 속의 아교는 모두 볼 수 없는 것과 같이 시에서 뜻도 언어 속에 담겨 있어 눈으로는 볼 수 없고 오직 느낄 수밖에 없는 것과도 같다.

> (詩之言爲意之殼, 如人間果實, 厥狀未壞者, 外殼而內肉也. 如鉛中金, 石中
> 玉, 水中鹽, 色中膠, 皆不可見, 意在其中.)

2.2.3. 즉각적 파악

선의 깨달음의 방법은 항상 즉각적이다. 논리적 시비 분별을 하지
않는다. 그렇게 선의 관조 대상은 우주의 본질이다. 우주를 선적으로
통찰한다면 어떤 모습일까?

"온 우주를 한 손에 움켜쥐어 보니 꼭 좁쌀 한 톨 크기만 하다(盡大地
撮來, 如粟米粒大)."

시비(是非)를 버리고 내려놓는 방하착(放下着)이 또한 선적인 지향을
그대로 반영한다. 경주 토함산 석굴암 입구 수광전에 다음과 같은
주련이 있으니 의미심장하다.

옛 성인의 길에는 마음이 움직이는 모습이 없었으니
정 따위의 속된 일은 본래 자기 자신을 어길 뿐이라.
달마의 소림사 문중의 일에는
항상 시비를 따질 생각이 없다네.

> 古路非動容(고로비동용), 情然事己違(정연사기위).
> 少林門下事(소림문하사), 不意生是非(불의생시비).

올바른 삶의 길은 근본을 의혹하여 사량 분별(思量分別)하는, 분별
(分別)하고 시비(是非)하려는 생각을 내려놓는 방하착(放下着)에서 출
발한다. 그것이 바로 어떤 것에도 마음이 흔들리지 않는 부동심(不動

心)이다.

모든 것이 있는 그대로 진리이며, 모든 것이 부처의 본성인 불성(佛性)을 지녔으며 본래 자기의 성품인 자성(自性)을 지녔다.

"버드나무는 푸르고 꽃은 붉으며, 까마귀는 검고 백로는 하얗다. 여기에 또다시 무엇을 더 보고 듣는단 말인가(柳綠花紅, 烏黑鷺白. 還見麼, 還聞麼)?"

"봄이 오면 풀은 절로 자라고, 청산은 절로 멈추어 있으며, 흰 구름은 절로 오고간다(春來草自生, 靑山自不動, 白雲自去來)."

하늘은 푸르다, 개가 짖는다, 설탕은 달다. 볼 때, 들을 때, 냄새 맡을 때, 생각할 때 모든 것이 있는 그대로 진리이다. 있는 그대로 본성이요, 진리이다. 우리 마음의 본질은 맑고 텅 빈 거울과 같은데 만약 맑고 텅 빈 마음을 유지하지 못하면 이 세계의 진리를 반영할 수 없다.

있는 그대로의 진리 세계에 대한 깨달음을 노래한 시를 살펴보자.

하늘이 땅, 땅이 하늘로 하늘과 땅이 뒤바뀌었고
강이 산, 산이 강으로 물과 산이 다 비었다.
하늘은 하늘, 땅은 땅, 언제 뒤바뀐 적 있던가?
산은 산, 물은 물, 각각 있는 그대로 뚜렷하다.
　　天地地天天地轉(천지지천천지전), 水山山水水山空(수산산수수산공).
　　天天地地何曾轉(천천지지하증전), 山山水水各宛然(산산수수각완연).

논리적인 언어로 사량 분별하는 인간들에게 천지는 시시각각 뒤바뀐다. 그러나 천지가 언제 뒤바뀐 적이 있었던가? 그것은 인간의 눈에만 그렇게 보였을 뿐이다. 우주의 삼라만상은 있는 그대로의 완전한 모습을 지닌 진리의 세계를 반영하고 있을 뿐이다.

즉견여래(卽見如來), 곧 눈에 보이는 있는 그대로가 여래, 부처이다.

부처의 세계를 알려고 하면
마음을 허공처럼 깨끗하게 해야 한다.
모든 망상과 욕망에서 멀리 떠나
마음 향하는 곳에 걸림이 없게 하라.
     若人欲識佛境界(약인욕식불경계), 當淨其意如虛空(당정기의여허공).
     遠離妄想及諸趣(원리망상급제취), 令心所向皆無碍(영심소향개무애).

마음에서 모든 생각과 망상 및 욕념을 내려놓고 마음을 텅 빈 허공처럼 맑고 깨끗하게 만들어야 한다. 한 생각도 일으키지 않아서 아무런 걸림이 없는 자유자재한 마음 세계, 청정심(淸淨心)을 갖추어야 한다.

청빈(淸貧)을 강조한 시조이지만 스스로 만족함으로부터 번뇌 망상이 사라지고 청정심의 본성을 찾을 수 있는 선적인 정취를 내포하고 있는 시조 한 수를 감상해보자.

십 년을 경영하여 초가삼간 지어내니
나 한 칸 달 한 칸에 청풍 한 칸 맡겨 두고
강산은 들일 데 없으니 둘러두고 보리라

모든 번뇌 망상과 고뇌에서 벗어나고자 한다면 무엇보다 우선 만족할 줄 알아야 한다. 만족할 줄 알면 항상 넉넉하고 즐거우며 평온하다 [유교경(遺敎經)]. 만족할 줄 알면 긍정적으로 받아들여서 모든 게 긍정적으로 일이 풀린다. 그러나 만족할 줄 모르고 다시 또 뭔가를 하려고 하면 자기 앞에 돌아온 몫까지도 걷어차 버린다.

한국 현대 시인 역시 저마다 깨달은 내용을 선적으로 묘사한 시들이 많다. 신대철은 〈박꽃〉에서 노래하였다.

박꽃이 하얗게 필 동안
밤은 세 걸음 이상
물러나지 않는다

벌떼 같은 사람은 잠 들고
침을 감춘 채
뜬소문도 잠 들고
담비들은 제 집으로
돌아와 있다

박꽃이 핀다
물소리가 물소리로 들린다

인간의 시간이 깊은 잠에 빠져들고 소란이 뚝 그쳤을 때 자연의 시간은 도래한다. 인간의 탐욕과 집착과 분노가 내려놓아지는 순간 하얀 박꽃은 피어나고 물소리는 물소리로 들린다. 드디어 있는 그대로의 청정(淸淨)한 자연의 본체가 아무런 걸림이 없이 드러난다.

바람에 날리는 나뭇잎, 흙바닥에 떨어지는 돌멩이, 쉬지 않고 우는 풀벌레. 그 모든 것에, 시공을 초월하여 부처가 있다. 그 모든 곳에서 부처의 소리가 들린다. 산 아래로 흘러가는 계곡물에도 불심(佛心)이 충만해 있다고 보아야 한다.

이외수는 〈풍경〉에서 노래하였다.

가을밤 산사 대웅전 위에 보름달 떠오른다.
소슬한 바람 한 자락에도 풍경소리 맑아라.
때로는 달빛 속에서 속절없이 낙엽도 흩날리고
때로는 달빛 속에서 속절없이 부처도 흩날린다.
삼라만상이 절로 아름답거늘
다시 무슨 깨우침에 고개를 돌리랴.
밤이면 처마 밑에 숨어서
큰 스님 법문을 도둑질하던 저 물고기
지금은 보름달 속에 들어앉아 적멸을 보고 있다.

삼라만상이 절로 아름답다는 것을 깨우친 다음에는 다시 또 깨우칠 대상이 있을 수 없다. 어쩌면 버리고 비우고 깨우치고자 하는 생각도 또 다른 망상이자 집착일 수 있다. 아름다움을 움켜쥔 지금, 깨우치고자 하는 생각도 여의고 비우고 버린 이곳에는 오직 고요한 공(空)의 세계만이 존재한다.

모든 것의 실상과 본체를 있는 그대로 비춰주는 대지혜의 광명(光明)의 세상만이 존재한다.

2.2.4. 진공, 여여, 무심, 자연스러움

선시(禪詩)에는 몇 가지 특징이 드러난다. 귀납하면 대략 진공(眞空), 여여(如如), 무심(無心), 자연(自然)스러움 네 가지 특징이다. 근데 때로는 이 특징들이 독자적으로 나타나기도 하고 때로는 이 네 가지 특징이 융합되어 서로 구분되지 않고 혼연 일체된 모습으로 함께 자주 나타나기도 한다.

첫째, 선시에는 진공(眞空)의 특징이 내포돼 있다.

진공, 공(空)의 경계는 논리적인 언어로 설명하기도 어려워 그만큼 이해하기 어려운 세계이기도 하다.

불교에서 말하는 공(空)은 흔히 '아무 것도 없다', '죽음과도 같은 절대적인 고요와 멈춤 및 허무'로 자칫 오해되기 쉽다. 그렇지 않다. 공은 자연스럽게 그렇게 되는, 큰 덕화(德化), 교화(敎化), 진리(眞理)가 아무런 걸림 없이 흘러 다니는 경계이다. 마치 사람들이 공기 속에 있어도 공기의 존재를 모르듯, 물고기가 깊은 물속에 있어도 물의 흐름을 잊어버리지만 그러나 공기와 물은 여전히 사람과 물고기의 주위에 존재하는 것과도 같다.

둘째, 선시에는 여여(如如)의 특징이 내포돼 있다.

진공의 경계는 또한 있는 그대로의 실상을 간직한 여여(如如)의 세계와 필연적으로 연결된다. 선가에서 말하는 사람과 세계와의 관계는 결국 사람 마음의 외물에 대한 관계를 가리키는데, 사람의 마음은 텅 비었고 담백하기에 외물은 자연스럽게 마음속을 흘러 다닐 뿐 외부 세계의 움직임에 따라 흔들리지 않고, 또 마음과 외부 세계 간의 격리와 단절을 강요하지도 않는다. 이곳에서는 모든 만물이 본체를 간직하며 있는 그대로 존재할 뿐이다. 그래서 여여(如如)의 세계이다.

셋째, 선시에는 무심(無心)의 특징이 내포돼 있다.

텅 비어 아무런 걸림이 없는 진공의 세계, 있는 그대로 존재하는 여여의 세계는 또한 필연적으로 무심(無心)의 세계와 연결된다. 여기서는 한 생각이 일어나는 것을 단절시킴으로써 논리적인 언어를 통한 분별과 구별을 잊어야 한다. 이때 무심의 세계는 구현된다.

넷째, 선시에는 자연(自然)스러움의 특징이 내포돼 있다.

무심의 세계는 또한 필연적으로 자연스러움과 연결된다. 자연스럽게 텅 비어 걸림이 없는 세계를 보여주고, 자연스럽게 있는 그대로를 묘사하고, 자연스럽게 분별이 없는 무심한 세계를 보여주기 때문이다.

운문문언(雲門文偃) 선사에게 누군가 묻자 그가 대답한 문답이다.

"불법(佛法)의 큰 뜻은 어떠한 것입니까(如何是佛法大義)?"
"봄이 오니 풀이 절로 푸르구나(春來草自靑)!"

우리는 이 '춘래초자청'의 현묘(玄妙)한 선적(禪的)인 시구의 함의에서 진공(眞空), 여여(如如), 무심(無心), 자연(自然)스러움 등 네 개의 연결고리를 발견할 수 있다.

큰 덕화(德化)가 흘러 다니는 세계에서는 사람의 의지와는 관계없이 봄이 오면 외계 만물이 절로 생장하고 순환하면서 아무런 걸림과 구속이 없다. 봄이 오자 풀이 절로 푸르러진 것이다. 텅 빈 세계를 외물은 자연 순환의 원칙에 따라 자연스럽게 흘러 다닐 뿐이다. 그리고 자신의 본성대로 풀은 피어나 푸르러질 뿐이다. 이것이 진공의 세계이다. 여여의 세계이다.

'춘래초자청'은 본래 인간의 의지와 아무런 관련이 없이 절로 자연스럽게 그렇게 되는 일을 가리킨다. 절로의 뜻을 나타내는 '자(自)'자가 결국 여여한 세계를 보여주는 동시에 무심과 자연스러움의 세계를 함께 보여주는 키워드가 되고 있다.

당대(唐代) 위응물(韋應物)은 〈조용히 지내다(幽居)〉에서 노래했다.

가랑비가 밤새 내리다 지나갔으니, 봄풀이 자라났을지 모르겠네.

(微雨夜來過, 不知春草生.)

여기서 모르겠다는 '부지(不知)' 역시 '자(自)'와 같은 의미라고 볼 수 있다. 있는 그대로 자연스럽게 진행되는 자연의 법칙이기에 절로 그렇게 되는 것이라서 인간의 자아의식이 개입하여 그것을 분별하는 범주를 벗어나 있는 것이다. 그렇기에 시인은 그냥 모르겠다고 너스레를 떨 수밖에 없었을 것이다.

본래 자연스럽게 진행되는 일이라서 시인 역시 풀이 푸른지 푸르지 않은지 시인이 굳이 생각을 일으켜 분별하고 집착하지 않는다. 봄이 올 것 같으면 오는 것이고, 풀이 푸르게 될 것 같으면 푸르게 되는 것으로 모두 자연스럽게 되는 것이다. 여기에 자연스럽고 무심한 세계가 함께 펼쳐진다고 볼 수 있다.

선시뿐만 아니라 일반적인 한시에서도 진공, 여여, 무심, 자연스러움이라는 선적인 특징은 흔히 함께 드러난다.

먼저 우리나라 조선(朝鮮) 서산대사의 〈감호대(鑑湖臺)〉를 살펴보자.

소나무 금에 시냇물 비파의 영롱한 소리
봄바람에 한 번 누우면 온 생각이 텅 비어진다.
속세에 있어도 또한 속세 벗어났음을 누가 알리오
흰 구름도 저 허공에서 가고 머무르고 하네!

　　松琴澗瑟響玲瓏(송금간슬향영롱), 一臥春風百念空(일념춘풍백념공).
　　在世誰知還出世(재세수지환출세), 白雲行止碧虛中(백운행지벽허중).

이 시는 진공, 여여, 무심의 세계를 모두 보여주고 있다.
소나무가 타는 금소리, 시냇물이 타는 비파소리가 영롱해서 봄바람을 맞으며 잠깐만 누워 있어도 온갖 망상과 잡념이 다 사라지면서 진공의 세계가 나타난다.

흰 구름은 저 맑고 텅 빈 허공에서 가다가 머무르다가 한다. 그저 있는 그대로의 모습을 보여주고 있다. 여여한 세계이다.

온갖 잡념과 망상을 제거하고 있는 그대로 세계를 보니 즉시 무심의 세계를 얻어 속세에 있어도 속세를 벗어난 열반에 들 수 있다.

송대(宋代) 석도천(釋道川)의 〈옛날을 기리다(頌古)〉28수 중 제1수를 살펴보자.

고요한 밤 말없이 산당에 앉았으니
적막하고 고요하며 그대로 자연스럽다.
무슨 일로 서풍에 숲과 들을 흔드는가?
차가운 기러기 한 소리 장천에 울린다.

山堂靜夜坐無言(산당정야좌무언), 寂寂廖廖本自然(적적료료본자연).
何事西風動林野(하사서풍동임야), 一聲寒雁唳長天(일성한아려장천).

산당, 곧 절에 살며 밤을 맞았다. 원래 사찰은 고요한데, 고요히 앉아 있는 스님의 마음은 더욱 적막하고 고요하여 본래 있는 그대로 여여한 세계가 출현하며 자연스러운 세계를 구현하고 있다.

때로 세상은 여전히 숲과 들판을 흔들며 지나가는 서풍처럼 우리의 여여한 본성을 흔들고 지나갈 수도 있다. 그러나 겨울 긴 하늘을 울리고 가는 기러기 외마디 한 소리는 그저 소리일 뿐이다. 텅 빈 하늘에 아무런 걸림 없이 있는 그대로 들리는 소리일 뿐이다. 무심하고 청정한 마음은 아무런 흔들림도 없이 고요함을 유지할 뿐이다. 진공, 여여, 무심의 세계는 그대로 이어진다.

본래 자연 그대로의 순수하고 깨끗한 마음은 흔들림이 없다. 서쪽에서 바람이 불어와도 흔들리지 않는다. 그런데 바람은 어디서 불어와서 이 고요를 뒤흔드는 것일까? 결국 부질없는 일일 뿐이다.

청정심이 흐려지고 한 생각을 일으키면 망상과 잡념이 일어난다. 그러나 우리의 본성, 우리의 청정심은 본래 우주와 같이 맑아서 모든 것을 있는 그대로 비추고 반영할 뿐이지 판단과 구별을 하지 않는다. 청정심과 무심 속에서 푸른 하늘, 하늘을 나는 새소리, 단지 보는 것, 듣는 것은 모두 있는 그대로 불성을 드러낸다. 만물이 완벽하다. 이것이 선시가 언제나 가르치는 내용이다.

2.2.5. 무아, 한가로움

첫째, 선시에는 자아(自我)의 분별과 집착 의식이 드러나 있지 않다. 이른바 무아(無我)의 세계이자 경지가 드러나 있는 것이다.

자아의식을 지닌 우리는 어떤 특정한 견해를 고집하고 종종 그것들에 집착한다. 좋고 싫은 것이 분명하고, 조건과 상황에 매달린다. 우리가 내가 중심이 되어 생각을 시작하면 나와 대상과의 분리가 일어난다. 분별심이 생긴다.

무지(無知)와 무명(無明)은 만물이 끊임없이 변한다는 것을 모르는 것을 가리킨다. 무지하면 우리 마음에 '나'라는 자아의식이 생기고 이어서 자아의식에 대한 집착을 바탕으로 생노병사(生老病死), 행복과 불행의 구분, 태양·달·별 등 사물들의 다른 이름들이 출현한다.

둘째, 선시에는 유달리 한가(閑暇)로운 유유자적(悠悠自適)한 세상이 펼쳐진다. 동시에 고요와 공적(空寂)의 분위기도 함께 연출된다.

이제 무지(無知)가 사라지면 삶과 죽음, 늙음, 병 등 모든 고통이 사라진다. 또한 생각에 집착하지 않으면 너의 마음과 나의 마음이 하나가 된다. 생각 이전의 마음이 너의 실체이고 나의 실체이다. 모든 의견을 놓아버리고 모든 생각을 놓아버리면 무심의 세계가 구현된다.

그렇게 되면 내가 모든 실체와 하나가 되고 진정한 생각이 저절로 나타난다. 이것이 지혜이자 바른 생각이다. 이기적이고 분별적인 자아를 잊은 존재는, 지혜의 광명으로 환하게 비추는 사람은 유달리 한가롭고 유유자적하다. 인위적인 일을 도모할 이유가 없기 때문이다. 그 결과 이연자득(怡然自得), 어떤 현상에 오직 즐거워하고 만족하는 평정(平靜)의 마음을 얻기 쉽기 때문이다.

조선 중엽 취미대사(翠微大師)의 〈산에 살다(山居)〉 시를 감상해보자.

산이 나를 그곳에 살라 부르지 아니하고
나 또한 산을 알지 못한다.
산과 내가 서로를 잊은 곳에
바야흐로 유달리 한가로움이 존재한다.
> 山非招我住(산비초아주), 我亦不知山(아역부지산).
> 山我相忘處(산아상망처), 方爲別有閑(방위별유한).

물고기는 물에 노닐면서 물에 있다는 생각을 하지 않기에 유유자적하다. 내가 모든 나 중심의 생각과 집착을 잊고 이어서 타자이자 대상과 하나가 되었을 때 그곳에는 유달리 한가로운 세상이 구현된다. 그곳이 바로 이상 세계이며 진리가 존재하는 세계인 것이다.

3. 불교 용어의 개념과 화두

3.1. 불교 용어의 개념

불교의 궁극적 지향, 상구보리, 하화중생

불교는 깨달음을 얻고 중생을 계도(啓導)하고자 하는 종교이다. 그리하여 위로는 상구보리(上求菩提), 보리의 지혜를 구하고 닦으며, 아래로는 하화중생(下化衆生), 중생을 교화하여 계도하고자 하는 목표를 궁극적 지향으로 삼는다.

소승불교(小乘佛敎, Hinayana Buddhism)

소승불교의 핵심적 관점은 고통(苦痛)이다. 이 세상 모든 것이 언제나 변화하듯 삶이란 무상(無常)한 것이기에 고통스러운 것임을 깨닫는 데 중점을 둔다. 다시 말해서 소승불교는 우리가 살아가고 있는 이 세상이 덧없는 고통의 바다이며 모든 것이 고통(苦痛)이라는 인식에서 출발한다.

그렇다면 어떻게 이 고통의 세계를 벗어날 수 있는가?

나 중심의 생각을 끊어버림으로써 공(空), 즉 열반(涅槃)의 세계에 도달하는 것이 소승불교 가르침의 궁극적 목적이다. 결국 나 중심의 세상 인식에서 오는 고통을 인지하고 열반의 세계에 도달함을 지향한다고 할 수 있다.

소승불교는 석가모니 부처가 주로 초반에 펼쳤던 가르침을 말하며, 이 가르침을 제자들이 어느 정도 이해하자 대승불교를 가르치기 시작했다.

고통은 어디에서 시작되는가? 고통은 전적으로 우리의 생각이 만들어낸다. 우리의 생각은 왜 고통을 만들어내는가? 우리가 무언가를 생각할 때 나, 즉 에고(ego)가 나타나며 타자 및 대상과 분리가 일어난다. 다시 말해서 나 중심의 생각이 일어날 때 법, 규칙, 이론 등이 나오고, 이런 것들이 나오면 이름[명(名)]과 모양[색(色)]이 나오며, 이름과 모양이 나오면 좋고 싫은 것, 착하고 악한 것, 오고 가는 것, 삶과 죽음, 행복과 불행이 나오게 되는 것이다. 즉 존재와 비존재, 삶과 죽음, 선과 악. 이 모든 상대적인 관점들이 나 중심의 생각에서 비롯되는 것이다. 결국 이런 나 중심의 생각들이 고통을 만들어낸다.

그렇다면 고통의 세상에서 우리가 벗어나려면 어떻게 해야 하는가? 결국 나 중심의 생각을 끊어버림으로써 상대적 세계에서 벗어나 영원불멸의 절대적 세계, 즉 열반(涅槃)을 성취해야 한다.

그렇다면 열반의 세계는 어떻기에 영원불멸의 절대적 세계를 이루는가? 완벽하게 텅 빈 세계, 아무런 걸림과 구속이 없는 자유자재한 세계, 즉 공(空)의 세계이다. 이 세계에는 삶도 죽음도, 오고 감도, 오르고 내림도 없다.

대승불교(大乘佛敎, Mahayana Buddhism)

대승불교의 핵심 관점은 바로 공(空)이다. 소승불교의 종착점이자 귀결점이었던 공(空)에서 대승불교는 다시 새롭게 시작하는 것이다. 그리고 궁극적 목적은 공을 깨달은 뒤에 고통 속에서 헤매는 중생을 구해 내기 위해 대자대비(大慈大悲)의 보살행(菩薩行)을 행하는 것이다.

대승불교는 모든 것이 공(空)하다는 데서 출발한다. 공하다는 것은 곧 텅 비어 있다는 뜻일진대 모든 것이 공하다는 것은 도대체 무엇을 말하는가?

첫째, 우리 마음속에 무언가로 채워진 것이 아무것도 없다는 것이다.

우리의 마음을 채우는 것은 항상 나 중심의 생각이다. 우리가 모든 생각을 끊어버리면 나 중심의 생각이 없어짐으로써 상대적 비교와 분별이 일어나지 않고 대상과 나는 합일이 되어서 아무런 구분이 없어지게 된다. 다시 말해서 나라는 것이 없으면 우리 마음은 거울과 같이 맑게 텅 비어서 앞에 있는 모든 것을 있는 그대로 비출 수 있는, 즉 있는 그대로 보고 파악할 수 있게 되는 것이다.

둘째, 나 중심의 생각이 사라진 공한 세계에서는 모든 것들을 있는 그대로 반영하게 된다.

맑게 텅 빈 거울은 그 앞에 있는 모든 것을 있는 그대로 비춘다. 하늘은 파랗고 나무는 푸르며 개는 멍멍 짖으며, 산은 산이고 물은 물이다. 이처럼 모든 것을 걸림과 구속이 없이 있는 그대로 반영하는 공의 진리의 세계에서는 모든 것이 각각 있는 그대로 완전한 존재이며[일일당당(一一當當)], 각각 있는 그대로의 본체를 갖추고 있다[일일구족(一一俱足)]. 이 관점에 근거하자면 우리 자신을 포함한 모든 것들은 각각 온 우주이며 그 온 우주가 바로 우리 자신이라고 할 수 있다. 그러니 이 세상에 나만큼 존귀한 존재가 또 있을까? 천상천하(天上天下) 유아독존(唯我獨尊)인 것이다.

셋째, 공의 세계에서는 최종적으로 중생을 고통에서 헤어 나오도록 돕는 자비의 삶을 살고자 한다.

기왕에 대상과 내가 합일되고 분열이 없기에 있는 그대로 보게 되었고, 그 결과 있는 그대로의 완전한 본체를 반영하는 진리의 세계를 깨쳤는데, 그렇기에 여기에서 자족하지 않고 한 걸음 더 나아가 고통과 괴로움에서 여전히 헤어 나오지 못하고 있는 중생을 어떻게 도우며 살 것인가를 고민하기에 이른 것이다. 진리를 우리 삶에서 어떻게 실천하며 살 것인가 고민하였고, 그로 인해 바로 대자대비(大慈大悲)의 삶을 살고자 하는 것이다.

　종합하면, 소승(小乘), 대승(大乘), 선(禪)불교는 주장하는 핵심 관점이나 궁극적인 목적, 그리고 그것에 이르는 방법이나 기술이 조금씩 다르다고 볼 수 있지만 그러나 그 방향과 목적은 우리가 어떻게 참나를 깨달아 중생에게 자비를 베풀고 세상에 도움을 주며 살 수 있을까로 귀결지을 수 있지 않을까 생각된다.

여여(如如)

　우주 만물의 본체 또는 실상이 있는 그대로 진실한 모습을 지니고 있다는 사실을 깨닫는 것을 의미한다. 진여(眞如), 즉여(卽如), 여실(如實), 여시(如是) 등으로도 불린다. 우주 만물은 똑같은 실체를 지니고 있으며, 조금도 변하지 않고 있는 그대로 존재한다. 우리 마음이 텅 비고 맑은 거울과도 같이 오로지 비추고 비추고 또 비추기만 할 수 있다면 모든 것이 있는 그대로 진리임을 깨닫게 된다. 하늘은 푸르다. 나무는 초록이다. 꽃은 붉다. 개가 짖는다. 달이 뜬다.

참선(參禪)

　선에 참여하여 진리를 궁구하고자 하는 행위이다. 자세를 바로잡고 천천히 길게 숨을 내쉬고 들이쉬며 호흡을 통제하면서 마음을 통제해 나간다. 생각을 지성의 중심인 머리와 감정의 중심인 가슴에서 내려놓고 우리의 중심인 단전에 마음을 쏟는다. 생각이 천천히 단전에 모여 안정되면 생각과 감정도 맑아진다.

　참선이란 순간순간 움직이지 않는 마음을 갖는 것으로 곧 생각을 끊어버리고자 한다. 생각을 끊어버림은 곧 생각이 일어나기 전의 우리의 마음을 깨닫고자 함이다. 그렇게 되면 마음이 맑아지면서 안과 밖이 없이 완벽하게 하나가 되어서 현재 하는 것을 그냥 할 수 있게 된다.

운전할 때 그냥 운전에 집중하는 것이 운전 참선이다. 영화관에서, 음악 감상실에서 완전히 몰입한 경험을 갖고 있는 사람도 있을 것이다. 이처럼 재미나고 즐거운 행위를 할 때가 아닌 운전과 같은 행위를 할 때 우리는 오로지 운전만 하지 않는다. 손으로는 운전대를 잡고 있지만 생각은 천 리를 달린다. 인간이 각자의 생각, 즉 자신만의 견해, 조건, 상황에 구속되고 사로잡혀 욕심, 분노, 무명을 지닌 채 괴로움을 스스로 만든다. 생각을 일으키고 생각에 집착한 결과이다. 이런 집착이 고통을 만들어낸다. 그러니 순간순간 생각에 매이지 않고 하고 있는 것을 그냥 할 때 모든 것은 이미 참선 수행이다.

생각을 끊고 순간순간에 집중하는 모습은 어떤 모습일까?

행주좌와(行住坐臥), 곧 걷거나 서 있을 때, 앉거나 누워있을 때도 언제나

어묵동정(語黙動靜), 곧 말하거나 침묵할 때, 움직이거나 고요히 멈추어 있을 때도 언제나

일체시(一切時), 곧 어느 때든 간에,

일체처(一切處), 곧 어떤 장소에서든 간에,

무간단(無間斷), 곧 쉼과 중단이 없어야 한다.

시십마(是什麼?), "이 뭐꼬?"

다시 말해서 우리가 이토록 시시때때로 매 순간 이렇게 집중해야 대상은 무엇이며 그 목적은 과연 무엇인가? 그것은 곧 시비 분별의 생각을 끊어버림으로써 순간순간에 몰입하여 나와 대상이 하나가 되고자 하는 것이 바로 그에 대한 해답이 된다.

일념즉시무량겁(一念卽是無量劫), 홀연히 일어난 한 생각이 무량한

억겁의 세월에 이어져서 하나의 마음, 집중된 의식이 지속되어야 하는 것이다. 모든 의식을 집중하여 찰나의 한순간을 영원까지 지속시켜야 한다. 생각을 끊어버리고 의식을 현재의 삶에 집중함으로써 시공을 초월하고자 한 것이다.

정법안(正法眼)

곧 정법안장(正法眼藏)을 가리키며, 불법(佛法), 대도(大道)의 뜻이다. 여기서 '법안(法眼)'은 보살의 눈을 가리킨다.

진리를 볼 수 있는 지혜의 눈으로 깨달은 비밀의 법. 석가모니가 세상의 이치를 깊이 깨달은 후 혼자서 명상하며 깨달음의 기쁨을 맛보던 오묘한 불법을 가리킨다.

사성제(四聖諦)와 팔정도(八正道)

사성제는 불교 교의의 핵심으로 고(苦)·집(集)·멸(滅)·도(道) 네 가지로 구성되어 있다.

고성제는 일체개고(一切皆苦), 존재한다는 것은 모두 고통임을 가리킨다. 고통은 다시 여덟 가지로 집약되어 팔고(八苦)라고 한다.

집성제는 고통이 집착에서 비롯되며, 고통의 원인을 한 가지로 집약하면 그것은 무명(無明), 즉 알지 못함 또는 어리석음에 있다는 것이다.

멸성제는 고통은 멸할 수 있으며 고통의 원인은 무명, 즉 알지 못함이니 알면 고통을 없앨 수 있다는 것이다. 고통을 없앤 상태가 열반이다.

도성제는 고통을 멸하기 위한 여덟 가지의 바른 수행방법, 곧 팔정도(八正道)를 가리킨다.

우리 삶의 모든 면에 적용 가능한 아주 쉬운 수행을 통해 고통을 벗어버릴 수 있는데, 그 수행이 바로 팔정도(八正道)이다. 탐진치(貪瞋

癡) 삼독(三毒), 즉 욕망, 분노, 무지를 버리고 참나로 돌아갈 수 있는 여덟 가지 방법이다.

팔정도에는 무엇이 있는가?

정견(正見), 곧 바른 견해, 정사(正思), 곧 바른 생각, 정어(正語), 곧 바른 말, 정업(正業), 곧 바른 행위, 정명(正命), 곧 바른 삶, 정정진(正精進), 곧 바른 노력, 정념(正念), 곧 깨어 있는 상태, 정정(正定), 곧 바른 수행 등 모두 여덟 가지이다.

인생 팔고(八苦)

인간이 태어나 살면서 겪어야 할 여덟 가지 고통. 삶과 노화, 질병과 죽음 등 생(生)·노(老)·병(病)·사(死)의 네 가지 고통, 여기에 다시 사랑하다 헤어져야 하는 고통인 애별리고(愛別離苦), 싫어하는 사람과 만나야 하는 고통인 원증회고(怨憎會苦), 원하는 것을 갖지 못하는 고통인 구부득고(求不得苦), 오온에서 생겨나는 온갖 고통인 오온성고(五蘊盛苦) 등 네 가지가 덧붙여져 모두 여덟 가지 고통을 가리킨다.

오온(五蘊)

오음(五陰)이라고도 한다. 온(蘊)이란 쌓여 있다는 뜻으로서 집합, 구성 요소를 가리킨다. 오온은 인간 개인의 존재를 구성하는 다섯 가지 구성 요소를 가리키는데, 모두 색(色)·수(受)·상(想)·행(行)·식(識), 간단히 말하면 물질적 형태·느낌·표상·의지·의식 등 다섯 가지로 구성되어 있다고 할 수 있다.

색은 물질적 형태로서 육체를 가리킨다.

수는 감수 작용으로서 감정을 포함한 의지의 작용을 가리킨다.

상은 표상 작용으로서 지각·표상 등을 포함하여 마음속에 어떤 것을 떠올려 관념을 형성하는 것을 가리킨다.

행은 형성 작용으로서 우리가 경험하는 어떤 것을 현재에 존재하는 것처럼 형성하는 작용을 가리킨다.

식은 식별 작용으로서 대상을 구별하고 인식·판단하는 작용을 가리킨다.

개인의 존재는 이 오온에 의해 성립되어 아(我), 자기(自己)를 구성한다. 곧 나라는 존재는 오온이 일시적으로 모인 집합체에 불과할 뿐이다. 그런데 오온은 현상적인 존재로서 끊임없이 생멸·변화하기 때문에 불변의 실체는 결코 아니다. 우리가 어떻게 구성되어 있는지 오온의 관점에서 살펴보자면 실제 나라는 불변한 존재는 없다는 것을 알게 된다.

완벽한 정적과 소멸의 상태에 이르면 마음이 만드는 고통이 완벽하게 공(空)하다는 것을 깨닫게 되는데 이것이 곧 소승불교의 목적인 열반(涅槃)을 의미한다.

육근(六根)과 육식(六識)

육근(六根)은 안(眼)·이(耳)·비(鼻)·설(舌)·신(身)·의(意), 즉 눈·귀·코·혀·몸·마음으로 구성된다.

이 육근에서 육진이 나온다.

육진(六塵)은 색(色)·성(聲)·향(香)·미(味)·촉(觸)·법(法), 즉 색깔·소리·향기·맛·느낌·법을 가리킨다. 우리는 눈으로 색깔을, 귀로 소리를, 코로 향기를, 혀로 맛을, 몸으로 느낌을, 생각으로 법을 아는 것이다.

우리가 꾸는 꿈이란 이 육근을 통해서 우리 기억에 저장된다. 그렇다면 장님은 눈을 통한 의식이 없어서 어떤 사물도 본 적이 없었을 텐데 그런 사람도 꿈을 꿀 수 있는가? 산과 바다를 본 적이 없고,

색깔과 장소도 구별하지 못하는 사람인데 과연 꿈을 꿀 수 있을까?

장님은 시각 의식이 없으며 실제 하늘을 본 적이 없기 때문에 그의 꿈에는 하늘이 나타나지 않을 것이다. 다만 그 역시 걷고 먹고 얘기하고 앉고 옷 입고 목욕을 하기 때문에 그런 행위와 관련된 꿈을 꾸게 될 것이다. 결국 장님도 꿈을 꾼다고 볼 수 있다.

해탈이란 육근과 육진에서 벗어나 아무런 걸림이 없는 무애(無碍)한 경지에 도달하는 것을 이른다.

해탈에 이르기 위해서는 좌선(坐禪)을 통해 마음속에서 일어나는 모든 망상(妄想)과 분별을 제거하고 진여(眞如)의 본성을 파악하고 움켜쥐어야 한다.

육근과 육진에서 벗어나 해탈하는 일이 쉽지 않다는 사실을 아래 어느 한 스님의 시는 잘 보여 준다.

육근·육진에서 벗어나는 일이 범상한 일이 아니구나
줄을 바싹 쥐듯 한바탕 정진해야 한다.
추위가 한 번 뼈에 사무치지 않으면
어찌 매화향이 코를 찌를 수 있으리오!

根塵逈脫事非常(근진형탈사비상), 緊把繩頭做一場(긴파승두주일장).
不是一番寒徹骨(불시일번한철골), 爭得梅花撲鼻香(쟁득매화박비향).

매서운 추위를 견뎌야 매화꽃은 향기를 멀리 발산할 수 있다. '매경한고발청향(梅經寒苦發淸香)', 즉 매화는 추위와 고통을 거치며 맑은 향을 발산한다는 말과 동일한 맥락이다.

이처럼 해탈하기 위해서는 줄을 바싹 잡아당기듯 긴장을 늦추지 않고 한바탕 정진해서 육근과 육진을 없애야만 하니 좀처럼 쉬운 일이 아님은 자명한 일이다.

삼법인(三法印), 세 가지 진리에 대한 인증

소승불교의 가르침을 수행하면 우리의 의식에는 세 개의 진리에 대한 기본적인 인증을 받게 된다.

첫째, 우주 만물과 세상 모든 행위는 시시각각으로 변화하여 동일한 모양으로 머물러 있지 않다는 제행무상(諸行無常)에 대한 인증을 받는다. 그런데도 사람들은 이를 항상 불변하는 존재라고 생각하기 때문에 그릇된 견해를 없애야 한다고 본 것이다.

둘째, 모든 법 내지 진리는 인연에 따라 생기고 사라지므로 고정된 실체, '나'라고 할 본체가 없다고 보는 제법무아(諸法無我)에 대한 인증을 받는다. 이 세상이 무상하니 본래 아무것도 없다는 것을 알게 된다. 모든 법, 원칙, 인간, 개, 산, 나무 등 우주의 모든 것의 이름과 모양은 끊임없이 변한다. 모든 것은 공에서 나와 결국 공으로 돌아간다.

셋째, 삼독(三毒)에 의해 일어났던 모든 번뇌가 사라지고 해탈을 얻은 평온한 마음상태인 열반(涅槃), 그리고 마음에 번뇌가 없고 몸의 괴로움이 사라진 편안한 해탈의 경지인 적정(寂靜)으로 구성된 열반적정(涅槃寂靜)의 인증을 받는다.

열반은 완벽한 적정의 상태를 일컫는 이름이다. 모든 것은 완벽한 적정과 소멸의 상태에서 나와 공(空)과 소멸의 상태로 되돌아간다. 열반은 생사를 윤회하는 고통을 벗어난 피안(彼岸)이다.

상락아정(常樂我淨)

법신(法身)과 열반(涅槃)에 갖추어져 있는 네 가지 덕성이자 특징을 가리킨다. 영원히 변하지 않는 상(常), 괴로움이 없고 평온한 낙(樂),

대아(大我)·진아(眞我)의 경지로서 집착을 떠나 자유자재하여 걸림이 없는 아(我), 번뇌의 더러움이 없는 정(淨) 등이 있다.

생멸멸이(生滅滅已), 적멸위락(寂滅爲樂)

생과 멸이 다 소멸하고 나면 적멸한 것이 즐거움이 된다. 생과 멸이 모두 없어져야, 곧 생명의 모든 형상을 초월하여야 비로소 불과(佛果)를 얻을 수 있다. 죽고 사는 것에 대한 집착이 없어지면 참된 즐거움을 얻는다는 말인데, 결국 사람은 죽은 뒤에 진실한 낙을 얻는다는 뜻이 되기도 한다.

무여(無餘)와 유여(有餘)

무여(無餘)는 무여열반(無餘涅槃)을 가리킨다. 번뇌를 끊고 분별(分別)의 지(知)를 떠나 육신까지 없애서 들어가는 열반이다. 곧 죽은 뒤에 들어가는 열반이다. 도를 얻은 경계가 곧 무여열반인데 무위(無爲)라고 부르기도 한다. 무여열반은 대승경계(大乘境界)이다.

유여(有餘)는 유여열반(有餘涅槃)을 가리킨다. 번뇌는 완전히 소멸되었지만 아직 육신이 남아 있고 미세한 괴로움이 남아 있는 상태이다. 유여열반은 소승경계(小乘境界)이다.

제상개비상(諸相皆非相)

≪금강경(金剛經)≫에서 말했다. "인상, 아상, 중생상, 수자상 일체가 다 공하다. 일체가 다 공하니 일체의 제상이 모두 상이 아니다(人相我相衆生相壽者相 一切皆空, 一切諸相皆非相)." 이 말은 곧 영원한 아트만은 없으며 인간만이 갖는 불변의 특성도 없으며, 불변한 채 윤회하는 존재도 없으며 영원한 생명의 뿌리도 없다는 뜻이다.

인상(人相)은 내가 사람이라는 관념이다. 사람에게는 다른 생명들과는 다른 특별한 자성이 있어서 우월하고 특별하다고 여기는 관념이다. 그러나 인간이라고 해서 특별히 불변의 자성을 갖고 있지 않다는 것이 바로 무인상(無人相)의 가르침이다.

아상(我相)은 내가 있다는 관념, 나와 남을 구분하는 관념이다. 아트만이라고 하는 절대적이고 영원한 자성(自性)이 있다고 주장하는 것을 말한다. 불변의 아트만은 없다는 것으로 바로 무아(無我)의 가르침이다.

중생상(衆生相)은 계속해서 윤회하는 불변의 생명체가 있다는 관념이다. 그러나 불변의 자성으로서 윤회하는 생명체는 없으며 상호 의존하는 연기(緣起)로서 윤회한다는 것이 바로 무중생상(無衆生相)의 가르침이다.

수자상(壽者相)은 생명체에게는 명근(命根)이 있어 영원성을 갖고 불변하다고 여기는 관념이다. 그러나 위의 아상(我相)에서 이미 보았듯이 아(我)의 주체는 없으므로 무수자상(無壽者相)이라고 하는 가르침이다.

일체개공(一切皆空)

만법개공(萬法皆空)이라고도 한다. 일체 만물, 모든 현상은 불변하는 실체가 없다는 것이다. 일체법(一切法)은 인연을 따라 생기는 것이므로 거기에 아체(我體), 본체(本體), 실체(實體)라고 할 만한 것이 없기에 공(空)이라고 말하는 것으로 모든 존재의 실상은 공하다는 것이 바로 본질이다.

선종의 계통: 달마(達磨) 조사(祖師)에서 6조 혜능(慧能)까지

서역 페르시아에서 6세기 갈대 잎을 타고 북위(北魏)의 수도 낙양(洛

陽)에 나타난 승 달마(達磨) 조사에게서 선의 역사는 시작된다. 전체 불교에서 달마는 28대 조사로 간주된다.

2조 혜가(惠可)에서 3조 승찬(僧璨), 4조 도신(道信)에 이르기까지 100여 년의 시간이 흐르는데 이 기간이 선의 준비기에 해당한다.

7세기 중엽에 이르러 5조 홍인(弘忍)이 제자들을 가르치면서 불교 옹호론자인 측천무후(則天武后)의 지원에 힘입어 사회적 동력을 더욱 얻기 시작한다.

6조 혜능(慧能)에 이르러 선은 새로운 불교 운동으로서의 기반과 동력을 얻기 시작한다. 혜능은 비교적 미개한 지역인 영남(嶺南) 지방의 광동(廣東) 출신으로서 본인 역시 일자무식(一字無識)으로 장작을 팔아 생계를 유지하였다. 자신을 찾아온 혜능에게 5조 홍인이 "오랑캐 지방 출신이 어찌 부처가 되겠다고 하느냐?" 하자 "사람이야 남북이 갈리지만 불성(佛性)에는 무슨 차이가 있겠습니까?" 하였다. 이에 혜능의 그릇을 확인한 홍인은 여러 가지 시험 끝에 수제자이며 점수론(漸修論)자인 신수(神秀)를 제치고 그에게 법을 전수한다. 이리하여 혜능의 돈오론(頓悟論)을 종주로 떠받치는 남종선(南宗禪)이 선의 정통의 맥을 이어가게 된다.

신수와 혜능을 상호 비교하면, 신수는 북쪽 지방에서 '늘 점진적으로 수련한다'는 점수의 교의로 사람들을 가르쳤는가 하면 혜능은 남쪽 지방에서 '본래 아무것도 없다'는 돈오의 법문을 설하였기에 '남돈북점(南頓北漸)'이라는 말이 생겨났다. 이후 몇 대의 전파를 거쳐 중국 전역으로 선종이 확산되어 불교의 다른 종파를 압도하였다.

신수와 혜능 간에는 매우 유명한 일화가 전해지고 있다.

5조 홍인은 마음의 지혜가 밝아 자신의 참 본성을 잃지 않아야 하며 자신의 본성을 꿰뚫지 못하고는 구원은 없다고 보고, 제자들에게 자신의 참 본성을 보아 내고 이를 확인하는 게송을 짓게 한다.

그러자 신수가 게송(偈頌)을 짓는다.

몸은 깨달음의 나무
마음은 밝은 거울의 받침대.
시시때때로 부지런히 털고 닦아서
먼지를 일으키지 않게 해야 한다.

　　　身是菩提樹(신시보리수), 心如明鏡臺(심여명경대).
　　　時時勤拂拭(시시근불식), 莫使惹塵埃(막사야진애).

우리의 본래 마음은 밝은 거울처럼 텅 비어 청정하다. 그런데 우리의 마음이 점차 맑고 깨끗함을 잃었기 때문에 부단히 털고 닦아서 먼지가 일어나지 않고 때가 끼지 않도록 해야 한다. 이것이 바로 장기간 점차적인 수련 끝에 불법의 이치를 깨닫고 성불할 수 있다는 점수론(漸修論)이다. 이리하여 신수는 북종선(北宗禪)의 창시자가 되었다. 하지만 홍인은 제자 신수가 여전히 그의 본성의 실제를 꿰뚫고 깨달음에 이르렀다고 보지 않았기에 그의 경지를 인정해주지 않는다.

신수의 게송에 대해 제자 혜능은 서로 다른 관점을 보이는 게송을 남긴다.

깨달음의 나무란 본래 없고
밝은 거울 역시 받침대가 아니다.
불성은 항상 맑고 깨끗하니
어디서 먼지를 일으키겠는가!

　　　菩提本無樹(보리본무수), 明鏡亦非臺(명경역비대).

佛性常淸淨(불성상청정), 何處惹塵埃(하처야진애)?

제3구는 '본래무일물(本來無一物)', 즉 '본래 아무것도 없으니'로 되어 있는 판본도 있다.

성불(成佛)은 한순간의 깨달음 속에 있으니 찰나에 자성(自性)을 문득 깨달으면, 즉 돈오(頓悟) 성불할 수 있다는 것이 돈오론(頓悟論)이다. 돈오론에서는 전통 불교에서 주장하던 독경(讀經)·명률(明律)·염불(念佛)·좌선(坐禪) 등의 수행 공부는 그다지 중요한 의미가 없다. 중생들 모두가 불성(佛性)을 지녔다면 부처는 스스로의 본성 속에 있는 것이기에 즉각적으로 그것을 파악하고 움켜쥐면 되는 것이지 밖에서, 다시 말해서 본성이 있지도 않은 엉뚱한 곳에서 법을 구할 필요가 없는 것이다. 그리고 바로 움켜쥐면 되는 것이기에 시시때때로 먼지를 털어내듯이 날마다 좌선하면서 수행하는 일은 실로 번거로운 일이며 불필요한 일일 수밖에 없다.

혜능은 훗날 남종선(南宗禪)의 창시자가 되었고 스승 홍인(弘忍)의 인가를 받아 선종의 6조(六祖)가 되었다.

선종의 사구게(四句偈)

선종은 이론이나 지식에 집착하는 교종(敎宗)의 방법론을 비판하고 '불립문자', '교외별전', '직지인심', '견성성불'을 돈오를 위한 방법론으로 제시하였는데 이를 '사구게(四句偈)'라고 한다.

---

*불립문자(不立文字): 언어 문자로 가르침을 세우는 것이 아님을 가리킨다.
*교외별전(敎外別傳): 교리 등으로 절대적 가치나 의의를 부여하지 않음을 가리킨다.
*직지인심(直指人心): 참다운 지혜는 마음 곧 본성을 아는 것일 뿐이므로 마음을 깨쳐야 부처가 된다는 것을 가리킨다.

*견성성불(見性成佛): 마음이 곧 불성(佛性)이므로 마음을 아는 것이 불성을 보는 것임을 가리킨다.

≪금강경(金剛經)≫의 가르침

---

*실체를 가지고 있는 모든 것은 허망한 환상이다(凡所有相, 皆是虛妄).
*모든 현상을 존재하지 않는 환상이라고 깨닫게 되면 바로 여래(如來), 즉 참 자아를 깨닫게 될 것이다(若見諸非相, 卽見如來).
*생각이 마땅히 어디에도 머무르고 집착함이 없이 마음을 일으키라(應無所住, 而生其心). 곧 텅 빈 마음, 자성(自性), 청정심(淸淨心)을 갖고 모든 경계에 상응하라는 뜻.
*바깥에 드러난 모양을 참 나로 보고 소리로 참 나를 찾으려 하면 사람은 곧 바르지 못한 길을 걷게 될 것이며 여래(如來)인 참 나를 찾을 수 없을 것이다(若以色見我, 以音聲求我, 是人行邪道, 不能見如來).
*현상계의 일체 모든 법이 꿈이며 환상(또는 허깨비)이며 물거품이며 그림자와도 같고 이슬이며 또한 번갯불과도 같으니, 마땅히 이와 같이 볼 줄 알아야 한다. (一切有爲法, 如夢幻泡影, 如露亦如電, 應作如是觀.)
곧 모든 것이 꿈과 같이 실체가 없음을 깨달아 모든 번뇌와 집착과 분별심을 버리라는 뜻.

≪반야심경(般若心經)≫의 가르침

---

*오온이 공하다는 것을 깨달아서 일체 모든 괴로움과 번뇌에서 중생을 구해낸다(照見五蘊皆空, 度一切苦厄).
*모양은 공과 다르지 않고, 공은 모양과 다르지 않다(色不異空 空不異色).
*모양이 공이고, 공이 모양이다(色卽是空 空卽是色).
*나타나지도 사라지지도 않고, 더럽지도 깨끗하지도 않으며, 늘어나지도 줄어들지도 않는다(不生不滅 不垢不淨 不增不減).
*어떤 것과도 비교할 수 없는 완전한 깨달음, 일체 만상을 두루 아는 지혜(正等正覺).
*간다 간다 간다. 고해를 넘어 고통이 없는 곳으로 간다(아제아제 바라아제 바라승아제 보리사바하).
이것은 다른 사람을 위해 대자대비심을 행동으로 옮기는 실천을 의미.
*마하반야바라밀다심경: 지혜로 가는 위대한 길.
마하(Maha)는 위대하다, 반야바라밀은 지혜의 완성, 심경은 마음의 길이라는 뜻.

≪대열반경(大涅槃經)≫의 가르침

---

*모든 것은 무상하다. 이것이 바로 나타났다 사라지는 생멸법이다. 나타났다 사라지는 생멸법이 다 없어지고 나면 비로소 일체가 끊어진 적멸에 도달한 경지의 즐거움을 얻게 된다(諸行無常, 是生滅法, 生滅滅已, 寂滅爲樂).

≪화엄경(華嚴經)≫의 가르침

---

*과거, 현재, 미래 삼세의 모든 부처님(내지는 만물의 실체, 실상)을 남김없이 알고자 한다면 법계, 우주 만물의 본질이 모두 마음이 만들어내는 것이라는 사실을 응당 볼 수 있어야 한다(若人欲了知, 三世一切佛, 應觀法界性, 一切唯心造).
*일체 만법이 나지도 않고, 일체 만법이 없어지지도 않나니, 만약 진실을 이와 같이 이해할 수 있을 것 같으면 모든 부처님이 항상 눈앞에 나타날 것이다(一切法不生, 一切法不滅. 若能如是解, 諸佛常現前).

3.2. 공안, 화두

공안(公案) 또는 화두(話頭)

선사들은 공안 내지는 화두를 붙들고 참구(參究)함으로써 깨달음에 이르고자 하였다. 그렇다면 이렇게 깨달음에 이르게 하는 수단 방편으로서 공안 내지는 화두는 무엇을 가리키는가?

공안은 화두라고도 하는데, 본래는 관공서의 문서로서 옳고 그름을 판단하는 표준이란 뜻을 지녔다. 나중에 선사의 깨달음의 기연(機緣)이 된 특별한 이야기 또는 제자들을 깨달음으로 인도하던 언행 역시 공안이라 부르게 되었는데, 그들의 언행이 모범이 되어 범접할 수 없는 권위를 지닌데다가 제자들이 깨쳤는지 못 깨쳤는지를 판정하는 기준이 되었기 때문이었다.

중국 사상사적으로 송대(宋代)로 들어오면 회의적이면서 사변적인 지식 풍조가 성행하면서 이 사조의 영향으로 선사의 언행을 기록한 어록(語錄) 또는 등록(燈錄) 등이 많이 지어진다. 시대와 사회가 복잡다 양하게 변화하면서 불립문자(不立文字)를 기반으로 한 참구(參究)와 체득(體得)의 방법으로는 깨달음을 위한 방편으로 더 이상 충분치 못하다고 판단되었기 때문이다. 여기에는 참선이 점차 대중화되어 갔던 요인을 빼놓을 수 없다.

이로 말미암아 송대의 선종은 공안 등의 선어(禪語)들을 중심으로 문자선(文字禪)·간화선(看話禪)이 성행하는 단계, 곧 언어 문자를 떠나지 않는 불리문자(不離文字)의 길로 들어서게 된 것이다. 공안은 이처럼 학인(學人)들에게 '문을 두드리는 기왓장[고문와자(敲門瓦子)]'이 되어 깨달음의 길로 인도하는, 선의 수련을 위한 방편이 되었다.

그런데 공안은 수수께끼와도 같이 알쏭달쏭한 내용의 것으로서 이것을 풀기 위해서는 단순하게 접근해야 한다. 있는 그대로 보는 눈이 중요하니, 곧 분별을 쉬는 공부(工夫)가 필요한 것이다. 지식으로 사량(思量)하려 들어서는 안 되는 것이다.

확연무성(廓然無聖)

선종 공안의 이름이다. 성제(聖諦) 제일의(第一義), 곧 성스러운 진리의 제일 으뜸의 뜻이라고 불리기도 하는 공안이다. 남조(南朝) 양(梁)나라의 무제(武帝)가 달마 조사를 접견하더니 자신이 치적을 어느 정도 세웠다고 생각하여 그에게 물었다. "제가 얼마나 공덕을 받을 수 있겠습니까?" 그러자 달마 조사는 "공덕이 하나도 없습니다."라고 하였다. "그렇다면 부처님께서 주신 신성한 가르침은 무엇입니까?"라는 무제의 물음에 다시 "성스러운 것은 없습니다. 오직 텅 비고 확 트인 공(空)이 있을 따름입니다(廓然無聖)."고 하였다. 또 "당신은 도대체 누구요?"

라는 무제의 물음에 "모르겠습니다."라고 하였다.

'확연'이란 어떤 것에도 집착하지 않는 확 트인 무심의 경지를 가리킨다. '확연무성'이란 우주 자체의 진리는 일체가 공(空)한 것으로서 범부(凡夫)와 성자(聖者) 간의 차별이 없음을 가리킨다.

일상성(日常性)과 평상심(平常心)

마조(馬祖) 선사는 누구인가? 그는 남악(南嶽) 회양(懷讓)의 제자이며 남악 회양은 6조 혜능의 제자이기도 하다. 6조 혜능이 선의 실질적 창시자라면 마조는 그 중흥조라고 할 수 있을 것이다.

마조 선사는 평상심과 일상성을 강조하였다. 그는 "평상시의 마음이 바로 도다(平常心是道)."라고 했는데 평상심이란 무엇을 말하는가? 인위적 조작과 주관적 가치 판단이 없고, 의도적 선택이 없는 것, 존재에 대한 고착이나 방기가 없고, 진리에 대한 환상도 없는 바로 그곳을 가리킨다. 있는 그대로의 실상을 아무런 두려움이나 공포 없이, 욕망의 흔적과 조바심이 없이 직관할 수 있어야 한다.

마조는 또한 "물을 긷고 땔나무 섶을 져 나르는(運水及搬柴)" 일상 속에 도(道)가 존재하고 있다고 보아 일상성(日常性)을 강조하였다. 깨달은 자는 세계를 움직이는 권능과 신통력을 갖는 것이 아니라 다만 세계를 보는 새로운 눈과 삶을 대하는 새로운 태도를 얻었을 뿐이라고 여겼다. 마조 선사의 직계인 백장회해(百丈懷海) 선사는 선의 목표인 독립성과 자율성을 확대하기 위해 "하루 일하지 않으면 하루 먹지 말라(一日不作一日不食)."는 표어를 지침으로 삼기도 하였다.

비심비불(非心非佛), 마음도 아니고 부처도 아니다

마조의 뛰어난 제자 중에 대매(大梅)라는 사람이 있었다. 그가 "부처란 무엇입니까(如何是佛)?" 묻자 마조는 "마음이 곧 부처이니라(卽心卽佛)." 답변하였다. 이 말을 듣고 문득 깨달은 대매는 산 속으로 들어간 뒤 자취를 감추었다.

마조가 그의 소식이 궁금하여 사람을 보냈는데 보낸 사람이 마조 스승이 요즈음은 "마음도 아니고 부처도 아니다(非心非佛)."고 가르치신다고 하자 "그 양반은 언제나 사람을 헛갈리게 안 하실까? 그래도 나는 여전히 마음이 부처라는 진리를 지키겠다." 했다. 이를 들은 마조가 말했다고 한다. "이제 매실이 익었구나!" 제자인 대매의 성취를 인가한 것이다.

"마음이 곧 부처다"라는 말이 겁약(怯弱)과 비관(悲觀)에 빠진 자들을 위한 독려라면 "마음은 부처가 아니다"는 말은 자만과 낙관에 빠진 자들을 향한 경고이다. 이렇게 불교 경전에 점철되어 있는 변증이나 상호 모순적 발언들은 그런 점에서 반쪽의 동일한 진리치를 갖는다고 할 수 있다. 그렇기에 긍정의 언어와 부정의 언어를 중첩하여 사용한다고 볼 수 있다.

시십마(是什麼), 이것은 무엇인가?

마조 선사의 직계 제자로 백장회해(百丈懷海) 선사가 있다. 마조와 백장이 문답을 주고받는다.

"이것은 무엇인가(是什麼)?"

"들오리입니다(野鴨子)."

"어디로 갔는가(什處去也)?"

"날아가버렸습니다(飛過去也)."

그러자 마조가 백장의 코를 잡아 비틀었고, 백장은 하늘이 무너질 듯 구슬피 통곡하였다. 동료들이 백장이 통곡한 원인을 마조에게 찾아가서 물었다. 마조는 백장이 그 이유를 잘 알 거라고 대답해주니, 다시 사람들이 백장에게 찾아갔다.

그러자 백장이 박장대소하는데, "왜 아까는 울고 지금은 웃는가?"라고 물으니 "아까는 울었고 지금은 웃고 있다네(適來哭, 如今笑)."라고 대답했다고 한다.

인간이 궁극적으로 깨달아 해탈해야 할 세계는 무엇인가? 바로 논리의 인과의 고리도 깨쳐야겠지만 더욱 궁극적으로는 희노애락(喜怒哀樂)의 감정의 고리를 끊어야 한다. "들오리가 날아가버렸다."고 한 것은 논리적으로 구성한 언어라면 코를 비틀자 고통에 겨워 "통곡하는" 행위는 감정의 행위이며 감정의 저변에 대한 최상의 언어이다. 결국 이 감정의 고리를 끊고 해탈하는 것이 중요하기에 마조는 이 점을 깨닫게 해준 것이다. 통곡한 이유를 물으니 "아까는 울었고 지금은 웃는다."고 대답한 근거도 바로 여기에 있다고 할 수 있다.

조고각하(照顧脚下), 발밑을 살펴

마조 선사의 "발밑을 살펴[조고각하(照顧脚下)]"는 자기가 서 있는 자리를 살피라는 공안이자 자기가 서 있는 현실을 되돌아보라는 공안이다. 선사들이 참선하는 선방 앞 섬돌에 흔히 있는 표어이기도 하다.

어느 제자가 마조 선사에게 물었다. "무엇이 부처입니까?" 그러자 마조 선사는 "하늘은 푸르다. 나무는 초록이다."고 아주 평범하게 대답해주니 제자는 "물론 저도 그 정도는 알고 있습니다."고 실망할 수밖에 없었다.

그 뒤에 갑자기 마조 선사가 "발밑을 살펴."라고 제자에게 말하니 그때 마침 독사가 한 마리 기어가고 있었다. 순간 제자는 매우 놀라서 뒤로 다급하게 물러났고 그 순간은 어떤 생각도 완전히 다 사라져버린 뒤였다.

이때는 "하늘은 푸르다."든지 "나무는 초록이다."고 분별하여 인식하는 생각이 확 사라져버린 것이다. 푸른 하늘, 초록 나무가 진실이라는 것을 우리 모두는 머리로 잘 알고 있다. 그런데 어떤 사실을 이해하고 있다 할지라도 순간순간 맑고 텅 빈 마음을 유지하지 못할 때 이 지적이고 논리적인 이해는 옳게 기능하지 않아 우리에게 아무런 도움이 되지 못한다. 그러니 순간순간 맑은 마음을 유지하는 것이 중요하다. 알고 이해한다는 것만 가지고는 우리가 도움을 얻을 수 없다는 것을 보여주는 공안이다.

구자무불성(狗子無佛性), 개에게도 불성이 없다

조주(趙州) 선사에게는 유명한 무(無)자 공안이 있다. 어느 학승이 "개에게도 불성이 있습니까?"고 묻자 "없다(無)"라고 대답해준다. 이 제자 스님은 분명 "만물에 불성이 있다."고 들었기에 물었던 것이다. 그렇기에 조주 선사는 제자의 분별하는 마음을 구제해 주기 위해 일부러 "없다."라고 부정의 발언을 한 것이다. 제자는 모든 것의 옳고 그름을 구분하고 따지는 이원론적인 발상에 사로잡혀 있었던 것이다. 그래서 조주는 그 마음을 바로 알아보고 일부러 "개에게는 불성이 없다"라는 부정의 답변을 해 준 것이니 이 무(無)자 공안은 결국 생각에 대한 집착을 치료해주기 위한 데 목적이 있었다고 할 수 있다. 있고 없음의 개념을 구분하고 따지는 한 생각을 쉬라는 내용이다.

끽다거(喫茶去), 차나 한잔 들러 가시게

평상심이 곧 도(道)이기에 선은 행주좌와(行住坐臥)의 일상생활 속에서 불법(佛法)을 파악하려 하고 멀리 바깥에서 구하려 하지 않는다.

진리는 일상, 그리고 순간순간 오직 여기에 있을 뿐이다.

어느 초심자가 조주 선사에게 가르침을 청하자 "죽은 다 먹었느냐 (吃粥了未)?"라고 되레 반문하였다. 그가 "이미 먹었다."라고 하자 "그럼 발우나 씻으러 가시게!"라고 하니 그 초심자는 문득 크게 깨달았다고 한다. 평상심(平常心)이 곧 도(道)라고 한다면 일상적인 행위가 모두 도의 표현이다. 수행은 평상시 죽을 먹는 일과도 같은데 죽을 이미 먹었다 하니 "발우나 씻으러 가시게!"라고 하여 여전히 가장 평범한 일상사를 그대로 행하는 것이 곧 도라는 사실을 계속 강조한 말이라 하겠다.

조주는 사람들에게 "이곳을 와본 일이 있느냐?"고 묻곤 대답이 긍정이든 부정이든 간에 모두에게 "차나 한잔 들러 가시게(喫茶去)"라고 했다고 한다. 이 말의 이유를 묻는 자에게도 역시 똑같은 대답을 했다고 한다. 진리는 평상시의 행위 속에 담겨 있기에 그런 것이지 않겠는가!

정전백수자(庭前柏樹子), 뜰 앞의 측백나무

한 스님이 조주(趙州) 선사에게 물었다. "달마 조사께서 서쪽에서 동쪽으로 오신 뜻은 어디에 있나요(祖師西來意)?" 조주 선사가 대답했다. "뜰앞의 측백나무에 있지[정전백수자(庭前柏樹子)]!" 조주는 그때 우연히도 뜰앞의 측백나무를 보고 있었던 것이다. 진리는 이처럼 어떤 신비한 모습으로 존재하는 것이 아니라 우리 앞에 이미 있는 그대로 존재한다는 사실을 보여주는 공안이다.

한편, 설두(雪竇) 스님이 한 도반(道伴)과 조주의 이 뜰 앞의 측백나무 화두를 얘기하고 있자 심부름하는 행자(行者)가 이를 보고 웃었다. 그 이유를 물으니 다음과 같이 대답한다. 마음의 눈을 뜬 매와 멍텅구리

개에 관련된 이야기이다.

> 흰 토끼가 몸을 가로로 옛길을 향해 있으니
> 푸른 매가 언뜻 보더니 산 채로 사로잡아 가네.
> 나중에 온 사냥개는 민첩한 성품이 없으니
> 오랜 참죽나무 아래서 쓸데없이 찾기만 할 뿐.
>> 白兔橫身當古路(백토횡신당고로), 蒼鷹一見便生擒(창응일견편생금).
>> 後來獵犬無靈性(후래엽견무영성), 空向古椿下處尋(공향고춘하처심).

있는 그대로 모든 상황을 맑게 인식하는 것, 그래서 안과 밖을 분별하지 않고 그대로 하나가 되는 것, 이것이 깨달음이다. 깨달음은 이처럼 즉각적이고 민첩해야만 비로소 진리를 꽉 움켜쥘 수 있는 것이다.

건시궐(乾屎橛), 똥 닦는 막대기

퇴비로 뿌리기 위해 긴 똥 닦는 막대기로 똥통을 저은 뒤 오물을 재에다 굴려 말리고, 똥 닦는 막대기는 볕에 내놓아 말렸다. 화장실에서 나오던 운문(雲門) 선사에게 한 스님이 물었다. "무엇이 부처입니까?" 스님의 눈에 똥을 닦을 때 쓰는 긴 나무막대기가 들어왔다. "마른 똥 닦는 막대기이다." 진리란 바로 그런 것이다. 모든 것이 있는 그대로 진리이기 때문에 생각이 끊어질 때, 마음이 움직이지 않을 때 모든 것이 있는 그대로의 실상이자 진리를 체현하는 것이다. 바로 순간순간의 삶, 그것이 불보(佛寶)이다.

점심(點心), 어느 마음에 점을 찍으려 하는가?

덕산(德山) 선사는 ≪금강경(金剛經)≫에 정통하여 주금강(周金剛)이라 불리기도 하였다. 덕산 선사는 남중국의 스님들이 하루 종일 면벽 수행을 통해 부처가 됐다는 이야기를 전해 듣고 그들을 테스트하기 위해 길을 떠났다. 깊은 산 속을 걷던 중 작은 주막을 발견했는데 주인 할머니가 덕산을 알아보고 물었다. "이 먼 곳까지 어인 일이신가 요?" "내가 ≪금강경(金剛經)≫으로 무지몽매한 스님들을 깨우쳐주러 가는 길입니다." "그렇다면 제가 하나 물어보겠는데 대답을 제대로 하시면 제가 점심을 공짜로 드리지요."

"≪금강경(金剛經)≫에서 '과거의 마음도, 현재의 마음도, 미래의 마음도 얻을 수 없다(過去心不可得, 現在心不可得, 未來心不可得).'라고 했는데, 스님은 떡을 먹고 점심 요기를 하겠다고 하니 과연 어느 마음에 점을 찍으시겠습니까?" 과거는 이미 지나갔고 미래는 아직 오질 않았고 현재는 멈춤 없이 연속 지나가고 있는데, 과연 어디에다 점을 찍을 수 있으며 무엇을 붙잡을 수 있겠는가 하는 촌철살인의 반문이다.

이에 덕산 선사는 말문이 막혀 "누구에게 배웠느냐?" 하니 "저기 높은 산에 용담(龍潭) 스님이 계신다." 하였다.

덕산 스님이 절에 머물던 어느 날 저녁, 용담 스님을 모시고 밖에 서 있었다. "밤이 깊었는데 왜 들어가지 않는가?" "너무 깜깜합니다." 그러자 용담이 촛불을 건네주었는데, 덕산이 그것을 받는 순간 용담은 도로 혹 불어 촛불을 꺼버렸다. 덕산은 어둠에 빠져들면서 순간적으로 대오각성하게 되었다.

밖의 모든 외면적 불이 꺼지고 나서야 비로소 덕산의 마음에 있는 내면의 불꽃이 그 찬란한 광채를 발하기 시작했던 것이다. 어둠에 대하여 밝음, 빛, 진리라고 하는 횃불을 꺼버려야 되는 것이니, 바로 그것을 믿고자 하는 마음을 지워버려야 하는 것이다. 촛불이라는 이른바 깨달음의 방편, 그 방편을 꺼버려야 하는 것이다. 그 순간 유(幽)

와 명(明), 곧 어둠과 밝음이란 이원론적 구분과 차별이 해소되어 버리는 것이다.

암환주인(巖喚主人), 주인공아!

서암(西巖) 선사는 언제나 자기 자신에게 스스로 "주인공아!" 하고 부른 다음 "예" 하고 대답했다. "언제나 정신을 바짝 차리거라" "예!"

우리 마음의 진짜 주인은 아주 단순하고 맑고 깨끗한 마음, 청정심(清淨心)이다. 이 맑은 마음을 가지면 내가 나의 주인이 되면서 만물 역시 바로 나와 하나가 된다. 우리에게는 일반적으로 두 개의 마음이 있다. 내가 중심이 되는 이기적인 마음이 있는가 하면 맑고 깨끗한 청정심이 있다. 이 중에서 우리는 과연 어떤 마음을 참 주인공이자 나의 주인으로 간주하고 있는가?

공문불긍출(空門不肯出), 텅 빈 문으로 나가려 하지 않네!

고령신찬(古靈神贊)은 당대(唐代)의 선사로 선종의 고승이었다. 신찬이 하루는 마룻바닥을 닦고 있는데 벌 한 마리가 옆문이 열려 있는데도 창호지 옆에 달라붙어 나가려고 발버둥 치고 있었다. 그리하여 혼잣말로 "세계는 광대하고 넓은데 어찌하여 낡은 창호지만 뚫고 있느냐?" 하고 중얼거린 뒤 한 편의 시를 남겼다.

텅 빈 문으로 나가려 하지 않고
창문을 뚫으려 하니 저 큰 어리석음이여!
백 년을 낡은 종이 뚫으려 해 보아야
언제나 곤경에서 빠져나올 날 있으리오!
　　空門不肯出(공문불긍출), 投窓也大癡(투창야대치).

百年鑽故紙(백년찬고지), 何日出頭時(하일출두시).

　빛이 드는 창문의 밝음에만 집착하여 뚫으려고 하는 벌의 어리석음은 곧 깨우침이 없는 우리네 중생의 어리석음을 빗댄 말이다.
　어느 날 고령신찬이 목욕하는 은사 스님의 등을 밀면서 혼잣말을 했다. "법당은 훌륭한데 부처가 영험함이 없구나(好所佛堂, 而佛不聖)." 그러자 은사 스님이 이런 고령신찬의 비범함을 알아차리고서 모든 스님들을 법당 안으로 모이게 한 뒤 신찬에게 설법하게 했다. 아래는 그 설법의 내용이다.

　민첩하고 밝은 지혜가 홀로 빛나
　육근 육진을 멀리 벗어났네.
　있는 그대로의 변함없는 본체 드러나니
　논리적인 언어 문자에 구애받지 않네.
　마음의 본성은 물듦이 없이
　본래부터 절로 원만하게 성취를 이룬다.
　다만 허망한 인연을 여의기만 한다면
　곧 있는 그대로 부처가 되리라!
　지수화풍(地水火風) 4대가 각기 꿈처럼 흩어지니
　육근 육진 심식이 모두 본래 공하도다.
　부처와 조사께서 깨달은 곳을 알고자 하는가?
　서산에 해가 지니 동산에 달이 솟는다.
　　　영광독휘(靈光獨輝), 형탈육근(逈脫根塵).
　　　체로진상(體露眞常), 불구문자(不拘文字).
　　　심성무염(心性無染), 본자원성(本自圓成).

단리망연(但離妄緣), 즉여여불(卽如如佛).
사대각리여몽중(四大各離如夢中), 육진심식본래공(六塵心識本來空).
욕식불조형선처(欲識佛祖廻先處), 일락서산월출동(日落西山月出東).

고령신찬은 인간의 본래 성품을 깨달은 사람이 부처인데 이런 부처에 이르는 길을 이 시에 설파하였다.

진리는 있는 그대로이다. 서산에 해가 지니 동산에 달이 솟는다. 여여(如如)하다. 마음이 공(空)하면, 청정(淸淨)하면 맑은 거울과 같게 되어 있는 그대로 비춘다. 그때 우리는 순간순간의 찰나의 진실의 세계를 얻는다. 그것이 진리이다. 본성이 불성이다.

짚신시불(짚신是佛), 짚신이 부처야!

이 공안은 한국에서 유래한 화두이다. 한국의 석두(石頭) 스님은 머리가 나쁜 돌머리였지만 매우 노력가였다. 그가 스승에게 물었다. "부처란 무엇입니까?" 스승이 "마음이 곧 부처다."란 뜻의 "즉심시불(卽心是佛)"이라고 대답해주자 석두는 그 말을 "짚신시불"로 잘못 알아듣고 3년 동안 이 화두를 가지고 수행 정진하게 되었다. 조금도 의심하지 않고 오직 이 질문에 매달리며 정진한 것이다.

어느 날 나무를 해오다 바위에 걸려 넘어져 나무는 쏟아지고 짚신 한 짝이 멀리 날아갔다. 그 순간 석두 스님은 깨달았다. 날아간 짚신과 그의 마음이 완전히 하나의 우주가 된 것이다. 그때 그는 그의 참모습, 본성을 깨달았다. 그래서 외쳤다. "아! 부처가 바로 짚신이로구나!"

제 2 장

중국 시인의 선시 감상

제2장 중국 시인의 선시 감상

1. 위진남북조(魏晉南北朝)의 선시

혜원(慧遠: 334~416)

혜원은 동진(東晉)시대 안문(雁門) 누번(樓煩), 지금의 산서(山西)성 영무(寧武)현 사람이다. 젊었을 때부터 글 읽기를 좋아하여 유교 경전을 두루 섭렵하였으며 특히 노장(老莊)사상에도 매우 능통하였다.

21세 되던 해 유명 스님 도안(道安)의 설법을 듣고는 바로 유학과 노장사상을 포기하고 불교사상을 배우기 위해 항산(恒山)에서 출가를 하였다. 후에 스승인 도안의 명을 받들어 남쪽으로 내려가 설법을 널리 전파시켰고 여산(廬山)으로 들어가 동림사(東林寺)를 세웠다. 402년에 유유민(劉遺民) 등과 함께 백련사(白蓮社)를 세워 서방정토에 왕생할 것을 기원하였고 미륵정토(彌勒淨土)의 법문(法門)을 제창함으로써 정토종(淨土宗)의 시조가 되었고 스승 도안의 뒤를 이어 동진시대 불교계 최고의 수장이 되었다.

혜원은 여산에서 30여 년 동안 거주하면서도 전혀 산을 벗어나지 않았다. 매번 산에 유람 온 손님을 배웅할 때조차도 여산 동림사에 있던 시내 호계(虎溪)를 경계로 삼아 그 밖으로는 나가지 않았다고 한다. 그런데 도연명(陶淵明), 육수정(陸修靜)을 배웅할 때 무심코 호계를 건너 버려 세 사람이 크게 웃었다는 일화가 전해진다. 호계삼소(虎溪三笑)란 성어가 여기서 나왔다.

그는 시를 쓰는 스님으로 널리 알려졌으며 유명 시인 도연명(陶淵明), 사령운(謝靈運), 유명 스님 구마라십(鳩摩羅什) 등과 왕래하며 교제를 하였기에 중국 시인의 선시 범주에 포함시켜 함께 감상하고자 한다. 그런데 아쉽게도 지금까지 겨우 시 한 수만 전해지고 있는데 그 시가 바로 여기 인용한 〈여산 동림에서 멋대로 쓴 시(廬山東林雜詩)〉이다. 중국에서 최초로 여산의 유명한 경관을 묘사한 작품이라는 의의를 부여할 수 있다.

〈여산 동림에서 멋대로 쓴 시(廬山東林雜詩)〉

높다란 바위 맑은 기운 뿜어내고
깊은 산굴에는 신령한 이의 자취가 깃들어 있다.
희미하게 나는 소리는 온갖 자연의 소리를 연주하고
산 위에서 미끄러지는 폭포의 물방울 소리가 울려 나온다.
홀로 어둡고 깊은 곳에서 노니는 나그네 있으니
마침내 가려는 곳조차 잊었다.
손 휘둘러 높이 솟은 산사(山寺)의 대문 어루만지니

선계(仙界)의 관문인들 어찌 숨기에 충분하리오.

마음을 흐르게 해서 현묘한 대도의 문빗장을 두드리니

지극한 이치에 있어선 불(佛)·도(道) 간에 간격이 없음을 깨닫는다.

이것에 정통하게 되면 하늘 제일 높은 곳으로 날아오르게 되니

하늘로 치솟아 오르려 날개를 떨치며 흔들 필요 없다.

절묘함은 양자가 똑같고 취지 역시 절로 균일하니

일단 깨닫게 되면 그 효용은 정직하고 성실하며 견식이 넓은 친구를 뛰어넘는다.

> 崇巖吐淸氣(숭암토청기), 幽岫棲神跡(유수서신적).
> 希聲奏群籟(희성주군뢰), 響出山溜滴(향출산류적).
> 有客獨冥游(유객독명유), 徑然忘所適(경연망소적).
> 揮手撫雲門(휘수무운문), 靈關安足辟(영관안족피).
> 流心扣玄扃(유심구현경), 感至理弗隔(감지리불격).
> 孰是騰九霄(숙시등구소), 不奮衝天翮(불분충천핵).
> 妙同趣自均(묘동취자균), 一悟超三益(일오초삼익).

---

*岫(수): 산굴

*群籟(군뢰): 수많은 자연의 소리

*溜滴(류적): 물방울이 미끄러지다.

*徑(경): 마침내. 빠르다. 곧바로.

*雲門(운문): 산문(山門). 사찰. 높이 솟은 대문.

*靈關(영관): 험준하고 중요한 관문. 선계(仙界)의 관문.

*辟(피): 피하다. 숨다. 떠나다.

*扣(구): 채우다. 걸다. 두드리다. 치다. 내려치다.

*扃(경): 문빗장. 출입문. 닫다.

*九霄(구소): 하늘 제일 높은 곳. 높고 높은 하늘. 아주 높은 곳. 선인의 거처.

*孰(숙): 정통하다. 숙련하다. 익숙하다. 무르익다.

*奮(분): 흔들다. 분발하다.

*衝天(충천): 하늘로 치솟다. 충천하다.

*翮(핵): 깃촉. 새의 날개죽지. 조류.
*三益(삼익): '三益之友(삼익지우)'를 뜻한다. 즉 사귀어 이로운 세 부류의 벗으로서,
　정직한 사람과 성실한 사람, 견문이 넓은 사람을 가리킨다.

【 감상 】

　400년 경 봄에 제자들을 거느리고 여산(廬山)의 석문(石門)을 거닐며 감회를
쓴 시이다. 이 시는 경치 묘사에 기대어 오도(悟道)를 결심하며 자연의 이치에
대한 흥취를 표현한 일종의 이취시(理趣詩)이다.

　앞의 네 구는 산 속 깊은 계곡 경치의 심오함을, 후반 네 구는 어두운 곳을
거닐며 느낀 감회를 묘사하였다. 불가와 도가 양가 모두 세속을 떠나는 것을
지향으로 삼고 있다는 사실을 산 속에서 깊이 깨닫게 되어 산수에 푹 빠진 채
감정을 억제할 수 없을 만큼 즐겁게 지내는데 이런 삶이 이치상 매우 자연스러워
어떤 장벽도 느껴지지 않는다.

　이 이치를 명료하게 알고 나면 몸은 바로 하늘 높이 날아오를 수 있으니 굳이
속세에서 아등바등 다툴 필요가 없는 것이다. 불가와 도가에서 깨달음을 얻음이
속세 친구 사귀는 인간의 도리를 이해하는 것보다 훨씬 더 유익하다는 사실을
알게 된다.

　이 시의 경관 묘사는 훗날 사람들의 빼어난 찬양을 얻게 되었다. 청대 심덕잠
(沈德潛)의 ≪고시원(古詩源)≫에서 "고승의 시라서 절로 맑고 심오한 기운을
지니게 되었다(高僧詩, 自有一種淸奧之氣)."라고 평가하였다.

　이 시는 또한 불가와 도가 양가 사상을 한곳에 모아 통일시켜놓았으며 세속을
초월하여 벗어나고자 하는 지향을 공표하였고 또한 이치상 옛 전통문화의 여러
영역과도 관련을 맺음으로써 동진(東晉) 시대의 사회와 사조를 깊이 반영하였다
고 볼 수 있겠다.

도연명(陶淵明: 365~427)

　도연명의 이름은 잠(潛), 자는 원량(元亮)이며 오류선생(五柳先生)이란 별호가 있다. 그가 세상을 뜬 뒤에 후세 사람들이 그를 칭송하여 정절(靖節)이란 시호를 부여했기에 세상에서는 정절선생으로 불리기도 한다. 심양군(尋陽郡) 시상현(柴桑縣), 지금의 강서(江西)성 구강(九江) 사람이다.

　그는 일찍이 강주좨주(江州祭酒), 건위참군(建威參軍), 진군참군(鎭軍參軍) 등을 역임하였고 마지막으로 팽택현(彭澤縣)의 현령을 80여 일 동안 지내다가 사직하고 마침내 전원으로 돌아와 은거하며 지냈다.

　그는 동진(東晉) 말기에서 송(宋) 초기에 이르기까지 활약하였는데, 중국의 위대하고 걸출한 시인이자 사부가(辭賦家)요 산문가(散文家)가 되었다.

　도연명은 고향으로 돌아와 은거하면서 농촌 생활에서 얻은 체험을 바탕으로 전원의 경물을 아주 성공적으로 묘사하였다. 전원생활이 그의 시의 중요한 제재가 되었기에 훗날 사람들은 그를 전원시인(田園詩人)이라 부르기도 하였다. 특히 그는 일상생활 중의 아주 미세한 일들을 골라 자신의 감정을 부어넣음으로써 소박하고도 맑은 시적 형상을 조성하였으며, 서사적 경물 묘사와 서정적 논의를 결합하여 예술적 통일체를 이루었다고 평가되고 있다.

　그는 중국 제일의 전원시인으로서 훗날 고금 은일시인(隱逸詩人)의 종주, 전원시파(田園詩派)의 시조로 칭송되기도 하였다.

　저작으로 ≪도연명집(陶淵明集)≫을 남겼다.

〈전원으로 돌아와 살다(歸園田居)〉 제1수(其一)

어려서부터 세상에 맞는 풍도가 없었고
본성이 본래 언덕과 산을 좋아했다.
세상 그물 속에 잘못 떨어진 지
어언 십삼 년이 흘렀다.
새장 속의 새는 옛 숲을 그리워하고
연못의 물고기는 옛 못을 그리워한다.
남쪽 들판 끝에 황무지를 일구며,
소박한 본성을 지키려 전원으로 돌아왔노라.
네모난 택지 십여 마지기에
여덟아홉 칸의 초가집이라.
느릅나무 버드나무는 뒷 처마에 그늘 드리우고
복사꽃 오얏꽃은 집 앞에 늘어서 있다.
어슴푸레하니 마을이 멀리 있는데
촌락에선 모락모락 연기 피어오른다.
개는 깊은 골목 안에서 짖고
닭은 뽕나무 위에서 운다.
집 밖 뜨락에는 번잡한 티끌이 없고
텅 빈 집안에는 한가로움이 넘친다.
오랫동안 새장에 갇혀 있다가
이제야 다시 자연으로 돌아오게 되었구나.

少無適俗韻(소무적속운), 性本愛丘山(성본애구산).
誤落塵網中(오락진망중), 一去十三年(일거삼십년).
羈鳥戀舊林(기조연구림), 池魚思故淵(지어사고연).

開荒南野際(개황남야제), 守拙歸園田(수졸귀원전).
方宅十餘畝(방택십여무), 草屋八九間(초옥팔구간).
楡柳蔭後簷(유류음후첨), 桃李羅堂前(도리나당전).
曖曖遠人村(애애원인촌), 依依墟里煙(의의허리연).
狗吠深巷中(구폐심항중), 鷄鳴桑樹顚(계명상수전).
戶庭無塵雜(호정무진잡), 虛室有餘閑(허실유여한).
久在樊籠裏(구재번롱리), 復得返自然(부득반자연).

---

*塵網(진망): 세속을 가리킴.
*羈鳥(기조): 새. 새장 속의 새.
*淵(연): 깊은 못. 깊은 물웅덩이.
*守(수): 고수하다. 지키다.
*拙(졸): 우둔하다. 어리석다. 둔하다. 서투르다. 보잘것없다. 졸렬하다.

【 감상 】

이 시는 도연명의 대표적인 전원시이다. 이 시는 시인이 벼슬을 버리고 돌아온 후 1년 되던 해인 405년, 42세 때 쓴 작품이다.

그는 귀향의 이유로 성품이 세상 정치에 맞지 않아 소박한 본성을 지키고자 [수졸(守拙)] 다시 전원으로 되돌아왔다[반자연(返自然)]고 하고 있다.

그의 시는 곳곳에서 더러운 현실 세계에 대한 혐오와 평안하고 고요한 전원생활에 대한 열망을 엿볼 수 있다. 위의 시에서 보면 그의 정치적 생애는 일단 자기 본성과 맞지 않았고 관직의 세계는 더럽고 추한 곳이었으며 또한 자기를 구속시키는 곳이었음을 알 수 있다. 더러운 세계임을 암시하는 티끌 먼지, 곧 진(塵)이라는 말이 두 번이나 출현하였고, 또 자신을 구속하는 세상임을 암시하는 새장, 곧 기(羈), 번농(樊籠)이란 말 역시 두 번이나 나오고 있기 때문이다. 벼슬을 그만두고 다시 돌아온 전원의 세계는 한가로움이 유달리 넘치는[여한(餘閑)] 것으로 묘사하고 있으니 그의 만족과 즐거움이 어느 정도인지를 충분히 엿볼 수 있다.

전원산수(田園山水)와 같은 자연 경물은 선적(禪的)인 의취(意趣)를 가장 많이 담고 있는 매개체라고 할 수 있다. 자연을 서사한 도연명의 자연 산수시 역시 선가(禪家)의 본래 모습이 담겨 있다고 할 수 있으니 이른바 농사일과 선을 함께 중시하는 사상이 자연스럽게 표현되어 있는 것이다. 진실한 일상생활과 고된 노동의 현장 경험을 시 속에 담음으로 인해서 그의 시에는 깨달음의 경지와 즐거움이 내재되어 넘쳐나고 있다. 그래서 오직 현실의 삶에서 실천하고 있는 자만이 비로소 가질 수 있는 사상적 역량을 표현해낼 수 있었다.

도연명의 시는 예술적으로 언어가 소박하고, 꾸밈없이 진솔하게 묘사하여 읽는 이로 하여금 매우 친근감을 느끼게 하며 또한 인위적으로 꾸미고 다듬는 수사의 흔적이 거의 보이지 않으니 이 점 역시 선의 경지와 딱 알맞게 부합하고 있다.

불교적으로 인생의 3단계 경지를 표현할 때 아래와 같이 이미지를 비유적으로 운용하여 설명하기도 한다.

제1단계는 "장심화설(掌心化雪)"이다. 손바닥 한가운데 눈을 받쳐 들고서 눈을 녹이는 경지이다. 인내심과 의지력을 상징하는 말이다.

제2단계는 "은완성설(銀碗成雪)"이다. 은주발에 흰 눈을 가득 담은 경지이다. 초월적이고 초탈함을 보이는 한편으로 은빛 주발의 정밀하고 정치함, 한가하고 빼어난 정취까지 함께 드러내고 있다. 오직 마음을 고요하게 집중하여 어떤 일을 해야만 비로소 그 일을 더욱 훌륭하게 해낼 수 있다는 인생 태도를 대표적으로 표현한 말이다.

제3단계는 "백마입로(白馬入蘆)"이다. 흰말이 갈대꽃밭으로 들어가는 경지이다. 이 경지는 없는 듯 있는 듯한 경지를 가리키는데, 나와 대상, 곧 물(物)과 아(我)가 서로의 존재를 잊는 물아양망(物我兩忘), 물아일체(物我一體)의 경지를 표현한 것이라 할 수 있다.

사령운(謝靈運: 385~433)

　　사령운은 남조(南朝) 송(宋)나라 때 시인으로 대대로 회계(會稽), 지금의 절강(浙江)성 소흥(紹興)현에서 살았다. 동진(東晉)의 명장(名將) 사현(謝玄)의 손자로 세습 봉작(封爵)인 강락공(康樂公)을 18세에 세습하였기 때문에 세상에서는 흔히 사강락(謝康樂)이라 부르기도 한다. 송(宋)나라로 들어오면서 영가태수(永嘉太守)로 벼슬이 강등되기도 하였다. 정치에 뜻을 두지 않고 산수에다 감정을 쏟아 붓는 한편으로 자신의 재능을 믿고 남을 깔보았기 때문에 결국에는 나중에 광주(廣州)로 좌천되었다. 만년에 모함을 받아 비참하게 살해당하였다.

　　사령운은 진(晉)·송(宋) 두 조대에 걸쳐 활약한 유명한 산수시인으로 산수시파(山水詩派)를 개창한 최초의 시인이기도 하다. 그의 산수시는 매우 자연스럽고 사랑스러워 동진의 화려하기만 하고 실속이 없었던 기풍을 단번에 씻어내 버렸다. 그의 시구는 풍부하고 아름다우면서도 간간이 현묘(玄妙)한 시어와 속어가 끼어 있기도 하였다. 그는 불교에 조예가 자못 깊어 늘 명승과 교류를 하였으며 ≪금강반야경(金剛般若經)≫에 주석을 달기도 하였다.

　　사령운의 시 중 세상에 전해지고 있는 유명한 시구로는 다음 두 구절이 있다.

　　"연못가에 봄풀 돋아나고, 정원 버드나무에는 새 울음소리 달라졌네(池塘生春草, 園柳變鳴禽)."[〈연못가 누각에 오르다(登池上樓)〉]

　　"흰 구름은 깊은 바위를 껴안고 있고, 푸른 조릿대는 맑은 잔물결 어루만지네(白雲抱幽石, 綠篠媚清漣)."[〈시녕의 별장에 들르다(過始寧墅)〉]

〈석벽정사에서 무호로 돌아가는 도중에 짓다(石壁精舍還湖中作)〉

아침저녁으로 날씨는 변해도
산수는 맑은 빛 머금고 있다.
맑은 빛이 사람을 정말 즐겁게 하니
나그네는 편안해서 돌아갈 생각을 잊는다.
계곡을 나올 적엔 날이 아직 일렀는데
배를 타니 햇빛은 벌써 어슴푸레해진다.
숲 골짜기에 석양빛이 모여들고
구름 노을에 저녁 안개가 자욱하다.
마름과 연꽃은 번갈아 눈부시게 빛나고
부들과 피는 서로 기대어 있네.
밀어 헤치며 남쪽 지름길을 빨리 걸어
기쁜 마음으로 동쪽 집에 눕는다.
생각이 담박하니 세상사 절로 가볍고
마음이 만족하니 이치에 어긋남이 없다.
섭생하는 이들에게 전하나니
이 방법을 써보는 것은 어떠신지?

> 昏旦變氣候(혼단변기후), 山水含淸暉(산수함청휘).
> 淸暉能娛人(청휘능오인), 游子憺忘歸(유자담망귀).
> 出谷日尙早(출곡일상조), 入舟陽已微(입주양이미).
> 林壑斂暝色(임학렴명색), 雲霞收夕霏(운하수석비).
> 芰荷迭映蔚(기하질영울), 蒲稗相因依(포패상인의).
> 披拂趨南徑(피불추남경), 愉悅偃東扉(유열언동비).
> 慮澹物自輕(여담물자경), 意愜理無違(의협이무위).
> 寄言攝生客(기언섭생객), 試用此道推(시용차도추).

*湖(호): 무호(巫湖). [석벽정사가 무호 부근에 있음]
*淸暉(청휘): 맑은 햇빛.
*暝色(명색): 황혼의 경색(景色). 어두운 빛깔.
*菱荷(기하): 마름과 연(풀)
*雲霞(운하): 석양의 구름과 노을
*夕霏(석비): 저녁 무렵 구름.
*蒲稗(포패): 부들과 피.
*慮澹(여담): 생각이 담박해지다.
*意愜(의협): 마음에 만족스럽다. 마음이 흐뭇하고 즐겁다.
*攝生客(섭생객): 도를 추구하며 장생을 위해 노력하는 사람
*此道(차도): 이런 삶. 시인이 살고 있는 방식.

【 감상 】

중국의 대표적인 산수시인인 사령운(謝靈運)의 이 시는 영가태수를 사직하고 고향으로 돌아갔을 때 지은 시이다. 자연 산수에 푹 빠져 있는 시인의 모습을 전편에 걸쳐 읽을 수 있다.

아침저녁으로 조변석개하는 날씨지만 자연 산수는 맑은 빛을 담고 있다. 맑은 빛에 마음을 뺏겨 집을 나섰고 급기야는 집으로 돌아갈 생각조차 잊으면서 노닐었다. 집에 돌아가려 배에 오르자니 벌써 햇빛이 어슴푸레해진다. 숲 골짜기는 석양의 기운이 모여들고 노을에도 저녁 안개가 자욱하다. 길가의 풀들을 헤치면서 빠른 걸음으로 걸어 집에 도착하여 누우니 기쁨이 밀려온다.

이처럼 욕심이 없고 마음을 깨끗하게 하면 세상 만물이 절로 가볍게 생각되는 것이고, 마음이 만족스러우면 이치에 어긋날 게 하나도 없다. 바로 이게 생명을 잘 보존하고 누리는 섭생의 길인 것이니 오로지 섭생을 목표를 하는 자들이 꼭 깨우쳐야만 할 방법이기도 하다. 욕심 없이 깨끗하게 생각을 가지고 만족스러운 마음을 갖는 것이 중요한데, 그런 사람들만이 아마도 산수에 담긴 맑은 빛을 진실로 향유할 수 있을지도 모른다.

이 시는 자연 산수의 뛰어난 풍광 감상에 뒤이어서 불가(佛家)의 지극한 이치까지 깨닫게 된 즐거운 심정을 묘사하고 있다. 이는 마치 송대(宋代) 조동종(曹洞宗)의 스님인 석옥(石屋)이 〈산에 살다(山居)〉 시에서 "득의한 마음으로 산을 보니 산이 더욱 좋아지고, 도(道)에 합치되길 추구하는 마음 없었건만 도리어 도에 감응하여 서로 받아들이게 된다(得意看山山轉好, 無心合道道相應)."고 한 말과 비슷한 과정이라 하겠다.

사벌등안(捨筏登岸), 뗏목을 버리고 언덕에 오른 다음 동쪽 정원에 은거하면서 불가의 이치의 오묘함을 깊이 음미하고자 한다면 어떻게 해야 하는가? 모름지기 생각이 담박(澹泊)해서 주변 사물을 가벼이 여길 수 있어야 하니 그렇게 할 수 있다면 이치에 어긋남이 없게 된다. 마음속 지혜를 밝히고 참된 본성을 즉각적으로 파악할 수 있는 것, 즉 명심견성(明心見性)해야만 비로소 마음을 닦는 길이 될 수 있다.

시 전체의 기법이 속되지 않고 감정[정(情)], 경치[경(景)], 이치[이(理)]를 한 용광로 안에서 고루 녹여 융합시킴으로써 거대한 예술적 매력을 지니고 있어서 이 시는 역대로 많은 시인들에 의해 찬양을 받아왔다.

2. 당대(唐代)의 선시

한산은 당대 시를 쓰는 스님으로 유명하였는데 스스로 호를 한산자(寒山子)라 하였다. 성명, 본관, 생졸년이 모두 잘 알려지지 않았다. 대략 현종(玄宗)과 대종(代宗) 연간에 생존하였던 것으로 보인다.

젊어서 관리가 되었으나 관직 생활은 평탄치 않아서 결국에는 관직을 그만두고 세상을 두루 돌아다녔으며 훗날 천태(天台) 취병산(翠屏山)에 은거하였다. 그곳은 깊숙하고 외진 곳에 위치하여 매우 추웠으며 심지어 여름에도 눈이 내려서 한암(寒巖)이라는 이름으로 불리기도 하였다.

한산은 시를 읊조리고 게송(偈頌)을 짓기를 좋아하여 매번 시를 짓게 되면 바로 암벽 사이나 나무 위에 써놓곤 하였다. 태주(台州) 국청사(國淸寺)의 스님 봉간(封干), 습득(拾得) 등과 친구로 지내기도 하였다.

그는 스스로 600여 수의 시를 지었다고 말한 적이 있지만 지금까지 전해지는 시는 300여 수에 불과하다. 그의 시가 풍격은 유머스럽고 익살맞으며 생기와 흥취가 가득하였다. 산림의 경치와 은일의 정취를 쓴 작품이 있는 동시에 인정세태(人情世態)를 풍자하기도 하고 인생의 철리(哲理)에 대해 고민을 하기도 하였다. 불교와 선종의 정밀하고 오묘함을 모두 시속에 넣었으니 시를 쓰는 스님 중에서 가장 영향력 있는 시인 중의 한 사람이었다.

한산은 불교의 도를 닦는 스님으로서보다는 시를 쓰는 스님으로 더욱 많이 알려져 있기에 이 책 ≪중국 시인의 선시≫ 범주에 넣어 감상하고자 한다.

〈한산은 얼마나 그윽하고 기이한가(寒山多幽奇)〉

한산 그 얼마나 그윽하고도 아름다우며 기이하고 신령한가
오르는 자는 항상 두렵기만 하구나.
달은 물과 같고 물의 맑음은 거울과 같고
산바람이 가볍게 스쳐 창포가 바스락거린다.
매화가 시들 때 눈이 낙화를 만들고
고목나무 잎이 없을 때 가득한 구름이 잎을 채우네.
기쁘게도 봄비 맞으니 더욱 선명하고 아름다워지고,
날이 개어야 건너갈 수 있겠구나.

> 寒山多幽奇(한산다유기), 登者但恒慴(등자단항섭).
> 月照水澄澄(월조수징징), 風吹草獵獵(풍취초엽렵).
> 凋梅雪作花(조매설작화), 机木雲充葉(올목운충엽).
> 觸雨轉鮮靈(촉우전선영), 非晴不可涉(비청불가섭).

---

*澄澄(징징): 물이 맑은 모양.
*獵獵(엽렵): 바람에 나부끼는 소리. 쏴.
*机木(올목): 나무 그루터기.

【 감상 】

이 시는 도(道)를 비유하고 있는 시이다. 깊고 기이한 한산에 대한 묘사를 통해 불교의 도에 이르는 경지의 기이하고 변화무쌍함을 암시하였다.

산의 모습에 대한 묘사가 각각 다르다. 깊은 산의 모습은 달이 강물처럼 비추

고 강물은 거울처럼 맑은 데서 찾아볼 수 있다. 기이한 산의 모습은 온갖 꽃들이 시들어 떨어질 때 눈꽃이 흩날리고, 온갖 잎들이 쇠락해질 때 느릿느릿 흘러가는 구름이 잎을 만드는 데서 찾아볼 수 있다. 영활하고 민첩한 산의 모습은 비를 맞다가도 바로 신선한 날씨로 변하는 데서 찾아볼 수 있다. 차디찬 산의 모습은 오르는 자의 마음을 두렵게 하니 날이 개지 않으면 건널 수가 없다. 이 깊고[유(幽)] 기이하고[기(奇)] 신령하고[영(靈)] 차디찬[한(寒)] 모습의 경지와 세계는 바로 높아서 오를 수 없는 도(道)의 경지이자 세계인 것이다.

달콤한 이슬을 만나면 마음과 영혼이 촉촉이 젖어 평안해지고 영성(靈性)이 일어나 왕성해지니, 그렇다면 오직 맑고 따스하고 평안한 심경(心境)을 지녀야만 비로소 한산의 최고봉에 오를 수 있게 된다. 이 점은 마치 망상을 제거하고 마음을 밝고 지혜롭게 해야만 비로소 참 본성을 즉각적으로 파악하고 부처의 경지, 곧 견성달성(見性達聖)의 경지에 이르게 되는 것과도 같다고 할 수 있다.

〈치욕을 참고 참된 마음을 지키네(忍辱護眞心)〉

성냄은 마음속의 불이어서
공덕으로 쌓은 숲을 불살라버릴 수도 있다네.
보살이 되는 길을 실천하려는 자는
치욕을 참고 참된 마음을 지켜야 한다네.

瞋是心中火(진시심중화), 能燒功德林(능소공덕림).
欲行菩薩道(욕행보살도), 忍辱護眞心(인욕호진심).

---

*忍辱(인욕): 치욕을 참다. 욕된 것을 참다.
*瞋(진): 성내다. 노하다. 화내다.
*菩薩(보살): 보살. 부처. 자비심이 많은 사람.

【 감상 】

이 시는 여러 사찰들에서 도를 닦는 데 도움을 줄 목적으로 벽에 자주 써놓는 선시이기도 하다.

탐(貪)·진(嗔)·치(癡), 곧 탐욕, 성냄, 어리석음은 번뇌 속에 있는 중생들에게 가장 해악을 끼치는 삼독(三毒)이다. 또한 도를 닦는데 가장 금기시해야 할 요소이기도 하다.

그런데 이 삼독 중에서도 분노 내지 성냄은 마음속에 있는 불과 같은 존재로서 우리가 그간 수양을 통해 쌓은 공적을 모두 태워 버릴 수도 있다. 그래서 성냄을 경계하는 것은 피하지 말고 반드시 실행에 옮겨야 하는 행위이다.

진정으로 도를 행하고 덕을 쌓기를 원한다면 반드시 현실의 모든 굴욕과 고난을 참고 견뎌서 진실하고 망령됨이 없는 본심을 지켜내야 한다. 이것은 불교에서 전형적인 수행 방법으로 굴욕을 참고 분노를 경계하여 화를 내지 않음으로 진심을 지키는 것이다.

여담이지만, 불교 삼독 중에 치(癡), 즉 어리석음이 포함된 이유는 어디에 있을까?

사람들에게 어리석은 점이 많기에 경계하기 위함일 것이다. 알면서도 실천하지 못하는 것이 어리석음일 텐데 사람은 흔히 어떤 어리석음을 지니고 있을까?

탐욕과도 연계된 것이라 할 수 있는데, 사람은 흔히 모든 것을 다 가지려는 어리석음을 지니고 있다. 천석꾼에겐 천 가지 근심이 있고 만석꾼에겐 만 가지 근심이 있기 마련인데도 사람들은 재벌들은 아무런 근심이 없을 거라 생각하면서 부러워하곤 하지만 어찌 재벌에게 근심거리가 없겠는가? 게다가 인간사는 일득일실(一得一失). 하나를 얻으면 하나를 잃는 이치가 적용되고 있지 않던가!

사람들은 또한 흔히 밝고 환한 것만 찾으려 한다. 그 점은 열린 문을 찾지 못하고 밝은 창문만 뚫고 나가려는 저 벌의 어리석음과 비슷하다. 꼭 밝은 곳에만 행복이 있는 것은 아닌데 말이다. 어둠 속에서야 별은 빛난다. 역으로 어둠이 오지 않으면 별을 볼 수 없다는 얘기다.

사람들은 누구나 편안해지길 원한다. 그러나 사어안락(死於安樂), 생어우환(生於憂患), 즉 안락한 상황에 처해 있으면 도리어 죽음에 이르기 쉽고, 우환 속에 처해 있다 보면 이것을 극복하려 노력하기 때문에 도리어 건강한 삶을 살게 된다는 얘기다. 비닐하우스 속에서 자란 화초는 오래 갈 수 없다. 그러나 들꽃에게는 질기고 강인한 생명력이 존재한다.

사람들은 공짜를 좋아한다. 경기가 어려울수록 복권을 사는 열풍이 분다고 한다. 그러나 세상에 공짜란 없는 법이다. 러시아 속담에 공짜는 항상 쥐덫 위에 있다고 한다. 공짜를 얻었다면 반드시 대가(代價)를 지불해야 한다는 것이다. 상속을 받아서, 또는 복권에 당첨이 되어서 불로소득으로 일확천금을 갖게 된 사람들의 뒤끝이 좋다는 얘기를 들어본 적이 없다.

행복은 항상 지금 여기에 있는 것인데 멀리 있는 줄 착각한다. 우리는 흔히 이 일만 성공하면, 대학교에 합격하기만 하면, 취업하기만 하면, 결혼하기만 하면 행복해질 거라 여기면서 행복을 유보하곤 한다. 과연 불행 끝 행복 시작일까? 아니다. 욕망은 끝이 없어서 금방 행복감은 사라지고 다시 또 다른 욕망에 빠지는 것이다. 인생은 산 넘어 산이다. 평지만 있지 않다. 이 봉우리를 넘으면 다시 다른 봉우리가 기다리는 것이다. 지금 이 순간 이곳의 삶이 가장 행복한 것이고, 지금 내 곁에 있는 사람이 바로 내가 사랑하고 즐겁게 지내야 할 사람이다. 늘 행복이 멀리 있을 거라 착각하여 눈을 밖으로 돌려서는 안 된다. 그리고 상대적인 비교를 하며 남의 것이 더 클 거라고 생각할 필요 없다. 항상 남의 떡이 더 커 보인다. 아니다. 생각을 바꾸자. 지금 내가 소유하고 있는 이것이 가장 크다고.

우리는 내일 해도 되는 근심을 오늘 먼저 당겨서 한다. 사람들이 흔히 범하는 이런 어리석음 때문에 기독교 ≪성경≫에서도 "내일 일을 염려하지 말라."고 경계하였다. 중국 고시(古詩)에서도 "백 년도 못 사는 인생, 천 년의 근심을 안고 산다(生年不滿百, 常懷千歲憂)."고 한탄한 바 있다. 도대체 우리는 인생에서 근심하지 않고 웃는 시간이 도합 얼마나 될까? 전부 합해야 하루도 못 될 것이다.

〈깊고 아득한 한산 가는 길(杳杳寒山道)〉

깊고 아득한 한산 가는 길
드문드문 시들어버린 시내 물가는 차갑구나.
찍찍 짹짹 지저귀는 새들은 언제나 있으나
고요하고 쓸쓸하니 사람은 다시는 없네.
살랑살랑 바람은 얼굴로 불어오고
쉴 사이 없이 내리는 눈은 몸에 쌓인다.
아침마다 해는 보이지 않고
해마다 봄이 왔었는지를 모르겠구나.

> 杳杳寒山道(묘묘한산도), 落落冷澗濱(낙락냉간빈).
> 啾啾常有鳥(추추상유조), 寂寂更無人(적적갱무인).
> 淅淅風吹面(석석풍취면), 紛紛雪積身(분분설적신).
> 朝朝不見日(조조불견일), 歲歲不知春(세세부지춘).

---

*杳杳(묘묘): 깊고 고요하면서 아득한 모양. 어두운 모양, 깊은 모양.
*落落(락락): 다른 사람과 어울리지 못하다. 대범하다. 시들다. 드문드문하다.
*啾啾(추추): 찍찍. 짹짹. 처연하고 처절한 소리.
*寂寂(적적): 쓸쓸하고 고요한 모양.
*淅淅(석석): 살랑살랑. 솔솔. 바람 소리.
*紛紛(분분): 잇달아. 쉴 사이 없이. 분분하다. 어수선하게 많다.
*朝朝(조조): 매일 아침.
*歲歲(세세): 해마다. 매년.

【 감상 】

이 시는 한산의 시 중 대표작이다. 기이한 산길과 차가운 암석을 묘사하여 시인의 고요하고 적막하며 초연한 심경을 잘 드러내었다.

산길은 깊고 차가우며 시냇가는 처량하고 쌀쌀한데, 때때로 새가 지저귀는 산은 텅 비어 아무도 없는데 맑은 바람이 불어와 얼굴을 씻기며 떠나가고 떨어지는 눈발은 몸에 쌓인다.

수련, 함련, 경련 세 연은 산수, 기후와 환경을 묘사하였는데 그 속에 아득하게 차가운 기운과 적막한 정취가 점점 스며들고 있다.

미련에서는 산중에서 시간이 흐르며 해가 바뀌는 것을 헤아리지 않고 속세의 시간에 초연한 채 모르고 산다고 묘사함으로써 속세 밖에 있는 시인의 초탈한 심정을 잘 보여주고 있다.

이 시는 매 구절마다 첫머리에 첩자(疊字), 즉 동일한 글자를 중첩하여 사용함으로써 시가의 음악적 아름다움을 증가시켜서 시에 특수한 여운과 맛을 부여해 주고 있다.

심전기의 자(字)는 운경(雲卿)이며 상주(相州) 내황(內黃), 지금의 하남(河南)성 내황(內黃)현 사람이다.

고종(高宗) 상원(上元) 2년(675)에 진사(進士)에 급제하였고 무측천(武則天)이 그를 승진시켜 고공랑중(考功郎中)의 직위에 오르게 했다. 마지막 관직이 태자소첨사(太子少詹事)였기 때문에 세상에서는 그를 심첨사(沈詹事)로 부르기도 하였다.

그는 궁정(宮廷)시인으로서 그의 시는 대부분 국가의 태평성대와 국태민안(國泰民安)을 기리며 노래하였다. 그의 시가 창작은 육조(六朝) 이래로 축적되었던 시율(詩律)의 성취를 총결하여 율체(律體)를 정형화시켰다. 때문에 당대 초기부터 왕유(王維) 이전까지의 율시(律詩) 창작 성과 중 가장 돋보이는 성취를 보였다고 할 수 있다.

"심씨 삼형제의 시 중 심전기의 시를 결국에는 으뜸으로 쳐야 한다(沈三兄詩, 直須還他第一)."고 칭찬하는 시인도 있었으니 당시 그의 명성이 얼마나 높았는지 짐작할 수 있다. 한편 그는 송지문(宋之問)과 이름을 나란히 하여 심송(沈宋)으로 함께 병칭되기도 한다.

〈소림사를 유람하다(游少林寺)〉

도중에 길게 노래하며 보배로운 곳을 유람하러 와서는
나막신에 의지하여 천년 사찰을 마주하였다.
소림사의 안탑은 풍상을 맞으며 오래되었고
용이 놀던 연못은 긴 세월 속에 깊어졌구나.

감색 동산은 해질녘 비 개자 맑아졌고
푸른 전각은 가을 그늘이 내려왔다.
돌아오는 길은 저녁 되자 노을빛에 물들고
산 속 매미들은 곳곳에서 울고 있다.

長歌游寶地(장가유보지), 屐倚對珠林(극의대주임).
雁塔霜風古(안탑상풍고), 龍池歲月深(용지세월심).
紺園澄夕霽(감원징석제), 碧殿下秋陰(벽전하추음).
歸路霞光晚(귀노하광만), 山蟬處處吟(산선처처음).

---

*長(장): 오는 도중에 길게.
*寶地(보지): 보배로운 곳. 천년 사찰이 있는 곳.
*珠林(주림): 사찰. 아름다운 숲에 대한 미칭. 풍부한 저술. 사림(士林).
*紺(감): 감색. 검은 빛을 띤 푸른 빛.

【 감상 】

이 시는 5언 율시로서 불문(佛門) 성지인 소림사를 유람하며 진심으로 예찬하고 있다. 기쁘고 환희에 차서 길게 노래하였고, 급박하고 절실해서 나막신에 의지했다는 말은 시인이 마음속으로 이 불문 성지를 오랫동안 보기를 갈망해 왔다는 사실을 잘 표현해주고 있다.

천년 사찰이 있는 보배로운 땅인 보지(寶地), 아름다운 숲을 가리키는 주림(珠林) 등 두 시어는 시인이 유명 사찰을 격정적으로 찬미한 말이다. 이어서 시인은 안탑(雁塔)과 용지(龍池) 두 개의 저명한 경관을 소재로 취함으로써 흘러간 오랜 세월의 깊이, 바닥을 헤아릴 길이 없을 정도의 깊이 등을 잘 드러내주고 있다.

풍진(風塵) 세상의 역사에서 빠져나와 다시 눈앞의 풍경 속으로 오니 비가 오고 나서 막 개인 뒤의 보배로운 사찰만 보일 뿐인데 풍광이 더욱 아름답고 고우며 높은 처마와 푸른 전각은 가을 그림자를 가득 진하게 드리우고 있다.

유람의 재미에 푹 빠져 돌아가길 잊은 나머지 가을이 깊어감도 느끼지 못하였는데, 산 매미가 서로 전송해주고 있으니 의미가 오히려 무궁무진하다.

이 시는 수미(首尾)가 쌍관(雙關)하여 서로 호응하고 있는데, 경치에 감정을 기탁하였으며 대우(對偶)와 격률(格律)이 세밀하고 깔끔하고 정연하여 사찰 유람을 소재로 쓴 시 중에는 우수작이라 할 수 있겠다.

소림사는 선종의 시조 달마(達磨)가 수도하고 종파의 불법(佛法)의 종지(宗旨)를 전수해준 곳이다. 또한 이 절의 스님들이 당대 초기에 나라를 지켰기 때문에 그 공로가 세상을 뒤엎을 정도로 크다고 할 수 있다.

역대로 많은 명사들과 시인 묵객들이 이 절을 유람하며 아름다운 시편들을 헤아릴 수 없이 많이 남겼다.

이고는 당대 관리이자 시인이다. 자(字)는 습지(習之)로서, 농서(隴西) 성기(成紀), 지금의 감숙(甘肅)성 태안(泰安) 동쪽 사람이다. 정원(貞元) 연간에 진사가 되어 관직이 산남동도절도사(山南東道節度使)까지 오르기도 하였다.

어려서부터 유학을 부지런히 배우면서 옛 학문을 좋아하였다. 25세에 변주(汴州)에서 한유(韓愈)와 서로 알게 되었고 그 뒤로 한유를 따르며 그와 늘 학술과 글쓰기를 토론하면서 유가의 도를 옹호하고 불로(佛老)를 반대하면서 적극적으로 고문운동을 제창하였다. 그리하여 당대 고문운동(古文運動)을 추진한 대표적인 인물이 되었다.

그는 사상적으로 유가와 불가 양가를 융합할 것을 주장하여서 송대 이학가(理學家)들이 심성론(心性論)을 세우는데 기초를 마련하였다고 할 수 있다. 그는 성(性)과 정(情)을 나누어 각각에 대해 성선(性善), 정악(情惡)이라 인식함으로써 훗날 이학가들이 천명지성(天命之性)과 기질지성(氣質之性)으로 구분할 수 있게 계발해주었고 아울러 천리(天理)와 인욕(人欲)을 변론하는 이론상의 기원이 되기도 하였다.

저술에 ≪복성서(復性書)≫가 있고, 시집으로는 ≪이문공집(李文公集)≫이 있다.

〈약산의 고승 유엄에게 드리다(贈藥山高僧惟儼)〉 2수 중 1수

몸을 수련하여 학처럼 가벼운 모습을 얻었고
천 그루 소나무 숲 아래에는 두 상자의 경전이 놓여 있네.

내가 도를 물으러 왔건만 쓸데없는 말은 하지 않고 그저 한마디만 하네

구름은 푸른 하늘에 떠 있고 물은 병에 담겨 있네.

　　　煉得身形似鶴形(연득신형사학형), 千株松下兩函經(천주송하양함경).
　　　我來問道無餘话(아래문도무여화), 雲在靑天水在甁(운재청천수재병).

---

*煉(연): 정련(精練)하다. 수련하다.
*似(사): 닮다. 비슷하다. 흡사하다.
*函(함): 상자. 함. (책의) 질(帙).
*餘(여): 남기다. 남다. 쓸데없다. 나머지. 여분.

【 감상 】

혜능(慧能)의 4세 법손(法孫)인 유엄(惟儼)선사는 낭주자사(朗州刺史) 이고와 친한 벗으로 지냈다. 한 번은 이고가 유엄에게 물었다.

"계정혜(戒定慧)란 무엇을 말하는 것이오?"

이고의 이런 질문에 유엄이 다시 대답하였다. "빈도(貧道)한테는 쓸데없어 쓰지 않는 그런 계정혜 같은 가구(家具)들은 없다네."

본래 계(戒)를 닦음은 도덕과 품행이 완전해지도록 갖추는 것이고, 정(定)을 닦음은 내심의 평정을 이루는 데 힘을 다하는 것이며, 혜(慧)를 닦음은 지혜를 배양하고 제고시키는 것이다. 결국 유엄은 이런 계정혜 교리를 염두에 두지 않는다는 얘기다. 선을 닦는데 중요하지 않다고 볼 수도 있다.

또 한 번은 이고가 그에게 불법(佛法)의 큰 뜻에 대한 가르침을 청했다. 유엄은 손으로 위아래를 가리키더니 도리어 반문하였다. "이해했소?" "모르겠구려." 대답하니 다시 유엄이 말했다. "구름은 푸른 하늘에 떠 있고 물은 병에 담겨 있네(雲在靑天水在甁)." 그러자 이고는 갑자기 환하게 깨달음을 얻게 되었고

그 답례로 위의 시를 게송으로 지었던 것이다.

1, 2구에서 이고는 분명히 유엄이야말로 진정 득도한 고승이라 찬탄하고 있다. 몸에는 가라앉아 있는 혼탁한 기운이 하나도 없이 솔바람 소리를 들으면서 경서를 읽고 있으니 정말 사람을 부럽게 한다고 하고 있다.

3, 4구에서는 시인이 선사에게 찾아와 가르침을 청하였는데 쓸데없는 군더더기 말을 하나도 듣지 못하였다고 하고 있다. 오직 들은 말이라곤 마지막 4구인 "구름은 푸른 하늘에 떠있고 물은 병에 담겨 있네."라는 한마디 말에 불과하였다. 그런데 그 말로 이미 충분하다.

일체 모든 것이 그렇게 자연스럽고 자유스러우며 만물은 모두 제자리 자신의 위치에 있는데, 다시 말해서 만물의 실상(實相)이 있는 그대로 제 모습을 지니고 있음을 깨달았는데 나에게 또 무슨 불법(佛法)의 크고 심오한 뜻을 물을 필요가 있겠는가!

장열(張說: 667~730)

장열은 초당(初唐)의 시인이며, 자는 도제(道濟), 열지(說之)이고 낙양(洛陽) 사람이다. 일찍이 당대 무측천(武則天), 중종(中宗), 예종(睿宗), 현종(玄宗) 등 모두 4대에 걸쳐 문관의 직책을 담당하며 명 재상이 되었다.

그는 연국공(燕國公)에 봉해졌고, 당시 소정(蘇頲)은 허국공(許國公)에 봉해졌기에 두 사람이 함께 연허(燕許) 대수필(大手筆)이라 불리게 되었다. 처음엔 천자(天子)의 명을 받들어 짓는 작품을 가리키는 응제(應制)의 글들을 많이 지어 제왕의 공덕을 칭송한 것들이 많았으나 만년에 악양(岳陽)으로 좌천되면서 시는 더욱 처량하고 완곡해지게 되었다.

그는 문학적 글쓰기에 매우 뛰어났으며 특히나 율시와 절구를 전문적으로 잘 쓴 시인으로서 초당의 문풍을 바꾼 중요 인물이 되었다. 그의 율시는 심전기(沈佺期)의 법칙을 변화시키고 이전의 법칙을 정비함으로써 고적(高適)・잠삼(岑參)에게 뒷문을 열어주었고 계율을 바로 잡았다.

〈산에서 밤에 종소리를 듣다(山夜聞鐘)〉

밤에 누워 종소리를 듣는데
고요한 밤이라 산이 더욱 울린다.
서리 바람이 차가운 달에 불어오니
종소리가 그윽하게 허공 위로 솟아오른다.

앞소리는 벌써 느릿느릿 조용해졌는데
뒷소리가 다시 흔들거리며 들려온다.
들을 적엔 볼 수 있을 것 같아
찾았지만 결국 자취가 없다.
본래 다 비었음을 진실로 알겠나니
부질없이 생멸(生滅)의 망상을 품었구나.

> 夜臥聞夜鐘(야와문야종), 夜靜山更響(야정산갱향).
> 霜風吹寒月(상풍취한월), 窈窕虛中上(요조허중상).
> 前聲旣舂容(전성기용용), 後聲復晃蕩(후성부황탕).
> 聽之如可見(청지여가견), 尋之定無像(심지정무상).
> 信知本際空(신지본제공), 徒掛生滅想(도괘생멸상).

---

*窈窕(요조): 깊숙하고 고요하다.
*舂容(용용): 느릿느릿하고 조용한 모양. 한가롭고 우아하다.
*晃蕩(황탕): 흔들거리다.
*生滅(생멸): 모든 물체의 생김과 없어짐.

【 감상 】

이 시는 투명하고 비어 있으면서도 생동적인 종소리의 공령(空靈)한 모습을 통해 공(空)의 실상을 잘 보여주었고 동시에 생멸(生滅)에 대한 인간들의 망상을 경계하고 있다. 이 시는 종교의 깊은 가르침과 밝은 이치가 내포되어 있다.

차가울 달빛이 맑게 비추고 산 깊이 서릿바람이 불어오는 어느 날 밤, 세상의 모든 물상이 고요 속으로 돌아갈 때 홀연 어디선가 한바탕 종소리가 들려오며 시인에게 상상의 나래를 펼치게 하였다. 푸른 하늘에게 나부끼며 하늘하늘 가늘고 길게 이어지는 소리가 마치 눈앞에 있는 것처럼 들려온다. 자취를 찾아보았지만 흔적을 찾을 수 없었는데, 앞에서 나던 소리가 막 지나가니 다시 뒷소리가 도달하며 마음을 상쾌하게 하면서 막혔던 마음을 활짝 트이게 해준다. 원래 텅 비어 민첩한 공령(空靈)의 세계는 이처럼 위대하고 아름다운데 또한 어찌 생멸(生滅)의 망상과 잡념에 집착할 필요가 있겠는가?

이 시는 종소리를 들음으로 인하여 감개를 불러일으킨다. 먼저 시인은 청정하고 한적한 곳에서 밤에 누워 잠시 쉬고 있음을 묘사하였다. 그다음에 주거 환경이 맑고 차가우면서도 텅 비고 깨끗하다고 표현하고 있다. 이때 종소리가 호탕하면서도 황홀하게 하늘가에서 전해 내려온다.

"앞소리는 벌써 사라졌는데, 뒷소리가 다시 흔들거리며 들려온다. 들을 적엔 볼 수 있을 것 같아, 찾았지만 결국 자취가 없다." 이 네 구는 정말이지 영감이 도달한 뒤에 쓴 필치라고 할 수 있다. 이 구절은 독자에게 숨조차 쉴 수 없도록 압박과 질식의 느낌을 주고 있지만 듣고 찾는 동작은 또한 분명히 가벼우면서도 민첩하고 심지어는 약간의 어린아이 같은 치기(稚氣)마저 있어서 시인의 정신세계에 있는 특유의 맑은 동심과 성령(性靈)을 확연하게 보여주고 있다. 언어는 평이하면서도 실질적이고 의미는 순박하면서도 농후하여 실로 얻기 어려운 작품이라고 할 수 있겠다.

고대 선시(禪詩)에서 종소리를 소재로 한 시는 1,000여 수가 넘는다고 한다. 시에서 과연 소리는 어떤 역할을 하기에 시인들이 좋아하는 소재가 되었을까?

첫째, 그 소리가 유장하게 울려 퍼져 듣는 이의 심금을 울리면서 깨어 있게 한다. 그리하여 깨달음으로 쉬이 이끌어주기 때문이다.

둘째, 소리는 느낄 수는 있으나 손으로 잡거나 눈으로 볼 수 없다. 실체는 있으나 보이지 않는 것, 즉 있다고도 할 수 없고, 없다고도 할 수 없는 공(空)과 적멸(寂滅)의 세계를 잘 상징해주기 때문이다.

셋째, 소리는 계곡물에서도, 비가 올 때도 들을 수 있지만 그 소리는 젖지 않는다. 다시 말해서 더럽고 때 묻은 주변 상황에서도 전혀 물들지 않고 청정심(淸淨心)을 유지할 수 있기 때문이다.

설도(薛濤: 768~832)

설도의 자(字)는 홍도(洪度)로서, 장안(長安), 지금의 섬서(陝西)성 서안(西安) 사람이다. 당대 시인이자 가기(歌伎)로서 당대 4대 여시인 중한 사람이다.

설도는 어려서 아버지 설운(雪鄖)의 관직 임지의 이동으로 인해 촉(蜀) 땅으로 들어갔다가 그곳에서 계속 살게 되었다. 정원(貞元) 초기에 죄인이나 포로의 처나 딸 중에서 선발하여 관리 옆에서 노래 등을 부르며 시중드는 역할을 하는 관기(官妓)의 명부인 악적(樂籍)에 열입되기도 하였다가 훗날 〈벌부변유회상위령공(罰赴邊有懷上韋令公)〉의 시를 바치고 명부에서 이름을 뺀 뒤로 계속 완화계(浣花溪)에서 살게 되었다.

그녀는 시를 잘 지어 역대로 서천(西川) 절도사를 역임하였던 위고(韋皐), 고숭문(高崇文), 무원형(武元衡) 및 이덕유(李德裕) 등과 시를 서로 주고받기도 하였다. 무원형은 그녀를 서적을 교감하는 일을 담당하는 교서랑(校書郎)으로 임명해줄 것을 조정에 건의하였지만 실제로 이루어지지는 않았는데 이로부터 그녀는 여교서(女校書)란 명성으로 이름을 널리 알리게 되었다.

그녀는 노년에 이르러 벽계방(碧鷄坊)으로 이사한 뒤 음시루(吟詩樓)를 짓고 유유자적 한가로이 시를 노래하며 지냈다. 그녀는 평소 여도사(女道士)의 복장 차림을 좋아하였다고 한다.

그녀는 시에 매우 뛰어나 고결하고 맑은 정감을 경물에 기탁하여 표현할 수 있었다. 그녀는 당시 흔히 쓰던 종이가 크기와 폭이 너무 커서 휴대해서 사람들과 시를 쓰며 교류하기에 편리한 크기의 종이를

만들어주도록 장인에게 부탁하여 썼는데, 이렇게 설도의 특징이 담겨
있는 크기의 종이를 설도전(薛濤箋)이라고 부르게 되었으니 그녀가
중국 문화에 남긴 유산은 매우 크다고 할 수 있다.

저서로 ≪금강집(錦江集)≫을 남겼다.

〈손님을 대접하며 비 온 뒤에 대숲에서 놀다(酬人雨後玩竹)〉

남쪽 하늘에서 봄비가 내릴 때면
눈과 서리의 자태를 어디에서 살펴보랴.
수많은 대나무 무리 지어 또한 구름처럼 무성한데
중심을 비웠으면서도 스스로를 지탱할 수 있다.
진(晉)나라의 술 취한 일곱 현인들이 여기 많이 머물렀고
일찍부터 순(舜)임금의 두 비들과 짝하며 슬퍼하였네.
만년의 그대가 대나무를 감상하며 즐길 수 있으니
푸르고 푸른 굳센 절개를 간직한 모습 진기하다.

南天春雨時(남천춘우시), 那鑒雪霜姿(나감설상자).
衆類亦雲茂(중류역운무), 虛心能自持(허심능자지).
多留晉賢醉(다유진현취), 早伴舜妃悲(조반순비비).
晚歲君能賞(만세군능상), 蒼蒼勁節奇(창창경절기).

---

*姿(자): 맵시. 모습.
*酬(수): 손님을 대접하고 보내다. 응대하다. 교제하다. 술을 권하다.
*持(지): 보존하다. 지키다. 유지하다.
*晉賢(진현): 위진(魏晉) 시대의 문인 현사(賢士)로 죽림(竹林)에 모여 청담(淸談)을
나누었던 죽림칠현(竹林七賢)을 가리킨다. 모두 산도(山濤), 완적(阮籍), 혜강(嵇康),
상수(向秀), 유령(劉伶), 완함(阮咸), 왕융(王戎) 등의 7인이 있다.
*舜妃(순비): 요(堯)임금의 두 딸이자 순(舜)임금의 두 비인 아황(娥皇)과 여영(女英).

[순임금이 죽자 두 비는 통곡하며 눈물을 뿌려서 대나무잎에 눈물 반점이 얼룩지게 만들었다고 하는데, 그래서 훗날 반점이 있는 대나무를 상비죽(湘妃竹)이란 이름으로 부르는 것도 여기서 유래하게 됨.]
*賞(상): 완상하다. 감상하다. 보면서 즐기다.
*蒼蒼(창창): 짙은 푸른색. 푸르고 넓다. 초목이 무성한 모양.
*勁節(경절): 굳센 절개. 강한 지조.

【 감상 】

선(禪)은 어디에든 있다. 없는 곳이 없다. 사람의 희노애락 속에도 포함되어 있고, 대나무 하나 화초 하나에도 담겨 있다.

당나라 시인들은 선(禪)의 분위기와 풍조에 물들어 있는 경향이 강하였다. 때문에 그들의 시에는 역시 선적(禪的)인 의취(意趣)와 정취(情趣)로 가득하다. 이 풍조는 그 뒤로 송(宋), 명(明), 청(淸)나라에 이르기까지 줄곧 시사(詩詞)는 물론이요 그 밖의 각종 예술 장르에도 깊이 스며들었다. 그중에서도 특히 서화(書畵) 분야에 선적인 의취가 가장 많이 스며들었다고 할 수 있다.

시인이나 화가는 창작 과정 중 자신도 모르는 사이에 은연중에 선적인 감화를 받음으로써 작품에 선(禪)적인 의취와 분위기가 자연스럽게 흐르게 된다.

대나무, 즉 죽(竹)은 중국 문화 속에서 고상한 품격과 맑고 높은 절개의 상징이다. 때문에 남성 시인들은 물론이요 당(唐)대의 재녀(才女)였던 설도(薛濤) 역시 대나무를 감상할 수 있는 성정과 품격을 지니고 있음으로 인해 대나무의 자체에 선의 진리를 묵묵히 드러내 보였다.

텅 비어 있는 것은 비어 있는 것이 아니며(空非空), 속이 채워져 있는 것은 채워져 있는 것이 아니다(實非實). 비움과 채움 내지는 공허와 실질은 한 몸이어서(空實一體), 공허도 없고 실질도 없다(無空無實).

무측천(武則天: 624~705)

측천무후(則天武后)라고도 불리는 무측천은 형주도독(荊州都督) 무사확(武士彠)의 차녀로서 병주(并州) 문수(文水), 지금의 산서(山西)성 문수(文水)현 사람이다. 이름은 무조(武曌). 일반적으로 무측천으로 불린다.

당(唐)나라부터 무주(武周)시기에 이르는 정치가로서 그녀는 무주(武周)를 개국한 군주였다. 재위 시기는 690년 10월 16일부터 705년 2월 23일까지이다.

무측천은 14세에 입궁(入宮)하여 태종(太宗)의 재인(才人)이 되었다. 태종이 죽은 뒤에 감업사(感業寺)로 들어가 비구니가 되었다가 고종(高宗)이 즉위한 후에 다시 부름을 받고 궁중으로 돌아가 소의(昭儀)가 되었다. 그러다가 영휘(永徽) 6년에 마침내 고종의 황후(皇后)가 되었다. 고종이 세상을 떠난 뒤에는 황태후(皇太后)의 신분으로서 중종(中宗)부터 예종(睿宗)에 이르기까지 천자를 대신하여 섭정을 하였다.

천수(天授) 원년인 690년에는 무측천이 스스로 신성황제(神聖皇帝)라 부르고 국호를 주(周)로 바꾸어 무주(武周)를 건립한 다음 낙양(洛陽)에 도읍을 정하였다. 훗날 재상 장간지(張柬之) 등에 의해 상양궁(上陽宮)에 유폐(幽閉)되었다. 그녀가 죽은 뒤 측천황후(則天皇后)라는 시호(諡號)가 내려졌다.

무측천은 대략 40여 년 동안 정치를 한 중국 역사상 유일한 정통 여황제(女皇帝)였다. 위로는 정관(貞觀)의 치세를 계승하였고 아래로는 개원(開元)의 성세를 열어주었기에 성당(盛唐)으로 향해 나아가는 중요한 고리의 역할을 하였다고 할 수 있다. 그는 지략이 풍부하였고 문사(文史)에 관한 지식을 겸비하였으며 시재(詩才) 역시 풍부하였다.

저서에는 ≪수공집(垂拱集)≫과 ≪금륜집(金輪集)≫이 있다.

〈경전을 펼치며 게송을 짓다(開經揭)〉

지고무상의 더없이 심오하고 미묘한 불법(佛法)이여
억만 겁의 오랜 시간이 지나도 만나기가 어렵네.
내 오늘 보고 들은 것 마음속에서 오래도록 잊지 않으리니
부처님의 진실하고 깊은 뜻을 풀어 알기 바라네.

　　無上甚深微妙法(무상심심미묘법), 百千萬劫難遭遇(백천만겁난조우).
　　我今見聞得受持(아금견문득수지), 願解如來眞實義(원해여래진실의).

---

*揭(게): 게송(偈頌). 부처님의 공덕을 찬미하는 노래.
*劫(겁): 겁. 대단히 긴 시간. ['劫波'(범어 kalpa)의 준말.]
*遭遇(조우): 조우하다. 만나다. 처지. 경우. 경험. 운명.
*受持(수지): 마음에 받아들이고서 오래도록 잊지 않다.
*解(해): 풀다. 풀어 헤치다. 열다.
*如來(여래): 여래. 부처의 존칭.

【 감상 】

무측천(武則天)은 중국 역사상 매우 기이한 인물 중의 하나이다. 그녀는 공포
정치를 했다는 비난과 동시에 민생을 잘 보살펴 나라를 훌륭히 다스린 여황제라
는 칭송을 함께 받고 있다. 중국 여성들에게는 큰 자랑인 셈이다.

후세 사람들이 그녀를 어떻게 평가하든 상관없이 독립적이고 자유분방하며
어디에도 얽매이지 않는 그녀의 이미지를 없애버릴 수는 없을 것이다. 무측천은
비록 뛰어난 재능과 원대한 지략으로 천하를 호령하고, 수많은 남자들을 그녀의
발밑에서 고개를 조아리도록 만들었지만, 불가의 진리이자 부처님의 말씀인

불법(佛法)에 대해서는 오히려 지극히 공손하고 경건하였으며 또한 많은 이해와 깨달음과 갖고 있었다.

이 게송(偈頌)시는 그녀가 불교 법문을 들었을 때의 정경을 진실하게 표현해 냈다.

그녀는 불법(佛法)은 매우 심오하고 미묘하여 억만 겁의 오랜 시간이 지나도 만나기가 어렵다고 말했다. 그녀는 부처님의 말씀과 진리를 열망하여 이윽고 대법사(大法師)를 황궁으로 모셔서 말씀을 들었다. 그리하여 그녀는 자신이 부처님의 말씀을 들은 느낌을 이렇게 토로한다. "내 오늘 보고 들은 것 마음속에서 오래도록 잊지 않으리니, 부처님의 진실하고 깊은 뜻을 풀어 알기 바라네."

부처님의 말씀을 열망하다가 마침내 듣게 된 뒤에는 불법(佛法)의 진의(眞義)를 더 상세히 알고 싶은 마음을 가지게 되었음을 설명하고 있다. 한 시대를 통치하던 제왕으로서 그녀가 만약 진정으로 불법을 따라서 정치를 펼칠 수 있다면 "온갖 선행을 받들어 시행하고, 악행이라곤 하나도 시행하지 않을(諸善奉行, 諸惡莫作)" 수 있었을 것이다. 그렇게 할 수 있다면 그것은 마땅히 그녀의 통치를 받는 백성들의 복이 되어 그들을 위해 많은 어려운 일들을 덜어줄 수 있었을 것이다.

설사 평범한 사람이라고 할지라도 불법(佛法)을 따라 실천할 수 있다면 자신은 물론이요 타인을 이롭게 할 수 있을 것임은 자명한 일이다.

맹호연(孟浩然: 689~740)

맹호연은 양주(襄州) 양양(襄陽), 지금의 호북(湖北)성 양번(襄樊)시 사람이다. 일찍부터 양양에 있는 녹문산(鹿門山)에 은거를 해 왔는데, 훗날 오(吳)나라와 월(越)나라, 지금의 강소성과 절강성 일대를 두루 자유롭게 기분 내키는 대로 유람하기도 하였다.

40세에 이르러 장안(長安)으로 가서 시험에 응시했으나 권력자 중에 아는 사람이 없었기에 실의에 잠긴 채 돌아올 수밖에 없었다. 뒤에 장구령(張九齡)의 막부(幕府)로 들어가 형주종사(荊州從事)가 되었다. 52세에 독창(毒瘡)에 걸려 야성(冶城) 남원(南園)에서 생을 마쳤다.

맹호연은 당대 산수시파(山水詩派)를 개창한 선행자로서 그의 시는 맑고 그윽했으며[청유(淸幽)], 평이(平易)함으로 뛰어난 장점을 발휘하여 마침내 성당(盛唐) 시단에서 왕유(王維)와 함께 왕맹(王孟)으로 병칭되기도 하였다.

맹호연은 평생 벼슬하지 못하고 일반 백성으로 살았으며, 유람을 즐기는 성품이라 동쪽으로는 바다까지, 서쪽으로는 파촉(巴蜀) 지역까지, 남쪽으로는 오(吳)·월(越)에 이르기까지 두루 유람했으며, 아울러 유명 시인인 왕유(王維), 이백(李白), 왕창령(王昌齡) 등과 서로 시운(詩韻)에 맞추어 시를 주고받는 창화(唱和)를 하였다. 늘 도사(道士) 및 스님들과 함께 현묘한 도(道)에 대해 얘기를 나누었다. 두보(杜甫)는 "그의 시는 맑아서 구절마다 모두 세상에 전할 만하다(淸詩句句盡堪傳)."고 칭찬하였다.

〈대우사 의공의 선방에 쓰다(題大禹寺義公禪房)〉

의공이 선을 익히는 선방은

텅 빈 숲속에 지었다.

문밖에 봉우리 하나 우뚝하고

섬돌 앞에 여러 골짜기들은 깊다.

석양에 연이어 내리는 비 흡족하고

숲의 비취빛 기운은 뜰 그늘에 떨어진다.

깨끗한 연꽃을 취하여 보니

비로소 물들지 않은 마음을 알겠다.

　　義公習禪處(의공습선처), 結構依空林(결구의공림).

　　戶外一峰秀(호외일봉수), 階前群壑深(계전군학심).

　　夕陽連雨足(석양연우족), 空翠落庭陰(공취락정음).

　　看取蓮花淨(간취연화정), 應知不染心(응지불염심).

---

*大禹寺(대우사): 대우사[사찰 이름으로 옛터가 지금의 절강성(浙江省) 소흥(紹興)현
　도산(涂山) 남쪽에 있음].
*義公(의공): 대우사의 고승. [그의 사적(事迹)은 알려지지 않음.]
*空翠(공취): 수목이 울창한 산중의 기운.
*不染心(불염심): 마음이 속세의 티끌에 더럽혀지지 않다. [이는 곧 의공의 선심(禪心)
　의 고결함을 가리킴.]

【 감상 】

이 시는 〈의공의 선방에 쓰다(題義公禪房)〉라고 불리기도 한다.

뜻을 얻지 못해 몹시 우울해하였던 한 시대의 재인 맹호연(孟浩然)은 본인의
자화상을 다음처럼 스스로 그리고 있다

"30년간 허둥지둥하느라 학문과 검 양 방면에 모두 성취가 없었다. 자연 산수가 좋아 오(吳)와 월(越) 지역을 찾았으니 먼지 이는 속세인 낙양(洛陽)이 싫어서였다(遑遑三十載, 書劍兩無成. 山水尋吳越, 風塵厭洛京)."[〈낙양으로부터 월 지역에 이르다(自洛之越)〉]

천하를 유랑하던 재주꾼 맹호연은 그렇게 큰 덕을 가진 고승과의 왕래가 깊었고 그 결과 서로 쌍방의 재주와 덕의 영향을 받음으로써 얻은 선시들이 매우 많다.

이 시는 먼저 선방의 위치와 외부 환경에 대한 정경 묘사로 시작하고 있다. 텅 빈 숲에 위치한 선방, 앞에 산봉우리 하나 우뚝 솟아 있고 주변에는 무수한 깊은 골짜기들이 있어 깊고 깊은 산중의 고요함과 적막감을 두드러지게 한다.

이 시의 눈[시안(詩眼)]은 곧 불염심(不染心)에 있다. 더러운 곳에 있으면서도 항상 깨끗한[처염상정(處染常淨)] 모습을 유지하는 연꽃을 통해 어떤 것에도 물들지 않고 청정심을 유지하고 있는 고승의 형상을 비유하고 있다. 명경지수(明鏡止水)와 같은 마음을 유지할 수 있다면 때와 먼지가 끼어들 틈과 여지가 없을 것이니 항상 빈 마음을 지닐 수 있을 것이다. 우리는 시인이 산 속으로 돌아가 은거하고 싶은 정을 은연중에 담고 있음을 추측하기 어렵지 않다.

〈봄날 아침(春曉)〉

봄날 잠에 날 밝은 줄 몰랐더니
곳곳에서 새소리 들려온다.
밤새 몰아친 비바람 소리
떨어진 꽃들이 얼마나 되는지 아는가?

春眠不覺曉(춘면불각효), 處處聞啼鳥(처처문제조).
夜來風雨聲(야래풍우성), 花落知多少(화락지다소)?

*曉(효): 새벽. 알다. 이해하다.

【 감상 】

이 시는 봄과 봄비 그리고 낙화를 아쉬워하는 시인의 심사를 잘 표현하고 있는 시이다.

이 시는 봄날 새벽녘을 묘사한 시로서, 시어가 평이하면서도 단조롭게 느껴지지 않는 수준작이다. 이 시는 확실히 중국의 5언 절구(絶句) 중에서도 보석 같은 시로서 비록 천년의 시간이 흘렀음에도 여전히 사람들을 환하게 비춰주고 있다. 시인이 만약 다른 작품이 없다 하더라도 이 작품 하나만으로 대시인이라 불리기에 손색이 없는 시이기도 하다.

시인으로서 굳이 세상에 여러 권의 시집을 남기지 않았더라도 오직 시 한 수만으로도 충분히 이름을 날릴 수 있다는 사실을 우리는 이 시와 시인의 관계를 통해서도 잘 알 수 있다. 노자(老子)의 ≪도덕경(道德經)≫은 겨우 오천여 자의 글자로 쓰였지만 지금까지 영원히 사라지지 않는 경전이 되었음을 우리는 잘 알고 있다.

시의 전반부는 다소간 명랑한 느낌을 주고 있다. 곳곳의 새소리에서 밝고 상쾌하며 따뜻한 봄날의 정취를 맛볼 수 있다. 그런데 갑자기 시인은 간밤에 몰아쳤던 비바람 소리에 생각이 미쳤다. 비바람에서 이윽고 시인의 심상은 꽃으로 전이된다.

맨 마지막 구는 "꽃들이 많이 떨어졌으리라"로 풀이할 수도 있겠다. 비바람으로 인해 많이 떨어졌을 꽃들을 생각하며 봄날의 정취가 사라져 감을 아쉬워하고 있는 대목이다. 우리의 시야를 좀 더 확대하면 이는 또한 시인의 삶에 봄날과 같은 열정과 젊음이 점차 사라져 가고 있음을 아쉬워하는 내용이라고도 볼 수 있겠다.

이 시의 특징을 세 가지로 요약할 수 있다.

첫째, 언어가 이해하기 쉽다. 둘째, 묘사가 섬세하고 유려하다. 셋째, 선적인 의취(意趣)와 철리(哲理)이다.

선(禪)은 자연 만물 모든 것에 담겨 있고, 영롱한 자성(自性), 자기의 본래 맑은 참모습 속에 담겨 있다. 선은 모든 것을 포함하며, 또한 모든 것에 포함되어 있는 것이다.

시인의 마음이 순결하고 본성이 자연스러울 때 붓을 휘둘러 쓴 글이 곧 시가 되며 동시에 선(禪)이 된다.

왕유(王維: 701~761)

왕유의 자는 마힐(摩詰)이고, 호는 마힐거사(摩詰居士)이다. 본적은 지금의 산서(山西)성 기(祁)현이다. 개원(開元) 연간 21세 때 진사에 급제하였고 공적을 세워 관직이 올라 급사중(給事中)에 이르렀다. 안록산(安祿山) 반란군이 장안을 함락했을 때 그들의 핍박에 의해 직무를 받은 적이 있었는데, 반란이 평정된 뒤에는 태자중윤(太子中允)으로 강등되었으며 훗날 관직이 상서우승(尚書右丞)에 이르렀다. 그래서 세상에서는 왕유를 왕우승(王右丞)이라 불렀다.

노년에 이르러 관직을 계속 담당할 뜻이 사라지면서 산수를 좋아하는 성품 때문에 망천(輞川)에서 초가집을 짓고 살았다. 오랫동안 욕망을 억제하고 재계(齋戒)의 생활을 하며 부처를 깊이 믿고 도우(道友)들과 "배 띄우고 왕래하며 금을 타고 시를 지으며 하루 종일 길게 시를 읊조렸다(浮舟往來, 彈琴賦詩, 嘯詠終日)"[≪구당서(舊唐書)·왕유전(王維傳)≫].

왕유는 당대의 유명한 산수(山水)시인으로서 성당(盛唐) 시기 산수은일파(山水隱逸派)를 대표하는 인물이다. 그가 은거 후에 썼던 산수시에는 대자연의 평안과 고요의 아름다움이 표현되어 있고 선종(禪宗)의 신묘한 운치가 포함되어 있다.

왕유의 시에 표현된 선어(禪語)는 매우 사람들을 놀라게 하는데, 선의 의취[선취(禪趣)]가 넘쳐흐르고 또한 선의 이치에 정밀하고 깊은 인식을 지니고 있었다. 이처럼 불가의 오묘하고 깊은 경지, 선종의 삼매(三昧), 즉 오의(奧義)를 깊이 알고 있었기에 후대 사람들이 그를 존중하여 시불(詩佛)이라 부르게 된 것이다.

왕유는 음악과 서화(書畵)에 두루 능통했는데 그중에서도 수묵산수화(水墨山水畵)로 스스로 체계를 이루기도 하였다.

소동파(蘇東坡)가 그의 시와 그림에 대해 높이 평가한 말은 천고의 명구로 전해진다.

"시 속에 그림이 있고 그림 속에 시가 있다(詩中有畵, 畵中有詩)."

〈새가 산골짜기에서 울다(鳥鳴澗)〉

한가로운 사람, 떨어지는 계수나무 꽃
고요한 밤, 텅 빈 봄 산.
달 떠오르자 산새들 놀라게 하여
때때로 봄 여울 가운데서 운다.
　　　人閑桂花落(인한계화락), 夜靜春山空(야정춘산공).
　　　月出驚山鳥(월출경산조), 時鳴春澗中(시명춘간중).

---

*鳥鳴澗(조명간): 새가 산골짜기에서 울다.
*春山空(춘산공): 꽃들이 봄 산에 절정을 이루고 있지만 그러나 어떤 소리도 들리지 않아 마치 텅 비어 아무것도 없는 듯이 고요하다.
*月出驚山鳥(월출경산조): 산과 여울의 고요가 지극한 정도에 이르니 심지어 달이 무심히 떠올라도 보금자리에 있는 산새들을 놀라게 한다.

【 감상 】

이 시는 왕유가 친구의 거처에 쓴 시 〈황보악운계잡제오수(皇甫岳雲溪雜題五首)〉 가운데 하나이다.

이 시는 역설이 주요 어조이다. 새가 산골짜기에서 우는 모습에 대한 묘사를 통하여 봄날 산골짜기의 고요함을 역설적으로 표현하였다.

선사들의 화두가 진리의 실상을 왜곡시키지 않기 위해 늘 역설과 반어법, 언어도단으로 이루어진다는 것을 상기한다면 이 시가 의도하는 있는 목표를 어림짐작할 수 있다.

마음이 한가롭고 여유로운 사람이어야 비로소 계수나무 꽃이 떨어지는 미세함을 느끼고 파악할 수 있다. 인적이 드문 적막한 산의 밤은 이토록 고요하기 때문에 도리어 사람의 마음을 민감하고 섬세하게 만들고 감지를 예민하게 한다.

세상 모든 것이 밤의 평온함에 휩싸여 있다. 그리하여 밝은 달이 떠올라 밤의 장막 아래에 있는 텅 빈 산골짜기에 하얀 빛을 흩뿌릴 때 산 속의 새조차도 놀라게 하니 마치 밝은 달이 그들의 고요한 환경을 방해했다고 탓하는 것 같다.

이 시는 꽃이 지고, 달이 떠오르고, 산새가 놀라서 울고 하는 동태적인 모습을 들어 역설적으로 텅 비어 있는 봄 산의 밤의 고요를 더욱 두드러지게 부각시켜 주고 있다. 또한 이것은 시인의 선을 닦는 마음이 고요하고 그윽함을 상징적으로 비유한 말이기도 하다.

우리는 고요와 화평을 그 자체로 누리지 못하고, 오직 고요와 화평이 깨질 때에 이르러서야 비로소 그것들의 존재와 소중함을 알게 된다. 그러니 이런 우리에게 역설적으로 봄새의 울음소리와 같은 불편한 실체를 존재하게 해야만 비로소 고요와 화평을 진정으로 누릴 수 있을지도 모른다. 장강의 물이 동쪽으로 흘러간다는 것을, 그리고 우리나라의 한강 물이 서쪽으로 흐른다는 사실을 알 수 있는 것은 바로 그 강물을 거스르는 존재가 있어서 흐르는 물결의 방향을 표시해주기 때문이다. 불편함과 고통을 주는 실체를 방향 지시등으로 삼아 고요와 화평을 내 마음속에 가꾸어볼 일이다.

선(禪)에서 움직임과 운동은 다만 잠깐 동안 감각기관에 인지되는 현상일 뿐이며 오직 정지(靜止)와 적멸(寂滅)만이 비로소 항상 영원토록 불변(不變)한 다고 보았다. 그래서 선을 닦고 수행하는 선사는 움직임 속에서가 아닌 고요하게 멈춰 있는 가운데서 대자연의 생명을 느끼고자 한다.

선을 닦는 사람은 깊은 밤에 계수나무 꽃이 땅에 떨어지는 소리, 새들이 달이 떠오르자 놀라서 우는 소리도 들을 수 있으니 그의 마음은 얼마나 텅 비어 있고 고요하겠는가! 꽃이 피고 지고 새가 울고 물이 흐르는 그 찰나의 순간에 자연은 그의 본래의 생동함을 드러내며 펼쳐 보이고 있는 것이다. 우리들이 이런 자연의 생동한 모습을 깨달을 수 있다면 우리 자신의 내심의 본성(本性), 본래 참모습 역시 본래 자연 만물의 참모습과 서로 통하고 하나로 합쳐질 수 있다는 사실을 발견할 수 있을 것이다. 자유롭고 민첩하게 움직일 수 있는 텅 빈 허공 속에서 찰나 간에 순간적으로 존재하는 진리의 참모습을 깨닫는 사람은 이미 마음속에 영원함을 얻을 수 있을 것이다.

〈장소부를 대접하고 보내다(酬張少府)〉

만년에 오직 고요함만이 좋아
만사에 마음을 두지 않는다.
스스로 돌보는데 좋은 계획이란 없고
그저 옛 숲속으로 돌아갈 줄만 알 뿐이다.
솔 사이로 불어온 바람은 허리띠를 풀어주고
산 위로 오른 달은 금 타는 이를 비추어준다.
그대가 삶의 이치를 물으셨는데
어부의 노랫소리가 포구 깊숙이 들려온다.

> 晚年惟好靜(만년유호정), 萬事不關心(만사불관심).
> 自顧無長策(자고무장책), 空知返舊林(공지반구림).
> 松風吹解帶(송풍취해대), 山月照彈琴(산월조탄금).
> 君問窮通理(군문궁통리), 漁歌入浦深(어가입포심).

*張少府(장소부): 미상(未詳). 소부(少府)는 현위(縣尉).
*酬(수): 손님을 대접하고 (재화를) 보내다. 응대하다. (술을) 권하다.
*長策(장책): 좋은 계획.
*解帶(해대): 허리띠를 풀다. [옛사람들은 조정에 나갈 때 혹은 손님을 맞을 때는 반드시 허리띠를 매었으나, 집안에 한가히 머물 때는 풀었다. 따라서 '허리띠를 풀다'는 말은 익숙하여 예의에 구속되지 않음을 뜻하거나 한적함을 가리킴.]
*窮通(궁통): 궁달(窮達)의 뜻으로, 빈궁(貧窮)과 영달(榮達). 뜻을 이룸과 못 이룸.

【 감상 】

이 시는 시인이 은거를 하면서 청정한 내심과 자유로운 정신세계를 추구하는 모습을 노래하고 있다.

시인은 세상만사에 관심이 없고, 그렇다고 훌륭한 인생 계획을 갖고 있는 것도 아니다. 오직 솔바람과 산의 달을 벗 삼아 금을 타고 즐길 뿐이다. 사람이 곤궁에 처했을 때, 그리고 현달을 했을 때 어떻게 처세해야 하는가, 그 이치와 방법을 아는 것은 굉장히 중요한 일이다. 맹자는 여기에 대해 "곤궁하면 혼자서 자기 몸을 잘 수양하고, 현달하면 세상을 두루 잘 다스려라(窮則獨善其身, 達則兼善天下)."라고 자기 생각을 얘기하였다. 그러나 시인은 도무지 이런 현실적인 일들에 관심이 없다. 때문에 뜬금없이 어부의 노랫소리를 거론하면서 즉답을 회피할 수밖에 없다.

즉답을 피하고 침묵한다든지, 또는 에둘러서 표현하는 수법 또한 선가의 문답 방식 중 하나이다. 달마 조사께서 서쪽에서 오신 뜻이 무엇인지[조사서래의(祖師西來意)] 알고 싶은 제자에게 스승은 만전을 피울 수밖에 없다. 말하는 순간 진리의 실상에서 어그러지기 때문이다.

그러니 도연명도 "여기에 참된 진리가 담겨 있지만, 분별하고자 하여도 이미 말을 잊었다(此中有眞意, 欲辨已忘言)."[〈음주(飮酒)〉]고 하면서 말을 회피하였고, 이백은 "무슨 일로 푸른 산에 사시는가 나에게 묻는데, 웃으면서 대답하지 않지만 마음은 절로 한가롭다네(問余何事棲碧山, 笑而不答心自閑)." [〈산중문답(山中問答)〉]라고 하여 웃음으로 대답을 대신한 것이다. 그런데 말은 하지 않지만 이들의 마음속에는 이미 진리에 대한 실체가 선명하게 새겨져 있다. 굳이 언어로 표현하려 들지 않았을 뿐이다.

청풍명월(淸風明月), 맑은 바람과 밝은 달은 모두 선적(禪的)인 의취(意趣)와 시적(詩的) 감흥을 끌어내기에 매우 훌륭한 소재들이다.

공림송풍(空林松風), 텅 빈 숲과 솔바람 역시 모두 선적인 경지와 그림의 세계로 들어가게 하는 데 가장 알맞은 수단들이다.

젊었을 적에는 오로지 공명과 부귀 그리고 사랑만을 생각하며 추구하기 마련이다. 그러나 중년에 이르러 온갖 화려하고 즐거웠던 순간들을 경험하는 동시에 삶의 숱한 어려움과 좌절을 겪게 되면 비로소 삶과 생명의 근본적인 이치에 대해 생각하기 시작한다.

때문에 시인들은 어쩔 수 없이 선(禪)의 세계로 들어갈 수밖에 없게 된다. 그리하여 "조용히 산 속 소나무 아래 앉아서 바람 소리 듣고 차 한 단지 마시는(靜坐山松下, 聽風一壺茶.)" 일이 이런 삶의 궁극적인 고뇌와 물음에 대한 좋은 약과 처방이 될 수 있다.

때문에 "그대가 삶의 이치를 물을(君問窮通理)" 때, "어부의 노랫소리가 포구 깊숙이 들려온다(漁歌入浦深)."라고 대답할 뿐 해답을 말로 들려줄 수 없다.

〈사슴 울짱(鹿柴)〉

텅 빈 산에 사람은 보이지 않고
단지 사람 말소리만 들린다.
반사되어 비치는 석양빛은 숲 깊은 곳으로 들어와
다시 푸른 이끼 위를 비춘다.

空山不見人(공산불견인), 但聞人語響(단문인어향).
返景入深林(반경입심림), 復照靑苔上(부조청태상).

---

*鹿柴(녹채): 사슴 울짱. 목책(木柵).
*語響(어향): 말소리가 울리다.
*返景(반경): 저물 무렵 반사되어 비치는 석양빛. 저녁 햇살.
*靑苔(청태): 푸른 이끼.

【 감상 】

이 시는 왕유 산수시(山水詩)의 대표작으로 5언 절구 20수로 이루어진 ≪망천집(輞川集)≫ 중 제4수이다.

이 시는 산중의 적막과 고요 및 그윽함을 표현한 작품으로 노년을 맞이한 시인 특유의 고요하고 공적한 경지를 잘 나타낸 작품이라 할 수 있다.

빈산에 사람 보이지 않고 사람의 말소리만 들려온다. 산은 본래 공적(空寂)한데 사람 말소리가 지나간 뒤 산의 적막(寂寞)이 더욱 두드러진다.

석양빛이 깊은 숲속으로 들어와 푸른 이끼 위를 비춘다는 것은 표면적으로는 한줄기 빛의 밝음과 생기를 보는 듯하지만 그러나 실제로는 고요함과 적막을 도리어 더욱 두드러지게 한다. 왜냐하면 석양빛은 조만간 머지않아 사라질 것이고 뒤이어 길고 긴 어둠과 적막이 찾아오기 때문이다.

짧디 짧은 말소리를 통해서 길고 긴 고요와 적막을, 짧디짧은 빛을 통해서 길고 긴 어둠을 도리어 두드러지게 하고 있으니 이런 표현수법이야말로 왕유 특유의 소리와 빛에 대한 예민한 관찰과 절묘한 표현이라고 할 수 있겠으니 그는 대시인이면서 음악가이자 화가라고 할 수 있겠다. 노년에 들어온 시인은 만사에 관심을 두지 않고 선(禪)을 추구하는 오롯한 마음을 산의 고요와 적막에 담아 일체화시키고 있다.

단지 산수만 묘사했을 뿐 선적인 언어로 선을 추구하는 마음을 한 마디도 묘사하지 않아 이게 과연 선시라고 간주할 수 있겠는가 하는 의구심도 들겠지만 이러한 시야말로 진정한 의미에서의 선시라고 할 수 있겠다. 선적인 경계는 영양이 뿔을 나무에 걸고 있으면 흔적을 찾을 수 없듯이 자취를 남기지 않을 것이 요구된다. 그러니 이 시는 선적인 언어를 굳이 쓰지 않았지만 이미 선적인 경계에 들고 있어 선을 시에 담은 이른바 '이선입시(以禪入詩)의 뛰어난 상승(上乘)의 작품이라고 할 수 있을 것이다.

〈아무렇게나 지은 시(雜詩)〉

그대는 고향에서 오셨으니
고향의 일을 마땅히 아시겠지요?
오시던 날 비단 창문 앞에
한매는 꽃을 피웠던가요?

　　君自故鄕來(군자고향래), 應知故鄕事(응지고향사).
　　來日綺窓前(내일기창전), 寒梅著花未(한매착화미)?

---

*綺窓(기창): 꽃무늬를 수놓은 아름다운 비단 창문. 곧 여자가 거처하는 방.
*未(미): 의문을 나타내는 허사(虛辭).

【 감상 】

중국 시가의 언어 역시 중국인들의 심리를 잘 반영하고 있는데, 흔히 함축적인 수법으로써 언어 속에 유장한 운치와 심원한 의미를 담고 있다.

시인은 고독하다. 타향을 오랫동안 떠도는 그들에게 고향은 마음속에 깊이 각인되어 마치 걸려 있는 한 폭의 그림처럼 변한다. 때문에 나이가 많아지면서 젊었을 때 추구하던 공명심은 조금씩 사라지지만 고향에 대한 진한 기억만은 절대 흐려지지 않는 것이다.

이 시는 시인의 진한 고향 생각을 표현하였다. 시인이 타향에서 나그네 생활을 하다가 고향에서 온 사람을 만났으니 당연히 고향에 대한 그리움이 생길 수밖에 없다. 그런데도 시에서는 그리운 사람을 보고 싶어 하는 마음이나 향수 등에 대해서 한 마디도 말하지 않고 다만 고향의 한매(寒梅)가 꽃을 피웠던가요, 하고 담담하게 묻고 있다.

이러한 담담한 물음은 도리어 독자로 하여금 두 가지를 더 추가적으로 떠올리게 한다.

첫째, 단순한 물음으로써 도리어 그 말속에 고향에 대한 진한 그리움의 감정이 응축되어 담겨져 있다고 느끼게 된다.

둘째, 시인이 공적과 명예에 대한 욕망을 버리고 난 뒤에 세속의 물정들에서 해탈을 하고 드디어는 선적인 경계에 들고 흉금에 선적인 의취(意趣)를 담게 되었음을 느끼게 한다.

〈종남산의 별장(終南別業)〉

중년에 도를 무척이나 좋아하여
늘그막에 남산 산기슭에 거처를 정하였다.
흥이 일면 매양 혼자서 떠나는데
이런 좋고 즐거운 일은 그저 혼자서만 안다.
가다가 계곡물이 끝나는 수원지에 이르게 되면
앉아서 때마침 피어나는 구름을 바라본다.
우연히 숲속의 노인과 만나기라도 하면
담소를 나누느라 돌아갈 기약도 없다.

中歲頗好道(중세파호도), 晚家南山陲(만가남산수).
興來每獨往(흥래매독왕), 勝事空自知(승사공자지).
行到水窮處(행도수궁처), 坐看雲起時(좌간운기시).
偶然值林叟(우연치임수), 談笑無還期(담소무환기).

---

*終南別業(종남별업): 장안 남쪽 교외에 있는 종남산(終南山)의 별장.
*中歲(중세): 중년.
*家(가): 거주하다. 정착하다.
*陲(수): 산기슭.
*勝事(승사): 좋은 일. 아름답고 즐거운 일. 즐거운 마음. 아름답고 즐거운 일.
*空(공): 그저. 다만.
*水窮處(수궁처): 수원지.
*值(치): 우연히 만나다.
*林叟(임수): 숲속 늙은이. 은거하고 있는 사람.
*还期(환기): 돌아갈 시간. 돌아갈 기약.

【 감상 】

이 시는 산수를 노니는 즐거움과 이로 인한 내심의 한적함과 스스로 만족함을 기술한 선시이다.

왕유는 40세 이후에 벼슬길의 험난함을 간파하고 인간 세상에 얽매이지 않으면서 초탈하고자 하는 마음을 먹기 시작하였고 마침내 종남산의 별장에서 관직과 은거의 생활을 병행하면서 속세를 떠나 부처를 섬기는 삶을 살게 되었다.

온화한 아름다움으로 사람을 매혹시키는 대자연에서 흥이 나면 혼자 돌아다녔고 스스로 만족스럽고 즐거운 일을 만나게 되면 굳이 남이 알아주길 바라지 않고 혼자서 즐거움을 누리고자 하였다. 이런 뜻이 수련(首聯)과 함련(頷聯)에 드러나 있는데 특히 함련의 '독왕(獨往)'과 '자지(自知)'는 한가로움과 무심함이란 선적 의취가 극히 풍부하다고 볼 수 있다.

경련(頸聯)에서는 가다가 당도하여 앉아서 바라보는 행(行)→도(到)→좌(坐)

→간(看)의 일련의 행동과정을 묘사하고 있다. 시인은 마음이 가는 대로 길을 가다가 저도 모르게 계곡물의 막다른 곳에 당도하면 차라리 주저앉아 "흰 구름이 무심히 산굴에서 나오는(無心以出岫)"[도연명(陶淵明), 〈귀거래사(歸去來辭)〉] 모습을 바라본다. 산수의 아름다움에 억제하지 못하고 자연스럽게 피어오르는 담박하고 조용하며 쾌적한 마음이 살아 있는 듯 생동감 있게 글 속에 묘사되어 있다.

미련(尾聯)에서는 산 속을 거닐다가 우연히 숲속에 사는 고인과 만나 이야기 꽃을 피우다가 즐거운 마음에 돌아갈 생각조차 잊어버렸음을 묘사하고 있다.

미련의 '우연(偶然)'과 수련의 '파(頗)'자는 서로 호응을 하여 진실하고 간절한 마음과 흥 나는 대로 따라 하는 행동 간의 상호 관계를 잘 설명하고 있다.

이 시 중에서도 경련 '행도수궁처(行到水窮處), 좌간운기시(坐看雲起時)'는 자연만물의 변화의 이치와 섭리의 오묘함을 풍부하게 담고 있는 천고의 가구(佳句)가 되었다.

〈목련 둑(辛夷塢)〉

나뭇가지 끝의 목련꽃
산 속에서 붉은 꽃봉오리 터트린다.
냇가 오두막은 적막하니 인적 없는데
어지러이 피었다가 다시 진다.
　　木末芙蓉花(목말부용화), 山中發紅蕚(산중발홍악).
　　澗戶寂無人(간호적무인), 紛紛開且落(분분개차락).

─────────────

*辛夷塢(신이오): 목련이 우거진 둑. '신이'는 목련, 목란의 뜻.
*芙蓉花(부용화): 목련꽃.

*萼(악): 꽃봉오리.

*澗戶(간호): 물가의 오두막. [이 시에서는 왕유 자신의 망천장(輞川莊)을 상징함.]

*戶(호): 문. [옛날 한 짝으로 된 것을 '호(戶)'라 하고 두 짝으로 된 것을 '문(門)'이라
  했음.] 집. 가문.

【 감상 】

꽃은 타고난 대로, 생긴 대로 핀다. 제비꽃은 제비꽃답게 피고, 진달래는 진달래답게 핀다. 꽃들은 남을 부러워하지도 시기하지도 않는다. 있는 그대로 자신을 한껏 꽃피우다가 떠날 시간이 되면 아무 말 없이 떠나간다.

이 시는 자연 본성대로 피고 지는 꽃의 모습을 담백하게 묘사하고 있다.

이 시는 선을 시에 담은 이선입시(以禪入詩)의 가작이라고 할 수 있다. 목련은 꽃조차도 말없이 묵묵히 피었다가 다시 떨어질 때도 소리가 없으니 핀다는 기쁨도 없고 진다는 슬픔도 없다. 다시 말해서 생(生)도 없고 멸(滅)도 없다. 그야말로 담박(淡泊)과 초탈(超脫)에 이른 지극한 경지를 묘사한 것으로서 시인의 공적(空寂)과 영정(寧靜) 및 자연스러움에 몸을 내맡기는 임운자연(任運自然)의 심경(心境)을 표현한 것이 아니겠는가! 그리고 이런 공적과 영정 및 자연스러움 등이야말로 바로 불성(佛性), 즉 본래 참모습이라는 진성(眞性)이 밖으로 드러난 것이 아니겠는가!

명대(明代) 문인 호응린(胡應麟)은 이 시를 읽고 깊이 감동받아 말했다. "내 몸과 세상 모두 잊게 하며 온갖 잡념과 망상이 다 적막해져서 해탈에 이르게 한다(身世兩忘, 萬念皆寂)."[≪시수(詩藪)·내편(內編)≫]

자연의 물상들은 가야 할 때가 언제인가를 스스로 알고 떠난다. 이처럼 꽃은 저절로 피었다 진다. 냇가 오두막에는 적막하니 사람의 흔적조차 없다. 사람 같으면 누가 보아주지 않는데 열심히 무슨 일을 할 필요가 있겠느냐고 생각하기 마련인데, 꽃들은 그렇지 않다. 누가 보아주지 않아도, 누가 알아주지 않아도 분분히 피었다가 진다. 있는 그대로, 생긴 그대로의 모습. 여기에 여여(如如)한,

한결같은 진리가 담겨 있다. 그러니 자기 본성을 찾을 일이다.

　　그러나 사람들은 꽃과 달라서 항상 남의 시선을 의식한다. 그리고 그들로부터 인정받기를 갈망한다. 또한 남의 평가에 익숙해진 터라 남을 평가하는 데도 주저하지 않는다. 저기 길가에서 자기 본성에 맞게 피고 지는 꽃에도 사람들은 자기 관점을 매달아 평가한다. 기쁘면 기쁜 대로, 슬프면 슬픈 대로 꽃을 보고 대한다.

〈대숲 속 객사(竹里館)〉

　　홀로 깊고 그윽한 대숲에 앉아
　　금을 타다가 다시 길게 휘파람을 분다.
　　깊은 숲이라 다른 이는 알지 못하는 터에
　　밝은 달이 찾아와 나를 비추는구나.
　　　　獨坐幽篁里(독좌유황리), 彈琴復長嘯(탄금부장소).
　　　　深林人不知(심림인부지), 明月來相照(명월래상조).

---

*館(관): 객사(客舍).
*幽篁(유황): 깊고 조용한 대숲.
*長嘯(장소): 길게 휘파람을 불다. [옛사람들이 자신의 뜻을 서술할 때 늘 사용하던 방법.] 장소를 터뜨리다. 큰소리로 부르짖다.

【 감상 】

　　이 시 역시 ≪망천집(輞川集)≫ 중에 매우 유명한 시이다.

　　이 시는 시어가 기특(奇特)함이 없이 평담(平淡)함에도 불구하고 시가 담고 있는 정취이자 분위기로서 시 전체의 의경(意境)은 고상하고 원대하여 지극한

맛을 준다. 특히 숲의 그윽하고 고요한 정적과 금·휘파람 소리 간의 대비는
구상이 매우 독창적이라 할 수 있다.

홀로 그윽한 대숲에 앉아 금을 연주하고 다시 길게 휘파람을 부는데 밤이
깊어지면서 사람 자취 역시 고요해지며 알아주는 이가 하나도 없는 터에 오직
나의 마음을 알아주는 밝은 달만이 환한 빛을 뿌리며 동무 삼아주니 맑고 고요하
며 속세와 단절된[청유절속(淸幽絶俗)] 느낌을 준다.

의경(意境) 상으로는 어떠한가? 달밤에 그윽한 숲은 얼마나 텅 비고 밝으며
맑고 깨끗한가! 금을 연주하며 길게 휘파람 부는 사람은 또 얼마나 평온하며
스스로 만족스러운가! 자연의 경계인 외경(外境)과 시인의 내심의 경계인 내경
(內境) 간에 구분이 완전히 사라지면서 하나가 됨으로써 물아일체(物我一體)가
되고 "만물의 변화와 깊이 하나가 되는(與萬化冥合)"[유종원(柳宗元), 〈시득서
산연유기(始得西山宴遊記)〉] 공적(空寂)의 경계를 함께 공동으로 만들어내었다.
여기에 바로 선의(禪意)가 존재하며 이는 또한 선심(禪心)이 실현된 것이라 할
수 있다.

〈가을 산 집에 해가 지다(山居秋暝)〉

빈 산에 새로 비 내린 뒤,
저녁이 되면서 가을 날씨를 보인다.
밝은 달은 솔 사이로 비추고
맑은 샘물은 바위 위로 흐른다.
대숲이 떠들썩하니 빨래하던 여인 돌아와서이고
연잎 흔들리니 고기잡이배가 내려가서이다.
자연의 섭리대로 봄꽃은 시들었지만
젊은 공자께선 그런대로 머물 만은 하지.

空山新雨後(공산신우후), 天氣晚來秋(천기만래추).
明月松間照(명월송간조), 淸泉石上流(청천석상류).
竹喧歸浣女(죽훤귀완녀), 蓮動下漁舟(연동하어주).
隨意春芳歇(수의춘방헐), 王孫自可留(왕손자가류).

---

*暝(명): 날이 저물다. 해가 지다. 황혼. 박야(薄夜).
*喧(훤): 시끄럽다. 떠들썩하다. 와자지껄하다.
*浣(완): 옷을 빨다. 세탁하다.
*春芳(춘방): 봄꽃.
*歇(헐): 휴식하다. 쉬다. 그만두다.
*王孫(왕손): 왕의 자손. 귀족의 자손. 공자[고대 청년 남자에 대한 존칭]. 친구.

【 감상 】

가을 기운이 완연해지는 상황에서 싱그러운 자연을 노래하고 있는 이 시는 막 초가을을 맞이하고 있는 산 중에서의 생활을 수채화처럼 담담하게 그려내고 있다.

조용한 아무도 없는 산 속에 막 새로이 비 내린 뒤, 푸른 산과 비취빛 골짜기는 더욱 적막하고 아득히 깊어진다. 밤의 장막이 내려지고, 시원한 바람은 귓가를 스쳐가며 사람으로 하여금 농후한 가을 정취를 느끼게 한다. 산에 달이 떠오르면서 밝은 달빛은 소나무 숲을 비추며, 샘물은 바위 위에서 졸졸 흘러 지나가고 청량한 소리를 내고 있다. 대나무 숲속에서 즐거운 웃음소리가 간간이 들려오는데, 알고 보니 여인들이 빨래를 마치고 돌아오고 있었다. 연잎이 흔들리고 있었는데 알고 보니 고기잡이배가 물결을 따라 내려가고 있었다. 비록 산중에는 봄날의 꽃향기가 벌써 사라지고 없어졌지만 그러나 이 가을 경치 또한 아름다우니 진정 고상한 선비는 여전히 남아서 머무르고 싶어 한다.

이 시의 셋째 구와 넷째 구는 한시에서의 전형적인 공간 확장의 수법을 통하여 드넓은 자연 공간을 드러내 주고 있다. 하늘에는 밝은 달이 떠 있고, 땅 위에는 맑은 샘물이 흐르고 있다. 당연히 그 사이로 사람이 있다. 상하, 좌우로 확장된 공간에서 천지인(天地人)이 서로 조화를 이루고 있는 평화로운 모습이다.

자연의 섭리대로 계절은 순환하며 그에 따라 화려하고 향기로웠던 봄풀도 이미 시들어버렸다. 그러나 초가을 달밤, 맑은 숲과 대숲, 연잎과 고깃배 등의 경물이 엮어낸 세계는 맑고 싱그러워서 결코 봄날의 정취에 뒤지지 않는다. 그러니 귀족의 자제이면서, 젊은 청년에 대한 존칭어이기도 한 왕손에게 그런대로 이곳에서 지낼 만하지 않은가 하고 권하고 있다. 초가을에 보이는 시인의 정서는 이처럼 그런대로 쓸쓸하지 않고 맑기만 하다.

가을이 점차 무르익어 가면서 온 산하는 붉은 물감이 칠해지기 시작한다. 나무는 힘이 버거운 듯 마지막 정열의 울음을 토하고 하나둘 옷을 벗기 시작한다. 서리 맞아 화려한 봄꽃보다 더 붉어진 단풍잎[상엽홍어이월화(霜葉紅於二月花)]들은 만산홍엽(滿山紅葉)을 이루다가 이제 하나둘씩 조락하기 시작하는 것이다. 황금의 들녘도 어느덧 앙상한 벼 포기만이 남고 잿빛 바탕을 드러낸다. 이것이 가을의 실루엣이다.

이 시는 왕유의 산수시(山水詩) 중의 명작이다. 그의 붓 아래 밝은 달과 맑은 샘물, 대나무의 소란스러움과 연꽃의 움직임, 빨래하는 여인과 고기잡이배가 과정과 층위가 분명하고 인과관계가 선명하다. 게다가 소리가 있는가 하면 빛이 있으며, 움직임이 있는가 하면 고요함이 있어서 비 내린 뒤 맑고 조화로운 가을 산의 그림 한 폭을 구성하였다.

고요하고 침착하면서도 민첩하고 변화무쌍한 묘사를 통해서 시인은 선열(禪悅), 즉 선을 닦는 즐거움의 경계에 대한 자신의 깨달음과 추구를 하는 바를 기탁하고 있다.

〈백발에 탄식하다(歎白髮)〉

옛날 붉었던 얼굴이 이제 늘그막 나이가 되어
땋아 늘어뜨렸던 머리는 잠깐 사이에 백발로 변했구나.
일생 살면서 상심했던 일 얼마쯤이나 되던가
불교에 귀의하지 않으면 어디서 없애겠는가!

  宿昔朱顏成暮齒(숙석주안성모치), 須臾白髮變垂髫(수유백발변수초).
  一生幾許傷心事(일생기허상심사), 不向空門何處銷(불향공문하처소).

─────────────

*宿昔(숙석): 옛날. 오랫동안. 잠깐 사이. 짧은 시간.
*朱顏(주안): 붉은 얼굴. 홍안(紅顏). 소년 소녀.
*暮齒(모치): 모년(暮年). 만년. 늘그막. 여기서 '치'는 연령을 가리킨다.
*須臾(수유): 수유. 잠시. 잠깐.
*垂髫(수초): 땋아 늘어뜨린 아이의 머리. 아이. 동자. 유년.
*幾許(기허): 얼마. 약간. 얼마간.
*空門(공문): 불교. 불문(佛門).
*銷(소): 제거하다. 없애다. 지우다. 철회하다.

【 감상 】

  사람의 삶에는 생(生), 노(老), 병(病), 사(死)의 네 가지 고통이 있다. 이 네
가지 고통은 인간이라면 모두 기본적으로 반드시 대면해야만 한다. 만약 이
네 가지의 고통 속에서 해탈하여 벗어나고자 한다면 이러한 고통들이 유래하여
온 곳과 떠나갈 곳을 명백히 알고 있어야 한다. 석가모니 부처의 말씀이다.
  왕유는 일반 보통 사람들에 비해 이 점을 분명하고 투철하게 이해하고 있었을
뿐만 아니라 심지어는 사찰의 일반 승려들이라 할지라도 그의 깨달음의 경지에
도달했다고 단정 지을 수 없을 정도였다. 이 시는 제일 먼저 무상(無常), 즉
시시각각 변함으로 인한 덧없음으로부터 시작하고 있다. 붉었던 얼굴은 어느덧

늘그막 나이가 되어 버렸고 땋아 늘어뜨렸던 머리는 잠깐 사이에 백발이 되어 버렸다. 누군가가 인생이 너무 길다고 느낀다면 그는 분명 아무 하는 일이 없이 밥만 축내며 죽을 날만 기다리는 식충이일 것이다. 그런 사람에게 시간은 자연히 1분이 1년처럼 길게 느껴질 것이기 때문이다. 그러나 무언가 추구하는 바가 있는 사람에게 시간이란 항상 너무 빨리 흘러가고 너무 촉박하게 떠나가기 마련이다. 마치 아침에 핀 꽃이 저녁에 지고, 백구과극(白駒過隙), 즉 흰 망아지가 문틈 사이를 지나감을 보듯 그렇게 시간은 나는 듯이 빨리 지난다. 인간사라면 아름다운 일이든 아름답지 않은 일이든 간에 모두, 그리고 태어나면서부터 노쇠하여 죽을 때까지 언제나 이 시간의 흐름에서 운 좋게 벗어날 수가 없는 것이다.

그런데 이렇게 시간이 흘러 노쇠해지는 거야 자연스러운 현상으로서 인력으로 어쩔 수 없다손 치더라도 더욱더 사람으로 하여금 끝없이 마음 아프게 만들면서 마치 살얼음 위를 걷는 듯하게 만드는 것은 바로 그 짧은 인생 여정임에도 불구하고 수도 없이 일어나고 경험하였던 굴욕과 좌절 및 간난신고와 같은 고통이다. 그럼에도 불구하고 사람은 살아가야 한다. 살아내야 한다. 그런데 사람이 계속해서 고통의 바다를 살아나가려고 한다면 반드시 한 몸을 의지할 곳이 있어야 하며 최종적으로 돌아가 귀의(歸依)할 곳이 있어야 한다. 시인의 관점에서 보자면 사람이 최종적으로 귀의해야 할 곳은 바로 부처님, 불가(佛家)의 문하, 곧 불문(佛門)인 것이다.

이 시는 표면적으로 보면 소극적인 정서가 강한 듯한 느낌을 받지만 그러나 깊이 살펴보면 실로 진실을 말하고 있다고 할 수 있다.

수많은 스님과 불교도들이 모두 이 무상(無常)함과 고통, 그리고 상심사(傷心事)가 있었지만 이것들을 끊어낼 방법이 없었기 때문에 비로소 불문에 귀의하지 않았던가! 이것이 바로 이른바 인연(因緣)이라는 것일 게다. 불문에 얼마만큼 투신하며 부처를 신봉할 것인지 그 깊고 얕음은 또한 이 인연의 크고 작음에 정비례할 것이다.

이백(李白: 701~762)

이백의 자는 태백(太白), 호는 청련거사(靑蓮居士)이다. 조상의 본적은 농서(隴西) 성기(成紀) 지금의 감숙(甘肅)성 진안(秦安)현 사람이다. 촉군(蜀郡) 면주(綿州) 창륭(昌隆)현, 지금의 사천(四川)성 강유(江油)시 청련향(靑蓮鄕)에서 태어났는데, 일설에는 서역(西域)의 쇄엽성[碎葉城, 타림 분지 부근 서돌궐(西突厥)의 지명]에서 태어났다는 설도 있고, 비성[碑城, 지금의 키르기스스탄 경내]에서 태어났다는 설도 있다.

이백은 "5세에 도교(道敎) 전적인 ≪육갑(六甲)≫을 암송하였고, 10세에 제자백가(諸子百家)의 책들을 보았으며(五歲誦六甲, 十歲觀百家)", "15세부터 검술을 좋아하였고(十五好劍術)", 25세에 이르러서는 칼을 차고 멀리 유람하면서 천하의 호걸들과 사귀기도 하였다. 42세에 조서를 받아 장안(長安)에 와서는 당 현종(玄宗)의 예우(禮遇)를 받고 한림(翰林)의 관직에 올랐다. 나중에 중상모략을 당하여 고향으로 돌아온다.

안사(安史)의 난 동안에는 사력을 다해 나라에 충성하였는데, 말년에 영왕(永王)의 난에 말려들어 야랑(夜郞)으로 유배되기도 하였고 그 후 고통스럽게 세상 여기저기 유랑하다가 안휘(安徽)성 당도(當涂)현에서 향년 62세에 병으로 세상을 하직하기에 이른다.

이백은 당대의 위대한 낭만주의(浪漫主義) 시인으로서 그의 시는 상상력이 풍부하고 창작구상이 기묘하고 변화무쌍하였으며[기휼(奇譎)] 기세가 웅장(雄壯)하였고, 풍격은 호방(豪放)하며 호매(豪邁)하고 자유분방하였으며, 이전 시기의 성과를 계승하는 동시에 새로운 방향으로 발전시킴으로써 후대를 위해 새로운 길을 열어주었다.

이백은 웅대하고 광활한 심경과 흉금을 지니고 있어서 청신(淸新)

하고 자연(自然)스러운 수많은 시구를 남겼다. 다음 시구는 그 좋은 예이다.

"맑은 물에서 연꽃이 피어난 듯, 자연스러워 새기고 꾸민 흔적 없구나(淸水出芙蓉, 天然去彫飾)."

두보는 이백의 시에 대해 "붓을 내려쓰면 비바람을 놀라게 하고 이윽고 시가 완성되면 귀신을 울게 한다(筆落驚風雨, 詩成泣鬼神)."라고 찬양하였다.

후세에 시선(詩仙)이라고 불리며 시성(詩聖) 두보(杜甫)와 함께 이두(李杜)로 병칭되기도 한다.

〈촉 땅 스님 준이 타는 금의 소리를 듣다(聽蜀僧濬彈琴)〉〉

촉 땅의 스님이 진귀한 금 녹기를 품에 안고
서쪽 아미산에서 내려왔다.
나를 위해 손을 한 번 휘둘러 연주하니
수많은 골짜기에서 울려 나오는 솔바람 소리를 듣는 듯하다.
나그네의 마음은 흐르는 물에 씻기듯 씻기고
남은 소리는 울리며 해질녘 종소리에 섞여 들어간다.
어느새 푸른 산에 어둠이 내려앉는지도 느끼지 못하였는데
가을 구름이 몇 겹이나 끼어 어둡다.

> 蜀僧抱綠綺(촉승포녹기), 西下峨嵋峰(서하아미봉).
> 爲我一揮手(위아일휘수), 如聽萬壑松(여청만학송).
> 客心洗流水(객심세유수), 餘響入霜鐘(여향입상종).
> 不覺碧山暮(불각벽산모), 秋雲暗幾重(추운암기중).

*濬(준): 승려의 법명.
*綠綺(녹기): 한대(漢代) 사마상여(司馬相如)가 타던 금의 이름. 일반적으로 유명하고
진귀한 금을 가리킨다.
*峨嵋峰(아미봉): 중국 사천(四川)성에 있는 산. 이백(李白)은 아미산(峨嵋山)에 대해
"촉(蜀)나라에는 아름답고 신비스러운 산이 많지만 아미산에 필적하기에는 아주 어
렵다(蜀國多仙山, 峨眉遙難匹)."고 평가한 적이 있다.
*挥手(휘수): 금을 타다.
*萬壑(만학): 수많은 산골짜기.
*霜鐘(상종): 서리가 내리면 울리는 종[≪산해경(山海經)≫ 에 의하면 "풍산에는 아홉
개의 종이 있는데 매년 첫 서리가 오면 종이 스스로 울려서 이를 상종(霜鐘)이라
한다."고 함]. 여기서는 해질녘 종소리를 뜻한다.
*幾重(기중): 몇 겹.

【 감상 】

이 시의 수련은 고향의 악사가 금을 안고 아미산을 내려오는 모습을 아주
기백 있게 묘사하였다. 전해지는 얘기에 의하면 한(漢)나라 문인 사마상여(司馬
相如)에게 녹기(綠綺)라는 금이 있었다고 한다. 그래서 후세에 이름난 뛰어난
금을 녹기라는 이름으로 부르는 관습이 전해지게 되었다.

함련과 경련, 미련은 촉 땅의 스님이 타는 금의 소리를 묘사하면서 스님의
금 연주가 매우 훌륭하다고 감탄하고 있다.

스님이 손을 한 번 휘두르며 연주하는 모습만 보였는데 금의 소리가 곱고
낭랑하게 귀를 울리는데 마치 수많은 골짜기에서 울려 나오는 솔바람 소리를
듣는 듯, 듣고 있는 나그네의 마음은 흐르는 물에 씻기듯 씻긴다. 연주가 멈춘
뒤에도 여음이 계속 끊어지지 않고 이어지며 해 질 무렵 울리는 종소리에 섞여
들어가니 듣는 이를 한없이 아득히 먼 허공의 경지로 들어가게 한다. 금의 소리
를 듣고 마음에 깨달음이 있었는데, 부지불식간에 어느덧 시간은 흘러가서 어둠
이 주위를 뒤덮었고 구름이 몇 겹이나 어둡게 끼어 있다.

이 시에서 쓴 휘수(揮手), 세유수(洗流水), 상종(霜鐘) 등은 모두 전고(典故)가

있는 말들이다. 금을 타고 그 소리를 듣는 일을 거론할라치면 금 연주가인 백아(伯牙)와 친구 종자기(鍾子期)를 떠올리지 않는 사람이 없을 것이다. 백아휘수(伯牙揮手), 즉 백아가 손을 휘둘러 연주하고 종자기는 금 소리를 듣는다. 이백은 백아와 종자기의 이야기를 전고로 빌어 와 자신과 촉 땅 스님 간의 우정을 표현하였다.

≪당송시거요(唐宋詩擧要)≫는 이 시에 대해 "거침없이 단숨에 써내려 가는 가운데 응축되고 간결한 필치가 드러나 있다(一氣揮灑, 中有凝煉之筆)."라고 하였다. 이 시의 필치가 결코 평범하지 않다고 평가한 것이다.

아미산(峨嵋山) 봉우리에 스님 한 분, 금 한 대, 시인 한 사람이 있다. 가을 구름이 유유히 흐르는 황혼 무렵, 고찰(古刹)에서 치는 종소리는 사람 마음을 쉬이 맑고 깨끗하게 하기 마련이다. 금을 들고 있던 스님은 절로 금을 타고 싶은 흥취가 일어난다. 시인 역시 금소리를 듣고 있지만 마음은 절로 다른 곳을 향해 간다. 깨달음을 향해 치달아간다.

종소리와 금소리, 스님의 연주와 시인의 감상 간에는 서로 관련이 있는 듯 보이지만 실제로는 관련이 없다. 그러나 관련이 없다고 말하지만 한편으로 정말 서로 매우 관련이 있다고 말하지 않을 수 없는 점도 있다.

선(禪)이 있다거나 또는 선이 없다는 말은 모두 쓸데없이 이러쿵저러쿵 하는 변설에 불과할 뿐이다.

〈조카 평사와 창 선사의 산 연못에서 실의에 찬 채 노닐다(同族侄評事黯游昌禪師山池)〉

혜원 스님 같은 창 선사께서는 안락함을 좋아하시어
나를 위해 선의 관문도 열어주셨네.
소나무 자란 바위 아래는 한가롭고 조용하면서 편안하니

어찌 청량산의 선경과 다르겠는가!

꽃의 맑은 빛깔은 색채로 진하게 물들지 않아 순수하고

시냇물과 마음은 모두 한가롭다.

한 번의 만남에 소겁이 지났는데

천지간에 고요하고 적막한 공(空)의 세계를 알아보았네.

> 遠公愛康樂(원공애강락), 爲我開禪關(위아개선관).
> 蕭然松石下(소연송석하), 何異清涼山(하이청량산).
> 花將色不染(화장색불염), 水與心俱閑(수여심구한).
> 一會度小劫(일회도소겁), 觀空天地間(관공천지간).

---

*黯游(암유): 실의에 차서 노닐다.
*遠公(원공): 진대(晉代)의 고승 혜원(慧遠). 여산(廬山) 동림사(東林寺)에 거주. 세상
 에서는 그를 원공(遠公)으로 부르기도 하였다. 여기서는 지조 있는 창(昌) 선사에
 비유하였다.
*康樂(강락): 안락하다. 행복하다.
*蕭然(소연): 텅 비고 적막하다. 공적(空寂)하다. 쓸쓸하다. 한가롭고 조용하면서 편안
 하다.
*何異(하이): 무엇이 다른가? 무슨 차이가 있는가?
*清涼山(청량산): ①강소(江蘇)성 남경(南京)시 서쪽에 있는 석두산(石頭山). ②산서
 (山西)성 오대산(五臺山)의 별칭.
*小劫(겁): 소겁[사람의 수명이 10세에서 8만 세까지 증가했다가 다시 10세로 감소하
 기까지의 과정을 소겁이라고 함].

【 감상 】

천성이 산수를 좋아하는 이백이라서 그런지 명산대천 속에 살고 있는 수많은
스님들과 교류를 하고 있었다. 맑고 고우면서도 평화스러운 산수에서 그의 거칠
것 없이 호방(豪放)했던 마음은 점차 평정(平靜)을 되찾으며 차분해졌고 더 나아
가 우주 자연의 고요하면서 적막한 공적(空寂)을 느끼고 깨달을 수 있었다.

이백이 조카와 함께 창 선사의 암자 연못에서 노닐 때 그는 깊은 감동을 받아 그 감개를 시로 묘사하였다. 원공(遠公)이란 말은 동진(東晉) 여산(廬山)에서 선을 닦으며 깨달음에 이르렀던 혜원(慧遠) 고승을 가리키는데 이백은 이 고승의 이름을 빌어 창 선사의 절개에 대한 자신의 칭송을 드러내었다.

그가 평정(平靜)한 생활을 좋아하는 선사와 함께 숙연히 소나무 아래 바위에 앉아 서로 말을 주고받지 않지만 마치 마음속으로 깨닫고 이해되는 듯하니 이 경지야말로 천상에 있는 신궁(神宮)에서 느끼는 마음과 무엇이 다르겠냐고 생각하기에 이른다.

이곳은 꽃이 절로 맑고 순수하며, 시냇물과 시인의 마음은 함께 한가로워서 먼지 티끌을 씻어 마음을 넓히고 성정을 고상하게 하니 정말이지 감정이 고양되어 돌아가는 것도 잊게 한다. 비록 서로 잠시 만났지만 그러나 마치 수많은 시간이 흘러간 듯 세월은 유유히 흘러가고 천지간은 고요하고 텅 비어 있으니 진실로 사람을 감탄스럽게 한다.

이백은 불교 명승지를 묘사한 시가 적지 않다. 그 중 대표적인 시가 〈봉정사에 쓰다(題峰頂寺)〉이며, 이 밖에도 〈여산 동림사에서 밤에 그리워하다(廬山東林寺夜懷)〉 시가 있다.

그 중 "어둠 속에 앉았으니 적막한 채 움직임이라곤 전혀 없으니 끝없이 광활한 대천세계가 지극히 가는 솜털과 머리털 안으로 들어간다(冥坐寂不動, 大千入毫髮)."는 시구는 자주 역대 시인들에 의해 인용되었던 시구로서, 영정(寧靜)과 공적(空寂), 즉 평온하고 적막함, 그리고 물아일체(物我一體)를 이룬 경계 등을 이백이 꾸준히 추구하였음을 우리에게 알려준다.

〈봉정사에 쓰다(題峰頂寺)〉

밤에 봉정사에 묵으며

손을 들어 올려 별을 어루만진다,
감히 큰 소리로 말하지 못하겠으니
하늘 위에 있는 사람을 놀라게 할까 두려워서이다.

　　　夜宿峰頂寺(야숙봉정사), 擧手捫星辰(거수문성신).
　　　不敢高聲語(불감고성어), 恐驚天上人(공경천상인).

---

*峰頂寺(봉정사): 산사(山寺)의 이름[지금의 호북(湖北)성 황매(黃梅)현에 있음].
*宿(숙): 숙박하다. 밤을 지내다.
*捫(문): 어루만지다. 쓰다듬다.

【 감상 】

이백이 불교 명승지를 묘사한 시가 적지 않다. 이 시가 바로 그 중 대표적인 시이다. 이 시는 시인이 능사로 여기는 과장(誇張)의 수법을 극진하게 펼쳐 봉정사를 찬미한 노래이다. 시인은 밤에 봉정사에서 묵었다. 그런데 사찰이 있는 산봉우리는 매우 높아서 하늘에 닿을 듯 가까우니 마치 손을 들면 거의 별들을 어루만질 수 있을 듯해 보인다. 높은 곳에 있는데다가 사방은 온통 고요하고 조용하니 감히 큰 소리로 시끄럽게 떠들어서는 안 될 듯하다. 너무 큰 소리를 내면 하늘에 있는 하느님을 놀라게 해서 혹시라도 무슨 일이 일어날지도 모를까 두려워서이다. 이백의 시에는 이처럼 늘 선적(禪的)인 의취가 풍부하며 아울러 어린아이와 같은 익살스러움도 넘쳐서 어떤 면에서 보자면 매우 사랑스러운 시인이라고 할 수 있다. 이런 선적인 의취와 동시에 어린아이와 같은 익살스러움을 동시에 가지고 있는 사람은 어린아이와 시인 그리고 선사 스님을 들 수 있는데 오직 그들만이 이렇게 상상력을 펼쳐 선적인 의취와 익살스러움을 동시에 담을 수 있기 때문이다. 때문에 어린아이와 시인 그리고 선사 스님은 어쩌면 동일한 범주에 넣어 생각해 볼 수 있는 대상들이라 할 수 있겠다.

유장경(劉長卿: 약 709~약790)

유장경의 생졸년에 대해서는 설이 매우 분분하다. 일반적으로 709
~725년 사이에 태어났고, 786~790년 사이에 세상을 하직한 것으로
인식되고 있다. 자는 문방(文房)이며 하간(河間), 지금의 하북(河北)성
출신이다.

현종(玄宗) 천보(天寶) 연간 733년에 진사가 되었다. 숙종(肅宗) 지덕
(至德) 연간 중에 감찰어사(監察御史)가 되었고 나중에 장주현위(長洲縣
尉)가 되었다. 그는 벼슬길에 매우 큰 어려움이 따랐는데 "막 관직에
들어왔으나 윗사람을 거스르고 반항하였고(剛而犯上)", "권세가들을
많이 거역하였기에(多忤權貴)" 두 번이나 귀양을 당하기도 했다. 덕종
(德宗) 건중(建中) 연간에 관직을 수주자사(隨州刺史)로 마쳤기에 세상
에서는 그를 유수주(劉隨州)라 부르기도 한다.

그의 시 창작은 원숙하고 노련하였으며 맑고 수려한 데다 단아하였
다. 그는 특히 5언 율시에 뛰어났으니 시의 지향이 깊고 부드러우며
완곡(婉曲)하여 스스로 '5언 율시의 만리장성(五言長城)'이라고 자부심
을 드러내기도 하였다.

≪소단비어(騷壇秘語)≫에서는 "유장경은 시인의 흥취를 가장 많이
얻은 사람으로 그의 시는 오로지 감정과 경치의 묘사를 위주로 하였
다(劉長卿最得騷人之興, 專主情景)."라고 하였다.

그의 명작 5언 절구 〈눈을 만나 부용산 주인집에 투숙하다(逢雪宿芙
蓉山主人)〉 시는 중국의 학교 교과서에 수록되어 있을 정도이다.

〈영철 상인을 전송하다(送靈澈上人)〉

울창한 대숲에 있는 절에서
아득히 퍼지는 저녁 종소리.
연꽃잎 삿갓 쓰고 석양빛을 받으며
멀리 청산으로 홀로 돌아간다.

　　　蒼蒼竹林寺(창창죽림사), 杳杳鐘聲晚(묘묘종성만).
　　　荷笠帶夕陽(하립대석양), 靑山獨歸遠(청산독귀원).

---

*上人(상인): 계율을 엄격히 지키며 불법에 정통한 스님.
*蒼蒼(창창): 울창하다. 푸르고 넓다.
*杳杳(묘묘): 아득히 멀다. 깊은 모양.
*荷笠(하립): 연꽃잎으로 만든 삿갓.

【 감상 】

이 시는 마치 그림처럼 정경이 묘사되어 있다. 이 시는 후세 사람들의 입에
오르내리는 유명한 송별시(送別詩)로서 〈눈을 만나 부용산 주인집에 투숙하다
(逢雪宿芙蓉山主人)〉 시와 함께 유장경의 5언시 중 대표작으로 꼽는다.

　영철 상인은 중당(中唐) 때의 유명한 시승(詩僧)이다. 시인이 유람하며 묵은
사찰은 진강(鎭江)에 있는 죽림사(竹林寺)이다.

　이 시는 시인이 황혼 무렵에 시승(詩僧) 영철 상인이 절로 되돌아갈 때 전송하
는 정황을 묘사한 시이다. 죽림사는 아득히 푸른 숲속에 있는데 절에서 치는
종소리가 먼 곳으로부터 조용하고 장엄하게 전해 오는데 해 질 녘이 가까워오고
있는 까닭에 종소리는 상인이 절로 돌아가야 한다고 재촉하는 듯하다.

　이 시는 창창(蒼蒼)과 묘묘(杳杳) 등 첩자를 절묘하게 구사하여 울창한 대숲

과 아득히 퍼지는 종소리의 이미지를 더욱 선명하게 해주고 있다. 삿갓 쓰고 석양 노을빛을 받으며 멀리 청산을 향해서 혼자 떠나가고 있는 스님의 모습은 자못 고즈넉하고, 속세의 명리를 떠난 청정(淸淨)한 풍도를 느끼게 한다. 모든 세상의 정리를 내려놓고 떠나야 할 때를 알고 떠나는 사람의 뒷모습은 얼마나 아름다운가!

그림처럼 정밀하고 아름다운 묘사야말로 이 시가 지닌 가장 큰 풍격적인 특징이다. 이 시는 모두 두 폭의 그림이 존재하는데, 앞 두 구가 한 폭의 그림이며 뒤의 두 구 역시 한 폭의 그림이다. 한 폭은 사람을 감동시키는 산수화이며 한 폭은 사람의 이미지를 묘사한 그림이다. 두 폭의 그림 모두 먼 곳에 있는 사람을 그리워하게 하는 아름답고 오묘한 정취와 분위기를 돋보이게 하고 있다.

이 시와는 별도로 유장경(劉長卿)의 대표작인 5언 절구 〈눈을 만나 부용산 주인집에 투숙하다(逢雪宿芙蓉山主人)〉 시를 감상해 보자.

날이 저물자 푸른 산은 먼데
추운 날씨에 초가집 곤궁하다.
사립문에서 개 짖는 소리 들리니
눈보라 치는 밤 돌아온 사람 있어서이다.
日暮蒼山遠(일모창산원), 天寒白屋貧(천한백옥빈).
柴門聞犬吠(시문문견폐), 風雪夜歸人(풍설야귀인).

본래 부용으로 산 이름을 취한 산이 매우 많은데 여기서 부용산은 호남(湖南)성 계양(桂陽)이나 또는 영향(寧鄉)에 있는 부용산을 가리키는 것으로 보인다. 부용산 주인은 화자를 투숙하도록 허락한 사람이다.

이 시는 영화의 몽타주 수법을 활용하고 있는 것처럼 시상이 전개되고 있다. 눈보라 치는 푸른 산에서 쭉 나 있는 길을 따라 초가집까지 걸어오고, 다시 사립문으로 이어졌고, 마지막으로 사립문 앞에 선 귀인이 클로즈업되는 형식으로 전개되고 있다. 그리하여 당시 유배되어 있던 시인의 외로운 심정, 여행길에서의 피곤함, 그리고 고향으로 돌아가고 싶은 간절한 열망 등이 눈보라 치는 밤 사립문 앞에 돌아와 있는 사람에게로 집중되고 응축되게 하고 있다.

〈상산 도인의 남쪽 시내 은거지를 찾다(尋南溪常山道人隱居)〉

도중에 지나며 걸어가는 곳에는
푸른 이끼에 나막신 자국이 보인다.
흰 구름은 고요한 물가에 기대어 있고
봄풀은 출입 없는 한가로운 문을 막고 있다.
비 지난 뒤 소나무의 푸른 빛깔 바라보며
산 따라 가다가 계곡물의 근원지에 이르렀다.
시냇가의 꽃은 나와 함께 선을 닦으려는 마음 있는지
서로 마주 보고도 역시 말을 잊었다.

> 一路經行處(일로경행처), 莓苔見屐痕(매태견극흔).
> 白雲依靜渚(백운의정저), 春草閉閑門(춘초폐한문).
> 過雨看松色(과우간송색), 隨山到水源(수산도수원).
> 溪花與禪意(계화여선의), 相對亦忘言(상대역망언).

---

*一路(일로): 도중.
*莓苔(매태): 이끼.
*屐(극): 나막신.
*閉(폐): 닫다. 막다. 가리다. 감추다.

【 감상 】

이 시는 친구를 방문하여 유람한 일을 기록한 시이다. 그런데 친구를 찾아갔으나 만나지 못한 데서 오는 실망이나 낙담이 묘사되어 있지 않을 뿐만 아니라 도리어 통쾌하고 후련한 선적인 기쁨을 얻었음을 잘 알 수 있다. 가는 도중의 길은 깊고 고요한데 다만 빽빽하게 자라고 있는 푸른 이끼만이 보인다. 그런데 이끼 위에 나막신 자국이 역력한 것이 보이니 그 길이 편벽된 곳에 있고 은거지가 매우 깊다는 사실을 알 수 있다.

상산 도인을 오랫동안 찾았지만 만나지 못하여 고개를 돌려 푸른 하늘과 흰 구름을 보니 흰 구름은 고요한 호수 물가에 기대어 떠다닌다. 그러다가 마침내 은거지에 당도하니 다만 봄풀이 사찰의 문을 막고 있는 모습만 보일 뿐이니 오랫동안 이 문을 통한 출입이 없었음을 알 수 있다. 이처럼 흰 구름, 고요한 물가, 봄풀, 출입이 없는 한가로운 문 등은 모두 독자에게 고요하면서도 한가로운 분위기를 가져다주고 있다. 산중의 날씨는 변화무쌍하다. 한바탕 내린 비에 씻겨서 소나무 빛깔이 더욱 푸른 비취빛을 띠고 있다. 산길을 따라 가며 그의 자취를 계속 찾았는데 돌고 도는 길을 따라 가다가 마침내 계곡물의 근원지에 이르렀다. 바로 그 근원지에서 시인은 산의 깊고 고요함을 더욱 부각시키고 도인을 찾아가는 즐거움을 두드러지게 하고자 화룡점정의 필치로 미련을 묘사하고 있다. "시냇가의 꽃은 나와 함께 선을 닦으려는 마음 있는지, 서로 마주 보고도 역시 말을 잊었다(溪花與禪意, 相對亦忘言)."는 구절은 그야말로 천고(千古)에 전해 내려오는 명구이기도 하다. 시인은 시냇물의 막다른 근원지에 이르러 문득 시냇가의 꽃이 선적인 의향을 드러내고 있음을 보았지만, 마치 석가모니가 꽃을 드니 가섭존자가 이를 보고 살며시 미소 지었다는 이른바 염화시중(拈花示衆)의 미소(微笑) 이야기처럼 시인과 꽃 간에 서로 암묵적으로 굳이 말을 할 필요가 없었기에 서로 마주한 채 말을 잊었던 것이다. 여기에는 오직 마음으로 깨닫고 이해할 수 있을 뿐인 정신적 경지가 갖추어져 있다.

두보(杜甫: 712~770)

두보는 중국 최고의 시인으로서 시성(詩聖)으로 불리며 1,400여 수의 주옥같은 시를 남겼다. 시선(詩仙) 이백(李白)과 함께 이두(李杜)로 병칭되기도 하였다. 두보의 자는 자미(子美)이다. 조상의 본적은 호북(湖北)성 양번(襄樊), 지금의 양양(襄陽) 출신인데 훗날 하남(河南)성 공(鞏)현으로 이주하여 살았다. 훗날 장안(長安)으로 이주한 뒤 두릉(杜陵) 근처에 살았기에 두릉포의(杜陵布衣) 내지는 소릉야로(少陵野老)라고 불리기도 하였다. 또한 그의 관직을 호칭하여 두습유(杜拾遺), 두공부(杜工部)로 불리기도 하였다.

두보는 어린 시절 오(吳), 월(越), 제(齊), 노(魯)나라 지역들을 자유롭게 마음대로 유람하면서 견문을 넓히는 한편으로 대인 관계를 넓게 쌓기도 하였다. 35세에 이르러서는 관직을 구하기 위해 장안(長安)으로 이주하였고 여러 번 벼슬을 시도하였으나 급제하지 못했다.

과거에 합격하지는 못했지만 간알(干謁)을 포함한 여러 노력 끝에 천보 14년(755) 10월 경에 마침내 비록 아주 낮긴 하지만 하서위(河西尉)라는 관직이 내려진다. 관직에 나아가려고 장안에 온 지 10년 만에 드디어 관직에 나아가게 된 셈이다.

그러나 두보는 소인배들에게 허리를 굽히기 싫고 또 백성들을 들볶아야 하는 번거로운 일을 감당키 어려웠기 때문에 하서위를 배수하지 않았다. 나중에 다시 우위솔부주조참군(右衛率府冑曹參軍)의 관직을 배수하게 되는데 그 이유는 솔부의 직위는 매우 한가하고 장안에 그대로 머물러 있을 수 있었기 때문이었다.

천보(天寶) 15년(756), 6월에 장안(長安)이 반란군에게 함락당한 후

7월 숙종(肅宗) 이형(李亨)이 영무(靈武)에서 즉위했다는 소식을 듣고 영무로 가던 도중 반란군에게 체포되어 장안으로 압송된다.

숙종 지덕(至德) 2년(757) 4월, 두보는 위험을 무릅쓰고 장안을 간신히 탈출하여 조정이 있던 봉상(鳳翔)으로 갔다. 두보는 숙종을 감격적으로 만나 마침내 황제를 곁에서 모시는 좌습유(左拾遺)의 벼슬을 배수하게 되었다.

좌습유가 된 지 1개월 만에 두보는 방관(房琯)을 재상에서 파직하는 것에 반대하는 소(疏)를 냄으로써 숙종의 노여움을 사게 되었다. 장호(張鎬)의 도움으로 죽음만은 면하였으나 숙종은 이미 두보를 몹시 싫어하게 되었다.

건원(乾元) 원년(758) 6월 재상이었던 방관이 빈주자사(邠州刺史)로 좌천됨에 따라 방관의 당에 속해 있던 두보 역시 다시 화주사공참군(華州司功參軍)으로 좌천되었다. 사공참군은 지방의 제사, 학교, 선거 등과 관련된 일을 관리하는 직책이었다.

두보는 건원 2년(759) 7월에 마침내 벼슬을 버리고 화주를 떠나 진주(秦州)로 갔다.

그의 벼슬 재임 기간은 천보 14년(755) 10월부터 건원 2년(759) 7월까지 햇수로는 총 5년, 일생 중 약 46개월 동안의 매우 짧은 기간이었다고 할 수 있다.

그가 벼슬을 버린 이유는 사실상 당시 정치 상황과 조정 권력자, 나아가 당권자인 임금에 대하여 하급관리로서 어찌 해 볼 길 없는 절망을 느꼈기 때문인 것으로 보인다.

건원 2년(759) 여름 관중에 큰 가뭄이 들어 백성이 기근으로 고생하던 시기에 지은 〈여름날의 탄식(夏日歎)〉 시를 보면 그 점을 잘 알 수 있다.

"하늘에는 오랫동안 우레 소리 없으니, 임금의 명령이 잘못된 것은 아닐까(上蒼久無雷, 無乃號令乖)?"라는 표현은 오랜 가뭄으로 백성이 고통받게 된 것이 임금의 정치적 무능력에서 오는 것은 아니겠느냐는 말이다. 두보가 벼슬을 버리게 된 가장 근본적인 동기가 바로 정치적인 좌절, 무능한 조정에 대한 실망에 있었음을 짐작할 수 있다.

화주, 진주, 동곡 등지를 떠돌던 두보는 그해 건원 2년(759) 늦겨울에 동곡을 떠나 촉(蜀)땅을 향해 출발해서 마침내 성도(成都)로 들어가게 된다. 그가 성도를 향해 갔던 이유는 아마도 성도에 있던 많은 지인들의 도움을 받을 수 있으리라 기대했기 때문이었던 것으로 생각된다.

두보는 촉 땅으로 가서 성도(成都)에서 초당(草堂)을 짓고 비교적 평온한 생활을 잠깐 하다가 768년에 이르면 지인들의 도움도 끊기는 바람에 성도에서 나와 호남(湖南)성과 호북(湖北)성 사이를 떠돌아다녀야 했다. 이로써 대력 5년(770) 59세로 세상을 뜨기까지 장강 서남지역을 유랑하는 표박서남천지간(漂迫西南天地間)의 생활을 해야 했던 것이다.

두보는 이 시기에 기아와 질병에 허덕이는 참으로 고통스럽고 신산스러운 생활을 해야 했다. 그는 끝내 호남성 뇌양(耒陽)에 정박시켰던 낡은 배 위에서 세상을 하직해야 했다. 대시인 두보의 운명은 이토록 가혹했는데 이는 어쩌면 주옥같은 시들을 세상에 탄생시키기 위한 하늘의 안배일지도 모르겠다.

두보가 살았던 시기는 안록산의 난을 중심으로 서로 완전히 대조되는 두 시기로 구분하여 살펴볼 수 있다.

첫째는 당나라의 중흥기로 평가되는 개원(開元, 713~741)·천보(天寶, 742~756) 연간으로서 이 시기는 사치 풍조가 만연한 사회상을 보였다.

둘째는 안사(安史)의 난에 따른 혼란과 고통으로 점철된 비참한 사회상을 보여준 시기이다. 두보의 시는 이런 당시의 현실을 잘 반영하여 시사(詩史)로 칭해지기도 한다.

어린 시절의 두보는 큰 꿈이 있었고 자부심도 대단하였다. 어린 나이에 이미 깊은 학력을 갖추어 글을 쓸 때면 신들린 듯하고, 자신의 부(賦)가 한대(漢代)의 문호인 양웅(揚雄)과 겨룰 만한 것이고, 시는 위나라의 걸출한 시인인 조식(曹植)과 엇비슷하여 당시의 대가들에게 이미 인정받았다고 자화자찬하는 글을 읽다 보면 당시 시인의 자부심이 얼마나 대단한 것이었는지 쉽게 알 수 있다.

두보는 또한 임금을 요순(堯舜)과 같은 성인의 반열에 오르도록 잘 보필하면서 순박하고 두터운 풍속을 성립시키는데 공헌하겠다는 꿈과 포부를 드러내기도 하였다.

두보는 ≪시경(詩經)≫의 풍아(風雅) 전통, 즉 현실주의적 전통을 계승하고자 하였다. 이러한 인식을 바탕으로 한 두보의 시 창작은 필연적으로 실제의 삶에서 자각한 치열한 현실적인 인식을 바탕으로 시에 진지한 내용을 담고자 하였다. 이처럼 두보는 당대(唐代)의 위대한 현실주의(現實主義) 시인으로서 안사(安史)의 난 전후 사회의 동요와 불안, 백성들이 의지할 곳 없이 유리걸식(遊離乞食)해야 하는 고통스러운 질곡의 삶을 사실적으로 자세히 반영하였기에 후세 사람들은 그의 시를 시사(詩史)라고 찬양하기도 하였다.

두보는 또한 고음(苦吟) 시인이었다. "내 글이 사람을 놀라게 하지 못하면 죽어도 노력을 쉬지 않겠다(語不驚人死不休)."라고 할 정도였다.

두보는 현실적인 내용들을 표현하되 예술적으로 아름다운 형식으로 표현할 수 있게 하였고, 그 결과 시가의 내용과 형식 양면에 걸쳐서 뛰어난 성과를 남김으로써 중국 시의 집대성자로 여겨지게 되었다.

7언 율시의 격률을 완성시켰을 뿐만 아니라 5언 율시의 경지를 더욱 심화시킴으로써 근체시의 최고봉으로 평가받았다. 이러한 평가는 정제된 운율, 다양하고 치밀한 대구, 효율적인 전고(典故)의 활용, 조직적인 장법(章法) 등에 기인한 것이다.

종합하면 그의 시 형식은 '격률이 절실하고 정밀하며 심오하고(律切精深)' 시 풍격은 '감정이 깊이 맺혀 있으며 기세가 갑자기 꺾이는(沉鬱頓挫)' 예술적 특징을 보여주었다. 때문에 두보는 중국 시단에서 시왕(詩王)이란 성스러운 명예를 누리기에 이른 것이다.

사람들은 많은 의문을 느낀다. 대시인이라고 평가를 받는 두보는 왜 그렇게 과거시험에 거듭 낙방을 해야 했고, 관직을 했어도 왜 짧은 기간 동안 해야 했으며, 또한 높은 관직을 얻지 못하며 그렇게 기아와 질병에 허덕여야 했느냐고 말이다. 그 이유를 자세히 살펴보고자 한다.

두보는 당 현종 개원 23년(735) 24세에 과거에 응시하였으나 낙방하였다. 뒤이어 34세 때에 두 번째 과거시험에 응시하였지만 또 낙방하였다. 1차 낙방은 구체적인 원인이 밝혀지지 않았다. 2차 낙방은 당시 정치적인 이유로 두보를 포함한 응시자 전원이 낙방하였다.

독서파만권(讀書破萬卷)의 학식과 하필여유신(下筆如有神)의 시재(詩才)를 가지고 거기에다 벼슬을 얻기 위해 적극적으로 간알(干謁)의 시문을 고관들에게 전달하는 노력을 기울였음에도 불구하고 두보가 비참하게 과거에 떨어진 이유는 어디에 있었는가?

첫째, 2, 3천 명의 응시자들 중에서 100분의 1도 취록하지 않는 진사시험에 급제하기 위해서는 시험관과 사적인 관계를 맺고 있어야 하고 여기에는 권력자의 지지가 필요한데 이런 뒷배경을 구성하는 데 실패하였기 때문이 아닌가 생각된다.

둘째, 시문이 아닌 조칙(詔勅) 등을 써내야 하는 부분에서 두보의 문장 능력이 시험관의 입맛에 맞지 않았거나, 또는 두보의 능력 자체가 떨어졌을 가능성도 배제할 수 없다.

손적(孫逖)은 개원 21년(733)에 고공원외랑 겸 집현수찬(集賢修撰)이 되어 2년 동안 공사(貢士)들을 선발하여 많은 준재(俊才)들을 얻었다. 그 자신 역시 문사가 민첩하고 글의 이치가 전아하고 풍부하였으며 후에 8년 동안 임금의 조칙(詔勅)을 담당하여 썼는데, 칙명이 당시의 사람들을 탄복하게 할 정도로 글재주가 좋았다. 그는 문장을 평가하는 것에도 안목이 있어서 그가 선발한 자는 대부분 후에 성취가 있었다. 그런데 그가 과거시험에서 평가하는 주안점은 조칙을 담당할 수 있는 재주를 지니고 있는가에 있었다.

그런데 지금 현존하는 두보의 문장을 보면 너무 어렵고 껄끄러워 [간삽(艱澁)]하여 시를 짓는 조예에는 훨씬 미치지 못하였으니 아마도 이런 점이 시험에 급제하지 못했던 원인이지 않을까 생각된다.

셋째, 당시 과거시험의 중요한 과목 중 하나가 시였다. 두보의 시는 훗날 '어불경인사불휴(語不驚人死不休)'의 고음(苦吟)과 더불어 내용 및 형식에서 완전함에 이른 것으로 평가받는다. 그러나 아마도 두보가 시험에 응시했던 그 당시에는 그의 시의 가치를 인정받지 못했다고 볼 수 있다. 그렇다면 그의 시는 왜 당시에 인정받지 못했을까? 우리는 이에 대한 두 가지 이유를 추론해볼 수 있을 것이다.

그 이유 중 하나는 바로 당시에는 성당(盛唐)의 기상(氣象)을 노래하는 힘 있고 미래에 대한 밝고 긍정적인 기운이 풍성한 시풍, 그리고 산수 전원의 정취와 즐거움을 노래하는 전통의 시풍이 함께 유행하였는데, 두보의 시풍은 현실주의 시풍을 이어받아 당시 사회의 아픈 현실과 백성의 고통이 사실대로 적나라하게 묘사되어 있어 침울 비장한 정취를 드러냈기 때문에 두보의 시풍은 당시 시단이나 시험관들에게 받아들여질 수 없었다고 볼 수 있다.

그 이유 중 또 다른 하나는 두보의 시가 전고를 잘 활용하고 엄격하게 시율을 운용하는 등 당시 일반적인 시들에 비해 너무 어려운 경향이 없지 않아 있었기에 심사위원들이 이해하기도 어려웠을 것이고 그로 인하여 심사위원들에 의해 채택되기 어려웠을 것으로 추정된다.

넷째, 성격상의 문제를 들 수 있다. 당시에는 명망가에게 자신의 시문을 바쳐서 시험관들에게 알려지게 하는 온권(溫卷) 내지는 행권(行卷)의 풍습이 성행하였다. 명망가를 직접 찾아가 바친 시를 '알현을 사사로이 청하다'는 뜻의 '간알'이란 이름을 붙여 간알시(干謁詩)라고 하였고 두보 역시 이런 시를 많이 지었다.

그런데도 그의 시가 명망가들의 인정을 받지 못한 것은 아마 그의 성격상의 탓도 기인한 것으로 보인다. 그의 성정은 꼿꼿하고 강직하여서 세상의 부조리를 용서하지 않았고, 게다가 학식이 풍부함으로 인해서 동년배들에 비해 약간의 우월감까지 가졌던 것으로 보여, 이른바 세상 사람들이 쉽게 그를 받아들이고 밑으로 두고 싶은 그런 성격은 아니었던 것으로 보인다.

〈우두산 학림사를 바라보다(望牛頭寺)〉

우두산 깊은 곳에 학림사가 보이는데
깊은 숲에 계단 놓인 좁은 길이 사찰을 에워싸고 있다.
봄기운은 가득 차 하늘 밖으로 떠다니고
은하수는 대전의 그늘에 머물러 있다.
낮과 밤이 따로 없이 계속 불법의 등불을 전하니
지상에 황금을 흩뿌려 유리세계를 짓고 있는 듯하다.

늘그막까지 미친 노래 짓는 일일랑 그만두고
뒤돌아보면서 마음을 머물게 하지 않아야 하리라.

> 牛頭見鶴林(우두견학림), 梯徑繞幽林(제경요유림).
> 春色浮天外(춘색부천외). 天河宿殿陰(천하숙전음).
> 傳燈無白日(전등무백일). 布地有黃金(포지유황금).
> 休作狂歌老(휴작광가로), 回看不住心(회간부주심).

---

*牛頭寺(우두사): 우두산(牛頭山)의 학림사(鶴林寺).
*鶴林(학림): 학림사(鶴林寺). 우두산(牛頭山) 깊은 곳에 있다.
*梯(제): 사다리. 계단 모양의 것.
*天外(천외): 하늘 밖 먼 곳.
*天河(천하): 은하. 은하수.
*傳燈(전등): 불법(佛法)의 정맥(正脈)을 주고받는 일을 비유한 말. 불법(佛法)을 전하
  다. 불법은 밝은 등불과 같아서 미혹과 어둠을 걷어내고 제거할 수 있기 때문에
  비유한 것.
*布(포): 흩뿌리다. 산포하다. 배치하다. 늘어놓다.
*黃金(황금): 금과 은 등의 칠보(七寶)로 구성되어 있는 불교 정토(淨土) 가운데 하나
  인 유리세계(琉璃世界)를 가리키는 것으로 보인다.
*不住心(부주심): 마음을 머물게 하지 않다. 무주심(無住心)과 같은 뜻. 무심을 바탕으
  로 일상생활에서 아무런 집착과 분별이 없는 무주심이 되어야 생명과 지혜의 삶이
  가능하다.

【 감상 】

선종(禪宗)에 마음을 기울이고 있는 대시인은 우두산에 대한 경치 묘사를
통하여 자신의 선종을 향한 동경의 심경을 드러내고 있다.

학림사는 우두산의 깊은 곳에 있어서 층층으로 깊고 울창한 숲을 지나고 사다
리 같은 돌길을 지나서야 비로소 도착할 수 있다.

함련에서 봄기운은 가득 차 하늘 밖으로 떠다니고, 은하수는 대전의 그늘에
머물러 있다고 한 말은 학림사가 마치 선궁(仙宮)처럼 아름다운 궁궐 같아서

시인이 꼭 인간 세상이 아닌 극락세계에 있는 것같이 느끼고 있다는 것으로 봄빛이 농염한 깊은 학림사 대전을 재현한 말이기도 하다.

학림사 대전에서 승려들은 밤과 낮을 가리지 않고 불법(佛法)의 등불을 전하고 있으니 그들은 불도(佛道)를 포교하고 불법(佛法)을 전하여 황금이 칠해진 유리세계(琉璃世界)로 들어가고자 하는 궁극적인 지향을 지니고 있는 듯하다.

유리세계는 불교 정토(淨土) 가운데 하나이자 불교도들이 갈망하고 동경하는 이상국(理想國)이다. 이곳은 지극히 청정하고 욕망과 악행이 존재하지 않는 곳이다. 지면(地面)은 유리로 구성되어 있고 성궐(城闕)과 담장, 누각과 기둥 등은 모두 금과 은 등의 칠보(七寶)로 구성되어 있다.

그렇다. 이와 같은 청정하게 도를 닦는 맑은 경지를 뉘라서 동경하지 않겠는가! 시인은 이제 어느덧 나이가 들었으니 다시는 시 짓기에 미쳐서 노래하던 일일랑 그만두겠다고 다짐하고 있다. 시인은 일찍이 "사람됨이 천성적으로 아름다운 시구를 탐닉하는 괴벽이 있어서, 글이 사람을 놀라게 하지 못하면 죽어도 노력을 쉬지 못하였다(爲人性僻耽佳句, 語不驚人死不休)."라고 고백한 바 있지만 이 마음도 이제는 거두어들이고 다시 마음을 바로잡아야 하겠다. 사실 자신의 청정심(淸淨心)을 거두어들여 집착과 분별이 없는 무주심(無住心)을 되찾는 것이야말로 더욱더 시인 스스로 자유로워지면서 편안해지는 길이 아니겠는가!

시성(詩聖)인 현실주의 시인 두보에게도 선을 논하고 부처에게 예불(禮佛)을 드리는 것을 묘사한 선시(禪詩) 수십 수가 있다. 예를 들면 〈대운사찬공방사수(大雲寺贊公房四首)〉, 〈태평사천안(太平寺泉眼)〉, 〈법경사(法鏡寺)〉, 〈대각고승난약(大覺高僧蘭若)〉, 〈악록산도림이사행(岳麓山道林二寺行)〉 등이 있다.

〈태평사천안(太平寺泉眼)〉 시에서 "재물을 가져다 사방 세계의 스님들에게 바치니 그 향기와 아름다움이 우유보다 더 낫다(取供十方僧, 香美勝牛乳)."고 고백한 적이 있다.

〈야청허십이송시(夜聽許十二诵詩)〉에서는 "나 역시 2조 혜가(慧可)와 3조 찬

(粲)을 스승으로 모시고 있으니 몸은 도리어 선적(禪寂)에 속박되어 있다(余亦師粲可, 身猶縛禪寂).”라고 노래한 바 있다. 선적(禪寂)이란 불교 용어로서 사려(思慮)가 적정(寂靜)해지면서 좌선(坐禪)한 채 정양(靜養)을 하고 있음을 뜻한다.

〈남쪽 이웃(南鄰)〉

새까만 각건 쓴 금리 선생은
밭에서 토란과 밤 거두니 쫄쫄 굶을 정도로 가난하지는 않다.
손님을 맞이하는 데 익숙한 아이들은 웃으며 맞이하고
섬돌에서 모이 쪼던 새들도 사람 따르며 날아가지 않는다.
가을 강물은 깊이가 겨우 네댓 자
작은 배는 두세 명이 타기에 딱 알맞다.
백사장 옆 푸른 대숲이 있는 강마을에 해가 지고
사립문과 서로 마주한 달빛은 갓 떠올라 새롭다.

> 錦里先生烏角巾(금리선생오각건), 園收芋栗未全貧(원수우율미전빈).
> 慣看賓客兒童喜(관간빈객아동희), 得食階除鳥雀馴(득식계제조작순).
> 秋水纔深四五尺(추수재심사오척), 野航恰受兩三人(야항흡수양삼인).
> 白沙翠竹江村暮(백사취죽강촌모), 相對柴門月色新(상대시문월색신)

---

*南鄰(남린): 두보가 거주하던 초당(草堂)의 남쪽 인근에 살던 이웃. 여기서는 금리 선생을 가리킨다.
*錦里(금리): 성도(成都)에 있는 지명. 금강(錦江) 부근의 지역.
*角巾(각건): 머리에 쓰는 사방 모서리가 있는 두건. 방건(方巾). 은자(隱者), 처사(處士)들이 쓰던 두건.
*芋栗(우율): 토란과 밤.
*階除(계제): 계단. 섬돌.
*鳥雀(조작): 새. 조류.

*馴(순): 길들다. 따르다. 순종하다.
*纔(재): 겨우.
*野航(야항): 농가에서 사용하던 작은 배.
*恰(흡): 마침. 알맞게. 바로. 적당하다. 타당하다.
*柴門(시문): 사립문. 가난한 집.

【 감상 】

이 시는 시인이 남쪽 이웃 금리 선생 댁에 놀러 가 머물다가 돌아오기까지의
시간 경과를 그림처럼 묘사하고 있다.

시인은 중원에서 일어난 안사(安史)의 난을 피하기 위하여 남쪽 성도(成都)로
내려와 성 서쪽에 있는 완화계(浣花溪) 계곡가에 초당(草堂)을 짓고 대략 5년간
산 적이 있었다.

성도 완화계에서 살던 어느 날, 시인은 남쪽 교외에 있던 금리(錦里) 선생의
집을 찾아가 손님으로 머문 적이 있었다. 금리 선생은 머리에 까만 각건인 오각
건(烏角巾)을 쓰고 있다고 하였으니 우리는 곧 이 집 주인이 공명(功名)을 중히
여기지 않는 은사(隱士)임을 알 수 있다. 이 집의 뜨락에는 토란이 심어져 있고
밤나무가 자라고 있다고 하였으니 굶을 정도는 아니지만 또한 집안 형편이 그리
부유하지 않음도 잘 알 수 있다.

아마도 손님이 자주 왕래하기 때문인지 이 집의 아이들까지도 손님을 매우
좋아하여 웃으며 반겨준다. 이 집은 평소에 새들을 놀라게 하지 않아서인지
계단에서 먹이를 쪼아 먹고 있는 새들이 손님이 오는 것을 보아도 날아가지
않는다.

금리 선생은 참으로 안빈낙도(安貧樂道)하는 선비여서 소박하고 화목하며
고요한 전원생활에 매우 만족하고 있다. 시인은 금리 선생의 집에 한참 머물다가
저도 모르는 새에 이미 황혼 무렵이 되었다. 금리 선생은 손님인 시인을 배웅하
느라 강가에까지 나왔다. 시인은 금리 선생과 작별하고 작은 배에 오른다. 작별

할 때에는 이미 초승달이 떠서 흰 모래사장과 푸른 대숲을 비추니 전체 분위기와 정취를 가리키는 의경(意境)이 맑고 고요하며 깊다.

시인은 싸리문을 열고 나와서 은사(隱士)를 방문하였고, 금리 선생은 강촌까지 나와 손님을 배웅하였다. 바로 이런 장면이 절묘한 두 폭의 그림으로 구성되어 있어서 작품에 독보적이고 이채로운 격조를 지니게 하는 동시에 은연중에 선적(禪的)인 의취(意趣)를 드러내고 있다고 할 수 있다.

잠삼(岑参: 약 715~770)

잠삼은 개원(開元) 5년(717)에 하남(河南) 선주(仙州), 지금의 허창(許昌) 부근에서 태어났다. 그는 자신이 〈감구부(感舊賦)〉 서문에서 "나라의 조대가 여섯 번 바뀌는 동안 우리 가문은 재상을 세 번 지냈다(國家六葉, 吾門三相矣)."고 밝히고 있듯이 귀족관료 가문 출신이었다. 그의 증조부 잠문본(岑文本), 백조부(伯祖父) 잠장천(岑長倩), 당백부(堂伯父) 잠희(岑羲)가 모두 재상을 지낸 적이 있다. 그러나 이융기(훗날 현종)와 태평공주(太平公主) 간의 권력 투쟁 중 태평공주를 옹호하였던 잠희가 현종에 의해 살해됨으로써 일가친척들이 멀리 쫓겨났고 가문 또한 몰락의 길을 걷게 되었다. 그의 부친인 잠식(岑植)은 선주(仙州)와 진주(晉州)의 자사(刺史)를 지냈으나 잠삼이 어렸을 때 불행히도 세상을 하직하였다. 몰락한 관료 가문 출신이었던 데다가 부친마저 일찍 여읜 가정상황은 잠삼에게 큰 영향을 미쳐서 나라에 공명을 세워 자신의 대에서 가문의 영화를 다시 한번 되살리겠다는 포부를 지니게 된다.

잠삼의 작품 생애 중 초기(初期) 시기는 잠삼이 천보 5년(746) 30세 때에 진사 시험에 합격할 때까지의 시기라고 할 수 있다. 이 시기는 다시 숭산(嵩山)에서 은거하여 독서하던 시기와 장안(長安)에 거주하며 벼슬을 구하던 시기로 세분할 수 있다. 잠삼이 진사 시험에 합격하여 관리를 시작한 때부터 종군 생활을 마치는 지덕(至德) 원년(756)까지를 그의 작품 생애 중 중기(中期)로 구분할 수 있다. 이 시기에 잠삼은 두 차례 변방 지역으로 나가 종군 생활을 하면서 시에서 뚜렷한 성과를 남기고 있다. 잠삼이 북정에서 동쪽으로 귀환하여 봉상현에 머물게 된 지덕 2년(757) 이후의 작품 세계를 말기(末期)라고 할 수 있겠다. 이 시기에 잠삼은 다행히도 우보궐(右補闕)에 임명되어 관직 생활을 계속하게 된다.

잠삼이 초기와 말기에 창작한 사경시(寫景詩)가 예술적 측면에서 일정한 성취를 이룬 것은 분명한 사실이지만, 잠삼이 후세에 사랑을 받는 이유는 구체적으로 중기 변새시(邊塞詩)의 예술적 성취 때문이라고 할 수 있다.

변새시(邊塞詩)란 변방 지역의 기이한 풍광과 민속 그리고 국경 주둔 병사들의 생활 정서 및 전쟁 상황 등을 시의 제재로 활용한 시를 두루 지칭한다. 시대 상황적 요인으로 인해 변새시는 성당(盛唐)시대에 이르러 완전히 성숙해졌는데 시인의 수뿐만 아니라 시의 수량 측면에서도 이전과는 비교할 수 없을 정도로 급속도로 발전하게 된다.

잠삼의 약 400수 가량 되는 전체 시 중에서 변새시는 대략 70수 가량 되는데 이는 수량 측면에서 기타 성당(盛唐) 시인들보다 월등히 많은 것이고 또한 예술성 측면에서도 높은 성과를 거두기도 하였다.

때문에 잠삼의 변새시는 당시 사람들에 의해 열렬히 애송되는데 두확(杜確)이 〈잠가주시집서(岑嘉州詩集序)〉에서 "매 편마다 붓을 멈추면 사람마다 곧 전해가며 베끼어 촌락의 선비와 백성, 사방의 오랑캐들조차도 외고 읊조리며 익히지 않는 사람이 없었다(每一篇絶筆, 則人人傳寫, 雖間里士庶, 戎夷蠻貊, 莫不諷誦吟習焉)."라고 한 말을 통해서도 이를 잘 알 수 있다.

당대 시단을 통틀어 보더라도 잠삼은 이백·두보에 다음가는 탁월한 시인으로 꼽히고 있으며 또한 그의 강인한 애국정신과 비장(悲壯)한 시 풍격으로 인해 당시 중원을 빼앗겨 시름에 잠겨 있던 후대 남송(南宋) 시인들, 예컨대 육유(陸游)·신기질(辛棄疾) 등에게도 큰 영향을 줌으로써 이들의 시에도 비장한 격조로 충만해 있다.

⟨고적, 설거와 함께 자은사 부도에 오르다(與高適薛據同登慈恩寺浮圖)⟩

탑의 형세는 땅에서 솟아 나온 듯
고고하게 하늘에 우뚝 솟아 있다.
탑 위에 오르니 속세를 떠난 듯
돌층계는 허공에 서려 있다.
우뚝 솟아 신주를 억누르고
높고 험준한 형세는 귀신의 솜씨인 듯
네 모서리는 해를 가리고 있고
칠층탑은 푸른 하늘에 닿아 있다.
높이 나는 새를 내려다보고
거센 바람 소리를 굽어 듣는다.
연이은 산들은 마치 파도가
도도히 동으로 흘러 모이는 듯.
푸른 홰나무들은 큰길을 끼고 섰고
궁전 관사들은 어찌 저리 정교하고 아름다운가.
가을빛은 저 서쪽에서 찾아와
아득하니 관중에 가득 퍼져 있다.
북쪽 들판 위에 자리한 오릉은
만고에 걸쳐 울울창창하다.
청정의 이치는 확실히 깨달을 만하고
아름다운 인연은 일찍부터 받들어온 바다.
맹세컨대 장차 벼슬 그만두고 떠나
깨달음의 길에 들면 쓰임은 무궁하리.

　　　塔勢如湧出(탑세여용출), 孤高聳天宮(고고용천궁).

登臨出世界(등림출세계), 磴道盤虛空(등도반허공).
突兀壓神州(돌올압신주), 崢嶸如鬼工(쟁영여귀공).
四角礙白日(사각애백일), 七層摩蒼穹(칠층마창궁).
下窺指高鳥(하규지고조), 俯聽聞驚風(부청문경풍).
連山若波濤(연산약파도), 奔走似朝東(분주사조동).
靑槐夾馳道(청괴협치도), 宮觀何玲瓏(궁관하영롱).
秋色從西來(추색종서래), 蒼然滿關中(창연만관중).
五陵北原上(오릉북원상), 萬古靑蒙蒙(만고청몽몽).
淨理了可悟(정리료가오), 勝因夙所宗(승인숙소종).
誓將掛冠去(서장괘관거), 覺道資無窮(각도자무궁).

---

*薛據(설거): 당대(唐代) 시인으로 하중군(河中郡) 보정(寶鼎)현 사람. 개원(開元) 연간에 진사에 급제하여 관직이 수부시랑(水部侍郎)에 이름.
*慈恩寺(자은사): 당대(唐代) 장안(長安)에 있던 절. 고종(高宗)이 태자(太子)일 적에 모친 문덕황후(文德皇后)를 기념하기 위하여 지음.
*塔(탑): 자은사탑으로 곧 지금 서안(西安)에 있는 대안탑(大雁塔)을 가리킨다.
*突兀(돌올) 우뚝 솟아 있다.
*神州(신주): 중국(中國).
*崢嶸(쟁영): 산세가 높고 험준한 모양.
*蒼穹(창궁): 하늘.
*驚風(경풍): 강풍. 세찬 바람.
*玲瓏(영롱): 정교하고 아름답다.
*關中(관중): 섬서성(陝西省) 중부 지역. 동쪽에 함곡관(函谷關), 남쪽에 무관(武關), 서쪽에 산관(散關), 북쪽에 소관(蕭關)이 있다.
*五陵(오릉): 한대(漢代) 다섯 황제의 능묘. 고제(高帝)는 장릉(長陵), 혜제(惠帝)는 안릉(安陵), 경제(景帝)는 양릉(陽陵), 무제(武帝)는 무릉(茂陵), 소제(昭帝)는 평릉(平陵)에 안치, 모두 장안(長安)의 북쪽에 있다.
*蒙蒙(몽몽): 성대하다. 번성하다.
*掛冠去(괘관거): 관직을 그만두다. 사직하다.

【 감상 】

당대 시인들은 시 짓기 경쟁을 벌이는 고아한 흥취가 있었다. 천보(天寶) 11년 (752) 초가을, 잠삼은 두보(杜甫)·고적(高適)·설거(薛據)·저광희(儲光羲) 등 시단의 거장들과 함께 장안의 자은사(慈恩寺) 탑에 오른다. 이때 고적이 먼저 시를 짓자 나머지 사람도 모두 이에 화답하였는데, 이 시는 그때 잠삼이 지은 시이다.

자은사에 오른 5인 중, 두보·고적·저광희의 화답시는 〈여러 공들과 함께 자은사탑에 오르다(同諸公登慈恩寺塔)〉란 제목으로 각각 전해지고 있는데 다만 설거의 화답시만은 현재 전해지지 않고 있다.

이 시는 먼저, 탑에 오르기 전 아래서 위로 쳐다본 탑의 형세를 묘사하고 있다. 첫 두 구를 통해서 탑에 오르기 전 그 형세를 돌출시킴으로써 이미 시 전체에 웅장한 기세를 띠게 하고 있다. 이어서, 탑에 오를 때를 묘사하고 있는데 속세를 떠난 듯 허공에 서려 있다고 한 것은 시인 자신의 감각으로부터 탑 형세가 우뚝 솟아 있음을 묘사한 것으로서 독자에게 마치 속세를 벗어난 듯한 느낌을 준다.

뒤이어, 탑에 올라 사방을 둘러본 뒤의 소감을 묘사하면서 동·남·서·북쪽 각각으로 바라 본 느낌을 차례대로 묘사하고 있다.

마지막으로, 탑에 오르고 난 뒤 자신이 느낀 바를 종합적으로 서술하고 있는데, 불가의 이치를 투철하게 깨달아야 하겠다고 술회하면서 나아가 벼슬 그만두고 속세를 떠나야겠다고 마음속에 맹세하고 있다. 유한한 인생에서 구태여 공훈과 업적, 명성과 녹봉에 연연할 필요가 있는가! 관직 생활을 그만두고 세속에 초연한 마음으로 불가의 무궁한 도리를 깨닫느니만 못한 것이다.

이 시는 전체 풍경묘사가 호방(豪放)하여 구애됨이 없고 기세가 웅대하다. 또한 풍경묘사로부터 도리를 깨닫기에 이르기까지 시인의 활달하고 속박 받지 않는 심경을 표현하였다.

자은사탑에 올라 대시인들이 시 짓기 경쟁을 벌이며 지은 시 중에 두보의

〈여러 공들과 함께 자은사탑에 오르다(同諸公登慈恩寺塔)〉 시는 꼭 한번 거론할 가치가 있다. 그의 시는 보탑(寶塔)으로서 자은사탑의 웅장한 풍모를 묘사한 것 이외에도 다음 구절에 주목할 필요가 있다.

"그대는 저 날씨를 따라 떠도는 철새인 기러기를 보시라, 그들은 미물임에도 모두에게 삶을 도모할 수 있는 곡식이 있는 것을(君看隨陽雁, 各有稻粱謀)!"

이 시구는 전쟁으로 인해 백성들을 기아와 질곡에 허덕이게 하는 당시 사회의 병폐에 대해 정곡을 찌르면서 나라와 백성을 걱정하는 시인의 마음을 담고 있기에 후세 지사(志士)들이 사회의 병폐를 경고할 때 자주 인용되기도 한다.

잠삼의 아래 〈조장군을 노래하다(趙將軍歌)〉 시는 평론가들이 그의 시에 대해 "시어가 아름답고 격조가 웅장하다(詞麗格雄)." 하고 하는 평가를 입증해주는 수준작이다.

    9월 천산의 바람은 칼처럼 불어대어

    성 남쪽의 사냥하는 말의 갈기는 추위에 오그라들어 있다.

    장군은 맘껏 전쟁의 도박을 하지만 번번이 이겨서

    적장인 흉노 군주 선우로부터 도박 대가로 담비 도포를 빼앗아 온다.

      九月天山風似刀(구월천산풍사도), 城南獵馬縮寒毛(성남렵마축한모).

      將軍縱博場場勝(장군종박장장승), 賭得單于貂鼠袍(도득선우초서포).

장계(張繼: 약 715~약 779)

장계는 호북(湖北)성 양양(襄陽) 사람이다.

당 현종(玄宗) 천보(天寶) 12년(753)에 진사가 되었다. 일찍이 오(吳), 월(越)나라 지역을 자유롭게 유람하다가 황보염(皇甫冉), 유장경(劉長卿) 등과 다정하게 시를 주고받기도 하였다. 대종(代宗) 대력(大曆) 말년에 강서(江西)성 홍주(洪州)에서 세상을 하직하였다.

그의 시는 시어가 자연스러우면서 유창하였고, 운율이 맑으면서 유유하고 아득하였으며, 도가(道家)의 풍격과 선적(禪的)인 운치(韻致)가 많았다.

⟨단풍나무 다리에서 한밤에 정박하다(楓橋夜泊)⟩

달 지자 까마귀 울며 서리는 하늘에 가득한데
강가의 단풍나무 고기잡이배의 불은 근심스러운 잠을 마주하고 있네.
고소성 밖 한산사에서
한밤중 종소리가 나그네 배에 들려오는구나.

月落烏啼霜滿天(월락오제상만천), 江楓漁火對愁眠(강풍어화대수면).
姑蘇城外寒山寺(고소성외한산사), 夜半鐘聲到客船(야반종성도객선).

---

*楓橋(풍교): 한산사 앞 운하에 걸려 있는 아치형의 돌다리.
*寒山寺(한산사): 소주(蘇州)에 있는 1,500년의 유서 깊은 절. 산을 배경으로 하는 보통 절과는 달리 벌판 한가운데 운하를 끼고 있다.

【 감상 】

이 시는 가을과 나그네, 쓸쓸함을 연결시켜 묘사한 7언 절구이다.

한밤중 종소리를 묘사한 역대 시가 중 가장 아름다운 작품으로서 역사적으로 손에 꼽히는 명시 중의 명시가 되었다.

이 시는 떠돌이 나그네가 타향에서 불면의 밤을 보내는 정경을 묘사한 시이다. 풍교(楓橋)는 지금 강소(江蘇)성 소주(蘇州)시에 있다.

이 시는 시작부터 정경이 어두컴컴하고 음산하며 마음이 시리기까지 한다. 마치 귀기(鬼氣)가 서린 듯하다. 강 언덕에 심어진 단풍나무들, 그리고 고기잡이를 위해 켜 놓은 배의 불빛만이 시름겨워 잠 못 이루는 나그네를 마주하고 있을 뿐이다. 그런데 잠을 못 이루고 있는 이때, 고소성 밖에 있는 한산사에서 치는 종소리가 적막을 깨듯 밀려들어온다.

이 시는 역대로 후인들에게 많은 좋은 토론 거리를 제공해주기도 하였다.

첫 구에서 거론한 '상만천'은 불합리한 표현이고 '상만지(霜滿地)'라고 해야 옳다고 주장하는 사람이 있었다. 서리가 하늘에 가득한 모습을 눈으로는 볼 수 없으니 서리가 땅에 가득하다고 묘사해야 한다는 것이다. 그러나 이렇게 되면 사실을 기술하는 것이지 시적인 정취에 대한 묘사가 될 수 없다.

또 '강풍'을 강 언덕의 단풍나무로 해석하지 않고 강교(江橋)와 풍교(楓橋)의 줄임말로 해석하는 사람도 있다. 그러나 이것은 틀린 해석이다. 이 시가 하도 유명하기 때문에 후에 호사가들이 강교와 풍교를 별도로 고소성에 건설한 것이라고 한다. 시가 지어졌던 당시의 기록을 보면 소주에는 풍교(楓橋)만 있었다고 한다.

또 과연 한밤중에 소주에서는 종을 치는가에 관한 논쟁이 벌어지기도 하였다. 이에 대해 엽소온(葉少蘊)은 ≪석림시화(石林詩話)≫에서 정확히 고증을 한 적이 있다.

"'고소성외한산사, 야반종성도객선.' 이 시는 고소성의 서풍사에 대해 장계가 쓴 시이다. 구양수(歐陽修) 선생께서는 한밤중은 종을 치는 때가 아닌데도 종을 친다고 말한 점을 일찍이 이 시의 흠으로 여긴 적이 있었다. 아마도 선생께서 오나라 땅에 가보신 적이 없었기 때문에 그렇게 말씀하신 것 같은데, 지금 이 지역에 있는 절들은 실제로 한밤중에 종을 친다(姑蘇城外寒山寺, 夜半鐘聲到客船. 此唐張繼題姑蘇城西楓寺詩也. 歐公嘗病其夜半非打鐘時, 蓋公未嘗至吳中, 今吳中寺實半夜打鐘)."

더욱 재밌는 사실은 이 시가 중국의 대학 입학고사 물리과목 시험에도 출제되었다는 사실이다.

문제는 다음과 같았다.

"왜 한산사의 종소리가 한밤중에는 객선에까지 이르는데, 대낮에는 이르지 않는가? 원인이 어디에 있는가(何以寒山寺的鐘聲, 夜半傳到客船, 白天傳不到客船來, 原因何在)?"

정확한 답안은 다음과 같다.

"대낮에는 공기가 더워져서 소리의 파장이 위로 전해지기 때문에 대낮에는 한산사의 종소리를 객선에서 들을 수 없다. 그러나 밤중에는 공기가 차가워져서 소리의 파장이 아래로 전해지기 때문에 강 위에서도 종소리를 들을 수 있는 것이다(因爲白天空氣熱, 聲波往上傳, 所以白天時寒山寺的鐘聲在客船聽不到, 夜間空氣冷, 聲波往下傳, 所以江上可以聽到鐘聲)."

사공서(司空曙: 약 720~790?)

　사공서는 광평(廣平), 지금의 하북(河北)성 사람이다. 대력십재자(大曆十才子) 중의 한 사람이다.

　안사(安史)의 난 때 남쪽으로 피난하였다가 뒤에 좌습유(左拾遺) 및 낭중(郎中) 등의 관직에 임명되었다.

　그는 5언 율시를 잘 지었는데, 그의 시는 자연의 경색을 묘사한 시, 송별 시 서로 주고받은 시, 떠돌이 나그네 생활에서 고향에 대한 향수를 노래한 시들이 많다. 그의 시는 꾸밈이 없고 소박하며 진솔한 시어로써 고향을 떠나 타향을 유랑하는 생활에서 오는 감회와 빈궁하여 실의에 빠진 데서 오는 정서를 서술하는데 뛰어났다.

　사람들은 그의 시를 "부드럽고 우아하고 한가로우니, 이런 시의 특징은 그의 본래 천성과도 서로 비슷하다(婉雅閑淡, 語近性情)."고 칭송하기도 하였다. 그에게는 또한 선시(禪詩) 수십 수가 있다.

〈황폐한 보경사에 들르다(經廢寶慶寺)〉

이전 조정에 세워진 절에 나뭇잎은 누렇고
스님 없는 차가운 전각의 문은 열려 있다.
맑게 갠 연못에는 거북이 나와 햇볕을 쬐고
해 질 무렵 소나무에는 학이 주위를 날며 돈다.
오래된 섬돌에는 비석이 잡초 속에 가로누워 있고
그늘진 복도에는 그림에 이끼가 끼어 있다.
선을 닦던 사찰 역시 버려져 황폐하니

먼지 이는 속세는 더욱더 슬퍼할 만하다.

黃葉前朝寺(황엽전조사), 無僧寒殿開(무승한전개).
池晴龜出曝(지청귀출폭), 松暝鶴飛回(송명학비회).
古砌碑橫草(고체비횡초), 陰廊畫雜苔(음랑화잡태).
禪宮亦銷歇(선궁역소헐), 塵世轉堪哀(진세전감애).

---

*陰廊(음랑): 그늘진 복도.
*銷歇(소헐): 멈추다. 없어지다. 사라지다.
*塵世(진세): 티끌세상. 속세.
*轉(전): 더욱더.
*堪哀(감애): 슬퍼할 만하다.

【 감상 】

이 시는 절을 노래한 시이지만 사찰의 쇠락한 모습으로부터 마침내 흘러가 버린 시간과 자신의 뜻과는 항상 어긋나는 세상의 일에 생각이 미침으로써 자신이 시운(時運)을 만나지 못하고 정처 없이 떠돌아다니는 신세임을 은연중에 암시하고 있다. 시 전체가 황폐하다는 뜻의 폐(廢)자와 긴밀하게 맞물리며 점층적으로 전개되고 있다. 수련은 가을이란 계절을 묘사하면서 오래된 절에 주지(住持)하는 스님이 없어 황량하고 처량한 분위기를 은연중에 드러내고 있다. 함련은 장수하고 상서로운 거북과 학으로써 사찰의 짧은 운명과 황폐함을 역설적으로 두드러지게 표현하고 있다. 경련은 사찰 내에 존재하는 문물의 황폐함을 묘사하고 있는데, 역사적으로 유구한 비각과 벽화에 관심 갖는 이 하나 없는 것에 마음 아파하고 있다. 미련은 자신의 신세를 한탄하는 속마음을 언외(言外)에 담고 있다. 안사의 난으로 인해 어지럽고 혼란스러운 시국인지라 나라는 태평하지 못하고 백성은 안심하고 삶을 도모할 수 없는 상황이다. 한가로이 사찰을 돌볼 겨를이 없을 것임은 매우 자명하다 하겠다.

전기(錢起: 722~780)

전기의 자(字)는 중문(仲文). 절강(浙江)성 오흥(吳興), 지금의 호주(湖州) 사람이다.

현종(玄宗) 천보(天寶) 10년(751)에 진사에 급제하여, 교서랑(校書郎), 고공낭중(考功郎中), 한림학사(翰林学士) 등의 직위를 역임하였다.

전기의 시재(詩才)는 맑고 빼어나서 대력십재자(大曆十才子)의 으뜸을 차지하였다. 모든 시체(詩體)에 두루 뛰어났지만 그중에서도 5언시에 뛰어났다.

그의 시 풍격은 청화유려(清華流麗), 즉 맑고 매끄러우며 아름다웠고, 공치혼박(工致渾朴), 즉 정교하고 섬세하며 중후하고 질박하였기에 사람들에게 많은 칭송을 받았다.

〈적막한 절의 현 상인을 위해 운다(哭空寂寺玄上人)〉

한 쌍의 나무 아래서 서글퍼지며
고승께서 거처하던 사찰에서 눈물을 떨군다.
생전에 켜놓으셨던 등잔불은 계속 밝혀져 있고
돌아가신 뒤에도 향로에 향은 더 보태져 피어오르고 있다.
그늘진 돌계단에 평평하게 쌓인 눈이 밝고
차가운 대나무는 텅 빈 복도에서 소리 내고 있다.
스님이 입적하는 건 응당 해탈의 즐거운 일이어야 하는데
속세를 사는 마음은 헛되이 절로 슬퍼진다.

　　凄然雙樹下(처연쌍수하), 垂淚遠公房(수루원공방).

燈續生前火(등속생전화), 爐添没後香(노첨몰후향).
陰階明片雪(음계명편설), 寒竹響空廊(한죽향공랑).
寂滅應爲樂(적멸응위락), 塵心徒自傷(진심도자상).

---

*凄然(처연): 서글프다. 쓸쓸하다. 처량하다. 비참하다.
*遠公(원공): 진(晉)의 고승 혜원(慧遠)을 세상 사람들이 부르던 이름. 여기서는 이미
  세상을 하직한 현 상인을 대신 지칭하는 것으로 보인다.
*片(편): 차지한 면적 또는 범위를 세는 단위. 판. 조각.
*寂滅(적멸): 입적(入寂)하다. 죽다. 열반하다.

【 감상 】

이 시는 눈앞의 정경을 빌어 감정을 서술한 차경서정(借景抒情)의 시로서
깊은 감정과 진지한 뜻을 훌륭하게 노래하고 있다.

수련은 진대의 고승 혜원을 가리키는 원공(遠公)의 전고(典故)를 아주 자연스
럽게 활용하여 은근히 세상을 하직한 현 상인의 높은 인격과 굳은 절개를 빗대면
서 그에 대한 공경과 사모의 마음을 표현하고 있다.

함련에서는 상인께서 살아 계실 때처럼 후인들에 의해 등잔불은 여전히 밝혀
져 있고 향로의 단향(檀香) 역시 계속 피어오른다고 하고 있다. 이 말은 곧 행간
을 통해 두 가지를 읽을 수 있게 한다.

첫째, 상인이 생전에 정성스럽게 등잔불 밝히고 향을 피우며 부처를 섬기는
성스러운 모습이다. 둘째, 상인이 이처럼 부지런히 부처를 섬겼기에 그의 뒤를
이을 독실한 후계자가 존재할 수 있었으니 앞으로도 불교는 계속 유구하게 전통
의 맥을 이어갈 것이라는 점이다.

경련에서는 그늘진 돌계단에 평평하게 눈이 쌓여 밝게 빛나고 차가운 대나무
는 서로 부딪치는 소리가 텅 빈 복도에서 울리고 있음을 묘사하고 있다. 이는
곧 상인의 맑고 깨끗하며 고요하고 차가운 공적(空寂)한 정신세계를 풍경에 빗

대어 묘사한 것이라 할 수 있다.

함련과 경련은 고승이 상락아정(常樂我淨)의 네 가지 덕을 잘 알고 있으며 정신삼매(精神三昧)의 경지에 들어간 모습을 예술적으로 잘 비유하였다고 할 수 있다.

상락아정(常樂我淨)이란 법신(法身)과 열반(涅槃)에 갖추어져 있는 네 가지 덕성이자 특징으로서 영원히 변하지 않는 상(常), 괴로움이 없고 평온한 낙(樂), 대아(大我)·진아(眞我)의 경지로서 집착을 떠나 자유자재하여 걸림이 없는 아(我), 번뇌의 더러움이 없는 정(淨) 등을 가리킨다.

함련과 경련은 모두 두 시구 간의 대장(對仗)이 세밀하고 정제되어 있으며 음운(音韻)이 아득히 멀리 퍼지며 아름다워서 말로 표현할 수 없는 의미를 행간에 울리게 하고 있다.

미련에서는 스님이 입적하는 건 응당 해탈의 즐거운 일이어야 하는데 속세를 사는 사람의 마음은 그냥 슬퍼질 수밖에 없음을 토로하고 있다.

생멸멸이(生滅滅已), 적멸위락(寂滅爲樂). 생과 멸이 모두 없어져야, 곧 생명의 모든 형상을 초월하여야 비로소 불과(佛果)를 얻을 수 있다. 죽고 사는 것에 대한 집착이 없어지면 참된 즐거움을 얻는다는 말인데, 결국 사람은 죽은 뒤에 진실한 낙을 얻는다는 뜻이다.

생(生)과 사(死)는 무상(無常)한 것이다. 불자(佛子)가 입적하였으니 생과 사를 떠나 이제 진정으로 해탈(解脫)을 이룬 셈이다. 그러나 여전히 세속의 머뭇거리는 시인으로서는 확 털어버리고 가슴에 담지 않을 수 있기가 여간 어려운 일이 아니다.

슬픈 시로 말하자면 근대의 시승(詩僧) 경안(敬安)(1851~1912)이 지은 애도시(哀悼詩) 두 수를 들지 않을 수 없다.

〈친구 정일 선사를 애도하다(吊精一禪友)〉

선사를 애도할 적마다 매번 넋이 나가니
추모를 더 할 수가 없어서 외로운 마을로 돌아서야 했다.
지금까지도 베로 만든 헤진 가사 위에는
옛날 사찰에서 흘렸던 눈물의 흔적이 여전히 남아 있다.

一度傷師一斷魂(일도상사일단혼), 不堪憑吊向孤村(불감빙조향고촌).
至今破布裂裟上(지금파포가사상), 猶有雙林舊淚痕(유유쌍림구루흔).

〈동료 서타선을 위해 곡하다(哭社友徐酡仙)〉

그대의 죽음을 애도하며 감히 큰 소리로 통곡하지 못함은
그대의 노모가 차마 그 소리를 들을 수 없음을 가엾게 여겨서이다.
몰래 흘린 몇 방울 우정의 눈물은
여봉산 아래 구름을 향해 뿌린다.

不敢高聲痛哭君(불감고성통곡군), 憐君老母不堪聞(연군노모불감문).
暗將數點交情淚(암장수점교정루), 灑向茹峰山下雲(쇄향여봉산하운).

교연(皎然: 730~799)

교연은 절강(浙江)성 호주(湖州), 지금의 오흥(吳興) 사람이다. 남조 (南朝) 송(宋) 사령운(謝靈運)의 13대손이다. 어렸을 때부터 뛰어난 재주 를 드러내서 널리 불교 경전을 섭렵하였으며 또한 경사(經史)에 정통 하기도 했다. 영철(靈澈), 육우(陸羽), 안진경(顏眞卿), 위응물(韋應物), 주 하(周賀) 등과 친교를 나누었다. 교연은 당대(唐代)의 가장 유명한 시승 (詩僧)이자 다승(茶僧)으로서 470수의 시를 남겼다. 그의 시는 평안하 고 고요하며 스스로 만족하는 경지를 표현하였으며, 언어는 정제되고 세련되었으며, 의경(意境)은 여백미에 신묘한 뜻을 담았다.

그의 시론 주장을 담은 시론서 ≪시식(詩式)≫, ≪시평(詩評)≫, ≪시 의(詩儀)≫ 등은 한시 이론의 발전에 중대한 영향을 주었다.

〈종소리를 듣다(聞鐘)〉

차가운 산 위의 옛 절에서
종소리는 좋은 바람 따라 멀리 퍼져간다.
여운이 달빛 비치는 나무에서 울리다가
서리 내리는 하늘에서 남은 소리 사라진다.
밤새워 참선하던 한 스님이 종소리에
맑고 깨끗한 심경 속으로 잠겨든다.

> 古寺寒山上(고사한산상), 遠鐘揚好風(원종양호풍).
> 聲餘月樹動(성여월수동), 響盡霜天空(향진상천공).
> 永夜一禪子(영야일선자), 冷然心境中(영연심경중).

*月樹(월수): 달 속 계수나무. 이 시에서는 다음에 하늘이 이어지고 있기 때문에 땅
 위의 달빛 비치는 나무로 보는 것이 더 적절하다.
*禪子(선자): 스님.
*冷然(영연): 맑고 시원한 모양. 경쾌한 모양. 소리가 깨끗한 모양.

【 감상 】

이 시는 여백미(餘白美)에 신묘한 뜻을 함축하여 선적(禪的)인 의취(意趣)를
담은 시로서 청경파(淸境派) 선시(禪詩)의 대표작이다. 이 시는 한 스님이 편안
히 앉아 참선(參禪)할 때 평안하고 고요하면서 텅 비어 있는 마음의 세계를
묘사하고 있다. 모든 소리가 사라진 어느 고요한 달밤에, 고찰에서 울리는 종소
리는 바람 따라 길게 퍼져간다. 은은한 여운은 달 속 계수나무까지 울릴 정도인
데, 그 소리가 이윽고 서리 내리는 하늘가에서 사라진다. 종소리의 맑은 여운은
이윽고 긴 밤 참선하는 스님의 맑고 시원한 심경(心境) 속으로 합치가 되어
들어간다. 종소리의 신묘한 경계와 스님의 선심(禪心)은 혼연일체가 되어 간다.
선정(禪定)에 든 스님에게 종소리는 결국 깨달음을 부추겨 맑고 깨끗한 청정(淸
淨)의 심경 속으로 들어가도록 만들고 있다.

이 시는 종소리의 효과에 대해서 아주 잘 묘사하고 있다고 평가할 수 있다.
고요한 종소리는 허(虛)와 실(實), 움직임과 고요함, 원인과 결과, 시간과 공간
등 상반적(相反的)인 음양(陰陽)의 요소들을 모두 한 데 융합하여 하나가 되게
한다. 종소리 속에서 마치 과거와 현재 그리고 미래의 구분이 모두 사라진 듯하
니 종소리는 곧 일체의 모든 것 그 자체가 되었다고 할 수 있다. 이런 측면에서
보자면 종소리는 무궁한 종교적 함의를 지니는 동시에 무한한 예술적인 미적
감성을 내포하고 있다. 은은하게 울려 퍼지는 종소리의 세계는 곧 선(禪)의 세계
이자 시(詩)의 천국을 이루었다고 할 수 있겠다.

〈호남 사찰에서 대승불교의 제공에게 보이다(湖南蘭若示大乘諸公)〉

무위라는 진리의 경지에 아직 이르지 못해
매어 놓지 않은 배 같은 신세를 부질없이 가엾게 여긴다.
동산에 떠다니는 흰 구름의 뜻은
해가 저물도록 여전히 한가롭고 여유 있다.

> 未到無爲岸(미도무위안), 空憐不繫舟(공련불계주).
> 東山白雲意(동산백운의), 歲晩尚悠悠(세만상유유).

---

*蘭若(난약): 아난약(阿蘭若)을 가리킨다. 원래는 숲이나 광야(曠野)를 가리키는데 넓은 의미에서 수도자들에게 선을 닦는 고요한 곳, 곧 불교 사찰을 가리키기도 한다.
*大乘(대승): 불교의 한 유파. 자신뿐만 아니라 중생을 도와 함께 해탈을 하고자 한다.
*無爲(무위): 무위. 인위적 작위를 가하지 않고 본성과 자연스러움에 맡겨야 한다는 도가의 중심 사상이자 처세 태도.
*岸(안): 언덕. 불교에서 피안(彼岸)은 이르고자 하는 경지, 동경하고 있는 경지를 가리키듯이 언덕은 여기서는 경지를 가리킨다고 볼 수 있다.
*空(공): 부질없이. 공연히. 헛되이.
*不繫舟(불계주): 매어 놓지 않은 배. 이리저리 정처 없이 세상을 떠돌아다니는 사람을 비유적으로 이르는 말. 속세를 초월한 무념무상의 경지를 비유적으로 이르는 말.
*悠悠(유유): 유유하다. 한가하고 여유 있고 느리다. 유구하다. 장구하다. 아득하게 멀거나 오래되다.

【 감상 】

이 시는 시적 정취가 가득하고 충만하면서 선적인 도리를 담은 선리시(禪理詩)이다.

무위안(無爲岸)은 곧 무위(無爲)라는 진리의 경지를 뜻한다. 다시 말해서 진여(眞如)이자 불성(佛性)을 가리키는 말로서 참선(參禪)의 목표이기도 하다. 선

수행을 하는 자들이 이 경지에 이르지 못하면 불계주(不繫舟), 곧 매어 놓지 않은 배처럼 평생 정처 없이 이리저리 떠돌 수밖에 없다.

그런데 사실 이 경계에 도달하고자 하는 것은 매우 쉬운 일이다. 저 동산에 떠다니는 흰 구름은 항상 세만상유유(歲晩尚悠悠), 곧 해가 저물도록 여전히 한가롭고 여유 있다. 선을 닦는 자들이 만약 이 흰 구름의 한가로우면서 여유 있고 고상한 의향과 자태를 철저히 꿰뚫어 이해할 수만 있다면 그의 목표는 자연스럽게 성취할 수 있을 것이다.

고운(孤雲), 곧 외로운 구름은 고상하고 깨끗하며 가물가물하고 희미하게 아득히 펼쳐진 채 아무런 구속이 없으며, 안한(安閑)·자재(自在), 곧 평안하고 한가로우며 자유로우니 이런 외로운 구름의 자태야말로 자유로움[자유(自由)], 평안하고 쾌적함[염적(恬適)], 고요하고 맑음[정징(靜澄)], 텅 비고 조용함[공담(空澹)], 본성에 따르면서 거짓이 없는 마음[솔성무기(率性無機)] 등의 특징을 지니는 선을 추구하면서 느끼는 희열[선열(禪悅)]의 모습이 흘러넘치고 있지 않은가!

세만상유유(歲晩尚悠悠)에 드러난 고운(孤雲)의 의취와 자태를 이상은(李商隱)의 〈낙유원에 오르다(登樂游原)〉 시와 비교해보자.

저물 무렵 기분이 울적하여
수레 몰아 옛 벌판에 오른다.
석양은 무한히도 좋은데
다만 황혼이 가까이 왔구나.
　　向晚意不適(향만의부적), 驱车登古原(구거등고원).
　　夕阳無限好(석양무한호), 只是近黃昏(지시근황혼).

사실 뜻대로 되는 일이 과연 얼마나 되겠는가마는 시인은 기분이 울적하여 고원 지대에 올랐다. 거기서 서쪽으로 바라보니 끝없이 펼쳐진 석양 노을이 무한히도 보기 좋았다. 석양은 아름다워 보기 좋은데도 황혼 무렵이어서 머지않아 어둠이 내려앉으면 더 이상 볼 수 없을 것이라는 사실에 대해 안타까워하고 있다. 이 시에는 황혼이 되어 가는 쓸쓸하고 적막한 인생에 대한 연민과 집착이 스며들어 있다고 할 수 있다.

이에 비해 동산을 떠다니는 고운(孤雲)의 의태를 표현한 교연 시의 '세만상유유'는 인생에 대한 연민과 집착을 내려놓고 초탈하면서 자유롭고 구속을 받지 않는 소쇄(瀟灑)함이 묘사되어 있다고 할 수 있다.

교연은 이 시외에도 평이하면서도 자연스러운 선리시(禪理詩)를 적지 않게 남겼다. 예컨대 〈장난삼아 오빙 처사에게 드리다(戲呈吳憑)〉 시를 들 수 있다.

세상 사람들은 마음이 도라는 것을 알지 못하고
도는 다른 오묘한 곳에 존재한다고 말할 뿐이다.
장님이 된 자 역시 멀리 장안을 바라보지만
장안은 서쪽에 있는데 동쪽을 향해 웃고 있음이여.
　　世人不知心是道(세인부지심시도), 只言道在他方妙(지언도재타방묘).
　　還中瞽者望長安(환중고자망장안), 長安在西向東笑(장안재서향동소).

이 시는 평상심시도(平常心是道), 곧 일상적인 평상시의 마음이 곧 도라는 진리를 가볍고 유머러스하게 드러내고 있다.

후세의 소식(蘇軾)은 이 시가 드러낸 진리에 대해 아무도 화답하지 않는 적막함을 달가워하지 않아서 〈교연 선사가 '오빙 처사에게 드리다' 시에서 '세상 사람들은 마음이 도임을 알지 못한다'고 말하다(皎然禪師'贈吳憑處士'詩云'世人不知心是')〉라는 시를 화답시로 대신 남기기도 하였다.

추울 때가 되어서야 비로소 더울 때의 바람을 준비하는 것이니 당장 배고픈 사람이 어떻게 약 복용의 공로를 알겠는가!
선사가 서쪽을 향해 웃는다고 탓하지 말라
선사의 몸이 바로 장안 동쪽에 있기 때문이다.

   寒時便具熱時風(한시편구열시풍), 飢漢那知食藥功(기한나지식약공).
   莫怪禪師向西笑(막괴선사향서소), 緣師身在長安東(연사신재장안동).

〈시냇가의 구름(溪雲)〉

펴졌다 말아졌다 하는 구름의 뜻이 어찌 끝이 있겠는가
시냇물을 에워쌌다가 다시 허공에 붙어 넓어진다.
비록 형체가 있다 해도 다른 대상을 번거롭게 하지 않고
흔적도 남기지 않고 바람 따라 떠나간다.
오랫동안 구름을 쫓으며 함께 하는 나를 탓하지 말라
둥실둥실 표연히 떠도는 모습이 나와 같아서이다.

   舒卷意何窮(서권의하궁), 縈流復帶空(영류부대공).
   有形不累物(유형불루물), 無迹去隨風(무적거수풍).
   莫怪長相逐(막괴장상축), 飄然與我同(표연여아동).

---

*意(의): 의취(意趣). 의지와 취향.
*縈(영): 에워싸다. 휘감다. 얽히다.
*帶(대): 달리다. 붙어 있다. 범위를 넓히다.
*累(루): 번거롭게 하다. 피로하게 하다. 지치다. 힘들다.
*飄然(표연): 둥실둥실 떠가는 모양. 정처 없이 떠돌아다니는 모양. 민첩하고 신속한
  모양.

【 감상 】

이 시는 사물을 노래하며 거기에 시인의 뜻을 기탁한 시로서 선적인 뜻과 이치를 담아 시냇가의 구름을 노래하고 있다.

첫째, 구름의 선적인 의취를 취하여 노래하고 있다. 구름은 폈다 말았다 하는 모습을 자유자재로 보이고, 시냇물을 에워쌌다가 다시 떨어져서는 허공에 띠처럼 붙어 넓어지는데 그 모습이 얼마나 초탈하고 자유로우며 멋스러운가!

둘째, 형체가 없는 구름의 공환(空幻)한 모습을 취하여 노래하고 있다. 비록 형체가 있다 해도 흔적을 남기지 않는 모습이야말로 공환(空幻)한 진여(眞如)의 불성(佛性)을 형용하고 있다고 할 수 있다.

셋째, 구름의 자유(自由) 자재(自在)한 모습을 취하여 노래하고 있다. 다른 대상을 번거롭게 하지 않고 바람을 따라 떠나가니 한가로우면서도 자유로운 모습을 지니고 있는 것이다.

흰 구름은 이처럼 고결한 의취와 자태를 지니고 있기 때문에 그래서 시인은 세상 사람들에게 자신과 구름이 서로 짝이 되어 오랫동안 좇는 것을 비웃지 말라 하고 있다. 구름이야말로 둥실둥실 유유자적하는 선적인 의취를 지녔기에 불자(佛子)인 시인 자신과 서로 뜻이 통하여 함께 화목하며 즐겁게 지낼 수 있기 때문이다.

교연은 형상화한 사물에 빗대어 감정을 표현하는데 매우 뛰어난 고수였다. 그는 항상 바람, 물, 구름, 눈, 달, 소나무, 대나무, 국화 등의 풍물을 빌어 자신의 마음으로 관조하는 한편으로 자신의 본성을 거기에 담아내었다. 예를 들어 〈남쪽 연못에서 잡다하게 노래하다(南池雜咏)〉 다섯 수 중 〈물에 비친 달(水月)〉에서 "달빛은 밝고 깨끗한데 그 의취(意趣)를 전달하기는 참으로 어렵구나(皎潔意難傳)"라고 하였다. 맑고 고상하고 우아하며 풍류스럽고 유유자적하다.

〈육홍점을 찾았으나 만나지 못하다(尋陸鴻漸不遇)〉

이사한 집이 비록 성곽에 붙어 있지만
들판에 놓인 지름길은 뽕나무와 삼나무 밭으로 들어서 있다.
최근에 울타리 가에 심어진 국화는
가을이 왔는데도 아직 꽃을 매달지 못하였다.
문을 두드려도 짖는 개조차 없어
계신 곳에 가보려고 서쪽 이웃집에게 물었다.
알려주길, 산 속으로 가셨는데
돌아오는 때는 매양 해가 기운 때라 한다.

> 移家雖帶郭(이가수대곽), 野徑入桑麻(야경입상마).
> 近種籬邊菊(근종이변국), 秋來未著花(추래미착화).
> 扣門無犬吠(구문무견폐), 欲去問西家(욕거문서가).
> 報道山中去(보도산중거), 歸來每日斜(귀래매일사).

---

*陸鴻漸(육홍점): 다선(茶仙) 육우(陸羽). 당대 시승 교연(皎然)의 친구. 시 속의 육홍점
은 산수에 마음을 두고 속세의 일을 근심하지 않는 고인(高人) 은사(隱士)의 형상을
보여주고 있다.
*吠(폐): 짖다.

【 감상 】

　시의 수련은 도연명(陶淵明)이 〈술을 마시다(飮酒)〉 제5수에서 "농막을 짓고
사람들 속에 살아도, 거마 오가는 소리 시끄럽지 않네(結廬在人境, 而無車馬喧)."
라고 한 풍모와 운치를 지니고 있다.
　미련 역시 가도의 〈은자를 찾았으나 만나지 못하다(尋隱者不遇)〉 시에서 "이
산 속에 계시련만, 구름 깊어 어디 계신지 모르겠다(只在此山中, 雲深不知處)."

의 풍모와 문채(文采)가 보인다.

시인이 찾아갔지만 만나지 못한 대상인 다선(茶仙) 육우(陸羽)는 평생 벼슬도 하지 않고, 어느 것에도 구속받지 않은 채 거리낌이 없이 살았던 은자였다. 그의 은거하던 거처는 조용하고 외진 곳에 있으며 울타리에 심어진 국화는 아직 꽃을 피우지 않았고, 사립문에 개 짖는 소리조차 들리지 않는다. 이웃들은 다만 그가 매일 산으로 갔다가 해가 질 때가 되어서야 비로소 돌아온다는 사실만 알고 있을 뿐이다.

친한 벗을 만나지 못한 채 오히려 친구가 거처하던 초가집과 주변의 경물에 대한 묘사 및 친구의 행적에 대한 이웃의 대답을 통해서 세속에 물들지 않고 초탈한 채 말쑥하고 멋스러운 고인의 뛰어난 풍모를 잘 엿볼 수 있게 한다.

이 시의 언어는 맑고 새로우면서도 평이하고 실질적이지만 의미는 행간을 통해 다양하게 흘러나오고 있다.

이 시는 불우시(不遇詩)이다. 즉 누군가를 만나러 갔으나 결국 만나지 못하고 돌아와 그 안타까움을 노래하는 시들이라 할 수 있다.

어느 시인은 "나라가 불행해야 시인은 행복해진다(國家不幸詩家幸)."라고 했는데 누군가를 만나러 찾아갔으나 만나지 못한 안타까운 정황을 노래하는 불우시는 그 특수한 제재 때문인지 대부분 모두 좋은 성과를 거두었다고 할 수 있다.

또한 역대로 시단에는 불우시가 많이 지어졌는데, 맹호연(孟浩然), 왕유(王維), 이익(李益), 가도(賈島) 등의 불우시가 그 좋은 예이다.

그중 제일 유명한 시가 바로 가도의 〈은자를 찾았으나 만나지 못하다(尋隱者不遇)〉 시이다.

소나무 아래서 동자에게 물었더니
스승은 약초 캐러 가셨다 한다.
이 산 속에 계시련만

구름 깊어 어디 계신지 모르겠다.

    松下問童子(송하문동자), 言師採藥去(언사채약거).
    只在此山中(지재차산중), 雲深不知處(운심부지처).

  많은 기대와 앙모의 마음을 가슴에 품고 산 속 깊은 곳에 은거하고 있는 고상한 선비를 찾아갔으나 만나지 못하고 그저 자욱하게 뒤덮인 구름을 바라봐야만 하는 안타까운 심정이 잘 묘사되어 있다.

  최도융(崔道融)의 〈스님을 방문하였으나 만나지 못하다(訪僧不遇)〉 시 역시 훌륭한 성과를 거두었다 할 수 있는데, 시원하고 상쾌한 날씨가 도리어 안타까움과 아쉬움을 뼛속까지 스며들게 하고 있다.

스님을 찾았지만 이미 적막하고
숲 아래 산방은 잠겨 있다.
소나무와 대나무만은 비록 말이 없지만
헤어지기 아쉬워 저물 무렵 서늘함을 구실 삼아 나그네의 옷을 끈다.

    尋僧已寂寞(심승이적막), 林下鎖山房(임하쇄산방).
    松竹雖無語(송죽수무어), 牽衣借晚凉(견의차만량).

  산방에 스님은 이미 떠나가고 문은 잠긴 채 적막할 뿐이다. 산방 옆의 소나무, 대나무들은 비록 말은 못하지만 그래도 유정(有情)하여 이런 나를 딱하게 여겨서인지 헤어지기 아쉬워하며 저물 무렵 서늘함을 구실 삼아 내 옷을 끌며 가지 말라고 만류하는 듯하다. 유정한 송죽(松竹)의 마음에 기대어 스님을 만나지 못한 시인의 쓸쓸함과 적막감을 두드러지게 표현한 명시라고 할 수 있다.

  청(淸)나라 조관효(趙關曉)의 〈눈을 밟다(踏雪)〉 시 역시 지극한 정취와 운치가 있다.

눈을 밟으며 산의 나무꾼을 찾아갔으나
나무꾼은 이미 눈을 밟고 떠나갔다.
가는 길 내내 짚신의 흔적 남아 있기에
소나무 숲 깊은 곳으로 찾아 들어간다.

　　踏雪訪山樵(답설방산초), 山樵踏雪去(산초답설거).
　　一路草鞋痕(일로초혜흔), 深入松深處(심입송심처).

이단(李端: ?~약 785)

이단은 하북(河北)성 조주(趙州), 지금의 조현(趙縣) 사람이다. 대력(大曆)에 진사가 되었으며 대력십재자(大曆十才子) 중 한 사람이다.

≪당재자전(唐才子傳)≫에서는 그에 대해 이렇게 평가하고 있다. "어렸을 때 여산(廬山)에 살았으며 교연(皎然)에게 의지하며 독서를 하였다. 그는 지향은 본래 맑고 비었는데 더구나 선종(禪宗)의 동료들을 특히 사모하였다(少時居廬山, 依皎然讀書. 意況淸虛, 酷慕禪侶)."

이단은 율시(律詩)에 뛰어나서 의경(意境)이 바르고 우아[방아(方雅)]하였다.

〈묘발과 함께 자은사에서 피서하다(同苗發慈恩寺避暑)〉

서늘함을 좇아 보배로운 사찰을 찾았으니
뜨거운 햇빛이 두려워 멀리서 사찰의 서까래를 바라볼 뿐이다.
함께 풀밭에 누우니 마치 부부 같아 보이고
연못에 이르니 마치 혜원 스님의 호계와도 비슷하다.
숲속 나무들은 인적 밖에서 한가롭고
산에 저녁이 오자 새는 서쪽 숲으로 찾아든다.
만약 무심(無心)의 불법(佛法)에 대해 묻는다면
연꽃은 진흙에서 자라도 진흙과는 거리가 있다 하겠다.

> 追凉尋寶刹(추량심보찰), 畏日望璇題(외일망선제).
> 卧草同鴛侶(와초동원려), 臨池似虎溪(임지사호계).
> 樹閑人迹外(수한인적외), 山晩鳥行西(산만조행서).

若問無心法(약문무심법), 蓮花隔淤泥(연화격어니).

---

*慈恩寺(자은사): 장안(長安)에 있던 유명 사찰.
*璇題(선제): 옥으로 장식한 서까래.
*鴛侶(원려): 부부. 동료.
*虎溪(호계): 여산(廬山) 동림사(東林寺)에 있던 시내 이름. [호계삼소(虎溪三笑)란 성
　어가 여기서 나왔다. 중국 진(晉)나라의 혜원(慧遠) 선사는 동림사(東林寺)에 은거하
　면서 호계(虎溪)를 건너지 않기로 하였다. 그런데 도연명(陶淵明), 육수정(陸修靜)을
　배웅할 때 무심코 호계를 건너 버려 세 사람이 크게 웃었다는 일화이다.]
*隔(격): 거리가 있다. 간격이 있다. 막다. 차단하다.
*淤泥(어니): 진흙. 앙금.

【 감상 】

자은사(慈恩寺)는 장안(長安)에 있던 유명한 사찰이다. 시인은 자신과 마찬가
지로 대력십재자(大曆十才子) 중의 한 사람인 묘발과 함께 사찰로 피서를 가서
는 이 시를 썼다.

이 시의 지향은 청량(清凉)한 불국(佛國)과 불심(佛心)의 경계(境界)를 찾는
데 있다.

수련에서 바로 시제(詩題)의 구체적인 내용을 잘 묘사하고 있다. 외일(畏日),
곧 뜨거운 햇빛이 두려워 추량(追凉), 곧 서늘함을 좇아 두 사람은 마침내 보배로
운 사찰을 찾은 것이다.

함련에서는 두 사람이 의기투합하여 명소를 유람하며 휴식하는 즐거움을 묘
사하고 있다. 풀밭에 누운 두 사람의 다정한 모습을 부부에 비유하였고 아울러
연못에 이르러서는 마치 혜원(慧遠) 스님이 친한 벗인 도연명(陶淵明), 육수정
(陸修靜)과 즐겁게 얘기를 나누며 그들을 배웅하다가 본래는 절대 넘지 않기로
한 호계(虎溪)를 그만 건너버려 세 사람이 크게 웃었다는 역사 깊은 일화에서
비롯된 호계를 떠올리며 세속과 불국(佛國)의 경계를 마음에 새기고 있다.

경련에서는 숲속의 나무들은 인적이 없는 곳에서 한가롭게 서 있는데 저녁이 되자 새들이 서쪽 숲으로 깃들기 위해 찾아온다고 하여 속세에 물들지 않고 멀리하며 자신의 본성과 지향에 알맞게 고요와 담박을 지키고자 하는 모습을 잘 비유하고 있다.

미련에서는 연꽃이 진흙에서 자라도 진흙과는 거리가 있는 이치야말로 무심(無心)의 큰 불법(佛法)과 같은 것이라고 간주하고 있다.

주돈이(周敦頤)는 〈애련설(愛蓮說)〉에서 연꽃이 "진흙에서 나와도 물들지 않으며(出淤泥而不染), 맑은 잔물결에 씻기어도 요사스럽지 않다(濯淸漣而不妖)." 라고 말한 적이 있다. 이단 역시 맑고 깨끗한 연꽃처럼 자아에 대한 집착이 만들어내는 어떤 잡념(雜念), 망념(妄念), 속념(俗念)에도 물들지 않고 영향을 받지 않는 모습이야말로 바로 불법(佛法)의 형상이자 상징이라고 보고 있다.

이 시의 특징은 역사적인 전고(典故)와 불교 경전 및 옛 시가를 교묘하게 활용하고 있다는 점에 있다. 호계(虎溪)는 고승인 혜원(慧遠)의 전고에서 나왔고, 연꽃은 불교 경전에서 자주 등장하는 얘기를 취한 것이고, '산만조행서'구는 도연명의 〈술을 마시다(飮酒)〉 제5수에서 "산 기운은 황혼 무렵에 아름다운데, 날던 새들은 짝지어 돌아오네(山氣日夕佳, 飛鳥相與還)." 시구를 변형시킨 것이라 볼 수 있다.

이단이 묘발과 함께 사찰에 피서 가서 시를 남겼듯이 같은 대력십재자 중한 사람인 노륜(盧綸) 역시 최동과 함께 사찰에 놀러 가서 피서하며 쓴 시 〈최동과 함께 '자은사 피서'시의 누락 부분을 보충하다(同崔峒補闕慈恩寺避暑)〉를 남기고 있다.

높은 나무와 하나가 된 사찰은 시원하여
녹음 속에 바위 위에 누웠다.
학을 짝하면서 선 스님에게 부끄럽고

스님에게 의지하며 노옹에게서 배운다.

물고기가 물속에 잠기니 연꽃잎에 이슬 맺히고

새가 흩어지니 대숲에 바람이 인다.

비로소 깨닫겠으니, 속세에 거처를 둔 자는

응당 불난 집에서 지내는 것과 같음이여!

> 寺涼高樹合(사량고수합), 臥石綠陰中(와석녹음중).
> 伴鶴慚仙侶(반학참선려), 依僧學老翁(의승학노옹).
> 魚沉荷葉露(어침하엽로), 鳥散竹林風(조산죽림풍).
> 始悟塵居者(시오진거자), 應將火宅同(응장화택동).

화택(火宅)은 욕(欲), 색(色), 무색(無色)의 삼계(三界)에는 편안함이 없어 마치 불난 집에서 지내는 것 같다는 데서 유래한 말이다. 다시 말해서 화택은 사바세계인 속세(俗世)를 가리키고, 이곳에는 항상 생로병사(生老病死)의 우환이 있음을 비유한 말이기도 하다.

속세의 거처는 불난 집인 화택과도 같은데 이곳 청량한 사찰 안에는 높은 나무와 녹음, 연꽃잎 위의 이슬, 대숲에 이는 바람 등이 있을 뿐만 아니라 학을 짝하고 선사(禪師)에게 의지할 수 있기도 하다. 선을 동경하는 시인의 마음과 고상하고 빼어난 자은사의 운치를 절묘한 솜씨로 표현해냈으니 다른 말을 덧붙일 필요가 없다.

〈흥이 나다(感興)〉

향로봉 최고 꼭대기

그 가운데 고인이 묵고 계신다.

해가 저물면 흔히 산에서 내려오나

달이 밝으면 나는 산으로 올라간다.

香爐最高頂(향로최고정), 中有高人住(중유고인주).
日暮下山來(일모하산래), 月明上山去(월명상산거).

---

*香爐(향로): 향로봉(香爐峯). [중국의 명산 중 향로봉이라 명명한 산봉우리들이 많다. 예를 들어 호남(湖南)성에 있는 남악(南嶽) 형산(衡山), 안휘(安徽)성 황산(黃山), 강서(江西)성의 여산(廬山), 절강(浙江)성 소흥(紹興)의 회계산(會稽山) 등에 모두 향로봉이라 산봉우리가 있다.]

【 감상 】

이 시는 시와 선의 묘미를 겸하고 있어서 가히 시선일여(詩禪一如)를 보여주는 시라고 할 수 있다.

일반적으로 어떤 산의 최고봉을 향로봉(香爐峯)이란 이름으로 명명하곤 한다. 그리고 최고봉답게 이곳에는 고상한 지향과 경지를 보이는 고승(高僧)이 머물며 주석하기 마련이다. 이 시에서도 가장 높은 봉우리인 향로봉의 꼭대기에 고인이 머물고 있다고 하니 산의 형세와 기상 및 경지를 짐작할 수 있게 한다.

해 저물면 산에서 내려가는 게 일반적인 정리이다. 그러나 고상한 시적 감흥을 지닌 사람은 다르다. 그는 달이 밝게 비추는 밤이면 감흥이 일어나서 도저히 주체할 수가 없게 된다. 해가 저물어 일반인들은 내려온 산이지만 달밤에 감흥이 일어난 시인은 감흥을 이기지 못하고 산에 오른다. 그리고 그곳에는 고상한 경지를 지닌 고승이 주석하고 계신다. 교교한 달밤, 시인과 고승은 이렇게 암묵적으로 만남을 기약하게 되는 것이다. 시와 선의 찬란한 만남이 마침내 밝은 달빛 아래 산꼭대기에서 약속하지 않은 채 자연스레 이루어진다.

위응물(韋應物: 737~791)

위응물은 당대 시인으로 경조(京兆) 장안(長安), 지금의 섬서(陝西) 서안(西安) 사람이다. 관서(關西)의 망족(望族), 곧 명문 귀족 출신이다.

어렸을 적부터 삼위랑(三衛郎)이 되어 현종을 가까이서 모시었다. 훗날 저주(滁州), 강주(江州), 소주(蘇州) 자사(刺史)를 지냈다. 성품과 행실이 고결하였고 경건하게 불교를 신봉하였으며 교연(皎然), 고황(顧況) 등과 친하게 지냈다. 그의 시는 고상하고 우아하면서도 한가로우면서도 담백하였고 운율은 생동감이 있었다.

그가 지은 시는 산수전원시(山水田園詩)가 비교적 많았으며 역시 산수전원시에서 많은 성과를 보여주었다. 게다가 그의 시에는 도연명(陶淵明)의 시풍까지 담겨 있어서 세간에서는 그를 도연명과 비교하면서 도(陶)·위(韋)로 병칭하기도 한다. 어떤 때는 왕유(王維), 맹호연(孟浩然), 유종원(柳宗元) 등의 산수시를 많이 쓴 시인들과 함께 왕(王)·맹(孟)·위(韋)·유(柳)로 병칭하기도 한다.

그의 대표 시로 〈저주의 서쪽 시내(滁州西澗)〉가 있다.

저서로 《위소주집(韋蘇州集)》이 있다.

〈전초현 신산에 사는 도사에게 부치다(寄全椒山中道士)〉

오늘 아침 자사가 기거하는 관아가 차가워서
문득 산 속에 계신 나그네가 생각나더이다.
물 흐르는 골짜기 바닥에서 땔나무 묶어서
돌아와 흰 돌을 익혀 양식으로 삼겠지요.

술 한 바가지 들고 가고 싶지만 못가니

비바람 부는 저녁에 멀리서 위로를 드립니다.

낙엽이 텅 빈 산에 가득한데

어디서 그대의 자취를 찾을 수 있을까요?

今朝郡齋冷(금조군재냉), 忽念山中客(홀념산중객).

澗底束荊薪(간저속형신), 歸來煮白石(귀래자백석).

欲持一瓢酒(욕지일표주), 遠慰風雨夕(원위풍우석).

落葉滿空山(낙엽만공산), 何處尋行迹(하처심행적)?

---

*全椒山(전초산): 안휘(安徽)성에 있는 전초(全椒)현에 있는 신산(神山). [신산이 유명 해진 것은 당대 건중(建中) 4년(783)에 저주자사(滁州刺史)로 임명되었던 대시인 위 응물(韋應物)의 영향이 크다.]

*郡齋(군재): 군수(郡守)가 기거하는 관아. 여기서는 저주자사(滁州刺史)가 기거하는 관아.

*山中客(산중객): 산중의 나그네. 전초(全椒)현 서쪽으로 30리 떨어져 있는 신산(神山) 에 살던 도사(道士)를 가리킴.

*澗底(간저): 물이 흐르는 골짜기 바닥. 계곡 바닥.

*束(속): 묶다. 매다. 묶음. 다발. 단.

*荊薪(형신): 가시나무와 섶나무. 땔나무.

*煮白石(자백석): 전설에 신선(神仙)과 방사(方士)들이 흰 돌을 구워 익혀서 양식으로 삼았다고 전해진다. 훗날 도가에서는 이 일이 수련(修練)에서 실제 있었던 역사적인 사실로 간주하였다.

*瓢(표): 표주박. 바가지.

【 감상 】

사물로부터 전해 오는 여러 가지 느낌이 있는데 이는 객관적인 사실이라기보 다는 시인의 주관적인 정서와 감수에 기인한 측면이 클 때가 많다. 시에 사물로 부터 느껴지는 차가움과 따뜻함, 그리고 흑(黑)과 백(白) 등 색채를 묘사할 때 역시 시인의 주관적 감수에 많이 기인한다고 볼 수 있다. 시는 작가의 감정을 표현하고 뜻을 전달하는 매개체인 것이다.

자백석(煮白石), 흰 돌을 익혀 양식을 삼는다고 하였다. 도가에서 수련 시 실제 사용했던 방법으로 알려져 있기도 하다. 그런데 흰 돌을 어떻게 삶을 수 있는가? 삶고 나면 또 어디에 어떻게 사용할 수 있는가? 참으로 영원히 풀 수 없는, 그래서 본인이 직접 체험적으로 답안을 찾아내지 않으면 답할 수 없는 난제 중의 난제이다.

낙엽이 텅 빈 산에 가득한데 어디로 가서 그의 자취를 찾을 수 있을까? 일체 모든 것이 한 번 지나가 버리면 다시는 돌아오지 않는다. 모든 것은 변하기 때문에 다시 돌아온다 하여도 본래의 모습은 아닌 것이다. 이것이야말로 모든 생명의 진상(眞相)이다. 본래 참 모습이다.

이미 지나가고 다시 돌아올 수 없는 상황을 대면할 때 시인 묵객은 어떻게 대응하는가? 시인이 할 수 있는 것이라곤 오직 비바람 부는 저녁에 탁주 한 바가지 들고서 위로해줄 수밖에 없겠기에 전초현 신산에 들어가 도를 닦고 있는 도사에게 술을 들고 찾아가고 싶지만 낙엽이 가득한 산에서 그의 행적을 찾을 수 없을 것이라며 안타까워할 뿐이다.

한편 이 시의 미련 "낙엽만공산(落葉滿空山), 하처심행적(何處尋行迹)?"은 수행의 깊이에 따른 참선의 단계를 얘기할 때 많이 거론되기도 한다.

참선(參禪)하면서 거쳐야 하는 세 가지 경계를 시로 풀어보면 다음과 같다.

참선의 제1 경계: "낙엽이 텅 빈 산에 가득한데, 어디서 그대의 자취를 찾을 수 있을까요(落葉滿空山, 何處尋行迹)?"

이 시는 날씨가 추워지자 산중의 도사(道士)가 걱정이 되어서 술 한 병 들고 가 위로해주고 싶지만 낙엽이 산에 가득 쌓여 계신 곳을 알 수 없다는 내용이다. 여기서는 찾으려는 대상을 사람이 아닌 선(禪)이나 진리로 간주할 수 있을 것이다. 찾고 싶지만 어디서부터 손을 대야 할지 모르는 막막한 상황, 만물의 실상은 보지 못한 채 현상계에만 머물러 살아가는 범부(凡夫)가 보이는 무지(無知)한 상태라고 할 수 있다.

참선의 제2 경계: "텅 빈 산에 사람 없는데, 물이 흐르고 꽃이 핀다(空山無人, 水流花開)."

이 말은 소식(蘇軾)의 〈열여덟 대아라한의 노래(十八大阿羅漢頌)〉에서 나왔다. 아직 진리는 찾지 못했지만 물이 흐르고 꽃이 피는 것은 마음을 고요하게 하지 않으면 바라볼 수 없다. 이런 고요한 마음이 바로 깨달음의 기본 전제이다. 자연의 경물은 도의 구현이 아닌 것이 없긴 하지만 그러나 여기서 여전히 공적(空寂)한 관념에 대해서 아직도 집착하고 있다고 볼 수 있다. 마음을 고요히 하겠다는 의념과 욕망조차도 내려놓아야 한다.

참선의 제3 경계: "영원토록 긴 허공, 하루아침의 바람과 달(萬古長空, 一朝風月)."

이 말은 ≪오등회원(五燈會元)≫에서 나왔다. 텅 빈 채로 길게 펼쳐진 창공은 영원하고 항구하며 무한한 본체이다. 그런데 무한한 본체는 눈앞의 순간적인 경물에 즉각적으로 표현되어 있다. 하루아침의 바람과 달에 구현되어 있다. 공적(空寂)을 쟁취해야겠다는 또 하나의 관념과 의념으로부터 다시 해탈(解脫)되어 나와서는 활발하고 생동적인 세계로 즉각적으로 들어가야 한다. 이렇게 본질의 세계를 바라보는 단계가 깊어지면 비로소 깨달음의 경계에 이르게 된다.

그런데 위응물의 대표 시는 역시나 〈저주의 서쪽 시내(滁州西澗)〉이라고 할 수 있으니 이 시에 대한 감상은 반드시 한번 해보아야 한다.

인적 없는 시냇가에 그윽하게 핀 꽃이 홀로 예쁜데
그 위 깊은 숲에선 꾀꼬리가 울고 있다.
빗물 머금은 봄 조수는 저녁 되자 더 빠르게 흐르는데
들판 나루터엔 인적 없이 배만 절로 가로 놓여 있다.
獨憐幽草澗邊生(독련유초간변생), 上有黃鸝深樹鳴(상유황려심수명).

春潮帶雨晚來急(춘조대우만래급), 野渡無人舟自橫(야도무인주자횡). .

인적 없는 시냇가에 예쁜 꽃은 홀로 그윽하게 피어 있고, 그 위의 깊은 숲에선 꾀꼬리가 신나게 울고 있다. 초목과 조수는 누가 알아주지 않아도 이렇게 자신의 본성을 따라 꽃피고 노래할 뿐이다.

연비어약(鳶飛魚躍), 곧 솔개가 하늘을 날고 물고기가 못에서 헤엄치는 일은 그저 특별할 게 없는 평범하기 그지없는 모습이다. 세상의 모든 존재가 이처럼 자연의 순리대로 본성에 맞게 각각 제자리를 얻어 살아가는 것, 이처럼 만물이 자연스럽게 조화되는 상태에 바로 자연의 순리가 담겨 있고 선(禪)이 존재하는 경계가 되지 않겠는가!

봄날 비가 내려서 더 불어난 강물은 저녁이 되자 더욱 세차게 흐른다. 강물이 급하게 흐르는 저물 무렵 나루터에는 인적 없이 배만 절로 가로놓여 있다. 텅 빈 나룻배는 마치 사람의 마음을 잘 이해라도 하는 양, 고요하고 한가로운 시인의 심정에 잘 조응하고 있다.

마지막 시구 '야도무인주자횡(野渡無人舟自橫)'은 다시 시적인 관점과 선적인 관점, 그리고 그림의 관점 등으로 나누어 살펴볼 필요가 있다.

먼저 시적인 측면에서 보자면, 이 시구는 사람 없이 적막하게 텅 빈 나루터에 가로 놓인 배 한 척이라는 자연의 경물에 봄날 저녁 강물을 관조하는 시인의 정서가 말없이 포개어져 있다. 이는 바로 시인의 정(情)과 자연의 경(景)을 잘 포개어 어우러지게 하는 수법으로서 중국 시론에서 힘 있게 추구하는 정경교융(情景交融)을 이룬 것이며 동시에 의경(意境)을 잘 갖추었다고 할 수 있다.

선적인 측면에서 보자면 이 시구는 바로 '평상심시도(平常心是道)', 곧 평상심이야말로 도라는 선가의 주장과 일치하는 정경이다. 송대 선사들은 흔히 이 시구를 들어 도를 깨달은 체험을 신비한 체험을 빗대어 비유하곤 하였다.

일상적이고 평상적인 행위나 지점에서 항상 위대함이 드러나곤 한다. 평소

"도를 닦는 마음은 담박(淡泊)하고 강물 따라 흘러가듯 자연스러우며, 일어나는 일이라곤 하나 없이 적막하여 부질없이 문을 닫아놓고 있는(道心淡泊隨流水, 生事蕭疏空掩門)" 담박(淡泊), 공적(空寂)한 상황을 사랑하는 시인들 역시 선사처럼 평상심 속에서 이처럼 절묘하게 깨달아내는 역량을 강하게 간직하고 있는 것이다.

그림의 측면에서 보자면 이 시구는 시적인 의경과 선적인 의취를 함께 지니고 있기 때문에 화공(畫工)들의 좋은 창작의 소재로 활용될 수밖에 없다. 실제 이 시구를 화제(畫題)로 준다면 화공들은 어떤 그림을 그려낼 수 있을까? 다시 말해서 사람들이 드나들지 않는 적막한 나루터에 덩그러니 가로놓여 있는 외로운 배 하나, 그리고 적막감을 화공들은 어떻게 그림으로 그려낼 수 있을까?

빈 배에 거미줄이 쳐져 있는 모습을 그릴 수도 있겠다. 또는 학 한 마리가 배 위에서 졸고 있는 그림을 그릴 수도 있겠다. 아니면 몇 마리의 참새들이 나룻배의 덮개를 안팎으로 자유롭게 드나드는 그림을 그릴 수도 있겠다. 그리고 이런 정경들은 실제 그림으로 그려지기도 하였다.

'야도무인주자횡(野渡無人舟自橫)', 화가들에게 참으로 멋진 화제(畫題)라 하지 않을 수 없다. 여백이 있다. 그 사이로 고요와 한가로움, 적막이 있다. 이 분위와 배경, 그리고 의취(意趣)가 그야말로 선(禪) 그 자체이다.

〈가릉강 물소리를 듣고 심 스님에게 부치다(聽嘉陵江水聲寄深上人)〉

벼랑을 뚫어 세찬 여울을 틈새로 흘러나오게 했으니
예부터 칭찬해 오던 신령한 우(禹) 임금의 행적이다.
밤 되자 산사의 숙소에 물소리 시끄러워
홀로 묵고 있는 사람 편안하게 잠자지 못한다.
물의 본성은 절로 고요하면서 정숙하고

암석 중에도 본래 소리가 없다.

그런데 이 둘이 서로 부딪치면 어찌하여

천둥소리로 바뀌어 텅 빈 산이 놀라도록 울려 퍼지는가?

이 시를 산문의 스님에게 바치고 돌아감은

이처럼 타자와 자아 간에 내재한 실상을 깨달아서이다.

> 鑿崖泄奔湍(착애설분단), 古稱神禹迹(고칭신우적).
>
> 夜喧山門店(야훤산문점), 獨宿不安席(독숙불안석).
>
> 水性自雲靜(수성자운정), 石中本無聲(석중본무성).
>
> 如何兩相激(여하양상격), 雷轉空山驚(뇌전공산경)?
>
> 貽之道門歸(이지도문귀), 了此物我情(요차물아정).

---

*上人(상인): 상인. 승려에 대한 존칭.

*泄(설): 틈이나 구멍으로 흘러나오다.

*奔湍(분단): 세차게 흐르는 여울. 급류. 물살이 세다.

*山門(산문): 사찰의 대문. 사찰에 대한 일반적인 호칭이 됨.

*店(점): 여관.

*不安席(불안석): 편안하게 잠자지 못하다. 자리에 편안히 앉지 못하다.

*雲靜(운정): 고요하면서 정숙하다. 온화하고 우아하면서 함축적이다.

*貽(이): 남기다. 전하다. 주다.

*道門(도문): 도가. 도교. 여기서는 산문의 스님을 가리킨다고 볼 수 있다.

*了(료): 깨닫다. 명백하다. 알고 있다.

*情(정): 실상. 진상. 이치. 진리. 사정. 형편.

【 감상 】

이 시의 수련과 함련 네 구는 진(秦)나라 땅에서 촉(蜀)나라 땅까지 세로로 관통하며 흘러가는 가릉강(嘉陵江)의 험준한 모습을 묘사하면서 귀신의 솜씨와 도 같이 벼랑을 뚫어 강물을 흐르게 만든 우(禹) 임금의 신령한 행적, 천둥처럼 포효하며 흐르는 강물의 기세 등을 묘사하고 있다.

이 시도 다른 많은 선시들과 마찬가지로 또한 소리에 대한 선적인 깨달음을 담고 있다.

대자연의 만물은 본래 소리가 없이 고요하다. 시인 역시 이런 본질을 파악하고 강물의 본성은 절로 고요하면서 정숙하고 암석 역시 본래 소리가 없다고 하고 있다. 그런데 어떻게 소리가 나고 울려 퍼지는 것인가?

위응물은 또한 〈소리를 노래하다(詠聲)〉에서 소리에 대한 독특한 관점을 드러내고 있다.

> 만물은 저절로 소리가 일어나 듣게 되는 것으로
> 우주 자연은 본래 항상 적막하고 고요한 법이다.
> 그렇기에 소리는 또한 고요 속에서 일어나서
> 도리어 고요 속으로 사라져간다.
>> 萬物自生聽(만물자생청), 太空恒寂廖(태공항적료),
>> 還從靜中起(환종정중기), 却向靜中消(각향정중소).

시인은 '자생청(自生聽)', 곧 소리는 저절로 일어나 듣게 되는 것이라 하고 있는데 그 이유는 무엇인가? 바로 위의 〈가릉강 물소리를 듣고 심 스님에게 부치다(聽嘉陵江水聲寄深上人)〉 시에서 밝힌 대로 '양상격(兩相激)', 곧 두 사물이 서로 부딪치기에 소리가 비로소 나는 것이다.

한편 우주 자연에는 본래 소리가 존재하지 않기 때문에 두 사물이 부딪쳐 소리가 일어나더라도 결국에는 역시 고요와 적막 속으로 돌아갈 수밖에 없는 것이 소리의 운명이다. 이처럼 소리는 실제 존재하는 진실이 아니라 바로 허구이자 허상이다. 오직 고요와 적막만이 비로 영원하고 항상 변함없는 진실인 것이다.

때문에 위응물은 또한 〈종공에 대해 쓰다(題琮公)〉 시에서도 "소란스러움과 고요함 양자 모두에 다 선이 담겨 있다(喧靜兩皆禪)."라고 인식했던 것이다. 소리와 고요에 대해 이런 정도의 이해와 깨달음이 있었으니 타자인 시인은 이미 대상과 자아 간에 존재하는 실상을 깨달았다고 할 수 있다. 그래서 시인이 마지막 구에서 '요차물아정(了此物我情)'이라고 자신 있게 말할 수 있었던 것이라 생각된다.

상건(常建: 708~765)

상건은 당대(唐代) 시인으로 자(字)가 소부(少府)이며 장안(長安), 지금의 섬서(陝西)성 서안(西安) 사람이다.

개원(開元) 15년(727)에 왕창령(王昌齡)과 함께 진사에 급제하였다. 대력(大曆) 연간에 일찍이 지금 강소(江蘇)성 우이(盱眙)현에서 우이위(盱眙尉)를 맡은 적이 있었다. 그러나 평생 벼슬길이 뜻대로 되지 않아 결국 방랑을 하면서 음악과 술에 젖었고 유명한 산과 풍경을 보러 다니며 스스로 즐기기도 하였다. 나중에는 악주(鄂州)의 무창(武昌), 지금의 호북(湖北)성 무한(武漢)시에 은거하기에 이르렀다.

상건의 시 대부분은 산림의 한가로운 정취와 사찰 등을 제재로 삼았고, 또한 부분적으로 국경 변방의 이국적 풍광과 전쟁 상황 등을 묘사하는 변새시(邊塞詩)를 짓기도 하였다.

성당(盛唐)시대에 그의 시는 아주 높게 평가되었다. 그의 시에는 언제나 아름다운 시구가 있었고, 운율 역시 매우 독특하였으며, 시의 경계가 깊었고 언어는 깨끗하였으며, 또한 한 장르 격식에 구애받지 않고 비교적 자유롭게 시를 지었다.

〈부서진 산사 뒤에 있는 선원에 쓰다(題破山寺後禪院)〉

맑은 새벽에 오래된 절로 들어서니
막 떠오른 해가 높다란 숲을 비춘다.
대숲에 난 오솔길은 그윽하고 깊은 곳으로 통해 있고
선방에는 꽃과 나무가 우거져 빛깔이 짙다.

산빛은 새들의 본성을 기쁘게 하고,

깊은 연못에 비친 그림자는 사람의 마음을 비워준다.

여기는 세상의 모든 소리가 다 적막하고 고요한데

다만 종과 경쇠 소리만이 남아 듣기 좋게 들려온다.

清晨入古寺(청신입고사), 初日照高林(초일조고림).

竹徑通幽處(죽경통유처), 禪房花木深(선방화목심).

山光悦鳥性(산광열조성), 潭影空人心(담영공인심).

萬籟此俱寂(만뢰차구적), 但餘鐘磬音(단여종경음).

---

*破山寺(파산사): 부서진 산사. 곧 지금 강소(江蘇)성 상숙(常熟) 서북쪽에 있는 홍복사(興福寺)를 가리킨다.

*徑(경): 오솔길. 소로. 좁은 길.

*深(심): 무성하다. 빛깔이 짙다. 정도가 깊다.

*光(광): 빛. 풍경. 경치.

*悦(열): ~로 하여금 기쁘게 하다.

*潭(담): 깊은 못. 심연.

*影(영): 거울이나 수면에 비치는 그림자. 어슴푸레한 형상이나 인상. 사람이나 사물의 형상.

*萬籟(만뢰): 온갖 소리. 만물의 소리.

*鐘磬(종경): 종과 경쇠. [고대 예악(禮樂)에 쓰이는 두 악기. 불교에 쓰이는 악기이기도 함.] (비유) 음악 소리가 아름다워 감동적이다.

【 감상 】

이 시는 성당 시기 가장 유명한 사찰을 주제로 쓴 시 중에서도 가장 유명한 시이다.

청대(清代) 심덕잠(沈德潛)은 ≪당시별재집(唐詩別裁集)≫에서 "시 전체에 걸쳐서 깊고 절묘하다(通體幽絶)."라고 평가하였고, ≪당송시거요(唐宋詩擧要)≫에서는 "흥취와 이미지[흥상(興象)]가 깊고 은밀하며, 필치마다 초월적이고 절묘하니 이 시야말로 영감[신(神)]이 이르길 기다렸다가 비로소 지었기 때문일 것이다(興象深微, 筆筆超妙, 此爲神來之候)."라고 하였다.

수련은 청(清), 고(古), 고(高) 등의 시어를 통해 시인의 맑고 고결한 옛 사찰과 높다란 숲에 대한 연모의 감정을 무의식중에 드러내고 있다. 수련은 두 시구 간에 대장(對仗)이 매우 세밀하고 정제되어 있으며 필치가 간결하면서 깔끔하다.

함련에서는 대숲에 난 오솔길을 통해 깊은 곳으로 들어가는 과정 중에 꽃밭을 지나고 다시 선방(禪房)에 이르기까지 겹겹의 과정을 설정해 놓고 있다. 이처럼 곡경통유(曲徑通幽), 곧 굽은 오솔길을 통해 깊은 곳에 도달하는 과정은 깊은 정취와 분위기를 드러내 보임으로써 결과적으로 후세 원림(園林) 예술과 문학에서 추구하는 미학적 가치가 되었고 아울러 이 시가 인구에 회자되는 절창(絶唱)이 되게 하였다.

흔히 곡(曲), 유(幽), 심(深) 등의 시어는 독자를 속세와는 다른 별천지의 다른 세계로 이끌어줌으로써 쉬이 공(空)과 열(悅)의 선적(禪的)인 종교적 경계로 들어가게 한다. 때문에 시인은 경련에서 산빛은 새들의 본성을 기쁘게 하고 깊은 연못에 비친 그림자는 사람의 마음을 비워준다고 하고 있다.

또한 이런 선적인 경계에 들어서면 만물이 내는 소리는 모두 소실되고 사라지면서 마치 원초적(原初的)인 세상으로 돌아간 듯이 느끼게 된다. 고요에서 나온 모든 소리가 다시 고요속으로 돌아가는 것이다. 때문에 시인은 미련에서 이곳 선방에서는 세상의 모든 소리가 다 적막하고 고요하다고 말하고 있다. 그런데 이때 사찰에서 다시 은은하게 종과 경쇠 소리가 들려온다. 이 종소리는 세상의 모든 것을 구분 없이 한 몸으로 아우르며 머지않아 고요와 적막 속으로 돌아갈 것이기에 자연스레 세속을 잊고서 순정(純淨)·이열(怡悅)·영항(永恒), 곧 순수하고 깨끗하며 기쁘고 즐거우며 영원하고 항상 불변하는 선적인 경계로 듣는 사람을 이끌고 들어가는 듯하다.

당대(唐代)에는 사찰을 제재로 노래한 유명한 시가 적지 않게 지어진다. 그가운데 대표적인 시가 바로 대력십재자(大曆十才子) 중 한 사람인 최동(崔峒)의 〈숭복사 선원에 쓰다(題崇福寺禪院)〉이다.

　　　스님에게 결국 할 일이 무엇이겠는가?

　　　땅을 쓸고 향을 피우는 일뿐이다.

　　　맑은 경쇠 소리가 비취빛 산을 지나가고

　　　한가로운 구름은 대숲 선방에 찾아온다.

　　　몸과 마음을 티끌 먼지 밖으로 멀리 한 채

　　　긴 세월 좌선하는 중이다.

　　　황혼 무렵 선당의 문은 닫혀 있으니

　　　보아줄 사람 없이 석양 노을 부질없다.

　　　　僧家竟何事(승가경하사), 掃地與焚香(소지여분향).

　　　　淸磬度山翠(청경도산취), 閑雲來竹房(한운래죽방).

　　　　身心塵外遠(신심진외원), 歲月坐中長(세월좌중장).

　　　　向晚禪堂掩(향만선당엄), 無人空夕陽(무인공석양).

　이 시의 절묘함은 맨 마지막 구 '무인공석양(無人空夕陽)'에 있다.

　온 세상이 적막하고 선당의 문조차 닫힌 채 보아줄 사람 없으니 기울어가는 아름다운 붉은 석양빛 역시 부질없이 공(空)으로 보내줘야 한다.

　이 시구야말로 공무(空無) 즉 허무(虛無)의 선적(禪的)인 경계를 잘 보여주고 있다고 할 수 있다.

유우석(劉禹錫: 772~842)

유우석은 당대 시인으로서 시호(詩豪)란 칭호가 있다. 그의 자(字)는 몽득(夢得)이고, 본적은 하북(河北) 중산(中山), 지금의 정주(定州)이며 강소(江蘇)성 팽성(彭城)에서 태어났다.

정원(貞元) 9년(793)에 진사에 급제하여 처음에 태자교서(太子校書)에 임명되었다가 나중에 회남기실참군(淮南記室參軍)으로 관직을 옮겼고 이어서 절도사(節度使) 두우(杜佑)의 막부(幕府)로 들어가서 그의 신임과 총애를 받았다. 두우가 조정에 들어가 재상이 되면서 유우석 역시 감찰어사(監察御史)로 관직을 옮기게 되었다.

순종(順宗)이 즉위한 후 유우석은 유종원(柳宗元)과 함께 왕숙문(王叔文)이 주동한 영정혁신(永貞革新)에 참여하였는데 혁신이 실패한 후에 여러 번 좌천을 당하였다. 회창(會昌) 2년(842)에 다시 태자빈객(太子賓客)으로 관직을 옮겼다. 향년 71세에 낙양(洛陽)에서 세상을 하직하였다. 벼슬길에서 여러 번 부침을 거듭하게 되자 마침내 불문(佛門)에 마음을 쏟기에 이르렀다.

유우석은 백거이(白居易)와 함께 유백(柳白)으로 병칭되기도 하고, 위응물(韋應物)·백거이와 함께 삼걸(三杰)로 합칭되기도 한다.

유우석은 제재를 광범하게 섭렵하면서 시와 산문을 다 잘 지어 〈누실명(陋室銘)〉, 〈죽지사(竹枝詞)〉, 〈양류지사(楊柳枝詞)〉, 〈오의항(烏衣巷)〉 등 시문(詩文) 명편(名篇)을 많이 남겼다.

그는 수십 수의 선시(禪詩)를 남기기도 하였다. 시집 18권을 남겼다.

〈안과 의사인 인도 브라만 스님에게 선사하다(贈眼醫婆羅門僧)〉

눈병을 앓은 지 3년이라 멀리 바라보는 데 큰 지장이 있어
막다른 지경에 이른 처지에 하루 종일 소리 없이 흐느껴 운다.
지금 양쪽 눈이 몸보다 먼저 침침해졌으니
중년이지만 마치 노인과 같다.
붉게 보이던 것들이 점차로 푸르게 보이는데
수줍은 듯 햇빛은 가려보지만 부는 바람은 막지 못해 눈물이 흐른다.
인도의 선사에게 눈을 치료하는 의술이 있으시니
저를 위해 눈을 치료해 어둠을 몰아내 주시면 어떠실까요?

> 三秋傷望遠(삼추상망원), 終日泣途窮(종일읍도궁).
> 兩目今先暗(양목금선암), 中年似老翁(중년사노옹).
> 看朱漸成碧(간주점성벽), 羞日不禁風(수일불금풍).
> 師有金篦術(사유금비술), 如何爲發蒙(여하위발몽).

---

*婆羅門(파라문): 브라만. [산스크리트어 Brahman, 인도의 4대 계급 중 가장 높은 계층.]
*三秋(삼추): 3년.
*傷(상): 방해하다. 지장을 주다. 남의 감정을 상하게 하다. 슬프다.
*泣(읍): 소리 없이 흐느껴 울다. [감정이 진실하며 눈물을 흘림. 이에 비해 '곡(哭)'은 소리는 있으나 눈물은 흘리지 않는데 주로 예의를 차려야 할 곳에서, 조문할 때 사용함.]
*途窮(도궁): 막다른 길에 이르다. 어려운 곤경에 처하다. 어찌할 수 없는 궁지에 빠지다. 막다른 상황에 몰리다.
*金篦術(금비술): 안과 질환을 치료하는 의술. ['금비'는 고대 안과 질환을 치료하던 도구. 모양이 화살촉처럼 생겼는데 각막(角膜)을 긁어내는 데 사용. '비'는 빗치개. 통발. 참빗.]
*如何(여하): 어떠냐. 어떠한가. 어떻게 하면. 왜.
*發蒙(발몽): 옛날에 어린이에게 글자를 처음 가르치기 시작하다. 어린이들을 가르치

는 선생. ['몽'은 무지. 몽매의 뜻이니 마치 무지한 아이들을 깨우치기 시작하듯 지금 어두워 깜깜해진 내 눈을 치료해서 환하게 보이게 해달라는 뜻으로 간주된다.]

【 감상 】

이 시는 질병을 빌어 도(道)에 대해 묻는 선시이다.

수련, 함련, 경련은 모두 눈병의 고통에 대해 썼다. 3년 동안 눈병을 앓아 두 눈이 침침해져서 햇빛 보기가 두렵고 불어오는 바람을 맞을까 무섭다. 눈이 잘 안보이니 몸은 중년이지만 노인네나 다를 바 없다. 막다른 지경에 이른 처지를 생각하며 하루 종일 흐느껴 울 뿐이다.

이 시에서 멀리 바라보는 데 큰 지장이 있다고 하는 상망원(傷望遠)과 막다른 지경에 이른 처지에 흐느껴 운다고 한 읍도궁(泣途窮)은 우리에게 색다른 관점을 동시에 갖게 한다. 시인이 향후 관직에 대한 전망이 그렇게 밝지 않을 것이며 그럼에도 불구하고 또한 어찌해볼 방도가 없을 것임을 미리 예상하여 말한 것이라 읽어도 되지 않을까 생각한다.

이 시는 또한 선적인 관점에서 읽으면 재밌는 시각을 우리에게 새롭게 제공해줄 수도 있다. 즉 시인의 눈병을 마음의 병으로 읽어보자는 것이다. 시인은 인도에서 온 브라만 스님에게 눈병을 치료해주길 바라고 있는데 이는 한편으로 자신의 마음의 상처를 치유 받길 바라는 것으로 읽을 수도 있겠다. 인도 선사의 눈을 치료하는 의술인 금비술(金箆術)은 세상과 세상 사람들의 마음의 눈을 열어 주어 새로운 깨달음의 빛줄기를 환하게 보여주는 마음 치료 의술을 비유했다고 볼 수도 있다.

유우석의 선시를 종합하면 시풍이 통속적이면서도 청신(淸新)하였고 대장(對仗)과 음률이 모두 정교하였으며 의경(意境)은 아준(雅俊), 곧 우아하면서 수려하였다.

그의 선시에는 시적인 의경과 선적인 의취를 함께 겸비하고 있는 명구들이 많아 후세에 자주 인용되기도 한다.

〈가을 홍거법사의 사찰에 들렀다가 강릉으로 돌아가는 그를 전송하다(秋日過鴻擧法師寺院便宋歸江陵)〉의 다음 시구가 그 예이다. "작은 연못은 학과 함께 깨끗하고 고목은 매미를 붙인 채 가을을 맞이한다(小池兼鶴淨, 古木帶蟬秋)."

그럼 선과 질병 간에 서로 통하는 이치를 얘기하고 있는 시들을 더 살펴보자.

당대의 유명한 시인 요합(姚合)은 〈묵연 스님에게 부치다(寄默然上人)〉에서 "천하에 뉘라서 병에 걸리지 않겠는가? (건강하다고 하는 사람도 결국에는 마음이 병든 몸에 불과할 따름으로 세상에는 이처럼 온통 근심과 두려움뿐인데) 선을 참구하는 것이야말로 인간 세상에서의 즐거움이로구나(天下誰無病, 人間樂是禪)."고 하였다. 세상 모든 사람들이 질병으로 고통 받고 있는 이 인간 세상에서 유일한 즐거움일 수밖에 없는 것이 바로 선을 닦는 즐거움이라는 얘기다.

동시대의 시인 육창(陸暢) 역시 〈낙방 뒤에 병중에 있다(下第後病中)〉 시에서 선과 질병 간에 서로 통하는 이치에 대해 노래하였다.

> 해마다 조정에 재능을 바쳤지만 명운은 아직 뚫리지 않았는데
> 늦가을에 병이 나니 진실로 부질없음을 깨닫게 된다.
> 조정과 시장에서 명성을 향해 뛰어가는 자들을 비웃으며 보나니
> 병이 들지 않으면 어떻게 자신이 병이 들어 있음을 알리오?
> 獻玉頻年命未通(헌옥빈년명미통), 窮秋成病悟眞空(궁추성병오진공).
> 笑看朝市趨名者(소간조시추명자), 不病哪知在病中(불병나지재병중).

사람들은 병이 나면서 모든 것이 부질없다는 것을 깨닫는 동시에 몸에 병이 나기 전에도 자신은 이미 마음에 병이 들어 있었음을 비로소 알게 된다고 하고 있다. 사람들은 명성과 욕망을 추구하느라 멈출 줄 모르고 분주하다. 이처럼 허망하고 부질없는 행위를 하고 있는데도 정작 자신들은 이미 마음과 생각에

병이 들어 있다는 사실을 자각하지 못하고 있는 게 큰 문제다. 이제 몸에 병이 나서 건강을 잃으니 모든 것이 부질없다는 걸 알게 되었고 또한 벼슬과 명예를 추구하는 일도 허망한 일임을 비로소 깨닫게 된다.

'불병나지재병중(不病哪知在病中)'.

곧 몸에 병이 나보고 나서야 자신이 이미 마음에 병이 들어 있었음을 비로소 알게 된다는 것은 삶의 지극한 철리(哲理)이면서 선적(禪的)인 의취가 가득 담긴 말이라 아니할 수 없다.

〈연밥 따는 노래(采蓮曲)〉

연잎과 여인의 비단 치마는 같은 색으로 마름질한 듯 구분이 안 되고
부용꽃은 여인의 얼굴을 향해서 양쪽에서 피어 가리고 있다.
연못 속으로 마구 들어간 터라 여인을 볼 수 없는데
노랫소리 듣고서야 비로소 그녀가 오고 있음을 알아차리게 된다.
　　荷葉羅裙一色裁(하엽나군일색재), 芙蓉向臉兩邊開(부용향검양변개).
　　亂入池中看不見(난입지중간불견), 聞歌始覺有人來(문가시각유인래).

---

*采蓮曲(채련곡): 악부(樂府) 청상곡명(淸商曲名).
*羅裙(나군): 비단 치마. 연밥 따는 여인의 치마를 가리킨 것으로 보인다.
*一色(일색): 한 가지 색. 같은 색.
*裁(재): 마름질하다. 베다. 자르다.
*芙蓉(부용): 연꽃의 별칭.
*亂(난): 함부로. 제멋대로. 마구.

【 감상 】

아름다운 그림을 찬미할 때 화중유시(畵中有詩), 곧 그림 속에 시가 담겨 있다고 한다. 또한 아름다운 시를 찬미할 때도 시중유화(詩中有畵), 곧 시 속에 그림이 있다고 한다. 시와 그림은 본래 이처럼 서로 연결되고 서로 통한다.

이 시는 한 폭의 그림처럼 시 속에 그림이 있는 아름다운 시이다. 그림의 이름은 〈채련도(采蓮圖)〉라고 부를 수 있을 것이다. 시에 그려진 화면(畵面) 속에 사람은 있는데 소리만 들리지 얼굴은 보이지 않는다. 유일하게 화면을 볼 수 있는 존재는 바로 오랫동안 연못 둑에 서서 응시하고 있는 시인 본인이자 작중 화자이다.

연잎과 여인의 비단 치마는 같은 색으로 마름질한 듯 구분이 안 된다. 게다가 연꽃이 양쪽에서 피어 여인의 얼굴을 가리고 있다. 연꽃과 여인을 참으로 분별하기 어렵다는 느낌을 받기에 이른다. 그때 시인은 연못 깊은 곳에서 울리는 노랫소리를 듣고서야 비로소 연밥을 따는 여인이 배를 저어 오고 있음을 알아차리게 된다. 그렇지만 여전히 여인을 볼 수 없다. 시인은 어리둥절해진다.

그런데 우리가 이 시를 선적인 관점에 읽어본다면 과연 어떤 깨달음을 얻을 수 있을까?

시인은 여인과 연꽃을 구분하지 못하고 어리둥절해 있다가 찰나의 순간 대오각성(大悟覺醒) 깨달음을 얻는다. 여인은 반드시 인간으로서 여인이어야 하고 연꽃은 반드시 사물로서 연꽃이어야만 하는가? 그래서 둘은 반드시 서로 구분이 되고 상대에게 타자화(他者化)되어야 하는가? 그렇다면 우리가 부르는 이름으로서 여인은 진짜 여인을 가리키는가? 부르는 이름으로서 연꽃은 진짜 연꽃을 의미하는가?

꽃이든 사람이든 우리는 대상에 대하여 늘 습관적인 판단 기준을 가지고 있다. 그러나 이런 기준은 결코 절대적이지 않다. ≪금강경(金剛經)≫에서 말하였다. "이른바 불법은 그 자체로 불법이 아니며 불법이라 이름 지어 부르는 것일 뿐이다(所謂佛法, 卽非佛法, 是名佛法)." 그렇다면 이른바 연꽃이라 이름 부르는 것은 진짜 연꽃이 아닐 수 있고, 여인이라 이름 부르는 것은 진짜 여인이 아닐 수도 있는 것이다.

우리는 현실에서 연꽃과 여인을 이름으로 부르지 않을 수 없기 때문에 편의상 부용(芙蓉)·하화(荷花)라고 부르고, 같은 이유로 그녀들을 여자(女子)·소녀(少女)라고 부른다. 그러나 이런 이름은 모두 절대적(絶對的)인 것이 아니다. 세상에 절대적인 것이란 없다. 이렇게 절대적이 아닌 상대적인 관점에서 볼 때 연꽃은 연꽃이 아니고, 여인은 여인이 아닐 수도 있다. 때문에 연꽃과 여인은 별도로 나뉠 수 없고 하나로 합쳐져서 구별할 방법조차 없게 된다. 물아일체(物我一體)의 세계가 구현된다. 이렇게 되면 우리가 흔히 범하기 쉬운, 나의 생각과 집착을 기준으로 타인과 분별하고 망상을 내는 일이 없어지고 모든 것을 있는 그대로 보게 됨으로써 만물(萬物)의 여여(如如)한 실상(實相)을 파악할 수 있게 된다. 이렇게 되면 번뇌(煩惱) 망상(妄想)에서 해탈(解脫)해서 마침내 열반(涅槃)의 경지에 이를 수 있게 된다.

백거이(白居易: 772~846)

백거이는 당대(唐代) 현실주의(現實主義) 시인이면서 당대의 삼대(三大) 시인 중의 한사람이다. 그의 자(字)는 낙천(樂天)이며, 만년에 불문(佛門)에 귀의하여 스스로 호를 향산거사(香山居士)라 하였다. 조상의 본적은 산서(山西)성 태원(太原)이며 하남(河南)성 신정(新鄭)에서 태어났다. 정원(貞元) 16년(800)에 진사에 급제하였다.

백거이는 한 시대 시단의 종주로서 제재가 광범위하였으며 언어가 통속적이고 평이하였지만 정감과 맛이 풍부하게 담겼다. 그는 문학이론과 실제 창작에서도 신악부운동(新樂府運動)을 주도하였다. 그렇기에 그는 풍자시(諷刺詩)와 악부시(樂府詩)로 명성이 더욱 드높았다. 백거이는 뜻이 잘 맞았던 원진(元稹)과 서로 자주 화답하며 노래하여 세상에서는 원백(元白)이라 부르기도 하였다.

그의 시는 당대 시인들 중에서도 작품 수가 가장 많은 편에 속하는데 오늘날까지 전해지는 시만 3천여 수에 이른다. 대표작으로 〈비파행(琵琶行)〉, 〈장한가(長恨歌)〉 등의 작품이 널리 전해지고 있다.

백거이는 한 시대의 재능이 넘치는 시의 대문호(大文豪)이면서 시로써 선(禪)을 얘기하는 한 시대 불교의 광대교화주(廣大敎化主)가 되기도 하였다.

청년 시기부터 불교에 관심이 많아서 선(禪)을 동경하였다. 관직에서 부침을 거듭하면서 큰 뜻을 펼치기가 어려웠기 때문에 불교에 더욱 전념하기에 이르렀다. 그는 부처를 신봉하면서 스님을 경애하였고, 불교 경전을 낭송하며 좌선(坐禪)을 하였다. 선적인 도리를 잘 알아서 안빈낙도(安貧樂道)의 생활을 즐겼다.

때문에 그의 후반기 창작 경향은 선사상이 많이 반영될 수밖에 없었다. 그는 평이하면서 어렵거나 심오하지 않은 언어로써 마음 내키는 대로 자유자재하게 게송(偈頌)에 가까운 시를 써냈다. 그가 지은 수백 수의 선시는 헛된 명성을 좇지 아니하고 생사를 근심하지 않으며 자연스레 인연에 따라 행동하고자 하는 지향과 정신이 반영되어 있다.

그는 시와 선의 경지와 특징을 함께 구비한 시를 수백 수 써내서 선종(禪宗)의 진수에 대한 시인의 깨달음과 자유자재하며 장애가 없는 광달(曠達)의 심경(心境)을 표현하였다고 종합 평가할 수 있을 것이다.

〈도광 선사에게 보내다(寄韜光禪師)〉

하나의 산사가 두 개의 산사로 되었으니
두 개의 산사는 원래 하나의 산사로부터 나뉘었다.
동쪽 계곡물은 흘러 서쪽 계곡물이 되고
남쪽 산의 구름은 일어나 북쪽 산의 구름이 된다.
앞 누대에서 핀 꽃이 뒷 누대에서 보이고,
천상에서 울리던 종소리가 인간세계에서 들린다.
멀리 나의 스님께서 교의를 선양하던 곳을 생각해보면,
향불 연기가 계수나무 꽃과 어우러져 어지러이 흩어지며 떨어져 내리리라.

> 一山門作兩山門(일산문작양산문), 兩寺原從一寺分(양사원종일사분).
> 東澗水流西澗水(동간수류서간수), 南山雲起北山雲(남산운기북산운).
> 前臺花發後臺見(전대화발후대견), 上界鐘聲下界聞(상계종성하계문).
> 遙想吾師行道處(요상오사행도처), 天香桂子落紛紛(천향계자락분분).

*韜光禪師(도광선사): 항주(杭州) 천축사(天竺寺)의 선사.
*山門(산문): 절. 사찰.
*兩寺(양사): 하천축사(下天竺寺)와 중천축사(中天竺寺). 절강(浙江) 항주(杭州)에 위
    치하고 오대(五代)시기에 건축.
*澗(간): 계곡. 물이 흐르는 골짜기.
*臺(대): 누대.
* 上界(상계): 천상(天上).
* 下界(하계); 지상(地上). 하계. 인간세계.
*師(사): 불교도에 대한 존칭.
*行道(행도): 불교의 교의(敎義)를 선양하다.
*天香(천향): 부처에게 절하며 피우던 향불 연기.
*桂子(계자): 계화(桂花). [계화를 의인화한 것.]

【 감상 】

이 시는 보력(寶曆) 원년(825)에서 2년(826)에 이르는 사이에 지었다. 도광(韜
光) 선사의 큰 덕을 찬양하는 시이다.

수련은 선사가 사찰을 새로 세워 두 개의 사찰로 만든 큰 공덕을 묘사하고
있다.

함련과 경련은 모두 도광선사가 교의를 선양하는 곳, 곧 오사행도처(吾師行道
處)의 주변 풍경에 대한 묘사를 통해 그곳의 공활(空豁)함과 유정(幽靜)함을
과장적으로 드러내고 있다. 그곳에서는 계곡물이 흐르고 구름이 일어나며 꽃이
피고 종소리가 울린다.

미련 역시 도광선사가 교의를 선양하는 곳을 상상하고 있다. 그곳에서는 또한
향불 연기가 계수나무꽃과 합쳐져서 어지러이 흩어지며 떨어져 내린다. 선사가
교의를 행하는 산사는 이처럼 청일(淸逸)하면서 광묘(廣渺)하니 독자로 하여금
선사의 종교적 신심과 정신적 품모가 어떠한지 충분히 미루어 짐작할 수 있게
한다.

한편 이 시는 선적인 의취라는 관점에서 읽을 때 우리에게 좋은 사색을 제공해

준다.

　스님께서 사찰 하나를 더 개창하여 지금은 사찰이 둘로 나뉘었지만 본래 모두 부처님을 모시는 곳이란 측면에서 보자면 사찰은 하나인 것이니 양자 간에 무슨 구별이 있겠는가?

　계곡물은 비록 동쪽 계곡을 흐르는 물인지 아니면 서쪽 계곡을 흐르는 물인지의 구분이 있지만 물이란 측면에서 보자면 모두 동일하고, 그들이 모두 바다로 흘러간다는 점 역시 구분이 없다.

　구름이 남산에서 일어났는지 북산에서 일어났는지 구분은 있지만 그러나 구름이란 측면에서 보면 모두 동일하고 하늘에서 언제가는 하나로 합치고 비로 내린다는 점 역시 모두 동일하다.

　자성(自性), 곧 불성(佛性)은 이처럼 너와 나의 구분이 없이 모두 동일하며 하나이다. 바로 여기에 이 시의 선적(禪的)인 의취가 풍부하게 가득 담겨 있다고 할 수 있다.

　수련, 함련, 경련은 대장(對仗)이 매우 정교하다. 게다가 세 연은 모두 연속적으로 첩자(疊字)를 운용하여 긴밀하게 서로 연결하고 있어서 독자에게 리듬감과 절주감(節奏感)을 주고 있다.

　또한 동서(東西)·남북(南北), 전후(前後)·상하(上下) 등 여덟 개의 방위사(方位詞)를 운용하여 비할 데 없이 드넓은 공간감과 초월적인 느낌을 주면서 불성(佛性)이 마치 향기처럼 은은하게 길게 이어지면서 그 안에 담기지 않은 것 없이 두루 포괄하고 있음을 감지하게 한다. 시 전체가 온통 자연스럽게 이루어졌고 신운(神韻)이 농후하며 기교가 노련한 시이다.

〈백운천(白雲泉)〉

　천평산 위에 있는 백운천

구름은 절로 무심하고 물은 절로 한가롭다.

구태여 내달려서 산 아래로 세차게 흘러 내려가서

인간 세상에 풍랑을 다시 보탤 필요가 있겠는가!

天平山上白雲泉(천평산상백운천), 雲自無心水自閑(운자무심수자개).

何必奔衝山下去(하필분충산하거), 更添波浪向人間(갱첨파랑향인간)!

---

*白雲泉(백운천): 소주(蘇州) 천평산(天平山)에 있는 샘물.

*天平山(천평산): 소주(蘇州)에 있는 산 이름.

*何必(하필): 구태여 ~할 필요가 있는가. ~할 필요가 있는가.

*奔(분): 내달리다. 질주하다. 급히 가다.

*衝(충): 세차다. 맹렬하다. 돌진하다. 충돌하다.

【 감상 】

이 시가 세상에 나오고서부터 소주 천평산의 백운천은 세상에 이름을 드날리게 되었다고 하니 이 시의 영향이 큰지 우리는 잘 알 수 있다.

처음 두 구는 자유자재하게 흘러가는 흰 구름과 아무런 근심 없이 한가롭게 흘러가는 샘물을 묘사함으로써 산림(山林)에서 자연스럽고 순박한 삶에 대한 시인의 동경을 드러내고 있다.

'운백무심수자한(雲自無心水自閑)'.

곧 구름은 절로 무심하고 샘물은 절로 한가롭다는 시구는 표면적으로 보면 아주 단순한 필치인 것처럼 보이지만 실제로는 매우 비범(非凡)하다고 볼 수 있다. 한가로움과 무심, 고요와 공적은 선에서 떼려야 뗄 수 없는 가장 중요한 덕목이기 때문이다.

뒤 두 구는 기복(起伏)이 자유분방하다. 여기서는 앞 두 구의 평담(平淡)한 풍격을 완전히 일신시켜서 산 아래로 세차게 흘러 내려가서 세상에 풍랑을 보탤 필요가 있겠느냐 반문하면서 생동감 있게 동태적으로 묘사하고 있다. 기왕에 번뇌와 고통이 많은 인간 세상에 구태여 흘러가서 풍랑을 보탤 필요가 없다는 얘기다.

〈선 경전을 읽다(讀禪經)〉

모든 물체의 형상은 모두 불변한 형상은 아님을 알아야 하니
대승(大乘)의 경계에 머무르고 있는 듯하지만 도리어 소승(小乘)의 경계에 있다.
즉시 말을 잊고 일시에 깨달음을 이루니
꿈을 꾸는 중에 꿈 얘기를 하는 건 둘 다 거듭 공허하다.
비현실의 환상의 꽃에서 어떻게 열매를 함께 구할 수 있으랴
햇빛에 반사되어 먼지가 물처럼 보이지만 어떻게 또 물고기를 찾을 수 있겠는가?
움직임을 잡아매서 멈추게 하는 것이 선이고 선은 움직이는 것이며 선도 아니고 움직임도 아니며 곧 있는 그대로의 모습이다.

> 須知諸相皆非相(수지제상개비상), 若住無餘却有餘(약주무여각유여).
> 言下忘言一時了(언하망언일시료), 夢中說夢兩重虛(몽중설몽양중허).
> 空花那得兼求果(공화나득겸구과), 陽焰如何更覓魚(양염여하갱멱어).
> 攝動是禪禪是動(섭동시선선시동), 不禪不動即如如(불선부동즉여여).

---

*相(상): 물체의 외관. [사물의 형상(形狀), 색깔, 크기 등을 가리킴. 이것과 상대적 개념은 공(空). 인연에 의해 합쳐져 만들어진 일체의 사물은 결국에는 실체(實體)가 없고 공(空)하다는 것. 얼핏 외면상 보기에 사물은 존재하는 듯하나 실제로는 절대적이고 영구불변한 실체가 없다는 것이 곧 상과 공의 관계임.]

*無餘(무여): 무여열반(無餘涅槃)을 가리킴. [번뇌를 끊고 분별(分別)의 지(智)를 떠나 육신까지 없어서 들어가는 열반. 곧 죽은 뒤에 들어가는 열반. 도를 얻은 경계가 곧 무여열반인데 무위(無爲)라고 부르기도 한다. 무여열반은 대승경계(大乘境界)이

다.]
* 有餘(유여): 유여열반(有餘涅槃)을 가리킴. [번뇌는 완전히 소멸되었지만 아직 육신
이 남아 있고 미세한 괴로움이 남아 있는 상태이다. 유여열반은 소승경계(小乘境界)
이다.]
* 言下(언하): 일언지하(一言之下). 즉시. 갑자기. 일시에.
* 了(료): 깨닫다.
* 夢中說夢(몽중설몽): 꿈과 같은 인생을 살며 하는 일들이 다 또다시 꾸는 꿈일 뿐이다.
* 空花(공화): 공중화(空中花). [세상 사람들의 눈에 보이는 허공 속 비현실의 환상의
꽃.]
* 果(과): 불과(佛果). [불도(佛道)를 닦아 수행으로 이른 부처 또는 깨달음의 경지를
가리킨다.]
* 陽焰(양염): 먼지가 햇빛에 반사되어 멀리서 보면 마치 물이나 안개처럼 보이는 자연
현상. 불경(佛經) 속에서는 허환(虛幻)하고 실제가 아닌 사물을 비유하는 데 항상
사용.
* 攝(섭): 끌어당기다. 잡아매다. 잡다. 쥐다.
* 如如(여여): 있는 그대로의 모습. 모든 현상의 본성. 분별이 끊어져 마음 작용이 일어
나지 않는 상태. 분별이 끊어져 있는 그대로 대상이 파악되는 마음 상태.

【 감상 】

이 시는 선종(禪宗)에서 말하는 선의 제반 가르침과 교리를 시로써 설명하고
있다. 특히 상(相)과 공(空), 해탈(解脫)과 열반(涅槃)을 중심으로 논리를 떠나
선의 진실과 실상을 파악할 것을 강조하고 있다.

시인은 선의 경전을 읽고 이 시를 썼다고 제목에서 밝혔는데 그렇다면 그가
읽은 경전은 무엇이었을까?

첫 구에 거론된 제상개비상(諸相皆非相)은 ≪금강경(金剛經)≫에서 비롯된
말이다.

≪금강경(金剛經)≫에서 말했다. "인상, 아상, 중생상, 수자상 일체가 다 공하
다. 일체가 다 공하니 일체의 제상이 모두 상이 아니다(人相我相衆生相壽者相
一切皆空, 一切諸相皆非相)." 이 말은 곧 영원한 아트만은 없으며 인간만이 갖는
불변의 특성도 없으며, 불변한 채 윤회하는 존재도 없으며 영원한 생명의 뿌리도

없다는 뜻이다.

인상(人相)은 내가 사람이라는 관념이다. 사람에게는 다른 생명들과는 다른 특별한 자성이 있어서 우월하고 특별하다고 여기는 관념이다. 그러나 인간이라고 해서 특별히 불변의 자성을 갖고 있지 않다는 것이 바로 무인상(無人相)의 가르침이다.

아상(我相)은 내가 있다는 관념, 나와 남을 구분하는 관념이다. 아트만이라고 하는 절대적이고 영원한 자성(自性)이 있다고 주장하는 것을 말한다. 불변의 아트만은 없다는 것으로 바로 무아(無我)의 가르침이다.

중생상(衆生相)은 계속해서 윤회하는 불변의 생명체가 있다는 관념이다. 그러나 불변의 자성으로서 윤회하는 생명체는 없으며 상호 의존하는 연기(緣起)로서 윤회한다는 것이 바로 무중생상(無衆生相)의 가르침이다.

수자상(壽者相)은 생명체에게는 명근(命根)이 있어 영원성을 갖고 불변하다고 여기는 관념이다. 그러나 위의 아상(我相)에서 이미 보았듯이 아(我)의 주체는 없으므로 무수자상(無壽者相)이라고 하는 가르침이다.

일체개공(一切皆空) 내지는 만법개공(萬法皆空)이 가리키는 뜻은 일체 만물, 모든 현상은 불변하는 실체가 없다는 것이다. 일체법(一切法)은 인연을 따라 생기는 것이므로 거기에 아체(我體), 본체(本體), 실체(實體)라고 할 만 한 것이 없기에 공(空)이라고 말하는 것으로 모든 존재의 실상은 공하다는 것이 바로 본질이다.

둘째 구에서 말하는 무여(無餘)는 곧 무여열반(無餘涅槃)을 가리키고, 유여(有餘)는 곧 유여열반(有餘涅槃)을 가리킨다.

무여열반이란 번뇌를 끊고 분별(分別)의 지(智)를 떠나 육신까지 없애서 들어가는 열반, 곧 죽은 뒤에 들어가는 열반이다. 도를 얻은 경계가 곧 무여열반인데 무위(無爲)라고 부르기도 한다. 무여열반은 대승경계(大乘境界)이다.

유여열반이란 번뇌는 완전히 소멸되었지만 아직 미세한 괴로움이 남아 있고,

아직 육신이 남아 있는 상태를 가리킨다. 유여열반은 소승경계(小乘境界)이다.

셋째 구는 즉시 갑자기 깨달음을 이루면 굳이 이를 설명할 필요조차 없이 말을 잊고서 모든 것에서 해탈(解脫)을 얻는다는 뜻이다.

넷째 구에서는 인생은 본래 한바탕 꾸는 꿈에 불과할 뿐이란 사실을 지적하고 있다. 우리가 얻고자 하는 욕망들, 부지런히 추구하면서 성취하고자 하는 것들이 본래 나의 꿈속에서 또다시 꾸는 꿈일 수도 있다. 꿈속의 꿈처럼 모두 허망한 것으로 망상과 집착이 아닌 것이 없다. 모두 거짓일 뿐이다.

다섯 째 구에서는 비현실의 환상의 꽃에서 어떻게 열매를 함께 구할 수 있으랴 반문하고 있다. 여기서 열매란 불과(佛果), 즉 불도(佛道)를 닦아 수행으로 이른 부처 또는 깨달음의 경지를 가리킨다. 자성(自性)은 본래 공(空)하다. 기왕에 공한데 또 무슨 열매와 지위를 구하고자 하는 것인가?

여섯 째 구에서도 먼지가 햇빛에 반사되어 멀리서 바라보면 마치 물이나 안개처럼 보이지만 그곳에서 어떻게 물고기를 찾을 수 있겠는가 반문하고 있다. 양염(陽焰)은 빛의 그림자일 뿐으로 허환(虛幻), 곧 허구이자 환상의 경계일 뿐이다. 실제 존재하는 현실의 세계가 아니다.

일곱 째 구에서는 긍정과 부정을 함께 운용하여 선의 실상을 파악하게 하고 있다. 움직임을 잡아매서 멈추게 하는 것이 선이다. 그래서 두 다리를 꼬고 앉아 마음속 잡념과 망상을 내려놓고 참선(參禪)을 하면서 선의 경지에 들고자 한다. 왜냐하면 마음을 고요히 하는 것이 선에 들기 위해 필요하기 때문이다. 그렇지만 결과는 생각과 어긋난다. 고요해지려 하면 할수록 잡념과 망상이 더 생겨난다. 다른 이유가 아니라 억지로 누르고 없애려 들기 때문이다. 역설적으로 선은 정지해 있는 것이 아니라 또한 움직이는 활발발(活潑潑)한 것이라는 사실도 함께 알아야 한다.

그렇다면 움직이지도 않으면서 움직이는 선을 어떻게 움켜쥘 것인가? 이에 대해 바로 마지막 구가 설명하고 있다. 사량(思量)하거나 분별(分別)하지 않으려고 인위적으로 노력해서는 안 되고 사랑하고 분별하는 일 그 자체가 없도록 해야 한다. 그렇게 되면 억지로 선을 추구하는 것도 아니면서 그렇다고 움직이는 것도 아닌 상태로, 자연스레 있는 그대로의 모습으로서 여여(如如)의 실상을 획득할 수가 있는 것이다.

〈꽃은 꽃이 아니네(花非花)〉

꽃은 꽃이 아니요, 안개는 안개가 아니며
한밤중에 왔다가 날이 밝으면 떠나간다.
봄에 한바탕 꾼 꿈처럼 와서는 그간 얼마의 시간이 지났는가?
아침에 구름처럼 갑자기 떠나가서 찾을 곳이 없다.

> 花非花, 霧非霧(화비화, 무비무), 夜半來, 天明去(야반래, 천명거).
> 來如春夢幾多時(내여춘몽기다시)? 去似朝雲無覓處(거사조운무멱처).

---

*幾多時(기다시): 얼마나 오래. 얼마동안.
*覓(멱): 찾다. 구하다.

【 감상 】

이 시는 백거이의 많은 시 중에서도 매우 독특한 시에 해당된다. 시면서도 시 같지 않고, 시 같지 않으면서도 시이다.

우선 첫째 구부터 무슨 뜻인지 아리송하게 만든다. 꽃은 꽃이 아니요, 안개는 안개가 아니라는데 무슨 말인가? 비화(非花), 비무(非霧)는 모두 부정어이다. 그러나 부정어가 성립되기 위해서는 긍정이 전제되어야 한다. 다시 말해서 꽃은 꽃이고 안개는 안개라는 긍정이 선행되어야 한다. 만약 꽃과 안개의 존재가 아예 없다면 또한 부정적인 가능과 근거도 없을 것이다. 때문에 꽃은 꽃이 아니고 안개는 안개가 아니라는 언명은 절묘하면서도 교묘한 비유라 하지 않을 수 없다. 이것은 두 개의 절묘한 비유이다.

둘째 구는 꽃이 꽃이 아니고 안개가 안개가 아닌 이유를 설명하고 있다. 한밤 중에 왔다가 날이 밝으면 떠나가기 때문이다. 한밤중에 꽃은 피었다가, 안개는 일어났다가 다시 날이 밝으면 어느새 꽃은 지고 안개는 사라지는 것이다. 안개와 꽃의 무상(無常)함, 오래 지속되지 않고 잠시 잠깐 존재하는 모습을 통해 우리는 항상 불변하는 존재는 없다는 것을 간접적으로 깨닫게 된다. 지금 우리 눈에 보이는 상(相)으로서의 꽃과 안개는 또한 앞으로 변할 수밖에 없는 존재이기에 공(空)한 것이다. 그러니 꽃이 아니고 안개가 아닌 것임을 알 수 있다.

셋째, 넷째 구는 인간으로서 어쩔 수 없이 느껴야 하는 무상함에 대한 안타까운 한탄이라고 할 수 있다. 꽃도 안개도 그리고 사람도 봄에 한바탕 꾸는 꿈처럼 와서는 그 뒤로 얼마의 시간이 지나지도 않았는데 아침에 구름처럼 갑자기 떠나가서 찾을 곳이 없다. 상심(傷心)에 빠지지 않을 수 없다. 그러나 슬퍼해 봐야 무슨 소용이 있겠는가? 이런 무상함이야말로 바로 사람을 포함한 만물의 진실한 실상이기 때문이다. 다만 많은 사람이 이를 인식하지 못하고 간과하거나 혹은 인정하기 싫어 외면하는 현실일 뿐이다.

≪금강경(金剛經)≫에서 말했다. "현상계의 일체 모든 법(法)이 꿈이며 환상(또는 허깨비)이며 물거품이며 그림자와도 같고 이슬이며 또한 번갯불과도 같으니, 마땅히 이와 같이 볼 줄 알아야 한다(一切有爲法, 如夢幻泡影, 如露亦如電, 應作如是觀)."

시인은 경건한 불자(佛子)였으니 당연히 이 이치를 잘 알고 있었을 것이다.

이 시의 특징은 비유의 연속에 있다. 선명한 이미지들이 꼬리에 꼬리를 물고 이어지도록 구성하였는데 그 비유들은 또한 마치 행운유수(行雲流水), 곧 떠가는 구름과 흘러가는 강물처럼 자연스럽게 이어지도록 하고 있다.

그런데 문제는 이렇게 비유한 이미지는 눈에 선명하게 보이지만 도대체 무엇을 비유한 것인지 그 근본적인 내용은 무엇인지 모르게끔 아리송하게 만들고 있다. 이렇게 선적인 의취를 아리송하고 몽롱(朦朧)하게 만듦으로써 독자로 하여금 더욱 생각에 잠기도록 하는 점이 이 시의 큰 특색이라 하겠다.

본체의 완전한 실상을 깨닫는 것이 바로 선(禪)이듯이 우리 독자들 역시 이 시의 문자와 문자 사이에서, 행간에서 의미가 손상되지 않도록 시인이 전하고자 하는 온전한 뜻을 즉각적으로 파악해 내야 할 책무가 있다고 할 수 있다.

〈조과 선사에게 묻는 게송(鳥窠禪師詞)〉

고통과 공에 대해 묻고자 일부러 불문에 들어와
선사에게 감히 선의 일들을 묻는다.
한창 꿈꾸고 있는 것은 바로 덧없는 인생이라 여기고
다시 덧없이 사는 인생은 꿈속에 있는 것이라 여긴다.
　　　特入空門問苦空(특입공문문고공), 敢將禪事問禪翁(감장선사문선옹).
　　　爲當夢是浮生事(위당몽시부생사), 爲復浮生是夢中(위부부생시몽중).

---

*鳥窠禪師(조과선사): 당대(唐代) 저명한 선사. [본래의 호(號)는 도림(道林)이며 법명 (法名)은 원수(圓修). 대시인 백거이의 스승이었다. 항주(杭州) 서호(西湖) 옆 커다란 나무 위 살면서 40여 년 동안 수련하며 도를 닦는 데 전념하였다. 때문에 나무에 날아드는 새들과 구분이 되지 않았던 데다가 그 나무 위에 커다란 새집이 있었기에 그를 사람들은 새의 둥지라는 뜻의 이름을 붙여 조과(鳥窠) 선사 또는 작소(鵲巢) 선사로 불렀다고 한다.]
*特(특): 일부러. 특히.
*空門(공문): 불문(佛門). 불교(佛敎).
*苦空(고공): 세상의 일체가 고통이며 모든 일이 다 공(空)하다는 것. 이 말은 나중에 불문(佛門)을 대신 가리키기도 한다.
*禪翁(선옹): 조과선사(鳥窠禪師).
*當(당): 한창 ～하고 있다.
*浮生(부생): 덧없는 인생. 짧고도 헛된 인생.

【 감상 】

선(禪)이란 무엇인가? 여러 가지 측면과 관점에 서서 정의할 수 있겠지만 인생이란 측면에서 보자면 선은 지혜(知慧)이며, 도(道)를 깨달아 획득한 정수(精髓)라고 말할 수 있다. 그리고 그것은 인생을 설계하고 운영하게 하는 지혜로운 방법이라고도 말할 수 있다.

지구의 생태계는 인류에 의해서 파괴될 대로 파괴되어 왔다. 온난화, 사막화들이 그 좋은 예이다. 그런데 이런 자연 생태계의 교란은 그 속에 더불어 함께 사는 존재로서 인간에게도 영향을 주어 심령(心靈)의 온난화와 사막화를 초래하게 하였다.

어떻게 하면 지구 생태계가 파괴되고 교란되었기에 지금부터라도 온난화를 막아야 하고 사막에 오아시스를 건설해야 한다는 것을 사람들이 깨닫게 할 수 있을까? 동시에 그의 정신도 비로소 맑게 깨어나서 맑고 깨끗한 샘물이 흐르도록 만들 수 있을까?

선(禪)이야말로 바로 우리 삶과 생존을 위해 맑은 바람과 깨끗한 샘물이 필요하다는 것을 알게 하며 어떻게 하면 그런 바람과 샘물을 만들어갈 수 있는지를 알려주는 지표이자 방법이 되어 준다. 선으로 말미암아 우리는 마음과 정신을 자유롭고 초월적인 경지로 인도할 수 있는 것이다. 인생을 참되게 건설하고 운영하는데 바로 선이 필요한 지점이다.

시인은 일부러 불문(佛門)에 들어와 조과 선사를 찾아 고통(苦痛)과 공(空)에 대해 물었고 선(禪)에 관한 일들을 물었다. 그에게 새로운 인생 건설이 필요한 시점이 되었고 마음과 정신을 초월적인 경지로 인도하고 싶었던 것이다. 한마디로 그의 삶에서 선(禪)이 절실하게 필요한 때가 되었던 것이다.

그러자 조과 선사가 〈제목 없음(無題)〉 시에서 그에게 대답해준다.

　　올 때는 흔적이 없었고 갈 때도 자취가 없으니

올 때와 갈 때가 한 가지 일로 같은 것이다.

덧없는 인생의 일에 대해 구태여 다시 물을 필요가 있겠나?

이 덧없는 인생이란 다만 꿈속에 있을 뿐이라네.

　來時無迹去無踪(내시무종거무종), 去與來時事一同(거여래시사일동).
　何須更問浮生事(하수갱문부생사), 只此浮生在夢中(지차부생재몽중).

우리가 태어나기 이전에 우리의 자취는 본래 없었고, 우리가 죽은 뒤에도 또한 우리의 흔적이란 없는 것이다. 덧없는 인생이란 본래 꿈과 같으며, 꿈이야말로 덧없는 인생과 같다고 할 수 있다. 인생은 이러할 뿐이다. 특별할 게 없다. 그래서 구태여 덧없는 인생에 대해 군이 물을 필요가 있겠는가 하고 반문하고 있다.

선은 바로 이 지점에 있다. 심오한 것이 아니다. 그것은 염천(炎天)의 더위에 청량(淸涼)한 바람을 일으키는 부채 한 자루일 수 있다. 몇 번 휘두르기만 하면 우리의 머리를 가득 차지하였던 공명과 부귀에 대한 뜨거운 생각을 식힐 수가 있고 나아가 정신이 맑게 깨어나게 할 수 있는 것이다.

위의 백거이의 시처럼 선적인 의취를 담은 시는 고요하게 피운 한 송이 지혜의 꽃과도 같아 사람을 평화롭고 맑고 밝은 내심으로 들어가도록 인도해준다.

선적인 의취를 담은 시로 유명한 시가 바로 송대(宋代) 무문혜개(無門慧開) 선사의 〈평상심이 바로 도이다(平常心是道)〉이다.

봄에 온갖 꽃이 피고 가을에는 달이 뜨며

여름에 시원한 바람 불고 겨울에 눈이 내린다.

마음속에 걸어 놓을 한가로운 일조차도 없다면

인간 세상은 바로 좋은 시절이 되리라.

　春有百花秋有月(춘유백화추유월), 夏有涼風冬有雪(하유량풍동유설).
　若無閑事掛心頭(약무한사괘심두), 便是人間好時節(편시인간호시절).

유종원(柳宗元: 773~819)

유종원의 자는 자후(子厚)이고, 조상의 본적은 하동군(河東郡), 지금의 산서(山西)성 운성(運城)시 사람이다. 그래서 세상에서는 유하동(柳河東) 또는 하동선생(河東先生)이라고 부르기도 한다.

당대(唐代)의 유명한 시인이자 산문가로서 당송팔대가(唐宋八大家) 중의 한 사람인 그는 또한 사상가를 겸하기도 하였다.

793년에 진사에 급제하였고 예부(禮部)의 원외랑(員外郎)의 관직을 역임했다. 영정혁신(永貞革新)이 실패한 뒤에 경성 밖으로 좌천되어 영주사마(永州司馬)에 임명되었고 마지막으로 유주자사(柳州刺史)로 관직을 마치게 된다. 때문에 사람들은 그를 유유주(柳柳州), 유우계(柳愚溪) 등으로 부르기도 한다. 이처럼 벼슬길이 순탄치 않아 웅대한 뜻을 품었지만 보답받지 못하고 몇 번이나 어려움에 부딪히자 결국 불교에 마음을 맡기고 마음의 위안을 구하면서 불문을 벗어나지 않았다.

그의 산문은 깊고 웅대하며[심웅(深雄)], 우아하고 건전하여[아건(雅健)] 동시대의 한유(韓愈)와 이름을 나란히 하였다. 그의 산문 중에는 특히 유람을 기록하고 경치를 묘사하면서 그 안에 많은 뜻을 기탁하고 풍자한 문장들이 많기에 세상 사람들은 그를 유람을 기록한 산문, 곧 유기문(游記文)의 비조(鼻祖)라고 부르기도 하였다. 지금으로 치면 여행기(旅行記)를 가장 잘 쓴 셈이다.

시 창작에도 뛰어나서 그의 시의 풍격은 맑고 가팔랐으며[청초(淸峭)], 담박(淡泊)함 속에 지극한 맛을 담은 운치를 포함하고 있다. 대표적인 시로는 〈시내에 살다(溪居)〉, 〈강에 눈이 내리다(江雪)〉, 〈늙은 어부(漁翁)〉 등이 있다.

저서에는 ≪유하동집(柳河東集)≫이 있다.

〈강에 눈이 내리다(江雪)〉

온 산에 새들 날지 않고
온 길에 인적이 끊겼다.
외로운 조각배에 도롱이 걸치고 삿갓 쓴 늙은이
눈 내리는 차가운 강에서 홀로 낚시질한다.

> 千山鳥飛絶(천산조비절), 萬徑人踪滅(만경인종멸).
> 孤舟蓑笠翁(고주사립옹), 獨釣寒江雪(독조한강설).

---

*千山(천산): 온 산.
*萬徑(만경); 모든 길.
*蓑笠(사립): 도롱이와 삿갓.

【 감상 】

이 시는 정적과 침묵의 세계에서 고요하고 적막한 경계를 잘 구현한 시이다.
또한 의경(意境)이 마르고 맑았으며[고청(枯淸)], 여백미로 신묘한 뜻을 담은[공
령(空靈)] 선적인 의취가 풍부한 선시이다.

그런데 이 시는 시선의 이동과 화면의 구성이란 관점에서 읽어보면 재미난
시각을 제공한다.

앞 두 구는 화자의 시점이 산 위의 높은 하늘에 있다. 마치 하늘을 수평으로
날면서 수많은 산과 길을 포괄한 광활한 전경을 촬영하고 다니듯이 그렇게 내려
다보고 있다. 특히 천산(千山)과 만경(萬徑)은 아득하고 광활하게 펼쳐진 설경
(雪景)의 세계를 과장적으로 보여주고 있다.

그러다가 셋째 구에 이르러 시선이 급전직하하면서 오직 하나의 물상만을 향하여 클로즈업시키고 있다. 가까이서 촬영한 카메라 렌즈는 정적 속에서 한 점의 생명, 바로 외로운 조각배에 탄, 도롱이 입고 삿갓 쓴 늙은 어옹(漁翁)에게로 집중되며 그의 모습이 선명하게 관찰된다.

다시 마지막 구에 이르러 마치 줌 아웃되듯이 화자의 시점이 또 높이 허공으로 물러나고 있다. 원거리 망원경 렌즈를 통해 끝없이 넓고, 천지 사방이 구분 없이 온통 아득한 하얀 눈 세상에서 한 노인이 홀로 낚싯대를 드리우고 있는 모습을 다시 내려다보게 한다.

화자의 시점은 이처럼 하늘에서 아래를 내려다보았다가 다시 클로즈업되면서 어옹의 모습이 확대되었다가 또다시 줌 아웃되면서 멀리서 어옹을 내려다봄으로써, 서로 다른 각도와 방향, 거리에서 온통 눈으로 뒤덮인 세상과 강위의 어옹의 모습을 한 폭의 화면에 완벽하게 담아낼 수 있었다.

이 시는 전반적으로 흰 눈을 통해서 세상의 고요와 적멸(寂滅)을 구현하고자 하였다. 흰 눈으로 인해서 천산과 만경에 구현된 양상인 절(絶)과 멸(滅)은 "생과 멸이 다 소멸하고 나면 적멸한 것이 즐거움이 된다(生滅滅已, 寂滅爲樂)."는 불교의 가르침과도 연결되면서 세상이 온통 고요하고 공적(空寂)한 공무(空無)와 열락(悅樂)의 경계를 지향하기에 이른다.

또한 마지막 구 '독조한강설'은 강촌에 은거한 어옹(漁翁)의 고독(孤獨)과 무심(無心)을 묘사하고 있는데, 선시에 구현된 무심의 세계야말로 선의 핵심 세계와 경지를 드러내 보여주는 것이 아닐까 생각된다.

그런데 한국의 일부 학자들 중에는 제4구 '독조한강설'을 다르게 번역해야 한다고 주장하는 학자도 있다. 즉 '조'와 '설'은 표면상 술목 구조이기에 응당 '홀로 차가운 강의 눈을 낚다.'로 풀어야 한다고 보는 것이다. 기존의 해석 관점처럼 차가운 강에서 낚시질을 하는 것이 무심한 행위로 볼 수 있을지, 아니면 일부 학자들의 새로운 관점처럼 눈을 낚고 있는 어옹의 행위가 무심한 행위로 볼 수 있을지는 역시 사람에 따라 견해가 조금 다를 수도 있겠다는 생각이 든다.

전자의 경우, 차가운 강에서 낚싯대를 드리우고 있는 것으로 풀이한다면 어옹이 세상의 명리(名利)를 잊고 은거하면서 눈이 오는 엄혹한 주변 상황에도 불구하고 꿋꿋하게 강으로 나가 낚싯대를 드리우면서 마음을 비우고자 하는 행위로 볼 수 있기에 어느 정도 무심한 행위로 읽을 수 있겠다. 그러나 또한 실질적으로 물고기를 낚으려고 강으로 나갔다고 풀이한다면 그 추운 날에도 아랑곳하지 않고 낚시하러 간 것이 무슨 무심한 행위냐고 되물을 수도 있겠다.

후자의 경우, 눈을 낚는 것은 불가능한 것이니 그저 차가운 강으로 나가서 눈이나 낚는다는 것으로 풀이한다면 어떤 것에도 마음 두지 않는 어옹의 무심한 행위로 읽을 수도 있겠다. 그러나 만약 눈을 두고 마치 무협(武俠)의 고수가 무술을 수련하듯이 온 신경을 집중하여 눈을 낚으려고 하는 행위로 풀이한다면 이 또한 무심함은 사라지고 눈을 낚으려고 노려보고 있는 긴장된 국면이 오히려 조성된다고 볼 수도 있다.

시인이 시를 창작할 때는 독만권서(讀萬卷書)의 지식 축적이 먼저 필요하지만 다시 행만리로(行萬里路)의 노고가 뒤따라서 식견과 경륜을 쌓을 필요가 있다고 한다. 그런데 독자가 시를 제대로 이해하고 감상하기 위해서도 역시 학문적인 지식과 더불어 경험에 의한 직관적인 통찰력이 필요하다고 생각된다. 즉 시인의 관점을 제대로 읽으려면 독자의 시각도 거기에 상응하는 크기와 깊이를 지녀야 하는 것이다. 우리가 '독조한강설'을 눈 내리는 차가운 강에서 홀로 낚시질 한다로 풀이해야 할지 아니면 차가운 강에서 홀로 눈을 낚는다로 풀이해야 할지는 역시 직관의 눈을 지닐 수 있을 때까지 많은 세월의 연륜을 쌓을 필요가 있다고 하겠다.

〈늙은 어부(漁翁)〉

늙은 어부 밤이 되자 서산 곁에 배를 대고 자다가
새벽에 맑은 상수(湘水)의 물을 길어와 초나라의 대나무로 불을 땐다.
안개 걷히고 해 떠올라도 사람은 보이지 않는데
어기여차 노 젓는 소리 한마디에 산과 강물은 푸르기만 하다.
돌아보니 하늘가에 고깃배는 강의 중류로 내려가고
바위 위에는 흰 구름이 무심하게 서로를 쫓아 흘러간다.

> 漁翁夜傍西巖宿(어옹야방서암숙), 曉汲淸湘燃楚竹(효급청상연초죽).
> 煙銷日出不見人(연소일출불견인), 欸乃一聲山水綠(애내일성산수록).
> 回看天際下中流(회간천제하중류), 巖上無心雲相逐(암상무심운상축).

---

*漁翁(어옹): 고기 잡는 노인.
*西巖(서암): 영주(永州, 지금의 호남성 영릉현)의 서산(西山). [상수(湘水)가에 있음.]
*淸湘(청상): 맑은 상수. 상강. [영주를 지나 동정호(洞庭湖)로 흘러듦.]
*楚竹(초죽): 초나라 대나무. [호남성 영주가 전국시대 초(楚)나라 땅에 속했기 때문에
  이렇게 부른 것.]
*煙銷(연소): 연기처럼 자욱했던 안개가 걷히다.
*欸乃(애내): (뱃사공이 노를 저을 때 힘과 흥을 돋우기 위해 내는 소리) 어기여차.
  영차. [당나라 때 민간에서 어부들이 부르는 노래로 〈애내곡(欸乃曲)〉이 있음.]
*回看(회간): 머리를 돌려 바람보다.
*天際(천제): 하늘가. 하늘의 가장자리.
*無心雲相逐(무심운상축): 흰 구름이 자유자재로 한가롭게 떠 다니다. [도연명(陶淵
  明)의 〈귀거래사(歸去來辭)〉에 "구름은 무심히 산굴 에서 나온다(雲無心以出岫)."라
  는 구가 있는데 이 시구와 의경이 흡사함.]

【 감상 】

이 시는 시인이 영주사마(永州司馬)로 재임하고 있을 적에 쓴 시로서 그야말로

산수에 도취하여 산수에 선적인 의취를 담은 빼어난 작품이라고 할 수 있겠다.

앞의 네 구는 생동감이 아주 풍부한 네 폭의 화면을 보여주고 있다.

첫째, 밤에 서산 곁에 배를 정박시켜 놓고 잠을 자는 화면이다. 둘째, 상수의 물을 길이와 대나무로 불을 때는 장면이다. 셋째, 안개가 걷히고 해가 떠오르는 광경이다. 넷째 노를 저으며 푸른 강물 위를 떠가는 모습이다. 마치 영화 속에 나오는 화면 구성처럼 보인다.

뒤의 두 구는 한시에서 흔히 쓰이는 하나의 고정된 격식을 운용하고 있다.

무심한 구름을 통해 시인의 마음과 태도를 보여주는 형태이다. 돌아보니 고깃배는 강의 중류로 떠내려가는데 바위 위에는 흰 구름이 무심하게 서로를 쫓아 흘러간다. 분쟁과 다툼이 없는 흰 구름의 모습을 통해 조금도 간교하고 탐욕스러운 마음이 없는, 대자연에 도취한 채 탈속(脫俗) 무심(無心)하게 지내는 시인의 심경을 드러내 주었다.

시인의 생활 정취는 다음의 언급으로 대신할 수 있을 것이다.

"길을 가면서 노래하고 앉아서는 낚시질한다. 멀리 푸른 하늘의 흰 구름을 바라보며 사니 이런 삶의 정취를 편안하게 여길 뿐이다(行歌坐釣, 望靑天白雲. 以此爲適)."

〈새벽에 초 스님의 선원을 방문하여 선종 경전을 읽다(晨詣超師院讀禪經)〉

우물물을 길어와 시리게 양치질하고
맑은 마음을 간직하고 옷의 먼지를 털어낸다.
한가롭게 불교 경전을 가지고서
동쪽 서재에서 걸어 나와 읽는다.
본성에 대해서는 전혀 취하지 않고
세상에서는 허망한 자취만을 쫓는다.

선현의 교훈에 더욱 깊어질 수 있기를 바라는데
본성을 닦는 일은 과연 무엇으로 말미암아 성숙해지는가?
선사의 뜰은 고요하고
이끼의 색은 짙푸른 대나무에 연이어 있다.
해가 떠오르니 안개와 이슬이 넉넉하여
푸른 소나무가 마치 머릿기름 바른 듯하다.
마음은 무심하고 고요하여 굳이 말로 표현할 필요 없고
깨달음의 기쁨에 마음이 절로 만족스럽다.

汲井漱寒齒(급정수한치), 淸心拂塵服(청심불진복).
閑持貝葉書(한지패엽서), 步出東齋讀(보출동재독).
眞源了無取(진원료무취), 妄迹世所逐(망적세소축).
遺言冀可冥(유언기가명), 繕性何由熟(선성하유숙).
道人庭宇靜(도인정우정), 苔色連深竹(태색연심죽).
日出霧露餘(일출무로여), 靑松如膏沐(청송여고목).
淡然離言說(담연이언설), 悟悅心自足(오열심자족).

---

*詣(예): 찾아뵙다. 방문하다. 이르다. 도착하다.

*超師(초사): 법명이 초(超)라는 스님.

*漱(수): 양치질하다. 입을 가시다.

*貝葉書(패엽서): 불경. [인도에서 예전에 종이가 없을 때, 승려들이 '패다'(산스크리트어, 貝多) 나뭇잎으로 경문을 썼기 때문에 이렇게 부른 것임.]

*眞源(진원): 본원(本源). 본성(本性).

*了(료): 전혀. 조금도.

*遺言(유언): 이전의 현인이 남긴 교훈.

*冥(명): 심오하다. 깊다. 어리석다. 우매하다.

*冀(기): 바라다. 희망하다. 기대하다.

*繕性(선성): 본성을 함양하다. ['선'은 다스리다. 닦다의 뜻.]

*道人(도인): 선사(禪師). [초(超) 스님을 가리킨다.]

*庭宇(정우): 정원. 뜰. 가옥.

*深竹(심죽): 빛깔이 짙은 대나무. 짙푸른 대나무.
*膏沐(고목): 여자가 머리 감고 나서 윤기를 내기 위해 바르는 머릿기름.
*淡然(담연): 담백하다. 무심하다. 평안하고 고요하다.
*離言說(리언설): 말을 떠나다. 말로 표현할 필요 없다.
*悟悅(오열): 도를 깨닫는 즐거움.

【 감상 】

이 시는 시인이 경전을 읽으면서 문득 깨달음에 이른, 선적인 의취와 정신적인 해탈을 한 뒤의 초탈한 심경을 표현하였다.

앞의 네 구는 정성스럽고 진지하게 경전을 읽는 모습을 묘사하고 있다. 우물물을 길어와 시리게 양치질하고 맑은 마음을 간직하고 옷의 먼지를 털어내는 모습은 경건 그 자체이다.

가운데 네 구는 시인이 간절하고 주도면밀하게 도를 추구하는 모습을 묘사하고 있다. 세상 사람들은 허망한 자취만을 좇고 있지 우리가 진정으로 추구해야 할 본성(本性)에 대해서는 취하지 않고 있다. 그렇다면 어떻게 하면 본성을 닦는 일에 온 정성을 다 쏟을 수 있을지 고민하는 시인의 모습이 잘 묘사되고 있다.

뒤의 여섯 구는 경전을 읽고 마침내 이치를 확연히 깨달은 뒤에 멀리 풍광이 수려하고 그윽한 선사의 뜰로 시선을 돌리는 모습을 묘사하고 있다.

그런 과정 중에 마음은 무심하고 고요해지면서 굳이 깨달음에 대해서 말할 필요를 느끼지 못하고 그저 깨달음의 기쁨에 마음이 절로 만족스러운 선열(禪悅), 곧 선정(禪定)에 들어선 즐거운 심경을 토로하고 있다.

가도(賈島: 779~843)

가도는 범양(范陽), 지금의 하북(河北)성 탁주(涿州) 사람이다. 자가 낭선(閬仙 또는 浪仙)이며 스스로 호를 갈석산인(碣石山人)이라 부르기도 하였다.

일찍이 북악(北岳) 항산(恒山)에서 출가하여 법호(法號)를 무본(無本)이라 하였다가 나중에 환속하였다. 전해 오는 얘기에 의하면, 당시 낙양(洛陽)에서는 스님들이 오후에 외출하는 것을 금지하고 있었는데 이에 대해 가도가 시를 지어 불만을 제기하자 한유(韓愈)가 그의 시적 재능을 발견하고는 환속을 권유하였기 때문이라고 한다.

가도는 환속한 뒤 여러 차례 과거시험을 보았지만 계속 진사에 급제하지 못했다. 나중에 개성(開成) 2년(837)에 수주(遂州) 장강현(長江縣)의 주부(主簿)가 되었기에 그를 가장강(賈長江)이라고 부르기도 하였다. 개성 5년(840)에 관직이 보주(普州) 사창참군(司倉參軍)에 이르기도 하였다. 그는 회창(會昌) 3년(843)에 보주 관사에서 세상을 하직하였다.

가도의 일생은 매우 곤궁하였다. 게다가 시 창작의 태도 역시 힘들게 시를 읊조리는 고음(苦吟)의 시인이었다. 그는 시구를 다듬고 수정하는 것을 매우 중시하였다. "3년 만에 비로소 시 두 구를 얻고서 한 번 읊조리는데 두 줄기 눈물이 흘러내린다(兩句三年得, 一吟雙淚流)."고 말할 정도였으니, 이 감동적인 표현을 통해 우리는 그가 얼마나 고음을 하였는지 잘 알 수 있다.

때문에 가도는 맹교(孟郊)와 함께 고음시인으로 이름을 나란히 했다. 세상에서는 그와 맹교의 시 풍격을 비교 평가하면서 "맹교는 차갑고 가도는 말랐다(郊寒島瘦)."라는 유명한 상징적인 평가를 하기도 하였다.

이 네 글자 평어는 아마도 중국문학이론비평사상 두 시인의 시 풍격을 비교하는데 가장 절묘한 평어라고 해도 과언이 아닐 것이다.

가도는 시를 잘 지었는데 작품은 대부분 한가로운 생활을 묘사했고 때로는 경치를 읊으면서 감회를 묘사하기도 했다. 그의 시의 경계는 황량(荒涼)하고 고적(枯寂)하면서, 시어는 맑고 기이하며[청기(清奇)], 쓰고 떫은[고삽(苦澁)] 것을 특징으로 한다.

그는 5언 율시에 뛰어났다.

저서로는 ≪장강집(長江集)≫이 있다.

〈이응의 깊은 곳에 있는 집에 대해 쓰다(題李凝幽居)〉

한가로이 지내니 함께 하는 이웃이 드물고
풀이 난 오솔길은 황폐한 뜰로 뻗어 있다.
새들은 연못가 나무에서 잠들었는데
스님은 달 아래 문을 두드린다.
다리를 건너니 들빛이 산색과 다르게 나뉘고
구름이 피어나는 곳이 움직이니 마치 산의 바위가 이동하고 있는 듯하다.
잠시 떠났다가 다시 이곳으로 돌아와
은거하겠다는 약속 저버리지 않으리라.

> 閑居少鄰並(한거소린병), 草徑入荒園(초경입황원).
> 鳥宿池邊樹(조숙지변수), 僧敲月下門(승고월하문).
> 過橋分野色(과교분야색), 移石動雲根(이석동운근).
> 暫去還來此(잠거환래차), 幽期不負言(유기불부언).

*李凝(이응): 은사(隱士)의 이름. [당시 장안성(長安城) 교외에 거주.]
*分野色(분야색): 들판의 색깔이 산의 경색과 나뉘다.
*雲根(운근): 깊은 산 구름이 피어나는 곳.
*幽期(유기): 은거의 시기를 정하고 약속함. 은거하겠다는 기약(期約). 은밀한 약속.
*不負(불부): 저버리지 않다. 어기지 않다.

【 감상 】

이 시가 시사(詩史)상 인구에 많이 회자되는 이유는 특히 함련의 "조숙지변수(鳥宿池邊水), 승고월하문(僧敲月下門)" 두 구의 창작과정과 관련이 있다.

따라서 이 시를 감상하기에 앞서 수정을 거듭한다는 뜻의 퇴고(推敲)란 용어가 어떻게 이 시의 창작과 관련해서 출현하였는지 역사적 유래를 살펴보지 않을 수 없다.

가도는 한가로운 틈을 타서 달밤에 마른 노새를 타고 장안성 교외에 은거하는 이응(李凝)이란 친구를 찾아갔다. 그런데 친구는 만나지 못하고 아름다운 정경으로 인해 시적 영감이 발동하여 그 자리에서 즉흥적으로 이 시를 쓰게 되었다.

훗날 또 이응의 거처로 노새를 타고 찾아가는 과정 중에 지난날에 썼던 이 시를 다시 꺼내 읊조리면서 자구를 다듬게 되었다. 그런데 '승고월하문' 구에 이르러 '퇴(推)'자가 나을지 아니면 '고(敲)'자가 나을지 노새 위에서 고통스레 머리를 쥐어짜면서 실제 두 손으로 밀고 두드리는 동작도 해보았다. 그런데 때마침 고관인 경조윤(京兆尹) 한유(韓愈) 일행이 마차를 타고 기세 좋게 그 옆을 지나가고 있었다. 가도는 골똘히 생각하느라 그만 한유 일행을 보지 못하여 마차를 피하지 못하고 부딪쳤다. 그래서 한유 주변을 지키던 위병(衛兵)에게 붙잡혔다. 당시 시단의 영수였던 한유는 재능 있는 사람을 매우 아껴주던 사람이었다. 그런데 붙잡힌 서생이 본래 시인이며 '퇴'자와 '고'자 중 어느 시어가 더욱 적절한지 비교하며 사색하는 중이었다는 사연을 듣게 되었다. 한유는 그를 풀어

주고는 한 걸음 더 나아가 그를 도와주기 위해 오랫동안 숙고를 거듭하더니 "'고'자로 쓰는 게 훨씬 더 아름답다(作敲字佳)."라는 품평을 해주었다. 가도는 그의 도움에 얼른 무릎 꿇고 감사를 드렸다. 이리하여 두 사람은 좋은 친구가 되었고 이 일로 말미암아 가도는 수도 장안(長安)의 시단에 서서히 명성을 드러내기 시작하였다고 한다. 참으로 인간의 정취와 숨결이 배어나는 훈훈한 일화라 하지 않을 수 없다.

수련(首聯)은 제목에서 밝히고 있듯이 이응(李凝)이란 은사(隱士)의 거처가 깊고 그윽한 곳에 있음에 중점을 두고 묘사하였다. 그는 한가로이 지내기 때문에 이웃과 내왕하는 일이 드물고 풀로 뒤덮인 오솔길이 그의 집안의 황폐한 뜰까지 뻗어 있다. 여기서는 한(閑)과 황(荒)으로 은사의 근황과 거처의 상황을 잘 드러내주고 있다.

함련(頷聯)은 아주 정교하게 사용한 대구를 통해 동태성(動態性)이 풍부한 묘사가 그윽한 거처의 정태적(靜態的)인 분위기를 더욱 두드러지게 해주고 있다. 새들은 연못가 나무에서 잠들었고 사방이 온통 고요한데 스님이 달 아래 문을 두드리는 소리로 인해 도리어 고요가 더욱 부각되고 있는 것이다. 한편 이곳에는 생명체라곤 오직 나무 위에서 잠자는 새와 문을 두드리고 있는 스님 두 부류밖에 없음을 알 수 있는데 그렇기에 이곳에는 속세의 인사(人事)로 인한 소란과 분란이 전혀 없을 것임을 알 수 있게 하기도 한다.

경련(頸聯)은 은사의 거처 밖에 있는 풍경을 묘사했다. 작은 다리는 끝없는 벌판에 이어져서 다리를 건너니 들빛과 산색이 서로 확연히 다르게 나뉘고 있다. 구름은 피어나면서 표표히 이동하니 마치 산의 바위가 움직이는 듯 느껴지게 만들고 있다.

미련(尾聯)에서는 이번에는 비록 은사를 만나지 못했지만 잠시 이곳을 떠났다가 반드시 다시 돌아와 은사와 함께 은거하겠다고 했던 약속을 꼭 저버리지 않겠다고 다짐하고 있다.

두목(杜牧: 803~852)

두목은 당대의 시인으로서 자(字)는 목지(牧之), 경조(京兆) 만년(萬年), 지금 섬서(陝西)성 서안(西安)시 사람으로 재상 두우(杜佑)의 손자이다.

대화(大和) 연간에 진사 시험에 합격하여 교서랑(校書郎)에서 관직을 시작하여 회남절도사장서기(淮南節度使掌書記), 감찰어사(監察御史), 호주자사(湖州刺史) 등을 역임하였다. 노년에 번천(樊川)의 별장에서 오랫동안 거주하였기에 세상에서는 그를 두번천(杜樊川)이라고 부르기도 한다.

두목은 성품이 강직하며 사소한 일들에 구애받지 않았고 윗사람을 접대하고 아첨하는 일을 달가워하지 않았다. 그는 세상을 다스릴 재능이 있다고 스스로 자부하기도 하였다.

두목은 시와 문장에 모두 성대한 명성을 세웠다. 그의 시는 절구(絶句)가 특히 사람들로부터 칭찬받아서 세상에서는 어린 두보란 뜻의 소두(小杜)라고 부르기도 하였다. 또한 이상은(李商隱)과 이름을 나란히 하여 그와 함께 어린 이백·두보란 뜻의 소이두(小李杜)로 합칭되기도 한다.

대표작으로는 〈진회하에 정박하다(泊秦淮)〉, 〈강남의 봄(江南春)〉, 〈적벽(赤壁)〉, 〈오강정에 쓰다(題烏江亭)〉 등이 있는데 모두 인구에 회자되고 있는 시들이다.

그가 남긴 문장으로는 〈아방궁부(阿房宮賦)〉가 가장 뛰어나다.

〈가을 저녁(秋夕)〉

은촛대 촛불에 가을빛 서려 그림 병풍을 차갑게 비추는데
아름다운 작은 나사 부채로 날아다니는 반딧불을 친다.
천상 궁전의 계단에 밤빛은 물처럼 차가운데
누워서 견우성과 직녀성을 바라본다.

  銀燭秋光冷畵屛(은촉추광냉화병), 輕羅小扇撲流螢(경라소선박유형).
  天階夜色凉如水(천계야색량여수), 臥看牽牛織女星(와간견우직녀성).

---

*銀燭(은촉): 은촛대의 촛불. 하얀 촛대의 촛불.
*輕羅(경라): 가벼운 나사.
*撲(박): 덮치다.
*天階(천계): 천제(天帝)나 신선(神仙)이 거주하는 천상 궁전의 계단. 궁전의 계단 섬
 돌. [대부분 조정을 대신 가리킨다.]

【 감상 】

 시중유화(詩中有畵), 시 속에 그림 있다는 말은 곧 시의 경계가 매우 아름다움
을 뜻하는 말이기도 하다.

 이 시는 한 폭의 그림이다. 시 속에 한 인물이 분명히 있음을 추측할 수 있으나
그는 숨어 있는 채 화면에 드러나 있지 않다. 그는 아마도 궁녀(宮女)이거나
귀족 집안의 소저(小姐)이거나 아니면 시중드는 계집종일지도 모른다. 직접적으
로 묘사되어 있지 않으니 멋대로 추측할 뿐이다.

 이 시에서 가장 먼저 볼 수 있는 화면은 바로 가을의 경치 한 폭이다. 은촛대
촛불에 가을빛이 서려 있다. 그래서 그림 병풍을 역시 차갑게 비춘다. 냉(冷)과
량(凉)이라는 날씨와 기온에 관한 시어가 그림 전체의 분위기를 요약해주고 있다.

 이어서 작중 화자가 등장한다. 아름다운 작은 나사 부채로 날아다니는 반딧불

을 치며 쫓아내고 있다. 누구인지 모르지만 아리따운 그녀일 수도 있는 작중 화자의 순진하고 요염한 자태를 연상할 수 있다.

가을밤은 서늘한 게 당연하다. 때문에 천상에 있는 궁전의 계단에 비치는 밤빛 또한 싸늘할 것이라 추측할 수 있다. 아마도 물처럼 차가울 것이다. 그 궁전에는 서왕모(西王母)의 불사약(不死藥)을 훔쳐 달아난 항아(嫦娥)가 홀로 외로움에 잠겨 있을지도 모른다.

작중화자인 소녀는 이윽고 눕는다. 그리고 하늘에 뜬 견우성(牽牛星)과 직녀 성(織女星)을 바라본다. 칠월 칠석(七夕)날에나 오작교를 통해 만날 수 있다고 하는 견우와 직녀. 그들의 한 많은 사랑 이야기를 이 서늘한 가을밤 하늘을 올려다보며 다시 추억해본다. 별은 추억이요 희망을 상징한다. 별은 사람을 동경 의 세계로 쉬이 이끌어준다.

반딧불을 쫓던 치기 어린 소녀는 어언 듯 별을 바라보며 꿈을 꾸고 무언가를 동경하는 성숙한 여인이 되어 간다.

선(禪)은 어디에 있는가? 사람들의 삶과 일상생활 곳곳에 숨어 있다가 찰나 간에 모습을 드러내곤 한다. 소녀가 쫓는 반딧불에도 있고, 올려다보는 별에도 선은 존재한다. 오직 어떻게 그 선을 움켜쥐느냐에 깨달음은 달려 있다.

이상은은 만당(晩唐)의 걸출한 시인으로 자가 의산(義山), 호는 옥계생(玉谿生), 또 다른 호는 번남생(樊南生)이다. 조상의 본적은 회주(懷州) 하내(河內), 지금의 하남(河南)성 심양(沁陽)시이며, 정주(鄭州) 형양(滎陽), 오늘의 하남(河南)성 형양(滎陽)현에서 태어났다. 소년 시절부터 재능이 뛰어났고 과거시험에 합격한 진사 출신이다. 우승유(牛僧孺)·이종민(李宗閔) 등을 영수로 한 우당(牛黨)과 이덕유(李德裕)·정담(鄭覃) 등을 영수로 한 이당(李黨) 간의 당쟁(黨爭)의 소용돌이에 휘말려 들어 갔다. 그는 우당에 의하여 배은망덕하고 품행이 나쁜 인물로 배척당하면서 벼슬길이 평탄하지 못하였다. 그는 이처럼 뜻을 이루지 못하자 의욕을 잃고 마침내 불문(佛門)에 귀의하였다.

이상은은 두목(杜牧)과 이름을 나란히 하여 어린 이백과 두보란 뜻의 소이두(小李杜)로 합칭되기도 하였고, 또한 온정균(溫庭筠)과 함께 온이(溫李)로 합칭되기도 한다. 이상은은 율시에 뛰어났는데 특히 7언 율시의 조예는 두보(杜甫)의 경지를 뒤따를 만큼 만당(晩唐) 시단에서는 매우 독보적이었다. 그의 시는 구상이 치밀하였고 함축적이고 상징적인 수법을 많이 사용하였으며 정밀하고 정교한 언어로, 그리고 부드럽고 조화로운 운치로 곡절 있고 세밀하게 심후한 정감을 표현하였다. 시의 전체 풍격은 깊은 정감이 세밀하였고 부드럽고 아름다웠으며[완려(婉麗)], 맑고 우아하였다[청아(淸雅)]. 때문에 그의 시는 정시(情詩)와 무제시(無題詩)에서 더욱 장점을 발휘하였다.

저서로는 ≪옥계생시(玉磎生詩)≫와 ≪이의산시집(李義山詩集)≫ 등이 있다.

〈북청라산(北靑蘿)〉

석양이 서쪽 산 너머로 사라져 들어갈 때
띠로 이은 작은 집으로 홀로 사는 스님을 예방하였다.
낙엽 지는데 스님은 어디에 계신가
찾아오는 길 위에 찬 구름은 몇 층이었던가!
초저녁에 홀로 경쇠를 치면서
노승은 한가로이 등나무 가지 지팡이에 의지해 계시다.
세상 경계 안의 잘디잔 먼지 속에서
내가 어찌 사랑하고 또 미워하리오!

> 殘陽西入崦(잔양서입엄), 茅房訪孤僧(모방방고승).
> 落葉人何在(낙엽인하재), 寒雲路幾層(한운노기층).
> 獨敲初夜磬(독고초야경), 閑依一枝藤(한의일지등).
> 世界微塵里(세계미진리), 吾寧愛與憎(오영애여증).

---

*北靑蘿(북청라): 북청라산.
*殘陽(잔양): 석양. 지는 해. 저녁 해.
*崦(엄): 산.
*茅房(모방): 띠로 이은 작은 집.
*初夜(초야): 초저녁. 초경(初更).
*世界(세계): 세계. 널리 중생이 삶을 영위하는 범위. 영역.

【 감상 】

이 시는 스님을 방문하여 그의 한가로우며 초월적인 모습을 통해 스스로 절로 깨달음을 얻은 모습을 묘사하고 있다.

수련에서는 시인이 석양이 서쪽 산 너머로 사라져 들어갈 때 흥취가 왕성하게 일어나서 북청라산에 있는 띠로 이은 작은 집에 홀로 사는 스님을 예방하러 가게 되었다. 황혼 무렵에 스님을 방문했다는 것은 곧 시인의 진중하고 담박하며 고요한 심경을 설명해준다.

함련에서는 스님을 방문하는 과정에서 경험하고 목도한 일들을 계속 묘사하고 있다. 낙엽은 져서 흩날리고 있고 차가운 구름은 몇 층으로 겹겹이 하늘에 가득 드리우고 있으며 산길은 구불구불 험준한데 도리어 스님의 자취는 찾을 수 없었다. 어디 계실까 초조하고 고심참담하는 모습도 함께 읽힌다.

경련에서는 홀로 외로이 계신 노승의 풍채(風采)를 묘사하고 있다. 그는 초저녁에 홀로 경쇠를 치면서 한가로이 등나무 가지 지팡이에 의지해 계신다. 홀로 외로이 계시는 노승의 독(獨)의 모습, 한가로이 지팡이를 짚은 채 서 있는 한(閑)의 모습 등은 스님의 유한(悠閑)·자재(自在)하며 청정(淸淨)·무사(無事)한 심경을 다 드러냈다고 할 수 있다. 이런 모습이야말로 선의 모습이 아니겠는가!

미련에서는 노승의 가르침과 풍모를 통해 마침내 시인이 도를 깨달아 해탈(解脫)에 이른 모습을 보여주고 있다. 도를 깨닫고 나니 세상의 경계가 얼마나 작고 미소한지 알겠다. 그런데 그 세계에 살고 있는 인간은 겨자씨처럼 더욱 작아서 말할 가치조차 없는데 구태여 마음속에 사람에 대한 사랑과 미움을 남겨두어 스스로 번뇌와 고통을 자초하겠는가 반문하고 있다. 북청라산으로 노스님을 찾은 시인의 갈망은 이제 해탈과 열반을 얻었다고 할 수 있다.

위장(韋莊: 836~910)

위장은 당말(唐末) 오대(五代) 시기의 시인으로 자(字)가 단기(端己)이며 경조(京兆) 두릉(杜陵), 지금의 섬서(陝西)성 서안(西安)시 동남쪽 사람이다.

젊은 시절에 여러 번 시험을 봤으나 급제하지 못하다 나이가 거의 60세에 이르러서야 비로소 진사 시험에 급제하였다. 오대(五代)시기에는 전촉(前蜀)의 재상을 지내기도 하였다.

위장은 시에 뛰어나 당말(唐末) 시단에서 중요한 지위를 차지하였으며 온정균(溫庭筠)과 함께 이름을 나란히 하여 세상에서는 온위(溫韋)로 부르기도 하였다.

위장의 시는 당말(唐末)의 흔들리는 불안한 사회적인 면모를 광범위하게 반영하였다. 그의 대표작으로는 장편 서사시 〈진부음(秦婦吟)〉을 들 수 있는데 이 시는 현존하는 당시 중에서 가장 긴 시로서 중국 고대 서사시(敍事詩) 창작에서 명시적이고 상징적인 의미와 성과를 거두었다고 할 수 있다.

그는 화간파(花間派)의 대표 시인이 되었고 그의 시는 ≪화간집(花間集)≫에 48수가 수록되었다. 저서로는 ≪완화집(浣花集)≫이 있다.

〈일본의 스님 경룡의 귀국을 전송하다(送日本國僧敬龍歸)〉

일본이란 나라는 기왕에 까마득한 먼 곳에 있는데
스님의 집은 다시 일본 동쪽에다 또다시 더 동쪽에 있지요.
이번 귀향에 누가 스님과 함께 갈까요

배 한 척에 밝은 달이, 돛 하나에 바람이 같이 하겠지요.

> 扶桑己在渺茫中(부상이재묘망중), 家在扶桑東更東(가재부상동갱동).
> 此去與師誰共到(차거여사수공도)? 一船明月一帆風(일범명월일범풍).

---

*扶桑(부상): 부상. [중국 고대 신화에서 멀리 동해(東海)에 있다고 하는 신목(神木).
여기서 해가 뜬다고 전해짐.] 옛날 일본의 다른 이름.
*渺茫(묘망): 아득하다. 끝이 없다. 까마득하다. 끝없이 넓다.

【 감상 】

이 시는 시적 정취와 운치가 넘쳐흐르는 송별시(送別詩)로서 언어가 맑고
고우며[청려(淸麗)], 의취가 고상하고 우아하다[고아(高雅)].

앞 두 구는 고국에 있는 고향으로 가기까지 층층이 놓여 있는 험난한 여정을
묘사하여 멀고 또 멀다는 사실을 더욱 부가시켰다. 일본이란 나라는 기왕에
까마득히 먼 곳에 있는데 거기에 다시 스님의 집은 일본의 동쪽에 있고, 그런데
거기에 그치지 않고 또다시 일본의 동쪽보다 더 먼 동쪽에 있다고 하고 있다.
그러니 귀국하면서 갖은 어려움을 겪게 될 스님에 대한 걱정, 그래서 스님의
귀국을 만류하고 싶은 마음, 그리고 헤어지기 섭섭해 하는 마음 등이 자연스럽게
드러나고 있다.

제3구에서는 시인의 스님에 대한 우려를 솔직하게 드러내고 있다. 그렇게나
먼 여정을 과연 누가 함께 동반자가 되어 함께 일본에 가주겠는가? 솔직히 없을
것이란 우려의 감정이 진하게 스며들어 있다.

제4구에서는 이런 현실적 우려 속에서 시야를 멀리 바라봄으로써 관점을 전
환하여 스님을 위로해주는 동시에 시인 자신의 마음도 함께 다독여주고 있다.
이번 스님의 귀향 여정에 비록 동반자는 없겠지만 그러나 배를 비추는 밝은
달이, 돛에 부는 시원한 바람이 스님과 분명 함께 할 거라는 얘기다. 그러니

같이 가는 사람은 없더라도 실망하지 말라는 위로이자 위안이다.

　마지막 구는 선적인 측면에서 읽자면 마치 밝은 달과 맑은 바람처럼 마음에 근심과 번뇌를 고요히 내려놓고 맑고 밝게 마음을 유지하는 그런 스님의 심적 경계를 드러내고 있는 것으로 보아도 무방하다.

　이 시를 통해서 우리는 중국과 일본 간의 문화적 교류가 상당히 오래전부터 진행되어 왔다는 사실을 잘 알 수 있다. 당시 당나라는 국제적 교류가 빈번하게 있었던 세계적인 제국(帝國)이었기 때문에 당시(唐詩) 중에는 일본과의 교류, 그리고 일본 친구들과 작별하는 송별시가 적지 않다.

　유우석(劉禹錫)의 〈일본 스님 지장에게 주다(贈日本僧智藏)〉, 가도(賈島)의 〈저 산인의 일본 귀향을 전송하다(送褚山人歸日本)〉 시 등이 그 대표적인 예이다.

두순학은 자(字)가 언지(彦之)이며 스스로 호를 구화산인(九華山人)이라 하기도 하였다. 지주(池州) 석태(石埭), 지금의 안휘(安徽)성 석태(石台)현 사람이다.

그는 두목(杜牧)의 서자(庶子)로서 출신이 한미(寒微)하여 어릴 적부터 시로 이름을 떨쳤지만 누차 과거시험에 급제하지 못했다. 46세 소종(昭宗) 때에 이르러 비로소 진사에 급제했다. 후량(後梁) 때 한림학사(翰林學士)의 벼슬을 제수받기도 하였다.

두목은 당말(唐末)의 걸출한 현실주의(現實主義) 시인이다. 그의 시는 두보(杜甫)와 백거이(白居易)의 현실주의 수법을 이어받아서 시 대다수가 당나라 말엽 정치 사회적으로 혼란한 암흑상과 이로 인한 민생의 고통을 반영했다. 시어는 평이하고 통속적이며 명쾌하고 매끄러워 읽기 쉽다.

≪전당시(全唐詩)≫에 그의 시 3권(卷)이 수록되어 있다.

그 밖에도 ≪당풍집(唐風集)≫이 있다.

〈오공 상인의 절에서 여름에 시를 쓰다(悟空上人院夏日題詩)〉

삼복에도 문 닫고 승복 하나 걸쳤는데
불당과 곁채를 가려줄 송죽조차도 없다.
선정에 편안히 드는 데 꼭 자연 산수가 필요하지는 않으니
생각을 여의고 버리면 불은 저절로 식혀지는 것을.

    三伏閉門披一衲(삼복폐문피일납), 兼無松竹蔽房廊(겸무송죽폐방랑).

安禪未必須山水(안선미필수산수), 滅却心頭火自凉(멸각심두화자량).

---

*房廊(방랑): 불전(佛殿)과 주거 가옥.
*上人(상인): 승려를 높여 일컫는 말. 불교 신앙의 대상인 부처 또는 승려.
*三伏(삼복): 초복, 중복, 말복을 통틀어 이르는 말. 삼경(三庚). 여름철의 몹시 더운
 기간.

【 감상 】

청정(淸淨), 유한(悠閑), 공적(空寂), 자득(自得)은 선적인 경계(境界)를 표지
하는 어휘들이다. 다시 말해서 맑고 깨끗하다, 유유자적하며 한가롭다, 고요하고
적막하다, 스스로 만족하다 등은 선가의 심경(心境)을 대표해주는 말들이라고
할 수 있다.

이 시는 오공 상인에 대한 예찬이면서 동시에 선가(禪家)의 경계(境界)는 자아
의 마음을 청정(淸淨)하게 하는 것이란 깨달음과 각오(覺悟)를 노래한 시이기도
하다.

스님은 불당을 가려주는 나무 그늘 하나 없어 더욱 찌는 듯한 삼복더위 속에서
도 문을 닫아걸고 승복 하나만 걸친 채 용맹정진(勇猛精進)하고 있다.

그런데 선정(禪定)에 들어가는 참선의 중요성은 마음을 깨끗히 하는 데 달려
있다. 편안하게 선정에 드는 데 시원한 날씨와 아름다운 자연 산수가 꼭 필요한
것은 결코 아니다. 시비를 분별하는 망상과 욕망을 제거하고, 무심(無心)의 세계
와 경지에 들어가면 영원히 청정(淸淨)함을 얻어서 모든 세상의 번뇌로부터 해
탈할 수 있다.

이 시의 제3구는 당말(唐末)·오대(五代) 전촉(前蜀)의 시승(詩僧) 관휴(貫休)
선사가 "참선할 때 꼭 산 속이나 물가일 필요는 없다(參禪未必須山水)." "아름다
운 안개와 노을을 다 차지하면서 참선할 필요는 없다(無須占盡好煙霞)."라고

한 말과 의미와 느낌이 똑같다.

이 시의 마지막 구는 더욱 철리(哲理)를 가득 지니고 있어서 도를 닦으며 수행하는 인사들에게 항상 널리 인용되는 말이기도 하다. 멸각심두화자량(滅却心頭火自凉), 곧 생각을 여의고 버리면 마음에 타올랐던 욕망과 시비분별의 불은 저절로 식혀진다는 말이다.

사람의 마음속에 타오르는 불을 식혀줄 것은 자연 산수가 보내는 청량한 날씨와 바람이 아니다. 오직 무심(無心)만이 타오르는 불을 끄도록 청량(淸凉)함을 보내준다.

이렇듯 선의 청량(淸凉)한 세계는 오직 고요와 무심(無心)에 의해서 달성되고 쟁취된다는 사실을 선시들은 부단히 얘기하고 있다.

두순학에 앞서 당대 백거이(白居易) 역시 〈지독하게 더워 항적 선사의 선실에 쓰다(苦熱題恒寂師禪室)〉에서 고요와 무심에 대해 다음과 같이 노래했다.

사람들마다 미친 듯이 더위를 피해 달아나지만
유독 선사만이 선방을 나서지 않는다.
그러나 선방 안에 이르는 열기는 없으니
오직 마음을 고요하게 할 수 있다면 몸이 곧 시원한 법이다.
　　人人避暑走如狂(인인피서주여광), 獨有禪師不出房(독유선사불출방).
　　可是禪房無熱到(가시선방무열도), 但能心靜卽身凉(단능심정즉신량).

〈스님에게 드리다(贈僧)〉

이익의 문벌과 명예의 길은 둘 다 모두 기댈 것이 없으니
백 년 세월도 결국 바람 앞의 촛불처럼 짧아서이다.
다만 스님이 되어서도 마음으로 깨닫지 못할까 두려우니

스님이 되어 깨달음을 얻는다면 세상사람 모두가 스님에게 질 것이다.

> 利門名路兩無憑(이문명로양무빙), 百歲風前短焰燈(백세풍전단염등).
> 只恐爲僧心不了(지공위승심불료), 爲僧得了盡輸僧(위승득료진수승).

---

*憑(빙): 기대다. 의지하다. ~에 근거하여. 증거.
*焰(염): 화염. 불꽃.
*恐(공): 두렵다. 아마도.
*了(료): 깨닫다.
*輸(수): 패하다. 지다.

【 감상 】

이 시의 앞 두 구에서는 명리(名利), 곧 명예와 이익이란 모두 의지하고 기댈 만한 대상이 아니니 그 이유는 생년불만백(生年不滿百), 우리의 삶이 본래 100세를 채우지 못하는데 심지어 그 백 년 동안의 세월조차도 결국 바람 앞의 촛불처럼 짧기 때문이라고 하고 있다.

명리(名利), 곧 명예와 이익은 표면적으로 보면 우리 인생에서 매우 중요한 두 가지 목표이자 가치라고 할 수 있다. 그러나 이 두 가지는 인간들이 결코 의지하고 기댈 대상이 아니다.

생명이란 본래 매우 짧은 것이어서 100세까지 살기도 어려운 법이건만, 이 드넓은 천지와 영원한 시간 안에서 백 년이란 시간은 또 마치 타오르는 등잔불꽃과도 같이 잠깐 밝혀졌다가 머지않아 순식간에 꺼져버릴 운명에 있는 순간의 빛에 불과할 뿐이다.

시인은 공명(功名)을 추구하고 쟁취하기 위해 평생 부단히 뛰어다니며 애를 쓴 사람이다. 때문에 그는 선 스님과의 만남을 통해서 명리에 대한 인식을 새롭게 하게 되었다.

스님들이 평소 도를 닦기 위해 행하고 있는 선 수행이야말로 일반 사람들에게 명리(名利)라는 두 글자로부터 왜 벗어나야 하는지 말해 주는 근본적인 이유가 되며, 또한 어떻게 명리에서 벗어날 수 있는지를 알려주는 방법이 되기도 한다.

때문에 스님이 되어 진정으로 깨달음을 얻는다면 세상 사람들은 모두 스님에게 감복하며 그의 경지를 추종하게 될 것임은 자명한 일이다. 그러나 스님이 되어서도 마음속으로 깨닫지 못한다면 그를 두려워할 게 뭐 있겠는가?

인생은 참으로 짧다. 순간이다. 때문에 인생무상(人生無常)의 도리, 이 세상에 영원한 것은 없다는 진리를 진정으로 이해하는 자만이 비로소 최후의 승자(勝者)가 될 수 있는 것이다. 이것이 바로 선 수행의 결론이다.

민간의 매우 널리 전해진 이야기가 있다.

청대(淸代) 건륭(乾隆) 연간, 어느 날 건륭(乾隆) 황제가 화곤(和坤)과 함께 평복 차림으로 민정(民情)을 살피러 배를 타고 강을 따라가고 있었다. 건륭제는 뱃머리에서 강위에는 배들이, 강가에는 상인들이 모두 분주하게 오고 가며 바쁜 모습을 보더니 곧 옆에 있는 화곤에게 물었다. "이 사람들은 모두 무엇 때문에 저리 바쁜 것이냐?" 화곤이 대답했다. "오직 명리(名利) 두 글자 때문이겠지요!"

이 이야기가 진짜였는지 가짜였는지는 차치하고라도 화곤은 진정으로 중요한 하나의 사실을 지적한 셈이다. 세상 사람들이 바삐 움직이는 것은 무엇 때문인가? 대부분 명예와 이익을 얻기 위해서임을 우리 모두는 부인할 수 없다. 그러므로 명리의 구속에서 벗어난다는 것이 실로 쉽지 않은 어려운 임을 우리는 이 대화로부터 잘 알 수 있다. 선은 곳곳에 널려 있다. 그냥 마음만 바꾸면 움켜쥘 수 있다. 그런데 마음을 비우기가, 무심해지기가 어디 말처럼 쉽겠는가? 그러니 또 선(禪)은 가까우면서 가깝지 않다.

'부즉불리(不卽不離)', 붙지도 아니하고 떨어지지도 아니한다.

〈질 상인에게 드리다(贈質上人)〉

그루터기에서 좌선하고 구름처럼 이리저리 떠돌며 속세를 떠났으니
몸에 지닐 만한 물병과 사발조차도 다 없다.
사람을 만나도 인간 세상의 일을 한 마디도 말하지 않으니
이분이야말로 바로 인간 세상에 일없는 한가한 사람이다.

  蘖坐雲游出世塵(얼좌운유출세진), 兼無瓶鉢可隨身(겸무병발가수신).
  逢人不說人間事(봉인불설인간사), 便是人間無事人(편시인간무사인).

---

*上人(상인): 스님에 대한 존칭. [계율을 엄격하게 지키고 불학(佛學)에 정통한 스님.]
*蘖(얼): 그루터기. (그루터기에서 돋아나는) 움. 곁가지.
*雲游(운유): 구름처럼 떠돌다. (승려가) 행각(行脚)하다.
*出世(출세): 속세를 떠나다. 출가하다. 명리를 가볍게 여기고 탈속하다.
*世塵(세진): 속세. 인간 세상.
*兼(겸): 겸하다. 동시에 하다. ~와 함께.
*瓶鉢(병발): (절에서) 중이 사용하는 식기. 바리때. 물병과 사발.
*可(가): ~할 만하다.

【 감상 】

  이 시는 인간 세상의 일들과는 하나도 연관을 맺지 않고 초연한 질 상인의
모습에 대해 담담하게 묘사하면서 그를 찬미하고 있는 시이다.
  첫 두 구는 질 상인의 초탈한 모습을 묘사하고 있다. 상황이 되는대로 때로는
그루터기에 앉아서 좌선하거나 아니면 구름처럼 이리저리 정처 없이 떠돌고
있다. 그는 물을 마실 때 써야 할 물병과 음식을 먹을 때 필요한 사발조차도
몸에 지니고 있지 않다. 진정으로 무소유(無所有)를 실천하면서 마음에 걸리
게 없으니 얼마나 속세를 초월하고 있는지 짐작할 수 있다.
  뒤 두 구는 세속을 초탈하면서 여유 있고 한가하며[유한자재(悠閑自在)], 유

유자적 느긋하고 스스로 만족하는[유연자득(悠然自得)] 경계에 도달함으로써 해탈(解脫)을 얻어 자유(自由)를 누리는 고인의 모습을 묘사하고 있다. 그는 세상 사람들과 만나도 인간 세상의 일을 한마디도 하지 않는다. 이미 세상과 무관한 사람이 되었으니 굳이 세상 사람들과 얽매일 필요가 없는 것이다. 그러니 이런 질 상인 같은 고인이야말로 바로 인간 세상에 허덕일 일이 없는 진정으로 한가한 사람이라 하겠다. 무심하고 한가로운 사람이야말로 바로 자유인(自由人)인 것이다.

한편 질 상인의 초월적인 모습에 대한 묘사는 어쩌면 시인이 세상의 분란에 어찌해볼 도리가 없어 무기력해진 자신의 마음을 상인에게 투영하여 극복하고자 한 것일지도 모르겠다. 시인이 생존했던 만당(晚唐) 시기는 전란이 빈번하게 발생함으로써 민생이 피폐해져 의식 있는 사람들을 매우 고뇌하게 만들었던 시기였다. 질 상인의 세속을 초월한 모습은 시인에게 귀감이자 동경의 대상이면서도 한편으로 무기력한 자신의 고뇌와 고충을 초극하기 위한 일환인지도 모른다. 우리는 그의 이런 노력의 일환을 오늘날의 관점에 비추어 소극적이고 패배주의적이라 내칠 수는 없을 것이다. 당시는 오직 심리적인 위로와 극복만이 더욱 중요했을 것이기 때문이다.

3. 송대(宋代)의 선시

왕안석(王安石: 1021~1086)

왕안석은 송대(宋代) 시인으로 자는 개보(介甫), 호는 반산(半山)이다. 무주(撫州) 임천(臨川)현, 지금의 강서(江西)성 무주(撫州)시 사람이다. 북송(北宋) 시기의 문인이면서 걸출한 정치가이자 사상가이기도 했다.

그는 송대 신종(神宗) 때 재상을 맡았으며 변법(變法) 개혁을 추진하였다. 희녕(熙寧) 2년(1069)에 참지정사(參知政事)로 승진 임용되어 변법(變法)을 주재하면서 균수법(均輸法), 농전수리법(農田水利法), 방전균세법(方田均稅法), 보갑법(保甲法) 등의 법령을 연속으로 제정하고 다음해에 재상으로 임명되자 대대적으로 개혁을 추진하게 되었다. 변법을 실시한 초기에는 신종이 왕안석을 매우 신임하였으나 실시 과정 중에 많은 문제가 출현하여 수많은 반대와 방해에 직면하게 되었다. 그리하여 그는 두 차례나 승상직을 그만두어야 했다. 그의 벼슬길은 평탄하지 못하여 자기의 큰 뜻을 펼치기 어렵다는 사실을 알고 벼슬을 그만두고 강녕(江寧), 지금의 남경(南京)의 반산(半山)에 거주하였다. 그는 불교를 가까이하였으나 끝내 마음 한 곳의 울분을 해결하지 못한 채 생을 마감하게 되었다.

죽은 후에 서국공(舒國公)에 봉해지고 얼마 가지 않아 다시 형국공(荊國公)에 봉해져서 세상에서는 그를 형공(荊公)이라 부르게 되었다.

그는 산문(散文)을 잘 써서 당송팔대가(唐宋八大家) 중의 한 사람이 되었다. 그의 문장 풍격은 웅건(雄健)·초발(峭拔)하였다고 평가되고 있다.

그는 또한 시도 잘 썼다. 설리시(說理詩)를 잘 썼으며 수사적 기교도 잘 운용하였다. 그리하여 그의 만년의 시풍은 함축(含蓄)·심침(深沉), 심완(深婉)·불박(不迫)으로 평가되고 있다. 그는 말년에 이르러 불교를 숭배하게 됨으로써 그의 시풍에도 변화를 가져오게 되어 많은 선시(禪詩) 작품을 남겼다.

동시대의 황정견(黃庭堅)은 일찍이 왕안석의 시를 평한 적이 있었다. "왕안석이 노년에 지은 짧막한 시들은 우아하고 아름다우며[아려(雅麗)], 정밀하고 절묘하다[정절(精絶)](荊公暮年作小詩, 雅麗精絶)."

엽소온(葉少蘊) 역시 ≪석림시화(石林詩話)≫에서 왕안석의 시는 "노년에 이르러 비로소 깊고 부드러우며[심완(深婉)] 급박하게 다가가지도 않는[불박(不迫)] 정취를 극진하게 이루었다(晚年始盡深婉不迫之趣)."고 평가하기도 하였다.

왕안석의 노년의 시가 지녔다고 평가되는 우아하고 아름다우며 깊고 부드러운 특징들은 바로 선적(禪的)인 경계가 지닌 특징들과 유사하다고 말할 수 있으니 우리는 이를 통해 한편으로 그가 노년에 이르러 선경(禪境)에 들어섰다는 사실을 충분히 유추해볼 수 있다.

지금 현존하는 작품으로는 ≪왕임천집(王林川集)≫, ≪왕임천집습유(王林川集拾遺)≫가 있다.

〈비래봉에 오르다(登飛來峰)〉

비래봉 위의 천심탑
불법(佛法)을 듣다가 닭 울며 해 솟아오르는 것을 본다.
떠가는 구름이 시야를 가려 멀리 바라보지 못하게 할까 두렵지 않으니 오직 내 몸이 최고층에 있기 때문이다.

> 飛來峰上千尋塔(비래봉상천심탑), 聞道雞鳴見日昇(문도계명견일승).
> 不畏浮雲遮望眼(불외부운차망안), 只緣身在最高層(지연신재최고층).

---

*飛來峰(비래봉): 비래봉. [절강(浙江)성 소흥(紹興) 남쪽 끝에 있는 산.]. 일명 보림산(寶林山), 속칭 탑산(塔山). [산 위에 응천탑(應天塔)이라는 불탑(佛塔)이 있기 때문임.]
*聞道(문도): 도리를 듣다. 가르침을 바라다.
*只緣(지연): 다만 ~ 때문이다. 오직 ~의 이유밖에 없다.

【 감상 】

이 시는 철리성(哲理性)이 매우 풍부한 천고의 절창(絶唱)이다. 젊었을 때부터 몸소 국가의 정치에 참여하면서 변법(變法)의 시행에 힘을 쓴 한 시대의 명신(名臣) 왕안석은 산에 올라 시를 읊조리는 과정에서 자신의 몸이 최고의 층위에 있기에 떠가는 구름도 두렵지 않다는 자신감과 고원(高遠)한 경계를 잘 표현했다.

첫 두 구는 비래봉의 기세가 본래 웅장하며 높고 험준한데 그 위에 있는 천심탑은 비래봉을 더욱 높고 험준하게 만들어주고 있다. 불법(佛法)을 들으며 선수행을 하고 있는데 이윽고 닭이 울자 동쪽 멀리서 비래봉 위로 붉은 해가 솟아오르는 것을 보게 된다. 이런 지경에 이르니 떠가는 구름이 멀리 바라보는 시선을 가릴까 걱정할 필요가 없다. 왜냐하면 내가 가장 높은 곳에 위치하고 있기 때문이다. 우리가 최고의 층위에 있다면 구름이 가릴까 두려워할 필요가 없듯이 우리가 최고의 불법의 지혜를 얻는다면 그 지혜의 광명이 온 세상을 비출 것이고 그로 말미암아 자유 자재한 경지에 올라 맘껏 노닐며 즐거움을 느낄 수 있을 것이다.

제1구에서 '천심'이라고 하여 그 높이를 묘사하였고 제2구에서 '견일승'이라

하여 멀리 조망한다고 함으로써 길이를 두드러지게 부각시키고 있다. 다시 제3구에서 다시 '부운'으로 높이를 다시 묘사하였고 최종적으로 '지연'이라는 이유에 대한 설명을 통해 고원(高遠)한 경계(境界), 고묘(高妙)한 우의(寓意)에 어떻게 해야만 비로소 도달할 수 있는지에 대해 보여주고 있다. 그럼으로써 선리(禪理)가 풍부한 시로 승화시키고 있다.

미국의 대통령 부시가 중국을 방문한 적이 있었다. 중국의 총리 온가보(溫家寶)가 2005년 11월 20일 북경(北京) 조어대(釣魚臺) 국빈관(國賓館)에서 열린 오찬 환영사에서 부시 대통령에게 이 시의 제3, 4구 곧 "불외부운차망안(不畏浮雲遮望眼), 지연신재최고층(只緣身在最高層)"을 읊조리며 들려주었다. 미·중 관계가 현재 다소 어려움을 겪고 있지만 향후 발전이 있을 것이라는 바람을 왕안석의 시구를 빌려 우회적으로 표현한 것이었다.

명대 시인 원굉도(袁宏道)에게도 또한 비래봉을 노래한 시로 〈장난삼아 비래봉에 대해 쓰다(戲題飛來锋)〉가 있다. 공안파는 본인의 진실한 성정을 그대로 직접 쓰자는 문학적 주장을 한 유파로서 그의 주장에 걸맞게 비래봉의 고아하면서도 고풍스러움[고고(高古)]과 더불어 선명하고 아름다움[선연(鮮妍)]을 주제로 잘 묘사하였다.

비래봉에게 시험 삼아 한 번 물어보겠으니
아직 날아가지 아니하고 지금 어디에 있는 것인가?
인간 사는 속세에는 먼지 티끌이 얼마나 되는가
그런데도 무슨 일로 날아가지 않는 것인가?
고아하면서 고풍스럽고 선명하면서 아름다우니
양웅조차도 이런 모습 부 작품으로 지어낼 수 없으리라.
　　試問飛來锋(시문·비래봉), 未飛在何處(미비재하처)?
　　人世多少塵(인세다소진), 何事不飛去(하사불비거)?

高古而鮮研(고고이선연), 揚雄不能賦(양웅불능부).

〈정림사의 거처(定林所居)〉

집은 굽이진 시내에 둘러싸져 있고 대나무는 산을 에워쌌는데,
시내와 산은 도리어 흰 구름 속에 있다.
시내에 다다라 거룻배를 대어놓고 산에 기대어 앉으니
시내의 새와 산의 꽃이 나와 함께 한가롭다.

> 屋繞灣溪竹繞山(옥요만계죽요산), 溪山卻在白雲間(계산각재백운간).
> 臨溪放艇依山坐(임계방정의산좌), 溪鳥山花共我閑(계조산화공아한).

---

*定林(정림): 정림사(定林寺). [종산(鐘山) 근처에 있었으며, 왕안석이 노년에 은거했던 장소와 그리 멀지 않다. 정림사 측에서는 그에게 집을 한 채 제공했는데, 왕안석은 그곳에서 책을 읽고 저술에 몰두하거나 손님을 맞이하곤 했다. 그가 63세 되던 원풍 3년(1083)에 북송의 유명한 서예가 미불(米芾)이 이곳을 찾아와 소문재(昭文齋)라 이름 하였고, 화가 이공린(李公麟)은 왕안석이 나귀를 타고 유람하는 그림을 그 옆에 그려 놓음.]
*灣(만): 구부러지다. 굽다. 물굽이. 만.
*溪(계): 시내. 시냇물. 산골짜기.
*艇(정): 거룻배.

【 감상 】

이 시는 왕안석이 만년에 쓴 시이다.

이 시는 의경(意境)이 청신(淸新)한 소시(小詩)로서 정림사에 있는 거처의 자연 풍광을 그림처럼 묘사하여 한적하고 편안한[한일(閑逸)] 심경(心境)을 잘 표현하고 있다.

앞 두 구는 거처의 청신하고 그윽한 환경을 묘사하고 있다. 집은 굽이진 시내에 둘러싸여 있고 대나무는 산을 에워싸고 있다. 특히 제1구에서 '요(繞)'자를 두 번 거듭 써서 집과 산이 그림처럼 아름다운 비취빛 봄 경치 속에 놓여 있음을 강조하고 있다. 그런데 맑은 시내와 비취빛 산은 도리어 흰 구름 속에 둘러싸여 있다. 그러니 더욱 맑고 고우며[청려(淸麗)] 멀고 어렴풋하다[표묘(縹緲)].

뒤 두 구는 마음에 만족스럽게 여기면서 즐거워하는 시인의 이연자득(怡然自得)의 경지와 자연 산수와 하나가 되어 감정도 잊은 모습을 묘사하고 있다. 시내에 다다라 거룻배를 대어놓고 산에 기대어 앉으니 시내의 새와 산의 꽃이 나와 함께 유달리 한가롭다.

이 시의 특징은 시인의 거처를 둘러싸고 있는 시내와 산을 구절마다 서로 대조시키고 있다는 점이다. 시내가 집을 둘러싸고 있고, 산은 대나무숲에 의해 둘러싸여 있다. 그런데 둘 다 모두 흰 구름 속에 있다. 시내에 배를 정박시키고 산을 기대고 앉았다. 그러니 시내를 나는 새와 산에 피는 꽃들이 저마다 한가로워 내 마음을 흡사 대변하고 있는 듯하다. 나와 자연이 함께 융합되어 깨달음의 기쁨인 법열(法悅)의 경계에 들어선 모습이다.

왕안석에게는 자연 산수와 하나 되어 한가롭게 법열의 경계에 들어선 듯한 심경을 묘사한 이 시와 비슷한 명구가 또 있으니 〈반산이 봄날 아침 눈앞의 일에 느낀 바 있어 즉흥시를 짓다(半山春曉即事)〉의 다음 구절이 그 예이다.

"오직 북녘 산의 새만이 지나면서 아름다운 소리 남긴다(唯有北山鳥, 經過遺好音)."

〈종산에서 노닐다(游鐘山)〉

종일토록 산을 보아도 산이 싫지 않아
마침내 산을 사서 산 속에서 죽을 때까지 늙어갈 수 있게 되었다.

산의 꽃 다 떨어져도 산은 늘 그대로 있고,
산의 개울물은 그저 흘러갈 뿐 산은 저절로 한가롭다.

終日看山不厭山(종일간산불염산), 買山終得老山間(매산종득노산간).
山花落盡山長在(산화락진산장재), 山水空流山自閑(산수공류산자한).

---

*鐘山(종산): 자금산(紫金山). [지금 강소성 남경시에 있다. 왕안석은 1076년 은퇴하여
 강녕(江寧, 지금의 남경) 종산(鐘山)에서 여생을 보냄.]

【 감상 】

이 시는 종산(鐘山)과 일체가 된 안한(安閑)의 심경을 묘사하고 있다. 마치
이백이 "서로 좋아하며 둘이 싫증 내지 않는 건, 오직 경정산 너뿐이로구나(相愛
兩不厭, 唯有敬亭山)."라고 노래한 심경과 비슷하다.

우뚝 솟은 산은 흔히 한가로우면서 스스로 만족스럽게 여기는 유연자득(悠然
自得)한 존재를 비유하면서 또한 불성(佛性)과 선심(禪心)을 상징하기도 한다.
개울물은 어떤 의도도 없이 그저 흘러갈 뿐이고 산은 무얼 한다고 분주하지
않고 저절로 한가로운 모습을 유지한다. 몸은 한가하고 마음이 깨끗할 때 바로
불성(佛性)을 깨달을 수 있는 것이 아니겠는가? 그러니 한가로움, 청정함이 불성
(佛性)의 주요 특징이라는 사실을 잘 알 수 있다.

왕안석은 그래서 〈스님에게 드리다(贈僧)〉 시에서도 "또한 마음은 가을 강물
처럼 깨끗하게 해야 하고, 몸은 산봉우리에 떠 있는 구름처럼 한가로워야 한다
(亦欲心如秋水淨, 應須身似嶺雲閑)."라고 강조하였다.

한편 이 시는 전편에 걸쳐 8개의 '산'자를 썼다. 매 구마다 두 번씩 산(山)자를
써서 독자에게 빙빙 돌며 순환하고 되풀이하는 그런 예술적인 분위기를 보여주
면서 시인이 산과 일체가 되고 싶은 그런 안한(安閑)의 심경을 두드러지게 표현
하고 있다. 이처럼 '산'자를 절묘하게 쓴 노년의 왕안석을 우리는 '산'자 운용에

대해서는 가히 스승이라 부를 만하다는 뜻으로 '산자사(山字師)'라 부를 수 있을 것이다.

그런데 젊었을 적의 왕안석은 만년의 '산자사'와는 달리 가히 '녹자사(綠字師)', 곧 '녹(綠)'자에 대해서는 스승이라 부를 만큼 절묘하게 '녹'자를 운용하기도 하였다.

그가 〈과주에 배를 정박하다(泊船瓜洲)〉 시에서 "봄바람은 또 돌아와 강남의 언덕을 푸르게 하였건만, 밝은 달은 언제나 다시 돌아와 나를 비출까(春風又綠江南岸, 明月何時照我還)?"라고 한 말은 훗날 천고의 명구가 되어 그의 시적 재능을 드높이기도 하였다.

한편 위 시의 뒤 두 구에서 거론된 '산화락진(山花落盡)'과 '산수공류(山水空流)'는 산에서 떨어지는 꽃과 산을 흐르는 개울물 간의 관계를 언급하고 있기에 우리가 흔히 말하는 이미지로서 낙화유수(落花流水)와 관련하여 다시 한 번 성찰해볼 수 있을 것이라 생각된다.

낙화유수란 떨어진 꽃잎이 물결 따라 흘러간다는 뜻이다. 따라서 낙화유수의 뜻은 쇠잔해지고 쇠락해 가는 늦봄의 경치를 가리킨다. 그 밖에도 힘과 세력이 쇠약해져 보잘것없어진 것을 비유한 말로 쇠잔해진 세월을 가리키기도 한다.

그런데 이 말은 떨어진 꽃잎과 흐르는 물을 남자와 여자에 비유하여 남녀가 서로 생각하며 그리워하는 정을 품고 있음을 나타내기도 한다. 낙화는 물결 따라 함께 흘러가기를 바라고, 유수는 낙화를 싣고 흘러가기를 바란다는 뜻에서 남녀 간에 서로 그리워하는 애틋한 정을 비유한 것이라고 할 수 있다.

한편 이 낙화와 유수를 보는 관점도 좀 더 확대하여 생각해 볼 수 있다. 즉 떨어진 꽃잎은 본래 다정하여 흐르는 물에 몸을 맡기고 싶은데 흐르는 물은 본시 무정하여 그냥 자연스럽게 아래로 흘러갈 뿐 자신에게 안기어 오는 낙엽일랑 아랑곳하지 않는다는 측면에서 낙화유수는 낙화의 유수에 대한 일방적인 짝사랑을 표현한 것으로 보는 것도 괜찮다고 생각된다.

우리나라 진제스님은 선시에서 "떨어진 꽃잎은 뜻이 있어 흐르는 물을 따라가고 싶어 하나, 흐르는 물은 본시 정이 없어 떨어진 꽃잎을 흘려보내기만 한다(落花有意隨流水, 流水無情送落花)."고 노래한 것도 바로 낙화의 유수에 대한 짝사랑의 시각에 기반하였다고 볼 수 있겠다. 물론 꽃잎이야 정을 지녔을 리 만무하지만 사랑을 아는 사람의 눈으로 떨어진 꽃잎을 보니 다정도 하여 강물에 몸을 던지건만 서럽게도 강물은 무정하여 그냥 무심히 흘려보내기만 하는 것처럼 보였으리라.

〈종산에서 쓴 즉흥시(鐘山卽事)〉

산골 물은 소리 없이 대숲을 돌아 흐르고
대숲 서쪽 화초들은 봄에 온갖 자태를 뽐내며 부드럽다.
띠풀집 처마 밑에서 종산을 마주하고 종일토록 앉아 있는데
새 한 마리도 울지 않아 산은 더욱 그윽하고 고요하다.

> 澗水無聲繞竹流(간수무성요죽류), 竹石花木弄春柔(죽석화목농춘유).
> 茅檐相對坐終日(모첨상대좌종일), 一鳥不鳴山更幽(일조불명산갱유).

---

*卽事(즉사): 눈앞의 경물에 감흥이 일어 이를 바로 시에 묘사하다. 즉흥시를 쓰다.
*澗水(간수): 산골 물, 골짜기 사이로 흐르는 시냇물. 개울물.
*弄春(농춘): 봄에 온갖 자태를 뽐내다. 온갖 교태를 부리다.
*茅檐(모첨): 띠풀로 이은 집의 처마. 초가집의 처마.
*相對(상대): 종산을 마주하고 있다.
*幽(유): 그윽하고 고요하다[幽靜]. 그윽하고 한가롭다[幽閑].

【 감상 】

이 시는 종산에 올라 즉흥적으로 떠오른 감흥을 바탕으로 우아하고 고우며[아

려(雅麗)] 그윽하고 부드러운[유완(幽婉)] 선경(仙境)을 노래한 시이다.

　시냇물이 대숲을 휘돌아 흐르는데 진한 봄기운 속에서 꽃들은 저마다 아름다운 자태를 뽐내며 희롱하고 있다. 종산이 좋아서 종산을 바라보며 종일토록 앉아 있는데, 새 한 마리도 울지 않아 산이 더욱 그윽하다. 고요하고 평온한 정밀(靜謐)의 모습이 산에 가득하다.

　산새가 이따금 울어대는 것이 더욱 산중의 고요함을 느끼게 할까? 아니면 새 한 마리도 울어대지 않을 때 더욱 산중의 고요를 느낄 수 있을까?

　남조 양(梁)대의 시인 왕적(王籍)은 "매미 우니 숲은 더욱 조용하고, 새 우니 산은 더욱 고요하다(蟬噪林逾静, 鳥鳴山更幽)"(〈약야계에 들르다(過若耶溪)〉)라고 한 데 비해, 송대의 왕안석(王安石)은 왕적의 시선과는 반대로 "새 한 마리도 울지 않으니 산은 더욱 고요하다(一鳥不鳴山更幽)."라고 하였다.

　그는 언젠가 황정견(黃庭堅)에게 "왕적의 고시 '조명산경유(鳥鳴山更幽)'는 자신의 시 '불명산경유(不鳴山更幽)'만 못 하다."고 비교한 적도 있다.

　만약 논리적으로 말한다면, 새가 우는데 산이 고요하다고 할 수는 없는 법이니 새가 한 마리도 울지 않아야 비로소 고요하다고 할 수 있을 것이다. 그러나 시적으로 보자면 이따금 우는 새가 있어야 오히려 산의 고요함과 적막감을 더 느끼게 할 수 있다고 여겨진다. 오직 고요함으로만 일관한다면 도리어 고요함을 못 느끼고 단조로움에 사로잡히기 쉽기 때문이다.

　선적인 관점에서 보자면 다 부질없는 것일 수 있겠지만 말이다. 새가 울지 않아야 산은 고요하다. 새가 울어야 산은 고요하다. 모두 맞다. 논리적 구분이 있어서는 안 된다. 그러면 또 새로운 반박과 논증이 뒤따르기 때문이다. 또 새로운 억측이 시작될 수 있기 때문이다. 말로 하는 순간 오해가 빚어진다. 말 없는 순간, 찰나의 순간에 사물의 본체와 실상을 즉각적으로 파지(把持)하는 것, 이것이 바로 선이다.

⟨오진원(悟眞院)⟩

들판의 물이 집 앞 섬돌을 종횡으로 부딪치며 흐르고
정오 창가에서 남은 꿈에 젖어 있는데 새들이 서로 부른다.
봄바람은 날마다 향기로운 화초에 불어와
무성해져서 산의 북쪽이건 남쪽이건 길들을 없애려 한다.

> 野水縱橫漱屋除(야수종횡수옥제), 午窓殘夢鳥相呼(오창잔몽조상호).
> 春風日日吹香草(춘풍일일취향초), 山北山南路欲無(산북산남로욕무).

---

*悟眞院(오진원): 종산(鐘山)의 동쪽에 있던 불교 암자. [왕안석의 노년의 시에 자주
  보임.]
*野水(야수): 들판을 흐르는 물. 인공적으로 뚫지 않은 자연 그대로 이루어진 강물.
*漱(수): 물이 언덕에 부딪치며 흐르다. 양치질하다.
*屋除(옥제): 집 앞의 섬돌.
*殘夢(잔몽): 전체 꿈 중에 남아 있는 꿈. [불완전한 환상(幻象)이나 환각(幻覺), 허환
  (虛幻)한 감각을 형용하는데 쓰이는 말.]

【 감상 】

이 시는 관직에서 물러나 종산에 거주하고 있던 왕안석이 노년에 산사를 유람
하며 쓴 작품이다. 오진원 주변의 자연 풍광과 함께 깨끗한 마음으로 봄빛을
한가롭게 즐기는 시인의 모습을 담아내서 정(情)과 경(景)이 하나로 어우러지면
서 자연스럽게 혼연일체가 되도록 쓴 시이다.

앞의 두 구는 한 폭의 산사(山寺) 풍경도(風景圖)이다. 집 앞 섬돌을 종횡으로
부딪치며 흐르는 들판의 시냇물에 의해 오진원이 씻김으로써 먼지 하나 없이
깨끗하다. 이곳은 속세의 시끄러운 소리가 하나도 없이 고요하여 정오 무렵
한창 낮잠에 젖어 있는데 때마침 새들이 지저귀며 서로 부르는 소리를 내니

마치 꿈에서 얼른 깨어나라고 하는 듯하다.

　뒤 두 구에서 시인의 시선은 가까운 오진원에서 멀리 산으로 옮겨가고 있다. 오진원은 이제 3월 늦봄에 놓이며 따뜻한 봄바람이 날마다 화초에 불어옴으로써 인적이 드문 오솔길은 푸른 풀들에 의해 가득 뒤덮이게 되었다. 그래서 북쪽이건 남쪽이건 산으로 가는 온 길은 전부 풀에 뒤덮여 분간할 수 없게 만들 정도이다.

　매일 향기로운 화초에 바람이 불어오니 이곳 오진원은 마치 향기로운 부처의 나라인 불국(佛國)을 이룬 듯하고 또한 속세의 근심과 소란이라곤 하나도 없이 이토록 아름다운 자연과 짝하여 있으니 자연스레 시인에게 편안하고 한가롭게 온 마음을 다 기울여 불법(佛法)과 불도(佛道)를 수행하도록 만드는 이상향처럼 여겨지게 하고 있다.

혜숭(惠崇: 965~1017)

혜숭은 북송(北宋)시대 시인이자 스님이며 화가로서 복건(福建) 건양(建陽) 사람이다.

그는 화가로서 자연 산수의 작은 풍경들을 그리는데 뛰어났기에 세상에서는 그의 그림을 '혜숭소경(惠崇小景)' 곧 '혜숭의 작은 풍경화'라는 특정한 이름으로 부르기도 하였다. 그는 자연 산수 중에서도 특히 거위, 기러기, 백로 등의 조류와 차가운 물가, 멀리 있는 모래섬 등의 소재를 잘 그렸다. 그의 그림의 의경(意境)은 적막하고 공허하며 드넓었다.

그는 시인으로서 5언 율시에 전문적이고 정통하였는데 자연의 작은 풍경을 많이 묘사하였으며 전고(典故) 사용을 꺼렸고 스케치하듯 간략하고 단순하게 묘사하는 백묘(白描) 수법을 숭상하였는데 구양수(歐陽修) 등의 대가로부터 칭찬을 받기도 하였다.

그는 송대의 유명한 시인이자 스님 그룹인 구시승(九詩僧)에 속하며 그중 일곱 번째로 꼽힌다. 특히 5언시에 뛰어났다.

소식(蘇軾)이 혜숭(惠崇)의 그림 〈봄 강의 해질녘 풍경(春江晚景)〉을 보고 쓴 시 〈혜숭의 '봄 강 해질녘 풍경' 그림(惠崇春江晚景)〉 시 중 아래 구절은 천고에 명구로 전해지기도 한다.

"대나무 숲 밖의 복사꽃 두세 가지, 봄 강물 따뜻해지니 오리가 먼저 아네(竹外桃花三兩枝, 春江水暖鴨先知)."

〈양운경의 회하 위 별장을 방문하다(訪楊雲卿淮上別業)〉

지역이 근접하여 자주 방문할 수 있었으니
서로 손 잡고 들판의 정자를 향해 가곤 하였다.
회하는 산등성이의 형상을 자른 듯이 나누어 사이를 흐르고
봄바람은 불어 들어와 불태운 자리도 푸릇푸릇해졌다.
오랫동안 멀리 바라보며 낚시하던 어부는 낚싯대를 거두어들이고
길게 큰 소리로 울던 학도 깃털을 떨치며 날아간다.
돌아가는 길이 늦어졌다고 근심하지 않으니
밝은 달이 모래섬 위로 떠올라서이지.

　　　地近得頻到(지근득빈도), 相携向野亭(상휴향야정).
　　　河分岡勢斷(하분강세단), 春入燒痕靑(춘입소흔청).
　　　望久人收釣(망구인수조), 吟餘鶴振翎(음여학진령).
　　　不愁歸路晚(불수귀로만), 明月上前汀(명월상전정).

---

*頻(빈): 자주. 누차. 자꾸.
*携(휴): 손을 잡다. 끌다. 데리다. 거느리다.
*岡(강): (비교적 낮고 평평한) 산등성이. 언덕.
*勢(세): 자연계의 현상이나 형상(形狀). [다른 판본에서는 '抛(포)'로 되어 있다. '포'는
　떨구어 놓다. 내버리다. 따라서 '포'자로 해석하면 세차게 흐르는 회하가 산등성이를
　떨구어 끊어서 나누어 놓았다는 뜻이 됨.]
*吟餘(음여): 길게 큰 소리로 울다.
*振翎(진령): 깃털을 떨치다. 날갯짓하다.
*汀(정): 물가. 모래섬.

【 감상 】

이 시는 오랜 친구를 방문하여 근심 걱정 잊고 자연 산수에 몰입하는 과정을

묘사한 5언 율시인데, 시 전반에 봄기운이 가득 넘쳐흐르고 있다.

수련은 친구를 방문하는 내용으로 제목을 요약해서 보여주고 있다고 할 수 있다. 시인은 세속을 떠나있는 고승(高僧)과 가까운 곳에 살고 있어서 자주 함께 들판 정자를 찾기도 하면서 봄놀이 산보를 하곤 하였다.

함련은 사람을 도취하게 하는 봄날의 풍경을 묘사하고 있다. 산등성이의 형상을 자른 듯이 가파르게 나뉜 사이로 회하는 흘러가고 있다. 산은 높고 강물은 넓다. 황량한 들판은 불을 태워놔 거뭇거뭇한데 이제 봄바람이 불어오니 그 자리에 연한 풀이 돋아나면서 푸릇푸릇해졌다.

경련에서 시인의 시선은 다시 들판 저 멀리 향하고 있다. 유유하고 한가로운 어부는 오랫동안 멀리 바라보며 낚시질하다가 이제는 낚싯대를 거두어들여 집으로 돌아가려 하고 있고, 길게 큰 소리로 울던 백학도 날개를 떨치며 높이 날아간다.

미련에서는 유련망반(流連忘返), 곧 봄놀이를 즐기느라 집으로 돌아가는 것도 잊을 정도임을 묘사하고 있다. 집으로 돌아갔어야 했는데 유람을 즐기느라 날이 저물기까지 돌아가지 못한 걸 근심하거나 후회하지 않는다. 게다가 밝은 달까지 모래섬 위로 떠올라 아름다운 풍광을 구성하니 더욱이나 돌아갈 생각을 잊어버리는 것이다. 편안하고 즐거우며[도연(陶然)] 스스로 만족하고[자득(自得)] 있는 모습이다.

이 시는 전체적으로 대구가 정밀하게 잘 짜여 있고, 묘사가 매우 세밀하며 정취와 분위기가 문채(文彩)가 있고 뛰어나다.

소식(蘇軾: 1037~1101)

소식은 북송(北宋) 시인으로 자(字)는 자첨(子瞻)이고 호는 철관도인(鐵冠道人), 동파거사(東坡居士)이며 세상에서는 소동파(蘇東坡), 소선(蘇仙), 파선(坡仙) 등으로 부르기도 한다.

그는 미주(眉州) 미산(眉山), 지금의 사천(四川)성 미산(眉山)시 사람이다. 아버지 소순(蘇洵), 동생 소철(蘇轍)과 함께 삼소(三蘇)로 병칭되기도 한다.

그는 가우(嘉祐) 2년(1057)에 진사(進士)에 급제하였다. 신종(神宗) 때에 항주(杭州), 호주(湖州) 등지에서 관직을 맡았다. 원풍(元豐) 3년(1080)에 오대시안(烏臺詩案)으로 인하여 체포되어 감옥에 감금되었다. 같은 해에 황주단련부사(黃州團練副使)로 좌천되었다. 신당(新黨)이 집정함에 따라 "전 조정을 풍자하고 비웃었다(譏訕先朝)."는 죄명을 받고 다시 강등되어 혜주(惠州)로 쫓겨났다. 소식은 이렇게 머나먼 광동(廣東) 땅 혜주에서 4년 동안 머무르며 지내야만 했다. 휘종(徽宗) 때에 사면을 받고 북으로 돌아오다가 상주(常州)에서 병사하였다.

소식은 북송 중기 문단의 영수(領袖)로서 시(詩), 사(詞), 문(文), 서(書), 화(畵) 등 모든 방면에서 아주 높은 성취를 이루었다.

그의 시는 제재가 광범위하였고 시풍이 청신(淸新)·호건(豪健)하였으며 과장(誇張)과 비유 수법을 잘 운영하여 독자적인 풍격을 갖추었기에 황정견(黃庭堅)과 함께 소황(蘇黃)으로 병칭되기도 한다.

그의 사(詞)는 호방(豪放)의 유파를 개창하여 신기질(辛棄疾)과 호방파의 대표 노릇을 하였기에 또한 소신(蘇辛)으로 병칭되기도 하였다.

그의 산문은 저술이 더욱 풍부한데, 글이 자유자재로 거침이 없이 호방하였으며 마치 구름이 떠가고 물이 흐르는 행운유수(行雲流水)처럼 자연스러워 구양수(歐陽修)와 함께 구소(歐蘇)로 병칭되기도 하였다. 또한 한유(韓愈), 유종원(柳宗元), 구양수(歐陽修), 소순(蘇洵), 소철(蘇轍), 왕안석(王安石), 증공(曾鞏)과 함께 당송팔대가(唐代八大家)로 합칭되기도 한다.

소식은 또한 서예에도 뛰어나서 황정견(黃庭堅), 미불(米市), 채양(蔡襄) 등과 함께 송사가(末四家)로 합칭되기도 한다. 그는 또한 문인화(文人畫)를 잘 그렸는데 그중에서도 묵죽(墨竹), 괴석(怪石), 고목(枯木) 등을 더욱 잘 그렸다. 소식은 그야말로 시문·서화 등 모든 예술 방면에 다재다능한 사람으로서 가히 종래에 보기 드문 천재라고 할 수 있다.

항상 오(吳)와 월(越) 지역에 있는 명승들과 왕래를 하였으며 또한 수많은 선사들과 날카로운 논쟁을 벌이기도 하였다. 그는 동림상총(東林常總) 선사의 계승자로 열거되기도 하는데 일찍이 자신은 전생이 스님이었을 것이라고 스스로 말한 적도 있다.

그의 저서로는 ≪소식시집(蘇軾詩集)≫, ≪동파문집(東坡文集)≫, ≪동파악부(東坡樂府)≫ 등이 있다.

〈동생 자유의 민지에서 옛일을 회상한 시에 화답하다(和子由澠池懷舊)〉

사람이 살면서 지나온 길 무엇과 닮았는지 아시는가?
응당 날던 기러기 눈 녹은 진흙땅을 밟는 것과 같을 것이네.
진흙땅 위에 우연히 발자국 남겼지만
기러기 날아가고 나면 어떻게 다시 방향을 가늠할 수 있던가!
노승은 이미 죽어 새로운 사리탑이 지어져 있고
무너진 담장에는 지난날 쓴 시 찾을 길 없네.

지난날 험난했던 길을 기억하고 계시는가?

길은 멀어 사람은 지쳤는데 절룩거리던 나귀는 힘들어 울던 것을!

人生到處知何似(인생도처지하사), 應似飛鴻踏雪泥(응사비홍답설니).

泥上偶然留指爪(니상우연류지조), 鴻飛哪復計東西(홍비나부계동서).

老僧已死成新塔(노승이사성신탑), 壞壁無由見舊題(괴벽무유견구제).

往日崎嶇還記否(왕일기구환기부), 路長人困蹇驢嘶(노장인곤건려시).

---

*子由(자유): 소식의 동생인 소철(蘇轍, 1039~1112)의 자(字).

*澠池(민지): 하남성(河南省) 낙양(洛陽) 서쪽에 있던 현(縣) 이름. [소식 형제가 5년
전에 과거를 보기 위해 상경하면서 지나던 곳.]

*和(화): 화답하다. [화운시(和韻詩)는 다른 사람의 시에 썼던 운자(韻字)를 그대로
사용하여 지은 시를 가리킴.]

*應(응): 응당 ~할 것이다. 아마 ~할 것이다.

*雪泥(설니): 눈 녹은 진흙땅.

*留指爪(류지조): 발자국을 남기다. 어떤 사람이나 지난 일의 흔적.

*計東西(계동서): 방향을 가늠하다.

*崎嶇(기구): 험난했던 일. 산길이 험함.

*蹇驢(건려): 발을 절룩이는 나귀.

*嘶(시): 울다. 흐느끼다.

【 감상 】

남송(南宋) 엄우(嚴羽)는 율시(律詩)의 창작 방법과 성취에 대해 일찍이 간단
하게 다음과 같은 평가를 내린 적이 있다.

"대구(對句)를 이루어야 하는 함련(頷聯)과 경련(頸聯)은 꽤 쉽게 좋은 시구를
얻을 수 있다. 그러나 결구(結句)인 미련(尾聯)은 좋은 시구를 얻기가 꽤 어렵다.
그런데 발구(發句)인 수련(首聯)은 좋은 시구를 얻기가 특히 더욱 어렵다(對句好
可得, 結句好難得, 發句好尤難得)."

그런데 이 시는 결구인 미련이 훌륭하면서 발구인 수련은 더욱 절묘하게 이루

어져 예로부터 칭송을 많이 받아온 7언 율시이다. 유명한 설니홍조(雪泥鴻爪), 곧 눈 녹은 진흙땅에 찍힌 기러기의 발자국이란 성어도 바로 이 시에서 유래된 것이다.

수련에서 시인은 먼저 매우 흥미 있는 문제를 제기한다. 사람이 살면서 지나온 길 무엇과 닮았는지 아시는가? 마치 눈 녹은 진흙땅 위에 찍힌 기러기의 발자국과도 같지 않겠느냐고 반문하고 있다.

함련에서는 우리가 결국 인생무상(人生無常)의 진리를 대면해야 한다는 현실을 일깨워주고 있다.

눈 녹은 진흙땅 위에 찍힌 기러기 발자국처럼 사람이 남긴 발자취 역시 그다지 오래가지는 않겠지만 하여간 잠시 잠깐 지상에 남아 있을 수는 있다. 그런데 문제는 단순히 발자취에 있지 않다. 기러기가 일단 날아 가버리면 과연 어디로 갔는지 그 방향과 존재를 찾기는 더욱더 어려워진다. 마찬가지로 사람이란 존재역시 일단 이 세상을 떠나가면 더 이상 찾을 길 없으니 더욱 슬픈 일이 아닐수 없는 것이다. 마르셀 프루스트 역시 〈잃어버린 시간을 찾아서〉에서 "저마다다른 방법으로 인생이라는 이름의 강을 건너다가 어느날 문득 사라질 것이다."라고 허무한 인생을 설파한 적이 있다. 이 연은 인생무상(人生無常)을 느끼게하면서 인생은 결국 공(空)이며 진리는 공(空)에 있다는 사실을 직시하며 성찰하도록 우리를 이끌어주고 있다.

경련에서는 과거를 회상하고 있다. 시인과 소철(蘇轍) 두 형제가 옛일을 돌이켜 봐도 모두 마찬가지로 한결같이 덧없고 무상하다.

1056년에 시인은 그의 아우 소철과 변경[汴京, 지금의 개봉(開封)]으로 시험을 보러 가다가 이곳 하남(河南)성에 있는 민지(澠池)현을 지났었다. 그러다가 5년 뒤인 1061년에 소식은 섬서(陝西) 임지로 부임하러 갈 적에 다시 이곳을 지나간다. 5년이란 시간이 사람과 사물들을 모두 사라지게 만든 것이다. 노승은 이미 열반하여 사리탑이 새로 세워졌고 담장은 무너져 이미 폐허가 되었고,

지난날 동생이 담장 위에 흥이 나서 썼던 시 역시 이미 자취가 없이 사라졌다.

미련에서는 인생무상을 직시할 수 있게 된 시각으로 지난날 동생과 힘들었던 시절을 담담하게 회상하면서 달관하기에 이른다. 우리 형제가 함께 걸어야 했던 험난했던 길을 떠올려보면 길은 멀고 사람은 지쳤는데 절룩거리던 나귀조차도 힘들어 울었다. 지난 세월을 돌이켜 보면 마치 어제처럼 눈에 선한데, 당시 힘들었다고는 하지만 인생은 고통이자 고해라는 관점으로 생각하니 그런대로 또한 받아들일 만하다.

이제 인생의 무상을 깨달았고 또한 인생은 고해라는 숙명을 받아들였으니 남는 것은 결국 모든 것이 공(空)으로 환원된다는 진실을 깨닫는 일이다. 인생은 공하다는 진리를 받아들이는 순간 대자유(大自由)의 광명을 얻게 될 것이다.

우리는 살아가면서 진흙땅 위에 남긴 발자국처럼 발자취를 남긴다. 잠시 잠깐이긴 하지만 우리가 남긴 이 발자취가 있기 때문에 우리는 또한 우리의 행동거지를 조심하지 않을 수 없다.

왜 그럴까? 우리나라 조선(朝鮮)의 서산대사는 〈답설(踏雪)〉 시에서 그 이유를 준엄한 태도로 알려주고 있다. 설사 몇 발자국일지라도 우리가 남긴 발자취가 후인들의 이정표가 될 수도 있으니 매우 신중하게 남겨야 한다는 것이다. 내 인생이라고 해서 마음대로, 함부로 살아서는 안 되며 책임감을 느끼면서 남을 생각하며 살아야 한다는 사실을 함께 가르쳐주고 있다.

눈 밟으며 들판을 거닐 적에
함부로 어지러이 걸어서는 안 된다.
오늘 나의 행적이
마침내 후인들의 이정표가 될지니.
　　踏雪野中去(답설야중거), 不須胡亂行(불수호란행).
　　今日我行績(금일아행적), 遂作後人程(수작후인정).

이 시는 지금의 나의 발자취가 훗날 후인들에게 부끄럽지는 않을까 수시로 성찰을 하면서 길을 걸을 것을 준엄하게 요구하고 있다.

이렇게 남을 위해 책임감을 느끼며 공감과 연민의 삶을 산 사람은 죽어서도 당연히 산 자들의 가슴 속에 남아 있을 것이다. 그래서 노신(魯迅)은 "죽은 자가 만약 산 자의 마음속에 기억되어 묻혀 있지 않다면 그것이야말로 진짜 죽어버린 것이다(死者倘不埋在活人的心中, 那就眞眞死掉了)."라고까지 말한 적이 있다. 죽은 자의 행적이 산 자의 마음속에 여전히 기억되어 남아 있다면 그는 죽었어도 죽은 게 아니라는 얘기일 것이다.

동일한 맥락에서 죽어도 살 수 있는 길을 중국의 현대 시인 장극가(臧克家)는 〈어떤 사람(有的人)−노신을 기념하며 느낌이 있어(紀念魯迅有感)〉에서 다음과 같이 노래했다.

어떤 사람은 살아있지만
이미 죽어버린 사람이 있다.
어떤 사람은 죽었지만
아직 살아 있는 사람이 있다.

어떤 사람은
백성의 머리 위에 타고 앉아서
"하하, 내가 얼마나 위대한가!" 감탄하지만
어떤 사람은
몸을 굽혀서 백성에게 소와 말이 되어 준다.

어떤 사람은
이름을 돌에 새겨 넣고 '불후'해지길 원하지만

어떤 사람은

진심으로 들풀이 되어 이윽고 땅의 불길에 태워지길 원한다.

……

> 有的人活着(유적인활착), 他已經死了(타이경사료);
> 有的人死了(유적인사료), 他還活着(타환활착).
> 有的人騎在人民頭上(유적인기재인민두상), "呵, 我多偉大(가, 아다위대)!"
> 有的人俯下身子給人民當牛馬(유적인부하신자급인민당우마).
> 有的人把名字刻入石頭想"不朽"(유적인파명자각입석두상"불후");
> 有的人情願作野草, 等着地下的火燒(유적인정원작야초, 등착지하적화소).

　　살아 있어도 이웃과 더불어 살고, 그들의 고통을 함께 나누고자 하는 열정이 없다면, 오직 자신만을 위해서 살고 나아가 남의 머리 위에 군림하려고만 든다면 그는 살아 있어도 죽은 거나 마찬가지다. 아무도 그를 기억해주지 않을 것이기 때문이다. 사람은 타인의 기억 속에서, 그리고 추억 속에서 여전히 살아 있기 때문이다. 그러니 우리가 걸어야 할 길이 자칫 이기적인 길이 되지 않도록, 더불어 가는 길이 되도록 항상 자신의 자리를 점검하면서 걸어야 할 것이다.

〈혜주 영혜원의 벽에 쓰다(題惠州靈慧院壁)〉

전례 없이 무지개를 내뱉는 듯한 기세를 직시하니
오호(五湖)와 삼도(三島)를 가슴에 품은 듯하네.
당신을 만나 공수하지 않는 것을 탓하지 마시오,
내겐 오직 산승만이 보일 뿐 당신은 보이지 않으니.

> 直視無前氣吐虹(직시무전기토홍), 五湖三島在胸中(오호삼도재흉중).
> 相逢莫怪不相揖(상봉막괴불상읍), 只見山僧不見公(지견산승불견공).

*無前(무전): 전례가 없다. 무적이다. 견줄 사람이 없다.
*氣吐虹(기토홍): 기세가 무지개를 삼키는 듯하다. 기세가 매우 강함을 비유함.
*五湖(오호): 동정호(洞庭湖), 파양호(鄱陽湖), 태호(太湖), 소호(巢湖), 팽려호(彭蠡湖) 등 다섯 개의 큰 호수.
*三島(삼도): 전설 속에 신선이 산다는 봉래(蓬萊), 방장(方丈), 영주(瀛洲) 등의 세 섬.
*相揖(상읍): 공수(拱手)하여 인사하는 것. [공수(拱手)한 손을 얼굴 앞으로 들고 허리를 앞으로 공손히 구부렸다 펴면서 손을 내리는 인사.]
*公(공): 영혜원에 그려진 벽화 속의 인물로 보임.

【 감상 】

재능이 많은 자에게 어려움이 많이 뒤따르듯이 어긋나고 뒤틀린 운명 속에서 자연적으로 소식은 불(佛)과 선(禪)을 배우고 익혔다. 그래서 매번 어떤 지역을 찾아갈 때마다 꼭 그곳에 있는 사원(寺院)을 찾아 선승(禪僧)을 만나고자 하였다.

한번은 영혜원(靈慧院)을 방문하였는데 그곳 담벼락에 그려진 벽화(壁畫) 한 폭을 보았다, 술에 취한 자를 그려놓은 그림이었는데 그 취객이 스님인지 속인인지는 결코 구분이 안 되었다. 그런데 이 그림에 그려진 취객(醉客)은 이 시의 첫 두 구에서 묘사하였듯이 전례 없이 무지개를 내뱉는 듯한 기세가 있었고 오호(五湖)와 삼도(三島)를 가슴에 품은 듯 웅혼한 흉금을 지닌 듯 보였다.

소식이 스님에게 물었다. "이 그림을 과연 누가 그렸습니까?" 스님이 대답했다. "촉 땅의 스님인 은만(隱巒)의 작품입니다." 그러자 원래 촉 땅 출신이었던 소식은 갑자기 고향에 대한 그리움이 생겼고 그래서 뒷 두 구의 고백을 하게 되었다.

그림 속에 그려진 취객 당신에게 공수하며 인사 올리지 않는 걸 탓하지 마시구려, 왜냐하면 내겐 그림을 직접 그리신 촉 땅 내 고향 출신의 산승(山僧)만 생각난다오. 그만큼 나는 고향을 떠나서 이렇게 먼 타향 땅을 전전한 지 오래되었기 때문이라오. 당신은 그저 산승의 손으로 화면에 그려진 대상일 뿐이지 않으시오!

소식은 숱한 많은 환난과 시련을 겪고 선(禪)에 대해서 이해와 깨달음을 갖게 되었다. 이제 세상을 잊은 그에게 무지개를 내뱉는 듯한 기세와 오호(五湖)와 삼도(三島)를 가슴에 품은 듯한 화면속 취객의 웅장한 흉금이 뭐 중요할 게 있겠는가? 그것은 머지않아 사라질 대상들일 뿐이다.

깨달음의 눈으로 보니 세상이 환호하고 따르는 것들이 그냥 우습게만 느껴진다. 그에게는 다만 먼 타향까지 와서 그림을 남긴 어느 고향 출신 선승의 모습만이 더 아련하게 동병상련의 정서를 느끼게 하는 것이다. 깨달은 자의 시선으로 보는 세상의 경중(輕重)은 속세 일반인의 가치관과 판연히 달라서이지 않을까!

〈혜숭의 '봄 강 해질녘 풍경' 그림(惠崇春江晩景)〉

대나무 숲 밖의 복사꽃 두세 가지
봄 강물 따뜻해지니 오리가 먼저 아네.
땅에는 물쑥 가득하고 갈대 싹 짧게 돋아나니
바로 복어가 강으로 올라오려는 때로구나.

竹外桃花三兩枝(죽외도화삼양지), 春江水暖鴨先知(춘강수난압선지).
蔞蒿滿地蘆芽短(누호만지노아단), 正是河豚欲上時(정시하돈욕상시).

---

*蔞蒿(누호): 물쑥.
*蘆芽(노아): 갈대의 어린 새싹.
*河豚(하돈): 복어.

【 감상 】

이 시는 제화시(題畵詩)의 일종이다. 제화시란 그림을 제재(題材)로 삼아 지은 시라는 뜻으로 두 종류가 있다. 하나는 화가 자신이 작품의 내용에 대한 감상자들의 이해를 돕기 위해 제목을 대신해서 직접 그림 위에 지은 시이다. 다른 하나는 어떤 그림을 보고 감동한 시인이 그림 위가 아니라 다른 곳에 따로 쓴 일종의 감상시(鑑賞詩)이다.

이 시의 모티프가 된 그림은 혜숭의 〈봄 강 해질녘 풍경(春江晚景)〉이다. 혜숭은 송대 초기 구시승(九詩僧) 중 한 명으로 시와 그림으로 명성이 높았던 승려로서 '혜숭소경(惠崇小景)'이라고 할 정도로 주로 새나 짐승이 노니는 강가 마을의 풍경 소품을 잘 그렸다. 소식과 동시대 사람은 아니었기에 소식은 그를 만난 적은 없을 것이며 오직 그의 그림만을 보고 상상으로 이 시를 썼을 것이라 생각된다.

복사꽃이 막 피어나기 시작하는 초봄, 겨우내 움츠렸던 오리가 먼저 계절의 변화를 알고 연못으로 나와 물장구를 친다. 물론 혜숭의 그림에 대한 묘사이기는 하지만 겨울과 봄이 교체되는 경계선을 오리가 제일 먼저 감지하였다는 표현을 통해 이른 봄기운이 찾아온 강남지역의 풍경을 생동적으로 잘 묘사하였다고 할 수 있다.

선사(禪師)가 선사가 될 수 있는 까닭, 시인이 시인으로 존재할 수 있는 까닭은 어디에 있는가? 다름 아니라 바로 그들이 보통 일반적인 심상(尋常)한 사물 가운데서도 지고지순(至高至純)한 도리(道理) 내지는 진리를 통찰하여 발견해 낼 수 있기 때문이다.

그간 장강(長江)과 황하(黃河)처럼 길게 흐르는 시간의 흐름 속에서 봄날은 무수하게 지나갔고, 또 무수한 사람들이 그렇게 무수하게 흘러간 봄날을 경험해왔다. 그러나 그 무수한 봄날, 그 무수한 사람들 속에서 오직 소식이란 시인만이 '춘강수난압선지(春江水暖鴨先知)'를 알아차렸다. 그만이 오직 삶이란 커튼 뒤에 숨은 비의(秘意)를 간파한 것이다. 그가 시인으로서, 그리고 선을 깨달은 자로서 우뚝 선 존재가 될 수 있었던 이유이기도 하다.

또한 미식가이자 요리사였던 소식의 눈에 더부룩한 쑥과 연하게 솟아나는 갈대 싹 그림이 보이자 자연 이것들과 좋은 조화를 이루는 요리재료로서 이때쯤 마침 강으로 올라오기 시작하는 복어에 생각이 미칠 수밖에 없었을 것이다. 따뜻한 봄이 막 찾아오자 헤엄치는 오리, 그리고 쑥과 갈대 싹, 다시 상상으로 이어지는 복어 등이 일상적 생활의 한 장면을 연출하면서 정겨운 우리네 삶의 모습을 재현해 주고 있다.

명청(明淸) 두 조대에 걸쳐 시인들의 마음속엔 오직 당시(唐詩)만 존재하여 송시(宋詩)를 눈에 두지 않았다. 강희(康熙) 연간의 대학자이자 대시인이었던 모희령(毛希齡)은 소식의 이 시에 대해 "봄 강물이 따뜻한 줄을 그 오리가 확실히 안다고 한다면 거위는 알지 못한단 말인가(春江水暖, 定該鴨知, 鵝不知耶)?"라고 하며 냉소적으로 비판하기도 하였다. 그러나 이것은 그저 트집 잡기 위한 근거 없는 비판에 불과할 뿐 시를 시답게 제대로 읽은 평론은 아니라고 생각된다.

그런데 혜숭의 그림에 대한 제화시는 소식과 동시대의 황정견(黃庭堅)도 남기는데 그가 쓴 〈정방의 화집에 쓰다(題鄭防畫夾)〉 시 다섯 수 중 제1수를 보자.

혜숭의 그림 〈안개비 속에 돌아가는 기러기〉는
저절로 나를 소수(瀟水), 상수(湘水)와 동정호로 이끈다.
일엽편주 불러 고향으로 돌아가려 하니
친구가 이것은 단청 그림일 뿐이라 말해 준다.
　惠崇煙雨歸鴈(혜숭연우귀안), 坐我瀟湘洞庭(좌아소상동정).
　欲喚扁舟歸去(욕환편주귀거), 故人言是丹青(고인언시단청).

여기서 '좌(坐)'는 '인(因)', 즉 '때문에'라는 뜻의 접속사로 풀어도 좋겠고, '무고(無故)', '자연이연(自然而然)' 등의 부사적인 뜻으로 '이유 없이', '저절로', '저도 모르게' 등으로 풀이하는 것도 좋을 거라 생각된다.

그림을 보고 배를 불러 고향으로 돌아가려고 했다는 말은 혜숭의 그림이 대단히 사실적으로 묘사되어 그림과 현실을 잠시 혼동할 정도였음을 칭송한 것이다.

다시 한 번 혜숭의 그림 솜씨를 짐작하게 하는 말이다.

〈서림사 벽에 쓰다(題西林壁)〉

가로로 보면 고개가 되고 옆으로 보면 봉우리를 이루며
원근 고저에 따라 각각 그 모습이 달라진다.
여산의 참모습을 알지 못하겠으니,
다만 내 몸이 이 산 속에 있기 때문이네.

　　　橫看成嶺側成峰(횡간성령측성봉), 遠近高低各不同(원근고저각부동).
　　　不識廬山眞面目(불식여산진면목), 只緣身在此山中(지연신재차산중).

----

*西林(서림): 여산(廬山)에 있는 서림사(西林寺). [송 이후 건명사(乾明寺)라 불림.]
*嶺(령): 재. 고개.
*廬山(여산): 강서성(江西省) 구강현(九江縣)과 성자현(星子縣) 사이에 있는 산.
*眞面目(진면목): 진짜 모습. 진면목. 참모습.
*只緣(지연): 다만 ~ 때문이다. 오직 ~의 이유밖에 없다.

【 감상 】

소식은 이 시에서 한눈에 간파하기 어려운 여산(廬山)의 진면목(眞面目)에 대해서 얘기하였다.

서림(西林)은 여산(廬山)에 있는 서림사(西林寺)를 가리킨다. 여산은 지금의 강서성(江西省) 구강(九江)현과 성자(星子)현 사이에 있는 산이다. 이 산은 워낙 안개가 많아 쉽사리 전모를 드러내지 않고, 또 산세가 워낙 깊어 전체를 조망하기가 쉽지 않다. 그래서 여산은 선적인 경계가 충만한 보배로운 산[보산(寶山)]으로 여겨지기도 한다.

소식은 황주(黃州)에서 좌천되어 다시 여주(汝州) 단련부사(團練副使)에 임명되어 임지로 갈 적에 구강(九江)을 지나면서 여산(廬山)을 유람하게 되었다. 이 시는 소식이 여산을 유람하고 난 뒤에 쓴 작품이다.

이 시는 선적인 철리(哲理)를 담은 시이다. 여산의 변화 많고 다채로운 모습을 묘사한 이 시는 풍광과 경치를 빌려 도리를 말함으로써 자신의 감동과 깨달음을 토로하고 있다.

여산은 어디서 보더라도 모습이 달라져 보인다. 그런데 여산의 참모습을 보지 못하는 이유는 어디에 있는가? 바로 우리가 산 안에 있고, 산을 아직 벗어나지 못했기 때문이다. 당사자는 알지 못하지만 옆에서 보는 자는 명확히 아는[당국자미(當局者迷), 방관자청(旁觀者淸)] 이유 역시 여기에 있다.

이 이치는 모든 일에 적용할 수 있다. 어떤 구체적인 환경과 사건 속에 함몰되어 있을 때 우리는 흔히 눈앞의 물상(物象)에 의해 눈이 가려짐으로써 환경과 사건의 본래 참모습을 전면적이고 객관적으로 인식할 수 없기에 이른다. 종종 단편적이고 주관적으로 인식하게 됨으로써 흔히 잘못된 판단과 결정을 내리기가 쉬운 것이다.

어느 것에 얽매여 초탈하지 못하면 결국 대국을 볼 수 없게 된다. 지금 자신을 구속하고 있는 것으로부터 마음을 훌훌 털고 비웠을 때, 그리고 한발 물러나 객관적으로 볼 수 있을 때 비로소 그것의 전모를 선명하게, 있는 그대로 볼 수 있는 것이다. 비우고 물러나기, 그래서 있는 그대로 보아내기, 다시 말해서 공(空), 초탈(超脫), 여여(如如) 등을 기본 관점으로 삼아 이 시를 읽는 것이 바로 지음(知音)의 독법이 아닐까 생각해본다.

〈여산의 안개비(廬山煙雨)〉

여산의 안개비와 전당강의 조수,
가보지 못할 적에는 온갖 한스러움이 사라지질 않았다.

마침내 가서 보고 다시 돌아오니 특별히 다른 게 없고,
여전히 여산의 안개비와 전당강의 조수이다.

> 廬山煙雨浙江潮(여산연우·절강조), 未到千般恨不消(미도천반한불소).
> 到得還來無別事(도득환래무별사), 廬山煙雨浙江潮(여산연우·절강조).

---

*浙江(절강): 여기서는 전당강(錢塘江)을 가리킨다.
*千般(천반): 온갖. 갖가지. 각종 각양.

【 감상 】

이 시는 깨닫기 전과 깨달은 뒤의 경계를 비유적으로 묘사한 시로서 도리상의
의취를 설파한 이취시(理趣詩)이다.

여산의 안개비와 전당강의 조수는 모두 매우 유명한 경관들이다. 때문에 그곳
들을 직접 가보지 못했을 때는 마음속에는 온갖 한스러움과 가보고 싶은 마음들
로 가득 차 있었다. 그러다가 오랜 바람 끝에 결국 그 유명한 경관들을 직접
가서 보고 돌아왔는데, 이제 그 뒤로는 시인에게 여산의 안개비와 전당강의
조수는 더 이상 뭔가 특별한 것으로 여겨지지 않고 그냥 그대로 여산의 안개비와
전당강의 조수 그 자체로 인식될 뿐이다.

이 시는 청원유신(靑原惟信) 선사가 말한 3단계의 경계를 떠올리게 한다.

제1단계는 견산시산(見山是山), 견수시수(見水是水)이다. 아무런 지식이 없을
때는 산을 보면 그냥 산일 뿐이요, 강물을 보면 그냥 강물일 뿐이다. 뭔가 특별한
게 없다.

제2단계는 견산불시산(見山不是山), 견수불시수(見水不是水)이다. 일정한 지
식을 갖추고 나면 자꾸 분별하게 됨으로 인해서 이제 그 산들을 보면 그저 눈에
보이는 그대로의 산이 아니고, 강물을 보면 눈에 보이는 그대로의 강물이 아닌
것을 알게 된다.

마지막으로 제3단계는 견산지시산(見山只是山), 견수지시수(見水只是水)이다. 쌓인 지식이 깊어지고 깊어져서 지식이 오히려 깨달음을 방해한다는 사실을 알아차리게 되었고 그리하여 분별 지식을 완전히 내려놓게 되었을 때, 산을 보니 산은 그저 생긴 그대로 산이었을 뿐이요, 강물을 보니 강물은 그저 생긴 그대로 강물이었을 뿐이다.

이제 이 시를 선적인 관점에서 읽어보자. 여산의 안개비와 전당강의 조수와 같은 뛰어난 경관은 곧 불성(佛性)을 빗댄 것이라고 할 수 있다.

여산의 안개비와 전당강의 조수 같은 뛰어난 경관을 보지 못해 한스러움이 가득 찬 것은 바로 제2단계의 경지라고 볼 수 있다. 분별 지식으로 말미암아 온갖 망상과 망념이 일어남으로써 불성을 파악할 수 없는 그런 단계이다.

직접 승경을 목도하고 돌아온 뒤에 안개비는 그저 있는 그대로 안개비로 보이고, 조수는 그저 있는 그대로 조수로 보이는 경계는 제3단계로 볼 수 있다. 모든 분별 지식을 내려놓음으로써 망상과 잡념이 일어나지 않으면서 있는 그대로 불성(佛性)을 파악하고 깨달을 수 있는 최고의 경계라고 할 수 있다.

〈동림사의 상총 선사에게 드리다(贈東林總長老)〉

시냇물 소리는 바로 부처님의 훌륭한 말씀이며
산색은 어찌 부처님의 청정한 법신이 아니겠는가!
물소리와 산색으로부터 밤새 팔만 사천 종의 법문을 깨달았으니
다른 날에 어떻게 다른 사람에게 이걸 거론하며 설명할 수 있을까?

溪聲便是廣長舌(계성편시광장설), 山色豈非淸淨身(산색기비청정신).
夜來八萬四千偈(야래팔만사천게), 他日如何擧擬人(타일여하거의인).

*東林(동림): 동림사(東林寺). [여산(廬山)의 유명한 사찰. 동진(東晉)의 고승 혜원(慧
  遠) 선사의 도량(道場)이며 호계(虎溪)가 사찰 멀지 않은 곳에 있음.]
*總長老(총장로): 상총(常總) 선사(1025~1091). [세상에서는 마조(馬祖) 선사가 다시
  오신 것이라며 그를 칭찬하고 기렸음.]
*廣長舌(광장설): 장광설(長廣舌). 길고 세차게 잘하는 말솜씨. [부처님의 32상(相)의
  하나. 넓고 긴 혀라는 뜻으로 극히 교묘한 웅변을 비유.]
*偈(게): 게송(偈頌). 불시(佛詩).
*擧擬(거의): 들어 비교하다. 들어 헤아리다.

【 감상 】

이 시는 시인 자신의 선(禪)에 대한 깨달음을 표현한 게송(偈頌)인 오도게(悟
道偈)이다.

첫 두 구는 시인의 불성(佛性)과 선리(禪理)에 대한 투철한 깨달음을 표현하였
다. 계곡의 물소리는 부처님의 오묘한 말씀이요, 산색은 곧 부처님의 청정한
법신(法身)이라고 묘사하고 있다. 계곡 물소리는 맑고 투명하며[청철(淸澈)] 산
색은 밝고 고우니[명려(明麗)] 바로 불성(佛性)과 선심(禪心)의 또 다른 표현들인
것이다.

뒤 두 구는 법문(法門), 곧 선 수행의 방법을 오묘하게 깨달았음을 말하고
있다. 깨달은 사람의 마음으로 계곡의 물소리를 보고 산색을 듣는다면 곧 현묘한
팔만 사천 가지의 법문(法門)을 말하고 있음을 깨우칠 수 있을 것이다. 그런데
그 사실을 또 어떻게 증명하고 또 어떻게 타인에게 전달할 것인가?

진리의 실상을 어떻게 전달할 것인가? 불립문자(不立文字), 불가언전(不可言
傳), 곧 문자언어를 통해서는 그 실상이 왜곡되기 때문에 제대로 전달할 수 없고,
오직 지가의회(只可意會), 곧 마음으로 깨달을 수 있을 뿐이다.

그럼 깨달음을 어떻게 증명할 것인가? 오직 지가자증(只可自證), 곧 자기 스스
로가 진리를 증명해내야지, 타인의 도움을 받아 그것을 구할 수는 없다.

〈금시(琴詩)〉

만약 금의 현 위에서 금의 소리가 난다고 한다면
갑 속에 넣어두었을 때는 왜 소리가 나지 않는가?
손가락 위에서 금의 소리가 난다고 한다면,
그대 손가락 위에서는 어찌하여 들리지 않는가?

　　　若言琴上有琴聲(약언금상유금성), 放在匣中何不鳴(방재갑중하불명).
　　　若言聲在指頭上(약언성재지두상), 何不于君指上聽(하불우군지상청).

---

*若(약): 만일. 만약.
*匣(갑): 금을 보관하는 갑. 금의 케이스.
*何(하): 어찌하여. 왜. 어떤. 어느.
*鳴(명): 소리가 울리다. 소리가 나다.

【 감상 】

이 시는 금(琴)의 소리로써 선을 비유하고 선의 실상을 보여주는 게송(偈頌)이
다. 소리란 감지할 수는 있으나 본래 실체가 없는 존재이다. 반드시 금 위의
현과 손가락이 서로 부딪쳐야만 소리가 난다. 금갑 안에 넣어 두거나 또는 손가
락만 튕긴다면 금의 소리를 들을 수 없는 것이다.

　모든 존재하는 것들의 특징은 공(空)에 있다. 소리를 살펴보자. 본래 없었던
것이다. 그러다가 두 사물이 부딪치거나 마찰하게 되면 소리가 난다. 그렇다고
그 소리는 영원하지 않다. 다시 소리는 사라지면서 고요를 회복한다.

　≪능엄경(楞嚴經)≫에서는 "비록 아름다운 소리가 있어도 훌륭한 손이 없다
면 결국 소리는 밖으로 퍼져갈 수 없다(雖有妙音無妙指, 終不能發)."고 했고,
게(偈)에서는 "소리가 없다 해도 이미 완전히 소멸된 것이 아니요[無滅], 소리가

난다 해도 또한 새롭게 생긴 것이 아니다[非生] (聲無旣無滅, 聲有亦非生)"라고
하였다.

　이 시는 소리의 존재를 통해 새로 생기는 것도 아니고 완전히 소멸된 것도
아닌 무생무멸(無生無滅)만이 비로소 공(空)의 본래면목(本來面目)임을 잘 보여
주고 있다.

　한편 소리처럼 감지할 수는 있으나 실체는 없는 존재, 예를 들어 허공속의
소리[공중지음(空中之音)], 형상 속의 빛깔[상중지색(相中之色)], 거울 속에 비
친 꽃[경중지화(鏡中之花)], 물속에 비친 달[수중지월(水中之月)] 등은 모두 불가
에서 이른바 자성(自性)을 비유할 때 인용하는 말이기도 하다. 존재하지만 존재
하는 것이 아닌 존재를 말이다.

　소식은 평생 친교를 맺은 스님들이 수십 명에 이르고 스님들과 주고받은 증답
(贈答)시가 수백 수나 있다.

　아래 소식의 시 〈서쌍죽담사방이수(書雙竹湛師房二首)〉 시는 시인과 스님들
간의 우정을 잘 보여주는 시이다. 청대(淸代) 기윤(紀昀)이 이 시에 대해 "뜻은
절로 평범하고 일반적이나 언어는 사뭇 맑고 초탈하다(意自尋常, 語頗淸脫)."고
평가하였다.

　　나는 본래 강호의 낚싯배 한 척이니
　　쏴쏴 차가운 바람이 부는 높은 집을 마음으로 꺼렸다.
　　선사의 이 집은 겨우 사방 한 장임이 부러운데
　　맑은 향 하나가 하루가 다 가도록 남겨져 타고 있다.
　　스스로 저녁에는 북을 치고 아침에는 종을 쳐서 울리고
　　문 닫고서 외로운 베개 베고 남은 불기운 마주한다.
　　하얀 석회를 돌리며 움직이니 불이 온통 빨개지는데
　　누워서 비가 우수수 창문 치는 소리를 듣는다.

我本江湖一釣舟(아본강호일조주), 意嫌高屋冷颼颼(의혐고옥냉수수).
羲師此室才方丈(선사차실재방장), 一炷淸香盡日留(일주청향진일류).
暮鼓朝鐘自擊撞(모고조종자격당), 閉門孤枕對殘紅(폐문고침대잔홍).
白灰旋撥通紅火(백회선발통홍화), 臥聽蕭蕭雨打窓(와청소소우타창).

도잠(道潛: 1043~1102)

도잠은 북송(北宋) 시기 시인이자 스님인 시승(詩僧)으로 속성(俗姓)은 하(何), 본명은 담잠(曇潛), 자(字)는 삼료(參廖), 호는 삼료자(參廖子)로서 항주(杭州) 오잠(於潛), 지금의 절강(浙江)성 임안(臨安) 사람이다.

도잠은 어려서부터 출가하여 수계(受戒)하였다. 신종(神宗) 희녕(熙寧) 10년(1077)에 소식이 팽성(彭城)을 지키고 있을 적에 도잠이 찾아가서 그와 만난 적이 있다. 철종(哲宗) 원우(元祐) 연간에 서호(西湖) 지과원(智果院)에서 주석(駐錫)하였으며 묘총선사(妙總禪師)라는 법호를 받았다. 소성(紹聖) 연간에 소식(蘇軾)이 남방으로 관직을 옮겼을 때 시로 인하여 죄를 짓기에 이르렀다. 도잠도 이에 연루되어 환속(還俗)하게 되었다. 휘종(徽宗) 건중정국(建中靖國) 원년(1101)에 사면 받고 다시 승적(僧籍)을 회복하게 되었다. 그는 운문종(雲門宗)의 전인(傳人)이 되었다.

그는 유명한 시승(詩僧)으로서 진관(秦觀), 소식(蘇軾)과 친구가 되었다. 그의 시는 청신(清新)하고 유창(流暢)하였다. 장시(長詩)도 잘 지었지만 절구(絶句)에 시정화의(詩情畵意)가 더욱 풍부하여 당시 사람들에게 유달리 사랑과 칭찬을 받았다.

소식은 그의 시에 대해 "새로운 시는 마치 옥 부스러기처럼 아름답고 훌륭하며 입에서 나오는 말마다 청신하고 정련되며 함축적이다(新詩如玉屑, 出語便淸警)."라고 평가하였다.

그의 저서로는 ≪삼료자시집(參廖子詩集)≫이 있다.

〈지과사에 거처를 정하고 속세를 떠난 고결한 사람에게 답하다(卜居智果答方外)〉

푸른 등잔에 남은 향 찌꺼기 밤은 적막하고 고요한데
사찰 문밖에 가을바람이 갈대와 맑은대쑥을 흔든다.
부끄럽게도 그때 고인께서는 나를 기억해주실 수 있어서
나를 위해 서쪽으로 멀리 바라보면서 시내 다리에 서 계셨었다.

青燈殘篆夜廖廖(청등잔전야료료), 門外秋風振葦蕭(문외추풍진위소).
慚愧高人能見憶(참괴고인능견억), 爲予西望立溪橋(위여서망립계교).

---

*卜居(복거): (길흉을 점쳐서) 거처를 정하다.
*智果(지과): 지과사(智果寺). [서호(西湖) 고산(孤山)에 있음.]
*方外(방외): 유가에서 도가나 불가를 이르는 말. 여기서는 방외사(方外士). [곧 세상의 속된 일에서 벗어난 고결한 사람을 가리킴.] 속세를 떠난 곳. 세상 밖.
*篆(전): 향 찌꺼기, 향의 재. [전향(篆香)을 가리키는 것으로 보임.]
*廖廖(료료): 적막하고 공허한 모양. [지과사에 참료천(參廖泉)이 있어서 이렇게 묘사한 것일 수도 있음.]
*葦蕭(위소): 갈대와 맑은대쑥.
*見(견): ①나에 대해서 어떠하다. '見憶(나를 기억해주시다)', '見教(나를 가르쳐주시다)', '見諒(나를 용서해주세요)' ②피동(被動) 표시. '見笑(웃음거리가 되다. 비웃다)'

【 감상 】

이 시는 선(禪)을 즐기는 심경을 묘사하고 있는 서정시이다.

지과사는 항주(杭州) 서호(西湖)에 있는 고산(孤山)에 자리하고 있다. 사찰에는 삼료천(參廖泉)이 솟아 나오고 있는데 샘물 맛이 단데다가 수온도 차가워 찻물로 달이기에 아주 알맞았으며 게다가 이곳은 맑고 고요하며 아름다워 수행하기에 매우 알맞은 곳이었다.

이 시는 시인이자 스님인 시승 도잠이 지과사에 거처를 정하기로 마음먹고 사찰 주변의 풍광을 즐기면서 선을 즐거워하는 심경이 시 전체에 은연중에 드러나고 있다.

　앞 두 구는 풍경을 묘사하고 있다. 가을 사찰의 냉막하고 공적(空寂)하며 고요하고 쓸쓸함을 반영하여 푸른 등잔에 향 찌꺼기만 남았고 밤은 적막하고 고요한데 사찰 문밖에 가을바람이 갈대와 맑은대쑥을 흔든다고 하고 있다. 이런 풍광이야말로 선 수행을 하고 있는 고독한 스님에게는 알맞기 그지없는 곳임이 분명하다.

　뒤 두 구는 이런 좋은 풍광을 접하면서 문득 예전 고승과의 만남을 추억하고 있다. 그때 고승께서는 부끄럽게도 나와의 만남 약속을 여전히 기억하고 계셔서 지과사를 찾는 나를 위해 일부러 사찰 밖으로 나오셔서 서쪽으로 멀리 바라보면서 시내 다리에 서 계시며 나를 기다리셨었다. 인격이 깊고 고상한 고승에 대해 감복하는 마음은 시인에게 시시때때로 떠오른다.

　속세를 떠나 바람 따라 천 리를 떠도는 시인에게 이곳 지과사의 공적한 풍경과 인격이 고상한 고승 등은 모두 감복의 대상이요 만족과 열락(悅樂)의 대상이 되고 있기도 하다.

〈가을 강가(秋江)〉

단풍숲의 붉은 잎이 술집 깃발에 떨어지고
강 가운데 흰 모래톱엔 석양빛이 이미 희미해졌다.
몇 마디 부드러운 노 젖는 소리가 멀고 아득한 너머에서 들려오니
한밤에 어디인가 강촌으로 돌아가는 사람 있다.
　　赤葉楓林落酒旗(적엽풍림락주기), 白沙洲渚陽已微(백사주저양이미).
　　數聲柔櫓蒼茫外(수성유노창망외), 何處江村人夜歸(하처강촌인야귀).

*洲渚(주저): 강 가운데의 모래톱.
*蒼茫(창망): 넓고 멀어서 아득하다. 창망하다. 망망하다.

【 감상 】

이 시는 시인이 동산(東山)을 주제로 노래한 여러 시 중의 하나이다. 황매(黃梅) 동산은 호북(湖北)성 황강(黃岡)에 있는 산으로 선종의 오조(五祖)인 홍인(弘忍) 선사가 법을 널리 전하던 곳으로서 동산 승지(勝地)가 되었다.

도잠은 풍경을 묘사하는데 능한 시인이었으며 대자연과 대화하면서 영탄하기를 잘 하는 고수였다. 그는 또한 풍경을 묘사하는 한편으로 그 속에 의미를 잘 담는 고수이기도 하였다.

이 시는 황혼 무렵부터 밤이 찾아오기까지 가을 강가의 분위기를 편안하며 고요함[영정(寧靜)], 텅 비어 넓고 쓸쓸함[요확(寥廓)]]으로 응축함으로써 심경이 고요하고 맑은 선사가 어떻게 대자연에 담긴 시적 정취와 분위기를 파악하였는지를 보여주고 있다.

앞 두 구는 석양 노을이 한창 붉을 때 단풍숲의 붉은 잎이 술집 깃발에 떨어졌는데, 이윽고 시간이 흘러 석양빛조차 거두어들여졌을 때 강 가운데 모래톱의 백사장엔 석양빛이 이미 희미해졌다고 하고 있다.

이 두 구는 마치 그림을 그리는 듯한 채색(彩色)의 필치에다가 대구 역시 매우 절묘하다. 적엽(赤葉)과 백사(白沙)는 색채상 매우 좋은 대조를 이루며 진하고 생동적인 가을빛을 부각시켜 주고 있다. 주기락(酒旗落)과 석양미(陽已微)는 처량하고 쓸쓸하면서 아득히 먼 가을 정취의 윤곽을 그려내고 있다.

뒤 두 구는 이윽고 해가 완전히 진 뒤에 저녁빛이 멀리 짙푸르게 가을 강가를 뒤덮게 되었을 때 몇 마디 부드러운 노 젓는 소리가 멀고 아득한 너머에서 들려오니 아마도 한밤에 어딘가 강촌으로 돌아가는 사람 있나 보다 추측하고 있다.

이 시에서 가장 정밀하면서 절묘한 시구는 바로 제3구이다. 몇 마디 부드러운 노 젖는 소리가 멀고 아득한 너머에서 들려온다는 묘사는 아득하고 한가로우며 [유유(悠悠)] 고요하고 평온한[정밀(靜謐)] 천지자연에 시적 정취를 무궁하게 부여해주고 있다.

더욱이 멀고 아득한 너머란 뜻의 '외(外)'자가 창조한 경지는 매우 독창적이어서 지향과 정취가 텅 비고 또 멀다. 강촌으로 돌아가는 어부가 노 저으며 내는 소리가 저 멀리서 들려오고 있으니 그 가느다랗게 이어지는 소리와 집에 돌아가는 포근하고 따뜻한 정서가 합쳐지면서 여운(餘韻)이 하늘하늘 길게 이어지며 독자에게 음미하는 맛을 깊이 전해준다.

이 시는 세상 사람들의 입에 많이 오르내리며 널리 전해진 시이기도 하다. 혜홍(惠洪)은 ≪냉재야화(冷齋夜話)≫에서 "도잠(道潛)의 시는 멀리 도연명(陶淵明)을 따르며 모범으로 삼아서 시어에 그와 매우 흡사한 부분이 있다(道潛作詩, 追法淵明, 其語有逼眞處)."라고 하면서 제3, 4구를 꼽기도 하였다.

〈강 위의 가을밤(江上秋夜)〉

검푸른 강 위에 비가 내리는데 저녁 되어서도 아직 개지 않았고
우물가 오동나무는 잎을 뒤집으며 가을소리 일어난다.
한밤중에 불어온 바람에 누각 위 지붕이 뚝 부러졌는데
구름이 얇게 떠 있는 곳에 달빛이 환하다.
　　雨暗蒼江晚未晴(우암창강만미청), 井梧翻葉動秋聲(정오번엽동추성).
　　樓頭夜半風吹斷(누두야반풍취단), 月在浮雲淺處明(월재부운천처명).

---

*暗蒼(암창): 검푸르다.
*動(동): 일어나다. 살아나다. 움직이다. 흔들리다. 놀라다. 느끼다.

*樓頭(누두); 누각 위. 층집의 지붕. 상단.
*夜半(야반): 한밤중.

【 감상 】

　이 시는 가을밤 밝으며 평온하고 고요한 강 위의 의경(意境)을 묘사한 보기 드문 수작(秀作)이다. 막 저녁이 시작된 시점부터 한밤중에 이르기까지, 그리고 흐리고 비 오다가 다시 비가 갠 뒤 달이 떠오르기까지의 변화 등을 세밀하게 묘사하여 깊고 깊은 선리(禪理)를 은연중에 드러내고 있다.

　앞 두 구는 비바람과 함께 가을 소리를 묘사하고 있다. 검푸른 강 위에 비가 내리는데 저녁이 되어서도 그치지 않고 계속 내린다. 비바람에 우물가 오동나무는 잎을 뒤집으며 쓸쓸한 가을 소리가 일어난다.

　한밤중까지 불어온 바람에 누각 위 지붕조차 뚝 부러졌다. 부러졌다는 '단(斷)'자는 앞 두 구를 뒤덮고 있던 흐린 날씨가 가을 강가에 어떤 흔적을 남겼는지에 대한 정황을 여실하게 보여주고 있다.

　마지막 구에서는 비바람이 그렇게 거세게 몰아치며 쓸쓸했던 가을 강가의 정경이 갑작스럽게 변화하였음을 보여준다. 몰아치던 비바람은 멈추고 어느새 구름이 얇게 떠 있는 곳에 달빛이 환하게 비추고 있다. 변화 많은 우리 인생의 모습과 사뭇 흡사하여 독자에게 철학적 사색을 제공해주고 있다. 비바람이 그친 뒤에 밝은 달빛이 환하게 비추듯 온갖 망상 및 잡념과 힘든 다툼을 거친 뒤에 마침내 스스로 맑고 밝게 여과된 선심(禪心)이 비로소 드러나지 않던가!

　이 시는 논의를 전개하는 층위가 단계적이고 점진적으로 연결되도록 정교하게 구성해놓았고 시구 역시 정련되게 다듬어 놓고 있다. 시구마다 전환이 거듭되는 중에 도리어 의경은 혼성(渾成)하여 혼연일체를 이루고 있다.

황정견(黃庭堅: 1045~1105)

황정견의 자(字)는 노직(魯直), 스스로 호를 산곡노인(山谷老人)이라 하였고, 노년에는 또 호를 부옹(涪翁)이라 하기도 하였다. 세상에서는 그를 황예장(黃豫章)이라 부르기도 하였다. 스스로 적선(謫仙)으로 자칭하기도 하였고 세상에서는 금화선백(金華仙伯)이라 부르기도 하였다. 홍주(洪州) 분녕(分寧), 지금의 강서(江西)성 수수(修水) 사람이다.

황정견은 어려서부터 총명하고 호학(好學)하였고 기억력이 비상하여 치평(治平) 4년(1067)에 진사가 되었다. 원풍(元豐) 8년(1085) 승의랑(承議郎)이 되어 ≪자치통감(資治通鑑)≫을 교정하는 데 참여하였고 ≪신종실록(神宗實錄)≫ 편찬을 주관하였다. 철종(哲宗) 원우(元祐) 8년(1093)에는 비서승(秘書丞) 겸 국사편수관(國史編修官)이 되었다. 장돈(章惇), 채변(蔡卞) 등이 그가 편수한 실록에 모함이 많다고 탄핵하여 좌천되기에 이르렀다. 그 뒤로 오랫동안 벼슬길이 순탄하지 못하였다. 조정 내 파벌싸움에서 관점이 보수적이다 보니 여러 차례 좌천당하게 된 것이었다. 숭녕(崇寧) 2년(1103)에는 조정의 형세가 급변하여 삼소(三蘇)와 진관(秦觀) 및 황정견의 문집을 모두 불살라버리라는 조령(詔令)이 내려지기도 하였다.

황정견은 일찍부터 시작해서 평생 불교에 온 마음을 다 기울였으며 임제종(臨濟宗) 황룡파(黃龍派) 선사인 조심선사(祖心禪士)의 제자가 되기도 하였다. 황룡파의 명승 유청(惟淸)이 그를 찬미하여 말했다. "평생 봤던 사대부 중에 인품이 이 황정견 선생보다 더 뛰어난 사람이 없었다(平生所見士大夫人品, 未有出此公之右者)."

황정견은 처음에는 가학의 힘을 빌어 시를 익혔고 나중에 진관(泰

觀, 1049~1100), 조보지(晁補之, 1053~1110), 장뢰(張耒, 1054~1114)와 더불어 소식(蘇軾)에게서 배움을 구하였기에 그들은 소문사학사(蘇門四學士)라 불리게 되었다.

황정견이 송대 시단에 미친 영향은 비교적 컸다. 그는 두보의 시를 으뜸으로 삼았고 법도(法度)를 강구함으로써 그에게서 배우기에 용이하였기에 그를 따르는 사람이 많았고 그 결과 강서시파(江西詩派)를 열 수 있었다. 그는 옛사람의 어떤 시구도 역사적 연원과 계승이 없이 독창적으로 지은 적은 없었다, 즉 '무일자무래처(無一字無來處)'의 관점을 바탕으로 옛사람의 시문을 적절하게 변화시켜 자기 시에 활용하고자 하는 방법으로서 탈태환골(奪胎換骨), 점철성금(點鐵成金) 등의 절묘한 방법을 제시하기도 하였다.

평론가들은 "시구의 창조가 기발하고 특출하다(造句奇崛)", "맑고 새로우면서 기이하고 험준하다(淸新奇峭)."라고 그의 시를 평가하기도 하였다.

≪산곡내집(山谷內集)≫, ≪별집(別集)≫, ≪외집(外集)≫ 등이 세상에 많이 알려져 있다.

〈목동(牧童)〉

소를 몰고 아득히 먼 앞마을에 들르니
부는 피리 소리 바람에 비스듬히 전해져 논두렁을 사이에 두고 들린다.
장안에서 명예와 이익을 좇는 몇 명의 손님
가진 계책을 다 써보지만 그대 목동만 못 하다.

　　　　騎牛遠遠過前村(기우원원과전촌), 吹笛風斜隔隴聞(취적풍사격농문).

多少長安名利客(다소장안명리객), 機關用盡不如君(기관용진불여군).

---

*遠遠(원원): 멀다. 아득하다.
*過(과): (지나는 길에)들르다. 지나다.
*壟(농): 논두둑. 밭두둑. 논두렁. 밭이랑. 언덕.
*多少(다소): 몇. 얼마.
*機關(기관): 공공사무를 처리하는 조직이나 단체. 계책. 계략. 꾀.

【 감상 】

이 시는 전해지는 얘기에 의하면 황정견이 7세 때 지은 작품이라 하니 시인이 어려서부터 얼마나 총명하고 시적 재능이 넘쳤는지를 잘 알 수 있다.

이 시는 세상과 아무런 다툼이 없이 평안하고 고요하며[염담(恬淡)] 스스로 만족하며 즐기는[자이(自怡)] 목동으로부터 느낀 선취(禪趣)를 묘사하여 세상의 명리를 좇는 사람에게 교훈을 주고 있다.

앞 두 구는 목동의 모습을 묘사하고 있다. 목동이 소를 몰고 아득히 먼 앞마을에 들를 때 그가 부는 피리 소리가 바람에 비스듬히 전해져 논두렁을 사이에 두고 들려온다. 얼마나 편안하고 한가로우며[안한(安閑)] 스스로 만족하며 즐기는[자적(自適)] 모습인가!

뒤 두 구는 총명한 사람들이 도리어 명리(名利)의 함정에 빠지는 현실을 경계하고 있다. 서울인 장안(長安)에서 명예와 이익만을 좇는 총명한 사람들이 있다. 그들은 자신들이 가진 계책을 다 써서 명리를 있는 힘껏 추구하며 살아간다. 그러다가 자기도 모르게 명리의 함정에 빠져 아무리 발버둥 쳐 봐도 헤어 나오지 못하고 명리의 노예가 되어 결국에는 그들의 참 본성을 잃게 된다. 그들이 겉으로는 총명해서 처세가 훌륭한 듯 보이지만 비록 천진난만해서 세상 물정 모르는 듯 보이지만 본래 참모습을 확고하게 지키며 사는 목동보다 훨씬 못한 사람들이다.

때문에 선을 닦는 선사들은 흔히 한가롭게 유유자적(悠悠自適)하며 소를 기르는 목동이 지닌 선적(禪的)인 경계를 흠모하며 목동에 대해 묘사한 선시들이 많다.

아래 당대(唐代) 시승 서섬(棲蟾)의 〈목동(牧童)〉 시를 감상해보자. 시비(是非) 분별(分別)을 하지 않음으로써 본성(本性), 곧 자기의 본래 참모습을 잃지 않는 목동의 순박함과 지혜로움을 노래하고 있다.

소를 얻어 자유롭게 타고 가니
봄바람에 가랑비가 날린다.
푸른 산 푸른 풀 속에서
피리 하나 도롱이 한 벌이다.
해가 뜨면 노래 부르며 떠났다가
달 밝으면 손뼉을 치며 돌아온다.
어떤 사람이 그대와 같을 수 있겠나
옳은 것도 없고 또한 그른 것도 없다.

　　牛得自由騎(우득자유기), 春風細雨飛(춘풍세우비).
　　靑山靑草里(청산청초리), 一笛一蓑衣(일적일사의).
　　日出唱歌去(일출창가거), 月明撫掌歸(월명무장귀).
　　何人得似爾(하인득사이), 無是亦無非(무시역무비).

〈선시(禪句)〉

나귀를 끌어다 강물을 마시게 하니
콧김에 물결이 일어난다.
기슭의 발굽은 물속 발굽을 밟고 있고

물속의 주둥이는 기슭의 주둥이를 마주 대하고 있다.

牽驢飮江水(견려음강수), 鼻吹波浪起(비취파랑기).

岸上蹄踏蹄(안상제답제), 水中嘴對嘴(수중취대취).

---

*牽(견): 끌다. 끌어 잡아당기다.

*驢(려): 나귀.

*岸(안): 언덕. 기슭.

*蹄(제): 짐승의 발굽.

*嘴(취): 부리. 주둥이.

【 감상 】

이 시는 ≪황정견전집(黃庭堅詩全集)≫ 중에 수록되어 있는 〈선구이수(禪句
二首)〉 중 한 수이다. 이 게송시는 불성법태(佛性法泰) 선사가 지은 시라는 설도
있다.

이 시는 심오한 내용을 알기 쉽게 쉬운 말로 표현한 형태의 게송시이다.

이 시는 나귀에게 물을 먹이는 광경을 묘사하고 있다. 일상생활에서 흔하게
볼 수 있는 광경이다. 그런 흔한 광경을 그저 몇 마디로 간단하게 묘사하고
있다. 결코 심오한 내용이 아니다.

이처럼 평범한 광경과 간단한 언급 속에서 우리는 문득 심오한 선기(禪機)와
철학적 이치를 읽을 수 있다.

첫째, 있는 그대로를 보여준다는 관점에서 이 시를 읽어보자.

나귀를 끌어다 강물을 마시게 하니 처음에는 나귀의 콧김에 물결이 일어난다.
물결이 잔잔해지자 기슭 위에 있던 나귀의 발굽은 물속에 비친 발굽을 밟고
있고, 물속에 비친 나귀의 주둥이는 기슭 위에서 물을 먹고 있는 나귀의 주둥이
를 마주대하고 있다.

선심(禪心)은 강물처럼 맑고 투명하다. 세상의 만사와 만물의 그림자를 비춰

준다. 선심은 또한 그림자를 비출 때 조금도 그 모습을 변화시키지 않는다. 있는 그대로 변하지 않은 채로 비춰준다. 그렇다면 그림자는 강물에 비칠 때 자신의 모습을 변화시키는가? 역시 그렇지 않다. 그림자도 있는 그대로 자기를 강물에 투영할 뿐이다. 여여(如如)의 세계이다.

둘째, 자아와 타자, 주관과 객관이 분리되지 않는 일체화된 관점에서 이 시를 읽어보자.

기슭의 발굽은 물속 발굽을 밟고 있고 물속의 주둥이는 기슭의 주둥이를 마주 대하고 있다. 서로 구분이 되지 않고 한 몸이 되어 있다. 누구는 실체이며 누구는 그림자일 뿐이라고 주장하지도 않고 구분하지도 않는다. 이 세계는 나귀가 강물을 마시는(驢飮江水) 세계이면서 동시에 강물 역시 나귀를 마시는(江也飮驢) 세계이기도 하다. 온통 모든 것이 천기(天機)이다. 천지자연의 중대한 기밀이자 비밀인 것이다. 오직 깨달은 자만이 이 진실을 알아차릴 수 있다.

셋째, 스스로 만족하여 즐거움을 느끼는 자득(自得)의 관점에서 이 시를 읽어보자.

나귀를 끌어다 강물을 마시게 한다. 마시는 게 끝나면 나귀는 더 이상 목이 마르지 않다. 목이 마르지 않으니 즉시 강가를 떠나면 그만이다. 강물에 연연해 하지 않는다. 강물에 비친 자기의 그림자에도 연연해하지 않는다. 훌훌 털고 일어난다.

혜홍(惠洪: 1071~1128)

혜홍은 북송(北宋) 시기에 활약한 유명 시승(詩僧)으로서 혜홍각범 (慧洪覺範)으로 불리기도 한다. 강서(江西) 균주(筠州) 신창(新昌), 지금의 강서(江西) 의풍(宜豊)현 사람이다.

보봉선원(寶峰禪院)의 진정극문(眞淨克文) 선사에게서 불법(佛法)을 사사하였고 임제종(臨濟宗) 황룡계(黃龍系)의 전승자가 되었다. 힘써 문자선(文字禪)을 제창하였다.

일찍이 그는 널리 많은 사람에게 배우면서 승상이었던 장상영(張商英)에 의해 인정받기도 하였다. 매화와 대나무의 그림을 잘 그렸고, 또한 시사(詩詞)의 창작에도 능하였다. 황정견(黃庭堅)과 친한 벗이 되었다.

혜홍은 스님이면서 동시에 당시에 명성이 자자했던 시인, 산문가, 평론가이자 화가였다. 그는 선을 닦고 수행하는 일 외에도 시와 사를 짓는 일을 매우 좋아하였다. 그의 시어는 아름답고 화려하면서[기려(綺麗)] 풍류(風流)스러웠다.

그에게 뛰어난 시구들이 많은데 "봄에 매우 말랐으니 무슨 일 때문인가? 돌아가고 싶은 마음을 한 움큼 가지고 있는데 아직 고향 집에 이르지 않았기 때문이다(十分春瘦緣何事? 一掬歸心未到家)." 등을 들 수 있다.

허언주(許彦周)는 그의 시에 대해 "그의 글은 문장 대가들이 지은 것과 사뭇 흡사한데 스님이 지은 시들과는 특히나 닮지 않았다(頗似文章巨公所作, 殊不類衲子)."라고 평가하였다. ≪송시초(宋詩鈔)≫에서는 그의 시를 '송대 스님 중의 으뜸(宋僧之冠)으로 평가하기도 하였다.

≪석문문자선(石門文字禪)≫, ≪냉재야화(冷齋夜話)≫, ≪선림승보전(禪林僧寶傳)≫, ≪임간록(林間錄)≫ 등의 저작이 세상에 전해진다.

⟨여름날(夏日)⟩

산간마을은 적막하여 관청이 반쯤은 쉬고 있는 듯하고
연꽃 못에서는 주인도 없이 꽃이 절로 피어났다.
삼거리 길목에선 밥 짓는 연기가 피어나는데
흰 기와에 푸른 깃발을 단 한두 채의 인가가 있다.

　　山縣蕭條半放衙(산현소조반방아), 蓮塘無主自開花(연당무주자개화).
　　三岔路口炊烟起(삼차로구취연기), 白瓦靑旗一兩家(백와청기일양가).

---

*縣(현): 현. [지방 행정구획의 단위로 성(省) 밑에 속함.]
*蕭條(소조): 적막하다. 스산하다. 쓸쓸하다. 생기가 없다.
*放(방): (학교나 직장이) 파하다. 놀다. 쉬다. 놓아 주다. 풀어 놓다.
*衙(아): 아문(衙門, 옛날의 관공서). 관가.
*塘(당): 못. 둑.
*三岔路口(삼차로구): 세 갈래 길. 삼거리 길목.

【 감상 】

이 시는 시적 정취(情趣)가 진하게 가득 담겨 소박하고 담백하며 우아하다. [고박담아(古朴淡雅)] 그래서 두목(杜牧)의 ⟨청명절(淸明)⟩ 시와 서로 아름다움을 겨룰만하다.

제1구는 산간마을은 적막하여 관청이 반쯤은 쉬고 있다고 하고 있으니 일없는 여름 산간마을의 조용함을 잘 알 수 있다. 이런 적막한 생활은 시인의 한가로운 심성에 매우 적합하다.

제2구에서는 못에서 자라는 연꽃이 주인도 없이 꽃이 절로 피는 모습을 묘사하고 있다. 산 중의 연꽃은 누가 키우는지도 알 수 없는 채 절로 본성에 맞추어 피어난다. 이는 한걸음 더 나아가 깊고 고요하며 아름다운 산중의 생활과 모습을 두드러지게 드러내고 있다.

마지막 두 구는 산골 마을의 여름 풍경이 평안하고 화목하며[영화(寧和)] 고요하고 평온함[정밀(靜謐)]을 묘사하고 있다. 그런데 이런 풍경은 삼거리 길목, 밥 짓는 연기, 흰 기와, 푸른 깃발 그리고 인가 한두 채 등의 이미지들에 의해 구성되고 빚어진 것이다.

이 시는 시어가 평담(平淡)한데도 의경은 고아(古雅)해서 시인의 뛰어난 솜씨가 아니라면 이와 같은 신운(神韻)을 성취하기가 쉽지 않을 것이다.

한구는 북송(北宋) 말 남송(南宋) 초 강서시파(江西詩派) 시인이자 시론가였다. 자(字)는 자창(子蒼)이고, 호는 모양(牟陽)이며 학자들은 그를 능양(陵陽) 선생으로 부르기도 하였다. 능양(陵陽) 선정(仙井), 지금의 사천(四川)성 인수(仁壽) 사람이다.

한구는 진사(進士) 출신으로 비서성정자(秘書省正字)를 제수(除授)받았으나 소식(蘇軾)의 당으로 여겨져 좌천당하였다가 나중에 다시 저작랑(著作郞)으로 부름을 받았다.

그는 어릴 적에 소철(蘇轍)에게 시로 인정받아서 "(한구의 시에서) 문득 저광희(儲光羲)를 다시 보게 된다(恍然重見儲光羲)."라고 평가받기도 했다.

그의 시는 황정견(黃庭堅)의 영향을 받아 강서시파(江西詩派) 시풍을 지니고 있다. 그의 시는 운율(韻律)을 강구하였고 자구를 다듬는 데 힘을 썼으며 내력과 전고(典故)가 있는 시를 추구하였다. 현실 생활을 반영한 작품들 중에 비교적 잘 된 작품들이 많다. 시를 논할 때는 주로 선오(禪悟), 곧 선적인 깨달음, 교의(敎義)에 대한 깨달음을 주로 하였다.

저작으로 ≪능양집(陵陽集)≫이 있다.

〈조백어에게 주다(贈趙伯魚)〉

시를 배우는 것은 당연히 처음 선을 참구하는 것 같이 해야 하니 아직 깨닫지 못했다면 또한 두루 여러 방면을 참구해야 한다.

하루아침에 문득 정법안을 깨달아 얻으면
손 가는 대로 마음대로 끄집어내 써도 모두 훌륭한 문장을 이룬다.

學詩當如初參禪(학시당여초참선), 未悟且遍參諸方(미오차편참제방).
一朝悟罷正法眼(일조오파정법안), 信手拈出皆成章(신수염출개성장).

---

*參禪(참선): 선을 참구(參究)하다. [선종 불교의 중요한 수행 방법. 한 대상에 마음을
온전히 쏟아 부어 내심의 본성을 탐구하다가 마침내 본성을 파악해내는 깨달음에
이르는 수행 법문(法門)임.]
*正法眼(정법안): 정법안장(正法眼藏)의 뜻. 불법(佛法). 대도(大道). [진리를 볼 수 있
는 지혜의 눈으로 깨달은 비밀의 법. 석가모니가 세상의 이치를 깊이 깨달은 후
혼자서 명상을 하며 깨달음의 기쁨을 맛보던 묘법.] '法眼(법안)'은 보살의 눈.
*諸方(제방): 여러 방면.
*信手(신수): 손에 맡기다. 손길 닿는 대로 하다.
*拈出(염출): 끄집어내다. 여기서는 손 가는 대로 제멋대로 써내다는 뜻. '拈(염)'은
(손가락으로) 집다. 집어 들다.

【 감상 】

이 시는 선(禪)을 시(詩) 안으로 끌어들인 유명한 이취시(理趣詩)이다. 시인은
이 시에서 후학인 조백어에게 시학(詩學)에 대한 가르침을 주고 있다.

처음 시를 배우는 일은 당연히 선을 참구(參究)하는 것 같이 해야 하니 아직
깨닫지 못했다면 또한 두루 여러 방면을 참구해야 한다. 그리고 나이 든 대가(大
家)를 찾아가 시학의 이치를 정밀하게 추구하고 그럼으로써 경험이 누적되고
견식이 증가하면 지혜로운 마음을 고요히 길러야 한다.

이렇게 시기가 성숙하면 대도(大道)를 깨달아낼 수 있다. 선(禪)에서 정법안
(正法眼) 곧 대도를 깨달아 얻으면 '처처시선(處處是禪)', 곧 모든 곳이 선(禪)이
될 것이요, '재재유불(在在有佛)', 곧 있는 곳마다 도처에 부처가 존재하게 된다.
시인 역시 이렇게 창작상의 대도를 깨달아내면 손 가는 대로, 마음대로 시상을

끄집어내 써도 모두 훌륭한 문장을 이룰 것이다.

한구는 강서시파(江西詩派)의 용맹스런 장수였는데 선을 참구하는 방법으로 시를 배워야 한다는 주장이 바로 강서시파의 평소 주장이었다.

강서시파 시인 오가(吳可) 역시 〈시를 배우는 것과 관련해 지은 시(學詩詩)〉 3수를 썼다. 그도 한구처럼 "시 창작은 선을 참구하는 것과 같아서 모름지기 깨달음의 비결[오문(悟門)]이 있어야 한다(凡作詩如參禪, 須有悟門)."는 관점을 피력하였다.

양만리(楊萬里: 1127~1206)

양만리는 남송(南宋) 시기 문인으로서 자(字)는 연수(延秀), 호(號)는 성재(誠齋)이며, 스스로 호를 성재야객(誠齋野客)이라 부르기도 하였다. 길주(吉州) 길수(吉水), 지금의 강서(江西)성 길수(吉水)현 사람이다.

그는 소흥(紹興) 24년(1154)에 진사(進士)에 천거되어 공주사호참군(贛州司戶參軍)을 제수 받았다. 또한 국자감박사(國子監博士), 이부원외랑비서감(吏部員外郎秘書監) 등을 역임하였다.

그는 강서시파의 시를 배웠고 나중에는 진사도(陳師道)의 5언 율시, 왕안석(王安石)의 7언 절구, 그리고 만당시(晚唐詩)를 주로 배웠다.

그의 시의 풍격은 청신(清新)하고, 자연의 경물을 묘사하는데 뛰어났다. 그의 시는 스스로 일가를 이루어 독특한 풍격을 구축하였기에 후세에 큰 영향을 미친 성재체(誠齋體)를 이루어내기도 하였다.

그는 육유(陸游), 범성대(范成大), 우무(尤袤)와 함께 남송사대가(南宋四大家) 내지는 남송의 중흥사대시인(中興四大詩人)으로 불리기도 하였다.

지금 현존하는 시가 약 4,200여 수가 있다.

저서로는 ≪성재집(誠齋集)≫이 있다.

〈새벽에 정자사를 나서며 임자방을 전송하다(曉出淨慈寺送林子方)〉

서호는 결국 유월 중의
경치가 사계절과 달리 가장 아름답다.
하늘로 이어지는 연잎은 끝없이 푸르고

햇빛에 비친 연꽃은 다른 종류인 것처럼 유달리 붉다.

畢竟西湖六月中(필경서호육월중), 風光不與四時同(풍광불여사시동).
接天蓮葉無窮碧(접천연엽무궁벽), 映日荷花別樣紅(영일하화별양홍).

---

*曉出: 새벽에 절을 나서다.
*淨慈寺(정자사): 정자사. [서호 근처에 있는 절로 영은사(靈隱寺)와 함께 유명. 정자보
  은광효선사(淨慈報恩光孝禪寺)의 간칭. 지금은 없어짐.]
*林子方(임자방): 양만리의 친구. 직각비서(直閣秘書) 벼슬을 한 사람이다.
*畢竟(필경): 결국. 끝내. 필경. 드디어.
*西湖(서호): 절강성 항주에 있는 호수.
*接天(접천): 하늘에 닿다. 하늘로 이어지다.
*別樣(별양): 다른 방식. 다른 종류.

【 감상 】

이 시는 서호의 6월 풍경을 묘사한 7언 절구로서 후대로 계속 전해지면서
노래되고 있는 절창(絶唱)이자 수작(秀作)이다.

시인이 정자사에서 나와 먼 길 가는 벗을 배웅할 때 호수에 가득한 연꽃이
순간적으로 시인의 시야 속으로 들어오면서 이 천고의 청운(淸韻) 절창은 지어
지게 되었고 세상에 빛을 보게 된 것이다.

제1구는 서호라는 장소와 6월이란 시간을 설명하고 있고, 제2구에서는 이때
이곳의 풍광은 유달리 운치가 있고 아름답다는 것을 밝혀주고 있다. 서호는
결국 6월 중의 경치가 사계절과 달리 가장 아름답다고 시인은 고백하고 있다.

뒤 두 구는 6월의 서호가 유달리 아름다운 이유를 자세히 설명해주고 있다.
하늘까지 닿을 듯 이어지며 펼쳐진 연잎은 끝없이 푸르고 햇빛에 비친 연꽃은
마치 다른 종류인 것처럼 유달리 붉다. 마치 한 폭의 수채화를 보는 듯하다.
경계가 광활하며 장대하고 부드러운 아름다움을 동시에 지니고 있고 또한 붉은
빛과 푸른 빛이 잘 대비되어 완연하고 선명하게 드러나고 있다.

이 시는 송별시(送別詩)이다. 근데 이별의 슬픔은 결코 겉으로 드러나 있지 않다. 그렇다고 어찌 이별이 슬프지 않겠는가? 끝없이 푸른 연잎, 유달리 붉은 연꽃, 그래서 서호 풍광 중 가장 아름다운 6월의 풍광. 이때 그대를 보낸다. 이 시를 보고 있노라면 마치 아름다운 풍광이 이별의 감정도 맑고 담백하게 걸러 주고 있는 듯하다.

생사와 이별이 슬픈 일이긴 하나 꽃이 시들 때가 있는가 하면 활짝 필 때가 또 오기도 하는 것이다. 서호도 6월이 되니 아름다워지며 우리를 즐겁고 기쁘게 하지 않는가? 그러니 오직 평상심(平常心)을 가지고 본다면 모든 것의 생멸(生滅)은 결국 연기(緣起)와 연멸(緣滅), 곧 인연이 생겼다가 다시 인연이 사라진 결과일 뿐이다. 거기에 부질없이 기쁨과 슬픔의 감정을 매달아 둘 필요가 없는 것이다.

〈작은 연못(小池)〉

샘물이 솟아오르는 구멍에서 소리 없이 가늘게 흘러 가여운데
물에 비친 나무 그늘은 맑고 부드러워 소중하게 여겨진다.
어린 연꽃 뾰족한 모서리를 이제 막 내밀었는데
벌써 잠자리가 위쪽에 올라 서 있다.

> 泉眼無聲惜細流(천안무성석세류), 樹陰照水愛晴柔(수음조수애청유).
> 小荷才露尖尖角(소하재로첨첨각), 早有蜻蜓立上頭(조유청정입상두).

---

*泉眼(천안): 샘물이 솟는 구멍. 샘구멍.
*惜(석): 아끼다. 소중히 여기다. 애석하게 여기다. 불쌍히 여기다. 가엾게 여기다.
*陰(음): 그늘.
*愛(애): 아끼다. 소중히 하다. 좋아하다. 사랑하다.
*才(재): 방금. 이제 막. 이제야.

*露(로): 나타나다. 나타내다. 드러나다. 드러내다. 노출하다. 노출되다.
*尖尖(첨첨): 날카롭고 뾰족한 모양. 아주 뾰족한 모양. 뾰족뾰족.
*角(각): 모서리. 구석. 모퉁이.
*早(조): 벌써. 이미. 일찍이. 오래전에.
*蜻蜓(청정): 잠자리.

【 감상 】

이 시는 초여름 작은 연못의 경치를 그려내 선적인 의취를 가득 담은 한 폭의 선의화(禪意畵)이다.

샘물이 솟아오르는 구멍에서 가여울 정도로 소리 없이 가늘게 흘러 작은 연못으로 들어간다. 작은 연못 물에 비친 나무 그늘은 맑고 부드러워 소중하게 여겨진다. 연못 안에서는 어린 연꽃이 막 뾰족한 모서리를 내밀었는데 그러자 벌써 잠자리가 알고 위쪽에 올라 서 있다. 모두 사랑스러우면서 맑고 세심하면서 부드러운 정경들이다.

이 시를 명시로 세상에 널리 전파되게 한 것은 뒤 두 구 바로 제3, 4구이다.

소하재로첨첨각(小荷才露尖尖角), 조유청정입상두(早有蜻蜓立上頭).

이 두 구가 유명해진 이유는 어디에 있을까?

첫째, 시인의 섬세한 발견과 알아차림이 있다. 연꽃이 막 뾰족한 모서리를 내민 것, 그 위에 벌써 잠자리가 올라가 있는 것은 섬세하고 예민한 관찰이 수반되지 않으면 절대 감지될 수 없다. 비록 아름다운 정경이나 풍광이라 할지라도 그들이 전해 오는 목소리를 시인이 간파하지 못한다면 그냥 헛된 걸로 흘려보낼 수밖에 없다. 시인은 예민하게 알아차리고 깨달아낼 수 있도록 감오(感悟)하는 자여야 한다. 이 지점에서 시인은 선가(禪家)와 동일하다고 할 수 있다. 선가 역시 즉각적 깨달음과 파악에 의지하기 때문이다.

둘째, 유아지경(有我之境)의 경계(境界)가 형성되어 있다. 경계가 형성되어 있다는 것은 어떤 특별한 정취와 분위기 및 세계를 수반하고 있어야 한다는 점이다. 그리고 유아지경이란 주로 이아관물(以我觀物), 즉 시인의 시선으로 사물을 관찰하는 방식으로 형성이 된다. 이 시구에는 어린 연꽃과 잠자리 간의 다정한 교제가 있고 이를 지켜보는 시인의 익살스러운 시선이 수반되어 있다. 그렇기에 흥미로운 시적인 정취(情趣)가 형성되었다고 볼 수 있다.

그에 반해 무아지경이란 주로 이물관물(以物觀物), 즉 시인의 시선은 사라지고 오직 사물이 사물을 바라보듯 담박(淡泊)하고 청정(淸淨)한 세계만이 펼쳐진다. 도연명(陶淵明)이 노래한 "동쪽 울타리 아래서 국화꽃 따노라니 한가로이 저 멀리서 남산이 눈에 들어오네(采菊東籬下, 悠然見南山)." 두 구는 시인과 남산 간의 일체화, 곧 물아일체(物我一體)가 이루어지면서 결국 주관적인 시인은 사라지고 대상으로서 남산만이 남아 있는 담박한 분위기가 연출되었기에 무아지경이라고 평가받는다.

선가에게도 반드시 들어서야 할 경계가 분명하게 존재한다. 선을 참구하면서 불법(佛法)과 진여(眞如)에 대해 참구하여 깨달음으로써 결국 반드시 경계에 들어서야만 한다. 그렇기에 시인도 선가도 경계를 창조하고 경계에 들어서지 않으면 안 되는 공통점이 있다 하겠으니 이 시의 뒤 두 구는 그런 점에서 선적인 의취를 잘 드러냈고 이 점이 바로 이 시를 후세에까지 널리 전파되게 한 이유가 아닐까 생각한다.

여본중은 북송(北宋)과 남송(南宋) 양송(兩宋) 교체 시기의 시인이자 사인(詞人)이면서 도학가(道學家)였다.

그의 자(字)는 거인(居仁), 호(號)는 자미(紫微), 세상에서는 동래(東萊) 선생으로 부르기도 하였다. 조상의 본적은 내주(萊州), 수주(壽州), 지금의 안휘(安徽)성 봉대(鳳臺) 사람이다.

여본중은 원부(元符, 1098~1100) 연간 중에 지방 관리를 역임하였고, 선화(宣和) 6년(1124)에 추밀원편수관(樞密院編修官)을 제수받기도 하였다.

여본중에게는 ≪동래집(東萊集)≫ 20권, ≪외집(外集)≫ 2권, ≪자미시화(紫微詩話)≫ 1권 등의 시문집과 저서가 있다.

〈자다 쓴 시(睡詩)〉

종일 시를 써보지만 시는 쓰이지 않아
평화스럽게 낮잠을 자다가 꿈에서 자주 깨어난다.
깨어보니 마음속은 전혀 아무 일이 없는데
담장 밖에서 꾀꼬리가 한두 마디 울고 있다.

> 終日題詩詩不成(종일제시시불성), 融融午睡夢頻驚(융융오수몽빈경).
> 覺來心緖都無事(각래심서도무사), 墙外啼鶯一兩聲(장외제앵일양성).

---

*融融(융융): 화목하고 즐겁다. 화기애애하다. 온화한 모양. 평화스럽게 즐기는 모양.
*頻(빈): 여러 번. 자주. 누차.

*覺來(각래): 깨어보니.
*心緖(심서): 생각. 마음. 기분.

【 감상 】

시인은 평화스럽게 낮잠을 자다가 왜 문득 자주 깨어나게 된 것일까? 적합한 이유를 몇 가지 추론해 보자.

첫째, 담장 밖에서 꾀꼬리가 시끄럽게 울어대서일까? 그런데 한두 마디 울어 댔다고 하는 걸 보아 크게 소란한 소리는 아닌 것으로 보인다. 낮잠 중에 우는 새소리는 도리어 시인의 숙면을 도와줄 수도 있기에 이 이유는 적합하지 않아 보인다.

둘째, 세상살이 근심 때문인가? 그런데 시인 스스로가 밝히고 있다. 자기는 마음속에 아무 일이 없다고 말이다. 이 말은 곧 흔히 많은 세상 사람들이 명리(名利)로 인해서 근심 걱정이 많은 데 반해 시인은 도리어 이에 대한 근심이 없다는 것으로 읽힌다. 시인은 어느 정도 세상과 절연한 채 한가롭게 유유자적 만족스럽게 사는 사람처럼 보인다.

셋째, 시가 지어지지 않기 때문인가? 이것은 낮잠을 자다가 자주 깨는 이유로 어느 정도 타당한 것처럼 보인다. 때문에 시인은 조금은 더 창조적인 고뇌 속에 있다고 생각된다. 시는 무(無)에서 유(有)를 창조하는 작업이다.

시의 창작에는 상상과 영감 그리고 깨달음이 필요하다. 이 지점에서 시(詩)와 선(禪)은 서로 통한다. 다시 말해서 깨달음이 필요한 것은 서로 공통적이라는 얘기다.

그런데 시가 무에서 유를 창조하는 것이라면 선은 유(有)에서 무(無)로 돌아가는 환원(還元)이면서 공적(空寂)한 것이기에 이 점이 서로 다르다고 할 수 있다.

다만 시인은 시의 창조로 인해, 선가는 공적함으로 들어감으로 인해 다시 즐거운 열락(悅樂)에 잠긴다는 점에서 또 동일하다고 말할 수 있다.

육유(陸游: 1125~1210)

육유는 남송(南宋) 시기 애국(愛國) 시인이자 사학가(史學家)였다. 그의 자(字)는 무관(務觀), 호(號)는 방옹(放翁)이며 월주(越州) 산음(山陰), 지금의 절강(浙江)성 소흥(紹興)시 사람이다.

육유는 북송이 멸망하던 시기에 태어나 소년 시절부터 가정에서 애국 사상의 가르침을 깊이 받았다. 효종(孝宗)이 즉위한 후에 진사(進士) 출신을 하사받았고 복주(福州) 영덕현(寧德縣) 주부(主簿) 등을 역임하였다. 그는 금(金)나라에 저항하고자 하는 의지를 견고하게 갖고 있었기에 주화파(主和派)로부터 배척받았다.

영종(寧宗)으로부터 조칙을 받아 육유는 경사로 들어가서 효종(孝宗)과 광종(光宗)의 ≪양조실록(兩朝實錄)≫과 ≪삼조사(三朝史)≫를 편수하는 일을 주재하였다. 이 책들을 완성한 후에 육유는 장기간 산음(山陰)현에서 칩거 생활을 하였다. 향년 85세로 세상을 하직하였는데 그때 절필시(絕筆詩) 〈아들에게 보여주다(示兒)〉를 남겼다.

육유는 일평생 창작활동을 쉬지 않았다. 그의 시는 언어가 평이하고 명쾌하면서 매끄러웠고[평이효창(平易曉暢)] 장법(章法)은 매우 근엄(謹嚴)하였다. 그렇기에 이백의 웅기분방(雄奇奔放), 두보의 침울비량(沈鬱悲凉)이라는 서로 다른 두 시풍을 겸비하였다고 평가받는다. 나아가 애국주의적인 열정을 가득 담은 시로써 후세에 커다란 영향을 주었다.

저서로는 ≪검남시고(劍南詩稿)≫ 등이 있다.

⟨산 서쪽 마을을 유람하다(游山西村)⟩

농가에서 섣달에 빚은 술 흐리다고 비웃지 말라
풍년이라 길손 붙잡아 묵게 하는데 닭과 돼지 넉넉하다.
산 첩첩 물 겹겹 길이 없는가 생각했는데,
버들잎 짙푸르고 꽃 화사한 곳에 또 한 마을이 있었네.
퉁소와 북소리가 뒤쫓으며 잇따르니 춘사 제삿날에 가까운데
의관은 검소하고 꾸밈이 없어 고풍스러움을 보존하고 있다.
만약 허락한다면 오늘부터 한가할 때 달빛에 의지해 와서
지팡이 짚고 수시로 밤에 그대들 집 문을 두드리리라.

> 莫笑農家臘酒渾(막소농가납주혼), 豊年留客足鷄豚(풍년유객족계돈).
> 山重水復疑無路(산중수부의무로), 柳暗花明又一村(유암화명우일촌).
> 簫鼓追隨春社近(소고추수춘사근), 衣冠簡朴古風存(의관간박고풍존).
> 從今若許閑乘月(종금약허한승월), 拄杖無時夜叩門(주장무시야고문).

---

*莫(막): ~하지 마라.

*臘(납): 섣달. 음력 12월. 납제[臘祭, 납일에 지내는 제사].

*臘酒(납주): 납주[설을 쇠려고 음력 섣달에 빚는 술].

*渾(혼): 탁하다. 흐리다.

*留客(유객): 손님을 머무르게 하다. 붙잡아 묵게 하다.

*足(족): 충분하다. 넉넉하다.

*鷄豚(계돈): 닭과 돼지.

*簫鼓(소고): 퉁소와 북.

*追隨(추수): 뒤쫓아 따르다. 좇아가다.

*春社(춘사): ①춘사 제사[제사 이름, 음력 2월 중춘(仲春)에 토신(土神)에게 제를 지내 농사가 순조롭게 되기를 기원하는 제사]. ②춘사일[옛날 계절 이름으로, 입춘 후 5번째 무일(戊日)].

*若許(약허): ①만약 허락한다면. 만약 ~할 수 있다면['허'는 허락하다. ~할 수 있다.]. ②많다.

【 감상 】

이 시에서 느낄 수 있는 주된 분위기는 평상심(平常心)이다.

시인이 노년에 이르러 관직에서 은퇴한 뒤 전원으로 돌아가 한정일치(閑情逸致), 곧 한가로운 정취와 뛰어난 흥취를 바탕으로 농가를 방문한 평상시의 일을 평상심으로 바라본 내용이다.

길이 끝났는가 여겼더니 갑자기 또 산촌 마을이 보인다. 춘사 제삿날에 가까워서인지 통소 소리 북소리가 잇따라 들린다. 사람들이 입은 옷은 매우 검소해서 고풍스럽기조차 하다. 그들은 나그네 길손을 붙잡으며 닭고기와 돼지고기 넉넉히 내놓는다. 섣달에 빚은 술이라며 내놓았는데 좀 흐리고 탁하다고 하여도 대수이겠는가! 그저 넉넉한 시골 인심에 흡족하고 즐거울 뿐이다. 이 마을 사람들이 허락만 한다면 다음에도 한가할 때 달빛 비치는 밤에 다시 찾아오리라.

이 시가 성공한 이유는 일반적인 세상의 일을 평상심으로 노래했기 때문이라 생각한다. 선(禪)은 평상심 속에 담겨 있지 다른 데 있지 않다는 것이 깨달음을 얻은 선사들의 공통적인 주장이다.

그리고 한가로운 정취와 뛰어난 흥취가 이 시에 존재한다. 고요함과 한가로움 역시 선시의 큰 특징이기도 하다. 여기에는 어떤 근심과 괴로움, 걸림과 구속도 없다. 오직 고요하고 한가로운 마음뿐이다. 이래야 마침내 천지간에 존재하는 큰 도리(道理)를 발견할 수 있다.

즉심즉불(卽心卽佛), 또는 즉심시불(卽心是佛). 마음이 곧 부처이다. 사람은 마음이 번뇌로 말미암아 더러워지고 혼탁해지긴 하나 마음의 본성은 곧 불성(佛性)이어서 중생의 마음이 곧 부처나 마찬가지이다.

비심비불(非心非佛). 마음도 아니고 부처도 아니다. 마음이 부처라고 해서 곧 자기의 마음이나 부처에 의지하고 안주하며 집착하려는 생각이 생긴다면 이 또한 깨달음에서 멀어지는 것이니 이런 생각 또한 깨뜨려야 한다는 말이다.

이 시의 압권은 함련의 "산중수진무의로(山重水盡疑無路), 유암화명우일촌(柳暗花明又一村.)" 두 시구에 있지 않을까 생각된다.

첩첩한 산중에 시냇물도 끊기며 거의 막다른 길에 들어선 듯 보이는 절망적인 곳에 또 버드나무 우거지고 꽃들이 활짝 피어 있는 마을이 다시 펼쳐져 있다. 길이 끝나는 곳에 또 새로 길이 시작될 거라는 믿음과 희망이 때로는 미망(迷妄)일지라도 우리 보통 사람들을 존재하게 하는 힘이 된다.

이 시구를 선적인 관점에서 읽을 수도 있을 것이다. 본래 길은 없다. 선에 이르는 길도 정해진 길이 없다. 그러나 막다른 곳에서 새로운 길을 발견하듯이 불성(佛性)에 도달하는 길을 찾지 못하다가도 문득 깨달으면 바로 그 길을 움켜잡을 수 있게 된다. 그렇지만 그것은 공적(空寂)한 세계이다. 때문에 길은 없다가 생기고, 결국에는 있는 길도 다시 없는 공(空)으로 환원된다.

〈약산의 고승 유엄에게 드리다(贈藥山高僧惟儼)〉

고요한 거처를 골라 시골의 정취에 만족하며 사니
일 년 내내 보내는 이도 또한 맞이하는 이도 없다.
때로는 홀로 솟은 산봉우리에 바로 올라
달 아래 구름을 밀어 헤치고서 길게 휘파람 한 마디 불기도 한다.

> 選得幽居愜野情(선득유거협야정), 終年無送亦無迎(종년무송역무영).
> 有時直上孤峰頂(유시직상고봉정), 月下披雲嘯一聲(월하피운소일성).

---

*幽居(유거): 고요한 거처.

*愜(협): 흐뭇하다. 만족하다. 마음에 맞다.
*野情(야정): 시골 전원의 정취. 들의 풍경. 산야(山野)를 그리워하는 마음.
*直(직): 곧. 즉시. 바로.
*孤峰(고봉): 홀로 솟은 산봉우리.
*披雲(피운): ①구름층을 헤치다[밀어 제치다]. ②하늘 높이 오르다[치솟다].
*嘯(소): (소리를) 길게 뽑아 울다. 휘파람을 불다. 장소(長嘯)를 터뜨리다.

【 감상 】

이 시는 고요하고 한적한 시골 생활에 대해 만족한 정취를 묘사하고 있다.
시인이 고요한 거처를 골라 시골의 정취에 만족하며 사니 일 년 내내 보내는
이도 또한 맞이하는 이도 없다. 그래서 때로는 홀로 솟은 산봉우리에 바로 올라
달 아래 구름층을 밀어 헤치고서 길게 휘파람 한 마디 불기도 한다.

이 시에서 시골 삶의 고요와 한적(閑寂)은 자연스레 선적인 의취를 드러낸다.
그리고 선적인 만족과 즐거움은 길게 부는 휘파람으로 상징된다고 할 수 있다.

역사적으로 보면 사람들이 장소(長嘯)를 터뜨리며 길게 휘파람 부는 때는
두 가지 상황이 있다. 하나는 마음속 울분과 고통을 어찌할 길이 없을 때 터뜨리
곤 한다. 또 하나는 마음이 흡족할 때 기분이 좋아 터뜨릴 때가 있다.

약산유엄 노스님은 일반 보통의 스님이 아닌 고승이다. 그의 긴 휘파람은
마음에 흡족하고 만족스러움을 표시하기 위하여 터뜨리는 것으로 볼 수 있다.
이 노스님은 생사의 관문을 이미 깨닫고 통찰함으로써 산에 올라 긴 휘파람으로
만족감을 대신 전달하는 거라고 말할 수 있다.

≪오등회원(五燈會元)≫ 권오(卷五)에도 약산유엄 노스님이 분 휘파람 얘기
가 전해진다.

약산유엄(藥山惟儼)이 하루는 밤에 산에 오르는 길에 홀연 구름이 걷히며
달이 드러나는 걸 보았다. 그리하여 크게 장소(長嘯)를 터뜨렸다. 길게 휘파람을
분 것이다. 풍양(灃陽)에서 동쪽으로 90리쯤 떨어진 곳이었다. 그런데도 풍양

주민들이 이를 듣고서 말하였다. "어젯밤 스님이 산 정상에서 장소를 터뜨렸다 (昨夜和尙山頂大嘯)." 이 일을 마을 주민들로부터 전해들은 태수 이고(李翶)가 그래서 이 시를 지어 보낸 것이다.

주희(朱熹: 1130~1200)

　주희는 남송(南宋) 시기 이학가(理學家), 정치가(政治家), 교육가(教育家)이며 시인이었다. 그의 자(字)는 원회(元晦), 중회(中晦), 호(號)는 회암(晦庵), 회옹(晦翁), 자양(紫陽)이며 세상에서는 회암(晦庵) 선생, 주문공(朱文公)으로 불렸다. 조상의 본적은 휘주(徽州) 무원(婺源), 지금의 강서(江西)성 무원현 사람이며, 남검주(南劍州) 우계(尤溪), 지금의 복건(福建)성 우계현에서 출생했다.

　주자는 소흥(紹興) 18년(1148) 진사 출신을 하사받은 뒤에 고종(高宗), 효종(孝宗), 광종(光宗), 영종(寧宗) 등 네 조정에서 관직을 역임하였다.

　주자는 북송(北宋) 시기 정호(程顥)·정이(程頤) 이정(二程)의 삼전(三傳) 제자인 이동(李侗)의 학생이었다. 그의 학설은 이정의 학설과 합칭되어 정주이학(程朱理學)으로 불렸다.

　그의 사상은 후대 원(元), 명(明), 청(淸) 세 왕조에 매우 큰 영향을 미쳤다. 그가 남긴 ≪사서장구집주(四書章句集注)≫는 흠정(欽定) 교과서가 되었고 과거고시(科擧考試)의 표준이 되기도 하였다.

　그는 공자(孔子)의 친전(親傳) 제자가 아니면서도 공묘(孔廟)에 향사(享祀)되어 있는 사람으로 대성전(大成殿) 십이철(十二哲)에 열입되어 있으니 그가 유가에서 차지하는 지위와 위상을 잘 알 수 있다.

　주희는 또한 1,250여 수의 시를 남겼는데 시의 성과 또한 뛰어나다고 할 수 있다.

〈봄날(春日)〉

아름다운 날 사수 가를 찾아 경치를 감상하니
끝없이 펼쳐진 풍경이 일시에 새로워져 있다.
봄바람이 향해서 불어오는 걸 예사로이 느껴왔는데
온갖 꽃이 울긋불긋 만발하였으니 결국 봄은 봄이로다.

> 勝日尋芳泗水濱(승일심방사수빈), 無邊光景一時新(무변광경일시신).
> 等閑識得東風面(등한식득동풍면), 萬紫千紅總是春(만자천홍총시춘).

---

*勝日: ①아름다운 날[친구끼리 만나는 날, 또는 경치가 아름다운 날]. ②금(金), 목
(木), 토(土), 수(水), 화(火) 5행이 상극(相克)하는 날.
*尋芳(심방): 꽃을 찾다. 아름다운 경치를 노닐며 감상하다.
*泗水(사수): 사수[산동성(山東省) 사수현(泗水縣)에 있는 강이름].
*一時(일시): ①한때. 한 시기. ②잠시. 단시간. ③일시. 임시.
*等閑(등한): 예사롭다. 되는대로 하다. 등한히 하다. 홀시하다.
*東風(동풍): 봄바람.
*萬紫千紅(만자천홍): 온갖 꽃이 울긋불긋 피다.
*總是(총시): 결국. 언제나.

【 감상 】

주희는 평생 학문을 닦으면서 많은 학파의 서적을 널리 보았고 심지어는 도가
(道家)와 불교(佛敎)의 사상도 공부함으로써 선리(禪理)를 깊이 인식하고 있었다.

봄놀이를 주제로 유려(流麗)하고 청신(淸新)하게 묘사한 이 시는 풍경[경(景)]
속에 이치[이(理)]를 녹아들게 했고, 감정[정(情)] 속에 이치를 모았다.

첫 구는 먼저 시간과 공간을 밝히고 있는데 이 시구의 주안점과 중심은 심방
(尋芳), 곧 꽃을 찾고 아름다운 경치를 감상하는 일에 있다. 여기서 방(芳)자는
봄날의 향기로움을 담고 있을 뿐만 아니라 선리(禪理)의 그윽한 향기도 함께

내포하고 있다고 볼 수 있다.

둘째 구는 끝없이 펼쳐진 봄 풍경을 감상하니 만물이 모두 새롭게 변해 있음을 발견했다고 하고 있다. 그 결과 우리는 시인의 눈과 마음 역시 새롭게 변했음을 행간을 통해서 읽을 수 있다.

셋째, 넷째 구는 봄바람이 불어와 만물이 푸르러지고 온갖 꽃들이 울긋불긋 피어난 일을 묘사하고 있다. 본래 시인은 봄바람이 대지를 향해 불어와도 그냥 예사로이 느끼고 별로 주의를 기울이지 않았다. 그냥 바람이 또 불어오나보다 여겼다. 그런데 봄바람이 지나가고 나니 온갖 꽃이 울긋불긋 만발하게 피었다. 만물을 소생하게 하는 봄이 왔다는 사실을 비로소 알게 된다.

봄의 숨결[기식(氣息)]과 기운[춘의(春意)]은 어디에서 느낄 수 있는가? 동쪽에서 불어오는 봄바람에 있다. 이 봄바람은 모든 만물을 푸르게 울긋불긋하게 만든다. 그러니 봄의 숨결과 기운은 또한 푸른 초목과 울긋불긋한 꽃들에 담겨 있기도 하다. 때문에 '만자천홍총시춘(萬紫千紅總是春)'이라 한 것이다. 온갖 초목과 화초들이 결국 다 봄인 것이다. 이 시구는 이 시를 수작(秀作)으로 만들었다고 해도 과언이 아니다.

봄의 의취가 이렇다면 선의 의취는 또한 어떠한가? 봄의 의취가 만물에 담겨 있듯이 선의 의취 역시 만물에 있는 그대로 담겨 있다. 역시 온갖 초목과 화초들이 결국 다 선을 담아 드러내고 있다. 일체가 모두 불법(佛法), 곧 도(道)의 재현이다. 그러니 이렇게 다시 정의할 수도 있지 않을까!

'만자천홍총시선(萬紫千紅總是禪)'

〈책을 보고 깨달은 바가 있다(觀書有感)〉 2수 중 제1수

반 묘 되는 네모난 연못이 한 개의 거울처럼 맑게 펼쳐져 있고
하늘빛 구름 그림자가 함께 그 속을 떠돈다.

연못이 어째서 이처럼 맑을 수 있는지를 물으니

살아 있는 물이 흘러오는 발원지가 있기 때문이라네.

半畝方塘一鑒開(반무방당일감개), 天光雲影共徘徊(천광운영공배회).

問渠哪得淸如許(문거나득청여허), 爲有源頭活水來(위유원두활수래).

---

*畝(묘): 묘[중국식 토지 면적의 단위].

*方塘(방당): 네모난 연못.

*鑒(감): 거울.

*渠(거): 그. 그 사람.

*哪(나): 어찌.

*如許(여허): ①이와 같다. ②상당수. 꽤 많다.

*源頭(원두): 발원지. 수원(水源).

*活水(활수): 발원지가 있어서 항상 흘러가는 물. 흐르는 물.

【 감상 】

철학적 이치를 시에 담은 시로서 7언 절구 중 명시로 꼽힌다.

첫 두 구는 거울처럼 펼쳐진 네모난 연못을 묘사하고 있다. 반 묘 되는 네모난 연못이 한 개의 거울처럼 맑게 펼쳐져 있는데 그 속에 하늘빛 구름 그림자가 비쳐서 함께 떠돌고 있다.

이 시의 제목을 참고해서 유추해본다면 네모난 연못이란 뜻의 방당(方塘)은 결국 책을 비유한 것으로 이해할 수도 있다고 생각된다. 그렇다면 이 시는 책 속에 거울처럼 맑고 깨끗한 정신세계가 있음을 찬미하고 있는 것이라 볼 수도 있다.

뒤 두 구는 결국 시인의 깨달음을 자문자답의 형식으로 노래한 것이다. 연못이 어째서 이처럼 맑을 수 있는지를 물으니 생생하게 살아 있는 물이 흘러오는 발원지가 있기 때문이라고 하고 있다.

맑은 물을 끊임없이 흘러주는 연못의 발원지 같은 역할을 하는 것은 무엇일까? 네모난 연못을 책으로 유추했으니 또한 책 속에 있는 맑은 정신세계로서 대도(大道)가 그 발원지 같은 역할을 할 수 있는 것이 아닐까? 때문에 책을 열심히 읽고 대도를 탐구해야 한다.

책 속에서 대도를 찾으라는 주희의 요청은 다시 선적(禪的)인 관점에서 읽는다면 어떻게 이해할 수 있을까? 선을 참구해서 맑은 물의 발원지 같은 역할을 하는 공(空)의 경계, 곧 진리의 세계로 들어갈 수 있어야 한다는 요청으로 간주할 수 있지 않을까 생각된다.

선(禪)은 명심견성(明心見性), 곧 마음을 밝히고 본성을 파악하고자 한다. 그리고 공(空)의 경지로 들어가고자 한다. 선의 경계는 바로 공(空)하기 때문에 만물을 다 받아들일 수 있는 공고납만경(空故納萬境)의 경계이다.

당송(唐宋) 팔대가(八大家) 중의 한 사람인 한유(韓愈, 768~824)가 지은 〈물을 끌어들여 만든 작은 연못(盆池)〉이라는 시가 있다. 연못의 물빛이 맑고 밝음을 묘사하고 있는 이 시는 위의 주희의 시와 대조하여 읽어보면 우리에게 좋은 성찰을 제공해줄 수 있다.

연못 물빛과 하늘 그림자는 모두 푸르디푸른데
물결이 기슭을 치면서 비로소 몇 병 정도의 물이 더 보태졌다.
잠시 밤이 깊어지고 밝은 달이 떠나가길 기다렸다가
몇 개의 별들이 물에 깊이 비치는지 한 번 보리라.
　　池光天影共青青(지광천영공청청), 拍岸才添水數瓶(박안재첨수수병).
　　且待夜深明月去(차대야심명월거), 試看涵泳幾多星(시간함영기다성).

〈배를 띄우다(泛舟)〉

어젯밤 강가에 봄물이 생기며 불어나서

전함 같은 큰 배도 온몸이 가뿐히 떠올랐다.

여태까지 배를 밀어 이동시키기 위해 공연히 힘을 허비해 왔지만 이날은 강 복판에서 편안하게 떠간다.

> 昨夜江邊春水生(작야강변춘수생), 艨艟巨艦一身輕(몽동거함일신경).
> 向來空費推移力(향래공비추이력), 此日中流自在行(차일중류자재행).

---

*泛舟(범주): 배를 띄우다. 배를 타고 놀다.
*艨艟(몽동): 고대의 전함(戰艦).
*一身(일신): 일신. 한몸. 온 몸. 전신.
*向來(향래): 여태까지. 줄곧. 본래부터.
*自在(자재): 편안하다. 안락하다. 자유롭다.
*中流(중류): 강의 중류. 흐름의 복판.

【 감상 】

이 시는 이취(理趣)를 담은 시이다. 강물의 수량이 풍부해져야 큰 배를 띄울 수 있듯이 오직 돈오(頓悟)에 이를 수 있어야 본성을 밝힐 수 있음을 지적하고 있다.

앞 두 구는 봄비로 인해 강물이 엄청나게 불어난 상황을 묘사하고 있다. 어젯밤 강가에 한바탕 봄비가 내려서 강물이 불어나서 전함 같은 거대한 함선도 가뿐히 떠올랐다.

뒤 두 구는 강물이 넉넉하여 배를 젓기가 쉬워졌음을 묘사하고 있다. 예전에는 힘을 제아무리 많이 써도 배를 잘 저어 갈 수가 없었는데 지금은 그것이 얼마나 쉽고 자유로운지, 강으로 배를 띄워 다니는 것이 아주 편안하다.

배가 통행하기 쉬운 외적 조건은 무엇인가? 첫째, 바람이 적절하게 불어줘야 한다. 둘째, 강물의 수량이 풍성해야 한다. 셋째, 수면 물결이 고요하고 잔잔해야 한다.

이런 외적 조건의 충족을 불법(佛法)을 추구하는 선(禪)의 관점에서 본다면 과연 무엇이라고 볼 수 있을까?

사람은 도리를 잘 알고 사리에 밝아야 비로소 충실한 삶, 시원시원한 삶을 살 수 있다. 그러나 특정한 외적 조건이 구비되어 있지 않고 시기가 성숙하지 않으면 좀처럼 도리에 밝은 경지에 도달하기 힘들다.

이 외적인 선 수행의 조건은 곧 돈오(頓悟)에 달려 있다. 오직 돈오(頓悟)가 있은 뒤에라야 비로소 힘 하나 안들이고 마음과 본성을 밝힐[명심견성(明心見性)] 수 있게 된다. 영원불변의 진여(眞如)·불성(佛性)을 순간적으로, 즉각적으로 깨닫고 나서야 비로소 오묘한 효용을 깊이 알 수 있게 된다. 강물을 배로 항해하여도 마치 평지를 밟고 가는 것처럼 그렇게 선을 수행하면서도 심신이 원활하고 스스로 만족할[통창자득(通暢自得)] 수 있게 된다.

선을 수행하기 위해 구비해야 할 조건을 배가 강물을 항해할 수 있는 외적 조건에 비유하여 묘사한 것은 분명 그의 스승인 선사 개선도겸(開善道謙)의 영향으로 보인다.

주희는 임제종(臨濟宗) 양기파(楊岐派)의 선사 개선도겸에게서 자주 선학(禪學)을 배웠는데, 도겸이 일찍이 지은 게송(偈頌)을 살펴보면 이 점을 잘 알 수 있다.

넓디넓은 장강은 푸른 하늘가에서 텅 비고
한 조각 돛단배는 돛을 높이 걸고 바람을 타고 간다.
빠르구나, 조금도 힘을 들이지 않는데
만 리 떨어진 고향이 가까이 지척으로 이어져 통하는 듯하다.
浩浩長江碧際空(호호장강벽제공), 片帆高掛便乘風(편범고괘편승풍).
快哉不費絲毫力(쾌재불비사호력), 萬里家山咫尺通(만리가산지척통).

〈봄을 찾는 시(尋春詩)〉

강과 들판이 푸르고 붉게 일시에 새로워졌고
지난밤 내린 비가 아침에 개이니 사람들에게 더욱 알맞은 날씨이다.
서책에 몰두하고 있지만 언제나 끝이 나겠는가?
던져버리고 봄을 찾아가는 게 더 낫겠다.

> 川原紅綠一時新(천원홍록일시신), 暮雨朝晴更可人(모우조청갱가인).
> 書冊埋頭何日了(서책매두하일료), 不如抛却去尋春(불여포각거심춘).

---

*川原(천원): ①강과 들판[벌판]. ②강의 근원.
*可(가): 적합하다. 맞다. 들어맞다.
*埋頭(몰두): 몰두하다. 정신을 집중하다.
*抛却(포각): 포기하다. 던져버리다.

【 감상 】

주희는 송대(宋代) 이학(理學)의 집대성자이다. 그의 학문의 주안점은 또한 심성론(心性論)에 있었다.

그가 이처럼 심성 곧 마음과 본성을 중요시하였기에 궁극적으로 선종을 공부해서 거기서 해답을 찾지 않을 수 없었다. 그래서 유학(儒學)으로 자처하는 주희라고 하여도 사실은 선(禪)을 매우 잘 이해하였고 선과 소통하였다. 이 점은 그의 시속에서도 엿볼 수 있다.

앞 두 구는 지난밤 비가 내린 뒤 새롭게 변한 봄날의 전원 풍광을 묘사하고 있다. 강가와 들판에 푸르러진 수목과 농작물, 그리고 붉어진 꽃들이 지난밤 비가 온 뒤에 더욱 새로워져서 청신(淸新)해졌고 아침에 갠 날씨에 사람들이 활동하기에 딱 알맞은 날씨가 되었다.

뒤 두 구는 이렇게 화창한 봄날 학문 탐구는 더 이상 그만하고 아름다운 봄을 찾아 나서야 하겠다는 생각을 드러내고 있다. 학문의 탐구는 끝이 없으니 언제나 끝이 나겠는가 하고 반문하고 있다. 그러니 책들은 던져버리고 봄을 찾아 떠나는 게 훨씬 더 낫겠다고 하고 있다.

우리는 살아가면서 늘 인위적으로 설정해 놓은 일들에 사로잡히거나 구속되어 천성적으로 타고난 아름다운 천성(天性)을 억누르며 살곤 한다. 그래서 우리는 시선을 돌리고 관점을 바꿔서 생명을 구속하고 억압하는 여러 가지 인위적인 것들을 떨쳐버리고 해탈할 수 있는 길을 찾아야 한다.

생명과 본성을 억압하고 구속하는 것들로부터 어떻게 해탈하여 영원한 자유를 얻고 누릴 것인가? 선(禪)으로 돌아갈 필요가 바로 여기에 있다. 즉시 선을 참구(參究)해야 할 필요성이 여기에 있는 것이다.

엄우(嚴羽: 생졸년 미상)

엄우는 남송(南宋) 시기 시론가이자 시인이다. 자(字)는 의경(儀卿), 단구(丹丘)이며, 호(號)는 창랑포객(滄浪逋客)이며, 지금의 복건(福建)성에 속하는 소무(邵武) 사람이다.

엄우는 남송 말년에 생활하였는데 일생 동안 일찍이 관직 생활을 하지 않고 대부분 고향에서 은거한 채 지냈다.

엄우의 7언 가행시(歌行詩)는 이백(李白)의 시풍을 본받았으며, 5언 율시는 이백 외에도 두보(杜甫), 위응물(韋應物)을 본받았는데 다만 창작 경향은 도리어 왕유(王維), 맹호연(孟浩然) 일파의 충담공령(冲淡空靈)한 풍격을 보여주었다.

엄우는 시론(詩論)에 정통하였고 선학(禪學)에도 깊었다. 그는 묘오(妙悟)설과 흥취(興趣)설을 제창하였다. 창작에서 선적(禪的)으로 절묘하게 깨달아 창작에 돌입해야 한다는 이른바 묘오(妙悟) 내지는 선오(禪悟) 이론을 시학에 받아들여서 "선의 방법이 묘오에 달려 있듯이 시 창작의 방법 역시 묘오에 달려 있다(禪道惟在妙悟, 詩道亦在妙悟.)"고 주장하였다. 또한 한위(漢魏)와 성당(盛唐) 시기의 시가를 최고의 모범으로 삼았다.

그리하여 호응린(胡應麟)은 ≪시수(詩藪)≫에서 "엄우의 식견은 최고로 탁월하다(儀卿識最高卓)."라고 찬양하였다.

그의 저서에는 ≪창랑집(滄浪集)≫, ≪창랑시화(滄浪詩話)≫ 등이 있다.

엄우의 창작이론 중 가장 큰 영향을 남긴 흥취(興趣)설의 원문을 인용해보기로 한다.

시에는 별도의 재주가 있으니 학문과 관련이 없고, 시에는 별도의 흥취[趣]가 있으니 도리(또는 철리)와는 관련이 없다. 그러나 고인들은 일찍이 책을 읽지 않거나 도리를 궁구하지 않은 적이 없다. 이른바 도리를 시에 담는 길[理路]을 걷지 않고 말의 통발에 빠지지 않는 것이 최상이다. 시란 성정을 읊조리고 노래하는[吟詠情性] 것이다. 성당 시인들은 묘사하는 중점이 오직 흥취(興趣)에 있었는데, 흥취는 마치 영양이 나무에 뿔을 걸고 있는 듯하여, 흔적을 찾을 수가 없다. 그러므로 시 가운데 오묘한 부분은 투철하면서도 영롱하여, 억지로 끌어다 모아 놓을 수가 없으니 마치 공중의 소리[空中之音]와 같고, 외형 속의 색깔[相中之色]과 같으며, 물 속의 달[水中之月]과 거울 속의 형상[鏡中之象]과도 같아서, 말은 끝이 났지만 의미는 무궁무진하다[言有盡而意無窮]. 근래 여러 시인들은 기이하고 독특하게 이해를 하여, 마침내는 문자를 조작하는 방법으로 시를 짓고, 의론을 늘어놓는 방법으로 시를 짓고, 재주와 학식을 뽐내는 방법으로 시를 짓는다. 이런 방법으로 시를 짓는다고 해서 어찌 뛰어나지 않겠는가마는, 결국 옛사람들의 시는 아닌 것이다. 대체로 일창삼탄(一唱三嘆)의 음으로는 부족함이 있다. 게다가 그 작품들은 대부분 전고와 고사를 사용하는데 힘쓰면서, 흥취[興致]는 묻지 않는다. 사용한 글자들이 반드시 내력이 있고, 압운에 반드시 출처가 있지만. 그것들을 처음부터 끝까지 읽어보아도 어디에 도착하였는지를 알 수 없다. 그 말류 가운데 심한 것들은 시끄럽게 외치고 성난 기운을 펼쳐내어, 충직하고 돈후한 기풍을 특히 어그러지게 하며, 거의 욕지거리로 시를 짓는다. 시가 이 지경에 이르면 하나의 재앙이라 말할 수 있겠다.

　　(夫詩有別材, 非關書也; 詩有別趣, 非關理也. 而古人未嘗不讀書·不窮理. 所
　　謂不涉理路·不落言筌者, 上也. 詩者, 吟詠情性也. 盛唐諸人惟在興趣, 羚羊
　　掛角, 無跡可求. 故其妙處瑩徹玲瓏, 不可湊泊, 如空中之音, 相中之色, 水中

之月, 鏡中之象, 言有盡而意無窮. 近代諸公作奇特解會, 遂以文字爲詩, 以議論爲詩, 以才學爲詩. 以是爲詩, 夫豈不工, 終非古人之詩也. 蓋於一唱三嘆之音, 有所歉焉. 且其作多務使事, 不問興致; 用字必有來歷, 押韻必有出處, 讀之終篇, 不知着到何在. 其末流甚者, 叫噪怒張, 殊乖忠厚之風, 殆以罵詈爲詩. 詩而至此, 可謂一厄也.)

— ≪창랑시화(滄浪詩話)・시변(詩辨)≫

---

*영양괘각(羚羊掛角): "도응선사가 대중에게 말했다. '좋은 사냥개 같은 경우에도 이해하고 찾아내는 것은 다만 자취가 어디 있는지에 대한 내막뿐이어서, 갑자기 영양이 나무에 뿔을 걸어 놓은 상황을 만나면 자취는 말할 것도 없고 기운 역시 알아차리지 못한다.'고 하였다."(道膺禪師謂衆曰: "如好獵狗, 只解尋得有蹤迹底. 忽遇羚羊掛角, 莫道迹, 氣亦不識.")(≪전등록≫ 권16)
*공중지음(空中之音): "왕개보(王介甫)의 시는 공중의 소리와 같고, 외형 속의 색깔과 같아, 그 실마리를 찾고자 해도 찾을 수가 없다."(王介甫如空中之音, 相中之色, 欲有尋繹, 不可得矣.)

〈익 상인의 사찰을 방문하다(訪益上人蘭若)〉

홀로 푸른 연꽃 피어 있는 집을 찾아나서
가다가 백사장이 있는 물가를 지나쳤다.
하나 있는 오솔길은 눈 쌓인 소나무 숲으로 들어서고
몇 개의 산봉우리에는 저녁 찬 기운이 생긴다.
산에 계신 스님은 길손이 찾아오는 걸 좋아하여
숲의 누각을 사람들에게 제공하여 경치를 감상하게 한다.
시를 읊조리길 마친 다음 옷을 치켜올리고 떠나는데
종소리 여운이 구름 밖에서 거의 끝나가고 있다.

獨尋靑蓮宇(독심청련우), 行過白沙灘(행과백사탄).

一徑入松雪(일경입송설), 數峰生暮寒(수봉생모한).
山僧喜客至(산승희객지), 林閣供人看(임각공인간).
吟罷拂衣去(음파불의거), 鐘聲雲外殘(종성운외잔).

---

*上人(상인): 고승. [계율을 엄격히 지키고 불학(佛學)에 정통한 스님에 대한 존칭]
*蘭若(난야): 사찰. [만물의 참다운 실상을 깨닫고 불법(佛法)을 꿰뚫는 지혜를 가리키
  는 반야(般若)의 뜻으로 읽을 때 '若(야)'의 독음은 '야'임]
*靑蓮(청련): ①푸른 연꽃. [수련(睡蓮)의 일종. 잎이 넓고 길며 청백(靑白)이 분명한
  연꽃] ②부처의 눈. [인도인들은 위인(偉人)의 눈이 이런 특징을 지니고 인식하고
  있기에 부처의 눈을 비유하는데 쓰임]
*灘(탄): 여울. 물가.
*拂衣(불의): 옷을 치켜 올리다. 옷소매를 뿌리치다.

【 감상 】

이 시는 사찰을 방문하여 노닐던 일을 기록한 시인데 선적 의취가 농후한
시이기도 하다. 묘오(妙悟)설과 흥취(興趣)설을 제창했던 엄우는 본래 선리(禪
理)에 매우 밝았기에 이런 시를 남길 수 있었을 것이라 생각된다.

수련은 홀로 익 상인을 찾아 나섰다는 '독심(獨尋)'으로 시의 처음을 열고
있다. 푸른색과 흰색을 주요 색조로 삼음으로써 익 상인의 청백(淸白)하고 깨끗
한 모습과 그런 경계를 암시해주고 있다.

함련에서는 차갑다는 '한(寒)'자를 두드러지게 돌출시키면서 눈 쌓인 소나무
를 주요 풍경 으로 묘사하고 있다. 그것은 곧 눈 쌓인 소나무 같은 지조와 절개를
지닌 우뚝하고 맑으며 고독한 상인의 선적인 경계를 상징하고 있는 것이 아닐까
생각된다.

경련에서는 천명(天命)을 편안히 여기며 사는 깨달은 자로서의 상인의 모습이
드러나고 있다. 상인께서는 속세의 시인이 자신을 방문하는 걸 오히려 좋아하면
서 숲의 누각을 제공해주고 아름다운 풍광을 감상하도록 해준다.

미련에서는 사찰의 승경을 눈앞에 두고 시인이 시를 읊조리지 않을 수 없었음을 묘사하고 있다. 시를 읊조렸다는 것은 곧 시인의 마음이 흡족하여 기쁘고 즐거웠음을 암시하는 것이기도 하다. 이제 시인은 옷을 치켜올리고 익 상인의 사찰을 떠났는데 구름 밖 저 멀리서 종소리가 들려오다가 거의 여운조차 아련하게 끝나가고 있다.

　　구름 밖 종소리의 여운에 대한 묘사는 곧 상인과 상인이 계신 곳의 선적 경계에 대한 동경과 갈망을 다시 표현한 것이라고 볼 수 있다. 깨끗하면서 차갑고 또 고독하면서 즐거운 선적 경지에 대한 동경이자 갈망이다.

4. 명대(明代)·청대(淸代)의 선시

당인(唐寅: 1470~1524)

당인은 명대(明代)의 저명한 화가(畵家)이자 서법가(書法家)이며 시인
이었다. 그의 자(字)는 백호(伯虎), 후에 바꾼 자는 자외(子畏)이며 호는
육여거사(六如居士), 도화암주(桃花庵主), 노국당생(魯國唐生), 도선선리
(逃禪仙吏) 등이다. 지금 강소(江蘇)성에 속해 있는 남직예(南直隷) 소주
부(蘇州府) 오현(吳縣) 사람이다.

당인은 스스로 강남의 제일 풍류 재자(才子)로 부르곤 하였다. 만년
에 소주 도화오(桃花塢)에 거주하며 불교를 독실하게 신봉하였다.

그는 회화(繪畵)에서 남북(南北) 화파를 융합하여 필묵이 세수(細秀)
하고 포국(布局)이 소랑(疏朗)하였으며 풍격이 수일(秀逸)·청준(淸俊)함
으로써 화단(畵壇)에서 명대 사대가(四大家) 중의 한 사람이 되었다.
서법(書法)에서는 조맹부(趙孟頫)를 본받았다.

시단(詩壇)에서는 축윤명(祝允明, 1460~1526), 문징명(文徵明), 서정경
(徐禎卿, 1479~1511) 등과 함께 오중사재자(吳中四才子)로 병칭되기도 하
였다.

그의 시는 인간의 성령(性靈) 곧 성정을 직접 진술하고 기예의 공졸
(工拙), 즉 솜씨가 좋은지 아니면 서투른지에 대해서는 문제 삼거나
따지지 않았다.

≪육여거사전집(六如居士全集)≫ 18권이 세상에 전해진다.

〈어찌할 바 몰랐다(悵悵詞)〉

실의에 빠져 어찌할 바를 몰랐던 소년 시절을 탓하지 말게
그 시절엔 정이란 긴 거미줄에 걸려들기 쉽다네.
봄을 맞이하면 어느 해인들 슬퍼하지 않았고
정을 줄 사람을 만나면 어디서인들 사랑할 수 없었던가!
두곡의 배꽃은 잔 위에 눈처럼 내리고
파릉의 방초는 꿈속의 안개로다.
이전 살아온 일들 생각하니 두 소매에 누런 눈물 흘리고
삼생(三生)의 화두 참구하여 인생은 본래 공허함을 깨달았네.
늙은 뒤에는 응당 후회가 없어야 한다고 잘 헤아려서
승복 입고 선원 문 앞에 등잔 들고 섰네.

　　悵悵莫怪少年時(창창막괴소년시), 百丈游絲易惹牽(백장유사이야견).
　　何歲逢春不惆悵(하세봉춘불추창), 何處逢情不可憐(하처봉정불가련).
　　杜曲梨花杯上雪(두곡이화배상설), 灞陵芳草夢中煙(파릉방초몽중연).
　　前程兩袖黃金淚(전정양수황금루), 公案三生白骨禪(공안삼생백골선).
　　老後思量應不悔(노후사량응불회), 衲衣持盞院門前(납의지잔원문전).

---

*悵悵(창창): 어찌할 바를 모르는 모양.
*游絲(유사): 섬세한 거미줄 따위의 실. 아지랑이.
*杜曲(두곡): 지명으로, 지금 섬서성(陝西省) 서안(西安)시 동남쪽에 있다. 번천(樊川)
　과 어숙천(御宿川)이 그 사이를 지나며 흐른다.
*灞陵(파릉): 옛 지명. 지금의 섬서성(陝西省) 서안(西安)시 동쪽에 있다.
*公案三生(공안삼생): 공안은 선가의 화두(話頭)로서 교의(敎義)를 암시해주는 비결. 삼
　생은 현생(現生)과 전생(前生) 및 내세(來世). 삼생과 관련 있는 화두를 참구한다는 뜻.
*白骨禪(백골선): 인생은 본래 공환(空幻)하다는 사실을 깨닫다.
*思量(사량): 생각하여 헤아리다.
*衲衣(납의): 스님의 옷. 승복(僧服).

【 감상 】

당인은 자가 백호(伯虎)로서 흔히 당백호로 부르기도 한다.

명대의 유명한 화가로서 스스로 강남제일(江南第一)의 풍류재자(風流才子)라
고 부르기도 하였다. 그러나 훗날 인생에 대한 깨달음이 있어서 스스로 호를
육여거사(六如居士)로 부르기도 하였다.

육여(六如)는 ≪금강경(金剛經)≫에서 취한 말로서 인생은 꿈과 같고[여몽(如
夢)], 환상과 같고[여환(如幻)], 물거품과 같고[여포(如泡)], 그림자와 같고[여영
(如影)], 이슬과 같고[여로(如露)], 번개와 같다[여전(如電)]고 생각하였기 때문
이다.

이 시는 그의 인생역정을 잘 보여주고 있다. 젊었을 적에는 혈기 왕성하여
쉽게 정이란 그물과 거미줄에 빠져들었다. 그래서 해마다 봄을 맞이하면 언제나
사랑으로 가슴 아파했고, 또 어디를 가더라도 정든 이를 만나 사랑을 나누었다.
그러나 젊은 시절은 그렇게 꿈속의 안개처럼 사라져갔으니 그때를 생각하면
누런 눈물이 나서 두 소매로 훔칠 뿐이다.

그래서 현생은 물론이요, 전생과 내세와 관련 있는 화두를 참구하니 인생은
모두 공허하다는 진리를 깨닫게 된다. 그러니 잘 헤아려서 늙은 뒤에는 후회
없이 살도록 해야 한다. 그래서 승복을 입고 선원의 문 앞에 등잔 들고 서게
되었다.

그가 쓴 〈칠십사(七十詞)〉는 이런 인생역정에 대한 감회를 드러내면서 고통
을 초월한 달관(達觀)을 잘 묘사하고 있다.

> 인생 칠십은 예로부터 드물었는데,
> 내 나이 칠십이니 기이한 일이다.
> 앞의 십 년은 어렸고,
> 뒤의 십 년은 노쇠하였다.

가운데 다만 오십 년만 있을 뿐인데,

또 반절이 밤중에 지나가 버렸다.

겨우 이십오 년 세상에 있은 셈이지만,

바삐 뛰어다니며 얼마간의 고통이나마 지긋지긋하게 겪었다.

人年七十古稀(인생칠십고희), 我年七十爲奇(아년칠십위기).

前十年幼小(전십년유소), 後十年衰老(후십년유쇠로).

中間止有五十年(중간지유오십년), 一半又在夜里過了(일반우재야리과료).

算來只有二十五年在世(산래지유이십오년재세),

受盡多少奔波煩惱(수진다소분파번뇌).

"다만 꽃과 술 사이에서 늙어 죽기를 바랄 뿐, 고관대작의 수레 앞에서 허리 굽히기를 원치 않는다(但願老死花酒間, 不願鞠躬車馬前)"[〈도화암의 노래(桃花庵歌)〉]고 하면서 풍류와 기개를 보여주었던 그였다.

그러나 결국 세월 앞에서 단련되면서 욕망을 내려놓지 않을 수 없었다. 한편으로 생각하면, 젊었을 적에 이런 열정과 고뇌를 경험하였기에 이제 노년에 이르러 비로소 달관을 보이고 깨달음에 이를 수 있지 않았을까 생각해본다.

열정과 고뇌가 없는 젊은이에게 과연 깨달음이 찾아올 수 있을까? 파랑새를 찾아 떠나는 고뇌와 용기, 열정이 있어야 비로소 그의 집에 본래 파랑새가 있었다는 사실을 알아낼 수 있는 것이다.

고뇌와 열정을 지닌 젊은이에게는 역시 시련의 시간이 그를 가장 잘 단련시켜주는 약이라고 할 수 있다. '시간시최호적고험(時間是最好的考驗)'

나를 죽이지 않는 한, 고통은 나를 성장시켜 줄 것이란 독일 철학자 니체의 말은 젊은이들에게 언제나 두려움에 당당히 맞서게 하는 힘이 되어 줄 것이다. 세상을 살며 꽃길만 걸을 수는 없다. 다만 언제 어디서나 이 길을 꽃길로 만들수는 있다. 내가 지금 가는 이 길과 앉아 있는 이 자리가 바로 꽃길이요 꽃자리라는 생각에서 떠나지 않으면 된다.

탕현조(湯顯祖: 1550~1616)

탕현조는 명대(明代) 희곡가(戲曲家)이자 시인이다. 중국의 희성(戲聖), 동방(東方)의 셰익스피어로 불리며 칭송되기도 한다.

그는 자가 의잉(義仍), 호가 해약(海若), 약사(若士), 청원도인(淸遠道人)이다. 조상의 본적은 임천(臨川)현, 지금의 강서(江西)성 임천 사람으로 나중에 탕가산(湯家山), 지금의 무주(撫州)시로 이사를 하였다.

신종(神宗) 만력(萬曆)에 진사에 급제하였다. 남경(南京)에서 태상사박사(太常寺博士), 첨사부주부(詹事府主簿), 예부사제사주사(禮部祠祭司主事) 등을 역임하였다.

탕현조는 어려서부터 문명(文名)을 자부하였으며, 시는 이백(李白)과 두보(杜甫)를 따랐고, 이지(李贄)의 학설 및 불교사상에 깊은 영향을 받았다.

저작으로는 ≪자차기(紫釵記)≫, ≪환혼기(還魂記)≫, ≪남가기(南柯記)≫, ≪한단기(邯鄲記)≫ 등 전기(傳奇) 작품이 있는데, 이 네 작품은 임천사몽(臨川四夢)이라 합칭되기도 한다. 이 중에서도 ≪환혼기(還魂記)≫는 ≪모란정(牡丹亭)≫이라고도 부르는 데 그의 대표작이다.

시문 저작으로는 ≪탕현조시문집(湯顯祖詩文集)≫ 50권이 있다.

〈고좌사에서 달공을 모시다(高座陪達公)〉

모든 곳이 우화대의 땅인데
한 지파의 고승이 계시는 산사를 다시 유람하러 왔다.
구름과 노을은 법진의 그림자이고

산수는 사람의 마음을 오묘하게 밝혀준다.

장엄함으로 인하여 경계는 공적(空寂)해지고

고승을 따르며 기쁜 바로 그때 봄은 깊어진다.

금륜이 홀연히 날아가자 손가락으로 가리키니

강 위에 화려한 달빛이 이르렀다.

> 一切雨花地(일체우화지), 重游支道林(중유지도림).
> 雲霞法塵影(운하법진영), 山水妙明心(산수묘명심).
> 境以莊嚴寂(경이장엄적), 春當隨喜深(춘당수희심).
> 金輪忽飛指(금륜홀비지), 江上月華臨(강상월화림).

---

*高座(고좌): ①상좌(上座)에 앉다. ②강론하는 좌석[청중의 좌석보다 높은 데 있기 때문임]. ③고승[高僧, 불학(佛學)에 정통한 사람]. ④고좌사(高座寺)[여기서는 우화대(雨花臺)에 있는 사찰인 고좌사를 가리킴].

*達公(달공): 명말(明末)의 고승(高僧) 자백(紫柏) 노인을 가리킨다.

*雨花(우화): 아름답고 번화하다. 선량(善良)하며 선행을 하다. 생명의 무상함을 대표. 여기서는 우화대[雨花臺, 강소(江蘇)성 서남부의 명승지]를 가리킴.

*支(지): 지지하다. 받치다. 버티다. 갈래. 지파.

*道林(도림): 한 시대의 고승이 있는 산사.

*法塵(법진): 인간의 본성을 흐리게 하는 여섯 가지 경계인 육진(六塵) 가운데 하나. [의근(意根)이 마주하고 있는 경계로서 의식을 만들어낼 수 있음. 어떠한 생각에도 집착하지 않는 것이 곧 법진에서 벗어나는 것이다.]

*金輪(금륜): ①불교에서 말하는 전륜성왕(轉輪聖王)의 하나인 금륜성왕(金輪聖王)의 줄임말. 수미산(須彌山)의 사주(四洲)를 통치한다는 제왕(帝王). ②윤[輪, 범어(梵語) 차크라(Cakra)] 형상의 금강(金剛) 역사(力士)[불교의 명왕(明王)이나 호법신(護法神)]. ③대지(大地). ④태양의 다른 이름. ⑤불탑(佛塔)위의 상륜(相輪).

【 감상 】

이 시는 시인 자신의 불법(佛法)의 경계에 대한 감회를 표현한 시이다. 한편으로 달공, 곧 명말(明末)의 고승(高僧) 자백(紫柏) 노인을 앙모하는 마음을 가득 담고 있다.

시인은 고승인 달공의 지조와 재능을 앙모하여 그의 문하에 들어가 불법에 대해 공손히 배우면서 깊이 깨우치게 된다. 그래서 시 전체에 걸려 우화대의 고좌사에서 달공과 함께 있을 때의 정황을 묘사하고 있다.

수련은 고좌사가 우화대 안에 있으며 역사가 유구한 불문(佛門)의 성지(聖地)임을 묘사하고 있다.

함련은 맑고 텅 비어서 이미 불화(佛化)의 세례를 입은 고좌사의 주변 환경을 묘사하고 있다. 그래서 구름과 노을은 법진의 그림자이고 산수는 사람의 마음을 오묘하게 밝혀준다고 하고 있다.

경련은 고승을 모시고 앉아 그의 가르침을 따르고 있을 때 마치 봄바람 속에 앉아 있는 듯 기쁘고 즐거워지는 체험을 묘사하고 있다. 풍광과 가르침의 장엄함을 체험하다가 마침내 경계가 공적(空寂)해지는 깨달음의 경계에 이르기도 하였다.

미련은 풍경으로써 감정을 대신하였다. 고승을 모시고 선을 익히는데 해가 지고 마침내 달이 떠오르기에 이르렀다. 시간이 흘러가는 줄 모르고 오직 선을 닦는데 몰입하였다는 얘기다. 선을 닦는 즐거움이 스며들어 있다.

원굉도는 명대(明代) 말엽의 유명한 시인이자 시론가이다. 그의 자는 중랑(中郎), 무학(無學)이고 호는 석공(石公), 육림(六林)으로 호북(湖北)성 공안(公安)현 사람이다.

만력(萬曆) 20년(1592)에 진사가 되었으며 오현(吳縣) 지현(知縣), 예부주사(禮部主事) 등을 역임하였다.

원굉도는 명말(明末) 공안파(公安派)의 대표적 인물로서 형 종도(宗道), 동생 중도(中道)와 합해서 공안삼원(公安三袁)으로 칭해지는데 그들 중 업적이 가장 컸다.

원굉도는 명대 문학에서 복고운동(復古運動)을 반대했던 주장(主將)이다. 그는 당시 전후칠자(前後七子)들이 문필진한(文必秦漢), 곧 진한 시기의 고문(古文)을 모방해서 지어야 하고, 시필성당(詩必盛唐), 곧 시는 성당의 시를 모방해서 짓자는 복고적인 이론을 강하게 반대하였다.

또한 성령설(性靈說)을 제창하였다. 그는 독서성령(獨抒性靈), 불구격투(不拘格套), 곧 오직 진실한 성정만을 표현하고 격식의 굴레에 구속받지 말자고 주장하면서 창작상의 개성과 자유를 추구하였다.

그는 이지(李贄) 사상의 영향을 상당히 많이 받았으며 또 불교와 선(禪)을 이야기하기를 좋아했다.

저작으로는 ≪원중랑전집(袁中郎全集)≫ 등이 있다.

〈숭산 소림사를 바라보며(望嵩少)〉

나그네의 여정은 태항산에 도착해서 끝나는데

가는 길에 또 자줏빛과 비취빛 사이에 높이 솟아 있는 숭산이 보인다.

누군가가 산 위에서 비웃을 거라 예상되나니

바다 같은 번잡한 세상 속을 구르다가 젊은 얼굴이 다하였다고.

客程行盡太行山(기정행진태항산), 又見嵩高紫翠間(우견숭고자취간).

料得有人山上笑(요득유인산상소), 紅塵如海沒朱顔(홍진여해몰주안).

---

*嵩少(숭소): 숭산(嵩山) 소림사(少林寺)[하남(河南)성 등봉(登封)시 서북쪽 소실산(少室山) 기슭의 선종 사원].

*行盡(행진): 인생의 부침을 거듭하다.

*太行山(태항산): 태항산[하북(河北)성과 산서(山西)성의 접경지에 위치한 산].

*料(료): 예상하다. 예측하다. 추측하다. 짐작하다.

*紅塵(홍진): 번잡한 세상. 인간세상. 속세.

*沒(몰): 사라지다. 소멸하다. 끝나다. 다하다.

*朱顔(주안): 홍안(紅顔). 소년 소녀. 미모.

【 감상 】

원굉도는 경건하고 성실하게 선에 참례(參禮)하였던 사람으로 "하찮은 명리에 의해 정처 없는 인생을 일찍부터 그르치게 되었다(浮生早被微名誤)."라는 후회와 감회를 피력하곤 하였다.

그는 또한 "속세의 사람을 하루아침만 보아도 사흘 동안 얼굴에 먼지가 인다(一朝見俗子, 三日面生塵)."라고 스스로 말할 정도로 세속의 일이나 사람을 꺼렸다.

이 시는 세속의 일에 대한 달관(達觀)과 사찰과 선경(仙境)에 대한 앙모의 마음을 묘사하고 있다. 때문에 이 시는 '망(望)'자와 긴밀하게 연결되어 있다. 이 말은 곧 선종(禪宗)의 발원지인 숭산(嵩山) 소림사(少林寺)에 대한 앙모이며 또한 고상하고 엄숙한 선경에 대한 동경의 표시이다.

앞 두 구에서는 태항산에 도착해서 여정이 끝났는데 다시 높이 솟아 있는 숭산이 보인다고 묘사하고 있다. 여기서는 중심이 '고(高)'자에 있다. 숭산 같은 높고 아득한 곳에는 분명히 고승이 깊은 곳에 거처할 것임을 짐작할 수 있게 한다.

뒤 두 구에서는 숭산 높은 곳에 계신 고승께서는 분명히 속세의 먼지 속에서 여전히 뒹굴며 길 잃은 나를 비웃으실 거라 스스로 추측하고 있다. 고통의 바다 같은 번잡한 세상 속을 구르고 헤매다가 젊은 시절을 다 허비해버렸다고 책망하고 있는 듯하다. 이런 시인의 추측은 숭산 위에 계실 고승의 탈속하고 그윽한 풍모를 두드러지게 해주는 한편으로 시인의 맑고 깨끗한 선경에 대한 앙모의 마음이 저절로 드러나도록 하고 있다.

원굉도는 의취가 아름다운 선시(禪詩)를 꽤 많이 남겼다. 그는 선(禪)을 이해한 뒤로부터 시에 대한 이해도 넓어졌음을 다음과 같이 고백하고 있다.

"시에 대한 배움이 크게 진보하였고 그래서 시집으로 대성하기에 이르렀으며, 시를 짓는 마음은 크게 넓어졌고 시의 표면도 크게 폭이 넓어졌다(詩學大進, 詩集大成, 詩腸大寬, 詩皮大闊)."

위원(魏源: 1794~1856)

위원은 청대(清代) 말엽의 계몽 사상가, 정치가, 사학가, 문학가였다. 그의 자는 묵심(黙深), 묵생(墨生), 한사(漢士)이며 호는 양도(良圖)로서 호남(湖南)성 소양(邵陽)시 사람이다.

선종(宣宗) 도광(道光) 2년(822)에 거인(擧人)이 되었고 25년(1845)에 진사(進士)가 되어 관직이 고우지주(高郵知州)에까지 이르렀다. 만년에는 관직을 버리고 은거하여 불학(佛學) 공부에 온 마음을 다 기울이면서 법명을 승관(承貫)이라고 하기도 하였다.

위원은 학문을 논할 때는 반드시 경세치용(經世致用)을 종지(宗旨)로 삼아야 한다고 주장하면서 "옛것을 변화시키는 일에 더욱 마음을 다해야 하고 백성을 편하게 하는 일을 더욱 강하게 추진해야 한다(變古愈盡, 便民愈甚)."는 변법(變法) 주장을 제시하였다.

또한 서방의 선진적인 과학기술을 배우자고 하면서 "오랑캐의 뛰어난 기술을 배워 오랑캐를 제어하자(師夷長技以制夷)."라고 제창하였다. 그는 영국에 대항할 것을 강력히 주장하며 일찍이 ≪해국도지(海國圖志)≫ 60권을 편찬하기도 하였다.

그는 5언 고시에 뛰어났으며 시에 애국적인 정서와 심경을 많이 묘사하였다. 세상에서는 공자진(龔自珍)과 함께 공위(龔魏)로 병칭하기도 한다.

저작으로 ≪고미당집(古微堂集)≫이 있다.

〈천태산의 돌다리에서 비온 뒤 폭포를 바라보다(天台石梁雨後觀瀑)〉

안탕산의 용추 폭포는 안개가 짙푸르고
중조산의 폭포는 우르릉 우렛소리 낸다.
광려산의 폭포는 황하 장강처럼 넓고 크며
오직 천태산의 폭포만이 기이함이 폭포에 있지 않고 돌다리에 있다.
마치 사람이 옆으로 누워 팔뚝 하나를 펼친 것 같고
힘은 팔만 사천 장을 억지로 벌릴 수 있고
푸른 하늘 은하수의 아홉 구비 만에 서리를 내뿜는다.
내가 왔을 때는 마침 연일 비 내리는 시기를 만나
양쪽 벼랑이 핍박하고 속박하여 바람이 더욱 노해서 분다.
소나무 숲의 파도 소리 한 번에 천만 층층으로 쏟아져 나오고
솟구치는 샘물은 부딪쳐서 유람객의 길을 빼앗는다.
층층의 바람이 사방에서 합쳐지니 겹겹이 지어진 성과 같고
번개가 진동하니 수많은 수레가 다투어 달려 우르릉 성대한 듯하다.
산꼭대기의 초목들은 다른 곳으로 이사 가고 싶어하나
호랑이 포효소리와 청룡의 울음소리만 있을 뿐이다.
잠깐 만에 비 그치자 달무리 젖었고
달빛 폭포가 비 폭포와 비교해서 더욱 고요하다.
천 산 만 산 온갖 산에 들리는 건 오직 한 소리뿐
그간 귓가에 울렸던 수많은 소리가 다 쉬고 사라졌다.
고요한 가운데 들으니 곡강의 파도 소리인가 의심하고
이건 바로 구름이 저 세워진 바다에 드리운 것인가!
난 일찍이 조수를 본 적이 있는데 다시 폭포를 보니
가슴속에 넘치는 호연지기가 천지 사이를 가득 채운다.

눈으로는 보지 못하지만 귀로는 들을 수 있으니

마음을 재계하고 사흘 간 천상의 음악을 슬로 연주한다.

조물주가 나에게 베풀어주는 것이 진실로 인색하지 않으니

도착하는 강산마다 풍광이 내버려 둔 듯 멋대로 기이하고 특별하다.

산승이 고개 돌려 그만 하라 비웃으며 말한다

비 폭포와 달 폭포가 어찌 얼음폭포만큼 오묘하겠는가!

깨지고 찢어진 옥은 엉겨 붙어서 흐르지 않고

거무스름한 빛의 가운데 선은 비어서 밝고 그윽하다.

층층의 얼음이 쌓이며 눌러서 갑자기 단번에 부서지고

한 번 무너지니 땅이 갈라진 사이로 빈 하늘이 맑다.

앞쪽 얼음은 이미 깨져서 뒤쪽 얼음 위에 올라타니

하루 동안에도 옥산이 백번이나 무너져 넘어진다.

이때 초동과 목동의 소리 사라지고 유람객의 나막신도 끊겼는데

노승만이 지팡이 짚고 막다른 깊은 곳을 찾아간다.

산 속의 아름다운 경치는 산 밖으로 전해지지 않고

무릉의 아름다운 풍광은 젊은 어부에게 말하기 어렵다.

말을 그만두자 달 지고 산은 아득한데

다만 돌다리 아래 안개는 짙푸르고 우르릉 우렛소리만 느껴질 뿐

비바람을 품으니 황하, 장강처럼 넓고 크다.

雁湫之瀑烟蒼蒼(안추지폭연창창), 中條之瀑雷硍硍(중조지폭뢰낭랑).

匡廬之瀑浩浩如河江(광려지폭호호여하강),

惟有天台之瀑不奇在瀑奇石梁(유유천태지폭불기재폭기석량).

如人側臥一肱張(여인측와일굉장), 力能撐開八萬四千丈(역능장개팔만사천장),

放出青霄九道銀河霜(방출청소구도은하상).

我來正值連朝雨(아래정치연조우), 兩崖逼束風愈怒(양애핍속풍유노).

松濤一湧千萬重(송도일용천만중), 奔泉衝奪游人路(분천충탈유인로).

重岡四合如重城(중강사합여중성), 震電萬車爭殷鱗(진전만거쟁은린).
山頭草木思他徙(산두초목사타사), 但有虎嘯蒼龍吟(단유호소창룡음).
須臾雨盡月華濕,(수유우진월화습) 月瀑更較雨瀑謐(월폭갱교유폭밀).
千山萬山惟一音(천산만산유일음), 耳畔衆響皆休息(이반중향개휴식).
靜中疑是曲江濤(정중의시곡강도), 此則雲垂彼海立(차즉운수피해립).
我曾觀潮更觀瀑(아증관조경관폭), 浩氣胸中兩儀塞(호기흉중양의색).
不以目視以耳聽(불이목시이이청), 齋心三日鈞天瑟(재심삼일균천슬).
造物眿我良不慳(조물황아량불간), 所至江山縱奇特(소지강산종기특).
山僧掉頭笑休道(산승도두소휴도), 雨瀑月瀑那如冰瀑妙(우폭월폭나여빙폭묘):
破玉裂瓊凝不流(파옥열경응불류), 黑光中線空明窈(흑광중선공명요).
層冰積壓忽一摧(층빙척압홀일최), 一崩地坼空晴昊(일붕지탁공청호).
前冰已裂後冰乘(전빙이열후빙승), 一日玉山百頹倒(일일옥산백퇴도).
是時樵牧無聲游屐絶(시시초목무성유극절), 老僧扶杖窮幽討(노승부장궁유토).
山中勝不傳山外(산중승부전산외), 武陵難向漁郎道(무릉난향어랑도)!
語罷月落山茫茫(어파월락산망망),
但覺石梁之下烟蒼蒼、雷硠硠(단각석량지하연창창、뇌낭랑),
挾以風雨浩浩如河江(협이풍우호호여하강)!

---

*蒼蒼(창창): 푸르고 넓다. 짙은 푸른색. 초목이 무성한 모양.
*硠硠(낭랑): 우렛소리. 돌이 서로 부딪치는 소리.
*浩浩(호호): 넓고 크다. 광대하다. 도도하다. 수세가 대단하다.
*石梁(석량): 돌다리. 석량[돌로 된 들보 모양의 물건].
*撑開(탱개): 억지로 열다[벌리다]. 펼치다. 펴다.
*靑霄(청소): 푸른 하늘.
*九道銀河(구도은하): 전설에 천상의 은하(銀河)에는 모두 아홉 개의 만(灣)[물굽이]
  가 있다고 전해짐.
*連朝(연조): 연일(連日).
*値(치): 때를 맞이하다. 즈음하다. ~한 때를 만나다.
*逼束(핍속): 가까이 다가와 동여매다. 핍박하고 속박하다.
*松濤(송도): 송도[소나무숲에 바람이 불 때 마치 파도 소리처럼 나는 소리].
*涌(용): 한꺼번에 나오다. 물이 솟아나다.

*重(중): 중복되다. 중첩하다. 층.

*震電(진전): 번개가 진동하다.

*殷轔(은린): (천둥치는 소리) 우르릉[의성어]. 성대한 모양. 번성한 모양.

*須臾(수유): 잠시. 잠깐.

*月華(월화): 달무리. 달빛.

*謐(밀): 고요하다. 조용하다. 적막하다.

*曲江(곡강): ①섬서(陝西)성 서안(西安)시 동남쪽 교외에 있는 강[유람과 감상하기에 아주 좋은 강]. ②강소(江蘇)성 양주(揚州)시에 있는 강. ③절강(浙江)성에 있는 전당강(錢塘江).

*兩儀(양의): 천지(天地). 음양(陰陽).

*齋心(재심): 잡념을 없애고 정신을 가다듬다. 마음을 재계하다.

*鈞天(균천): ①하늘의 중앙[구천(九天) 중의 하나]. ②제왕. ③천상(天上)의 음악[균천광악(鈞天廣樂)의 줄임말].

*瑟(슬): ①금(琴)과 비슷한 고대의 현악기(絃樂器). ②진동하는[떠는] 모습.

*貺(황): 남에게 주다. 하사하다.

*慳(간): 아끼다. 망설이다.

*縱(종): 세로. 멋대로 하다. 내버려 두다. 설사 ~할지라도. 훌쩍 솟구치다.

*休道(휴도): 말하지 마라['물언(勿言)'과 같은 뜻].

*中線(중선): 센터 라인. 하프 라인.

*摧(최): 꺾다. 부러뜨리다.

*晴昊(청호): 맑은 하늘.

*頹倒(퇴도): 무너져 넘어지다. 붕괴되어 넘어지다.

*樵牧(초목): 나뭇꾼과 마소 치는 사람.

*屐(극): 나막신.

*討(토): (조기백화) 찾다.

*漁郞(어랑): 젊은 어부.

*茫茫(망망): 아득하다. 한없이 넓다. 망망하다.

【 감상 】

이는 상상이 기이하고 기세가 드높은 가행체(歌行體)의 장시(長詩)로서 위원(魏源)이 평생에 지은 시 중 제일 빠르게 단숨에 지은 시로 꼽히는 시다.

첫 네 구는 세 개의 기이하고 웅장한 폭포의 장관을 배경으로 삼아서 도리어 천태산 폭포의 기이함을 두드러지게 하고 있다.

이어서 세 구는 신기한 상상과 극도로 과장된 수법으로써 돌다리 석량의 기이한 풍경을 그려냄으로써 천태산 폭포의 웅장미가 사람을 탄복하게 만든다는 사실을 묘사하고 있다.

그다음으로 폭포에 대해 시상을 전개하고 있는 부분으로서 스물두 개의 장단구로 이루어진 부분이다.

앞 여덟 구는 용사비등(龍蛇飛騰)한 필치로 운필하여 천태산의 비 내리는 폭포의 소리와 형상을 묘사하였다.

가운데 열 구는 우아한 필치로 달빛 비치는 폭포의 고요하고 평온함을 묘사하였으니 다양한 기상을 보여주고 있다

후반부 네 구에서 시인은 아침에 비 내리고 저녁에 달이 떠오르는 천태산의 폭포로 말미암아 우주 자연의 신기한 조화와 조물주의 솜씨를 연상하고 있다.

시인은 여기서 멈추지 않는다. 뜻밖에도 시인은 다시 필치를 휘둘러 산승(山僧)의 입을 빌어 비 오고 달빛 비치는 폭포보다 얼음이 언 폭포가 더욱 기이하다는 사실을 지적하고 있다. 그 결과 겨울의 얼음이 얼어붙은 폭포의 승경(勝景)과 산승의 초탈한 심경(心境)이 서로 한데 융합됨으로써 이 시의 가장 절묘하고 그윽한 묘사가 되었으며 동시에 이 시에서 가장 압권(壓卷)을 이루는 부분이 되었다.

이 시는 또 끝부분 결말에 이르러 선적인 언어의 특징인 논리적인 언어 대신 말 없음으로 말을 대신하고자 하고 있다. 이토록 아름다운 천태산 폭포의 경치와 탈속한 경계를 말로 속세의 사람들에게 전달할 방법이 없다. 그래서 산 속의 아름다운 경치는 좀처럼 산 밖으로 전해지지 않고 복사꽃이 흘러내려오던 무릉도원(武陵桃源)의 아름다운 풍광 역시 젊은 어부에게 말해봤자 그를 믿게 하기 어려운 것이다. 차라리 말을 하지 말자.

그때 이미 달은 지고 산은 아득한데 다만 돌다리 아래 안개는 짙푸르고 여전히 폭포가 흘러내리는 소리가 우르릉 우렛소리처럼 느껴질 뿐이다. 게다가 폭포에

비바람까지 몰아치니 마치 황하, 장강처럼 넓고 큰 것처럼 여겨진다.

　이 시에서 묘사한 천태산 폭포의 기이하고 장엄하며 탈속한 경관은 전체적으로 고승(高僧)의 심경(心境)과 선경(仙境)을 비유하기에 딱 알맞고 적절하다 할 수 있겠다.

소만수(蘇曼殊: 1884~1918)

  소만수는 청대(淸代)와 근대(近代)에 걸친 시기의 시인이자 작가이자 번역가였다. 원래 이름은 전(戩), 자(字)는 자곡(子谷), 학명(學名)은 원영(元瑛), 현영(玄瑛), 법명(法名)은 박경(博經), 법호(法號)는 만수(曼殊), 필명(筆名)은 인선(印禪), 소식(蘇湜)이다. 그는 광동(廣東)성 향산(香山)현, 지금의 주해(珠海)시 사람이다.

  그는 광서(光緖) 10년(1884)에 일본 요코하마(橫濱)에서 태어났는데 부친은 광동의 다상(茶商)이었으며 모친은 일본인(日本人)이었다. 그는 1903년 귀국하여 출가하여 스님이 되었다.

  그는 다재 다예(多才多藝)하였다. 시가와 소설 등 문학에서 많은 성취를 거두었는가 하면 또한 그림을 잘 그렸고, 영어, 불어, 일본어, 범어(梵語)의 많은 언어에 모두 통달했다. 일찍이 장병린(章炳麟), 류아자(柳亞子) 등과 교제하였다.

  그의 시는 시대에 감응하여 상심(傷心)한 감정을 쓴 작품이 많다. 그의 시풍은 맑고 새로우며[청영(淸穎)], 수려하였고[수려(秀麗)], 낭만적인 정서를 갖추었다.

  저작으로는 ≪소만수전집(蘇曼殊全集)≫이 있다.

〈서호 백운 선원에 살며 이 시를 짓다(住西湖白雲禪院作此)〉

흰 구름은 깊은 곳에서 뇌봉탑을 에워싸고,
한매 몇 그루는 눈이 쌓여 특히 붉다.
재계가 끝나면서 서서히 선정에 깊이 들어가고

암자 앞 연못에 비친 그림자에 뜨음하게 드문드문 종소리가 떨어진다.

白雲深處擁雷峰(백운심처옹뢰봉), 幾樹寒梅帶雪紅(기수한매대설홍).
齋罷垂垂深入定(재파수수심입정), 庵前潭影落疏鐘(암전담영락소종).

---

*雷峰(뇌봉): 뇌봉탑(雷峰塔). [항주(杭州) 서호(西湖) 풍경구에 있는 고적(古跡). 중국
9대 명탑 중의 하나이며 서호십경(西湖十景) 중의 하나]
*帶雪(대설): 눈이 붙어 있다. 눈이 쌓여 있다.
*垂垂(수수): 점차. 서서히.
*入定(입정): 선정(禪定)에 들어가다. [참선하여 삼매경에 이르는 것. 수행자가 명상
(冥想)과 정신 집중을 통해서 도달하는 깊은 층위의 정신 상태를 가리킴]
*疏鐘(소종): 띄엄띄엄 들리는 종소리. 뜨음하게[드문드문] 들리는 종소리.

【 감상 】

이 시는 풍경으로 감정을 표현한 가작(佳作)이다.

앞 두 구는 서호(西湖)에 있는 백운 선원(白雲禪院)의 아름다운 경치를 묘사하
고 있다. 유유자적 흘러가는 흰 구름, 구름 사이 높이 솟아 있는 뇌봉탑은 여기서
원경(遠景)을 이루고 있다. 눈이 여전히 쌓여 유달리 꽃이 붉은 한매 몇 그루는
근경(近景)을 이루고 있다. 멀고 가까우며 높고 낮은 경물들이 선원의 맑고 그윽
하며 공적(空寂)한 모습을 더욱 시처럼, 그림처럼 물들여주고 있다.

뒤 두 구는 재계가 끝나면서 서서히 선정에 깊이 들어가는 스님의 모습을
그리고 있다. 마음이 명경지수(明鏡止水)처럼 맑은 스님은 선정에 깊이 들어가
는데 그의 주변을 드문드문 종소리가 떨어지면서 동반해주고 있다. 암자 앞에
있는 연못 위에는 암자의 맑은 그림자가 비치고 있다.

이 시는 이미지들이 긴밀하게 연결되도록 구성함으로써 더욱 절묘한 선경을
구성하고 있다. 흰 구름, 보배로운 탑, 한매, 흰 눈, 텅 빈 암자, 맑은 연못 등이
한 몸이 되도록 융합시켜 놓은 것이다. 그 결과 독자에게 맑고 깨끗하며[청징(淸

澄)] 텅 비고 아득한[허원(虛遠)]한 절묘한 경계를 부여해주고 있다.

한 시대의 명승(名僧)인 시인 소만수는 세상에 많은 가작들을 전하고 있다.

그 중 〈약송정에 들러 느낌이 있어 중형에게 보여주다(過若松町有感示仲兄)〉 시는 일본에 있을 적에 친한 벗인 진독수(陳獨秀)에게 지어주었던 가작이다

만남과 헤어짐, 죽음과 삶에 대해 그대는 묻지 마시라
구름처럼 떠가고 강물처럼 흘러가는 외로운 한 스님일 뿐일세.
까닭 없이 미친 듯 웃다가 또 까닭 없이 통곡하니
설사 즐겁게 미소 짓고 있다 하더라도 내심은 이미 얼음처럼 차갑다네.

契闊死生君莫問(계활사생군막문), 行雲流水一孤僧(행운유수일고승).
無端狂笑無端哭(무단광소무단곡), 有歡腸已似氷(종유환장이사빙).

제 **3** 장

나의 일상생활 속의 선

제3장 나의 일상생활 속의 선

1. 선과 공부

1.1. 정관(靜觀)

지금은 작고한 큰형님의 친우로서 가깝게 형님으로 모시는 분이
한분 계신데, 이 형님은 어려서부터 한학(漢學)을 가학으로 삼으신 터
라 한문에 대해 상당한 소양이 있고 또한 서예 솜씨도 탁월하시다.
이 형님은 사무실 문에 스스로 '정관(靜觀)'이라는 두 글자를 써 붙여
놓고 좌우명(座右銘)으로 삼고 있다. 만물을 고요하고 냉정하게 바라
보고 관찰한다는 뜻이다.

이 말은 송대(宋代) 이학자(理學者) 정호(程顥)의 〈가을에 우연히 짓다
(秋日遇成)〉 시의 제2수에 "(욕심을 버리고 마음을 비워서 무소유와 무아의
경지에서) 만물을 고요히 바라본다면 언제나 스스로 깨달아 만족함을
얻을 수 있고, 사시사철 맞이하는 아름다운 감흥을 타인과 함께 즐길

수 있게 된다(萬物靜觀皆自得, 四時佳興與人同)."라고 한 말에서 나왔다.

'정관자득(靜觀自得)'이란 명제의 개념은 본래 중국 고대 사상에서 기원하였다. 그 핵심 요지는 곧 고요하고 편안한 마음으로 세상을 관찰하고 체험하여 스스로 깨달음으로써 지혜를 얻고 내심의 평화와 만족을 얻는다는 데 있다. 이 개념은 리듬이 빠른 생활을 하고 있는 현대인들에게 속도를 조금 늦추고 여유를 되찾게 할 수 있다는 점에서 정신 수양에 큰 도움을 준다.

그런데 이 '정관'이야말로 마음을 고요히 하고 통찰하여 진리를 즉각적으로 파악한다는 뜻의 선(禪)의 개념인 이른바 정심사려(靜心思慮), 직관진리(直觀眞理)의 줄임말이라고 할 수도 있겠다.

마음을 고요히 하여 즉각적으로 파악하고자 하는, 다시 말해서 정관(靜觀)하고자 하는 대상은 무엇일까? 그것은 곧 진리일진대, 진리는 다른 옷을 입는 것이 아니라, 선적인 관점에서 말하자면 있는 그대로의 모습으로 우리의 일상 속에 존재한다. 때문에 일상생활을 하면서 선적인 눈으로 본다면 곳곳에서 시시각각 일어나는 모든 일상이 곧 선의 대상이자 선의 목표가 될 수 있으리라.

우리가 흔히 간과하기 쉬운 사실은 선이 중시하는 돈오(頓悟)는 점수(漸修)와 어우러지고 점수를 수반해야만 가능해진다는 점이다. 아는 만큼 보인다는 말도 있지 않은가? 알아야 비로소 보이고, 보여야 비로소 잊어버릴 수 있는 것이다. 무지(無知)에서 다시 알아채는 인지(認知)의 과정을 반드시 거쳤다가 한걸음 더 나아가 다시 아는 것도 잊어버리는 망지(忘知)에 도달할 때 문득 대상과 일체가 되고 전일(全一)한 평화가 찾아오는 것이 아닐까!

벗이여!

신심 깊은 사람들이 신의 목소리를 들었다 했을 때

약간 허풍과 과장이 있지 않겠나 생각했었네

한시를 읽으며 어느덧 나이 들다 보니

봄가을이면 풍광이 건네 오는 말들을

어렴풋이 알아듣게 되면서

하느님 말씀을 들었다는 의미를 이해하게 되었다네

그렇더군.

자연풍광은 매양 제 자리서 나에게 신호를 보내왔건만

그들과 주파수를 맞추기까지

그리고 신호를 감지하기까지

내 감성이 성숙해야만 했고

내 영혼이 순수해져야만 했다는 사실을.

예수님도 등잔불 들고

우리 집 문밖에서 항상 외롭게 기다리며 떨고 있었어.

근데 그 문엔 손잡이가 없어서

밖에서는 절대 열고 들어갈 수가 없었지.

집안에 있는 그대가 그의 목소리를 알아듣고 열어 줘야

비로소 예수님은 그대 집으로 들어와

언 몸을 녹일 수 있었음을 아시는가

벗이여!

1.2. 공부

이 세상 어느 하나 공부 아닌 것이 없다

공부는 안주와 나태가 없이 질문을 던지며 이에 대한 해답을 구하고 현상을 개척하여 더 나아지게 하려는 의지가 있는 행위라고 정의할 수 있다.

공자(孔子)의 제자 중에는 동일한 질문에 대하여 서로 다른 대답을 하는 사례들이 많이 등장한다. 그런데 제자들의 서로 다른 답변에서 그들이 과연 선생님의 물음을 공부로 받아들였는지, 아니면 그냥 흘려들었는지를 알 수 있는 경우가 있다. ≪공자가어(孔子家語)·자로초견(子路初見)≫에 나오는 공멸(孔篾)과 자천(子賤)의 경우가 그 예이다.

공자가 하급 관리로 일하던 조카 공멸에게 물었다. "네가 일하면서 얻은 것이 무엇이며 잃은 것이 무엇이냐?" 그러자 공멸은 "얻은 것은 하나도 없고 세 가지를 잃었습니다. 첫째는 일이 많아 공부를 못했고, 둘째는 보수가 적어 친척 대접을 못 했으며, 셋째는 공무가 다급해서 친구 사이가 멀어졌습니다."라고 부정적인 대답을 하였다.

공자는 공멸과 같은 벼슬을 살고 있던 제자 자천에게 똑같은 질문을 해보았다. 그러자 자천은 "저는 잃은 것은 하나도 없고 세 가지를 얻었습니다. 첫째는 배운 것을 실행해 보게 되어 배운 내용이 더욱 확실해졌고, 둘째는 보수를 아껴 친척을 접대하니 그들과 더욱 친숙해졌고, 셋째는 공무의 여가에 친구들과 교제하니 우정이 더욱 두터워졌습니다."라고 공멸과는 완전히 반대인 긍정적인 대답을 하였다.

어떤 일에 대해서도 긍정적이고 배울 만한 부분을 찾아 배우고 경험하는 것이 곧 공부의 본질이 아니겠는가! 자천이야말로 하급직에서 해야 하는 사소한 일이었지만 그 일을 통해 많이 배우고 느꼈으며 또 고마움을 간직하는 공부를 제대로 한 것이다.

감사나라와 불평나라 유학생의 얘기도 널리 알려진 얘기다. 불평나라에서 감사나라로 유학 온 학생은 "감사나라는 어떻던가?"라고 지도자가 물으니 "하찮은 일에도 감사만 하니 뭐 그런 나라가 다 있는지 모르겠습니다."라고 불평만 하더란다. 그런데 감사나라에서 불평나라에 유학 온 학생에게 "불평나라는 어떻던가?"라고 지도자가 물으니 "그곳은 불만이 가득 차서 행복한 것까지도 불평을 하더군요. 우리나라가 얼마나 감사한지 모르겠습니다."라고 감사를 표시하더란다. 나는 과연 어떠한가? 사소한 일에도 감사하며, 지금 내가 소유하고 있는 것에 만족하고 감사하며 살고 있는가?

끊임없이 질문하고 배우고자 하면 그것이 곧 공부

어떤 일을 만나든 거기에 질문을 해야 배울 수 있다. 또 그 일을 하는 과정에서 긍정적인 가치를 얻어서 자기를 성숙시킬 수 있어야 비로소 공부한다고 할 수 있다. 때문에 내 주변에 모든 것들이 우리가 그것을 어떻게 대하느냐에 따라 공부가 되기도 하고 시간 낭비가 되기도 할 수 있다.

매사를 부정적으로 바라본다면 그 일에서 결코 배울 수 없을 것이다. 긍정적인 관점이나 태도가 공부에 매우 필요하다.

어매는 마지막 공부하고 있다

인생은 고통이라고 하듯이 어느 것 하나 힘들지 않은 일이 있겠는가? 그런 일들을 힘들다고 포기하는 것이 아니라 그 힘든 일을 통해서 하나라도 건지는 것이 있다고 생각하면 그 자체가 공부하는 것이 될 것이다.

속초 설악산의 어느 지게꾼은 지게로 물건을 져 나르며 산 중턱에 있는 상점들에게 운반해주는 역할을 하였다. 일이 무척 힘들 것이 뻔한데도 그 일을 통해서 처자식을 먹여 살리니 이 일이 얼마나 나에게 고마운 일이냐는 식으로 어느 방송사 기자와 인터뷰를 하는 걸

본 적이 있다. 제아무리 힘든 일이라도 이렇게 긍정적으로 대하니 저 사람이야말로 정말 위대한 공부를 하고 있구나 하는 숙연한 마음이 들었다.

김사인이란 시인은 어머니가 돌아가시려 고통 받는 순간에도 어머니가 지금 죽음이라는 마지막 공부를 하고 있다는 사실을 파악하고 〈공부〉라는 시를 썼다.

"'다 공부지요'라고 말하고 나면 참 좋습니다. 어머님 떠나시는 일 남아 배웅하는 일 '우리 어매 마지막 큰 공부 하고 계십니다' 말하고 나면 나는 앉은뱅이책상 앞에 무릎 꿇은 착한 소년입니다. … '다 공부지요' 말하고 나면 좀 견딜 만해집니다."

시인의 눈은 깨달음이 필수적인데 그의 눈으로 보면 이 세상에 공부 아닌 것이 없다. 그래서 나도 어머니와 공부에 대한 사색을 시로 써보았다.

어머니는
시방 하느님의 마지막 시험문제 풀고 계시는가!
부엌 문지방 네 걸음으로 기어 다니시며
"아이고 죽겠네!"
숨을 헐떡이시다가도
손 없는 공(空)달에 가족 묘원(墓園) 세우느라
큰돈 들었을 자식들을 위해
"엄니 통장에 있는 돈 써라, 놔뒀다가 뭐 허겠냐!"
안심시키시고
"갈전마을 이복녀 님 아들 강릉원주대학교 학장 취임 축하!"
이장 형님이 마을 어귀에 길게 걸어준 플래카드에

"막둥이가 엄니 이름 석 자 빛내줬으니 고맙고 또 고맙다.

이담에 엄니 영정 사진 앞에서 울지 말거라!

이만치 혔으면 되았지 또 뭘 바라겠냐!"

막둥이 손을 꽉 잡아주시니

어머니의 투박한 서술식 답안이

하느님 보시기엔 과연 어떠하실까?

삼성 전 회장 이병철의 공부, 인생은 왜 고통스러운가?

이미 작고한 삼성 이병철 회장은 가톨릭 차동철 신부(神父)에게 편지를 보내 몇 가지 질문을 했다고 한다. 그중에서도 인상적인 질문이 바로 "인생이 왜 이렇게 고통스러운가?"였던 것으로 기억된다. 당시 그 질문들을 읽으면서 아무런 근심과 부러움이 없을 것 같은 우리나라 최고의 재벌도 이렇게 많은 고통을 느끼고 있었나 의아해하면서 역시 필멸자(必滅者)인 사람인지라 어쩔 수 없겠지 생각하며 공감을 한 적도 있다. 최고의 재벌로서 많은 돈을 벌었는데 그런 사람일지라도 그에게 인생은, 특히 죽음을 앞둔 인생은 고통일 수밖에 없었을 테고 그래서 신부님에게 질문을 던졌을 것이라 생각된다.

우리가 마지막으로 깨쳐야 할 공부, 우리가 처리하고 완수해야 할 마지막 인생의 숙제는 바로 우리에게 불현듯이 다가올 죽음이지 않을까 생각된다.

1.3. 삼매경

걷기 삼매

불교 용어 삼매(三昧)는 산스크리트어 사마디(Samadhi)의 한국어로 고요함·적멸(寂滅)·적정(寂靜)의 명상 상태 또는 정신 집중 상태를 말한다. 삼매경(三昧境)이라고도 한다. 보통 고도의 정신 집중으로 매우 고요한 상태에 빠졌다고 할 때 삼매(경)에 빠졌다, 삼매경에 들었다는 등의 표현을 쓰는데 독서삼매(讀書三昧)에 빠졌다고 말하는 경우가 그 좋은 예이다.

걷기에 대한 비유는 참으로 많다.

'우보천리(牛步千里)', 소걸음으로 뚜벅뚜벅 걷는다면 천 리를 걸을 수 있다는 말이다.

'한단학보(邯鄲學步)', 시골 소년이 조(趙)나라 수도인 한단 사람들의 걸음걸이를 무턱대고 흉내 내서 걷는 바람에 결과적으로 자신의 걸음걸이마저 잊어버리게 되었다는 말로 이것저것 다 잃음을 비유하여 이르는 말이다.

밤에 길을 걸으려면 등잔불이 필요하다. 그런데 등잔불은 한 걸음 앞만 비출 수 있다. 때문에 등잔불을 들고 간다면 바로 눈앞의 한 걸음만 신경 써서 걸어야 한다.

물론 《성경》에서 말한 것처럼 등경 위에 등잔불을 올려놓으면 멀리까지 비추게 할 수도 있다. "누구든지 등불을 켜서 그릇으로 덮거나 평상 아래에 두지 아니하고 등경 위에 두나니 이는 들어가는 자들로 그 빛을 보게 하려 함이라."(눅 8:16-21)

그러나 등경은 고정되어 한자리에 있는 것이다. 걸음을 걸으려면 등경에서 등잔불을 꺼내서 들고 다녀야 한다. 하는 수 없이 눈앞의 한 걸음만 비출 수밖에 없는 것이다.

조고각하(照顧脚下)

걷기에도 삼매경이 있다. 걷기 삼매에 빠지려면 어떻게 해야 하는가? 등잔불이 한걸음 앞만 비추듯이 오직 발아래만 살피며 걸어야 한다. 오직 그 자리에만 진실이 있기 때문이다. 정신을 오직 한곳에 집중해야지 다른 곳에 한눈을 팔면 안 된다.

그리고 한 번에 한 걸음씩만 신경 써서 걸어야 한다. 한 걸음을 걸으면서 너무 많은 생각을 함으로써 신경을 분산시켜서는 안 된다. 왜냐하면 우리에게 드는 생각과 근심들은 주로 지금 여기서 벌어지지 않는, 앞으로의 미래에 대한 근심거리들이 대부분이다. 이런 생각들은 본인을 조바심 나게 하고, 나아가 자기 자신을 괴롭히기만 할 뿐이다. 우리가 한걸음에 할 수 있는 것은 많지 않다. 오직 한 가지 생각만으로 집중해야 한다. 지금 당장 나에게 주어진 앞의 일에만 신경을 쏟아야 한다.

사나이로 태어나 모름지기 만 리 길을 걸어야 하리라!

"두려워 말라, 힘을 내고 용기를 내어라. 네가 어디로 가든지 내가 너와 함께 있으리라."(여호와1,9)

내가 성경에서 가장 좋아하는 글귀 중의 하나이다. 이 말씀에 의지하자면 이 세상 끝날까지 이 세상 어느 곳이라도 하느님의 보호와 사랑 아래 맘껏 휘젓고 다니며 모험을 할 수 있겠다는 용기가 생기기도 한다.

나는 걸을 때 스스로 이런 기도를 하고 있다.

이 세상 끝날까지 언제나, 그리고 세상 어디에 있든지 간에
항상 나를 사랑해주시고 지켜 주시는 하느님, 참으로 감사합니다.
바라옵기는 제가 하느님의 뜨락에서 무성하게 우거지고 알차게 영글다가
이윽고 주님이 부르시는 그날
'아멘! 주님의 뜻대로 이루어지소서!'

감사기도와 찬미 노래 부르며

마침내 주님의 품 안에서 다시 눈뜨게 하소서!

나는 살면서 하느님이 나에게 부여해주신 달란트를 맘껏 사용하고 나를 최대한 성숙시켜 알차게 익은 모습을 하느님에게 보이고 싶은 바람을 지닌 채 이렇게 매일 기도하고 있다. 그러기 위해서는 매일 부단히 쉼 없이 죽을 때까지 공부의 길을 걸어야 할 것이다.

옛 시인이나 학자들은 '독만권서(讀萬卷書), 행만리로(行萬里路)'를 강조하였다.

만 권의 책을 읽어 학식을 넓히고 만 리의 길을 걸어 경험과 생각을 성숙시켜야 한다는 뜻이다. 추사 김정희는 화가였던 소치 허련에게 신운(神韻)을 지닌 화가 삼매(三昧)의 경지에 들려면 반드시 천 리 길의 여행을 떠나야 한다고 주문한 적이 있다.

한국 불교에서도 수행의 3단계로, 처음에 경전(經典) 읽기 십 년, 이어서 참선(參禪) 십 년, 마지막으로 여행(旅行) 십 년의 단계를 설정하고 있다.

왜 그들은 한결같이 책을 읽는 것 외에도 길을 걸어야만 한다는 어려운 방법을 우리에게 주문하였을까?

길을 걸으면 필연적으로 다양한 사람들의 삶과 만나게 되고, 명산대천의 아름다운 풍광을 접하면서 드넓은 가슴을 갖게 되고, 또 길을 걷는 중에 겪는 간난신고(艱難辛苦)로 인해 욕망의 허망함을 깨닫고 길 위에 내려놓으면서 마침내 완숙의 경지에 접어들게 되기 때문이 아닐까!

명색이 공부를 업으로 삼고 있는 나는 어쩔 수 없이 꾸준히 책을 읽지 않으면 안 된다. 그러니 평소 꾸준히 독서량을 유지한다면 언젠가는 독만권서의 목표에 도달할 수 있지 않을까 생각한다. 그러나 길이라면 그동안 얼마나 걸었을까? 곰곰 생각해보니 열심히 싸돌아 다녔던 중국과 한국의 명산대천의 여정을 가늠하면 만 리를 채우고도 넘치지만 그것은 대부분 탈 것에 의지한 것이었지 순전히 나의 두 다리에만 의지했던 것이 아닌지라 자괴감이 앞서기도 한다. 자, 이제 내 두 다리를 믿고 한 번 걸어보는 거다.

발바닥이 곧 날개이자 붓 한 자루
한국의 이원규 시인은 〈족필(足筆)〉 시로 행만리로를 노래한 적이 있다.

걸어서 만 리 길을 가본 자만이 겨우 알 수 있으리!
발바닥이 곧 날개이자 한 자루 필생의 붓이었다는 것을!

당나라 시인 온정균(溫庭筠)에게 "닭 울고 달은 초가 주막을 비추는데, 판교 위 서리에 찍힌 사람 발자국(鷄聲茅店月, 人迹板橋霜)."이란 시구가 있다. 이 시를 읽을 때면 이른 새벽 먼 길을 재촉하며 떠나야 하는 나그네의 어깨 위에 덕지덕지 달라붙은 신산(辛酸)스러움이 가득 묻어나고 있음을 느끼곤 한다. 떠나야 한다면 과감하게 떠나자.
교직을 퇴임한 뒤에 늦은 나이에 걷기를 시작하여 우리나라 삼면의 해안 길은 물론 스페인의 산티아고 길까지 걸은 황안나 선생님과 함께 관동대로(關東大路) 일부 구간을 걸은 적이 있다. 황안나 선생님은 비교적 연세가 있으셨는데도 불구하고 다른 젊은 길벗들에게 결코 뒤지지 않고 씩씩하게 잘 걸으셨다. 중간중간 걷기모임에서 대절한 버스로 이동할 때는 마이크를 잡고 살아온 경험담이나 재미있는 말씀도 잘 해주셨다. 마흔두 살에 남편의 사업이 망하고 빚으로 집안이 풍비박산하여 삶의 인연을 끊으려고 경포대에 갔는데 파도가 밀려오 며 마치 "더 살아라, 더 살아라!"라고 속삭이는 것처럼 들려 결국 "그 래, 죽기야 하겠어?" 마음을 단단히 먹고 살아보자고 결심하였다고 한다. 우리나라 해안을 한 바퀴 돌기도 하고 국토를 종단하기도 하셨 는데 그때마다 "그래, 죽기야 하겠어?" 하는 주문을 외치며 마음을 다잡곤 했다고 한다.

나는 황안나 선생님께 걷는 이유에 대해서 감히 여쭈어보았다. "그 냥 길이 있어서 걸을 뿐이고, 저 길 끝에는 그리운 사람이 나를 기다리 고 있겠지 라고 생각하며 걷습니다." 당시 관동대로 걷기 일행의 길벗 대장이셨던 신정일 선생님에게 길을 걷는 이유를 물으니 "저 모퉁이 를 돌면 또 다른 새로운 세상이 나를 반기고 있지 않을까?" 생각하며 걷는다는 대답을 해주기도 하였다.

걷기는 건강에도 유익하다. 한의학에서는 식보(食寶)나 약보(藥寶) 보다 행보(行寶)가 건강에 좋다고 한다. 요즘 트랜드인 웰빙의 삶을 살기 위해 길로 나와 열심히 걷는 사람들이 많아졌다. 최근에는 맨발 로 걷는 게 건강에 좋다는 소문이 돌아서인지 맨발로 걷는 사람도 많아졌다. 그런가 하면 아마도 자기의 사연과 짐을 십자가처럼 등에 지고 걷다가 결국에는 내려놓기 위해 길 위에 선 사람도 있을 것이다.

이런 일화가 있다. 자기가 진 십자가가 너무 길어서 불만인 사람이 하느님에게 십자가를 작게 만들어 달라고 빌었다. 하느님은 그의 소 원을 들어주었고, 그 결과 넓은 계곡을 지날 때 다른 사람들은 모두 자기 십자가를 다리로 놓아 지나갈 수 있었지만 그 사람만은 십자가 가 너무 짧아서 계곡을 건너지 못했다는 얘기다. 길을 걸어본 사람은 안다. 등에 진 배낭의 무게가 때로 몸의 균형을 이루도록 도와주고 더 오래 걷게 해 준다는 사실을.

자, 그렇다면 나는 왜 걷고 있는 거지? 아직은 좀 더 걸어봐야 그 까닭을 알 수 있을 것 같다. 장사익의 "저 노인은 가는 길을 안다."는 노래 가사처럼 좀 더 시간이 지나면 길을 알 수 있지 않을까? "왜 걷냐건 그냥 웃지요." 선문답을 해 본다.

도서관에서 나오면서 창백한 달빛을 바라보며

책 읽기에 푹 빠질 때가 있다. 책의 내용에 집중하면서 문득 나의 존재를 인식하지 못하고 지식 습득의 세계에 저도 모르게 푹 빠져버리는 것이다. 시간 가는 줄도 모르고 그렇게 깊이 책에 몰입하다가 이윽고 도서관 종료 시간이 돼서 마지못해 밖으로 나오면 휘영청 달빛이 환한데도 불구하고 이미 책을 읽는데 에너지를 모두 소진해버린 탓으로 몸이 노곤한 상태에서 달빛을 보니 달빛 역시 창백해 보일 때가 있었다. 이런 과정이 많을수록 습득한 지식이 많아지고 시험에 합격하여 소원하던 목표를 성취하는 일도 많았음을 우리는 경험적으로 잘 알고 있다.

그런데 공부 삼매에 빠지는 경우는 역시 흔치 않다. 학습 내용 자체가 어렵거나 딱딱한 경우가 많기 때문이다. 그런데 소설책을 읽을 때는 정말이지 쉽게 삼매경에 빠질 때가 많았다. 그만큼 내용이 재밌고 신이 나니 쉽게 그 세계에 빠져들면서 나를 잊곤 하는 것이다. 대만대학(臺灣大學)에 1년 동안 방문학자로 가 있을 때의 일이다. 우연히 한 후배가 서점에 가서 홍콩의 무협소설가 김용(金庸)의 소설 전집을 사 온 적이 있다. 나는 평소 무협지를 애독하던 터라 후배에게서 한 권씩 빌려다 보기 시작하였다. 시작은 그랬다. 그러나 소설이 너무 재미있었던 탓으로 나는 그렇게 귀중한 대만 유학생활 1년의 시간 중 약 1개월 동안이라는 시간을 무협소설 읽기에 바쳐야 했다. 워낙 집중하여 읽었기에 시쳇말로 이러다가 내 눈알이 빠지지나 않을까 걱정이 되면서도 소설책을 손에서 놓을 수가 없었다. 밤샘도 수시로 하곤 하였다. 왜 그랬을까? 어떻게 그럴 수 있었을까? 그만큼 재미있었기 때문이리라! 우리가 공부를 소설 읽기 하듯 한다면 얼마나 많은 지식의 양을 습득할 수 있을까 상상해 보기도 한다.

일반적으로 단순한 동작을 반복적으로 할 때 우리는 쉽게 몰입에 빠진다는 사실을 경험으로 잘 알고 있다.

걸레질하며 청소한다든지, 서랍장을 정리한다든지, 설거지를 한다든지, 아니면 걷기나 산책을 할 때 그 동작에 몰입이 되면서 아무런 생각도 하지 않게 된다. 이럴 때면 또 하나 좋은 점은 그간 마음속에 부글부글 들끓었던 잡생각을 하지 않게 되거나 또는 그런 생각들이 사라지면서 머릿속이 맑아지는 경험을 하게 된다는 것이다. 그러니 삼매는 건강에도 매우 좋다고 할 수 있다.

달리기를 하는 사람에게는 러너스 하이(runners high)가 온다고 한다. 30분 이상 달리면 몸이 가벼워지고 머리가 맑아지면서 상쾌한 느낌이 드는 것을 말한다. 이때는 오래 달려도 전혀 지치지 않을 것 같고 계속 달리고 싶은 마음이 든다고 한다. 이때의 의식 상태는 마치 마약을 투여했을 때 나타나는 것과도 유사하고 때로는 오르가즘에 비유되기도 한다. 짧게는 4분에서 길게는 30분 이상 지속되기도 한다고 한다.

러너스 하이란 어찌 보면 곧 달리기 삼매경에 빠졌음을 뜻하는 말이 아닐까 생각된다. 정신 고양감이 일어나고 계속 달리기를 지속하고 싶은 몰입의 기분에 빠지기 때문이다.

그런데 러너스 하이를 자주 느끼다 보면 중독성에 빠진다고도 하니 달리기 삼매는 조금은 더 고려해봐야 하는 거 아닐까 싶다. 만약에 젊은 나이에 달리기에 맛을 들이면 러너스 하이를 느끼면서 중독에 빠지니 러너스 하이와 같은 고양감을 평생 느끼려면 결국 늙어 죽을 때까지 달리기를 반복해야 하는 상황에 이를 것이기 때문이다. 좀 우스운 이야기이긴 하지만 평생 달리기를 계속해야 한다면 좀 끔찍하지 않겠는가! 물론 그것도 달리기를 좋아하는 사람에게는 즐거운 고통이 되겠지만 말이다.

우리는 또한 풍경 삼매에 빠지기도 한다. 저도 모르게 감탄이 흘러나오는 멋진 풍경이 눈앞에 펼쳐져 있다. 또는 길을 걷다가 너무나 아름다운 들꽃을 만났다. 갑자기 아무 생각도 나지 않는다. 그저 풍경과 꽃과 내가 하나가 된 듯이 온전히 대상에 흠뻑 빠지게 된다. 온전히 대상과 내가 합일이 된 시간이다. 이때는 어떤 망상도 잡념도 일어나지 않으니 전일(全一)한 평화를 맘속 깊이 느끼게 된다. 바로 이런 삼매경 속에서 만물의 있는 그대로의 실상이 느껴지게 된다. 이게 바로 깨달음의 과정이요 해탈(解脫)의 과정이며 열반(涅槃)의 세계인 것이다. 이 지점에서 바로 어떤 것에도 흔들리지 않는 영혼의 평정(平靜) 상태인 아타락시아(ataraxia)에 이르게 되는 것이다.

2. 향기와 황홀

2.1. 꽃과 향기

꽃이 말을 걸어오다

나는 농촌에서 태어나고 자랐지만 꽃에 대해 그다지 많이 알지 못한다. 내 주변에 전문적으로 꽃에 대한 지식을 가진 사람이 많지 않았으며, 시골 생활을 하는 사람이 그렇듯 생계를 유지하기 위한 기본적인 농사일, 즉 벼를 심어 수확하고 누에를 치고 가마니를 짜는 생계 수단으로서의 농사일 외에 꽃 이름을 공부하고 꽃에 관심 갖는 것은 어쩌면 사치에 가까운 것이었기 때문인지도 모른다.

다만 농촌에서 논밭에 자라는 곡식 작물을 수도 없이 많이 봐왔기 때문에 곡식 작물들의 꽃에 대해서는 나름 해박하다고 할 수 있다. 벼꽃, 보리꽃, 메밀꽃, 고구마꽃, 호박꽃, 깨꽃 등등. 그밖에 실용적인 목적에서 과실수의 꽃에 대해서도 나름 상식을 지녔다. 감꽃, 밤꽃, 배꽃, 대추나무꽃, 복숭아꽃 등등.

이런 꽃에 대한 매우 실용적인 상식만 지녔던 내가 꽃이 주요 소재 중의 하나인 한시(漢詩)를 전공하면서 꽃에 대한 지식을 조금씩 넓혀 나가고 있다. 요즘은 메리골드[금송화(金松花)]와 금계국, 그리고 채송화와 송엽국, 작약과 모란꽃, 철쭉과 진달래 및 영산홍을 보고서 서로 구분해낼 줄 알게 되었다.

꽃에 대한 지식의 출발은 어렸을 적 살았던 집 주변에서 흔히 보았던 꽃들이나 아니면 학교에서 배운 노래 중에 포함된 꽃에 관한 일반적 지식으로부터 시작하는 경우가 많았다.

'울 밑에 선 봉선화야'로 시작하는 애잔한 느낌을 주는 봉선화는 봉숭아라고도 부르는데 담장 밑에 흔하게 보아왔고 또 여자애들이 물을 들이는 데 썼던 꽃이라서 잘 알고 있다.

또 우리집 주변에는 분홍빛 달맞이꽃과 닭벼슬 같이 붉게 피어오른 맨드라미가 많이 피어서 이 꽃들도 아주 일찍부터 알고 있다.

우리집에서 과실수가 아닌 나무로 거의 유일하게 자라고 있는 나무가 있었다. 봄철이면 하얗고 붉은 꽃이 매우 인상적이었는데, 집을 떠나 서울에서 살면서 이 나무가 우리나라 곳곳에 널리 자라고 있다는 사실을 확실하게 알게 되었지만 여전히 이름은 몰랐었다. 그런데 훗날 학회 논문발표차 제주대학에 갔다가 수목원을 방문한 적이 있는데, 마침 그곳에도 같은 꽃나무가 자라고 있었는데 같이 갔던 지도교수님이 이 꽃나무를 보시더니 자귀나무라고 말씀하시는 걸 듣고는 비로소 그 꽃나무의 이름을 내 뇌리에 선명하게 심어놓을 수 있었다. 지금도 어디서든 만나면 반갑게 이름을 불러주고 싶은 그런 나무이다. 자귀나무는 밤이 되면 펼쳐진 잎이 서로 마주 보며 접혀진다고 하여 합환수(合歡樹)라고도 불리며 또한 그런 이유로 부부의 금실을 상징하기에 마당에 정원수로 많이 심어진다는 사실을 뒤늦게 알게 되었다.

그런데 이 나무가 자귀나무로 불리는 이유는 어디에 있을까? 자귀대의 손잡이를 만드는 나무로 많이 사용되었기 때문이라고 한다. 작명(作名)이 매우 실용적인 이유에서 출발하였다.

우리나라의 꽃나무 이름은 매우 실질적인 이유로 인해서 또는 외양적인 모습을 보고 작명하는 경우가 많다. 그 꽃나무의 사연이나 이야기 설화 같은 데서 근거하여 상징적인 의미를 부여하지는 않는 것이 특색으로 보인다.

5월에 피는 꽃 중에 매우 향기로운 꽃 중의 하나가 바로 때죽나무이다. 그런데 왜 이름이 때죽나무일까? 이 나무의 열매를 가루로 만들어 강물에 뿌리면 물고기들이 먹고 떼로 죽음을 맞이한다는 매우 실질적인 의미에서 이름을 붙인 것으로 보인다.

경계를 구분하는 담장 울타리용으로 많이 심어지면서 5월이면 매우 향긋한 향기를 울타리 경계 너머로 퍼트리는 꽃이 바로 쥐똥나무이다. 그 이름은 열매 모양이 쥐똥 같기에 취한 것으로 역시 외양적인 측면을 그 근거로 삼았다.

인제 내린천 부근에는 자작나무 숲으로 유명한 곳이 있다. 눈이 쌓이면 하얀 눈빛까지 덧붙여져서 자작나무숲이 더욱 장관으로 보인다. 서양의 귀족은 공작, 후작, 백작, 자작, 남작으로 구분되기에 나는 선입견상 귀족과 같이 우아한 외양을 지닌 나무이기에 자작이란 이름을 얻었다고 생각하고 있었다. 그런데 실제로는 이 자작나무를 태울 때 겉껍질이 자작자작 소리를 내며 잘 탄다고 해서 붙여진 이름이라 하니 그 이름 역시 매우 실질적인 이유에 근거하였음을 잘 알 수 있다.

한시를 전공하면서 시적 감성을 유지하기 위해 꽃들에 관심을 갖기 시작했는데 본격적인 관심은 아마도 삶에 한결 여유가 생긴 대학교수가 된 이후부터의 일이었던 것으로 기억된다. 게다가 나의 직장이 있는 강릉지역에는 봄철에서 가을철까지 꽃들이 흐드러지게 피어서 이 꽃들 이름만 알고 구분하여도 상당한 지식을 확보할 수 있었다.

매화는 봄을 처음 알리는 꽃인데, 국문과 모 교수가 강릉의 허난설헌(許蘭雪軒)·허균(許筠) 생가에 군집을 이뤄 자라고 있다는 사실을 알려줘서 그곳에 가족들을 데리고 놀러 가서 사진을 찍은 적도 있다. 그런데 생가를 넓히고 확장하는 과정에서 이 매화나무들이 모두 뽑혀서 지금은 매우 평범한 정원으로 변해버렸으니 많이 아쉽다.

벚꽃은 경포 가는 길을 따라서 쭉 심어져 있는데, 강릉에서는 4월말이면 벚꽃 축제를 한다. 벚꽃은 정말 한꺼번에 열정을 발산한다는 것이 어떻다는 것을 잘 알려주는 꽃나무이기도 하다. 벚꽃이 모두 진 뒤에 열매가 익으면서 땅에 떨어져서 수많은 흔적들을 남기곤 한다. 이 벚꽃의 열매 이름이 바로 버찌이다.

어느 해인가 나이 많은 여학생 둘이 우리 학과에 입학하였는데 이 두 여학생이 버찌를 따먹고 있다가 나를 보더니 방긋 웃으면서 생리통에 좋기 때문이라고 하는 말에서 버찌가 건강에도 유익하다는 사실을 새롭게 깨닫기도 하였다.

벚꽃의 영문명은 체리(cherry)이고, 체리를 가리키는 중국어는 잉타오(櫻桃)이다. 그런데도 이 잉타오란 단어의 뜻을 전혀 벚꽃 열매와 관련이 있을 거라고는 생각한 적이 없다. 잉타오의 한자어가 우리말로 앵도로 읽히기 때문에 그저 작은 앵두일 거라고만 생각했었다. 그러나 중국 요녕성 대련(大連)에 갔다가 우리가 체리라고 부르는 과일을 잉타오로 부르고 있는 것을 보고 잉타오가 곧 체리였다는 사실을 뒤늦게 알게 되었다. 다만 이 잉타오는 버찌이긴 하지만 열매가 매우 큰 외래종 버찌라고 보는 것이 더욱 정확할 것이다.

봄철이면 우리 산야에 가장 흔하게 피면서 구분하기 쉬운 것이 진달래와 개나리이다. 그런데 문제는 진달래와 철쭉의 꽃 모양을 구분하기가 쉽지 않다는 것이다. 나중에 사전을 찾아보고 여기저기 기웃거린 결과, 진달래는 꽃이 먼저 피고 잎은 나중에 피는데 잎은 거의 없다시피 하다. 그에 비해, 철쭉은 꽃과 잎이 거의 동시에, 그리고 양도 거의 같게 피고 자란다. 가장 뚜렷한 구분은 진달래꽃은 먹을 수 있는 데 비해 철쭉꽃은 먹을 수 없다는 점이다. 이 꽃들과 모양이 비슷하지만 더부룩하게 모여 자라고, 더 진하게 붉은색을 자랑하는 것이 바로 영산홍이다.

정말 모양을 구분할 수 없는 것은 벌개미취, 구절초, 쑥부쟁이 등 국화과에 속한 들국화들이다. 꽃잎이 총총한 것이 벌개미취, 성긴 것이 구절초 등으로 알고 있을 뿐이다. 가을에 흔하게 보는 이 들국화들에 대해 좀 더 많이 공부해야 할 것 같다.

제주의 치자 향기, 수몰(水沒) 예정인 집에서의 라일락 향기

꽃에 향기가 없을 수가 없다. 그리고 잊지 못할 꽃향기에 대한 기억

들이 제법 있다.

　제주도에 갔을 때 제주 수목원에서 피어나던 진한 치자꽃 향기를 정말 잊을 수가 없다. 향기가 사람을 감동시킬 수 있다는 걸 알았고, 그 뒤로 인공적인 향기일지라도 향수를 가까이하게 되었다. 2001년 1월 5일 담배를 끊고 냄새에 더욱 민감하게 된 이후로 나는 정말 향수와 향기 애호가가 되었다고 할 수 있다.

　그러던 차에 생물학과 모 교수가 우연히 우리 학교 자연대 앞에 있던 라일락 가지 하나를 꺾어 나에게 주었기에 내 차에 놓아두었는데 그 향기가 이틀을 가는 걸 보고 또 라일락 향기에 취한 채 지낼 수 있었다. 라일락은 수수꽃다리라고도 부른다는 사실을 그 교수를 통해 알았다. 한자로는 정향(丁香), 중국어로는 띵샹이라고 부른다.

　라일락 향기로 잊을 수 없던 때는 바로 교육대학원생들과 야유회를 할 때였다. 한 대학원생이 자기 외할머님댁이 장차 저수지로 수몰될 예정이라 지금 거주하는 사람이 아무도 없는데 야유회 후 거기서 회식하면 어떻겠느냐는 제안을 하였다. 우리는 좋은 제안이라 생각하고 중국인 객원교수님도 함께 모신 다음 인근 야산을 조금 걷고 이윽고 해가 진 뒤 외할머니댁 빈방에 돗자리를 펴고 삼겹살을 구우며 담소를 나누었다. 근데 좀 있으려니 그 대학원생이 어차피 수몰될 예정인지라 아끼지 않고 라일락 꽃가지를 몇 개 끊어왔는데 꽃들이 어찌나 탐스럽게 피어 있는지 향기가 순식간에 방안에 온통 가득하였다. 나는 이 라일락 꽃가지들이 너무 아까워서 버리지 않고 연구실에 가져와서 병에 꽂아놓고 며칠간 향기를 즐긴 적이 있다. 그렇게 진하고 달콤한 향기를 맡을 때의 감동을 또 뭐라고 표현할 수 있을까!

대만과 태국에서 취한 꽃향기 그리고 사람의 냄새

이화여대 이종진 교수님과 박사 전임연구원들과 함께 명대(明代) 여성문학연구라는 프로젝트를 수행할 때이다. 대만에 있는 자료들을 찾고 유관 전문가들과 자료와 번역의 정확성을 고증받기 위해 대만을 방문한 적이 있다. 나는 이들보다 조금 시간이 있던 관계로 대만에서 유학하던 때의 추억을 되새기고자 며칠 먼저 대만에 입국하였다. 내가 방문학자로 수업을 들었던 대만대학의 캠퍼스에 길가 양쪽으로 늘어선 야자나무의 위용을 다시 한번 확인하면서 더운 날씨에 어렵게 음식에 적응하며 공부하던 당시에 대한 회상에 잠기기도 하였다.

이어서 타이베이에서는 비교적 유명한 절인 용산사(龍山寺)에도 추억이 있기에 이 절에 들렀다. 마침 아마도 사찰에 부탁해 제사를 지내는 시기였는지 불전에는 제물로 바쳐진 과일들이 수북하였다. 그런데 불전에는 꽃도 바쳐지는지 입구에서 옥란화(玉蘭花)를 팔고 있었다. 이 꽃은 우리나라에서는 목련꽃으로 번역이 되지만 실제로는 목련꽃이 아닌 라일락꽃에 가까운 모습이었다. 그런데 그 향기가 매우 진하면서 너무나도 달콤하여 나는 목걸이처럼 만든 꽃송이를 사서는 숙소에 갖다 놓았다. 역시 향기가 진해서인지 며칠 동안 꿈같이 달콤한 시간을 이 옥란화와 더불어 타이베이 낯선 숙소에서 함께 보낼 수 있었다.

우리나라 사람들은 산에 밤나무를 많이 심는다. 봄밤이 되면 진하게 풍겨오는 밤꽃 향기 역시 봄의 진객이다. 산에 밤나무를 심는 이유는 어디에 있을까? 아이들이 밤을 따러 오면 할아버지의 산소도 쉽게 들를 수 있기 때문이라는 소박한 이유가 있기도 하다. 그 밖에도 밤은 씨앗을 심으면 나무가 자란 뒤에도 밤알이 그대로 남아서, 조상의 전통과 얼을 계승한다는 측면에서 밤을 후인들이 좋아하게 되었다는 이유를 들기도 한다. 인간의 도리라는 관점에서 볼 때, 밤은 한마디로 근본을 아는 나무라는 이유이다. 이는 마치 경상도 지역에서 제사상에 문어를 올리는 이유와도 비슷하다. 문어는 이름에 글월 문(文)자가 들어가니 글을 알고 배우는 도리를 아는 물고기라 제사상에 올린다고 한다.

향기가 있으면 악취가 없을 수 없다.

담배를 피울 때는 몰랐는데 담배를 끊은 지 한참이 지난 요즘 엘리베이터에 올라탈 때 담배 핀 사람이 타고 갔는지 지독한 담배 냄새가 남아 있을 때마다 눈살을 찌푸리는 경우가 종종 있다.

이와는 달리 순수하게 사람의 냄새인데 너무 맡기가 거북해서 상대방에게는 미안하지만 외면할 수밖에 없는 경우가 있는데 나에게 지금도 뚜렷하게 기억되는 두 장면이 있다.

대만대학의 방문학자로 수업을 들으면서 동시에 대만 사범대학 국어중심(臺灣師範大學國語中心)에 등록하여 언어를 배울 때였다. 우리 반에는 한국인이 두 명 외에도 미국인 남녀가 각각 한 명씩 두 명이 더 있었다. 뜨거운 8월로 기억된다. 남방의 뜨거운 여름 날씨라 열기가 정말 참을 수 없을 정도로 올라와서 기진맥진해 있었는데 마침 두 미국인 학생이 들어오는데 그들의 체취, 즉 암내는 정말이지 형용할 수 없을 만큼 지독한 혐오감을 유발하였다. 나는 그들에게 매우 미안했지만 어쩔 수 없이 그냥 바로 창가로 가서 창문을 열어버릴 수밖에 없었다. 안 그러면 내가 그 냄새에 쓰러질 것 같았기 때문이었다. 지금도 생각하면 그 두 남녀에게 매우 미안하기도 하다. 서양인들이 우리 한국인의 입에서 나는 마늘 냄새를 싫어하는 모습을 보일 때마다 우리를 이해해주지 못하는 서양인들을 탓하지 않았던가! 나도 이제부터라도 그들을 좀 더 이해하려고 노력해야겠구나 하는 생각을 했었다.

또 한 번은 중국 심양(瀋陽)의 요녕(遼寧)대학에 교환교수로 가서 있을 때이다. 그곳은 일부 한국인 가톨릭 신자들이 중국인 성당을 빌려서 한국에서 파견된 한국 신부의 집전 하에 미사를 보고 있었다. 나는 한국인들과 미사를 보기 전에 중국어 미사에 적응하기 위해서 중국인 미사에도 참여하고자 하였다. 중국인 미사에 들어가 보니 안이 신자들로 꽉꽉 들어차 있고 신도들은 무릎 꿇고 경건하게 기도를 올리는 모습이 감동적이었다. 사회주의 치하에서도 굳건하게 신앙을 지켜온 모습을 읽을 수 있었다. 그러나 나는 5분도 견디지 못하고 미사 현장에서 뛰쳐나올 수밖에 없었다. 사람들의 묵은 체취 때문이었다. 중국 북방은 매서운 추위가 계속되는 데다 물 사정도 좋지 않아서 아무래도 남방에 비해 덜 씻는다. 게다가 북방은, 특히 동북 3성쪽은 실내의 온도를 뺏기지 않기 위하여 창문을 밀봉해 놓았고 심지어 출입문마저 갈라진 비닐 장막을 덧대놓아 실외로 온도를 뺏기지 않도록 해놓았다. 그러니 북방인이 실내에 모이면 체취가 쌓이고 쌓여 묵은 듯한 악취가 모여서 참을 수 없는 지경에 이르게 하는 것이다. 참으로 나의 얇은 신심을 탓하며 그 뒤로 오직 한국인 미사에만 참여했던, 지금 생각해보면 참으로 아픈 경험이 있다.

꽃과 나

내가 채송화를 알게 된 사연을 얘기하면 좀 더 복잡하다. 어려서부터 부르던 노래에 '채송화도 봉숭아도 한창입니다'라는 가사가 있어 귀에 친숙한데다가 우리 주변에 흔히 볼 수 있던 키 작은 식물이라고 배웠던 기억도 있어 나는 채송화를 낯선 꽃으로 생각하지 않았다. 그런데 나는 아마도 금송화를 채송화로 잘못 기억하고 있었던가 보다. 키가 작아 땅에 찰싹 달라붙고 연분홍 꽃을 피워내는 것으로만 알고 있었기 때문이다. 그런데 집사람은 예전에 연애할 때부터 그게 채송화가 아니라고만 하고 무슨 꽃인지 잘 알지 못하였다. 때문에 나는 채송화가 과연 무엇일까 못내 궁금했지만 그렇다고 특별히 식물도감을 꺼내 공부한 적은 없었다.

그러던 차에 어느 해인가 9월에 방송대 학생들과 수업을 마치고 나오다가 길가에 핀 똑같은 그 꽃을 보고 저게 채송화가 아니냐고 했더니, 옆에 있던 똑똑해 보이는 여학생이 나를 이상한 눈으로 쳐다보면서 금송화도 모르냐고 되묻는다. 좀 창피했다. 평소 궁금하였던 터라 집에 들어와서 조사해보니 이 꽃은 금송화, 금잔화 또는 메리골드라고 부르는데, 멕시코가 원산지이지만 우리나라에 매우 흔한 꽃이었다. 그런데 알면 보인다고, 집 옆에 있는 정발초등학교를 뛰다가 학교 화단 옆을 지나게 되었는데 활짝 피어 있던 금송화를 알아볼 수 있어서 매우 반가웠는데, 거기 팻말에 메리골드라고 적혀 있어 저게 금송화의 영어 이름이라는 사실까지도 이미 알고 있던 나 자신을 스스로 대견하게 여기며 은근히 속으로 흐뭇해지기도 하였다.

꽃에 대한 잘못된 상식도 있다

'찔레꽃 붉게 피는'이란 노래 가사가 잘못됐다는 주장이 있었다. 찔레꽃은 주로 흰색이기 때문이다. 그런데 나중에 더 자세히 알아본 결과 붉은 찔레꽃도 있다는 것을 보고 역시 더 넓게 알아야 하겠다고 생각하였다.

정지용 시인의 〈향수〉에 나오는 '얼룩배기 황소가 해설피 금빛 게으른 울음을 우는 곳'이란 시구에서 얼룩배기 황소는 우리나라에 없다는 이의가 제기되었다가 나중에 전문가들에 의해 우리나라 고유

품종에도 진짜 얼룩배기 황소가 있다는 것이 밝혀지기도 하였으니 알아야 할 동식물의 세계가 참으로 무궁무진하다.

한편 가을에 산에서 자라는 으악새는 새의 이름이 아닌 억새풀을 가리킨다. 산에서는 억새가, 강변에서는 갈대가 자라는 것이다. 그런데 파스칼이 말한 '인간은 생각하는 갈대다'라는 말은 오역이라고 한다. 여기서 말하는 식물은 산에서 자라는 억새를 가리키기 때문에 '인간은 생각하는 억새다'라고 해야 좀 더 정확한 번역이라고 한다. 그러나 이미 생각하는 갈대라는 말에 친숙해서 이제 와서 이걸 다시 억새로 바꾼다면 듣기에 매우 어색할 거라는 생각이 들기도 한다.

어느 해인가 태백 두문동재와 정선의 경계에 있는 금대봉과 분주령에 가서 야생화 트레킹을 한 적이 있다. 그런데 9월이라 그런지 이미 많은 꽃들이 지고 몇 가지 꽃들만 남아 있었다. 가장 인상적이었던 것은 투구꽃과 노루오줌 등이었다.

다녀와서 야생화를 좋아하는 사람들의 모임 사이트나 블로그에 드나들며 현호색과 얼레지, 금강초롱 등에 대한 이미지를 사진으로 보고 익힐 수 있었다.

그밖에 제비꽃과 잔털이 많은 할미꽃, 민들레, 엉겅퀴꽃 역시 서로 구분이 가능할 정도로 잘 알고 있는 꽃들이다.

초등학교 운동장은 꽃들이 제법 화단에 잘 가꾸어져 있는데다가 팻말로 꽃 이름을 표시해놓았기에 초등학교에서 운동장을 돌며 운동하는 동안 여러 차례 꽃 모양과 꽃이름을 대조하며 공부할 수 있는 장점이 있다. 그래서 세심하게 배려하는 초등학교 선생님들께 감사드린 적이 많다.

잎이 날카롭고 키가 큰 주목, 잎이 약간 둥그러우면서 키가 작은 회양목, 잎에 하얀 물감이 든 것처럼 보이는 설악초, 진홍빛 꽃잎에 키가 작은 꽃베고니아, 작은 꽃들이 위로 치솟아 마치 깨꽃처럼 달린 사루비아 등등.

설악초는 참 특이한 꽃이다. 다가가 보면 꽃이 아니고 잎이 하얗게 꽃처럼 위장하고 있다. 꽃이 작아서 벌들을 더 많이 유인하기 위해 그런 거란다. 그런데 이름이 설악초다. 설악산에서 자라던 풀이 아니다. 설악산과는 아무런 관련이 없는 이 풀이 설악초라는 이름을 가지게 된 것은 영어 이름이 snow-on-the-mountain이기 때문이란다. 설산초(雪山草)로 번역하면 더 좋았겠다는 생각이 든다.

사군자

영동지역은 어느 지역보다 우거진 푸른 소나무숲으로 유명하다. 1995년 3월 1일 자로 강릉원주대학교 교수에 신규 임용되었기에 트럭에 이삿짐을 싣고 그해 2월 28일에 강릉으로 이사 가게 되었다. 서울에서 영동고속도로를 타고 대관령을 지나는데 당시 영동고속도로는 2차선 도로인데다가 대관령 구간은 아흔아홉 구비 구불구불 산간도로와 다르지 않았다. 사방을 둘러싼 울창한 삼림을 보면서 지평선이 보이는 호남평야에서 나고 자랐던 나의 눈에 마치 별천지(別天地)의 세계로 들어가고 있는 거 아닌가 하는 착각을 불러일으키기 딱 알맞은 상황이었다.

강릉시는 소나무를 강조하기 위해서 시의 지향이자 상징의 표어로 솔향 강릉을 채택하여 부르고 있다. 예향이자 문향을 강조하던 강릉이 아마도 이곳 자연 풍광의 주축이 되는 소나무를 더욱 강조하고 싶었는지도 모른다. 또한 강릉에는 솔올이란 지명이 있는데 소나무가 많은 고을이란 뜻을 지니고 있다

영동지역 민속에는 매년 3, 4, 5월 중에 택일하여 무당을 맞이하고

산해진미를 극진히 장만하여 산에 올라가 산신(山神)에게 제사(祭祀)를 지내서 가족과 가축의 안녕 및 농사 풍년을 기원하는 민간신앙이 있는데 이를 '산맥이' 또는 '산메기'라고 부른다. 산에 음식을 대접한다는 의미로서 산제(山祭)의 다른 이름이다.

강릉지역에도 산메기 행사가 당연히 있는데 이때 꼭 찾아가는 소나무가 강릉시 사천면에 있다. 그 소나무의 자태나 풍기는 분위기에 영험함이 있기 때문인지도 모른다. 사람들은 이 소나무의 몸체에 갖가지 오색 베를 감아놓고 그 앞에 제사상을 진열한 채 산신과 소통하면서 가족의 안녕과 농사의 풍년을 기원한다.

그런데 이 강릉 산메기 소나무가 나와 개인적으로 인연을 맺게 되었다. 강릉이 소나무로 유명하기 때문에 수시로 소나무 사진 컨테스트나 소나무의 외양이 사진전이 개최되는데 한 전문 사진작가의 전시용 산메기 소나무 사진을 어떤 인연으로 입수하여 집에 세워놓게 된 것이다. 약 가로 60cm, 새로 1.5m쯤 되는 꽤 큰 액자에 표구되어 있던 사진이었다. 소나무의 외양이 똑바르지 않고 울퉁불퉁 휘어진 모습이어서 처음에는 산메기 소나무의 사진에 큰 애착까지는 없었는데 웬걸 아주 묘한 게 보면 볼수록 나의 시선을 끌어서 지금은 매일 퇴근 후 원룸에 들어가면 의자에 혼자 우두커니 앉아 한동안 이 산메기 사진에 푹 빠져 있곤 한다. 다음은 자작시 〈산메기 소나무 사진이 나에게 오던 날〉이다.

수컷의 불끈 솟아오른 거시기처럼 우뚝한 구릿빛 산메기 소나무의 허리에 피안의 인간들이 욕망을 치렁치렁 매달았다.

산신 서엉님!

이거 자시고 지발 나 좀 돈 많이 벌게, 자식새끼들 좀 건강하게,
그리고 쬐끔 더 바란다면 시장통 대폿집
이쁜 영란이도 만족할 수 있게 해주시요잉!

저 너머 빈 하늘이 허허 웃는다.
문득 보니 가운데 엄지를 치켜들고 있는 듯도 하다.
거시기도 못 세우는 잡것들이 별걸 다 세우고 있네.

안간힘을 다해 매달린 산메기의 푸른 솔잎은
하늘과 인간의 중간에서 안절부절 못하고
이쪽저쪽 눈치 보며 발을 동동 구른다.
내가 뭔 죄로 구질구질하게 가운데 섰다냐!

피안(彼岸)과 차안(此岸)이 어찌 때를 가리고 장소를 택하더냐!
찰나의 순간에 참 의미가 나뉜다
무명(無明)과 깨달음이 눈 깜박할 새에 있다.

강릉의 소나무숲은 녹색환경으로서 시민에게 쾌적한 환경을 제공
하고 푸른 녹색의 편안하고 안정된 느낌을 주는 장점이 분명 아주
많다고 할 수 있다.

그러나 소나무숲 역시 단점이 없을 수 없다. 이곳 강릉은 봄에 바람
이 심한데 소나무는 송진이 있는 관계로 봄에 자주 일어나는 산불에
매우 취약할 수밖에 없다. 게다가 소나무는 봄에 송화(松花) 가루를
뿌려대는데 소나무숲이 울창한 관계로 어느 꽃가루보다 극성을 이뤄
서 길, 마당, 복도, 차량 지붕 등에 수북이 쌓인다. 누구는 귀한 송화가

루 모으면 다과로 해먹을 수 있을 텐데 아쉬워하고, 누구는 송화가루 때문에 알러지 비염이 도졌다고 원망하고, 누구는 저 수북이 쌓인 송화가루를 언제 다 쓸어 내냐고 불평하기도 한다.

봄이다 봄!
새하얀 아카시꽃의 날렵한 비행을 시샘하듯
연초록 송화가루가 표표히 요란하게 흩날린다
차 덮개 위로 건물 복도 안으로 사람들의 콧속으로
꽃가루 날려서 다른 꽃술에 내려앉아야
저를 꼭 닮은 존재들을 세상에 다시 남길 수 있음이니
저야 자연의 섭리 따른다지만
저를 맞이하는 지상의 인간의 셈법은 저마다 다르다
낭만 가객 최교수는
저걸 모으면 다식 만들어 먹을 수 있는데 아깝다고 탄식하고
비염 앓는 정교수는
답답하게 마스크 쓰며 알러지 비염을 일으키게 한다 원망하고
미화원 이여사는
커커이 쌓인 송화가루 쓸어내며 지겹다 지겨워 연신 볼멘 소리 낸다
숲에서 구성지게 울어대는 뻐꾸기
마침내 제 짝을 찾으면
이윽고 붉은 머리 오목눈이
제 몸보다 덩치가 큰 뻐꾸기 새끼 키우느라 또 분주하리라
봄이다 봄!

일반적으로 소나무 아래에는 식물들이 자라질 못한다. 소나무잎이

촘촘하여 빛이 새어들지 않는데다가 또 잎에 독기가 있어서라고 한다. 그렇다면 소나무는 너무 이기적인 나무이다. 그런데 다른 학설에 의하면 숲의 천이(遷移) 과정에서 폐허가 된 땅 위에 1차로 뿌리를 내리는 것이 소나무라고 한다. 소나무가 뿌리를 내려 땅을 알맞게 만들면 2차로 활엽수들이 그 땅 위에 또 착근(着根)한다는 것이다. 그렇다면 소나무는 너무 헌신적인 나무가 아니겠는가! 보는 관점에 따라 이처럼 큰 차이가 생긴다.

그런데도 사람들은 흔히 자기의 주관적인 입장에서 주변 사물을 보고 대하기 마련이다. 이 세상의 꽃들이 하나같이 그 자체로 소중하기 마련인데 어떤 것은 잡초로 불리는가 하면 어떤 것은 사군자(四君子)라 하여 특별한 대접을 받는다.

인간이 자신들의 덕성에 비추어 지조나 절개를 닮은 듯한 초목들, 일테면 추운데도 꽃 피우는 매화, 그윽한 향기를 풍기는 난초, 차가운 가을에도 시들지 않는 국화, 굽히지 않고 꼿꼿하게 서 있는 대나무 등을 초목 중에서도 특별히 선별하여 가까이 두고 아끼고 있으니 생각하면 얼마나 우스운 일인가!

느티나무와 회화나무를 헛갈려 쓴다

우리나라 시골 동네 어귀와 정자 옆에 심어져 있던 나무는 대부분 느티나무였다. 그래서 우리나라 사람에게 더욱 친숙하게 여겨지는 나무가 느티나무이다. 그런데 괴(槐)자는 본래 회화나무라는 뜻인데 한국에서는 느티나무를 가리킬 때 이 글자를 많이 차용하여 쓴다. 역사서에 보면 괴곡(槐谷)이란 지명이 나오는데, 이는 회화나무골을 의미하는 것이 아니라 느티나무골을 의미한다. 우리나라 산에 심는 나무는 느티나무이지 회화나무가 아니었기 때문이다.

그렇다면 '괴'자로 느티나무를 가리키게 된 이유는 어디에 있을까?

첫째, 느티나무를 뜻하는 규(槻)란 글자가 어려워 회화나무란 뜻의 '괴'자를 차용하여 쓴 것이 아닐까 생각된다.

둘째, 우리말 느티나무의 어원을 보면 '늣회'나무로서 회화나무로 느껴지는 나무란 뜻으로 해석되기에 쉽게 '괴'자를 차용할 수 있었던 것 같다.

셋째, 느티나무란 말의 또 다른 어원을 보면 '놀(누렇다)+회나무', 즉 누런 회화나무라는 뜻으로 해석되기도 한다. 때문에 '괴'자를 아무런 의문 없이 느티나무를 가리킬 때 사용하였던 것으로 보인다.

참나무란 학명은 없다

참나무는 굴참나무, 갈참나무, 졸참나무, 신갈나무, 상수리나무, 떡갈나무 등 총 6종을 가리킨다. 이들 참나무들의 열매를 모두 통틀어서 도토리라고 한다. 상수리나무의 열매는 특히 상수리로 불러야 한다고 주장하는 사람도 있긴 하다. 마을 주변 야산에 상수리나무가 가장 흔했기 때문이다. 그런데 아이러니하게도 참나무란 학명은 없다고 한다. 우리 야산에 잘 자라고 불을 붙여도 잘 타며 그리고 대부분 유사한 도토리가 열리기 때문에 몇 종의 나무를 통틀어 참나무란 명칭을 임의로 붙여 사용한 것이 아닐까 추측해본다.

외국 문학작품을 번역할 때 흔히 oak를 떡갈나무로 번역한다. 그러나 떡갈나무는 흔히 볼 수 있는 참나무는 아니니 정확히는 참나무로 번역해야 한다는 주장도 있다.

전나무의 이름

전나무는 10cm 정도의 원통형 솔방울이 달려서 그 열매의 이름을

'젓'이라고 부르고 그래서 전나무로 부른다고 한다. 나무에 상처가 나면 젓 같은 하얀 수액이 나온다고 하여 붙여진 이름이라는 설도 있다.

측백나무와 잣나무

중국 문헌에 나오는 '백(栢)' 또는 '백(柏)'은 모두 측백나무를 가리킨다. 중국에서는 주나라 때 왕의 능에 소나무, 왕족의 묘지에는 측백나무를 둘레 나무로 심도록 했다고 한다.

측백나무는 소나무와 함께 선비의 절개와 고고한 기상을 나타내는 대표적인 나무로서 옛사람들의 사랑을 받아왔다. 그런데 언제부터인가 '백(栢)'을 잣나무로 잘못 풀이하게 되었다. 본래 잣나무는 오엽송(五葉松)이나 해송(海松)으로 불러왔는데 무슨 이유에서인지 조선 후기부터 측백나무과의 측백나무와 소나무과의 잣나무를 혼용하게 되었고 그로 인해서 이런 오류가 발생했다고 한다. 그러니 ≪논어≫에 나오는 "세한연후지송백지후조(歲寒然後知松栢之後凋)"란 말은 "날씨가 추워진 후에야 비로소 소나무와 측백나무가 늦게 시듦을 알게 된다."라고 풀이해야 올바른 풀이가 될 것이다.

백로는 없다

백로란 학명의 새는 없다. 특정 종을 지칭한다기보다 왜가리과에 속하는 새 중에서 두루미처럼 목이 길고 흰 깃을 가진 왜가리들을 범칭하는 것이다. 대백로, 중백로, 소백로 등이 있다.

뱁새 둥지에 탁란하는 뻐꾸기

뻐꾸기는 뱁새가 둥지를 지을 즈음 재깍 교미하여 뱁새 둥지 위에 알을 낳는다. 이를 탁란(托卵)이라고 한다. 뱁새는 자기 알보다 큰 뻐꾸기알을 의심 없이 품고, 자기만 한 뻐꾸기 새끼를 의심 없이 기른다.

그렇다면 뻐꾸기가 굳이 많고 많은 새 중에 뱁새의 둥지 위에 알을 낳는 이유는 어디에 있는가?

첫째, 뻐꾸기나 뱁새의 알이 모두 파란색으로 동일하기 때문이라 한다. 즉 색깔로는 알이 구별되지 않기 때문이다.

둘째는 뱁새가 모성애가 강해서 뻐꾸기가 교묘하게 뱁새의 모성애를 이용하기 때문이다. 뻐꾸기 새끼는 뱁새보다 먼저 부화하는데, 이 뻐꾸기 새끼는 둥지 안의 다른 알들을 밖으로 내버려서 자신의 생존력을 높이고자 하는 습성이 있다고 한다. 그래서 뻐꾸기 새끼는 뱁새알들을 모두 둥지 밖으로 밀어 내버린 뒤 좁은 둥지 안에서 남의 엄마인 뱁새의 사랑을 홀로 받으며 자란다.

셋째는 뻐꾸기가 새매나 황조롱이 등의 둥지에 탁란하지 않는 이유는 이 새들과 알의 크기가 비슷하긴 하지만 이들은 곤충을 먹이로 주지 않고 다른 동물성 먹이를 잡아주기 때문에 뻐꾸기에게 적당하지 않다고 한다. 또 멧비둘기는 뻐꾸기 알과 크기가 비슷하긴 하지만 이들은 콩이라든지 식물성 먹이를 먹기 때문에 또한 적당하지 않다고 한다. 이렇게 보면 뻐꾸기가 탁란하기에 뱁새 둥지만큼 좋은 환경이 없다고 볼 수 있다.

이런 뻐꾸기에게 속는 뱁새의 모습은 한편으로 생각하면 의심하지 않고 아낌없이 헌신하는 모습의 전형적인 양상이고, 또한 그 헌신에는 우매함이 반드시 포함되어야 하는 것은 아닐까 씁쓸한 생각까지 들게 한다.

그렇다면 봄날의 정취를 더욱 풍부하게 해주는 뻐꾸기가 뻐꾹뻐꾹 울어대는 건 어쩌면 반드시 짝을 애타게 찾기 위한 것이라기보다,

또는 연인과 밀어를 주고받고 있는 것이기보다 뱁새가 언제 집을 짓는지를 인내심을 갖고 기다리면서 교활하게 암컷과 숫컷이 서로 사랑을 나눌 시간을 기다리며 주고받는 암구호가 아닐까 웃으며 생각해 본다.

2.2. 황홀의 순간

모든 쇼가 마지막 쇼다

세상을 살다 보면 보았지만 못 보았고 들었지만 못 들은 경우가 종종 있음을 우리는 경험하게 된다. '시이불견(視而不見), 청이불문(聽而不聞)'이 그 말이고, 동일한 맥락에서 영어에도 'see'와 'look at', 'hear'와 ' listen to'라는 전혀 다른 표현이 있다.

현대중국어에서는 눈으로 보거나 귀로 듣고 결과를 이뤄낸 경우, 즉 보거나 듣고자 하는 목적을 이뤄낸 경우에는 동사 '간(看)'이나 '청(聽)' 다음에 반드시 결과보어 '견(見)'자를 덧붙여 표현한다. 그냥 단순히 시각적 내지는 청각적으로 감지되었다고 해도 내 뇌리에 남아서 인지적으로 파악되지 않으면 그것은 그냥 흘려버리는, 사라지는 이미지에 불과하기 때문이다.

주의 깊게 살펴본 사람이 감탄해 마지않는 작품도 건성으로 그저 휙 지나쳐 본 사람에게는 아무런 의미도 없게 마련이다. 음악에 골똘히 집중해서 귀 기울이는 사람은 낮은 베이스 음 하나가 바뀌는 순간에도 깊은 감동을 받지만 엉뚱한 데 마음을 쓰는 사람에게는 똑같은 음악이 자동차 소음처럼 시끄럽게만 느껴질 것이다.

제아무리 아름다운 풍경도 거기에 내 마음을 몰입하고 집중하지 않으면 그냥 흘려버리는 이미지에 불과할 뿐이다. 좋은 경치나 아름다운 꽃을 발견하면 걸음을 멈추고 충분히 집중해서 그것을 만끽해야 한다. 마치 그런 풍경이, 그런 꽃이 앞으로는 다시는 없을 것처럼 말이다.

"모든 쇼가 마지막 쇼다." 개리슨 케일러가 영화 〈프레리 홈 컴페니언〉에서 한 말이다.

중국 격언에도 이와 비슷한 말이 전해진다. "세상에 끝나지 않는 잔치는 없다(世上沒有不散的宴會)."

멋진 일출이나 일몰 장면을 보거나 아름다운 음악을 들으면 눈물이 난다.

첫째, 너무 아름다워서이다. 둘째, 똑같은 장면이 다시 되풀이될 수 없기 때문이다. 셋째, 그런 멋진 장면을 앞으로 얼마나 더 볼 수 있을지 몰라서이다.

젊었을 때는 지금 이 순간을 살라는 말을 귀가 아프게 들었어도 그 의미를 확실하게 깨닫지 못했다. 하지만 이제는 안다. 나이가 몇이든, 그 아름다운 것들을 얼마나 더 볼 수 있을지 누구도 모른다는 것을. 그러니까 하루하루 매 순간 마지막인 것처럼 감사하며 살아야 한다. 기쁨의 순간을 마주할 때마다 그 시간을 급하게 흘려보내지 않고 내 안으로 흡수하는 연습을 해야 한다.

들판에는 내 마음을 사로잡는 풍경이 있다. 새들을 초대해 노래하게 하고, 구름과 안개를 초대해 강한 햇빛을 부드럽게 비추게 하고, 눈과 비를 초대해 춤판을 벌이게 하고, 별과 달을 초대해 온 세상을 잔잔히 물들인다. 마음이 평온할 때면 들판의 존재를 까맣게 잊고 지내다가 마음이 불편해지면 들판을 생각한다. 들판에 나가 마음을 비우고 들판이 연주하는 풍경에 흠뻑 빠졌다가 다시 희망을 찾아가지고 되돌아온다. 내가 서 있는 이곳의 풍광이 바로 천국이요 낙원인

줄 알아야 하리라!

만경평야에 쏟아지던 석양 노을빛

저 멀리 바다 수평선에서 떠오르는 일출 풍광은 아름답다. 새해 첫날이 되면 사람들은 저마다 동해안 바닷가나 산 정상에 서서 떠오르는 해를 보며 소원을 빌곤 한다. 그러나 일출 풍광이 아무리 아름답다손 치더라도 지평선을 불그스름하게 물들이며 떨어지는 황혼 낙조의 아름다움에 비길 수 없다는 게 내 개인적인 생각이다.

'징게맹개 외얏밋 들'이라고도 불렸던 김제만경(金堤萬頃) 평야는 우리나라에서 가장 넓은 평야 지대이다. 우리나라에서 지평선이 보이는 곳은 이곳이 유일하다고 한다. 이 김제 만경평야의 넓은 들판은 특히 일제강점기에 간척공사를 함으로써 더욱 넓어지기도 하였다. 광활한 황금물결은 출렁출렁 멀리 지평선까지 흘러간다. 보기만 하여도 배가 부른다는 누런 나락들이 고개를 숙이고 묵언 수행하며 풍성한 수확을 기약하게 해준다.

나는 고교 재학 시절에 익산(益山) 시내에서 누나, 형과 자취를 하였다. 그래서 대략 격주나 3주에 걸쳐 한 번씩 주말이면 같은 학교 다니던 형과 함께 집에 가서 쌀 한 포대, 김치 한 통을 날라야 했다. 집이 있는 만경 읍내까지 익산 시내에서 시내버스를 타고 1시간 동안 가야 하는데 바로 만경평야 들판을 가로질러 가야 한다. 황혼녘에 버스를 탄다면 1시간 내내 낙조를 감상하면서 갈 수 있다는 얘기가 된다. 당시 집으로 돌아갈 때 지평선에 떨어지는 낙조의 찬란함은 정말이지 가히 뭐라 형용할 수 없는 아름다움을 느낄 수 있었다. 나는 비교적 여린 감성을 지녀서 낙조의 아름다움에 언제나 전율에 떨곤 하였다. 그래서 나에게 다가온 황홀한 순간을 떠올릴 때면 언제나 고교 시절

집으로 귀향하면서 보았던 낙조의 풍경을 제일 먼저 떠올리곤 한다.

김제 망해사

우리 동내가 속한 진봉면(進鳳面)은 서해 바다를 끼고 있다. 지금은 새만금 간척지에 둘러싸여 있는 곳이기도 해서 우리 동내에서 매립된 새만금 간척지를 지나 다리를 통해서 직접 군산 선유도까지 갈 수 있기도 하다. 군산 선유도(仙遊島) 하면 우리는 어릴 때 어렵게 배로 가야만 하는 곳이었기에 마음속으로 신선이 되어야만 갈 수 있는 곳인가 보다 생각하던 그런 곳이었다.

지금은 새만금 간척지에 둘러싸여 있지만 그전에는 만경강과 서해 바다를 육지의 끝자락에서 굽어보던 곳이 진봉산에 있던 망해사(望海寺)이다. 우리나라에서 보기 드물게 낙조가 지는 서해를 향해 지어져 있는 절이기도 하다.

망해사의 중흥조인 진묵대사(震黙大師, 1562~1633)는 이곳에서 멀지 않은 만경(萬頃) 불거촌(佛居村)에서 태어났다. 술을 잘 마셨으며 신통력을 지녀 많은 이적을 행하였다고 한다. 동시대를 살았던 사명대사는 직접 승병을 이끌고 임진왜란에 참여했지만 진묵대사는 선(禪) 수행에 진력했던 것으로 보인다. 진묵대사의 선풍은 끊어지지 않은 채 이곳에서 대대로 이어졌다고 한다.

진봉산을 한참 올랐다가 서쪽으로 걸어 내려가면 망해사에 당도한다. 망해사는 쓸쓸함을 감출 수 없는 바닷가 한켠에서 서해 바다를 보면서 묵언 수행하는 듯 보이니 이곳은 어쩌면 내면이 견딜 수 없이 쓸쓸한 사람들이 찾기에 딱 알맞은 곳으로 보인다. 이열치열(以熱治熱), 이독제독(以毒制毒)하듯 적막함으로 적막함을 치유하는 '이적막제적막(以寂寞制寂寞)'하는 그런 곳이다. 그러니 삶의 막막함이 사무칠 때면 언제고 훌쩍 이곳에 가서 묵언 수행하노라면 번뇌 망상을 말끔히 씻어내고 청정한 마음으로 막막함을 대면해낼 수 있지 않을까!

박성우 시인은 〈망해사〉에서 이렇게 노래한 적이 있다.

"심포에는 바다에 몸을 던지려다가 문득, 머리를 깎은 뒤 제 스스로 절이 된 망해사가 있다. 시퍼렇게 깎은 머리를 한 채 벼랑 끝에 가부좌 틀고 앉아 수행하는 망해사 낙서전이 있다. 망해의 생살을 밀고 나온 검붉은 사리 하나 서해로 떨어진다. 닳아진 염주처럼 떠 있던 고군산 열도, 바닷물 붉게 그 사리를 닦는다. 잘 씻겨진 보름달이 젖은 채로 곧 올려질 것이다."

지길영 시인은 〈망해사 편지〉에서 이렇게 노래하기도 하였다.

"동트기 전 산문 앞 나붓이 내려앉은 겹벚꽃 길을 밟아 망해사에 와 보시게. 뜨는 해를 성큼 앞질러 바다가 무명(無明)을 여네. 풍경도 잠들어 고요한 아침을 찰싹이는 파도가 흔들어 깨우면 큰스님 잔기침 소리 어둠꼬리를 자르고 밤 내내 삶의 바다 언저리 맴돌던 행자는 아무 짬도 모른 채 녹찻물을 길어 올리고 있네. 밤의 파리한 허물을 시레기 걷듯 거두어 바닷물 썰면 살아 있는 것들, 제자리를 겨냥해 다시 맴을 돌고 겹벚꽃잎, 잎은 산문 나는 길을 지워버렸네."

고교시절 과외 수업 후 눈길에 쏟아지던 달빛

당시는 5공화국 시절이었지만 고등학교 1학년이던 1979년 말까지는 개인 과외가 허용이 되었다. 같은 반 친구가 이웃 여고의 학생 세 명과 과외를 조직하고 있는데 할 의향이 있는지를 물었다. 나는 당시 장교로 복무하고 있던 셋째 형에게 과외비를 몇 달 지원해줄 수 있는지를 묻고 허락받은 뒤에 과외에 참여하였다. 모두 다섯 명이 당시 모 여고 영어 교사로 있던 이대 영문과 출신 여선생님에게 성문

종합영어 강의를 들었다. 세 명의 남성여고 멤버들은 모두 재원(才媛)들로서 그 학교에서 수위를 다투던 친구들이었다. 나는 금방 그들의 학습 열기에 고무되어 영어 공부에 열을 올릴 수 있었다.

그해 겨울로 기억된다. 밤에 선생님 댁에서 과외를 받고 집을 나오는데 어느새 눈이 내려 소복이 하얗게 쌓여 있었다. 한 여학생의 집이 나의 자취집 방향과 같아서 같이 걸어가곤 하였다. 이윽고 그녀의 집이 있던 마동 언덕길을 올라갈 때쯤으로 기억된다. 그날따라 유독 환하던 달빛은 하얀 눈에 반사되어 더욱 환했고, 나는 남몰래 그녀와 함께 걷는 정취에 푹 빠져 달빛에 반사되는 반듯한 그녀의 옆얼굴을 훔쳐보곤 하면서 쿵쾅거리는 심장을 주체할 수 없었다. 처음으로 느끼는 심쿵한 감정이었다. 그날 이후로 그때의 황홀하고 떨리던 순간의 감동은 때때로 기억 속에서 소환되곤 한다.

고교 수학여행 때 태평양을 바라보며 기르던 호연지기

고2 때 우리는 투표를 거쳐 제주도로 수학여행을 떠났다. 그때 용머리 해안에 들렀다가 처음으로 푸른 태평양 바다를 보았다. 나는 고향이 서해 바닷가 인근에 있어서 비교적 혼탁한 바닷물에만 익숙했기 때문에 정말 황홀감에 젖어 저 멀리 태평양 제주 앞바다의 수평선을 바라보며 흉금을 넓히고 호연지기를 키운 적이 있다.

그때였을 것이다. 나는 우리나라 외교관이 되어서 바다 너머 대륙을 누비면서 살아야겠다는 결심을 한 것이 말이다. 지금 비록 외교관은 되지 않았지만 세계를 상대할 수 있는 외국어를 전공하는 교수가 되었으니 꿈을 반쯤은 이루었다 할 수 있겠다.

대만을 향해 가던 비행기 안에서 본 자욱한 구름밭

대만은 90년도에 방송대에서 조교를 하면서 보름간 학생들의 어학연수를 인솔하기 위해 간 적이 있는데 솔직히 말하면 이때가 나의 첫 해외여행이었다. 이때는 해외여행 경험이 전무했던 데다 방송대의 나이 든 학생들을 인솔해야 하는 막중한 책임을 띤 관계로 아주 긴장이 돼서 비행기 밖을 살펴보고 감상에 젖을 겨를이 없었다.

그러다가 나는 92년 8월에 방송대 조교 임기를 마치게 되었기에 미리 서울대 박사과정 수료 자격으로 대만대 중문과에 방문학자를 신청하여 허락받았고, 그리하여 8월 20일에 대만에 출국할 예정으로 미리 비자를 받아 놓았다. 그런데 참으로 공교롭게도 쉬쉬 진행되던 중국과의 수교, 대만과의 단교가 바로 이날 전격적으로 단행됨으로써 나는 대만과 단교 되는 날 대만으로 1년 유학을 떠나는 셈이 되었다.

게다가 막 사귀기 시작했던 지금의 집사람과도 오랜 시간 헤어져야 하는 상황이라 심정이 착잡하기도 하고 아쉽기도 하면서 매우 긴장이 되던 시점이었다. 게다가 비행기의 경로는 서해를 통하여 남하하여 대만으로 날아가기 때문에 서해 바다 근처 어머니가 계시는 우리 고향집 상공을 지날 것으로 예상하고 있었다.

그런 착잡하고 긴장되고 흥분되는 복잡한 상황에서 문득 비행기 창밖으로 펼쳐진 푸른 하늘에 눈을 돌리니 마치 솜사탕 같은 구름층들이 두껍게 눈밭을 이루고 있었다. 마치 눈이 쌓인 우리 고향 호남평야를 보는 듯도 하였다. 아! 내가 구름 위를 날아 머나면 타국 땅으로 날아가고 있구나. 낯선 곳을 향해 익숙한 것들과 결별하는 당시 상황을 여실하게 느끼게 해준 장면이었다. 그렇지만 그 구름층의 풍광 자체는 뭐라 형용할 수 없는 눈부신 황홀함을 준 것만은 사실이었다. 두고두고 기억나는 잊지 못할 장면이 되어 주었다.

아리산에서의 일출

90년도에 방송대 학생들을 인솔하여 대만에 당도하였다. 대략 2주 동안의 어학연수를 마치고 이제 마지막 3박 4일 동안은 자유여행을 떠나게 되었다. 여행지는 대중(臺中)에 있는 구족문화촌(九族文化村)과 아리산(阿里山)이었다. 아리산에서는 산정상에 있는 산장에 머물 예정이었다. 구족문화촌을 유람하고 또 그곳 소수민족들의 공연을 관람한 뒤에 우리는 이윽고 아리산을 향했다. 대관령 오르는 옛 고속도로처럼 구불구불 길들을 따라 올라가는 버스 속에서 바라보니 전신주마다 지족상락(知足常樂)이라는 표어가 붙어 있어 매우 인상적이었다. 아마도 속세의 불만을 내려놓고 만족의 경지를 알아서 즐거움을 누리기 위해서는 바로 지족상락의 명제를 실천할 수 있어야 함을 산에 드는 산객(山客)들에게 교훈을 주고자 하는 것이라 생각되었다.

이윽고 산장에 도착하여 우리는 한국인답게 여흥을 견디지 못하고 큰 소리로 떠들며 노래하다가 산장 주인의 강력한 항의를 받으며 한국인에 대한 비하의 소리까지 들어야 했다. 양국의 문화적 차이를 극명하게 느꼈던 장면이기도 하였다.

하여간 우리는 그렇게 하룻밤을 보내고 새벽같이 일어났다. 아리산의 일출이 유명하다는 소문을 들어서이다. 실은 나는 한국에서 그동안 특별히 일출다운 일출을 본 적이 없었다. 아마도 서해바닷가 근처에서 살았기 때문인지도 모른다.

그날 산정상에 올라 이윽고 떠오르는 해를 멀리 바라보는 감회는 뭐랄까, 떨림 그 자체였다. 붉다 못해 하얀, 그래서 붉은 해가 저렇게 투명할 수 있을까 느끼게 만드는 새하얀 둥근 해가 불쑥 솟아오르는데 지역이 낯선 이국이었던 관계로 더욱더 느낌이 강렬하고 새로웠던 것으로 기억된다. 왠지 모르게 빨려들 것 같았던, 그래서 전율을 주었던 아리산의 새하얀 일출은 지금도 잊을 수 없다.

화산의 장엄함

중국의 화산(華山)이란 존재를 인지한 건 비교적 이르다고 할 수 있다. 지금 성년의 남자라면 으레 그렇듯이 나 역시 무협지의 세계에 빠진 적이 있고 거기서 무협 문파는 크게 9대 문파가 있는데, 그중 화산을 거점으로 삼은 화산파가 검을 잘 쓰는 문파로 유명하다는 사실을 이미 잘 알고 있었다. 나중에 중문학을 전공하면서 화산은 태산(泰山), 형산(衡山), 숭산(嵩山), 항산(恒山) 등과 함께 오악(五岳) 중의 하나이고 오악 중 가장 기험(奇險)한 것으로 꼽힌다는 사실도 알게 되었다.

그래서 서안(西安)에 갈 기회가 있을 때 화산 일일유(一日游), 즉 당일치기 화산 여행 패키지에 끼어서 중국인들과 함께 화산을 오른 적이 있다. 중국의 산들은 대부분 정상까지 케이블카를 타고 오를 수 있게 되어 있어서 대부분 정상 부근까지는 케이블카로 오르고 그다음에 산봉우리 정상 주변을 거닐거나 다른 산봉우리 정상과의 사이를 걸어 다니는 그런 산행이 주류를 이룬다. 정상과 정상 간을 잇는 산길도 길고 넓어서 황산(黃山) 같은 경우 때로 1박 2일이 소요되기 때문에 정상에 많은 호텔이 있기도 하다. 우리 산의 경우와는 상황이 많이 다르다고 할 수 있다.

화산은 웅장하면서도 험준한 산이라서 황산이 여성형이라면 화산은 남성형으로 비교되곤 한다. 장엄하면서도 깎아지른 듯 가파른 암반 위에 계단을 내서 아무 의지할 장비도 없이 오른다는 것은 간담을 서늘하게 해서 정말 담력이 있지 않은 사람은 감히 오를 엄두가 나지 않을 만큼 그렇게 험한 곳이다.

험준한 화산 중에서도 창룡령(蒼龍嶺)은 더욱 험준한 곳 중의 하나로서 이곳을 오르면서 느꼈던 화산의 장엄한 세계를 어찌 필설로 형용할 수 있으랴! 창룡령에 오르는 사람들을 멀리 반대편에서 조망한 사진을 보면 마치 개미떼가 바위에 붙어 기어오르는 것처럼 보이기도 한다. 그곳을 기어올라 정상에 이르러 바위에 모로 누워 저 아래 펼쳐진 세상을 내려다보며 오시(傲視)할라치면 이 세상과 나는 하나가 되면서 엄숙하고 장엄한 화엄(華嚴)의 세계에 풍덩 빠지지 않을 수 없다.

황산 서해대협곡의 오싹함

전 세계적으로 유명하다고 말해도 과언이 아닌 명산인 황산(黃山)은 각양각색으로 기이한 모양의 기송(奇松), 암석들이 기괴한 모양으로 펼쳐진 괴석(怪石), 변화막측한 운무의 바다인 운해(雲海) 등의 삼절(三絶)로 유명하다.

황산을 오를 때 서로 다른 지역에서 오를 수 있도록 세 개 노선의 케이블카가 놓여 있다. 산 정상에 도착한 뒤에 기이하고 빼어난 경관을 보면서 걷는 묘미는 정말이지 무엇과도 바꿀 수 없을 정도이다. 그런데 황산 경내에서 한국인들에게는 많이 알려졌지만 이상하게 중국인들은 잘 찾지 않는 곳으로 서해대협곡(西海大峽谷)이 있다. 서쪽으로 깎아지른 듯한 천 길 벼랑 중간에 구멍을 뚫어 잔도를 놓고 협곡을 보면서 몇 시간 가도록 만든 곳이다. 험준하면서도 길이가 길어서 어지간한 담력이 있고 모험을 좋아하지 않는다면 감히 엄두를 내지 못할 곳이다.

나도 한국인 여행객들이 남긴 여행기에 반드시 가보아야 할 곳으로 거론하여서 꼭 걸어봐야겠다는 심산으로 산 정상 등성이를 걸으면서 만난 중국인들에게 협곡의 입구를 물었다. 그런데 그곳을 지키는 중국인 경비나 관광객들은 이구동성으로 너무 험준하고 시간이 많이 늦었다면서 절대 가지 말라고 강력하게 권했다. 그때 대략적인 소요 시간을 계산해보니 해 질 무렵이면 숙소로 올라올 수 있을 것 같아 용기를 내서 입구로 들어가기 시작했다. 그런데 나를 오싹하게 한 것은 도리어 고요함 때문이었다. 즉 산 정상 부근에는 중국인들이 시끄러운 소리로 떠드느라고 왁자지껄했는데 서해대협곡 입구로 들어서자마자 갑자기 고요와 정적이 찾아온 것이다. 둘러보니 아까 산 정상에 같이 있던 중국인 중 어느 누구도 입구 아래로 내려오지 않고 있었다. 정말 오싹하지 않을 수 없었다. 그러나 용기를 내서 약 1시간 정도 걸으니 저 멀리에 비로소 사람 그림자가 보였다. 홍콩에서 왔다는 남녀 한 쌍이 있었고 다시 그들과 일행이 되어서 좀 더 걸으니 광둥성에서 왔다는 여성 둘을 다시 만나서 이렇게 총 5명이 함께 걷기 시작하였다. 사람을 만나니 비로소 오싹하고 두려움은 가시게 되었다. 몇 시간 걸으면서 중국인을 겨우 네 명 만났으니 얼마나 중국인들이 모험을 싫어하고 안정을 지향하는지를 여실하게 잘 알 수 있었다.

천 길 벼랑 위에 설치한 잔도(棧道)는 중국인들의 특색을 잘 보여주는 건축양식인데 그 길을 걷노라면 중국인들의 불굴의 의지, 수많은 인력을 갖춘 중국인들의 인적 역량 등을 생각하면서 탄복하지 않을 수 없다.

잔도는 천 길 벼랑에 구멍을 뚫어가면서 복도 형식으로 만드는 작업이기 때문에 그 건축 과정이 얼마나 험난한 과정인지 잘 알 수 있다. 그 험난한 과정을 통해 건축된 잔도를 통해 천 길 벼랑 낭떠러지의 경관을 편하게 감상할 수 있으니 그 길을 건설한 잔도공(棧道工)들의 노고에 깊은 경의를 표한다. 서해 대협곡을 내려다보는 느낌은 그냥 오싹함, 전율 그 자체였다. 저 끝이 보이지 않는 협곡을 흐르는 바람과 세월의 깊이를 한낱 찰나 같은 유한한 인생을 사는 사람들이 어찌 헤아릴 수 있으리요!

만경평야 벌판에 피어나던 보리 태우는 연기

요원(燎原)의 불길이란 말이 있다. 무서운 기세로 퍼져가는 벌판의 불길이란 뜻이다.

당대 백거이(白居易)의 〈'오래된 넓은 들판 풀숲에서 송별하다'를 제목으로 삼아 시를 짓다(賦得古原草送別)〉란 시에서 "들판의 불길이 더부룩한 풀들을 다 사르지 못하고, 봄바람이 불어오자 또 그곳에서 풀빛이 진하게 살아난다(野火燒不盡, 春風吹又生)."라고 하여 넓은 들판과 생동하는 봄을 맞이하여 불로 태운 자리에서도 강인한 생명력으로 다시 살아나는 풀들의 약동하는 모습을 함께 묘사한 적이 있다. 여기서 시 제목에 '부득(賦得)'자가 붙은 이유는 제목을 미리 지정해놓고 그 제목으로 시를 짓는 것을 말한다. 예전에 과거시험에서 유명한 구절을 시 제목으로 주고 그 앞에 '부득'자를 붙인 데서 유래한 시형식이다.

만경평야는 지금은 봄에 벼만 심는데 예전에 양식이 부족할 때는 겨울에 보리를 뿌려 5월에 수확하고 다시 논을 갈아 그곳에 벼를 파종하곤 하였다. 때문에 5월은 매우 바쁜 시기가 된다. 지금처럼 기계화 영농이 이루어지지 않았을 때는 심지어 초등학교 학생들도 노력 봉사로 모심기에 동원되곤 하였다. 지금이라면 감히 상상할 수도 없는 상황이다. 그만큼 보리 베기와 논 갈기, 그리고 모내기가 한꺼번에 짧은 기간에 이뤄져야 하는 농번기에는 심지어 어린아이들의 손이라도 빌려야 하는 상황이 벌어지곤 하였다.

보리 베기와 수확이 순식간에 이뤄지지 않으면 논을 갈아엎고 모내기하기까지의 시간적 여유가 없어진다. 다시 말해서 한 해의 가장 중요한 작업인 모내기에 차질이 빚어지는 것이다. 때문에 보리를 수확하고 논을 갈아엎기 전에 신속하게 보리밭에 불을 놓는다. 그렇게 되면 그루터기 등이 모두 재로 변하면서 논 갈기에도 편하고 또 거름으로도 쓸 수 있게 된다.

그러니 보리 수확철이 되면 드넓은 만경평야 곳곳에서 저 푸른 하늘 위로 연기가 자욱하게 피어올라 정말이지 요원의 불길을 느낄 수 있게 한다. 그 불길과 연기는 소멸이 아니라 새로운 소생을 준비하기 위한 것이어서 침잠이나 정체가 아닌 약동감과 생동감을 주곤 하였다.

3월 말에도 시리도록 눈 쌓인 대관령 준령

1995년 2월에 강릉에 내려왔으니 올해로 어언 30년이 가까워온다. 강릉은 전국에서도 가장 유명한 관광명소이기에 볼만한 곳이 정말 많다.

그중에서도 그간 내 맘을 빼앗았던 황홀한 풍경을 꼽아보고자 한다.

학교로 출근하다 보면 학교 뒤편으로 배경이 되어 스카이라인을 이루고 있는 대관령 능선을 바라볼 수 있다. 나를 매혹하게 하는 장면은 바로 춘삼월에 바라보는 대관령 준령의 능선이다. 이곳 대지는 이제 만물이 약동하면서 꽃을 피우기 시작하는 바야흐로 난만(爛漫)한 시절이 시작되는데 저 멀리 보는 대관령 준령 능선에는 여전히 시리도록 하얀 눈이 쌓여 있는 것이다.

신운(神韻), 이른바 신묘한 운치를 던져준다. 신묘하다 못해 때로는 영험함을 느끼게도 한다. 시린 눈빛이 문득 이마까지 차갑게 다가오는 듯한 착각마저 일으키곤 한다. 그렇게 한동안 신비에 빠졌다가 다시 눈길을 지상으로 돌리면 꽃들이 난만한 세계가 대비되어 펼쳐진다. 멋지고 또 아름다워 혼자 보기 아까운 풍광이다.

삭풍과 한설을 견디느라

잎도 달지 못한 채

봄의 생명 응축하여

오롯이 한 가지에 맺힌

일지매(一枝梅)

지상에는 이토록 경사가 났건만

청향을 발하는 백매화 사이로

문득 보이는 대관령의 시린 눈이

이마에 선뜻 다가와 차갑다.

서리서리 비워서 깊은 골산에

천년설을 담고

세상사 희로애락과 간난신고는

범접하지 못하는

저 우뚝하여 고고하고

고고하여 외로운

구비구비 대관령 준령이여!

나그네는 신운(神韻)의 홍취에

갈 길을 잃는다

경포대와 경포호수

강릉은 바다가 있고 산이 있고 계곡이 있어 아름다운 곳이지만 무엇보다도 경포호수가 있기에 비로소 마침점을 찍었다고 생각되곤 한다. 바다 옆의 경포호수는 바다와 대비되면서 포근함과 여유, 그리고 사색의 공간을 제공해준다.

일찍이 관동팔경 중의 하나인 경포대(鏡浦臺)는 바다와 호수를 한꺼번에 내려다 볼 수 있는 인월사 터 근처에 있었다고 한다. 그래서 옛 선비들의 경포대 관련 시를 보면 두 장소의 풍광이 동시에 거론되곤 하였다. 경포호수에서는 잔잔하고 고요하여 거울 같은 담백한 멋을 느끼는 동시에 서시(西施)의 미모에 빗댄 서호(西湖)의 풍광만큼이나 아름답다고 묘사하곤 하였다. 거대한 파도가 몰아치고 끝없이 수평선이 보이는 바다를 볼 때는 저 멀리 해가 떠오른다는 부상(扶桑)을 떠올리고 이곳 경포대에서 우화등선(羽化登仙)한 신선을 떠올리며 환상적이고 초월적인 맛을 느낀다고 묘사하곤 하였다.

나 역시 경포호수를 자주 걸으면서 호수의 아름다움과 호수가 주는 어머니 같은 포근함에 쉬이 젖곤 한다. 마음에 여러 가지 생각이 들끓을 때면 호수를 걸으며 근심을 내려놓고 말끔하게 삭이곤 하며, 사시사철 달라지는 호수 주변의 풍광을 눈에 담으며 마음에 호사를 느끼곤 한다.

요즘 들어서는 저녁에 집으로 퇴근하기 전에 꼭 한 시간 정도 시간을 들여서 한 바퀴 걷는 것을 꼭 실천하곤 한다. 그렇게 걷고 집에 들어가자면 생각도 맑아지고 잠도 개운하게 잘 수도 있다.

선자령 능선과 일망무제 산봉우리

봄가을로 날씨가 선선할 때, 그리고 눈 쌓인 겨울에 정말 강력 추천하는 곳이 바로 선자령(仙子嶺)이다. 이곳은 초입부터 700미터 고지에서 시작하여 선자령까지는 두어 시간만 투자하면 충분히 당도할 수 있다. 입구에 있는 양떼 목장을 지나 그다지 경사가 없는 평지성 길을 따라 걷다 보면 정상에 곧 도달한다. 잠시 쉬었다가 내려올 때는 시야가 확 트인 삼양목장 푸른 초원을 바라보면서 기상대 방향으로 내려가게 되는데 저 멀리 산맥들을 조망할 수 있도록 시선이 뻥 뚫려 그야말로 가슴속 응어리를 모두 씻어 내리는 듯한 감흥을 준다. 푸르게 펼쳐진 초원뿐만 아니라 겹겹이 층층을 이룬 산맥들이 끝없이 펼쳐진 모습 역시 장관이라 할 수 있다. 때문에 선자령을 걸을라치면 마치 신선 세상을 거니는 듯한 공간 감각을 주기도 한다.

나는 평야 지대에서 자라서 그런지 시야가 뻥 뚫린 곳을 걷기를 좋아하는데 소백산을 등반할 때 그곳에 있던 능선이 그런 멋과 감흥을 준 적이 있다. 그런데 선자령에 올라 삼양목장 초원을 옆에 끼고 내려오는 길에 그런 텅 빈 드넓은 공간감을 느낄 수가 있는 것이다. 이윽고 전망대에 도착해서 강릉 시내 전경을 내려다보노라면 이미 우화등선(羽化登仙)한 신선이 된 거나 다를 바 없게 된다. 선선한 바람, 맑은 햇살, 푸른 초원, 드넓은 공간, 있는 그대로의 세계 자체가 환상적이면서 신비롭다.

평창강에 쌓인 운무

막 여름 방학이 시작된 즈음에 둔내 어느 한 호텔에서 BK 심사를 1박 2일 동안 마치고서 평창군 교육청에서 장학사를 지내고 있는 한 제자를 만나고자 평창강을 건널 때였다.

그때는 장마철이라서 비가 많이 내리던 즈음이었다. 이윽고 평창강 다리를 건너려 하는데 비가 오다가 막 그친 시점이라 그런지 강 전체가 운무에 가득 휩싸여 있었다. 그래서 나는 저도 모르게 차를 그 옆에 세우고 시선을 운무에 고정하지 않을 수 없었다.

당시는 위암 수술 후 항암약을 매일 먹고 있었던 때라서 체력이 많이 다운되어 있었고 혹시나 재발이나 전이가 되지나 않을까 노심초사하던 때였다. 당나라 시인 두보(杜甫)가 전란 중에도 어김없이 찾아오는 화려한 봄날의 정경을 멀리서 바라보다가 나라를 염려하는 마음

과 가족들을 그리워하는 마음을 그린 시 〈봄날 멀리 바라보다(春望)〉
에서 "시절을 느끼다 보니 꽃을 보아도 눈물 뿌리고, 이별을 한스러워
하니 새에도 마음이 놀란다(感時花濺淚, 恨別鳥驚心)."라고 노래하였듯
이 운무에도 나의 근심스러운 마음을 담을 수밖에 없었다. 자욱한
안개는 한 치 앞도 분간 못하게 하는 대신 모든 허물을 감싸듯이 선악
의 판단을 다 덮으면서 너와 나의 경계를 허물어주는 그런 존재가
아닐까 평소 생각해 왔지만 한 치 앞도 모르는 항암 과정과 향후 결과
에 대한 근심과 초조감에 사로잡혀 있어서 그날의 안개는 마치 나의
미래를 보는 듯한 감상에 젖게 하여 저도 모르게 눈물이 흘러나왔다.
　평창강의 운무, 아득하고 자욱한 운무, 앞으로 나의 미래는 어떻게
전개될까? 안개여 나에게 미리 좀 알려줄 수 없겠니? 안개가 영혼이
있는 생명체였더라면 꼭 그렇게 물었을 것이다. 당시의 자욱한 운무
는 신비하면서도 나의 미래인 듯 보였기에 더욱 마음이 끌렸었다.

경포대와 죽서루

　오십천은 세월과 더불어 흐른다(五十川同歲月流).

　관동팔경 중의 하나로서 삼척에 있는 누각인 죽서루(竹西樓)는 원석
그대로의 암석 위에 우람한 기둥을 맞추어 자연스럽게 세워놓은 것이
큰 특색이다. 자연을 그대로 건축과 정원에 활용하고자 하는 우리나
라 선인들의 지혜와 독특한 건축술이 돋보인다.

　그곳에는 또한 당대 문장가들의 글들이 빼곡히 걸려 있고, 명필
미수(眉叟) 허목(許穆)의 글씨도 걸려 있다. 허목은 학문·문장·서예에
모두 뛰어났는데 자의대비의 복상 문제로 송시열(宋時烈)과 다투기도
하였다. 상복을 몇 년 입어야 하는가 하는 문제가 그토록 치열하게
논전을 벌이며 당파 싸움을 해야만 할 정도로 중요한 문제였는지 지

금이야 도무지 납득이 되지 않지만, 당시만 해도 주자가례에 의한 예법을 지키는 것이 무엇보다 중요했던 때였기에 그럴 만도 했을 것이다. 어떤 편협한 이념에 사로잡혔을 때 그로 인한 폐해가 얼마나 큰지 우리는 이처럼 역사를 통해 교훈을 받아야 할 텐데도, 상황은 21세기인 지금도 그리 나아진 것 같지가 않으니 그저 암담할 뿐이다.

이곳에는 나 같은 문외한이 보기에도 멋지게 쓰인 것으로 보이는 '第一溪亭(제일계정)' 곧 '제일의 시내 누정'과 '海仙遊戲之所(해선유회지소)', 곧 '바다 신선이 노닐던 곳'이란 큰 편액의 글씨가 자못 인상적이다.

예전에 이곳 죽서루에 들렀을 때 편액을 읽다가 '五十川同歲月流(오십천동세월류), ××××朝暮恨(××××조모한).'이란 시구를 본 적이 있었는데 무심결에 읽은 터라 집에 돌아오니 그중 네 글자가 기억이 안 나 못내 답답한 마음이 있었다. 그래서 훗날 다시 죽서루를 방문했을 때 그 시를 다시 찾아 꼼꼼히 읽어보니 '畫角一聲(화각일성)' 네 글자임을 확인할 수 있었다. 이 글자를 보충하여 다시 두 구절을 해석해보면 "오십천은 세월과 더불어 함께 흘러가고, 화려한 뿔피리 소리는 아침저녁으로 한스럽게 들려온다."는 뜻이다. 그간 개운치 않았던 마음이 이렇게 깨끗이 풀리니 기분이 한결 후련할 수 있었다. 그러니 홀가분한 마음으로 보는 오십천의 정경은 그냥 평화로움 그 자체였다. 그 사이로 흐르는 세월을 보는 것은 시 덕분에 덤으로 얻는 소득이기도 하였고 호사이기도 하였다.

소공령에 서면 사람도 풍경이 된다

7번 국도를 따라가다 보면 수많은 멋진 해변 풍광을 만나게 되는데 그중에서도 매우 아름다운 뷰 포인트를 꼽으라고 한다면 주저 없이 용화·장호 관광랜드를 들 수 있다. 그곳에서 저 아래로 내려다보는 용화 해수욕장은 그야말로 한 폭의 그림이다. 완만하게 둥근 모양으로 이어져 있는 해안선에 푸른 물결이 흰 거품을 만들며 넘나들고 갈매기들은 그 위를 신나게 날고 있다. 동양화 기법 중에서 "멀리 있는 강물엔 물결이 없고 멀리 보이는 산에는 계곡 등의 주름이 없다(遠水無波, 遠山無皺)."라고 하였는데 물결을 세세하게 헤아리고 있는 나는 아마도 아직 바다에서 멀리 떨어져 있지 않나 보다. 아마도 내 마음이 바다가 그리워 떨어지고 싶지 않기 때문일지도 모른다.

조선시대 삼남대로 중의 하나였던 관동대로는 서울에서 경상도 평해까지 이르는 길을 가리키는데 언젠가 이곳 지리 노선에 밝은 분의 안내를 받아 삼척 근처의 임도를 따르는 관동대로의 일부분을 걸은 적이 있다. 비교적 좁은 산길을 따라 오르다 보면 이윽고 제법 넓은 임도를 만나면서 시야가 확 트이며 저 멀리 삼척의 임원항과 바다가 보이는 곳에 이른다. 그곳에는 황희(黃喜) 정승의 공적을 기리는 소공대비가 있다. 하늘도 파랗고 날씨도 청명한데 관동대로 중 소공대비가 있는 곳까지 탁 트인 소공령 길을 걸으면서 나도 문득 하나의 풍경으로 피어나 소나무가 되고 바다가 되고 바람이 되고 햇살이 되었다.

조선조에 영의정이었던 이산해(李山海) 역시 이 길을 통해 울진으로 유배를 갔다고 한다. 그는 유배 간 뒤에 더욱 많은 글을 남겼다고 하니 결국 고난의 세월이 그를 키운 셈이다. 서정주 시인은 '나를 키운 건 8할이 바람'이라고 했었지. 고난 속에서 글을 많이 쓴 이로는 역시 정약용(丁若鏞), 이중환(李重煥) 등을 들어야 할 것이다. 니체가 말했듯이 나를 죽이지 못하는 고통은 오직 나를 성장시킬 뿐이다.

일찍이 ≪사기(史記)≫를 쓴 한나라 사마천(司馬遷)은 발분저서(發憤著書)설을 주장한 적이 있다. 사람이 글을 남기려면 그를 절치부심하게 하는 무언가가 있어야 한다는 말이다. 사마천 자신도 남자로서 거세당하는 궁형(宮刑)의 치욕을 맛보았기에 오늘날까지도 유명한 사서로 전해지는 ≪사기≫를 지을 수 있지 않았겠는가!

나는 요즘 '인간사일득일실(人間事一得一失)'이란 말을 곰곰 생각하고 있다. '인간사새옹지마(人間事塞翁之馬)'란 말과 뜻에 큰 차이가 없다. 어느 누구에게도 좋은 일만 있지 않은 게 인생의 이치이다. 지금 고난이 나에게 다가왔다면 머지않아 좋은 일이 닥칠 것이라 소망하며 절망하지 말고 긍정적으로 살아가야 하리라.

그대와 함께라면

어떤 절경(絶景)이라도 함께 보고 싶은 사람이 생각나지 않는다면, 또는 그 사람과 함께 지금 보고 있지 않다면 그 풍경은 그저 공(空)으로 환원될 뿐이다.

어려서는
아름다운 풍광이 비경이자
절경인 줄만 알았습니다.
살다보니
이제야 비로소 알았답니다.
그대와 함께라면 어디든 비경이었다는 걸!
비경이라도 그대가 없다면 그저 일상의 정경에 불과했다는 걸!
운무와 화초와 바람이 함께 하는
절경을 바로 눈앞에 두고
지금 여기 당신은 없습니다.
내 눈은 하릴없이 허공을 떠돕니다.

헛헛합니다.
쓸쓸합니다.
휑하니 바람만 스쳐갑니다.

아름다운 풍경을 보고서도 아무도 생각나지 않는다면 그는 참으로 무심하고 독한 사람이거나 아니면 불쌍한 외로운 사람일 것이다. 풍경을 눈앞에 두고 누군가가 생각났을 때, 같이 보고 싶은 누군가를 떠올렸을 때 그는 진정 행복한 사람일 것이고 그간 잘 살아온 사람일 것이다.

하느님의 아드님께서도
'엘리엘리 레마 사박타니'
나의 하느님 나의 하느님
어찌하여 나를 버리시나이까?
크게 흔들린 적 있었거니와
꽃도 바람도
인생길도 본시
흔들림 속에 있거늘
오늘 하루 헤맨다손
무에 그리 대수랴!
권(勸)커니 자(酌)커니
걸쭉한 탁주 한잔이라도
거절하지 않으리라!

내가 사랑하는 그대여!

내 돌아오는 환갑에

판소리 잔치일랑 벌이지 말고

그저 한 소절

연분홍 치마에 봄바람이 휘날리더라

흐느끼며 또는 담백하게 아니면 티껍게

불러줄 수 있겠느냐

난 널 위해

따뜻한 포옹과 입맞춤 준비하고 있느니!

고달픈 세상 변방을 떠돌다

어느 나무 그늘에 고요히 잠든다 해도

그대 나를 잊지 않고 기억해준다면

무엇보다 기꺼우리라, 행복하리라!

    2024년 겨울에 세계적으로 아름답기로 소문났고, 또 헐리우드 영화 〈아바타〉의 배경이 된 중국 호남성에 있는 장가계(張家界)를 찾았다. 비경 중의 비경이었지만 거기에 애환이 녹아 들어간 토가족(土家族)의 이야기는 절경만큼이나 더욱 감동적이었다.

    지금은 영화 〈아바타〉의 배경이 되었기 때문에 중국인들이 아바타 산으로 이름을 바꾸어 버린 남천일주(南天一柱)산을 설레고 애태우고 숨죽이며 바라보다가 이윽고 이 멋진 풍광을 앞에 두고 함께 같이 보고 싶은 사람들을 생각하며 시를 한번 지어 보았다. 시의 제목은 일명 〈남천일주에서 그대를 기다리며〉라고 할 수 있겠다. 지상에서 홀로 우뚝 솟은 남천일주가 내 가슴속에 또아리를 틀었다.

    깊고 어두운 바다 속에 웅크리다

억만 겁의 세월 흘러

용암처럼 분출되어

세상 밖으로 솟아나오니

하늘과 땅, 바람과 눈비가

다정한 친구가 되어

나를 반겼다

다시 억만 겁이 흐르며

천둥 벼락이 치고

태풍이 오고

또 구름이 흐르고

따뜻한 훈풍이 불며

마상수(馬桑樹)에 꽃이 피고

흩날리던 빗물 고여

시냇물은 기다리다 기다리다

파랗게 멍들었다

내 앞에서 파노라마처럼

전개되던 인간의 역사는

또 얼마나 파란만장하던지!

토가족(土家族)은 파수당(擺水堂)에서

파수무(擺水舞)를 추며

사랑을 나누었지만

서울의 힘센 정부는

그들을 가만히 놔두지 않았지.

수탈에 저항하기 위해 용사는

사랑하는 그녀의 곁을 떠나야 했고
이윽고 혼령이 되어서야
그녀와 하나가 되었어.

약하디 약한 인간들의 용기는 또 얼마나 가상하던지!
그 어떤 어려움도 감당할 수 있다는 듯
불굴의 의지로 내 몸에
잔도와 계단을 놓고
또 엘리베이터와 에스컬레이터를
만들었지.
그들의 무수한 땀방울로 이제
나는 그대와 만날 날을 학수고대했어.

다시 또 세월이 흘러
머나먼 대한민국 땅에서
그대가 내 품에 안기던 날
하늘에서 잠자던 선녀는
화들짝 놀라 오랜만에
굵은 눈방울들을 뿌리며
헌화하였지.
선녀 헌화에 화답하듯
수억 년의 세월로
갑옷처럼 단단해진 내 마음도
그대를 만난 기쁨에
각양각색의

새하얀 눈꽃을 피웠지.

그대는 보았는가?

내 몸에 핀 수많은

눈꽃과 상고대를!

그게 바로

억겁의 세월 동안

그대를 그리다

토해낸 나의 정화(精華)임을!

3. 배려, 지혜와 역설

3.1. 남에 대한 배려

설악산 짐꾼의 얘기, 피디 선생이 더 힘들겠지요

예전에 속초 설악산 짐꾼의 방송 인터뷰를 본 적이 있다. 그는 본래 마라토너를 꿈꿨으나 집안 형편상 꿈을 이룰 수가 없었다. 그래서 어찌하다가 설악산 중턱과 정상에 있는 가게와 숙박시설에 물건을 지게로 운반해 주는 짐꾼이 되었고 그 역할을 수십 년째 이어오고 있었다. 어떤 때는 수십 킬로미터에 달하는 무게를 지게에 싣고 묵묵히 몇 시간씩 오르고 내리기를 반복하는 모습에서 가히 간난신고의 전형적인 모습을 목도할 수 있었다. 게다가 어느 지적 장애인 여성과 결혼하였는데 그 아들도 또 지적장애를 얻어서 지게꾼의 삶으로는 생계를 꾸려나가기가 매우 어려운 상황이기도 하였다. 그의 신발은 너덜너덜 해져 있었고 몸도 많이 쇠약해져 이빨도 중간중간 빠져 있었다. 이처럼 정말이지 우리가 상상할 수 있는 모습 중에서도 최악의 모습이었는데도 그는 "이 돈이라도 벌어서 마누라와 아들을 먹여 살릴 수 있으니 얼마나 행복해요?"라고 반문하는 말속에서 만족이 삶에서 얼마나 소중한지를 아는 넉넉한 모습을 보여주어 큰 감동을 받은 적이 있다.

아마도 기자는 "정말 힘듭니다."라는 대답을 얻어내서 동정을 유발할 의도였던지 그에게 "힘들지 않으세요?"라고 답이 뻔한 질문을 하였다. 그러나 그의 대답은 우리의 의표를 찌르면서 정말 선적(禪的)이라 하지 않을 수 없었다.

"제가 뭐 힘들게 있나요? 이 무더위에 내 일이 아닌데도 무거운 카메라를 들고 취재해야 하는 기자님과 카메라 감독님이 더 힘들겠지요?"

기자와 카메라 감독을 배려한 이야기이지만 우리가 흔히 상식적으로 생각하는 상황을 옆으로 살짝만 비켜서 생각하고 또는 돌려서 바라본다면 완전히 새로운 관점과 결론에 도달할 수 있다는 사실을 잘 보여주는 답변이었다.

사촌 형님 중에는 중학생 때 부친을 따라 서울 신촌으로 상경하여 좌판부터 시작해서 수십 년 동안 애쓴 끝에 현재는 비교적 안정적인 개인 소유 슈퍼를 열고 계시는 형님이 계시다. 매일 과일과 채소 등 농수산물을 농수산센터에서 떼 와서 다듬고 판매하기도 하면서 하루 종일 슈퍼에 붙어 있어야 하니 자유로운 시간이라고는 조금도 없기에 그 형님을 보자면 얼마나 힘들고 답답할까 생각하곤 하였다. 그 형님과는 겨우 명절날이나 집안의 애경사 때 잠깐 만날 뿐인데 그때마다 나 나름대로 위로랍시고 "많이 힘드시지요? 형님!" 한 적이 있다. 그러자 그 형님의 대답이 더욱 선적(禪的)이어서 내 가슴을 울리며 뚫고 들어온 적이 있다.

"동생, 돈을 버는 일인데 그게 뭐 힘든 일이겠는가?"

치매 할머니의 반복된 신고를 받고도 짜증 내지 않는 경찰

치매 할머니를 대하는 어느 경찰의 태도가 큰 울림을 준 적이 있다. 치매 할머니는 습관적으로 파출소에 전화를 걸어 도둑이 들었다고 신고를 해 온다. 그때마다 경찰이 출동하곤 했는데 집안에 없어진 물건이 없는 것을 보고 대부분 경찰들은 화를 내며 다시는 전화하지 말라고 윽박지르곤 하였다. 그러나 한 경찰은 잃어버린 물건이 있든 없든 할머니가 전화를 하면 언제나 출동하였다. 그러자 옆 사람이 "왜 그렇게 쓸데없는 일을 하는가?" 물었다. 그 경찰의 대답이 더욱 걸작이었다. "신고가 장난인 줄 알지만 진짜 도둑이 든다면 그때는 어떻게 하겠습니까? 그러니 신고를 받으면 즉각 출동할 수밖에 없지요." 이 경찰의 자세는 성실함을 떠나 인생의 큰 가르침을 떠올리게 한다. 삶의 과정에서 나에게 이롭거나 득이 되는 것만 행할 수는 없다는 사실을 우리는 흔히 발견하곤 한다. 그것은 이 사회가 나 혼자만 존재하는 곳이 아니기 때문이다. 때로는 손해도 보아야 하고 때로는 모욕도 당해야 하고 때로는 억울한 일도 당할 때가 있는 것이다. 그러니 매사 매 순간 진지한 자세로 성실하게 임해야 한다.

어느 구름 속에 비가 들어 있을지 모른다. 인디언 추장의 기우제는 가장 확실하게 보증하는 기우제가 된다. 왜냐하면 그는 비가 올 때까지 하늘에 제사를 지내기 때문이다. 비가 올지 안 올지를 분석하여 비가 올 때만 행동을 하는 것이 아니라, 비가 오든 안 오든 일관되게 성실하고 충직한 자세로 삶을 사는 것, 여기에 선(禪)이 있고 소중한 가치가 있는 것이 아닐까!

거짓말쟁이 양치기 소년을 누가 한 번 위로한 적이 있던가?

어느 마을에 양치기 소년이 있었다. 하루는 그가 "늑대가 나타났다!"고 외치는 바람에 마을 사람들이 모두 뛰어 나갔지만 늑대는 나타나지 않았다. 마을 사람들은 툴툴거리며 마을로 되돌아갔다. 그런데 어느 날 또 "늑대가 나타났다!"고 외치는 소리가 들려 마을 사람들이 뛰어 나갔지만 이번에도 거짓말이었다. 그러자 마을 사람들은 단단히 주의를 준다. 다음에도 또 거짓말을 하면 그때는 동네에서 내쫓아버리겠다고. 그런데 얼마 안 있다가 또 "늑대가 나타났다!"고 거짓으로 외치자 마을 사람들은 마침내 그 거짓말쟁이 양치기 소년을 동네에서 내쫓아버렸다는 얘기이다.

이 우화는 마을 사람의 입장에서, 그들의 가치 기준과 선악 관념으로 '거짓말 하면 안 된다.'며 양치기 소년의 행위를 비판하려는 데 목적이 있다. 그런데 우리는 언제 한 번 양치기 소년의 입장에 서서 생각해 본 적이 있었는가? 양치기 소년은 어린 나이에 학교도 가지 못하고, 친구들과 놀지도 못하고 오직 양들을 따라다니며 풀을 먹여야 한다. 그는 얼마나 동무들과 놀고 싶었을까? 얼마나 학교 교복을 입고 공부가 하고 싶었을까?

우리나라도 과거 1960, 70년대 산업화 시대에 학교 갈 돈이 없어 소를 먹이며 학교에 가지 못했던 어린 친구들이나 또는 일찍부터 학교를 그만두고 도시 공단으로 가서 취업해야만 했던 이른바 공돌이, 공순이들이 교복 입은 친구가 그렇게 부러웠다는 얘기를 많이 하지 않던가! 그러니 마을 사람들이 양치기 소년의 입장을 조금이라도 들어주고 그를 위로해 주고 방안을 마련해 주었더라면 그는 계속 거짓말만 하는 상황에 이르지는 않았을 것이라 생각해 본다.

혼자만 잘 살믄 무슨 재민겨?

안동에서 농촌활동을 하면서 지역민들을 계도하는데 큰 역할을 하였던 농부 철학자 고 전우익이라는 분이 계시다. 그분이 남긴 책 중에 ≪혼자만 잘 살믄 무슨 재민겨≫라는 책이 있던 것으로 기억한다.

돈을 많이 번 사람 중에는 돈 버는 그 자체가 좋아서 거기에 빠지는 사람이 있다. 때문에 그들은 돈 쓸 줄을 모르고 돈 쓰기를 잊어버린 사람들이 적지 않다. 왜 돈을 버는지에 대해서 생각해 보지 않고 돈 벌어서 돈이 쌓이고 부자가 된다는 것에 재미를 느끼며 거기에 빠진 사람들이 많다는 것이다.

그런 사람들은 남을 위해 절대 지갑을 열지 않는다. 지갑을 열 줄 모른다. 그래서 우리는 있는 사람이 더 지독하게 돈에 인색하다는 사실을 모두 잘 알고 있다. 그런 사람들을 불쌍한 시선으로 보지만 실제 우리 역시 그런 상황에 빠지면 똑같이 이 어리석은 일을 되풀이할지도 모른다. 훗날 그 사람은 자기 자식들을 위해 결과적으로 많은 재산을 남기게 되지만 이렇게 수고를 하지 않고 물려받은 재산은 쉽게 탕진되기 마련이다. 그래서 수고도 하지 않고 유산으로 많은 재산을 물려받은 사람 중에는 잘못된 사람들이 아주 많다. "공짜 치즈는 쥐덫 위에 있다."라는 러시아 속담을 다시금 떠올리게 한다.

우리나라 노인들에게 가장 후회되는 일이 무어냐고 물으면 대략 두 가지를 답하곤 한다.

첫째, 공부를 좀 더 할 걸. 여기서 말하는 공부는 지식을 쌓는 공부 외에도 각종 세계를 경험하는 것까지도 포함된다. 좀 더 넓은 지식과 경험의 세계를 향유하지 못하고 그냥 현실에 나태하게 안주한 것에 대한 후회일 것이다.

둘째, 좀 더 베풀며 사랑할 걸. 베푼다는 것은 자기의 희생이고 헌신이며 때로는 자기 손해이지만 그러나 반드시 그렇지만은 않은 것이 인생의 역설적 이치인가 보다. 남을 위해 배려하고 손해 보고 양보하면 도리어 자기 자신에게 기쁨과 즐거움으로 돌아오기 때문이다. 이게 바로 봉사의 기쁨이다. 병실에 똑같이 입원해있는 환자 중에서도 다른 환자를 위해 봉사를 아끼지 않은 환자가 더 빨리 회복한다는 얘기를 들었다.

노년에 이르러 죽음을 앞둔 사람이 고백하는 얘기는 우리에게 주는 교훈이 있기 때문에 우리는 그분들의 말씀을 경청하는 것일 게다. 그분들이 좀 더 베풀지 못했던 것을 후회함은 곧 더불어 사는 사회에서 남을 위해 살지 못한 것을 후회함이요, 남을 위해 베푸는 것이 자기는 조금 손해 본다고 할지라도 총체적인 측면에서 보자면 결국 자기의 인생을 더욱 풍요롭게 할 수 있었다는 사실을 간과하지 않은 것이라 할 수 있다. 선적(禪的)인 즉각적인 눈으로 삶을 통찰하면 더불어 같이 잘 사는 것이 인생의 재미와 즐거움을 준다는 것이 아닐까!

같이 라운딩하다 보면 인성이 보여

골프 치다 보면 별의별 사람을 다 만난다. 티샷을 위해 티박스 위에 올라가서 한참 시간을 끌며 티샷을 준비하는 바람에 남의 시간과 리듬을 뺏는 사람, 자기 볼만 치고 카트 위에 앉아서 남의 샷을 보고 격려해주지 않는 사람, 홀아웃하면서 남의 퍼팅을 기다려 주지도 않고 돌아서서 가버리는 사람, 동반자들은 앞서가고 있는데 해저드에 빠진 볼을 찾으며 시간을 딜레이 하는 사람, 필드 중앙에 서서 캐디가 새로운 채를 가져오기를 느긋이 기다리고 있는 사람, 캐디에게 함부로 막말하는 사람, 동반자의 신경을 자극하려 중간 중간 말로 개입하는 사람 등등. 정말 꼴불견인 골퍼들이 참 많다.

그런데 때로는 아주 간혹 나도 이런 사람을 좀 닮아야겠다 싶은 사람이 나오기도 한다. 자기 볼을 쳐놓고 옆에서 남이 치는 볼이 어디로 가는지 지켜봐 주고 또 찾기 힘든 곳에 떨어지면 직접 같이 걸어가서 함께 찾아주는 사람, 자기 퍼팅이 끝났어도 남의 퍼팅을 끝까지 그린 위에서 기다려 주는 사람, 실수하는 동반자를 위해 자세의 잘못을 지적하기보다 멘탈을 다잡아주며 안심시켜 주는 말을 하는 사람, 하수에게는 멀리건을 좀 더 주는 사람, 힘든 캐디를 위해 자기 클럽을 카트까지 가서 들고 오는 사람 등은 정말 본받을 만한 사람이다.

얼마 전에 라운딩하면서 동반자들에게 "홀을 지나가게 퍼팅하면 무조건 컨시드 오케이를 주겠다."라고 하면서 동반자들에게 과감하게 퍼팅할 것을 독려한 적이 있다. 퍼팅은 짧으면 볼이 홀컵에 안 들어갈 확률이 많은데도 일반적으로 골퍼들은 홀컵을 지나가면 컨시드를 받지 못할까 봐 너무 신중해서 대부분 약하게 치기 마련이다. 그날도 내가 이렇게 로컬 룰을 정해주자 라운딩이 끝난 뒤 한 동반자가 "최 교수님이 용기를 줘서 퍼팅을 자신 있게 하는 바람에 홀컵에 집어넣은 게 몇 개나 된다."며 나한테 고마움을 고백한 적이 있기도 하였다. 무심결에 한 말이 남에 대한 배려가 되었고 그에게 기쁨과 즐거움을 선사한 예이다.

3.2. 지금 아는 것을 그때도 알았더라면

그때는 그때대로의 아름다움이 반드시 있기 마련인데 모르고 지나치기 쉽다. 머리로는 알지만 가슴으로 이해하고 깨달아 행동으로 옮겨지지는 않는다.

안다는 것과 깨닫는 것에는 큰 차이가 존재한다. 우리는 선후배,

부모님, 스승님들로부터 수많은 좋은 말들을 들으면서 성장하는데, 만약 그들의 말대로 실천할 수 있다면 분명 성공하겠지만 그대로 행동으로 옮겨지는 경우는 혼치 않다. 육체적 인내와 고통을 참는 것이 필요하며 놀고 즐기고 싶은 욕망을 억제할 필요도 있는데 아직 청춘인 내 몸은 그렇게 움직이지 않기 때문이다.

"공부해서 남 주니?" 젊어서 얼마나 어른들에게서 많이 들은 얘기인가? 그러나 정작 공부를 진짜로 하고 싶을 때는, 즉 어른들의 말들이 가슴을 후비고 지나갈 때는 이미 나이를 먹어 열심히 공부하기에는 적절하지 않게 된다.

그래서 중국에 이를 빗댄 재미난 대련이 있다. "호독서불호독서(好讀書不好讀書), 호독서불호독서(好讀書不好讀書)." 동일한 글귀를 두 번 반복한 대련이다. 젊어서 공부하기에 좋은 때는 공부를 좋아하지 않더니, 나이 들어 공부를 좋아하게 되니까 이제는 더 이상 체력이 공부하기에 적절하지 않은 때가 되었더라는 얘기이다.

우리는 청춘 시절 참 많은 사랑의 아픔을 겪어보았다. 우리는 통과의례처럼 첫사랑의 아픔을 다 겪는다. 그녀만 보면 두근거리면서도 고백하지 못하는 약하고 어리고 상처받기 쉬웠던 시절이 있었다.

"아픈 만큼 성숙해지는 거야." 이런 말을 하는 사람이 제일 미웠다. 그때는 너무 아팠으니까. 그러나 지금 돌이켜보면 내가 그때 아팠기에 정신적으로 한층 성숙할 수가 있었다. 사랑하지 못하는 사람 중에는 때로 사랑 뒤의 아픔이 두려워 선뜻 사랑을 못 하는 사람이 많다. 그것은 혹은 사랑하는 사람을 잃을까 봐 염려하는 것이기도 하지만 내가 주동적으로 사랑함으로 인해 받는 상처가 더 클 것이기 때문에 상대에게 손해 보기 싫다는 이기적인 마음도 작용한다.

건강도 마찬가지다. "건강이 가장 소중해, 건강을 잃으면 다 잃는 거야." 때문에 우리는 건강을 위해 운동도 하고 무리하지 말고 스트레스를 잘 조절해야 하는데, 때로는 술로 때로는 무리한 행위로 건강을 잃고 나서야 다시 위의 말들의 소중함을 깨닫는 것이다.

누군가는 이렇게 말했다. "나라는 사람은 어째서 자신이 앓고 난 후에야 다른 이의 아픔이 보이는 걸까? 세상에 나와 내가 아프게 했던 모든 사람에게 미안하다 미안하다 용서를 구하고픈 새벽이다." 내가 앓고 나서야 나의 건강도 소중하지만 남의 건강도 소중하다는 사실을 비로소 깨닫게 되었다는 얘기다.

우리는 흔히 나이가 들어서야, 어른이 되어서야 비로소 깨닫는 말들이 너무 많다. 우리는 "너도 너를 꼭 닮은 네 자식 한 번 키워 봐야 이 어미의 심정을 알게 될 거다", "사랑은 내리사랑이야."라는 말을 얼마나 많이 들어왔던가! 내 아이가 아파서 병원에 데리고 가야 할 때 얼마나 가슴이 아프던가! 그리고 아이가 남의 아이보다 뒤처질 때 얼마나 머리에 열꽃이 피던가! 남의 아이보다 더 잘 되길 바라고 또 누구보다 건강하길 바라는 마음, 그것이 부모의 마음인데, 이제 내가 부모가 되어 보니 비로소 나의 부모님의 심정과 말씀을 이해하게 되었다.

지금 깨달은 것을 그때 깨달았더라면? 지금 아는 것을 그때 알았더라면?

그러나 사실 이 말은 조금 잘못된 표현이다. 왜냐하면 우리는 그때도 이 말이 맞다는 사실을 머릿속으로는 모두 알고 있었기 때문이다.

부모님 살아계실 제 효도하라는 얘기는 초등학교 교과서에서부터 나왔을 것이기에 우리는 모두 머릿속으로 이미 알고 있었다고 말해야 할 것이다. 그러나 그걸 몸으로 이해하기까지는, 즉 머리로 알고 몸으로 깨달아 실천하기까지는 수많은 세월이 필요하였다. 이제 나이 먹고, 이제 부모님이 내 곁에 안 계시고 난 뒤에야 비로소 물밀 듯 후회와 그리움이 밀려오는 것이다. 누구나 그렇다. 성인들도 이를 피할 수 없다. 그렇기에 "수욕정이풍부지(樹欲靜而風不止), 자욕양이친부대(子欲養而親不待)", 즉 "나무는 고요히 있고 싶지만 바람이 그치질 않고 불어대고, 자식은 모시고 싶지만 부모님이 더 이상 기다려 주지 않는다."라는 한탄을 하게 되는 것이다.

정용철 시인은 〈후회〉에서 다음과 같이 노래했다.

내가 그 병에 대해 좀 더 많이 알았더라면 어머니를 그렇게 오랫동안 아프게 하지 않았을 텐데! 내가 세상사를 조금만 더 일찍 알았더라면 아버지를 그렇게 아쉽게 보내지 않았을 텐데! 모르는 것이 죄가 되는 줄 이제야 알았습니다. 내 한 몸 아끼며 달리기만 하는 것이 얼마나 슬픈 일인지 어머니, 아버지와 얼떨결에 이별하고 나서야 알았습니다. 봄을 좋아하신 어머니! 지금은 꽃동산에 계시지요. 오늘은 좋아하신 모과 꽃도 피었나요? 바다를 좋아하신 아버지! 오늘은 날씨가 좋으니 바다가 은빛이지요. 고기들이 잘 놀고 있나요?

때문에 어떤 것을 머리가 아닌 가슴으로 알고 몸으로 실행에 옮기기까지는 많은 경험과 시간이 필요하다고 생각된다. 시간이 약일 때가 많다. 그래서 "시간시최호적고험(時間是最好的考驗).", 즉 시간이야말로 우리에게 가장 좋은 시련이자 약이 되어 주며 검증해주는 존재라고 말하는 것일 게다. 시간은 그냥 허투루 지나가 버린 것이 아니라 우리를 조금 더 성숙하게 만든 것이다.

사랑은 아름답지만 때로는 슬프고 고통스럽다고 말하는 소리를 우리는 젊었을 때는 알지 못하였다. 혈기 방장(方壯)한 청년은 사랑은 아름답고 오직 즐기는 것이라고만 생각하였다. 그러나 한두 번 이별의 아픔을 겪고 사랑의 쓰라린 추억들을 경험하면서 사랑은 즐기는 것 외에도 참는 것, 이해하는 것, 헌신하는 것, 기다리는 것, 그리고 진정 아픈 경험이 있어야 사랑이 아름답다는 것을 몸으로 알게 된다.

혼히 4·50대들은 내가 이제 1·20대로 돌아가면 사랑을 정말 열심히 할 것이고 사랑을 잘 알 수 있을 거라고 한다. 젊은 시절로 되돌아가 사랑하고 싶은 것은 모든 중년의 로망이다. 그런데 이 말은 반절은 맞고 반절은 틀렸다. 사랑에 관한 테크닉이, 상대방 이성의 언어와 동작을 이해하는 것이 늘었기에 사랑에 성공할 확률은 높다. 그런데 만약 희생, 인내, 이해 등의 헌신적인 마음이 없다면 사랑에 실패하는 것은 여전히 마찬가지다. 즉 이미 사랑을 알고 있다고 하더라도 사랑을 못 하는 것은 마찬가지일 수도 있다는 얘기다.

죽음 앞에서 모든 그때는 절정이다

모든 때는 다 그 나이 때의 아름다움이 있다. 다만 그때는 그때대로의 아름다움이 있다는 사실을 몰라 후회하고 방황하는 것이다. 박우현 시인은 〈그때는 그때의 아름다움을 모른다〉에서 똑같은 심정을 노래하였다.

이십대에는 서른이 두려웠다. 서른이 되면 죽는 줄 알았다. 이윽고 서른이 되었고 싱겁게 난 살아 있었다. 마흔이 되니 그때가 그리 아름다운 나이였다. 삼십대에는 마흔이 무서웠다. 마흔이 되면 세상 끝나는 줄 알았다. 이윽고 마흔이 되었고 난 슬프게 멀쩡했다. 쉰이 되니 그때가 그리 아름다운 나이였다. 예순이 되면 쉰이 그러리라. 일흔이 되면 예순이 그러리라. 죽음 앞에서 모든 그때는 절정이다. 모든 나이는 아름답다. 다만 그때는 그때의 아름다움을 모를 뿐이다.

지나고 나면 그때가 바로 꽃 시절이었음을 비로소 알게 된다. 구상 시인 역시 "지금 앉은 자리가 꽃자리니라!"라고 우리에게 지금 있는 자리를 사랑하고 만족하며 감사하라고 일침을 놓고 있다.

우리는 너무 먼 곳만 보느라 바로 발아래, 지금 여기에 있는 행복을 보지 못하고 놓쳐 버리곤 한다.

봄이 멀리 있다고 생각되어 봄을 찾아 아득한 좁은 길로 언덕 위 구름 있는 곳까지 여기저기를 온종일 헤매다가 끝내 봄을 만나지 못하고 돌아와서 마침 매화나무 밑을 지나노라니 봄은 매화나무 가지 위에 벌써 와 있었음을 비로소 깨닫게 되었다는 이야기가 한시나 선적(禪的)인 화두에서 종종 얘기되곤 한다.

밥맛 좋을 때, 입맛 좋을 때, 잘 먹어 둬야 한다. 눈 좋을 때 잘 봐두고 많이 봐두어야 한다. 젊을 때 많이 사랑해라! 무슨 일이든 할 수 있을 때, 반드시 즉시 해라!

대학만 합격하면, 돈만 있으면, 취업만 하면, 결혼만 하면 나에게 행복이 찾아올 것이니 그때까지는 참고 행복을 유보하자고 다짐하지만 이는 잘못된 생각이다. 지금 내게 없는 것, 갖지 못한 것만 그리워하다 지금 내가 가진 것과 내게 일상인 것에 대해 감사하지 못하는 삶을 살아가는 어리석은 삶을 살지 말아야 하겠다면서도 우리는 막상 거기에서 벗어나지 못한다. 그러니까 사람이겠지만 말이다. 막상 이런 일들이 실현되고 나면 어떻던가? 또 만족하지 못하고 우리는 나에게 없는 것을 찾아 지금의 행복을 유보하면서 살게 되지 않던가!

비 올 때 물 받아 놓고 물 들어올 때 노 저어야 한다. 지금 옆의 흔한 새가 바로 파랑새요, 지금 내가 느끼는 작지만 소중한 이 마음이 바로 행복이지 행복은 다른 데 없다는 사실을 깨달아야 한다.

3.3. 역설의 미학

역설적 언어

옛날 우리 어머니들은 상다리가 부러지게 차려 놓고도 늘 "차린 게 없어서"라고 했다. "맛있죠?"라고 묻고 싶어도 "맛이 없죠?"라고 묻던 우리네 어머니였다. 역설적인 화법의 실례이다.

어릴 적 늦게 집에 들어가면 어머니는 다음날 반드시 이렇게 말했다. "오늘 또 늦어라." 빨리 오라는 것을 그렇게 빗대 말한 어머니의 마음속에는 역설적인 말에 진실한 속뜻이 깊이 숨어 있게 하는 한국인의 함축에 대한 본능이 깊게 자리하고 있다. 사랑하는 딸을 '웬수'라고 하는 속내도 여기에 해당한다.

이산가족 상봉에서 만난 부녀끼리, 모자끼리 눈물 흘리자, 식당에서 밥 먹으며 TV를 보던 어린아이가 "엄마, 저 사람들은 왜 울어?"라고 묻는다. "오랜만에 만나서 기뻐서 그래."라는 대답에 아이는 다시 "기쁜데 왜 울어?"라고 반문한다. 이 아이가 언제나 비로소 기뻐서 흘리는 눈물의 의미를 알게 될까? 조용필의 노래에 "웃고 있어도 눈물이 난다."는 가사가 있는데 슬플 때 웃는 헛웃음의 의미를 그 아이는 언제나 알게 될까?

일반적으로 아픈 일에 역설적으로 상반된 효과도 뒤따른다. 아픔 나름대로 유익함이 있다는 사실을 보여주는 자연의 이치이자 섭리라고 생각한다. 고통의 신비, 질병의 신비, 실패와 패배의 신비, 죽음의 신비 등등을 얘기하는데 신비라는 것은 곧 고통이나 질병, 실패와 패배, 죽음 등이 그와는 정반대의 결과를 우리에게 가져다줄 수도 있다는 긍정과 희망이 진하게 함축되어 있다. 인생사 일득일실(一得一失)이라거나 새옹지마(塞翁之馬)라고 규정하는 것들이 다 그러한 맥락이다.

고통이나 실패의 신비를 좀 더 자세히 들여다보자.

"아프니까 청춘이다." "아픈 만큼 성숙해진다." 아프다는 것은 뭘까? 몸과 마음에 상처가 남을 정도로 진하게 경험했다는 것이다. 몸에다 지식을 쌓아 놓은 것이다. 다시 말해서 머리로만 이해했던 일을 몸에 아로새긴 결과 비로소 참되게 알게 되었다는 것이다.

고대 로마제국은 전쟁에서 패한 장수에게 반드시 명예를 회복할 기회를 줬다고 한다. 당시 관행상 패장은 곧 역적이었지만 로마의 철학은 달랐다. 실패의 책임을 한 사람에게서 찾을 수 없는 데다, 패전을 통해 얻는 교훈을 사장 시킬 수 없다는 논리였다.

자연과학을 연구하는 교수들은 연구와 실험이 너무 잘되면 오히려 경계한다고 한다. 실패를 통해 배워야 하는데 연구가 너무 잘되니 도리어 배우지 못하게 되었기 때문이다. 연구에 실패했을 때 고민하는 과정에서 새로운 것을 발견한다. 또 실패로부터 전혀 새로운 아이디어가 나온다.

한 선배는 잘생기지도 그렇다고 키가 크지도 않으며 돈이 많거나 좋은 차를 타고 다니는 것도 아닌데 여자가 끊이지 않았다. 도대체 그 비법이 무엇인지 물었다. 그의 대답이 곧 실패의 신비를 깨닫게 해준다. "왜 여자가 많냐고? 그만큼 많이 차여봤기 때문이야. 나는 차여가면서 여자 잘 사귀는 법을 배웠거든." 그의 성공은 무수한 실패를 담보로 한 것이었다. 문제는 실패를 어떻게 받아들이고 성공의 초석으로 삼느냐는 것이었을 게다. 사람의 인생은 성공이 아니라 실패를 어떻게 받아들이느냐에 따라 결정된다고 믿는다.

모든 결정이 새로운 것을 배울 수 있는 기회이듯이, 실수 또한 새로운 것을 깨달음으로써 똑같은 실수를 피할 수 있는 기회를 제공해준다. 어느 뛰어난 연구자가 100번의 실패를 거듭한 끝에 문제의 해답을 찾았다. "그렇게 실패를 되풀이하는 동안 힘들지 않았습니까?" 이에 대한 대답은 의외의 것이었다. "나는 한 번도 실패한 적이 없습니다. 나는 그동안 100가지의 틀린 방식을 발견했으니까요."

그런 면에서 보자면 인생에서 가장 운이 좋은 사람은 어쩌면 죽음을 제외하고 실직이나 이혼, 파산, 질병 등 사람들이 마주하기 싫어하는 상황을 어쩔 수 없이 겪어봤던 사람인지도 모른다. 이 가운데 어느 하나라도 이겨내고 나면 이전보다 훨씬 강한 사람으로 다시 태어날 수 있기 때문이다.

하늘 위에서 키를 재면 내 키가 제일 크다

산이 높을수록 골도 깊다. 사랑이 깊으면 외로움도 깊다. 필사즉생(必死則生), 필생즉사(必生則死), 죽고자 하면 살겠거니와 살고자 하면 죽으리라. 모두 역설 속에서 삶의 이치와 진리를 밝혀보고자 한 말이다.

달리기만 하면 꼴등을 하는 학생은 이렇게 위안을 할 수 있다. "차라리 뒤돌아서 반대로 달리면 내가 1등일 거야."

나폴레옹은 "하늘 위에서 키를 재면 내 키가 제일 크다."고 했거니와 등소평은 "나는 하늘이 무너져도 두렵지 않다. 하늘이 무너지면 키 큰 사람이 먼저 다치기 때문에."라고 했다고 한다.

인간관계에서 역설의 미학은 매우 유효하다. 대부분 상대방에게 져야 내가 결과적으로 이기는 셈이 될 때가 많다. 내가 높아지고자 한다면 나를 상대에게 낮추어야 한다. 그릇이 쓸모 있는 이유는 무언가를 담아서가 아니라 지금 비어 있기 때문이다. 꽉 찬 그릇은 그 효용을 다해서 더 이상 다른 용도로 쓸 수 없게 된다. 사회도 그렇다. 많이 가진 사람들은 더 가지려고 하는데, 그것이 자기 죽는 길인 줄 모르고 남에게서 억지로 더 빼앗아 가려고 한다.

불교 교리에서 언어 사용은 긍정과 부정이 곧잘 병행된다.

"마음이 곧 부처다." 이 말은 정면으로 일의 실제와 사물의 진상을 표현한 것이다. "그녀는 정말 아름답다."는 말처럼 긍정적인 측면을 드러내 주기는 하겠지만 단점은 이렇게 되면 너무 말의 함정에 빠지게 되고, 너무 말에 의지하고 집착하게 되어 다른 사실을 뒤돌아볼 수 있는 여지를 없게 만든다. 그녀는 아름다운 것이 사실이긴 하지만 마음씨도 곱고 심성도 참 바른데, 아름답다고 말하면 또한 아름다움이란 말이 제한하고 규정하고 있는 범위, 예를 들어 그것이 용모의 아름다움이라면 곧 용모에만 국한하여 그녀를 평가하게 된다. 마음이 부처라고 하면 사람들은 마음에 너무 집착하여 그 실상을 제대로 파악할 수 없게 되는 것이다.

"마음은 부처가 아니다." 이 말은 사람들에게 말의 함정과 그물에 빠지지 않도록 하기 위하여, 말의 통발에 걸리지 않고 그곳에서 빠져나오게 하기 위해서 고안한 부정적인 언설(言說)의 방법이다.

"그녀는 하나도 아름답지 않다." 이렇게 일단 대상의 실상을 부정해 놓고 나면 "아름답다."는 함정에 빠지지 않는 동시에 "아름답지 않다."는 부정이 때로는 완전한 부정이 아닐 수도 있는 가능성을 한편으로 열어주기 때문이다.

내 눈에 비친 그녀의 아름다움이 이미 나의 언어표현을 벗어난 것이라면 그것은 어떻게 표현될 수 있을까? 말을 하지 않거나 아예 짐짓 부정하는 척해야 한다. 그래서 부정적인 측면까지도 포괄하는 범주를 보여주어야 아름다움의 범위가 무제한임을 가리킬 수 있게 된다. 밉다고, 아름답지 않다고 부정하지만 오히려 진한 아름다움이 그 안에 배어 있는 것이다. 우리가 토라져서, 혹은 그녀가 너무 보고 싶기에

"그녀는 하나도 안 예뻐!"라고 말하는 경우가 있듯이 말이다.

밤은 어두울수록 좋다. 어둠이 더 깊어 감은 곧 새벽이 오려 함이다. 결국 검은색은 빛을, 밝음을 잉태하고 있다. 또한 어두움이 있기에 빛을 느낄 수 있고 비로소 빛에 고마움을 느낄 수도 있다.

빛이 밝을수록 그림자도 진한 법이다. 찬란하게 빛나는 날에 그림자도 진하게 드리운다. 밝은 빛에는 이처럼 좋은 면만 있는 것이 아니다. 밝은 빛만 있으면 땅은 사막이 되고 강물은 소금물이 될 것이다. 빛과 그늘, 빛과 그림자는 서로 기대어 있다. 떼려야 뗄 수 없다.

지금 보는 밤하늘의 별빛은 현재 존재하는 것인가? 아니다. 수백 광년, 수천 광년 떨어져 있기에 그 빛 역시 과거 수백 년, 수천 년 전에 지구로 쏘아진 빛에 불과할 뿐이다.

그렇다면 지금 우리 눈에 보이는 별들은 현재 존재하는가? 밤에 우리 눈에 보이는 대부분의 별들은 더 이상 존재하지 않을 수도 있다. 그 별들이 우리가 사는 지구와 너무 멀리 떨어져 있어서, 우리 눈으로 그 별을 인지할 수 있게 만든 그 빛은 우리에게 이미 수백만 년 전에 쏘아진 빛이기 때문이다. 그러므로 내가 보고 있는 별 중에는 이미 소멸되어 버린 것도 있을 것이다.

단맛을 아무리 내도 더 이상 단맛이 나지 않을 때, 짠맛을 아무리 내도 더 이상 짠맛이 나지 않을 때가 있다. 그럴 때 어떻게 하면 될까? 단맛을 더 내고 싶을 때는 설탕을 더 넣는 것이 아니라 간장을 조금 더 넣는다. 그러면 신기하게도 단맛이 더 강해진다. 짠맛을 더 내고 싶을 때도 간장을 더 넣는 것이 아니라 설탕을 아주 조금 넣어보면 짠맛이 짙어진 걸 느낄 수 있다.

같은 것이 아니라 반대의 것으로 본연의 맛을 더 강하게 할 수 있다. 이와 같은 소스를 맛있게 만드는 비결이 마치 역설과 부정으로 표현하는 불가(佛家)의 법문처럼, 불가의 진리를 담는 화법처럼 들린다. 소유를 원할 때면 오히려 버리는 것이 필요하고, 집착하고 싶은 순간 일수록 벗어나야 한다는 그런 법문 말이다. 욕심이 과하면 일을 망치고, 반대로 마음을 비우면 오히려 잘 되는 경우가 종종 있는 것처럼 말이다.

4. 어머니와 가족

4.1. 어머니와 소리

어머니는 시방 하느님이 내 주신 마지막 시험문제 풀고 계시는가!

명절이 달리 즐거운 게 아니고 가족을 데리고 고향에 계신 연로하신 노모를 찾아뵙는 게 유독 큰 즐거움이다. 그간 바쁘다는 핑계로 방학과 명절을 제외하곤 거의 찾아뵙지 못하고 있어서 더욱 그렇다. 어머님은 이제 거동이 불편해서 어디 나가시지도 못하고 주로 아랫목에 앉거나 누워계신다. 그러면 나도 그 옆에 앉아 어머님의 녹음기처럼 반복되는 얘기들을 듣는다. 젊을 적 얘기, 찬란했던 일생에 대한 회상을 듣다가 이윽고 잠에 빠진 어머님의 곤한 코 고는 소리를 듣는다. 열아홉에 최씨 집안에 시집와서 지금까지 겪어왔다는 지긋지긋하게 힘들었다는 옛 얘기들을 노모 옆에서 녹음기 테이프 반복해서 듣듯 자장가 삼아 듣는다. 그러다가 나 역시 기나긴 상념에 잠기곤 한다.

시골집에 가면 어스름 녘에 동네 한 바퀴를 돌아보곤 하는데 명절인데도 항상 고요와 적막이 가득하다.

집을 나오면 바로 보이는 길림이네와 숭순이네 집, 오른쪽 새터에 재성이네 집을 지나서, 뒷재로 돌아가면 멀리 숙자네 집이 보이다가 모정(茅亭) 옆의 홍태네 집. 지금은 휑뎅그렁 집터만 남은 텃밭에서 겨울 마늘을 뽑는 어느 아낙의 모습이 누군지 낯설기만 하다.

뒷곁을 내처 돌아 방죽에 다다라서 수문 위에 오르면 멀리 보이는 진봉초등학교와 검푸른 하늘과 맞닿은 지평선, 끼룩끼룩 북녘을 나르는 기러기떼가 길을 재촉하며 날아가는 다급한 소리 너머로 청소년 시절 사시사철 보내며 겪었던 갖가지 추억이 넘실댄다.

자식들이 왔으니 손수 밥을 지어주기 위해 여전히 부엌 문지방을 넘으시는데 그러나 기력이 쇠잔하고 제대로 걸을 수 없으니 네 걸음으로 기어 다니시며 "아이고 죽겠네!" 매양 숨을 헐떡이신다. 어머니는 시방 하느님이 내 주신 마지막 시험문제 풀고 계시는가!

어머님의 말씀은 한 마디 한 마디가 곧 시요, 선(禪)이다.

> "성님!
> 우리집 뒤곁에 영산홍, 철쭉, 복사꽃이 꽃대궐 차렸슈!
> 어서 우리집 꽃구경 갑시다.
> 혼자 보기 참으로 아깝구만이라우!"
> "동상!
> 고마운 얘기네만
> 인자 무르팍이 아퍼서
> 꼼짝 달싹을 못허네잉!
> 올봄은 공(空)으로 보내야겠어!
> 이담에 이담에
> 동상이 나 생각 나거들랑
> 영산홍 복사꽃 피고

소쩍새 꾀꼬리 울던
그 시절 기억해주믄
참으로 고맙겄네잉!
어쨌든 잘 살아주시게,
동상!"

어머니의 시선

우리는 누구나 장성하면 부모 품을 떠나게 된다. 그런데 우리 형제
는 대부분 고등학교가 아니면 대학교 때 부모 품을 떠나본 경험을
다 하였다. 나도 지금의 익산시에 있는 남성고에 합격하였는데 입학
전에 미리 영어를 배우러 익산시에 있는 학원에 등록하였기 때문에
중학교 3학년 마지막 겨울방학에 처음으로 부모 품을 떠나게 되었으
니 그게 결국 오늘날까지 이어지게 된 셈이다. 어머님은 그날, 처음
먼 길 떠나는 막둥이가 안쓰러웠던지, 아니면 미덥지 못하였던지 삶
은 계란 등을 싼 보퉁이를 들고 새터 마을 어귀까지 따라 나오셨다.
이윽고 우리 마을이 보이지 않는 그 언덕까지 이르러 뒤를 돌아보았
을 때도 어머님은 나를 내내 쳐다보시며 손을 혼들고 있었다. 아마
그때 어머님의 간절한 염원이 나의 도회지 생활에서의 외로움을 견디
게 하고 더욱 분발하도록 하는 채찍이 되지 않았나 싶다.

어머니의 가마니 짜는 소리

어머니를 생각하노라면 아련하게 몇 가지 기억들이 훌쩍 떠오르곤
한다. 그 밑바탕에는 항상 간난신고의 수고로움을 마다하지 않는 인
고(忍苦)의 모습이 있다.

봄, 가을철이면 우리집은 누에 밥주기로 늘 분주했다. 형제들이야

그저 건성건성 뽕잎을 따고 밥주기를 했지만 어머님이야 어디 그럴 수 있었는가? 새우잠을 자는 듯 마는 듯 하시며 그렇게 바쁘게 누에치기를 하셨다. 누에치기가 제대로 이뤄져야 우리의 등록금도 낼 수 있었기 때문이다. 그런데 누에고치를 수매하는 시점은 안타깝게도 우리가 등록금을 내는 시기보다 꼭 한 달 정도 늦었었다. 그러기에 철모르는 우리의 등록금 성화에 못 이겨 어느 날인가는 어디선가 어머님께서 돈을 융통해 오셨다. 알고 보니 계를 들어 오랫동안 곗돈을 부은 끝에 장만한, 애지중지하던 금반지를 파신 것이었다. 어린 마음에 얼마나 죄송하던지! 어머님의 그런 자식 사랑과 헌신은 무언중에 우리 형제들을 감화시키기에 충분하셨다.

겨울철 농한기가 되어서도 우리 집은 더욱 분주하였다. 가마니를 짜기 위해서 새끼를 꼬고 짚을 부드럽게 해야 했다. 아주 어렸을 때인데, 기계틀을 아직 사용하지 않고 손틀로 가마니를 짤 때였다. 밤이 이슥해지고 우리들이 잠으로 헤맬 때도 어머님과 아버님은 날줄을 벌리고 씨줄을 넣고 하시며 그렇게 가마니를 짰었다. 당시 국민학교를 다니던 나는 중간중간 낱말 풀이 숙제를 위해 아버님께 질문하면서 그렇게 숙제를 했다. 이윽고 밤이 아주 깊어서 가마니 짜기가 끝나면 그때서야 비로소 방에 널려진 지푸라기 등을 대충대충 정리하고 이불 펴고 자던 기억이 선명하다.

기계틀을 장만하면서부터 어머님의 일손은 오히려 더욱 분주해만 갔다. 한밤중까지 짜는 것도 부족하여 이제는 새벽녘에도 일찌감치 일어나셔서 가마니를 짜기도 하셨다. 우리는 비몽사몽 중에 쿵쾅쿵쾅 가마니 짜는 소리를 들어야 했다. 기계화 작업이 오히려 작업량을 더욱 늘린 셈이었는데, 우리 형제들은 게으름을 탓하며 송구하지 않을 수 없었다.

일의야 빵 먹어라

모내기철이면 워낙 넓은 들에 시기를 놓치지 않고 모를 심어야 했기 때문에 온 동네의 아저씨, 아주머니들이 다 동원되고 그것도 모자라 심지어는 국민학생들도 동원되어 모를 심곤 하였다. 그때는 아직 내가 국민학교에도 들어가지 않았던 때로 기억된다. 서로 품앗이로 일하는 관계로 남의 집 들일을 나가면 으레 새참이 있기 마련인데, 당시에는 풀빵 몇 개가 나오곤 하였다. 그런데 어머님은 항상 풀빵을 드시지 않고 조금 남겼다가 몸빼 바지 허리춤에 넣어두었다 들일이 끝나고 귀가할 때 집을 보고 있는 나에게 살짝 주셨다. "일의야 빵 먹어라!" 나는 그것을 아주 맛있게 받아먹었다. 그 속의 팥앙금이 너무 달고 맛있었다. 어떤 때는 은근히 어머님이 풀빵을 가지고 오길 기대하기도 하였는데, 힘든 들일에 많이 시장하셨을 텐데도 그것을 드시지 않고 얼마나 배고픔을 참으셨을까 하는 깨달음은 꽤 훗날에나 들었다. 진정으로 자식 사랑하는 어머님의 위대한 모정을 느끼게 하는 일화이다.

누에가 봉잎을 갉아 먹는 소리

우리집은 봄가을로 누에를 키우고 겨울 농한기에는 가마니를 짜서 논농사로 부족한 재원을 충당하는 한편으로 자식들 학비 마련에 요긴하게 활용하곤 하였다.

누에는 맨 처음에는 점 만 한 크기로 알에서 깨어나서는 올려주는 뽕잎을 먹고 자라면서 다섯 번 잠을 자고 탈피(脫皮)하며 깨어난다. 그때마다 크기가 커져서 성인의 집게손가락 만 한 크기가 되면 뽕잎을 엄청 갉아 먹다가 몸이 투명하게 익으면서 이윽고 하얀 실을 토해내면서 고치집을 짓기 시작한다. 성체가 되어서 뽕잎을 쉼 없이 갉아 먹을 때면 그 소리가 밖에서도 들을 수 있을 정도로 커진다.

누에가 뽕잎 갉아 먹는 소리처럼 아름답고 농부의 맘을 기쁘게 하는 소리가 또 있을까? 물론 논농사를 짓는 사람들은 자기 논에 물이 들어가는 소리가 또 그렇게 흐뭇하고 기쁘게 하는 소리가 되겠지만 말이다. 어머니에게 누에의 뽕잎 갉아 먹는 소리는 아마도 고치를 수매한 뒤 받을 돈을 생각나게 했을 것이고, 우리 형제들은 이제 이 힘든 노동에서 곧 해방될 수 있겠구나 하는 생각이 들게 했을 것이다. 그러니 그 소리가 반갑지 않을 수 있겠는가!

아이들이 자랄 때면 아이들의 입에 밥이 들어가는 소리가 즐겁고, 아이들이 성장할 때면 아이들의 책 읽는 소리가 또 즐거울 것이다. 마찬가지다. 농부의 논에 물이 들어가는 소리, 우리 어머니에겐 누에가 뽕잎 갉아 먹는 소리가 아름다운 오케스트라 연주처럼 들리지 않았을까!

벼멸구가 다녀간 뒤 어머니의 한숨 소리

초등학교 6학년 때로 기억된다. 그때 어머니는 아마도 나의 생떼에 하는 수 없이 가을철 운동회에 나를 따라갔었나 보다. 운동회날 어머니가 싸 온 도시락을 먹고 어머니와 함께 넓은 들판을 가로지르며 우리 동네로 돌아오던 장면이 아직도 눈에 선하다. 왜 그 해만 유독 눈에 선한가 하면 논의 벼들이 누렇게 죽어 있는 광경을 목격했기 때문이다. 그해는 벼멸구가 성행하여 나락 이삭을 다 갉아 먹어버렸기 때문이다. 들판을 지나갈 때 얼마 안 되는 우리의 논도 지나가게 되었는데 논의 그런 모습을 보고 어머니는 저도 모르게 한숨을 깊이 쉬었다. 어린 내게는 그것이 집의 큰 우환의 전조인 거 같아 두렵고 안타까운 마음을 갖게 하였다.

아마도 그즈음부터 마음속으로 굳게 다짐한 생각일 것이다. 나는 공부를 열심히 해서 절대 내 손에는 흙을 묻히지 않을 것이라고, 어렵게 일해도 돈도 안 되고 가난만 대물림되는 이 농사 노동만은 더 이상 하지 않을 것이라고, 어린 마음에 벌써부터 그렇게 다짐하고 또 다짐했었다. 벼멸구로 황폐해진 논을 보면서 말이다.

어머니한테 일 생겨도 너는 울지 않아도 된다

제주도 남쪽에 있는 용머리 해안은 나에게 매우 인상 깊은 곳이다.

80년도 고2 때 우리는 투표를 통해 수학여행지로 경주와 제주도 중 제주도를 선택하였다. 그래서 익산에서 목포까지 기차로 가서 그곳에서 다시 가야호라는 조그만 배를 타고 제주도로 향했다. 그때 참 많은 친구가 멀미로 고생하였지만 맨 밑바닥 층에 있던 짐칸에는 몇몇 친구들이 밴드를 설치해놓고 신나게 노래 부르고 춤을 추었으니 역시 젊음은 멀미라는 고생도 이겨낼 수 있었나 보다.

이윽고 제주에 도착하여 대절한 버스로 여행을 시작하는데 그때 훌리오 이글레시아스의 〈헤이〉란 음악이 유행했는지 기사님이 틀어놓은 그 곡을 들으며 즐거운 기분에 사로잡히기도 하였다. 그날도 〈헤이〉라는 노래를 또 듣다가 기사님이 어느 바다가 내려다보이는 언덕에 버스를 세웠고, 우리는 차에서 내려 인솔 선생님을 따라 계단을 타고 내려갔는데 그때 당도한 해변의 이름이 바로 용머리 해안이었다.

용암 침식과 융기의 영향으로 절벽이 층층이 지면서 기기묘묘한 아름다운 모습을 보여주었는데 우리는 이런 해안 절벽에는 아랑곳하지 않고 해변 백사장을 거닐거나 바닷물에 뛰어들어 제주 푸른 바다의 정취를 즐기는데 정신이 없었다. 그도 그럴 게 우리는 주로 서해 바다 근처에 살아서 혼탁한 바닷물에 익숙하였는데 이곳 바다의 물색은 너무도 파랬으니 우리는 파란 물빛에 흠뻑 빠지지 않을 수 없었다.

나는 그때 탁 트인 태평양 앞 바다를 보면서 호연지기를 길렀고 예전에 어느 영화에서 본 그리스 앞바다를 연상하면서 나중에 언어와 법률을 배워 외교관을 한번 해봐야겠다는 꿈을 키우기도 하였다. 오늘날 법을 아는 외교관은 못되었지만 언어를 공부하는 교수는 되었으니 꿈의 절반은 이룬 셈이 아닐까 생각된다.

약 10여 년 뒤인 1993년도 11월 20일에 나는 결혼을 하면서 신혼여행지로 제주도를 선택하였다. 당시까지만 해도 해외 신혼여행은 언감생심(焉敢生心), 그저 제주도에 만족해야 했고 제주도 여행은 주로 택시를 대절한 여행이 주를 이루었기에 우리도 그런 고전적인 방식을 따랐다. 아내는 사진 촬영을 위해 예쁜 한복으로 갈아입었고 택시 기사가 안내해주는 대로 제주와 서귀포 등지의 이곳저곳을 들른 뒤에 오후 늦게 마지막으로 들른 곳이 있었다. 알고 보니 바로 용머리 해안이었다.

와우! 10여 년 전에 수학여행을 와서 호연지기를 길렀던 곳이니 감회가 새롭지 않을 수 없었다. 이곳은 사진 찍기에 좋은 뷰 포인트가 많아서 택시 기사들이 선호하던 곳이었나 보다. 지금도 당시 신혼여행 앨범을 꺼내놓고 그 사진을 보면서 상념에 젖곤 한다.

그러다가 다시 10여 년 뒤 2005년 전후에 가족들을 데리고 제주도에 피서를 갔는데 어느 해안에 이르렀다가 저 멀리 푸른 태평양을 조망하면서 어떤 기시감(旣視感)에 사로잡혔다. 혹시나 하는 마음에 가족들을 데리고 계단을 타고 아래로 내려가 보니 아니나 다를까 그곳이 바로 용머리 해안이 아닌가!

신혼여행 뒤로 10여 년이 이미 흐른지라 제주도의 용머리 해안이란 곳을 까마득히 잊고 있었다. 그러다가 우연히 어떤 기시감에 사로잡혀 차에서 내려 계단을 타고 내려갔다가 용머리해안을 다시 찾기에 이른 것이다. 그러니 당시 느꼈던 감회는 일종의 전율을 느끼게 하였다고 해도 과장이 아닐 것이다. 10여 년 동안 완전히 잊었던 곳이 다시 기억 속에 부활한 것이다. 수학여행지로, 신혼여행지로, 이제는 다시 가족과의 여름 피서지로. 매번 10년 간의 사이를 두고 전율이 반복되었던 셈이다.

2012년 7월 16일!

나는 일산에 있는 한 개인병원에 가서 정기 건강검진을 받았다. 그간 내시경을 한번도 하지 않았기에 이번에는 위 내시경 검사도 추가하였다. 그 결과 위암이 발견되었다. 그때 내시경을 하면서 허둥대던 여의사의 놀란 외침을 여전히 잊을 수가 없다. 다시 좀 더 큰 병원인 일산 암센터에서 정밀검진을 받은 결과도 역시 위암이었다. 그리하여 바로 수술 일정을 잡은 날이 바로 7월 16일. 이날 위의 3분의 2를 절제하는 대수술을 하게 되었다.

복권 추첨 기계를 돌리다가 무작위로 당첨되듯, 무작위로 돌려진 숙명(宿命)의 기계에 의해 나 역시 암 환자로 당첨된 것이다. 그런 결과 나는 내 의지와는 전혀 무관하게 죽음의 사선(死線) 위에 서야 했고, 또 요단강을 건널지도 모를 두려움을 겪게 되었다. 멀리 있던, 전혀 나와는 무관한 듯 보였던 죽음이란 것이 벌써 나에게 닥쳐온 현실이 되었고, 그 결과 죽음이 나에게 어떤 의미인지를 확실하게 되새길 수 있는 기회가 되었다.

수술은 무사하게 잘 끝났다. 초기인지라 항암약을 먹지 않아도 되었지만 혹시 혈액 속에 암세포가 있을지도 모르니 항암약을 그래도 먹는 게 좋겠다는 담당 의사의 소견에 따라 나는 항암약을 복용하기 시작하였다. 약 1년 반의 시간 동안. 그렇게 고통은 시작되었다. 위암 수술은 잠깐 만에 끝나서 아플 것도 별로 없었지만 도리어 1년 반 동안 약을 복용해야 했던 시간은 참으로 나에게 길었고 고통 또한 말도 하지 못할 정도였다.

상황이 이런지라 당시 80대 중반이 되셔서 앞으로 남은 날이 많지 않은 어머님과 추억을 마련하고 싶은 마음은 간절하지 않을 수 없었다. 내가 아파보니 이른바 '애일지성(愛日之誠)', 즉 어머니의 남은 날을 아껴서 보살펴드리는 정성을 다해야겠다고 생각하기에 이른 것이다. 항암약을 복용하고 있는 중이었기에 상당히 기력이 쇠잔해 있을 때였지만 그래도 이때 어머님을 모시고 여행 한번 하지 않으면 후회가 될 거 같아 허리와 무릎이 아파 움직이길 싫어하는 어머님을 간신히 설득하는 데 성공하였다. 그래서 2014년 전후에 어머님을 모시고 제주도 여행을 나서게 되었다.

이때는 나와 가족들에게 가장 인상과 추억이 깊은 용머리 해안에 의식적으로 어머님을 꼭 모셔가고 싶었다. 나와 가족의 추억에 어머님을 동참하게 하고 싶은 간절한 욕망 때문이었다.

걸을 때면 항상 보행기에 의지해야 하는 어머님을 위해 휠체어를 펴서 밀면서 용머리 해안 입구까지 내려갔다. 그러나 어머님은 입구 언덕에서 가파른 계단을 따라 해안으로 내려가실 수 없어 용머리 해안 입구 앞에 휠체어를 세워놓고 나만 혼자 해안을 40여 분 돌며 추억을 되새기다가 어머님 곁으로 돌아와야 했다. 다시 휠체어를 밀고 돌아가려고 하는 찰나, 어머님은 당신 생전에 당신과 추억을 마련하고자 하는 나의 의도를 눈치 채셨는지 이윽고 내 손을 잡으며 나에게 넌지시 말을 하였다.

"일의야, 너는 어머니한테 할 만큼 다 했다. 어머니에게 일이 생겨도 절대 울지 말아라!"

대번에 눈물이 핑 돌았다. 나를 세상에 존재케 한 어머님과의 사이에 장차 이별의 긴 강을 놓아야 한다는 생각에 서러움과 안타까움이 몰려든 것이다. 그렇지만 이 또한 인간이 마주쳐야 할 숙명이자 마지막 공부인 것을 어찌하랴!

우리 막둥이는 어머니 속 한 번 썩인 적 없다

나는 4년 장학생과 매월 생활비 10만 원 지급이라는 장학혜택을 받고 한양대학교 진학을 선택한 것에 대해서 처음에는 상당한 불만을 지니고 있었다. 집안 상황에 따라 어쩔 수 없는 선택이긴 하였지만 어린 마음에 서울대에 진학하였던 친구들과 비교하지 않을 수 없었기 때문이었다. 그래서 방학 때면 으레 시골에 내려와 술을 먹고 불평을 늘어놓곤 하였었다. 그렇지만 이런 현실 상황에 대한 불만족이 나에게 성취 동기를 강하게 부여하여, 가일층 나를 인내하게 하고 공부에 매진하게 했으며 성숙하게 했던 것 또한 사실이다. 아무튼 지금 생각해도 참 못난 행동이었는데, 어머님도 두고두고 그것이 마음 아프셨던지 그때의 말씀을 하시곤 한다.

다른 형제들은 재수 아니면 삼수를 해서 어머님의 속을 많이 애타게 했는데, 당신의 막둥이는 재수도 하지 않고 졸업하던 첫해에 대학에 진학해서 당신의 속을 한 번도 썩인 적이 없다고 어머님은 도리어 나에게 칭찬을 아끼지 않으신다. 그때 어머님을 가슴 아프게 했던 불효는 나중에 서울대학교 대학원에 합격한 걸로 보상하지 않았나 하는 생각이 든다.

이내 타는 가슴은 연기도 안 난다

어머니는 자식들 셋을 당신보다 먼저 보냈다. 모두 5남 2녀 일곱 명의 자녀 중 현재 넷이 남았다.

자식을 자기보다 먼저 보내는 슬픔을 참척(慘慽)의 슬픔이라고 한다. 자식을 먼저 보내는 어머니의 슬픔의 깊이와 크기를 어찌 다른 사람이 측정할 수 있으랴.

5남 2녀 중 네 번째이자 장녀였던 현숙 누나의 죽음은 비극적이었다고 한다. 내가 태어나기 전에 세상을 떠났으니 그녀의 존재를 알 길이 없는데 내가 태어난 뒤로 거의 식구들이 언급하지 않았기에 그녀의 존재를 대략 내가 고등학교 들어간 뒤에 알 수 있었다.

예전에는 비누를 집집마다 양잿물로 스스로 만들어 썼는데 우리집도 비누를 그렇게 만들어 뒤꼍에 두고 썼나 보다. 근데 당시 어린아이였던 누나는 뒤꼍으로 아장아장 걸어가다가 비누가 먹는 음식인 줄 알고 그대로 삼켜버렸나 보다. 그 독성이 얼마나 지독하였는지 식도가 녹았다고 한다. 그런 어린 딸을 치료해주기 위해 아버지는 업고서 군산 근처에 있는 개정병원까지 멀리 두어 시간씩 걸어서 갔다고 한다. 그러나 노력에 대한 보답도 없이 그녀는 허무하게 세상을 떠나야 했고 마을 옆에 있는 공동묘지에 흔적도 없이 묻혀야 했다. 그래서 요즘 나는 가끔 얼굴도 모르는 그녀를 위해 하느님께 기도드리곤 한다. 평안한 안식을 얻게 해달라고.

그 슬픔이 얼마나 컸던지 자라면서 가끔 어머니가 남몰래 뒤꼍에 목 놓아 통곡하고 오열하는 모습을 숨어서 지켜본 적이 있었는데 어릴 때는 그 이유를 잘 몰랐다가 나중에서야 통곡과 오열의 원인을 알곤 어머님의 심정이 조금씩 이해되기 시작하였다.

둘째 형님의 죽음은 더욱 비극적이었다. 형수님의 과도한 씀씀이가 결국 감당할 수 없는 빚을 지게 만들었다. IMF라는 비상시국을 맞이하면서 금리가 오르는 급박한 경제 상황에서 형수는 일수돈을 빌려 빚을 돌려막기조차 할 수 없는 지경에 이르자 결국 호주로 야반 도주를 하였다. 호주에는 당시 중학생이었던 조카가 유학을 하고 있기도 하였다. 형수는 둘째 형님에게도 명예퇴직하고 빚쟁이의 채무로부터 보호받을 수 있는 공무원연금을 챙겨서 호주로 오도록 종용하였다.

나는 둘째 형님이 지금 빚으로 매우 힘드니 위로를 좀 해주자는 큰형님의 연락을 받고 형님댁을 방문하였다. 술을 한잔 걸치며 "조카에 대해서는 걱정하지 마시라, 우리 형제들이 있지 않느냐. 형님은 어쨌든 막일을 해서라도 살아내실 수 있을 것이니 용기를 갖고 살아가시라!"고 위로를 드렸던 게 그에게 보낸 마지막 말이 된 것 같다.

우리의 위로가 도화선이 되었던지 우리와 하루를 자고 헤어진 바로 그날 저녁에 둘째 형님은 목을 매는 자살을 결행한 것이다. 군인 출신의 강직한 둘째 형님은 차마 호주로 몰염치하게 야반도주 할 수 없어 자신의 죽음으로 빚쟁이들에게 용서를 구하는 동시에 죽음으로 자신의 퇴직연금을 빚쟁이로부터 지키고 가족들이 후일을 도모할 수 있게 하고 싶었던 것으로 보인다.

형제들의 슬픔도 말할 수 없었지만 둘째 형님의 시신 앞에 통곡하며 기함을 하던 어머님의 모습을 아직도 차마 잊을 수가 없다.

그에 비해 큰형님의 죽음은 너무 아깝고 애통하고 또 안타깝다.

큰형님은 미래에셋 그룹 부회장을 하면서 한참 욱일승천하던 우리 나이 60대 초반에 급기야 뇌졸중을 얻어 쓰러지셨다. 아마도 과도한 업무량과 음주가 도화선이 된 것으로 보인다. 그전에도 만나서 함께 술을 마실 때면 요즘 머리가 아파서 술을 많이 마시지 못한다는 고민을 털어놓은 적이 있었는데 그게 아마도 뇌졸중의 전조 증상이었던 것으로 보인다. 그러나 워낙 업무량이 과도하여 병원에 가서 검진 받을 시간적 여유가 없었나 보다. 다행히 회사 앞에서 쓰러진 바람에 운전기사가 바로 그를 병원으로 옮겼기에 생명에는 지장이 없었으나 약간의 뇌출혈이 있었는지 거의 왼쪽을 쓰지 못하는 반신불수의 지경에 이르렀다. 큰형님은 워낙 의지가 강해서 몸 한쪽이 불편하여 남들 같으면 우울증에 빠질 상황임에도 불구하고 친구들과도 자주 만나고 어머님도 자주 찾아뵙곤 하였다.

큰형님은 언젠가 당시 조선일보 워싱턴 특파원으로 가 있던 딸과 사위를 만나러 워싱턴에 갔다가 갑자기 황달병을 얻어 부랴부랴 귀국하였다. 삼성병원에 가서 검진을 받아보니 췌장암이라는 청천벽력 같은 진단을 받게 되었다. 주지하다시피 21세기 들어 많은 암들이 정복되고 있음에도 불구하고 췌장암, 복막암 등은 예후가 무척 좋지 않은 암이다. 수술을 받았는데 예후가 괜찮다는 병원의 말에 안심하긴 했지만 수술이 완벽하지 않았는지 재발하였고 음식물을 흡수하지 못하는 관계로 급기야는 피골이 상접한 모습이 되었다.

나는 당시 수학능력시험 6월 모의시험의 출제위원으로 선정되어 출제에 들어가야 했는데 한번 들어가면 완전히 감금에 가까운 생활을 해야 했기에 출제장에 들어가기 전에 미리 누나랑 같이 형님댁을 찾아가 그를 위로하였다. 그때 형님은 특별히 나에게 기도를 부탁하였다. 당시 나의 기도는 준비가 되지 않았던 관계로 정순(貞純)하고 전일(全一)하지 못했던 것이 지금도 못내 죄송스럽다. 그렇게 빨리 떠나실 줄을 몰랐기 때문이다.

약 보름간의 출제로 인한 감금 기간에 갑자기 출제위원장이 내게 다가와 조용히 큰형님의 부음을 알려주고 반나절 간의 면회를 허락해 주었다. 감시 요원 두 명과 함께 교육과정평가원에서 내준 차를 타고 경찰병원 영안실에 도착하여 형님의 영정사진을 보니 아까움과 안타까움과 회한이 순식간에 몰려오며 오열하지 않을 수 없었다. 그렇게 똑똑하며 유능한 나의 큰형님, 그리고 동생과 친구와 이웃들에게 그렇게 인자하고 배려심 많았던 형님이 이 세상을 이렇게 빨리 떠나다니 도저히 이 상황을 받아들일 수 없었다. 정말이지 모든 것이 허망하기만 하였다. 하늘은 사랑하는 자를 먼저 불러올리시는 것인가!

가장 믿었고 가장 의지가 되었던 큰아들이 자신보다 세상을 먼저 떠났으니 어머님의 아픔과 슬픔은 또한 얼마나 크겠는가? 지금도 시시때때로 큰형님과 먼저 떠난 자식들을 생각하며 오열하는 어머니를 보면서, 내가 무슨 죄로 이때까지 살아서 자식들을 나보다 앞서게 해야 하느냐 하는 죄의식 속에서 우시는 모습을 보면서 아들로서 어찌해드릴 수 없는 인생의 큰 짐과 숙명을 어머님의 두 어깨에 짊어지게 한 거 같아 죄송스럽고 안타까운 마음뿐이다. 어머님은 지금도 당신의 하나님께 "어서 빨리 자는 듯이 세상 떠나게 해달라!"고 기도하시는데 그 마음속에는 아마도 어서 가서 떠난 자식들을 만나보고 싶은 마음이 강렬하신 것이 아닐까 생각해 본다.

조상의 영혼, 남묘호렌게교, 하나님

어머님은 누구를 만날 때나 어떤 일을 할 때면 정성스럽고 온전히 집중하시는 모습을 보이곤 해서 자식들, 특히 나에게는 매우 귀감(龜鑑)이 되면서 본받고 싶은 태도이자 가치가 되었다.

어머님은 명절날이면 뒤꼍에 항상 소반 위에 냉수와 촛불 등을 올려놓고 조상의 영혼에게 간절히 빌곤 하였다. 물론 주된 주제는 자식들의 건강과 성공에 대한 기원이었다. "우리 자식들 모쪼록 건강하고 무탈하게 공부 잘해서 이다음에 큰 인물 되게 해주세요."

그렇게 정안수를 떠놓고 빌던 어머님의 의지 대상은 어느 날 다른 신으로 변해 있었다. 큰외숙모가 당시 한국에 들어온 일본 신흥종교 단체의 신도였기에 어머니를 전도하신 것 같다. 어머님은 그 뒤로 일심과 일념으로 "남묘호렌게쿄!"를 되뇌면서 역시 자식들의 건강과 성공을 기원하였다. '남묘호렌게쿄(南無妙法蓮華經)'는 묘법 연화경에 귀의한다는 뜻이다. 이는 일본의 국제창가학회가 수행을 하기 위해 부르는 일종의 기도문이었다. 이 단체는 일본의 승려 니치렌(日蓮)이 주창한 불법(佛法)을 신앙의 근간으로 삼는 종교단체로서 1930년에 창립되었다고 한다.

그런데 큰 외숙모님이 돌아가시고선 어머님은 이 종교단체에 혼자 다니시기가 힘들었는지 그 뒤로 이웃집 아주머니들과 인근에 있는 절에 들러 공양하면서 또 자식들을 위해 비셨다. 우리 마을에도 내가 중학생이 되면서 교회가 들어섰는데 어머님은 아직 불교에 마음을 주었던 때라 나는 교회에 다니기 시작했지만 어머님은 아직 교회에 발을 들이지 않았었다.

그 뒤로 한참 시간이 흘러 둘째 형님이 아쉽게 세상을 하직하자 어머님은 이 슬픔과 자식을 빼앗긴 분노를 절의 부처님에게 투사하신 것으로 생각된다. 그야말로 영험함과 신통력이 부족하다는 이유였을 게다. 그 뒤로 어머님은 과감하게 교회에 발을 들이셨다.

어머님의 당시 언행에 비추어보면 이는 결연하고 과감한 결정으로 서 당신이 절대적으로 의지하는 대상인 신을 바꾸기로 결정한 것이었으니 자못 비장하다고 하지 않을 수 없었다. 그 뒤로 어머님은 교회 찬송가를 크게 부르고 성경 교리를 외우시며 새벽마다 교회에 나가 기도하는 것을 오늘날까지 빠트리지 않고 유지하고 계신다. 어머님의 말씀에 따르면 목사님은 몸이 아파 새벽기도에 나오지 않는 일이 간혹 있었지만 어머님은 하루도 빠짐없이 교회에 나가셔서 기도했다고 한다. 무엇을 기도하였겠는가? 당연히 자식들의 건강과 성공이겠지만 여기에 하나 더 추가한다면 먼저 떠나 가슴에 묻은 자식들의 영혼을 위로하면서 그들과 빨리 만나게 해달라는 간절한 소원이 아닐까 생각될 때가 있다.

우리집 찬송가 18번 〈지금까지 지내온 것〉을 부를 때 가장 큰 목소리
우리집의 18번 찬송가는 새찬송가 301장 〈지금까지 지내온 것〉이다. 아버님이 돌아가셨을 때 가족들 앞에서 이 찬송가를 부르자고 어머님이 처음 제안한 뒤로부터 이 찬송가는 우리 가족의 찬송가가 되었다. 이 세상을 하느님을 섬기고 사랑하며 온전히 살다가 하느님을 만나게 해달라는 가사가 구구절절 어머님의 바람과 맞았기 때문에 이 찬송가가 어머님 마음을 사로잡을 수 있었던 것이 아닐까 생각해 본다.

지금까지 지내온 것 주의 크신 은혜라
한이 없는 주의 사랑 어찌 이루 말하랴
자나 깨나 주의 손이 항상 살펴 주시고
모든 일을 주 안에서 형통하게 하시네

몸도 맘도 연약하나 새 힘 받아 살았네
물 붓듯이 부으시는 주의 은혜 족하다
사랑 없는 거리에나 험한 산길 헤맬 때
주의 손을 굳게 잡고 찬송하며 가리라

주님 다시 뵈올 날이 날로날로 다가와

무거운 짐 주께 맡겨 벗을 날도 멀잖네

나를 위해 예비하신 고향집에 돌아가

아버지의 품 안에서 영원토록 살리라

4.2. 죽음

어디에나 있는 죽음, 하나둘 떠나가는 사람들

생로병사(生老病死)와 애별이고(愛別離苦), 회자정리(會者定離)와 생
자필멸(生者必滅).

세상에 태어나서 성장을 하다가 이윽고 나이가 들고 병이 들면서
죽음에 이르는 매우 자연스러운 인생의 과정, 사랑하는 사람과 달콤
한 만남을 이루다가 이윽고 끝내는 떠나야 하는 별리(別離)의 고통,
만남은 반드시 헤어짐을 기약하는 것인가! 이 세상 모든 것은 변하고
또 변하며 살아 있는 모든 것들은 반드시 죽음과 멸망을 지나야 하는
숙명.

때문에 죽음으로 인한 이별은 도처에 존재하는 법인데 이제 내가
환갑(還甲)과 이순(耳順)의 나이에 이르니 부쩍 부음(訃音)이 잦다. 부모
님의 부음은 물론이요 친척과 친구들의 부음도 흔한 때가 된 것이다.
죽음이 바로 옆에 있는 듯한 느낌을 받곤 한다.

우리 형제 가족도 이미 아버님과 두 형님, 누님 한 분을 여의었고
또 구순도 중반에 이르신 어머님이 계시니 죽음이 바로 근처에 있다
고 할 수 있다.

그래서 사촌 형제들이 합심하여 미리 조성해놓은 산소터를 아버님
의 형제가 여섯인 관계로 다시 6등분하였고, 우리집은 분할 받은 터에

평장(平葬)을 하는 대리석으로 꾸민 고급스러운 산소를 조성하였다. 그리고 그곳 표지석에 〈갈전(葛田)삭녕(朔寧)최공(崔公)태인자손(泰仁子孫)지천원(之阡原)〉이란 글을 새겨 세워놓았다. 천원(阡原)이란 비교적 오래된 고어(古語)로서 묘지를 가리키는 말이다. 갈전마을 삭녕 최씨 태인의 자손들의 묘원이라는 뜻이다.

연로하신 어머님마저 돌아가시면 그 산소터에 아버님을 포함한 두 형제의 유골함을 모두 모시고자 다른 사촌 형제들보다 좀 더 일찍 조성을 한 것이었다. 아버님은 산소터 앞에 봉분(封墳)의 형태로 되어 있으니 나중에 유골을 수습하여 화장한 다음 모시기로 하였다. 큰형님과 둘째 형님의 유골은 여전히 용인과 벽제의 납골묘원에 각각 안치되어 있으니 유골함을 산소터로 순차적으로 옮겨 놓아야 할 것이다.

어머님도 돌아가시면 직접 화장을 해서 유골함을 그곳에 안장하도록 허락하셨다. 뜨거운 열기에도 불구하고 당신의 몸을 한줌의 재로 가볍게 만들어 지수화풍(地水火風)으로 고스란히 환원시켜 주도록 과감하고 용기 있는 결단을 내려주신 것이다.

그리고 산소터를 고급스럽게 대리석으로 조성하느라 비교적 많이 들어간 경비 3천만 원을 자신의 돈으로 지불하도록 고집하기도 하셨다. 괜히 자식들에게 부담을 지우기 싫다는 것이 가장 큰 이유였지만 어찌 됐든 어머님 덕분에 형제들이 큰 짐을 내려놓게 되었다고 할 수 있다.

하루를 살아도 자유롭게

밤새 비바람이 몰아치다가도 아침이 되면 맑게 개니 삶의 기쁨이란 바로 이런 데 있는 것이 아닐까 싶다. 전날 힘든 일에 찌들었다 하더라도 다음날 아침 해가 떠올라 밝은 빛을 비출 때면 어김없이 다시 일어나 하루를 살아갈 수 있다는 것, 그것만으로도 삶이란 기쁨이요 축복인 것이다.

그렇게 기쁜 삶이지만 하루를 살아도 자유롭게 자신이 주인이 되어 사는 삶이어야 한다는 것이 나의 기본적인 삶을 바라보는 관점이자 태도이다. 남의 시선에 예속되지 않고 내가 주인이 되고 주인공이 되어 성공과 실패를 고스란히 떠안으면서 어느 순간이든 집중하고 원망하지 않으며 긍정과 희망으로 하루하루를 살아내는 삶이어야 한다고 생각하고 있다.

뉴욕 도심에서 주민들의 사랑을 받아온 수리부엉이 플라코(Flaco)가 최근 세상을 떠나자 뉴요커들의 애도가 이어졌다고 한다.

플라코는 수컷 수리부엉이로, 그간 센트럴파크 동물원에 갇혀 살다가 우연히 파손된 보호망 틈 사이로 탈출했다. 동물원은 플라코의 탈출 직후 먹이와 다른 수리부엉이 울음소리 등으로 유인해 플라코를 포획하려 했지만, 플라코는 잡히지 않고 계속 센트럴파크 야생에서의 생활을 이어갔다. 오랜 기간 동물원 우리에 길들여졌던 만큼 뉴욕 도심 한복판에서 자력으로 생존할 수 있을지 우려가 컸지만, 쥐를 사냥한 흔적을 남기는 등 사람들의 예상을 보기 좋게 깨고 홀로서기에 성공하였다.

이로 인해서 뉴욕의 건물 사이를 비행하던 플라코는 뉴요커들에겐 어느덧 자유의 상징이 되었다. 뉴욕타임스는 좁은 공간에 갇혀 살아야 하는 많은 뉴요커들이 더 넓고 자유로운 세계에 대한 욕구를 플라코에 투영한 것이며, 미국 이민자들의 경우 도심에 적응해 가는 플라코에게서 자신이 겪고 있는 고단한 삶의 단면을 투사하였기 때문에 플라코에 열광하였던 것으로 보고 있다.

도연명 역시 "새장에 갇힌 새는 자유롭게 날던 숲을 그리워하고(羈

鳥戀舊林)", "인공 연못에 갇힌 물고기는 자연의 깊은 옛 못을 생각한다 (池魚思故淵)."라고 했듯이 새장에 갇힌 새가 열망하는 것은 자유로움 이다. 하루를 살아도 얽매이지 않고 구속되지 않은 채 자유롭게 살 수 있어야 한다.

두려움 중에서도 죽음만큼 큰 두려움이 또 있을까? 인생의 여덟 가지 고통 중에서도 죽음만 한 고통이 또 없을 것이다. 때문에 죽음을 돌파하고자 하는, 죽음을 극복하고자 하는 외침은 과감하면서 때로는 무모하게도 생각되지만 때로는 꼭 본받아야지 하는 그런 삶의 모습을 보여주기도 한다.

필사즉생(必死則生)이란 말이 있다. 반드시 죽고자 한다면 살 것이라 는 얘기다. 무슨 일이든지 죽기 아니면 살기로 죽음을 도외시한 채 죽음을 두려워하지 않고 한다면 반드시 성공할 수 있을 것이요 도리 어 죽음을 이기고 살 수 있을 것이라는 얘기다. 어디 꼭 그렇기야 하겠는가마는 그래도 죽음의 두려움에 떨고 있는 일반 사람들에게는 큰 용기를 주는 말임에 틀림이 없다.

이 세상의 모든 고통은 나를 성장시킬 뿐이다

인생의 죽음을 포함한 모든 일이 고통이지만 니체는 그 고통을 적 극적으로 맞이하고자 하였다. 그래서 "나를 죽이지 못하는 고통은 나를 성장시킬 뿐이다."라고 하였다. 죽음이 가장 큰 고통이다. 죽고 나면 나의 성장도 끝이 나기 때문이다. 근데 죽고 나면 그것이 도대체 고통인지 아닌지를 망자가 어떻게 알 수 있겠는가? 따라서 니체의 말은 다시 이렇게 수정해야 할 것이다. "죽음까지 포함하여 이 세상의 모든 고통은 나를 성장시킬 뿐이다."

실로 고통은 유익(有益)이다. 고통은 반드시 우리에게 주는 교훈이 있고 신비가 있다. 고통과 시련을 통해야만 성공과 성장이 뒤따른다는 사실을 우리 모두 경험으로 잘 알고 있다. 온실에서 자란 화초는 비바람에 약하고 빨리 시들되, 들판의 악천후라는 시련을 이겨야 하는 들꽃들은 매우 강인한 생명력을 지니고 있다는 사실도 우리는 잘 알고 있다.

인생은 왜 이렇게 고통이어야 하는가? 그리고 왜 우리는 반드시 그 고통의 관문을 거쳐야만 비로소 성장하는가? 그렇기에 이구동성으로 사람들은 고통(苦痛)은 신비(神祕)라고 말한다. 다시 말해서 고통이란 존재의 실상에 대해서 잘 모르겠다는 것이니 그것은 신비로움의 영역에 속한다는 얘기일 것이다.

4.3. 나의 말이 남의 마음밭에 떨어져 씨앗이 될 수 있느니

내 말이 남에게 영향을 미칠 수도 있다는 사실을 뼈저리게 잘 안다면 본인의 말에 주의하지 않을 수 없을 것이다. 그런데 우리는 대부분 말을 막 쏟아낸다. 왜 그럴까? 내 말이 과연 남에게 영향을 줄 수 있을지에 대한 신뢰가 없어서 그럴 수도 있고, 아니면 남에게 주는 영향이 얼마나 되더라도 나는 신경 쓰지 않겠다는 것일 수도 있다.

언젠가 내가 무심코 던진 말이 상대방에게 들려져서 나중에 어떤 영향을 받았다고 그가 다시 나에게 알려주었던 말들을 한 번 살펴보고자 한다.

돈 내고 사 먹는 것이니 남기지 말고 다 먹고 가자

초등학교 6학년 겨울방학, 76년 2월에 큰형님의 서울 법대 졸업식이 지금의 신림동 캠퍼스에서 있었다. 그즈음 나는 중학교에 입학을 준비하는 때였고 마침 예비소집이 있었으나 큰형님의 졸업식, 그것도 서울 법대 졸업식은 영광스러운 졸업식이라 부모님을 따라 서울로 큰맘 먹고 상경을 하였다. 당시 신림동 서울대 캠퍼스는 건물들이 여기저기 지어지고 있어서 꽤 어수선했던 것으로 기억된다. 큰형님에게 증정된 큰 화환을 나도 잠시 빌려서 목에 걸고 서울대 도서관앞에서 독사진 촬영을 하면서 미래에 대한 웅지를 키우기도 하였다. 이윽고 졸업식에 참여하셨던 큰아버님, 작은아버님, 이모부님, 우리 가족이 이제 어느 식당으로 갔던 거 같고 그때 나온 밑반찬으로 당면을 맛있게 먹었던 기억이 난다.

근데 음식이 맛있어서 그랬는지, 촌에 사는 초등학교 학생이 어느 식당에 가서 밥을 사먹은 적이 없어서 그랬는지 당시 같이 식사하던 주변 친척들에게 "돈 내고 사 먹는 것이니 남기지 말고 다 먹고 가자."고 말한 것까지는 기억이 난다. 근데 훗날 상경하여 이모부님을 뵐 때마다 꼭 이 얘기를 다시 회상하며 꺼내시곤 하였다. 초등학교 6학년 학생이 어떻게 그렇게 타산이 분명한 똑바른 얘기를 했는지 참으로 감탄스럽다는 이유였다. 무심코 던진 말도 이렇게 누군가에게는 계속 되뇌고 추억할 수 있는 여지를 주는 것이로구나, 처음 뼈저리게 느낀 사례이기도 하다.

향후 경쟁력을 위해서 대학원 진학이 꼭 필요할 거야

고등학교 친구 서남종은 KB은행 부행장을 거쳐 KB부동산신탁 사장을 역임한 유능한 인물이다. 그는 인성도 훌륭하고 또한 온유하여 많은 친구들이 따르기도 하였다. 그와 나는 2학년 때 같은 반이었는데 그런 남종 친구의 품성에 많은 감동을 받고 또한 친구로 삼고 싶었다. 그러던 차에 농장을 소유하고 있던 고 이도수 친구의 집에 남종 친구와 더불어 조현곤, 서영진 친구와 함께 놀러간 적이 있었다. 그때 찍은 사진은 한 장의 찬란했던 청소년 시절의 화려한 한 장면을 간직하고 있는 것 같아 친구들과 공유한 적이 있다.

한편 겨울방학 때는 남종 친구와 더불어 김병수 친구를 우리집에 고구마 먹으러 오라고 초대한 적이 있었다. 그들이 만경읍 터미널에서 물어물어 진흙을 묻히며 우리집까지 온 적이 있었는데 그때 공교롭게도 우리집에서 보관한 고구마가 많이 썩어 있어서 어머님이 썩은 부분을 도려내며 삶아 주었는데 그조차도 맛있게 먹어 상당히 고마웠던 적이 있다. 그들과 하룻밤을 누추한 시골집에서 같이 자면서 참진한 우정을 쌓기도 하였다.

내가 강릉대학교로 부임한 뒤에 남종 친구를 초대한 적이 있었다. 그때 맥주 한 잔 나누며 이야기를 나눈 것까지는 기억하는데 자세한 내용은 당연히 기억하지 못한다. 근데 남종 친구가 철원의 KB은행 지점장으로 발령이 나서 축하하러 갔을 때 그가 고백했던 말이다. "예전에 강릉에 놀러 갔을 때 일의 네가 나에게 꼭 대학원에 들어가 공부를 좀 더 하라고 당부를 한 적이 있었는데 그 말에 큰 감동을 받고 고려대 대학원에 진학했기 때문에 오늘날의 내가 있었던 것 같다." 씨앗이 땅에 떨어져 싹이 트고 이윽고 열매를 맺듯 내 입에서 나간 말이 또한 이렇게 남의 밭에 씨앗으로 떨어져 결실을 맺을 수도 있구나 하는 생각을 하게 되었다.

말에는 여러 가지 교훈이 따른다. 말을 함부로 하지 말라는 의미에서 '구시화근(口是禍根)'이라고 한다. 입이 화의 뿌리이니 조심하라는 얘기다.

말을 한 번 내뱉어지면 주워 담을 수 없다는 의미에서 나온 중국 격언이 있다. '일언기출(一言旣出), 사마난추(駟馬難追).' 말이 한 번 내뱉어져서 떠나가게 되면 네 마리 말이 끌어 빨리 달리는 수레도 그 말을 쫓아갈 수 없다는 것이다.

차를 함께 마시다 보면 상대의 분노를 누그러뜨릴 수 있다

김성일 친구는 대불대 기술교육과 교수로 재직 중인 고등학교 동기이다. 그는 인간 관계에서 적극적이어서 나에게 자주 먼저 연락한다. 가끔 수능시험 출제장에서 출제위원으로 만나곤 하였는데 그때마다 다음에 만나자고 약속하곤 헤어졌다. 나중에 김 교수가 강릉에 올 기회가 있어 드디어 내 연구실에서 만난 적이 있다. 그에게 중국차를 대접하며 얘기를 나눈 적이 있다. 그러면서 그때 중국차의 맛뿐만 아니라 커피와 다르게 중국차를 우려내는 더딘 과정에 대해서도 얘기한 적이 있나 보다.

그와 나중에 다시 통화를 한 적이 있는데 그때 들었다. 요즘 본인이 보직교수가 되어서 최 교수 얘기대로 사람을 만나니 사람들이 다 순해진다고 한다. 나의 무슨 얘기였냐고 했더니 바로 차 마시는 얘기였다. 내가 보직교수를 하는 그에게 이렇게 말했었다. 본부에 항의하기 위해 씩씩거리며 들어오는 교수들을 일단 자리에 앉힌다. 그의 앞에서 찻잎을 꺼내고 물을 끓여서 단지에 부어 천천히 우려내서 따라주고 마시게 한다. 차를 우려서 마시려면 이렇게 일련의 시간의 경과가 필요한데 그렇게 시간을 두고 차를 마시고 나면 당초 분노에 찼던 그 교수는 심경을 누그러뜨리면서 이윽고 담담하게 자신의 요구를 전달하게 되고, 한편으로 보직자로서 학교 본부의 입장을 얘기해 주면 그도 마침내 납득하고 다시 돌아간다는 얘기였다.

나에게는 가벼운 경험일지라도 유익한 경험이라면 이렇게 서로 공유될 수도 있는 것이로구나 하는 뿌듯함과 감사함이 생기기도 하였다.

유지자 사경성(有志者 事竟成)

우리 대학 본부에 근무하면서 교무회의 회의록을 작성하는 이석구 팀장이 있다. 그는 항상 밝게 웃는 인상을 보이면서 겸손하기도 하다. 내가 학장이 되어 교무회의 일원이 되었을 때도 나를 따뜻하게 맞아준 분이기도 하다.

그는 내가 김제 만경 출신인 걸 어떻게 알았는지 강원도 강릉에서 우리 고향에 있는 사찰인 조앙사를 찾아 참배했다는 얘기를 들려주었다. 조앙사는 우리나라 조선시대 선종(禪宗)에서 영향력이 큰 진묵대사가 직접 집전했던 곳이라 영험하다고 소문이 나 있는 사찰이기도 하다. 그는 그러면서 만날 때마다 항상 따뜻하게 먼저 인사하곤 하여 나 역시 그에게 친밀감을 느끼기 시작하였다.

근데 그의 향상심(向上心)은 매우 대단하였다. 보수적이고 적체가 심한 공무원이기에 안주할 법도 하지만 항상 앞으로 나아가려는 모습을 보이곤 하였다. 그래서 내가 중국 격언을 그에게 넌지시 들려준 적이 있다. '유지자, 사경성', 즉 '뜻이 있는 자는 반드시 일을 성사시킬 수 있다.' 어떤 일을 반드시 성취하겠다는 의지를 지니는 게 가장 중요하다는 얘기다.

그 뒤로 그는 이 말을 금과옥조처럼 여기며 산다고 나에게 들려주었다. 그의 친절함과 진취적인 의식에 보답한 것 같아 매우 기쁘기도 하고 만족스럽기도 하였다.

나도 봄 길이 될 수 있어

나는 전공과 교양을 막론하고 학생들에게 개강 직후 강의를 시작하면서 하는 얘기가 있다. 일테면 대학생이라면 반드시 가져야 할 관점과 태도, 그리고 가치관 등에 대해 얘기해 주는 것들이 그 예이다.

이 세상에 공부 아닌 것이 없다. 공부의 기본은 질문하고 배우고 경험하고 통찰하는 것이다. 인생의 마지막을 눈앞에 둔 노인들이 하는 후회 두 가지가 있다. 더 사랑할 걸, 더 공부할 걸! 더 공부했어야 했다는 후회는 아마도 나이가 든 뒤 너무 익숙하고 편안한 것에 안주해서 더 이상 질문하고 배우고 경험하고 통찰하려 하지 않았던 것을 후회하는 것일 게다. 더 사랑했어야 했다는 후회는 아마도 육체적 사랑도 포함되겠지만 그 외에도 이웃에 연민을 느끼고 고통에 동참하면서 좀 더 배려하는 행위를 하지 않았던 것을 후회하는 것일 게다.

이런 몇 가지 가치들을 얘기하는 한편으로 여러 가치 중에 세속적으로 가장 중시하는 돈의 가치에 대해서도 항상 얘기한다. 돈의 가치가 중요하지 않은 것은 아니지만 그러나 젊었을 때는 좀 더 다양한 가치들에 대해서 확실하게 눈을 뜨고 마음을 다잡아야 한다고 말하곤 한다.

그런 취지에서 정호승 시인의 〈봄길〉을 읊조려볼 것을 권하곤 한다. "길이 끝나는 곳에서도 길이 있다. 길이 끝나는 곳에서도 길이 되는 사람이 있다. …… 사랑이 끝난 곳에서도 사랑으로 남아 있는 사람이 있다. 스스로 사랑이 되어 한없이 봄길을 걸어가는 사람이 있다."

우리가 젊었을 적 조금이라도 남의 고통에 동참하고 연민할 수 있다면 사랑의 봄길을 만들어갈 수 있지 있겠는가! 이렇게 날이 갈수록 실천하기 어려운 가치에 대해서 호소할 때, 당시 교양강좌로 내 강의를 수강하던 토목과 학생이 내가 말한 가치와 정호승의 〈봄길〉에 큰 감명을 받았다고 쪽지를 써서 고백했을 때 내 말에 호응해주는 학생이 여전히 있다는 것에 다시 한 번 큰 감동을 받은 적이 있다.

오직 눈앞의 한 걸음만 생각하며 한발 한발 앞으로 걸으면 돼

항암 치료를 하며 몸을 추스르고자 했을 때 주로 의지했던 방법은

걷기와 등산이었다. 그러나 혼자 걷기란 쉬운 일이 아니었는데 그때마다 옆에서 많은 사람이 함께 걸어주었다. 그중 잊을 수 없는 사람들이 중국 요녕(遼寧)대학에서 우리 대학 중문과에 파견되어 와 있던 중국인 객원교수로 송옌(宋燕) 교수였고, 또한 강릉 동명중학교의 김희재 선생, 양양고등학교의 이수희 선생이었다. 당시 김희재 선생은 내가 원장으로 있던 한국어학당 한국어 교사로, 그리고 이수희 선생은 나의 교육대학원 제자로 인연을 맺게 되었는데 특히 이 두 사람과는 자주 산을 가게 됨으로써 어산회(於山會)라는 모임을 결성하여 같이 활동하고 있기도 하다. 내 인생에서 잊을 수 없는 참으로 고마운 사람들이라 하지 않을 수 없다. 인기가수 싸이의 노랫가사를 들어 표현하자면 "I remember you!(나는 여러분을 꼭 기억할 거예요.)"란 말이 딱 그들에게 보내기에 알맞은 헌사(獻辭)이지 않을까 생각된다. 이 자리를 빌어 참으로 고마운 마음을 다시 한 번 정중하게 전한다.

강릉 인근에는 제법 오르내리기 쉬운 제왕산(帝王山)이란 산이 있어서 우리는 이 산을 자주 올랐다. 그날도 송옌, 김희재, 이수희 세 사람과 제왕산을 올랐다가 내려오는 길에 아마도 몸이 항암으로 지쳐서인지 기력이 고갈되어 천천히 걸을 수밖에 없었다. 그때 아마도 내가 이수희 선생에게 걱정하지 말라며 무심결에 해 준 말이 그의 뇌리에 계속 남았었나 보다.

"괜찮아. 오직 눈앞의 한 걸음만 생각하며 한발 한발 앞으로 걸으면 돼. 걸을 수 있어."

나는 평소 암에 대해 근거는 없지만 경험상으로 무작위론(無作爲論)을 주장하는 편이다. 그간 건강했던 내가 위암을 얻은 것을 도저히 이해할 수 없어서 곰곰 생각해 본 결과이다. 의사를 비롯해 많은 서양 과학자들은 항상 인과(因果) 관계라는 관점에서 벗어나지 못한다. 즉

암이라는 결과가 있으면 반드시 어떤 원인이 있을 것이라는 관점이다. 그래서 의사에게 위암의 원인이 과연 무엇이냐 물으니 대답을 쉽게 하지 못한다. 그러면서 해주는 말이 뻔하다. 스트레스 많이 받지 말고 술과 담배를 하지 말라는 주문이다. 아마 이런 처방은 모든 병에 다 해당되지 않을까 생각되는 뻔한 주문이다. 세포가 돌연변이가 되어 암세포가 되는데 그 돌연변이를 일으키게 하는 원인이 무엇인지 일부 바이러스나 세균으로 말미암아 발병하는 암을 제외하고는 아직 구체적으로 뚜렷하게 밝혀지지 않은 것이다.

그래서 나는 생각한다. 이 우주 자연의 원리 내지 섭리를, 혹은 하느님께서 이 우주를 주재하는 섭리를 말이다. 욕망으로 가득 찬 우리 인간들에게 하느님이 이 지구를 그대로 맡겨 둔다면 어떻게 될까? 아마도 인간만 번성한 채 지구의 모든 생물은 다 소멸되지 않을까 하는 우려가 없지 않다. 지금 지구의 환경오염과 온난화 등을 생각하면 꼭 근거 없는 얘기는 아니라고 생각된다. 때문에 자연적으로 인간의 숫자를 조절하자면 무작위로 인간들이 이 세상을 떠나게끔 설계하지 않으면 안 되었을 것이라 추측해보는 것이다. 그런 무작위적인 죽음을 내리는데 세포의 돌연변이 발생만큼 효율적인 수단과 방법이 또 있을까? 무작위에 의한 암 발생과 죽음은 그런 측면에서 우주 자연의 섭리에 의한 설계일지 모른다는 생각을 해보게 된다.

이수희 선생은 평소 너무 부러울 정도로 항상 건강했고 걷기도 아주 잘 했다. 그래서 힘든 산행도 매우 씩씩하게 잘 마쳤고 음식도 가리지 않고 아무거나 잘 먹을 정도로 건강 체질을 유지하고 있었다. 그런데 그도 운명의 장난은 피하지 못하였다. 그토록 건강했던 그에게 갑자기 유방암이 찾아왔다. 그리고 두 번의 수술을 겪어야 했다. 그런데 그것도 모자라 또 직장으로 전이되어 직장암과도 싸워야 했다. 엎친 데 덮친 격이다. 화불단행(禍不單行)이라는 말이 딱 여기에 들어맞는 말이지 않을까 싶다.

대장암 환우들은 흔히 걸어야 산다는 말을 하곤 한다. 무리하지는 않되 장폐색이나 유착이 되지 않도록 반드시 걸어야 하기 때문이다. 그래서 그도 수술 후 항암을 하는 과정 중에 죽기 살기로 걷지 않을 수 없었다고 한다.

햇살이 따갑지 않은 해질 무렵이 돌아오면 힘겹게 집을 나섰다. 평소 아무렇지도 않게, 마치 공기를 마시는 것처럼 어떤 어려움도 의식하지 않고 쉽게 걸을 수 있었는데 이제는 항암제와 마약성 진통제 덕택에 몸과 맘이 모두 피폐해지고 허약해진 터라 정말로 쥐어짜듯이 기운을 내어 걷지 않으면 안 되었다.

한발 한발 내딛기가 너무 힘들어 포기하고 그냥 집에 돌아갈까 싶다가도 내가 그에게 해주었던 말이 떠올랐다고 한다. "괜찮아. 오직 눈앞의 한 걸음만 생각하며 한발 한발 앞으로 걸으면 돼. 걸을 수 있어." 그래서 그는 주문을 외우듯이 이 말을 되풀이하며 오직 눈앞의 한발에만 온 신경을 집중했다고 한다. 덕분에 매일 걷는 것도 거르지 않을 수 있었고 항암도 무사히 잘 마칠 수 있었다 하니 이처럼 기쁜 일이 또 있을 수 있을까! 그 뒤로부터 그는 어떤 힘들거나 막막한 일을 만날 때마다 당장 지금 처리할 수 있는 눈앞의 한발에만 집중하자며 마음속으로 다짐하곤 하는데, 이 말은 어느덧 그의 인생의 신념이 되기도 하였다고 한다.

큰형님 친구 김제민 형님과 낙화유수

큰형님은 나에게 거의 아버지와 같은 존재이다. 큰형님은 서울법대를 다니다가 유신 반대 데모 투쟁에 가담하다 제적되어 군대에 가야만 하였다. 그러다가 복교 조치에 의해 다시 학교를 다니게 되었지만 사법고시는 더 이상 볼 수 없었고 집안 사정은 어려워서 당시 모 투자금융회사에 들어갈 수밖에 없었다. 당시에는 단자회사가 가장 많이 월급을 주었기 때문이다.

큰형님은 내가 고등학교에 다닐 때부터 동생들 모두에게 용돈을 주기 시작하였다. 대학교에 갓 상경해서도 큰형님 댁에서 다니면서 학업을 이어갈 수 있었다, 당시 나는 한양대학교에 4년 장학생으로 입학한데다가 매달 생활 장학금으로 10만 원씩 수령하던 관계로 다행히도 큰형님에게 용돈을 의지하지 않을 수 있었다. 그러나 그 후에도 큰형님의 지원은 음으로 양으로 계속되었다. 하다못해 친구들과 대만에 여행을 가셨을 때는 나에게 필요한 책과 서점이 어디 있는지 주소를 물어 직접 서점에 찾아가 책을 사다 주기도 하였다. 당시 필요했던 책이 ≪전당시(全唐詩)≫였던 것으로 기억된다.

형님은 내가 대학교수가 되자 자신의 일처럼 기뻐하였고 그 뒤 내가 쓴 책들을 드릴 때마다 자랑스러워하며 자신의 친구분들에게 자랑하면서 구매 후 일독을 권유하곤 하였다. 내가 쓴 책을 일반인들이 읽기에 적합한 책으로는 ≪중국시의세계―경화수월≫, ≪한시로 들려주는 인생이야기≫, ≪최교수의 한시이야기≫ 등이 있다.

형님의 친한 벗 중에 전남 담양 출신으로 어려서 한학을 조부로부터 사사하여 한학, 특히 한시에 조예가 높으신 김제민 형님이 있다. 그에게도 큰형님이 내 책을 사서 선물했는지 그 뒤로부터 이 김제민 형님으로부터 연락이 와서 형님 친구분들 몇 분과 함께 북한산 입구에서 만남을 갖기 시작하였다. 이분은 뵐 때마다 즉석에서 한시를 짓고 다시 이를 서예 글씨로 써서 걸어 놓고 함께 감상하기도 하였다. 이에 나도 질세라 같이 한시를 짓고 화답하기도 하였다,

큰형님이 췌장암으로 갑작스레 세상을 떠나신 후에도 방학을 맞이할 때면 북한산 입구에서 김제민 형님을 비롯한 큰형님 친구분들과 계속 만나면서 막걸리를 한 잔 기울이면서 큰형님의 생전 모습을 회상하는 한편으로 한시와 인생 이야기를 함께 나누곤 한다.

그런데 이 형님이 나를 만날 때마다 내 책 ≪한시로 들려주는 인생이야기≫에 거론한 낙화유수(落花流水) 얘기를 두고두고 거론하곤 한다.

낙화유수란 떨어진 꽃잎이 물결 따라 흘러간다는 뜻이다. 따라서 낙화유수의 뜻은 쇠잔해지고 쇠락해 가는 늦봄의 경치를 가리킨다. 그 밖에도 힘과 세력이 쇠약해져 보잘 것 없어진 것을 비유한 말로 쇠잔해진 세월을 가리키기도 한다.

그런데 이 말은 떨어진 꽃잎과 흐르는 물을 남자와 여자에 비유하여 남녀가 서로 생각하며 그리워하는 정을 품고 있음을 나타내기도 한다. 낙화는 물결 따라 함께 흘러가기를 바라고, 유수는 낙화를 싣고 흘러가기를 바란다는 뜻에서 남녀 간에 서로 그리워하는 애틋한 정을 비유한 것이라고 할 수 있다.

그런데 이 낙화와 유수를 보는 관점도 좀 더 확대하여 생각해 볼 수 있다. 즉 떨어진 꽃잎은 본래 다정하여 흐르는 물에 몸을 맡기고 싶은데 흐르는 물은 본시 무정하여 그냥 자연스럽게 아래로 흘러갈 뿐 자신에게 안기어 오는 낙엽일랑 아랑곳하지 않는다는 측면에서 낙화유수는 낙화의 유수에 대한 일방적인 짝사랑을 표현한 것으로 보는 것도 괜찮다고 생각된다.

우리나라 진제스님은 선시에서 "떨어진 꽃잎은 뜻이 있어 흐르는 물을 따라가고 싶어 하나, 흐르는 물은 본시 정이 없어 떨어진 꽃잎을 흘려보내기만 한다(落花有意隨流水, 流水無情送落花)."고 노래한 것도 바로 낙화의 유수에 대한 짝사랑의 시각에 기반하였다고 볼 수 있겠다.

물론 꽃잎이야 정을 지녔을 리 만무하지만 사랑을 아는 사람의 눈으로 떨어진 꽃잎을 보니 다정도 하여 강물에 몸을 던지건만 서럽게도 강물은 무정하여 그냥 무심히 흘려보내기만 하는 것처럼 보였으리라.

김제민 형님도 낙화와 유수에 담긴 이런 복잡다양한 시각을 생각하며 인생에 대한 노년의 풍성한 심경을 낙화와 유수에 담아보고 싶기 때문에 자주 나에게 낙화유수 얘기를 꺼내는 것이 아닐까 생각해본다. 결국 내가 글에 거론한 낙화유수 또한 내가 누군가에게 영향을 남긴 말 중의 하나가 된 셈이다.

길 없는 길

기왕에 유수(流水)의 얘기가 나왔으니 또 다른 얘기를 해보겠다.

소동파(蘇東坡)는 "떠가는 구름과 흐르는 물은 처음에는 본바탕이 정해져 있지 않다(行雲流水, 初無定質)."라고 했다. 행운(行雲)과 유수는 본바탕이 정해져 있지 않은 가변성을 지니며 상황에 따라 자유자재로 모습을, 길을 달리한다는 뜻이다.

장자(莊子)는 "길은 걸어서 이루어진다(道行之而成)."라고 하였거니와 노신(魯迅) 역시 "본래 땅위에 길은 없었다. 걸어가는 사람이 많아지면서 그것이 곧 길이 되었다."라고 하였다.

모두 도(道), 이른바 길은 처음에는 없었으며 걷는 실천의 행위를 통해 비로소 길은 완성된다고 보았다. 이를 다시 말하면 인생에 정해진 길, 내지는 정답은 없으며 저마다 자기의 걸음걸이와 보폭으로 길을 걸을 때 비로소 그것은 자신에 맞는 길이, 정답이 된다는 것이다. 인생에 정해진 길은 없으니 방법을 언제나 내 안에서 찾아서 실천의 행위를 통해 스스로 만들어가야 한다.

그래서 소설가 최인호는 본인의 소설책 제목을 '길 없는 길'이라

했고, 시인 황지우 "길은 가면, 뒤에 있다."고 했다. 앞을 보고 걸을 때는 정처 없는 불확실한 길이었지만 돌아보면 누구나 스스로 만들면서 '지나온 길'이 확실하게 보이는 것이다. 길을 내가 만들어 나가면 내 뒤에 길은 이미 놓이는 것이다.

설사 걸어야 할 모범적인 길이 있는데 우리가 그 길을 이탈하여 다른 길을 걸었다 하더라도 그것은 그것대로 매우 소중한 의미와 가치가 있다. 무의미한 인생이란 없기 때문이다. 또한 내가 걸은 길이 결코 순풍에 돛단 듯 순조롭지는 않았고 파란만장했다 하더라도 그 삶은 그것대로 매우 아름다웠다고 할 수 있다. 행복은 목적지에 도달하는 데 있지 않고 목적지에 도달하기 위해 걸어가는 여정에 존재하기 때문일 것이다.

내가 걸어야 비로소 만들어지는 나의 길!

더불어 함께 걸으며 위로하고 즐거움을 나누는 너와 나의 길!

꽃과 내가 하나의 풍경이 되고, 돌아보면 피안(彼岸)인 고요하고 공적(空寂)한, 한가롭고 만족스러운 선(禪)의 길!

참고문헌

成百曉 역주, ≪詩經集傳(上·下)≫, 傳統文化硏究會, 1994.

成百曉 역주, ≪論語集註≫, 傳統文化硏究會, 1994.

成百曉 역주, ≪孟子集註≫, 傳統文化硏究會, 1994.

김학주 역해, ≪老子≫, 明文堂, 1987.

안동림 역주, ≪莊子≫, 현암사, 1977.

李炳漢, ≪漢詩批評의 體例硏究≫, 通文館, 1985.

車柱環, ≪中國詩論≫, 서울大出版部, 1989.

李炳漢 編著, ≪中國 古典詩學의 理解≫, 通文館, 1992.

劉若愚 著, 李章偶 譯, ≪中國文學의 理論≫, 同和出版社, 1984.

劉若愚 著, 李章佑 譯, ≪中國詩學≫, 汎學圖書, 1976.

기세춘·신영복 편역, ≪中國歷代詩歌選集(1·2·3·4)≫, 돌베개, 1994.

지영재 편역, ≪中國詩歌選≫, 을유문화사, 2007.

李炳漢·李永朱 譯解, ≪唐詩選≫, 서울대학교출판부, 1998.

김학주·이영주·안병국·김성곤 공저, ≪중국명시감상≫, 한국방송통신대학
    교출판부, 2004.

서성 역주, ≪양한시집(兩漢詩集)≫, 보고사, 2007.

이병한·이영주 역해, ≪唐詩選≫, 서울대학교출판부, 1998.

신하윤 편저, ≪이백시선≫, 문이재, 2002.

김의정 편저, ≪두보시선≫, 문이재, 2002.

이종진 편저, ≪이상은시선≫, 문이재, 2002.

정민, ≪한시미학산책≫, 솔출판사, 1996.

조용진, ≪東洋畵 읽는 법≫, 집문당, 1997.

洪丕謨 編著, ≪佛詩三百首≫, 中國: 江蘇文藝出版社, 1993.

楊詠祁·陳國富·唐粒 編著, ≪禪詩新釋_悟與美≫, 中國: 四川人民出版社, 1998.

汪正球 編析, ≪禪詩三百首≫, 中國: 漓江出版社, 1999.

南北 編著, ≪詩情畵意總關禪≫, 中國 山東: 齊魯書社, 2006.

陳耳東 編著, ≪詩情禪趣≫, 中國 天津: 天津人民出版社, 2010.

韓亨祚, 〈朝三暮四〉, ≪신동아≫, 동아일보사, 1997.11.

韓亨祚, 〈胡蝶之夢〉, ≪신동아≫, 동아일보사, 1997.12.

韓亨祚, ≪무문관, 혹은 "너는 누구냐"≫, 여시아문, 1999.

김달진 역해, ≪법구경≫, 현암사, 1990.

석지현 옮김, ≪법구경≫, 민족사, 2015.

吳經熊, 류시화 옮김, ≪禪의 황금시대≫, 경서원.

송봉모, ≪상처와 용서≫, 바오로딸, 2004.

안이루, 심규호 옮김, ≪인생이 첫만남과 같다면≫, 에버리치홀딩스, 2006.

법륜, ≪스님의 주례사≫, 휴, 2012.

정호승, ≪내 인생에 용기가 되어 준 한마디≫, 비채, 2013.

옥한흠, ≪고통에는 뜻이 있다≫, 국제제자훈련원, 2014.

황위평, 서은숙 역, ≪시는 붉고 그림은 푸르네≫, 학고재, 2003.

황위평, 서은숙 역, ≪시는 붉고 그림은 푸르네 2≫, 학고재, 2003.

정선용 엮음, 이미란 찍음, ≪외로운 밤 찬 서재서 당신 그리오≫, 일빛, 2011.

정재찬, ≪시를 잊은 그대에게≫, 휴머니스트, 2015.

왕수이자오, 조규백 옮김, ≪소동파평전≫, 돌베개, 2015.

졸고, 〈원매의 시학이론 연구〉, 서울대 박사학위논문, 1995.

졸고, 〈의경의 개념 분석〉, ≪중국학보≫ 제43집, 한국중국학회, 1999.

졸고, 〈중국 선진시기 시대정신에 따른 심미적 사유규범의 형성에 관한 연구〉,
　　≪중어중문학≫ 제26집, 한국중어중문학회, 2000.

졸저, ≪중국시의 세계≫, 신아사, 2012.

졸저, ≪중국시론의 해석과 전망≫, 신아사, 2012.

졸저, ≪중국문학 비평용어의 개념분석≫, 해람기획, 2013.

졸역(공역), ≪바다의 달을 줍다≫(서원시선 번역, 2인 공저), 사람들 2013.

졸역(공역), ≪귓가에 금작화 나풀거리고≫(서원시선 번역, 2인 공저), 사람들
　　2013.

졸역, ≪원매의 강남산수 유람시≫, 지식을만드는지식, 2013.

졸저(5인 공저), ≪중국어 이야기≫, 차이나하우스, 2016.

졸저(공저), ≪한손에 잡히는 중국≫, 차이나하우스, 2016.

졸저, ≪강릉관광중국어≫, 글로벌콘텐츠, 2016.

졸저, ≪한시로 들려주는 인생이야기≫, 차이나하우스, 2019.

졸저, ≪최교수가 들려주는 한시이야기≫, 차이나하우스, 2019.

졸역(유향, 김영식·이남종·최일의 역), ≪설원≫, 지식을만드는지식, 2020.

졸저(13인 공저), ≪오감으로 읽는 중국문학의 세계≫, 학고방, 2021.

졸저, ≪강릉바우길 걷기 중국어회화≫, 경진출판, 2022.

졸저(7인 공저), ≪중국문학과 인생≫, 학고방, 2023.

[지은이 최일의(崔日義)]

한양대 중문과 졸
서울대학교 문학박사, 중국시와 시론 전공
대만(臺灣)대학 및 중국 요녕(遼寧)대학 방문학자
한국중국문학이론학회 회장
한국중국어문학회 회장
현재 강릉원주대학교 인문대학 학장 겸 중문과 교수

대표작 《중국시의 세계》(신아사)
　　　《중국 시론의 해석과 전망》(신아사)
　　　《원매의 강남산수 유람시》(지식을 만드는 지식)
　　　《한시로 들려주는 인생이야기》(차이나하우스)
　　　《최교수의 한시이야기》(차이나하우스)
　　　《강릉바우길 걷기 중국어 회화》(경진출판)

중국 시인의 선시(禪詩)

© 최일의, 2024

1판 1쇄 인쇄__2024년 05월 15일
1판 1쇄 발행__2024년 05월 20일

지은이__최일의
펴낸이__양정섭

펴낸곳__경진출판
　　　　등록__제2010-000004호
　　　　이메일__mykyungjin@daum.net
　　　　사업장주소__서울특별시 금천구 시흥대로 57길(시흥동) 영광빌딩 203호
　　　　전화__070-7550-7776 팩스__02-806-7282

값 30,000원
ISBN 979-11-93985-25-0 93820

※ 본사와 저자의 허락 없이는 이 책의 일부 또는 전체의 무단 전재 및 복제, 인터넷 매체 유포를 금합니다.
※ 잘못된 책은 구입처에서 바꾸어 드립니다.